KATHERINE WEBB | Italienische Nächte

KATHERINE WEBB

Italienische Nächte

ROMAN

Aus dem Englischen
von Katharina Volk

Diana Verlag

Die Originalausgabe erschien 2015 unter dem Titel
The Night Falling bei Orion Books,
an imprint of The Orion Publishing Group Ltd, London

Verlagsgruppe Random House FSC® N001967
Das für dieses Buch verwendete
FSC®-zertifizierte Papier *EOS*
liefert Salzer Papier, St. Pölten, Austria.

Copyright © 2015 by Katherine Webb
Copyright © der deutschsprachigen Ausgabe 2015
by Diana Verlag, München,
in der Verlagsgruppe Random House GmbH
Redaktion | Angelika Lieke
Umschlaggestaltung | t.mutzenbach design, München
Umschlagmotiv | © Daniel Schoenen/LOOK-foto; Shutterstock
Autorenfoto | © Hartmuth Schröder
Satz | Leingärtner, Nabburg
Druck und Bindung | GGP Media GmbH, Pößneck
Printed in Germany 2015
Alle Rechte vorbehalten
ISBN 978-3-453-29173-7

www.diana-verlag.de

TEIL EINS

Diese blinde Zerstörungswut, dieser blutige und selbstmörderische Drang nach Vernichtung, lauert seit Jahrhunderten unter der Geduld, mit der sie die tägliche Mühsal ertragen. Jede Revolte der Bauern entspringt dem elementaren Bedürfnis nach Gerechtigkeit am dunklen Grund ihrer Herzen.
Carlo Levi, Christus kam nur bis Eboli

1

Clare, danach

Alle müssen in Bari umsteigen, und der Bahnsteig ist plötzlich voller schlurfender Menschen, zerknittert und verdrießlich wie eben erst aus dem Schlaf gerüttelt. Überwiegend Italiener und überwiegend Männer. Clare holt tief Luft und schmeckt das Meer, und auf einmal muss sie es unbedingt sehen. Sie geht allein davon und lässt gleichgültig alles zurück, was sie besitzt. Ohne Eile, wo sie früher einmal nervös gewesen wäre, weil jemand ihr Gepäck stehlen, ihr Verhalten als unschicklich gelten oder der nächste Zug ohne sie abfahren könnte. Diese neue Furchtlosigkeit gehört zu den Dingen, die sie gewonnen hat. Alles, was sie den Sommer über erlebt und empfunden hat, all die wilden Ereignisse haben ihr die Angst ausgetrieben, doch sie ist noch nicht sicher, ob Errungenschaften wie diese wettmachen können, was sie verloren hat.

Die Straßen der Stadt kommen ihr nach so vielen Wochen in Gioia und auf der *masseria* fremdartig vor – sie sind viel zu breit und zu lang. Doch da sind noch immer die gleichen Grüppchen rastloser Männer, und es herrscht die gleiche Atmosphäre drohender Gewalt. Clare zieht mit ihrer abgetragenen fremdländischen Kleidung, dem blonden Haar und ihrem distanzierten Ausdruck einige neugierige Blicke auf sich. Dies könnte der letzte Tag sein, den sie je in Apulien verbringt. Und wenn es nach ihr geht, wird er es auch sein. Wenn sie wieder in den Zug steigt, wird sie *Puglia* verlassen, und jede Sekunde, jeder Kilometer wird sie ihrem Zuhause näher bringen. Bei diesem Gedanken werden ihre Schritte zögerlicher. Zu Hause ist nicht mehr zu Hause. Es hat sich verändert wie alles andere. Zu Hause ist ein weiterer Verlust, der gegen den Gewinn aufzurechnen ist. Doch während sie immer weitergeht, denkt sie ein wenig darüber nach und kommt zu dem Schluss, dass auch das gut sein könnte. Ein Teil ihrer Befreiung.

Das Straßenpflaster schimmert, glatt poliert vom Alter und dem Salz in der Luft. Allmählich scheint der Himmel heller zu werden, höher und weiter. Ihr Blick wird für einen Moment nach oben gezogen, doch dann mündet die Straße in den Hafen, und vor ihr liegt das Meer. Die frühe Morgensonne liegt weich und sanft darauf, und seine Farbe ist eine Offenbarung. Clare geht bis zum äußersten Rand des Landes, sodass sie nur noch das Blau sehen kann. Ein Blau, das vollkommen lebendig erscheint, als atme es. Das hat sie gesucht, das wollte sie so gern sehen. Sie lässt sich von der Farbe durchtränken, wie sie auch den Himmel durchtränkt, und obwohl das schmerzhaft ist, fühlt es sich doch gleichzeitig tröstlich an. Eine Ermahnung, vorwärtszugehen und nicht zurückzuschauen. Sie bleibt lange dort stehen, denn sie weiß: Wenn sie dieser Farbe – diesem einmaligen Blau – den Rücken zukehrt, wird auch sie nur eine weitere Erinnerung sein, die süßeste und bitterste von allen.

2

Ettore

Auf dem langen, dunklen Marsch vor dem Morgengrauen hat er einen anderen Mann sagen hören, Hunger sei wie ein Stein im Schuh. Erst denkst du, du könntest ihn einfach ignorieren – er nervt, behindert dich aber kaum. Doch dann macht er dir das Gehen schwer, und du fängst an zu humpeln. Der Schmerz wird schlimmer. Er bohrt sich tiefer und tiefer hinein, lähmt dich, du wirst langsam bei der Arbeit und ziehst den grausamen Blick des Aufsehers auf dich. Wenn der Stein den Knochen erreicht, schleift er sich hinein und wird ein Teil von dir, und du kannst an nichts anderes mehr denken. Er lässt dein Skelett rosten und verwandelt deine Muskeln in fauliges Holz. Der Mann erwärmte sich für dieses Bild, während sie dahintrotteten und spürten, wie ihre Knochen rosteten. Noch Stunden später fielen ihm weitere Möglichkeiten ein, das Gleichnis auszuschmücken, und seine Bemerkungen, scheinbar aus dem Nichts heraus, verwunderten die Männer, die am Morgen nicht in Hörweite marschiert waren. Während ihre Arme die Sensen schwangen, den Weizen schnitten, die Sonne aufging und sie verbrannte, Blasen unter ihren Schwielen anschwollen und hölzerne Fingerschützer an hölzernen

Griffen knarrten und klapperten, gab er immer neue Ausschmückungen zum Besten. *Dann verwandelt er dein Blut in Staub. Dann streckt er dich nieder. Er wandert deinen Rücken empor und bleibt in deinem Gehirn stecken.* Und die ganze Zeit über schwieg Ettore, obwohl er den Vergleich dumm fand. Schließlich könnte man den Schuh einfach ausziehen und den Stein herausschütteln.

Den Hunger kann er aber nicht aus sich herausschütteln, so wenig wie er aufwachen könnte, wenn Paola ihn nicht wecken würde. Sie rüttelt ihn grob und schlägt ihn – spitze Fingerknöchel an seiner knochigen Schulter –, wenn er nicht gleich wach wird. In der Dunkelheit vor dem Morgengrauen bewegt sie sich ebenso forsch und energisch wie am Ende des Tages. Es ist ihm ein Rätsel, wie sie das macht. Woher sie die Energie dazu nimmt und wie sie im Dunkeln so gut sehen kann. Andere Männer, die von klein auf daran gewöhnt sind, wachen von allein um drei, vier Uhr auf, spätestens um fünf, doch dann ist die Aussicht auf Arbeit schon mager – wer zuerst kommt, mahlt zuerst, und die Schlangen sind lang. Andere Männer brauchen nicht von ihren Schwestern geweckt zu werden wie Ettore. Ohne Paola würde er einfach weiterschlafen, tief und fest. Er würde den ganzen Tag verschlafen. Verhängnisvoll. Ein paar Augenblicke lang liegt er noch still und verlangt nichts von seinem Körper. Nur ein paar Sekunden noch ruhen in der Finsternis, die so vollkommen schwarz ist, dass er kaum sicher sein kann, ob er die Augen geöffnet hat oder nicht. Es riecht nach müder Luft, nach Erde und dem fauligen Gestank des Nachttopfs, der geleert werden muss. Im selben Moment, in dem Ettore das auffällt, hört er draußen den Sammler – die Hufe eines Maultiers klappern langsam auf dem kleinen Hof, Karrenräder quietschen.

»Scia' scinn!«, ruft der Sammler müde und heiser. »Scia' scinn!« *Beeilt euch! Kommt herunter!* Mit einem scharfen Seufzen vergewissert sich Paola, dass der hölzerne Deckel fest auf dem Keramiktopf sitzt. Dann hebt sie den schweren *prisor* hoch und trägt ihn hinaus. Der Gestank wird stärker. Im Dunkeln können die Nachbarn wenigstens nicht zuschauen, wenn man den Topf in das riesige Fass auf dem Karren kippt, sagt Paola. Doch wo der Karren vorbeifährt und über das unebene Pflaster rumpelt, hinterlässt er stets eine glitschige, stinkende Spur menschlicher Ausscheidungen.

Paola schließt vorsichtig die Tür hinter sich und schleicht durchs Zimmer. Das tut sie nicht aus Rücksicht auf ihren Bruder oder auf Valerio, sondern einzig, um ihren Sohn Iacopo nicht aufzuwecken. Es ist ihr lieber, die Männer sind schon weg, wenn er aufwacht, damit sie ihn in Ruhe stillen kann, aber das kommt selten vor. Das Kratzen und Zischen eines Streichholzes und das sanfte Licht einer einzelnen Kerze reichen, um das Baby aus dem Schlaf zu reißen. Er gibt einen überraschten Laut von sich und quengelt dann leise und protestierend, doch er ist vernünftig und heult nicht. Heulen ist anstrengend. Der Ammoniakgestank in dem beengten Raum kommt zum Teil von dem Kind. Es gibt kein Wasser, mit dem sie ihn oder seine Decken waschen könnte, und so wird man den Gestank nicht los. Er riecht auch ein wenig säuerlich nach Erbrochenem. Sobald Paola allein ist, wird sie ihn mit einem feuchten Lappen säubern. Ettore weiß es, aber sie passt auf, dass Valerio sie nicht dabei erwischt. Er hütet ihren Wasservorrat geradezu eifersüchtig.

Livia. Ettore verschließt die Augen vor der Kerzenflamme und sieht ihr Abbild rot in seinem Kopf auflodern. Das ist die Reihenfolge seiner Gedanken, jeden Tag: Hunger, der Unwille aufzustehen und dann Livia. Im Grunde eher Impulse als Gedanken – Livia ist genauso instinktiv mit seinem Körper verbunden, und weniger mit seinem Geist, wie die beiden anderen. *Livia.* Das ist eher ein Gefühl als ein Wort, unauslöschlich verbunden mit Erinnerungen an Gerüche und Berührungen, Geschmack und Verlust. Gutem und Schlechtem – Sorglosigkeit, ein paar Augenblicke lang, der Verlust von Verantwortung, von Angst und Zorn, alles weggewaschen von der schlichten Freude an ihr. Der Verlust von Zweifeln und Elend. Der Geschmack ihrer Finger, nachdem sie einen Tag lang Mandeln geschält hat – wie etwas Grünes, Reifes, in das man hineinbeißen möchte. Die Art, wie sie ihn zu nähren schien, sodass er seinen Hunger vergaß, solange sie zusammen waren. Er kann die Haut an ihren Waden noch genau vor sich sehen, dann weiter oben die Kniekehlen, weich und zart wie Aprikosen. Und da ist der Verlust von Livia wie eine klaffende Wunde, ein Riss mit zerfetzten Rändern. Er fühlt sich an wie prasselnder Hagel bei einem Sommergewitter: schmerzhaft, eiskalt, tödlich. Livia ... verloren. Die Muskeln um seine Rippen ziehen sich zusammen und zittern.

»Aufstehen, Ettore! Wag es ja nicht, wieder einzuschlafen.« Auch Paolas Stimme ist hart und kalt, nicht nur ihr Gesicht und ihre Bewegungen. Alles an ihr ist hart geworden, von ihrem Körper über ihre Worte bis hin zu ihrem Herzen. Nur wenn sie Iacopo auf dem Arm hält, wird der Ausdruck in ihren Augen weich wie der letzte Schimmer nach dem Abendrot.

»Du bist der Stein in meinem Schuh, den ich nicht igno-

rieren kann«, sagt er, steht auf und streckt die Muskeln, die sich wie steife Taue seinen Rücken hinabziehen.
»Dein Glück«, erwidert Paola. »Wenn ich nicht wäre, würden wir alle verhungern, während du daliegst und träumst.«
»Ich träume nicht«, sagt Ettore.

Paola würdigt ihn keines Blickes. Sie geht zur anderen Seite des Zimmers, wo Valerio in einem Alkoven in der Wand schläft. Sie berührt ihn nicht, um ihn zu wecken, sondern sagt laut und nah an seinem Ohr: »Es ist schon nach vier, Vater.« Wenn Valerio wach ist, merken sie das daran, dass er zu husten beginnt. Er rollt sich auf die Seite, krümmt sich zusammen wie ein Kind und hustet und hustet. Dann flucht er, spuckt aus und schwingt die Beine aus dem Bett. Paola starrt finster vor sich hin.

»Heute wieder Vallarta, wenn wir Glück haben, mein Junge«, sagt Valerio zu Ettore. Seine Stimme dringt rasselnd aus seiner Brust. Paola und Ettore wechseln einen kurzen, vielsagenden Blick.

»Dann beeilt euch besser«, sagt Paola. Sie schenkt beiden einen Becher Wasser ein und hebt den großen, angeschlagenen Krug dabei mit einer solchen Leichtigkeit an, dass er kaum mehr halb voll sein kann. Paola muss auf den festgelegten Tag warten, bis sie mehr Wasser vom Brunnen holen darf – entweder das, oder sie müssten das Wasser von einem Händler kaufen, und das können sie nicht. Nicht zu diesen Preisen.

Die Masseria Vallarta ist das größte Gut in der Umgebung von Gioia, gut tausendzweihundert Hektar. Selbst jetzt zur Erntezeit gehört es zu den wenigen Landgütern, die jeden

Tag Arbeiter beschäftigen. Vor dem Krieg war dies die einzige Zeit im Jahr, in der allen Arbeit sicher war, wochenlang. Die Männer schliefen meist draußen auf den Feldern, statt jeden Morgen hin- und am Abend wieder zurückzulaufen. Sie erwachten mit Erde in den zerknitterten Kleidern, Tau auf dem Gesicht und scharfkantigen Steinen unter ihren schmerzenden Knochen. Endlich konnten sie die Schulden des vergangenen Winters hereinarbeiten und zurückzahlen – die Miete für ihre erbärmlichen Wohnungen, Geld für Essen und Trinken, Spielschulden. Aber jetzt garantiert nicht einmal mehr die Ernte ihnen Arbeit. Die Gutsbesitzer sagen, sie könnten sich die Tagelöhner nicht leisten. Sie behaupten, nach der Dürre im vergangenen Jahr und den Wirren des Krieges liefen ihre Geschäfte sehr schlecht. Wenn Ettore und Valerio heute Arbeit auf der Masseria Vallarta bekommen, werden sie zehn Kilometer weit laufen, um bei Sonnenaufgang mit der Arbeit zu beginnen. Es gibt nichts zu essen – sie haben gestern Abend alles aufgegessen. Wenn sie aufs Gut geholt werden, bekommen sie dort vielleicht etwas zu essen, das ihnen am Ende des Tages vom Lohn abgezogen wird. Die Männer steigen stampfend in ihre Stiefel und knöpfen die abgetragenen Westen zu. Ettore tritt hinaus in den kühlen Morgen, in die alterslosen Schatten des kleinen Innenhofs und der schmalen Straßen zur Piazza Plebiscito, wo sie nach Arbeit anstehen werden, und er erneuert sein Versprechen. Das tut er jeden Morgen, inbrünstig und mit ganzem Herzen: *Ich finde heraus, wer das getan hat, Livia. Und dieser Mann wird brennen.*

3

Clare

Es ist immer erschreckend, wie sehr Pip während des Semesters gewachsen ist, wenn er viele Wochen lang fort war, doch diesmal scheint sich etwas noch Bedeutenderes verändert zu haben. Er ist größer, sein Gesicht wieder etwas länger, die Schultern breiter, aber da ist noch mehr. Clare mustert ihn und versucht zu erkennen, was genau es ist. Er ist eingeschlafen, den Kopf an das staubige Zugfenster gelehnt und sein eselsohriges Exemplar von *Bleakhaus* auf der Brust. Ein paar dünne Strähnen sind ihm in die Stirn gefallen, und die Bewegung des Zugs lässt sie zittern. Wenn er wie jetzt die Augen geschlossen und den Mund leicht geöffnet hat, kann sie das Kind, das er einmal war, noch deutlich sehen, diesen kleinen, einsamen Menschen, der ihr damals begegnete. Jetzt ist sein Gesicht kantiger, der Kiefer kräftiger, die Nase etwas länger und spitzer, und die Brauen sind dichter und dunkler geworden. Doch sein hellbraunes Haar ist so störrisch wie eh und je, und er braucht sich noch nicht zu rasieren. Clare beugt sich vor: nein, nicht der geringste Bartschatten auf Kinn oder Oberlippe. Ihre tiefe Erleichterung darüber irritiert sie.

Sie wendet sich ab und schaut aus dem Fenster. Die Landschaft ist noch die gleiche. Ein Kilometer Ackerland nach dem nächsten, hauptsächlich Weizenfelder, hier und da ein Hain staubiger, ausgebleichter Olivenbäume und knorrige Mandelbäume mit verdrehten, dunklen Stämmen. Wenn Pip erst ein Mann ist, erwachsen und mit seiner Ausbildung fertig, wird er endgültig von zu Hause fortgehen ... Clare versucht die aufsteigende Angst herunterzuschlucken. Aber natürlich kann sie das nicht verhindern. Sie darf sich nicht an ihm festklammern. Das wird sie sich nicht erlauben. Vielleicht ist es das, was diesmal anders ist: Er ist so weit gereift, dass sie nicht mehr leugnen kann, was geschieht. Er wächst zu einem Mann heran und wird sich eines Tages, bald schon, von ihr lösen und sein eigenes Leben beginnen. Sie ist nicht seine Mutter, also sollte das für sie vielleicht weniger schmerzlich sein. Doch eine Mutter hat eine unverbrüchliche Bindung zu ihrem Kind, das Band von Blut und Vererbung und das Wissen, dass dieses Kind einmal ein Teil von ihr war und in mancherlei Hinsicht immer sein wird. Das hat Clare nicht. Ihre Verbindung zu Pip fühlt sich schwächer an, zerbrechlicher. Es mag ebenso kostbar sein, könnte sich jedoch einfach spurlos auflösen. Davor fürchtet Clare sich am allermeisten. Er ist erst fünfzehn, beruhigt sie sich. Noch ein Kind. Der Wagen macht einen heftigen Ruck zur Seite, und Pips Kopf schlägt gegen das Fenster. Er schreckt hoch, schließt hastig den Mund und blinzelt.

»Alles in Ordnung, Pip?«, fragt Clare lächelnd. Er nickt freundlich.

»Wir sind bald da, oder?« Er gähnt wie eine Katze, mit schamlos aufgerissenem Mund. Seine Schneidezähne drängen sich ein wenig aneinander, als kämpften sie um Platz.

»Pip«, protestiert sie. »Niemand starrt gern in so einen Abgrund.«

»Entschuldige, Clare«, nuschelt er.

»Ja, wir sind fast da.« Clare blickt auf eine vergilbte Wiese hinaus, die verschwommen an ihnen vorbeirast. »Ganz bestimmt.«

Der Geschmack in ihrem Mund ist schal, ihre Kleider sind zerknittert, und ihre Haut fühlt sich klebrig an. In dem Abteil ist es stickig – kein Wunder, dass Pip immer wieder einnickt. Sie hätte selbst gern ein wenig geschlafen, aber Boyd hat sie vor den Italienern und ihren flinken Fingern gewarnt. Also ist sie zu besorgt um ihre Börse und ihr Gepäck und fürchtet sich davor, was Boyd sagen würde, wenn sie ausgeraubt würden, obwohl er sie gewarnt hatte. Sie möchte sich endlich die Beine vertreten, sich das Haar waschen, doch als die ersten vereinzelten Gebäude in Sicht kommen, will sie plötzlich nicht mehr in Gioia del Colle ankommen. Es hat etwas Wunderbares, das Reisen – so mühelos über die weiten Strecken der Erde bewegt zu werden. Alle Verantwortung fällt ab, denn der Zugführer ist hier Alleinherrscher. Man erreicht sein Ziel, indem man einfach nur geduldig abwartet. Und weil sie und Pip allein in ihrem Abteil sind, kann sie entspannt seine Gesellschaft genießen. Braucht nicht auf Manieren zu bestehen oder sich zu höflichem Geplauder zu zwingen. Die langen Zeiten des Schweigens mit ihm sind niemals unbehaglich. Und das, was sie am Ende dieser Reise erwartet, macht sie nervös.

Boyd hat sie verpflichtet, den ganzen Sommer mit Leuten zu verbringen, die sie noch nie gesehen hat und über die sie herzlich wenig weiß. Er ließ sich nicht umstimmen und beharrte trotz ihrer Proteste auf seinem Plan, und sie konnte ihr Widerstreben nicht einmal in einem Brief erklären. Das tat sie bei schwierigen Angelegenheiten gern, denn so konnte sie schlüssig und in sachlichem Tonfall argumentieren. Doch er war schon in Italien, und seine Anordnung, dass sie mit Pip nachfolgen solle, kam schwach über eine knisternde Telefonleitung. Verzweifelt schlug sie vor, dass sie für zwei Wochen kommen könnten statt der gesamten Sommerferien, aber Boyd hörte sie offenbar nicht. Und plötzlich hatte sich der erholsame Sommer zu Hause, auf den sie sich so gefreut hatte – allein mit Pip und nicht viel mehr zu tun, als den Wicken beim Erklimmen ihrer Bambusstangen zuzuschauen und im Schatten der hohen Gartenmauer Whist zu spielen –, in Luft aufgelöst. Die Italiener, bei denen sie zu Gast sein werden, sind Klienten von Boyd: Cardetta, ein alter Bekannter aus New York, und seine Frau, die Boyd als charmant beschrieb. Abgesehen davon weiß Clare nur, dass sie reich sind.

Der Zug rollt an kleinen kegelförmigen Steinhäusern vorbei, die wie abgelegte Hüte steinerner Riesen aussehen. Vorbei an Feldern voller Männer, die ihre Sensen schwingen – dunkle, hagere Männer, die nicht aufblicken, als der Zug vorüberrattert. Vorbei an kleinen Eselskarren und Ochsengespannen und an keinem einzigen Automobil. Abgesehen von dem Zug selbst weist nichts darauf hin, dass man das Jahr 1921 schreibt, es könnte ebenso gut 1821 sein. Clare versucht sich vorzustellen, was »reich« so tief im Süden bedeuten könnte. Womöglich gibt es weder elektrischen Strom noch eine Toilette im Haus, und sie fürchtet, das Wasser könnte sie krank machen. Im Norden hört man stets, dass man sich besser nicht weiter südlich aufhalten solle als Rom, und das Land unterhalb von Neapel sei karg und öde, besiedelt von Untermenschen – einem gottlosen, unterentwickelten Volk, zu nieder, um sich aus Armut und Elend emporzuarbeiten. Pips Schule entließ ihn bereitwillig früher in die Sommerferien, nachdem Clare dem Direktor geschrieben hatte, dass sie ihn nach Italien mitnehmen wollten. *Man könnte sich für Philip kaum einen besseren Abschluss dieses Schuljahres wünschen als den Besuch ebenjener Kunstschätze und Stätten höchster Zivilisation, die er in den vergangenen Monaten studiert hat,* schrieb der Direktor. Clare ließ ihm die Illusion von Rom, Florenz und Venedig, die er dabei offenbar sofort vor Augen hatte. Selbst von den größeren Orten hier im Süden hat sie noch nie gehört: Bari, Lecce, Taranto. Und das Dorf, in das sie fahren, Gioia del Colle, war auf der Landkarte nur mit Mühe zu finden.

Eine halbe Stunde später kriecht der Zug zwischen zwei fast menschenleeren Bahnsteigen in den Bahnhof. Clare lächelt Pip aufmunternd zu, als sie aufstehen, sich strecken und ihre Sachen einsammeln, doch in Wahrheit ist sie diejenige, die ein wenig Zuspruch braucht, nicht Pip. In der heißen, schweren Luft, die sie empfängt, hängt der unverkennbare metallische Geruch von Blut. Clare bleibt der tiefe, stärkende Atemzug im Halse stecken, und sie blickt sich angewidert um. Der Himmel ist makellos blau, die gelbe Sonne steht tief im Westen. Als sie sich von dem zischenden Zug wegbewegen, dringt das Summen zahlloser Insekten an ihre Ohren.

»Was ist das für ein Gestank?«, fragt Pip und hält sich den zerknitterten Ärmel seines Blazers vor die Nase. Doch da hören sie jemanden rufen und sehen einen Arm, der ihnen aus dem Fenster eines Automobils zuwinkt.

»Ahoi, meine Lieben!« Boyds Stimme klingt gepresst vor Aufregung. Er schwenkt den Hut durch die Luft, lacht und steigt aus – vielmehr entfaltet er seine langen Glieder und entrollt die Wirbelsäule. Er ist groß und schmal und fürchtet stets, ungelenk zu wirken, weshalb er sich übertrieben anmutig bewegt.

»Ahoi!«, ruft Clare erleichtert. Bis hierher hat sie sich und Pip gebracht, und es ist beruhigend, die Verantwortung wieder an ihren Mann zu übergeben. Rasch gehen sie zu dem Wagen, und Clare dreht sich nach dem Gepäckträger um und winkt ihn herbei.

»Vergewissert euch, dass alle eure Koffer da sind. Ich würde es denen zutrauen, etwas liegen zu lassen und bis Taranto mitzunehmen«, mahnt Boyd.

»Nein, das sind alle.« Boyd umarmt Clare, drückt sie an sich, wendet sich dann Pip zu und zögert. Auch das ist neu – diese leichte Befangenheit zwischen den beiden. Sie zeigt Clare, dass Boyd ebenfalls sieht, wie nah sein Sohn dem Erwachsenwerden ist. Sie schütteln sich die Hände, lächeln und umarmen sich dann ein wenig verlegen.

»Philip. Du bist ja so groß geworden! Sieh mal – du bist schon viel größer als Clare«, bemerkt Boyd.

»Ich bin schon seit vorletztem Weihnachten größer als Clare, Vater«, erwidert Pip ein wenig beleidigt.

»Ach ja?« Boyds Lächeln wirkt seltsam angespannt, und er blickt bekümmert drein – als hätte er sich daran erinnern müssen. Clare lenkt ihn hastig ab.

»Na ja, in den Ferien verbringst du die meiste Zeit sitzend, auf einem Stuhl, einem Fahrrad oder in einem Boot. Da merkt man nicht so, wie groß du bist«, sagt sie. In diesem Moment trägt eine Brise erneut den Gestank nach Blut und

Brutalität heran. Boyd wird blass, und der letzte Rest seines Lächelns schwindet.

»Kommt, steigt ein. Einen halben Kilometer südlich von hier liegt der Schlachthof, und ich kann den Geruch nicht ertragen.«

Der Wagen sieht brandneu aus, obwohl ein zarter Staubschleier den scharlachroten Lack überzieht. Pip mustert ihn bewundernd, ehe er einsteigt. Der Fahrer, dunkelhäutig und mit regloser Miene, nickt Clare knapp zu, während er und der Gepäckträger ihre Koffer befestigen, doch sein Blick huscht immer wieder zu ihr herüber. Sie tut so, als bemerkte sie es nicht. Er wäre ein gut aussehender Mann, wenn die Hasenscharte nicht wäre. Seine Oberlippe und der Gaumen dahinter sind gespalten, die Zähne krumm und schief.

»Gewöhn dich an solche Blicke, mein Liebes«, raunt Boyd ihr zu, als der Wagen anfährt. »Das ist dein blondes Haar. Sieht man hier unten selten.«

»Ich verstehe«, erwidert sie. »Und ziehst du auch solche Blicke auf dich?« Sie lächelt, und Boyd nimmt ihre Hand. Auch sein Haar ist blond, ergraut aber allmählich und wirkt jetzt beinahe farblos. Auf dem Oberkopf ist es schütter, und der Haaransatz ist von Stirn und Schläfen immer weiter zurückgewichen, wie Wasser, das sich bei Ebbe vom Strand zurückzieht. Das fällt Clare als Erstes an ihm auf, wenn sie eine Weile getrennt waren – auch wenn es diesmal nur einen Monat lang war: dass er alt wird. Er erkundigt sich nach ihrer Reise, was sie gesehen haben, was sie gegessen und wie sie geschlafen haben. Er fragt, wie der Garten in Hampstead bei ihrer Abreise aussah und wann Pips Schulzeugnis kommen soll. All diese Fragen stellt er mit einer eigenartigen

Verzweiflung in der Stimme, einer Gier, die Clare auf einer instinktiven Ebene, wo Erinnerungen und Erfahrungen aufbewahrt werden, in Alarmbereitschaft versetzt. *Nicht schon wieder,* fleht sie im Stillen. *Bitte nicht.* Hastig sucht sie ihre Erinnerungen nach irgendetwas ab, das ihr entgangen sein könnte – irgendein Anzeichen, etwas, das er am Telefon gesagt hat oder vielleicht schon vor seiner Abreise. Kein Hinweis darauf, wo das Problem liegen könnte. Sie hat getan, was er verlangt hat, und ist mit Pip den weiten Weg hierher zu ihm gekommen, aber trotzdem stimmt irgendetwas nicht. Das ist eindeutig. Sie lassen den Bahnhof hinter einer blassen Staubwolke zurück, und obwohl nun frischere Luft durch die offenen Fenster hereindrängt, hat Clare noch immer den Geruch von Blut in der Nase.

4

Ettore

Die Piazza Plebiscito ist voller Männer in der typischen schwarzen Kleidung. Das sind die *giornatari*, die Tagelöhner – Männer, die nichts besitzen und sich nur durch die Kraft ihrer Arme ernähren können. In der Morgendämmerung bilden sie unregelmäßige schwarze Flecken vor den hellen Pflastersteinen. Die murmelnden Stimmen sind gedämpft, die Männer treten von einem Fuß auf den anderen, husten, wechseln ein paar leise Worte. Hier und da bricht Streit aus, es wird gebrüllt und gerungen. Als Ettore und Valerio bei ihnen angekommen sind, riecht Ettore ihr fettiges Haar, den Schweiß der vergangenen Tage in ihrer Kleidung und ihren warmen, muffigen Atem. Dieser Geruch begleitet ihn, umgibt ihn schon, solange er zurückdenken kann. Das ist der Geruch von harter Arbeit und stetem Mangel. Der Geruch von Männern mit harten Muskeln und Knochen von jahrelanger Plackerei als Arbeitstiere. Auch die Aufseher sind da, zu Pferde oder neben ihren Tieren, die sie am Zügel halten. Manche sitzen auch in kleinen, offenen Kutschen. Sie heuern fünf Männer hier an und dreißig dort. Ein Schäfer will zwei Männer, die ihm helfen sollen, seiner Herde die Klauen zu schneiden. Das ist leichte Arbeit, aber er kann fast nichts dafür bezahlen, und die Männer beäugen ihn voller Abscheu in dem Wissen, dass der eine oder andere von ihnen das bisschen Lohn dennoch wird annehmen müssen.

Bis zum großen Krieg ging das so: Wer Arbeit will, kommt zur Piazza, wer Arbeiter sucht, ebenfalls. Es werden Löhne geboten und Männer ausgewählt. Es gibt keine Verhandlung. Doch durch den Krieg hat sich manches verändert. Zwei Jahre lang lief es anders – die Gewerkschaften und die Sozialisten erwirkten Zugeständnisse an die Arbeiter. Denn Männern wie Ettore und Valerio, die so wenig Grund zum Kämpfen hatten, wurde während des Krieges alles Mögliche versprochen, damit sie in den Schützengräben blieben. Man versprach ihnen Land, höhere Löhne, ein Ende der unendlichen Härte ihres Lebens. Danach kämpften sie darum, dass die Grundbesitzer diese Zusagen auch einhielten. Ein paar fiebrige Monate lang schien es, als hätten sie tatsächlich gewonnen. Sie richteten eine Arbeitsvermittlung ein, bei der nur Gewerkschaftsmitglieder vermittelt wurden und niemand von außerhalb des Bezirks. Löhne und Arbeitszeiten wurden festgelegt. Das Büro sorgte durch einen Plan dafür, dass die Arbeit unter den Männern gerecht verteilt wurde, und auf jedem Gut sollte es einen Gewerkschaftsvertreter geben, der die Einhaltung der Arbeitsbedingungen überwachte. Das war erst im vergangenen Jahr gewesen, gegen Ende 1920. Aber nun fällt all das wieder auseinander. In dieser schwelenden Fehde, die Jahrhunderte alt ist, hat sich das Blatt wieder einmal gewendet.

Ein seltsamer Konflikt – und das alltägliche Leben geht weiter, fließt darum herum wie ein Fluss um Felsen. Das muss es auch tun, denn Menschen müssen essen, und um essen zu können, müssen sie arbeiten. Also muss das Leben weitergehen, selbst wenn es sich bei den Felsen um Ereignisse wie das Massaker auf der Masseria di Girardi Natale handelt. Das war im vorigen Sommer. Arbeiter, bewaffnet nur mit ihren Werkzeugen und ihrem Zorn, wurden vom Landbesitzer und seinen berittenen Wachen zusammengeschossen. Jetzt werden die Verträge, die alle Landbesitzer unterschrieben haben, einfach ignoriert, und Männer, die protestieren, bekommen keine Arbeit. Es gibt Gerüchte über eine ganz neue Art Schlägertrupps, angeführt von ehemaligen Offizieren, denen noch der Wahnsinn der Schützengräben anhaftet und die die einfachen Bauern bis heute dafür verachten, dass sie nicht kämpfen wollten. An gedungene Schläger – *mazzieri*, benannt nach der *mazza*, dem Knüppel, den sie führen – als Aufseher sind die Landarbeiter gewöhnt, aber diese neuen Trupps sind anders. Sie bekommen Waffen und Unterstützung von der Polizei, inoffiziell natürlich. Sie nennen sich auch anders: *fasci di combattimento*, die »Kampfbünde«, bestehend aus Mitgliedern der neuen Faschistischen Partei. Und ihre Zielstrebigkeit macht den Männern Angst.

Manchmal geht Ettore abends in eine Kneipe und liest jenen, die nicht lesen können, aus den Zeitungen vor. Aus dem *Corriere delle Puglie*, aus *La Conquista* und *Avanti!*. Er liest von Angriffen auf Gewerkschaftsführer und Interessenvertreter der Landarbeiter, sogar auf sozialistische Stadträte in anderen Gemeinden. In Gioia del Colle hat sich die traditionelle Form des »Arbeitsmarktes« schleichend wieder ausgebreitet, und die beiden Parteien starren einander über diese bittere Kluft hinweg an – Arbeiter und Lohnherren. Als warteten beide darauf, dass der andere zuerst blinzelt. Im

Februar kam es zu einem Generalstreik aus Protest gegen die Organisation und Bewaffnung der neuen Schlägertrupps, ihre Brutalität, und gegen den vielfachen Vertragsbruch der Grundbesitzer. Der Streik dauerte drei Tage, doch es war, als drückte man einen Finger auf einen klaffenden Riss in einem Damm – einem Damm, hinter dem die Flut unerbittlich und unaufhaltsam steigt.

Ettore und Valerio drängen sich zum Aufseher der Masseria Vallarta durch. Der Mann ist weit über sechzig und trägt einen üppigen weißen Schnauzbart. Sein Gesicht ist vollkommen reglos, seine Miene undurchdringlich. Pino ist bereits bei ihm, er fängt Ettores Blick auf und hebt zum Gruß leicht das Kinn. Giuseppe Bianco, genannt Giuseppino oder kurz Pino. Pino und Ettore leben schon von klein auf Seite an Seite. Sie sind gleich alt, haben dieselben Dinge gesehen, dieselben Hoffnungen und Nöte empfunden. Beide haben dieselbe lückenhafte Schulbildung und dieselben Erinnerungen an wilde Feiern an Allerheiligen, eher heidnisch als heilig. Sie waren zusammen im Krieg. Pino hat das Gesicht eines klassischen Helden mit riesengroßen, sanften Augen in einem ungewöhnlichen, warmen Braunton. Seine Lippen sind geschwungen, die Oberlippe überragt ganz leicht die Unterlippe, und mit seinem lockigen Haar und dem offenen Gesichtsausdruck wirkt er auf der Piazza völlig fehl am Platze. Auch sein Herz ist offen – er ist zu gut für diese Welt. Es gibt nur eines, was die beiden Männer nicht miteinander geteilt haben, und das hat dieses Jahr einen Keil zwischen sie getrieben: Pino hat seine Liebste geheiratet und Ettore seine verloren. Davor hatten alle Mädchen um Pinos Aufmerksamkeit gerungen. Sie erkannten Zärtlichkeit, wenn sie sie sahen, und träumten davon, den Rest ihres Lebens neben diesem Gesicht aufzuwachen. Manche geben sich immer noch alle Mühe, ihm den Kopf zu verdrehen, obwohl er jetzt verheiratet ist, aber Pino ist seiner Frau Luna treu. Der kleinen Luna mit ihren wippenden Brüsten und dem langen Haar, das ihr bis auf die breiten Hüften fällt. Soweit Ettore das beurteilen kann, ist Pino der einzige Mann, der im Morgengrauen auf der Piazza ein aufrichtiges Lächeln zustande bringt.

Pino lächelt ihm tatsächlich entgegen und boxt freundschaftlich gegen Ettores Oberarm. »Was gibt's Neues?«, fragt er.

»Nichts. Gar nichts.« Ettore zuckt mit den Schultern.

»Luna hat etwas für das Baby gemacht. Für Iacopo«, sagt Pino voller Stolz. »Sie hat mal wieder genäht – ein Hemdchen. Sie hat es sogar mit seinen Initialen bestickt.« Luna arbeitet hin und wieder für eine Schneiderin und hebt sorgsam alle Reste von Stoffen und Garnen auf. Es reicht nie für Kleidung für Erwachsene, aber Iacopo hat inzwischen ein Leibchen, einen Hut und ein winziges Paar Schühchen.

»Sie sollte so etwas lieber für euer eigenes Baby aufheben«, sagt Ettore, und Pino grinst. Er wünscht sich sehnlichst Kinder – eine ganze Schar. Wie er sie alle ernähren will, ist eine Frage, von der er sich nicht verunsichern lässt. Offenbar glaubt er, Kinder könnten von Luft und Liebe leben wie Geister oder Engel.

»Bis wir ein Kind bekommen, ist Iacopo aus den Sachen herausgewachsen. Dann leiht Paola sie uns doch bestimmt.«

»Da wäre ich nicht so sicher.«

»Meinst du, sie will sie behalten, als Erinnerung daran, wie klein er einmal war?«, fragt Pino. Ettore gibt nur ein wortloses Brummen von sich. Er hatte eigentlich damit gemeint, dass er nicht sicher war, ob Iacopo so bald aus den kleinen Sachen herauswachsen würde. Sein Neffe ist sehr dünn und viel zu still. So viele Babys sterben. Ettore macht sich Sorgen um ihn, mustert ihn oft mit gerunzelter Stirn. Wenn Paola ihn dabei ertappt, schubst sie ihn weg und schimpft. Sie glaubt, seine Besorgnis werde noch irgendein grimmiges Schicksal auf ihren Sohn herabrufen.

Der Mann von der Masseria Vallarta zieht ein paar Blatt Papier aus der Tasche und faltet sie auseinander. Die wartenden Männer richten ihre Aufmerksamkeit ganz auf ihn und beobachten ihn ruhig und abwartend. Ein seltsames Ritual beginnt – das Gut hat eine Ernte einzufahren, und all die Männer hier wissen das. Trotzdem trauen sie dem Mann nicht. Sie werden erst glauben, dass sie wirklich Arbeit haben, wenn sie auf dem Feld stehen. Sie vertrauen nicht darauf, dass man sie bezahlen wird, ehe der Verwalter ihnen am folgenden Samstag die baren Münzen in die Hand drückt. Der Aufseher fängt Ettores Blick auf und erwidert ihn hart und ausdruckslos. Ettore starrt zurück. Er ist Gewerkschafter, und der Aufseher weiß das. Er kennt Ettores Namen und sein Gesicht. Manche haben die Streiks und Demonstrationen angeführt, während andere ihnen nur gefolgt sind, und Ettore gehört zu Ersteren. Vielmehr gehörte er dazu – seit er Livia vor einem halben Jahr verloren hat, hat er nichts mehr in dieser Richtung getan, nichts gesagt. Er hat gearbeitet, ohne nachzudenken, in einem konstanten Rhythmus, und seinen Hunger und die Erschöpfung ignoriert. Während all dieser Wochen hat er kein einziges Mal an die Revolution, an seine Brüder, die hungernden Arbeiter oder die ständigen

Ungerechtigkeiten gedacht. Doch die Aufseher scheinen seinen Sinneswandel nicht bemerkt zu haben – den völligen Verlust von Sinn in seinem Leben.

Sein Ruf trägt also einen großen dunklen Fleck, der durch nichts zu entfernen ist. Aber er schuftet ohne Pause und bearbeitet den Boden mit der schwersten Hacke. Damit stellt er die Aufseher vor ein Rätsel: ein Unruhestifter, der schuftet wie ein Pferd. Der ehemalige Offizier mit dem breiten Schnauzbart heuert ihn mit einem kaum merklichen Nicken an und notiert seinen Namen. Dann zeigt er mit dem knorrigen Zeigefinger auf die anderen, die er ausgewählt hat. Pino ist auch darunter, und die beiden Freunde machen sich mit den anderen auf den langen Weg zum Gut. Valerio wird nicht ausgewählt. Er hat die Hacke so viele Jahre lang geschwungen, dass sie seinen Rücken verformt hat. Er ist krumm wie ein vom Wind gebeugter Baum und bemüht sich sehr, nicht zu husten, seit sie die Piazza erreicht haben. Doch man sieht ihm an, wie angestrengt er gegen seine Hustenanfälle kämpft – sein Körper verkrampft sich und wird immer wieder von einem Beben geschüttelt. Gestern hat er etwa halb so viel Weizen geschnitten wie einige der anderen Männer, und der unerbittliche Aufseher hat ein hervorragendes Gedächtnis für so etwas. Ettore drückt seinem Vater zum Abschied die Schulter.

»Geh du zu dem Schäfer dort drüben. Geh, ehe andere sich seinen Lohn holen«, sagt er. Valerio nickt.

»Immer fleißig, mein Junge«, sagt Valerio und gibt dem Hustenreiz nach. Ettore spart sich eine Erwiderung. Nur wer fleißig ist, bekommt auch morgen harte Arbeit, und andere Arbeit gibt es nicht.

Als sie das Gut erreichen, geht in zarten Farben die Sonne auf. Pino wendet ihr einen Moment lang das Gesicht zu, schließt die Augen und atmet tief ein, als würde die Sonne ihm die Kraft für den Tag geben wie einer Pflanze. Wenn der Himmel so leuchtet, denkt Ettore an Livia, wie sie ihre schwarzen Augen mit einer Hand beschattete. Wenn es regnet, denkt er daran, wie Livia mit zusammengekniffenen Augen zu den Wolken emporschaute und über die Tropfen lächelte, die auf ihre Haut fielen. Wenn es dunkel wird, denkt er daran, wie oft sie sich unter den überwölbten ältesten Gassen von Gioia trafen, wo sie einander nur durch Erspüren und am Geruch erkannten. Wie sie dann seine tastende Hand nahm und seine Fingerspitzen küsste, sodass pochendes Begehren in seine Lenden schoss. Er weiß, dass sich diese Gedanken an sie auf seinem Gesicht widerspiegeln, und er erkennt an Pinos Miene, dass sie ihm nicht verborgen bleiben. Ettore sieht seinem ältesten Freund an, dass er in solchen Momenten hilflos ist und nicht weiß, was er sagen soll.

Sie bekommen einen Becher Wasser und ein Stück Brot, ehe sie mit der Arbeit beginnen. Das Brot ist ausnahmsweise einmal frisch, und die Männer machen sich darüber her wie gierige Hunde. In dem Wasser schmeckt man den körnigen Stein der Zisterne. Gleich danach beginnen sie mit der Arbeit. Sie zwängen die Finger in die hölzernen Griffe, die ihre Hände schützen sollen – doch in Wahrheit schätzen die Landbesitzer sie deshalb, weil die Arbeiter damit eine größere Reichweite haben und so mit jedem Sensenzug eine größere Garbe Weizen schneiden können. Sie arbeiten immer zu zweit: Einer führt die Sense – der größere, stärkere Mann mit der größten Reichweite –, während der zweite hinter ihm die gemähten Halme zu Garben zusammenbindet.

Stundenlang ist nichts zu hören außer dem Schwingen der Sensen und dem Rascheln der Halme, wenn sie gebündelt werden. Hoch über ihren Köpfen kreisen Schwarzmilane in der aufsteigenden Hitze, als erregten der Geruch und die Bewegungen der Arbeiter ihre Neugier. Aus der Ferne sieht es nach einer guten Ernte aus: Ein goldenes Weizenfeld am anderen wogt im heißen Wind, der *altina* aus dem Süden. Doch aus der Nähe sehen die Männer, dass die Halme spärlicher sind, als sie sein sollten, mit zu wenigen, zu weit auseinanderstehenden Körnern an den Ähren. Der Ertrag wird geringer ausfallen als erhofft und damit auch ihr Lohn. Gegen Mittag wird die Sonne unerträglich. Sie lähmt die Männer, drückt sie nieder wie eine schwere Last. Die Pferde der Aufseher lassen ermattet die Köpfe hängen und schließen die Augen, zu erschöpft, um auch nur die Fliegen abzuschütteln. Der Oberaufseher befiehlt eine Pause, und die Männer ruhen sich aus und bekommen etwas Wasser – gerade genug, um die ausgedörrten Kehlen zu befeuchten. Sobald ihre Schatten zwei Handspannen lang gewachsen sind, sieht der ehemalige Offizier auf seine Taschenuhr, scheucht die Männer hoch, und die Arbeit geht weiter.

Pino und Ettore begegnen sich für kurze Zeit in Hörweite, wenn sie in ihren Reihen die gleiche Höhe erreichen.

»Luna will heute versuchen, Bohnen zu kaufen«, bemerkt Pino beiläufig.

»Dann wünsche ich ihr viel Glück. Hoffentlich haut der Krämer sie nicht übers Ohr.«

»Sie ist klug, meine Luna. Ich glaube schon, dass sie welche bekommen wird, und dann gibt es heute ein gutes Abendessen.« Das tut Pino sehr oft – von Essen reden. Von Essen fantasieren. Anscheinend hilft es bei ihm gegen den Hunger, doch bei Ettore bewirkt es das Gegenteil. Sein Magen windet sich und grummelt beim Gedanken an dicke Bohnen, gekocht mit Lorbeerblättern, vielleicht ein bisschen Knoblauch und Pfeffer, gestampft und mit einem kräftigen Olivenöl vermengt. Er schluckt.

»Sprich nicht von Essen, Pino«, bittet er.

»Tut mir leid, Ettore. Ich kann nicht anders. Das ist alles, wovon ich träume: Essen, und Luna.«

»Dann träum gefälligst still, verdammt«, schimpft der Mann, der hinter Ettore arbeitet.

»Ich habe nichts dagegen, wenn er von seiner Frau redet, solange er ja keine Einzelheiten auslässt.« Dieser Kommentar kommt von einem Burschen, der nicht älter sein kann als vierzehn und Pino schief angrinst.

»Wenn ich dich dabei erwische, dass du von meiner Frau träumst, schneide ich dir den Schwanz ab«, entgegnet Pino, dreht die Sense in Richtung des Jungen und hebt die bösartig scharfe Spitze an. Doch er meint es nicht ernst, und der Junge grinst noch breiter und zeigt ihnen dabei seine abgebrochenen Schneidezähne.

Der Wind frischt auf. Er riecht nach einer fernen Wüste und braust über die grauen Steinmauern um das Feld und durch die ledrigen Blätter des einsamen Feigenbaums in einer Ecke. Der Boden ist staubtrocken, der Weizen ausgedörrt, der Himmel erbarmungslos klar. Die Männer befeuchten sich mit der Zunge die Lippen, können aber nicht verhindern, dass sie rissig werden und aufspringen. Fliegen schwirren ihnen dreist um Kopf und Hals und stechen zu, als wüssten sie, dass die Männer sich nicht die Mühe machen werden, nach ihnen zu schlagen. Ettore arbeitet und versucht, an nichts zu denken. Als er auf ein Büschel wilder Rauke stößt, kärglich und bitter, pflückt er alle Blätter, die er finden kann, und stopft sie sich hastig in den Mund, wenn gerade niemand hinschaut. Der scharfe Geschmack der Rucolablätter würgt ihn in der Kehle. Die Wachen sind jetzt, gegen Ende des Tages, besonders aufmerksam. Mit scharfen Augen halten sie Ausschau nach Männern, die zu langsam werden, nach verstohlenen Pausen, nach Sensen, die als Stütze dienen, statt geschwungen zu werden. Der Mann, der den von Ettore geschnittenen Weizen aufsammelt, ist weit zurückgefallen. Er richtet sich immer wieder auf, presst die Finger in den Rücken und verzieht das Gesicht. Der Aufseher hat eine lange Lederpeitsche, die er zusammengerollt an der Hüfte trägt. Seine Hand verirrt sich immer wieder dorthin, als würde er sie zu gern gebrauchen. Ettores Magen verkrampft sich nach den heruntergeschlungenen Rucolablättern noch heftiger, und sein Kopf fühlt sich eigenartig leicht an, wie so oft gegen Ende des Tages. Sein Körper arbeitet trotzdem weiter – die Schultern schwingen die schwere Sense, die Muskeln im Rücken spannen sich, um den Schwung wieder zu bremsen, in der Taille verdreht, den Griff fest gepackt. Er spürt jede Sehne über Knochen reiben, doch seine Gedanken entgleiten ihm, treiben fort von Hitze, Plackerei und dem erstickend heißen Wind.

Er hat gehört, dass es bei einem Ort namens Castellana, fünfundzwanzig Kilometer von Gioia entfernt in Richtung Küste, ein Loch im Boden gibt. Dieses Loch ist weit und tief, und nichts, was dort hineinfällt, kommt je wieder heraus, bis auf Fledermäuse – Tausende flatternder Fledermäuse, die aufsteigen wie eine Rauchsäule. Manchmal rülpst es auch kleine Schwaden kalten weißen Nebels aus, angeblich die

Geister von Menschen, die zu nah an den Rand getreten und hineingefallen sind. Die Einheimischen behaupten, es sei das Maul der Hölle, ein Schlund, der bis ins tiefste Herz der Erde reicht, wo die Finsternis so schwer ist, dass sie einen zerquetscht. Ettore denkt an dieses Loch, während sein Körper weitermäht, sein Rücken brennt, als steckte ein Messer darin, und seine Eingeweide sich um die Raukeblätter verkrampfen. Er stellt sich vor, wie es wäre, in das Loch zu springen und erst durch weißen Nebel und dann in kühle, feuchte Dunkelheit zu fallen. Wie es wäre, sich in der uralten, pechschwarzen Tiefe zusammenzurollen, im steinernen Herzen der Welt, wo Menschen nichts zu suchen haben, und dort zu warten. Auf nichts Bestimmtes – einfach nur zu warten, wo es kalt und ruhig und still ist.

Plötzlich wird ihm bewusst, dass jemand seinen Namen genannt hat. Ettore blinzelt und sieht Pino mit besorgt aufgerissenen Augen ein paar Meter weiter stehen. Ettore merkt, dass seine Sense stillsteht, dass er sich aufgerichtet und sie auf seinem Stiefel hat ruhen lassen. Er kann seine Hände nicht dazu bringen, sich wieder fest um den Stiel zu schließen. Hinter Pino sieht er zwei Wachen, die ein paar Worte wechseln und sich zunicken. Er sieht, wie sie ihre trägen Pferde kräftig vorwärtstreiben, in seine Richtung. Es fällt ihm so schwer, seine Gedanken aus diesem Loch im Erdboden zurückzuholen, aus der plötzlichen Sehnsucht danach. Mit aller Willenskraft packt er die Sense, hebt sie an, dreht den Oberkörper nach rechts und neigt die Klinge so, dass sie die richtige Anzahl Halme erfassen wird. Doch er steht zu weit davon weg, und das Gewicht der frei schwingenden Sense bringt ihn aus dem Gleichgewicht. Sein verdrehter

Oberkörper löst sich wie eine gespannte Feder, ganz selbstverständlich. Er hat diese Bewegung schon Tausende Male an tausend Tagen gemacht, und Ettore kann sie ebenso wenig aufhalten wie seinen Herzschlag. Aber wenn er sich nicht ausbalanciert, wird er stürzen, und das wäre zwar besser als die Alternative, doch auch hier bleibt ihm keine Wahl. Sein Körper bewegt sich von allein, ohne Ettores Zutun, aus eigenem Antrieb, denn darauf hat Ettore ihn trainiert. Ettore taumelt und kippt nach vorn. Sein linkes Bein landet vor der schwingenden Sense, und obwohl er klar und deutlich sieht, was geschehen wird, kann er es nicht verhindern. Das Metall gleitet leicht und sauber in sein Bein. Er spürt, wie die Klinge auf den Knochen trifft und darin stecken bleibt. Pino schreit auf, der Mann hinter ihm ebenfalls. Blut spritzt auf die Weizenhalme, zu glänzend und zu rot, um echt zu sein, und Ettore fällt.

5

Clare

In Gioia del Colle ist es still. Das Licht der tief stehenden Sonne sammelt sich an den Straßenecken, reflektiert von glattem Stein und geriffelten Wänden. Obwohl sie an eleganten vierstöckigen Villen vorbeifahren, mit bemaltem Putz und symmetrisch angeordneten Fenstern mit Fensterläden, ist die Straße mit Dung verkrustet – der frischere obendrauf ist umschwärmt von Fliegen, der alte Mist darunter längst getrocknet. Frauen tragen riesige Krüge oder Körbe auf Kopf oder Schultern herum, doch sie sprechen nicht miteinander. Das einzige Automobil weit und breit ist ihres. Es kriecht langsam hinter einer Bierkutsche voller Fässer her. Clare sieht kaum Männer auf den Straßen, und als sie Boyd darauf anspricht, zuckt er nur mit den Schultern. »Die sind alle draußen auf den Feldern bei der Ernte, Liebes«, sagt er.

»So früh im Sommer?«, fragt sie, doch dann erinnert sie sich an die vielen Landarbeiter, die sie vom Zug aus gesehen hat. Die Sensen, die sich so gleichförmig bewegten wie Metronome. Sie öffnet den Mund, um ihre Verwunderung über den Mangel an Traktoren und Mähdreschern auszusprechen, schließt ihn aber wieder. Der Süden ist arm, hat man ihr gesagt. Nach dem Krieg herrscht überall Armut, aber im Süden war es schon vorher so. Und jetzt ist es noch viel schlimmer geworden.

Im Rückspiegel begegnet ihr Blick dem des Fahrers, der sie flüchtig mustert, als überprüfe er etwas. Sie wendet sich leicht zur Seite und lächelt Pip zu. Der Wagen biegt in die Via Garibaldi ab, und die hohen, prunkvollen Fassaden der schönsten Häuser, die Clare bisher hier gesehen hat, gleiten an ihnen vorbei. Einige davon könnte man wohl als Paläste bezeichnen, denkt sie. *Palazzi.* Der Fahrer bremst ab und hupt, und in der Mauer eines Anwesens öffnet sich ein zweiflügeliges Kutschentor. Sie rollen unter einem breiten, dunklen Torbogen hindurch auf einen offenen Innenhof. »Oh, sieh nur, Pip!«, ruft Clare überrascht. Boyd scheint sich über ihre Reaktion zu freuen.

»Viele der prächtigeren Häuser sind so gebaut – im Viereck um einen Innenhof herum. Aber von außen würde man so etwas nicht erwarten, nicht wahr?«, erklärt er. Der Himmel ist ein strahlendes Quadrat über ihren Köpfen.

»Ich hätte nicht erwartet, dass es hier solche Anwesen gibt. Ich meine …« Clare verstummt betreten. »Die Gegend ist offensichtlich sehr arm.« Der Fahrer starrt sie im Rückspiegel an.

»Die Bauern sind arm, der Landadel ist reich, wie überall«, sagt Boyd. Er drückt ihre Hand. »Keine Sorge, Liebes. Ich würde dich nicht ins finsterste Afrika kommen lassen.«

Einige aufmerksame Angestellte erscheinen aus dem klosterartigen Kreuzgang um den Hof, um sich des Gepäcks anzunehmen. Als sie aus dem Wagen steigen, pocht Clares Herz vor Nervosität. Ihre Gastgeber treten aus einem Portal auf der gegenüberliegenden Seite. Der Mann breitet die Arme aus, als begrüße er gute alte Freunde, und die Frau strahlt mit der Sonne um die Wette.

»Mrs. Kingsley! Wie schön, Sie endlich hier bei uns zu haben!«, ruft der Mann aus. Seine Hände landen schwer und warm auf ihren Schultern, und er küsst sie auf beide Wangen.

»Sie müssen Signor Cardetta sein. Freut mich, Sie kennenzulernen ... *Piacere*«, sagt Clare ein wenig verlegen, weil sie sich ihrer italienischen Aussprache nicht sicher ist.

»Leandro Cardetta, zu Ihren Diensten. Aber – Sie sprechen Italienisch, Mrs. Kingsley? Wie wunderbar!«

»Ach, nur ein paar Worte!«

»Unsinn – sie ist nur bescheiden, Cardetta. Sie spricht sogar sehr gut Italienisch«, sagt Boyd.

»Nun, ich habe kaum ein Wort verstanden, als der Fahrer am Bahnhof mit dem Gepäckträger gesprochen hat. Das war entmutigend, muss ich sagen.«

»Sicher haben die beiden den hiesigen Dialekt gebraucht, meine liebe Mrs. Kingsley. Das ist etwas ganz anderes. Für die Bauern hier unten ist Italienisch ebenso eine Fremdsprache wie für Sie.« Cardetta dreht sie sanft zu der strahlenden Frau herum. »Darf ich Ihnen meine Frau Marcie vorstellen?«

»Sehr erfreut, Mrs. Cardetta.«

»Oh, bitte sagen Sie doch Marcie zu mir! Wenn die Leute mich mit Mrs. Cardetta anreden, fühle ich mich gar nicht angesprochen«, sagt sie. Marcie ist eine aparte, elegante Erscheinung mit knabenhaft schmalen Hüften und Schultern und unverhältnismäßig vollen, hoch angesetzten Brüsten. Ihre Augen sind blau, und ihr Haar in der Farbe reifer Gerste ist kinnlang geschnitten und in sanfte Wellen gelegt. Der amerikanische Akzent ist unverkennbar, und Clare bemüht sich vergeblich, sich ihre Überraschung nicht anmerken zu lassen. »Wie denn – keiner hat Sie davor gewarnt, dass ich ein Yankee bin?«, fragt Marcie, doch sie wirkt nicht verärgert.

»Gewarnt würde ich nun wirklich nicht sagen, aber – nein, ich bin davon ausgegangen, dass Sie Italienerin sind, Mrs. Cardetta – Marcie. Bitte entschuldigen Sie.«

»Was gibt es da zu entschuldigen? Und wer ist dieser vornehme junge Herr?« Sie streckt die Hand aus, und Pip drückt sie. Obwohl die Geste höflich und selbstbewusst ist, tritt dabei ein Hauch von Röte auf seine Wangen. Clare denkt daran, wie sie selbst früher errötete, wenn ein Mann – oder überhaupt ein noch unbekannter Mensch – ihr die geringste Aufmerksamkeit schenkte, und zärtliches Mitgefühl wallt in ihr auf. Pip wartet, wie es sich gehört, bis Signor Cardetta die Hand ausstreckt und seinen Namen nennt, und stellt sich dann ebenfalls vor – respektvoll, aber nicht unterwürfig. Sie ist stolz auf Pip und sieht Boyd an in der Hoffnung, dass er es auch bemerkt hat. Aber Boyd beobachtet Leandro Cardetta wie ein wildes Tier, das sich womöglich nur schlafend stellt.

»Danke, dass Sie Ihren wunderschönen Wagen zum Bahnhof geschickt haben, Mr. Cardetta. Ein Alfa Romeo, nicht wahr? Er ist fantastisch, aber ich kenne das Modell nicht«, sagt Pip begeistert. Leandro grinst ihn raubtierhaft an.

»*Bene, bene.* Ein junger Mann mit ausgezeichnetem Geschmack, wie ich sehe«, sagt er. »Aber dieses Modell kannst du noch gar nicht kennen. Es ist brandneu und wurde nur wenige Male produziert. Rarität, verstehst du? Der Schlüssel zu wahrem Wert.« Die beiden schlendern zu dem scharlachroten Automobil hinüber und bewundern es aus jedem Winkel.

Marcie Cardetta lächelt und hakt sich bei Clare unter – ganz ungezwungene Vertraulichkeit, und Clare kann sich nicht einmal vorstellen, wie sich eine solche Lockerheit anfühlen könnte. Marcie ist ganz in Weiß gekleidet wie eine Braut: Der lange Rock und ein langes, kragenloses Hemd aus einem fließenden Stoff folgen wogend jeder ihrer Bewegungen. Ein Gürtel sitzt tief auf ihrer Hüfte. Als sie ins Haus gehen, erhascht Clare einen Hauch von ihrem Duft – Moschus und Flieder und irgendwie ... der Eindruck von Feuchtigkeit. Ein eigenartig intimer Duft, fesselnd und zugleich ein wenig zudringlich. Sie trägt knallroten Lippenstift und Rouge, und aus der Nähe kann Clare die feinen Fältchen um ihre Augenwinkel und Lippen erkennen. Sie muss um die vierzig sein, vielleicht etwas älter, aber durch ihre glamouröse Ausstrahlung wirkt sie viel jünger – sogar jünger als Clare, der plötzlich bewusst wird, wie furchtbar durstig, ungewaschen und müde sie ist. Erst als sie das schattige, kühle Haus betreten, bemerkt Clare, dass Boyd zaudernd allein auf dem Hof stehen geblieben ist. Sie dreht sich halb zu ihm um und will ihm zulächeln, doch er hat die Hände in die Taschen geschoben und starrt finster auf seine Füße hinab, als ärgere er sich über den Staub auf seinen Schuhen.

Marcie führt sie weiter und redet und redet.

»Meine liebe Clare, ich kann Ihnen gar nicht sagen, wie *sehr* ich mich freue, Sie hier zu haben – Sie und Philip, natürlich, aber vor allem Sie. Der arme Philip! Nein, ist schon gut, er hat mich nicht gehört. Einfach nur jemanden zu haben, mit dem man sprechen kann, verstehen Sie – abgesehen von einem Mann, und welche Frau kann mit einem Mann wirklich reden? Ich meine mit *Worten*, verstehen Sie, nicht in dieser anderen Sprache, die wir alle sprechen.« Sie neigt den

Kopf zu Clare hinüber und stupst sie verschwörerisch mit der Schulter an. »Ich meine, einfach über *alles* reden. Die Italienerinnen – nun, ich sollte wohl sagen, die Frauen hier in Apulien, denn man kann sie kaum mit denen in Mailand oder Rom vergleichen – also, die schauen mich an, als wäre ich aus einem Raumschiff gefallen! Natürlich spricht keine von ihnen auch nur ein Wort Englisch. Und ich habe ja versucht, ihre Sprache zu lernen – glauben Sie mir, ich habe mir alle Mühe gegeben und beherrsche durchaus ein wenig Italienisch, aber wenn die einen nicht verstehen wollen, bei Gott, dann verstehen sie einen einfach nicht. Starren einen nur mit diesen schwarzen Augen an – haben Sie ihre Augen schon bemerkt? Wie schwarze Knöpfe an einer Weste aus Sackleinen, weil sie ja alle so braune Gesichter haben. Wir müssen achtgeben, dass Sie nicht zu viel Sonne abbekommen, meine Liebe – Ihre Haut ist bezaubernd … Und wie ulkig, hier unten sieht man unter Umständen ein halbes Jahr lang nicht eine Blondine, und jetzt haben wir gleich zwei unter einem Dach!«

Marcie plappert unablässig, während sie Clare hinauf zu dem Zimmer führt, in dem sie mit Boyd wohnen wird. Das Haus ist warm und dämmrig und voller Echos. Es ist wie gegen die Sonne verbarrikadiert – auf der sonnigen Westseite sind sämtliche Fensterläden geschlossen, sodass nur hier und da ein dünner Strahl hereinfällt. Clare tun vom Lächeln allmählich die Wangen weh, doch ein Teil der krampfhaften Anspannung in ihrem Bauch seit der Abfahrt aus Bari beginnt sich zu lösen. Innerlich fühlt sie sich in Gesellschaft fremder Menschen so unwohl wie eh und je. Ihr hat vor dem Moment gegraut, in dem die Konversation versiegen und sich Schweigen ausbreiten würde, während sie verzweifelt nach einer Möglichkeit sucht, die Unterhaltung wieder in Fluss zu bringen. Zumindest solch verlegenes Schweigen braucht sie offenbar nicht zu befürchten. Oder Schweigen im Allgemeinen.

In ihrem Zimmer angekommen, nimmt Marcie Clares Hände, drückt sie, zuckt fröhlich mit den Schultern und lässt sie dann allein, damit sie sich umziehen kann. Eine fast greifbare Stille bleibt hinter ihr zurück. Clare dreht sich um und sieht das Buch, das Boyd gerade liest, und seine Lesebrille neben dem Bett liegen. Das quadratische Zimmer ist groß und nach Süden ausgerichtet, und als Clare die Fensterläden öffnet, strömen heiße Luft und die schrägen gelben Strahlen der Abendsonne herein. Die Wände haben eine satte Ockerfarbe, die hohe Decke dunkle Holzbalken, und der Boden besteht aus Terrakottafliesen. Über dem Kamin hängt ein Gemälde der Madonna, ein Bild von Paris über dem verschnörkelten Messingbett, dessen Matratze in der Mitte sichtbar durchhängt. Als ein Dienstbote das Gepäck hereinbringt, jault die Tür protestierend auf. Sie besteht aus demselben alten Holz wie die Decke und hat mächtige Angeln, die ihr Gewicht tragen können. Wie eine Tür in einer Burg, denkt Clare. Oder in einem Gefängnis. Sie beugt sich über das Fensterbrett und schaut hinaus auf die eng gedrängten roten Dächer und schmalen Straßen. Unmittelbar hinter dem Haus der Cardettas liegt ein kleiner, gepflegter Garten, in dem gepflasterte Wege mehr Platz einnehmen als die Blumenbeete. Feigen- und Olivenbäume bieten Schatten, und auf einer dicht berankten Veranda steht erwartungsvoll eine lange Tafel mit einer Tischdecke aus Leinen. Clare sieht Kräuter, aber nur wenige Blumen und gar kein Gras. In einem der Feigenbäume tummeln sich kleine Vögel – sie lassen die Blätter rascheln und hüpfen geschäftig umher. Die Töne, die sie dabei von sich geben, sind eher Gezwitscher als Gesang, aber es klingt trotzdem nett.

Die Tür stöhnt erneut auf, und Boyd tritt ein. Seine Art, sich zu bewegen, und seine leicht gekrümmte Haltung wirken so, als wollte er sich ständig entschuldigen. Clare geht ihm lächelnd entgegen und wird in seine Arme gezogen. Sie spürt den glatten Stoff seines Hemdes und den weicheren Körper darunter. Er ist so viel größer als sie, dass ihr Haar sich in den Spitzen und Knöpfen seines Kragens verfängt. Ein leicht säuerlicher Geruch geht von ihm aus, den sie noch nie an ihm wahrgenommen hat. Oder doch, einmal schon. Er beunruhigt sie.

»Ich freue mich so, dass du da bist«, murmelt er und berührt dabei mit den Lippen ihren Scheitel. Dann hält er sie auf Armeslänge von sich und mustert sie prüfend. »Es hat dir doch nichts ausgemacht hierherzukommen?«

Clare zuckt mit den Schultern. Sie bringt es nicht über sich, das abzustreiten, denn es hat ihr sehr wohl etwas ausgemacht. Sie liebt den gemächlichen, gewohnten Alltag zu Hause in Hampstead und wollte in diesen Ferien mit Pip höchstens ein paarmal ihre liebsten Ziele in London besuchen. Dass sie froh war, als Boyd verkündete, er werde den Sommer über nach Italien gehen, gesteht sie sich nicht gern ein, aber es ist wahr. Es war besser für ihn zu arbeiten, etwas zu tun zu haben. Und es war besser für sie und Pip, das Haus für sich allein zu haben und tun zu können, was immer sie wollten, wann sie wollten. So viel Lärm machen und so albern sein, wie sie wollten. Sagen, was sie wollten. Für ein Weilchen hatte sich der Sommer gemächlich vor ihr ausgebreitet, wunderbar lang und friedvoll, bis dieser Anruf aus Italien ihn abrupt abschnitt.

»Es hat mich überrascht. Normalerweise würdest du mich nicht bitten, so weit zu reisen. Aber Pip war ja bei mir, also war die Reise natürlich nicht schlimm.« Zumindest das ist die Wahrheit.

»Ich weiß, dass dir das ein bisschen seltsam erscheint. Aber Cardetta möchte, dass ich so lange bleibe, bis alle Entwürfe fertig sind, und ich kann es mir nicht ... das ist ein zu guter Auftrag, um ihn abzulehnen. Ich meine – ich arbeite sehr gern daran. Ein interessantes Projekt.« Er küsst sie auf die Stirn, eine Hand an ihre Wange geschmiegt. »Und ich konnte den Gedanken an so viele Wochen ohne dich nicht ertragen«, fügt er hinzu.

Clare runzelt die Stirn. »Aber am Telefon hast du gesagt, es sei Cardettas Wunsch, dass wir herkommen – Pip und ich? Weshalb sollte er das wollen? Damit Marcie Gesellschaft hat?«

»Ja, wahrscheinlich. Das war eher ein Vorschlag von ihm, und damit hat er mich auf die Idee gebracht. Natürlich musste er die Einladung zuerst aussprechen. Ich konnte doch nicht einfach darum bitten – er wäre viel zu höflich, um abzulehnen.«

»Ich verstehe.«

Clare löst sich aus seiner Umarmung und geht zu ihren Koffern. Als sie kurz nach Boyds Ankunft in Italien darüber gesprochen hatten, hörte sich das alles ganz anders an. Obwohl seine Stimme so dünn und vom Summen der Leitung überlagert aus dem Hörer drang, klang er angespannt und bedrängt, beinahe ängstlich. Clare hat es an seiner knappen Sprechweise gehört und sogleich das vertraute Grauen empfunden, das ihr so schwer und kalt wie nasser Sand in die Magengrube sackte. Sie sind seit zehn Jahren verheiratet, und sie hat ein sehr feines Gespür für die geringsten Anzeichen von Nervosität bei ihm entwickelt. Sie weiß nur zu gut, was daraus entstehen kann. Auch jetzt ist sie da, diese Art Bedrängnis – Clare hat sie auf den ersten Blick erkannt, schon als Boyd ihnen aus dem Automobil heraus zugewinkt hat. Aber manchmal vergeht sie ja auch wieder. Clare will nicht zu früh darauf eingehen und riskieren, dass sie sich tatsächlich manifestiert, wenn eine Umkehr vielleicht noch möglich wäre.

Von Natur aus schüchtern, als Einzelkind von Eltern großgezogen, die nie auch nur die Stimme erhoben, sich nie stritten oder offen über ihre Gefühle sprachen, sehnt Clare sich vor allem nach friedvoller Harmonie – nichts Erschreckendes oder Unerwartetes, keine Hilflosigkeit. Im Lauf der Jahre haben Boyds Episoden ihre Angst vor Konfrontationen bis ins Unerträgliche gesteigert. Tage-, wochen-, manchmal sogar monatelang ist er wie verändert, schweigsam und labil, unzugänglich. Er trinkt zu jeder möglichen und unmöglichen Uhrzeit, arbeitet nicht, verlässt so gut wie nie das Haus, isst kaum mehr etwas. Sein Schweigen verdichtet sich um ihn wie eine schwarze Wolke, und Clare wagt nicht einmal den Versuch zu unternehmen, sie zu durchdringen. Sie schleicht möglichst geräuschlos um ihn herum und fühlt sich minderwertig, weil es ihr nicht gelingt, ihn aus dieser Stimmung herauszuholen. Manchmal bricht er während dieser Episoden bei ihrem Anblick schluchzend zusammen. Dann wieder scheint er sie tagelang gar nicht wahrzunehmen, und sie muss daran denken, was damals passiert ist, als sie ihn überredet hat, nach New York zu reisen, und was hätte passieren können, wenn sie es nicht verhindert hätte – dann kann sie selbst nicht mehr schlafen und nichts mehr essen. Sie ist eine Geisel seiner Stimmung, zu verängstigt, um einen Laut von sich zu geben. Wenn es dann vorbei ist, wenn Boyd endlich aus seinem Sessel aufsteht, ein heißes Bad nimmt und sie um eine Tasse Tee bittet, ist die Erleichterung so gewaltig, dass sie sich einen Moment Zeit nehmen muss, bis sie wieder ruhig atmen kann.

Boyd sieht zu, wie sie ihre Röcke und Kleider in den mächtigen Schrank an der Wand gegenüber hängt. Er sitzt auf der Bettkante, ein langes Bein über das andere geschlagen, die Hände um das obere Knie gefaltet.

»Wir finden sicher jemanden, der dir das abnimmt – Cardetta scheint Hunderte Dienstboten zu haben«, bemerkt er. Clare lächelt ihm über die Schulter hinweg zu.

»Ich komme ganz gut ohne Kammerzofe zurecht«, entgegnet sie. »Dann muss er wohl sehr reich sein?«

»Das würde ich meinen. Dies ist eines der ältesten und größten Häuser in Gioia – nun, jedenfalls von denen, an die er herankommen konnte.«

»Ach?«

»Cardetta war nicht immer reich – und er hat zwanzig Jahre in Amerika verbracht. Ich habe den Eindruck, dass die *signori* hier – die bessere Gesellschaft – ihn ein wenig als Neureichen verachten.«

»Nun ja, von ihrer Warte aus verständlich«, sagt sie. »Vor allem, wenn er so lange fort war. Wie ist er denn zu Geld gekommen?«

»In New York.«

»Ja, aber ...«

»Nun lass das Thema endlich und komm her«, befiehlt er mit gespielter Strenge. Clare betrachtet die zerknitterte Seidenbluse in ihrer Hand. Der blassgelbe Stoff scheint den hellen Himmel draußen zu spiegeln. Sie wünscht, sie würde ohne Zögern reagieren, aber anscheinend kann sie nicht anders. Doch dann tut sie, was er sagt, und setzt sich vorsichtig auf seinen Schoß. Er schlingt die Arme um ihre Taille und birgt das Gesicht an ihrer Brust, aber irgendwie wirkt das nicht erotisch, sondern eher so, als wollte er sich verstecken. »Clare«, haucht er, und sie spürt seinen heißen Atem auf der Haut.

»Ist alles in Ordnung, mein Liebling?«, fragt sie und bemüht sich um einen fröhlichen Tonfall, leichthin, unverfänglich.

»Ja – jetzt bist du ja da.« Er packt sie fester, bis seine Armbanduhr schmerzhaft gegen Clares Rippen drückt. »Ich liebe dich so sehr, meine beste Clare.«

»Ich liebe dich auch«, sagt sie und bemerkt erst jetzt, wie trocken ihre Lippen sind. Trocken und ... knauserig. Als würden sie mit Worten geizen. Sie schließt kurz die Augen und wünscht sich ganz fest, dass er an diesem Punkt aufhört und nichts mehr sagt. Dass er seinen Griff ein wenig lockert. Doch er hört nicht auf und lässt nicht locker.

»Ohne dich würde ich sterben, weißt du? Das schwöre ich.« Clare will es abstreiten – das hat sie schon früher versucht. In der Hoffnung, dass ihm klar wird, wie erdrückend diese Worte sind. »Mein Engel«, flüstert er. Seine Arme zittern vor Anstrengung, so fest hält er sie umklammert. Oder ist sie es, die zittert? »Mein Engel. Ich würde sterben ohne dich.« *Nein, würdest du nicht,* will sie erwidern. Doch wenn er solche Sachen sagt, packt etwas ihre Kehle und drückt sie zu, sodass sie kein Wort mehr herausbringt. Sie könnte nicht sagen, ob es Schuldgefühle sind, Angst oder Wut. Sie hält sich vor Augen, dass die meisten Frauen dankbar wären, einen so ergebenen Ehemann zu haben. Sie ermahnt sich, dankbar zu sein.

»Ich sollte mal nach Pip sehen«, bringt sie nach einer Weile heraus.

Als die Sonne untergegangen ist, treffen sie ihre Gastgeber wieder bei einem Drink an dem langen Tisch unter der berankten Veranda. Ein schweigsames Mädchen mit ordentlich in der Mitte gescheiteltem, schwarzem Haar und einer altmodischen hochgeschlossenen Bluse mit Rüschenkragen bringt ein Tablett mit Gläsern und einer Karaffe, aus der sie eine dunkle Flüssigkeit einschenkt. Kleine runde Früchte fallen mit in die Gläser wie weiche Kiesel.

»O ja – *amarena*«, sagt Marcie und klatscht in die Hände. »Genau das, was Sie nach dieser langen Reise brauchen. Wildkirschensaft – es gibt sie nicht immer, aber wenn wir welche bekommen, setzt eines der Küchenmädchen damit dieses Zeug an. Das Rezept hält sie streng geheim – sie weigert sich standhaft, es mir zu verraten! Sie fügt noch irgendein Kraut hinzu, das ich einfach nicht bestimmen kann. Angeblich das Geheimnis ihrer Großmutter. Ist das nicht zum Totlachen? Etwas so Albernes wie ein Rezept derart eifersüchtig zu hüten?«

»Das ist keineswegs albern«, belehrt Leandro seine Frau streng. »Sie hat so wenig, das ihr allein gehört.«

»Na, wenn du meinst.« Marcie lässt sich nicht verunsichern. »Kosten Sie mal – nur zu. Hier ist der Zucker, falls Sie welchen möchten, aber ich finde, der Saft schmeckt köstlich, so wie er ist.« Sie strahlt Pip an, und er kommt ihrer Aufforderung nach. Er hat sich umgezogen und trägt ein sauberes Hemd und sein steingraues Leinensakko samt passender Weste. Eigentlich angemessen, dennoch wirkt seine Kleidung in dieser Umgebung irgendwie fehl am Platze. Er sieht aus wie ein hastig herausgeputzter Schuljunge. Zu Hause hat er den neuen Anzug mit einem Hauch von prahlerischem Stolz in die Stadt ausgeführt. Als wäre ihm das bewusst, sitzt Pip ganz vorne auf dem Rand seines Stuhls und blickt verlegen drein. Clare nippt an ihrem Glas.

»Köstlich«, sagt sie automatisch und nimmt dann wahr, dass das stimmt. Verstohlen mustert sie Leandro Cardetta.

Sie schätzt ihn auf Ende vierzig. Er trägt das volle graue Haar streng zurückgekämmt von der hohen, tief zerfurchten Stirn. Schön ist er gewiss nicht, dennoch auf eine besondere Weise attraktiv – sein Gesicht strahlt eine gewisse Würde aus, als hätten die stark gemeißelten Züge eine besondere, ernste Bedeutung. Seine bronzefarbene Haut wirkt so kräftig und weich wie gutes Leder. Er hat tiefe Furchen um die Mundwinkel und recht ausgeprägte Tränensäcke, und seine Augen sind so dunkel, dass man die Pupille kaum von der Iris unterscheiden kann. Es entsteht beinahe der Eindruck, die Pupillen seien außerordentlich stark geweitet. Vielleicht ist dies der Grund dafür, dass sein Gesicht in Ruhe so herzlich und offen wirkt. Er ist nicht allzu groß, nicht annähernd so groß wie Boyd. Seine Schultern sind kräftig und breit, sein Brustkorb stark wie ein Fass, und ein Bauchansatz, Resultat eines üppigen Lebensstils, füllt sein Hemd aus. Er sitzt zurückgelehnt auf seinem Stuhl und hält das kleine Glas *amarena* überraschend zart mit den Fingern der linken Hand. Er ist aufmerksam, ohne beunruhigend oder zudringlich zu erscheinen. Elegant, aber nicht affektiert.

Er fängt Clares verstohlenen Blick auf und lächelt.

»Wenn es irgendetwas gibt, womit wir Ihnen den Aufenthalt bei uns noch angenehmer gestalten können, lassen Sie es uns bitte wissen, Mrs. Kingsley«, sagt er höflich.

»Mit Ausnahme von Musik, Kino, einem Einkaufsbummel oder einem Abend im Casino – da werden Sie Pech haben!«, verkündet Marcie.

»Marcie, *cara,* das hört sich ja an, als gäbe es in Gioia kein bisschen Unterhaltung. Wir haben ein sehr gutes Theater – mögen Sie das Theater, Mrs. Kingsley?«

»O ja, sehr. Und Pip ebenfalls – er hat sich sogar als begabter Schauspieler entpuppt«, entgegnet Clare.

»Philip – tatsächlich? Erzähl mir mehr.« Marcie beugt sich über den Tisch, legt die Hand auf seinen Unterarm und starrt ihn erwartungsvoll an.

»Na ja, ich …« Pips Stimme bricht, er räuspert sich und errötet. »Im vergangenen Schuljahr habe ich in einem Stück mitgespielt, und es hieß, ich hätte das ganz gut gemacht. Ich war Ariel in *Der Sturm.*«

»Du warst fabelhaft«, sagt Clare.

»Aber – ich bin Schauspielerin, wusstest du das nicht? Nun ja, zumindest war ich das, zu Hause in New York. Hier natürlich nicht. Ach, wie ich das Theater liebe! Die Schauspielerei liegt manchen Menschen einfach im Blut, glaubst du nicht auch? Eine Berufung, der man einfach folgen muss … Fühlst du sie auch, Pip? Jubelt dein Herz, wenn du auf der Bühne stehst?«

»Na ja, ich … ich würde sicher gern wieder in einem Stück mitspielen«, antwortet er. »Aber das ist kein richtiger Beruf, von dem man leben kann, oder?« Das sind Boyds Worte, die da aus Pips Mund kommen, stellt Clare betroffen fest. Pips Herz hat auf der Bühne gejubelt. Sie hat es mit eigenen Augen gesehen.

»Aber warum denn nicht? *Ich* habe es zum Beruf gemacht.«

»Pip hat sehr gute Noten. Er wird nach Oxford gehen, und danach stehen ihm die besten Kanzleien offen«, erklärt Boyd. Er nippt etwas dunkelroten Saft und presst kurz die Lippen zusammen.

»Geben Sie etwas Zucker hinein, wenn er Ihnen zu sauer ist«, sagt Leandro und reicht ihm die Zuckerdose. Boyd lächelt schmallippig, ohne ihn anzusehen, und löffelt Zucker in sein Glas.

»Kanzleien? Er soll Anwalt werden? Oje, warum schicken Sie ihn nicht gleich ins Mausoleum? Der arme Junge!«

»Nicht doch. Mein Vater hat sich immer gewünscht, dass ich Jurist werde, aber dazu hat mein Verstand nicht gereicht. Pips schon. Es wäre doch ungeheuerlich, solche Geistesgaben zu verschwenden.«

»Und was ist mit Pips Wünschen?«, fragt Marcie leichthin, doch Clare sieht genau, wie verdutzt und verärgert Boyd auf diesen Einwand reagiert. Sie wünscht, Marcie würde das Thema fallen lassen.

»Er ist noch so jung. Da kann er noch gar nicht wissen, was er will«, erklärt er. Marcie tätschelt Pips Arm und zwinkert ihm verschwörerisch zu.

»Ich werde die beiden schon bearbeiten, keine Sorge. Was ist schon Jura im Vergleich zu donnerndem Applaus?«, fragt sie. Zu Clares Erleichterung beschließt Boyd, ihre Worte unkommentiert zu lassen.

Das Abendessen besteht aus einer Vielzahl verschiedener Gerichte, die teils zusammen auf den Tisch kommen, teils für sich allein nach einer angemessenen Pause aufgetragen werden. Mehrere Sorten Frischkäse und Brot, Gemüse in Zitronenmarinade, Pasta mit Brokkoli, dünne Kalbfleischröllchen, weiche Focaccia, die vor Öl trieft und nach Rosmarin duftet. Pip isst, als hätte er seit Tagen gehungert, doch schließlich gibt sogar er sich geschlagen. Er rutscht unbehaglich auf seinem Stuhl hin und her, und plötzlich lacht Leandro tief und bellend.

»Philip, ich hätte dich warnen sollen. Bitte verzeih. In diesem Hause wird so lange Essen gebracht, wie du deinen Teller leerst.« Pip hat ein Glas Wein getrunken und wirkt insgesamt schon viel entspannter.

»Ich glaube, es wird mir hier sehr gut gefallen«, sagt er, und Leandro lacht erneut.

»Wie wäre es mit einem kleinen Verdauungsspaziergang durch den Ort, bevor wir ins Bett gehen?«, schlägt Clare vor. Auch sie hat zu viel gegessen. Der Duft der frischen Köstlichkeiten hat einen Hunger in ihr geweckt, den sie lange ignoriert hatte. Marcie und Leandro wechseln einen kurzen Blick. »Ist das nicht Sitte hier in Italien? *La passeggiata?*«, fragt Clare.

»Doch, Mrs. Kingsley, das stimmt. Aber hier im Süden machen wir unsere *passeggiata* früher am Abend – gegen sechs Uhr, wenn die Sonne untergeht. Die vornehmen Leute, meine ich. Jetzt, um diese Zeit, sind die Straßen ... eher etwas für die Arbeiter, die erst spät von den Feldern heimgekommen sind. Das ist natürlich kein Gesetz, aber vielleicht unternehmen Sie Ihren Spaziergang lieber morgen, etwas früher«, erklärt Leandro.

»Oh, ich verstehe«, antwortet Clare. Leandro neigt galant den Kopf, und sie wundert sich über dieses strenge Schwarz-Weiß – die Vorstellung, dass Menschen entweder der Arbeiter- oder der Oberschicht angehören, ohne die breite Mitte dazwischen, zu der Clare und Boyd zu Hause gehören.

Als der Tisch abgeräumt wird, schlägt Marcie vor, ihnen stattdessen das Haus zu zeigen. Boyd und Leandro bleiben sitzen und trinken einen bitteren Fenchellikör, den Clare nicht herunterbringt und bei dem Pip das Gesicht verzieht. Leandro stopft eine lange Pfeife aus irgendeinem hellen Holz mit einem eingelegten Band aus Elfenbein. Blauer Rauch hängt in der Luft wie ein Phantom. Pip, der schon halb vom Stuhl aufgestanden ist, zögert einen Moment. Er ist nicht mehr Kind genug, um automatisch den Frauen zu folgen, aber auch noch nicht Mann genug, um bei den Männern zu bleiben. Unter seinen geröteten Augen haben sich tiefe Ringe der Erschöpfung gebildet.

»Du siehst müde aus, Pip«, bemerkt Clare. »Warum gehst du nicht schon ins Bett? Ich bleibe sicher auch nicht mehr lange auf.« Sie nimmt an, dass er gern ein wenig Zeit für sich hätte, um sein Zimmer zu erkunden und noch etwas zu lesen. Seine erleichterte Miene sagt ihr, dass sie richtigliegt.

»Ich glaube, du hast recht, Clare«, entgegnet er. »Wenn Sie mich entschuldigen würden, Mr. Cardetta? Vater?«

»Aber natürlich, Philip.« Leandro nickt und lächelt wohlwollend. »Schlaf gut. Morgen werden wir beide uns über Automobile unterhalten – ich möchte dir etwas zeigen, das dir sicher gefallen wird.«

Marcie führt Clare von einem Zimmer zum nächsten. In

jedem schaltet sie das Licht ein und überlässt es den Bediensteten, es hinter ihnen wieder auszuschalten. Auf den Ledersohlen ihrer Sandalen bewegt sich ihr schmaler, geschmeidiger Körper unter der weiten Kleidung beinahe geräuschlos. Sie durchqueren eine Bibliothek und eine Reihe streng und maskulin wirkender Räume mit riesigen Schreibtischen und massiven Sesseln, die eine gewisse Ernsthaftigkeit ausstrahlen. Dann folgt ein üppiger eingerichtetes Wohnzimmer und noch eines, dem sich ein Esszimmer mit herrlichen Fresken an der Decke und einer Tafel anschließt, an der vierundzwanzig Personen bequem Platz hätten. Die Böden bestehen aus glatt poliertem Stein oder farbigen Fliesen in aufwendigen Mustern. Alle Fenster sind mit schweren Fensterläden versehen, und seidene Kordeln halten die voluminösen Vorhänge zurück. All das ist prachtvoll und strahlt eine Art soliden Glanz aus, aber Clare empfindet das Haus trotzdem als bedrückend, stagnierend, als sei es vor fünfzig Jahren in der Zeit stehen geblieben. Beinahe hört sie die Luft, durch die sie sich schieben, knarren und quietschen. Das Haus riecht nach Stein und ausgetrocknetem Holz und dem kribbelnden Staub in altem Damast.

Als sie den Fuß einer Marmortreppe erreichen, dreht Marcie sich zu Clare um. »Na, wie finden Sie es?«

»Ich finde es ganz reizend«, antwortet Clare nach einer winzigen Pause. Marcie lächelt erfreut.

»Ach, ihr Briten seid immer so verdammt *höflich!* Wie könnte man euch nicht lieben? Das Haus ist ein Museum, ich weiß – wie ein Herrenklub von vor achtzig Jahren. Na los, widersprechen Sie mir – trauen Sie sich!«

»Nun ja ... die Einrichtung wirkt hier und da vielleicht etwas altmodisch.«

»Das können Sie laut sagen. Aber ich arbeite daran, meine Liebe. Mein Leandro ist an den Einfluss einer weiblichen Hand nicht gewöhnt, aber ich bekomme ihn schon noch da hin.«

»Jetzt ist doch sicher die günstigste Gelegenheit dafür? Wenn Boyd die Fassade neu gestaltet, warum nicht zugleich die Inneneinrichtung etwas modernisieren?«

»Das ist genau mein Argument, Clare. Genau das sage ich ihm auch. Erlauben Sie mir eine sehr persönliche Frage?« Das kommt so unvermittelt, dass Clare verblüfft blinzelt. An der düsteren Treppe kann sie Marcies Gesichtsausdruck nur schwer erkennen. Sie lächelt – wie immer.

»Natürlich«, sagt Clare. Sie hofft, dass die Frage sich nicht um Boyd drehen wird.

»Na ja, ich würde Sie auf nicht einmal dreißig schätzen. Da kann ich mir irgendwie nicht vorstellen, dass Sie tatsächlich die Mutter dieses charmanten Jungen sind?« Clares Herz macht vor Erleichterung einen Satz. Sie atmet langsam aus.

»Ich bin neunundzwanzig, und Sie haben recht. Pips Mutter war Boyds erste Ehefrau Emma. Sie war Amerikanerin – aus New York, genau wie Sie. Sie starb, als er vier Jahre alt war.«

»Ach, der arme Kleine. Und die arme Emma – zu sterben und ihren kleinen Jungen zurücklassen zu müssen! Aber welch ein Glück für ihn, dass er eine so wunderbare und absolut nicht böse Stiefmutter bekommen hat.«

»Wir stehen uns sehr nahe. Ich war erst neunzehn, als ich Boyd geheiratet habe …« Clare verstummt und weiß selbst nicht recht, was sie eigentlich sagen wollte. Marcies Augen leuchten vor unverhohlener Neugier, und Clare fragt sich, wie lange sie schon allein in diesem Haus sein mag – wie einsam sie sich fühlen muss. »Na ja, ich bin für ihn eher eine Art große Schwester als eine Mutter. Natürlich erinnert er sich an Emma.«

»Woran ist sie gestorben?«

Clare zögert, diese Frage zu beantworten. Sie hat sie auch ihren Eltern gestellt, kurz nachdem sie Boyd kennengelernt hatte – damals hatten er und ihre Eltern gemeinsame Freunde, von denen einer ihm recht nahestand. Clare erfuhr, dass Emma im Kindbett gestorben sei, in New York, dass Boyd vor Trauer außer sich gewesen sei und sie Emma am besten gar nicht erwähnen solle. Das hatte sie so hingenommen, ohne es zu hinterfragen, und ein paar Monate nach ihrer Hochzeit, als sie Pip allmählich besser kennenlernte, stellte sie fest, dass er sich gut an seine Mutter erinnerte. Da war ihre Neugier unbezähmbar geworden. Es wäre grausam gewesen, Pip – damals immer noch ein kleiner Junge – nach den Umständen ihres Todes zu fragen. Deshalb nahm Clare eines Abends, als Boyd entspannt und fröhlich wirkte, ihren Mut zusammen und fragte ihn danach. Er hatte sie so schockiert angestarrt, als hätte sie nicht einmal Emmas Namen kennen, ja, gar nichts von ihr wissen sollen – geschweige denn, das geringste Interesse an seiner ersten Frau zeigen. Sein gequälter Gesichtsausdruck jagte ihr einen Schauer über den Rücken, und sie bedauerte ihre Frage augenblicklich. Sie griff nach seiner Hand und wollte sich entschuldigen, aber er wich ihr aus und ging zur Tür, als wollte er sie ohne Antwort stehen lassen. Doch dann hielt er inne, den Blick auf den Boden gerichtet.

»Es war ... ein plötzliches Fieber. Eine Infektion. Plötzlich ... und verhängnisvoll.« Er schluckte. Seine Wangen waren bleich und hohl. »Ich will nicht darüber reden. Bitte sprich nie wieder von ihr.« In jener Nacht rührte er sie im Bett nicht an, nicht einmal im Schlaf. Und Clare verfluchte sich, weil sie so unsensibel gewesen war, und schwor sich, dass sie seine Bitte respektieren würde.

Clare schüttelt die Erinnerung an diese einsame Nacht voller Selbstvorwürfe ab und antwortet Marcie mit Boyds eigenen Worten. »Es war ... ein plötzliches Fieber. Boyd konnte nie richtig mit mir darüber sprechen. Die Erinnerung ist zu schmerzlich für ihn.«

»Der arme Mann. Das glaube ich gern. Männer sind viel weniger dazu in der Lage, mit solchen Dingen fertigzuwerden, finden Sie nicht auch? Sie müssen stark sein und dürfen nicht weinen oder bei Freunden Trost suchen, also schlucken sie alles herunter und lassen es vor sich hin gären. Mein Leandro will über gewisse Dinge auch nicht sprechen – Narben, die er mir nicht zeigen will. Ich weiß nicht ... vielleicht liegt es daran, dass ich Schauspielerin bin, aber ich finde, man sollte so etwas *herauslassen*. Wissen Sie, was ich meine? Lass es raus. Betrachte es im hellen Tageslicht, dann sieht es vielleicht gar nicht mehr so schlimm aus. Aber das tut er natürlich nicht. Der Mann kann eine verdammte Festung sein, wenn er will.« Ihr geht die Puste aus, sie schnappt nach Luft, als wollte sie fortfahren, schweigt jedoch. Dann lächelt sie. »Tja, wir können wohl nur für sie da sein, wenn sie irgendwann vielleicht doch darüber reden wollen.«

»Ja. Aber ich glaube nicht, dass Boyd das je tun wird. Nicht über Emma. Er ... er hat sie sehr geliebt, glaube ich. Manchmal frage ich mich, ob er mir nichts von ihr erzählen will, weil er fürchtet, ich könnte eifersüchtig werden.«

»Sind Sie eifersüchtig? Ich wäre es bestimmt – ich bin eindeutig der eifersüchtige Typ. Ich hatte es leicht, denn Leandros erste und zweite Frau haben sich dermaßen aufgeführt, als er sich hat scheiden lassen, dass er sie heute nicht mehr ausstehen kann. Aber der Geist einer innig geliebten ersten Frau – puh! Wie soll man damit konkurrieren?«

Sie drehen sich um und gehen Schulter an Schulter die Treppe hinauf, einen langsamen Schritt nach dem anderen. Clare antwortet nicht sofort. Sie denkt daran, wie sie Boyd einmal in seinem Ankleidezimmer überrascht hat – er hielt ein Paar seidene Damenhandschuhe in Händen, die nicht ihr gehörten, und strich mit den Daumen über den Stoff, langsam und völlig versunken. Er bemerkte sie nicht gleich, und Clare sah in diesem Moment einen Ausdruck so tiefer Qual auf seinem Gesicht, dass sie ihren Mann kaum wiedererkannte. Die Handschuhe zitterten in seinen Fingern, und als er Clare bemerkte, ließ er sie fallen, als hätte er sich daran verbrannt. Das Blut schoss ihm so plötzlich ins Gesicht, dass sich die Adern an seinen Schläfen abzeichneten. Als hätte sie ihn mit einer anderen Frau im Bett ertappt – doch das kam erst später. Sie sagte: *Ist schon gut,* aber er brachte kein Wort heraus.

»Ich bemühe mich bewusst, nie mit ihr zu konkurrieren. Liebe ist schließlich keine begrenzte Ressource. Er kann mich lieben, obwohl er sie immer noch liebt«, erklärt sie mit leiser Stimme.

»Das haben Sie aber schön gesagt! Weise Worte. Sie sind viel erwachsener als ich, Clare«, sagt Marcie. Clare erwidert nichts darauf, denn sie ist nicht sicher, ob das als Kompliment gemeint war. »Und Sie haben mit neunzehn geheiratet? Du meine Güte, da waren Sie ja noch ein junges Mädchen!«

»Ja, das stimmt wohl.«

»Also, ich wollte erst etwas erleben, ehe ich mich binde. Ich wollte, nun ja, ein paar Männer ausprobieren, sozusagen, bevor ich mich festlege. Aber damals war ich auch ein bisschen wild.«

»Ich bin in einer sehr ländlichen Gegend aufgewachsen, da gab es nicht so viele Männer, die infrage kamen. Meine Eltern haben Boyd durch gemeinsame Bekannte kennengelernt und fanden, er wäre ein guter Mann für mich.«

Marcie reißt die Augen auf. »Sie haben Ihre Eltern einen Mann für Sie aussuchen lassen?«

»Also, so kann man das nicht ...«

»Nein, natürlich nicht. Entschuldigung, ich wollte keine voreiligen Schlüsse ziehen. Es ist nur so ... Ich bin mit dreizehn von zu Hause weggegangen. Ich kann mir nicht vorstellen, wie es wäre, so behütet und geleitet zu werden.«

»Es war ...« Einen Moment lang findet Clare nicht die passenden Worte. Sie war ein Kind, und dann heiratete sie Boyd und wurde Ehefrau. Das sind die beiden einzigen Inkarnationen ihrer selbst, die sie je kennengelernt hat, und im Augenblick des Übergangs von einer zur anderen war sie glücklich – erleichtert, dass alles in festen und sicheren Bahnen verlief.

Sie war das einzige Kind eines Paares, das die Hoffnung schon fast aufgegeben hatte – bei Clares Geburt war ihre Mutter vierzig, ihr Vater über fünfzig Jahre alt. Mit achtzehn hatte Clare eine Mutter, die früh gealtert war, ausgezehrt, zerbrechlich und zunehmend schwach. Ihr Vater nahm gegen seine Schmerzen in der Brust fünf oder sechs Tabletten täglich ein, die er energisch mit den Zähnen zermalmte – doch sie halfen herzlich wenig. Als sie im Internat war, hatte sie ihre Eltern oft länger nicht gesehen. Umso deutlicher nahm sie dann bei ihren Besuchen wahr, wie Alter und Gebrechen ihre winzige Familie überholten. In viel stärkerem Maß als ihre Schulkameradinnen war sie mit der Vorstellung konfrontiert, ihre Eltern zu verlieren und ganz allein auf der Welt zu sein, und die unbekannte Zukunft, die sich weit und leer vor ihr ausbreitete, machte ihr Angst. Aber so geschildert klänge es, als hätte sie sich aus nüchterner Berechnung für Boyd entschieden oder aus schierer Verzweiflung – und so war es nicht gewesen.

»Ich war froh, dass sie ihn schätzten. Und sie waren auch froh darüber, dass ich mit ihm einverstanden war.« Marcie schweigt, und Clare wird klar, wie blutleer sich das anhört. »Und natürlich habe ich ihn geliebt. Ich habe ihn lieb gewonnen.«

»Aber natürlich. Er ist ein Schatz. So ein sanfter Mann! Ich kann mir nicht vorstellen, dass er je die Beherrschung verliert, und es ist offensichtlich, dass er Sie vergöttert. Sie kommen bei ihm sicher mit allem durch. Ich dagegen muss vorsichtig sein. Wenn Leandro explodiert, dann wie ein Vulkan!«

»Nein, ich ... ich glaube nicht, dass ich Boyd je habe explodieren sehen«, sagt Clare. Stattdessen implodiert er, reduziert sich ganz und gar auf einen fernen, stillen Punkt, den sie nicht erreichen kann. Dann erscheint ihr die Welt wackelig und unsicher, und sie und Pip klammern sich aneinander wie Schiffbrüchige, die hilflos im Meer treiben und nur abwarten können, wann und wie Boyd wieder hervorkommen wird. Seit dem letzten Mal sind fünf Monate vergangen, und Clare spürt bereits den Druck der nächsten Implosion, der sich in ihm aufbaut. Sie kann nur hoffen, dass sie sich irrt. »Wie haben Sie Leandro kennengelernt?«, fragt sie, weil Marcies Miene so verwundert, beinahe mitleidig wirkt.

»Ach, er hat mich eines Abends auf der Bühne gesehen. Er behauptet, er habe sich in mich verliebt, ehe ich auch nur einen einzigen Ton gesungen hatte.« Marcie lächelt wieder und hakt sich bei Clare unter.

Als Clare endlich allein ist, klopft sie leise an Pips Zimmertür, ehe sie sie öffnet. Die Tür gibt dasselbe Grabesstöhnen von sich wie die Tür zu ihrem Zimmer. Pip sitzt auf der breiten Fensterbank und schaut in die Nacht hinaus. Der satt indigoblaue Himmel ist mit Sternen gesprenkelt.

»Alles klar, Pip?«

»Alles klar, Clare. Ich wollte nur feststellen, welche Konstellationen man so weit im Süden sehen kann, aber ich habe keine Sternkarte dabei und finde überhaupt nichts.« Er wendet sich ihr zu. Über seinem Schlafanzug trägt er einen grün karierten Morgenmantel mit eng geknotetem Gürtel. Sowohl der Pyjama als auch der Morgenmantel sind ihm schon wieder zu kurz geworden, und Clare lächelt. Sie tritt zu ihm und schaut aus dem Fenster. Er riecht nach Zahnpasta und den Lavendelsäckchen, die sie zwischen ihre Kleidung in die Koffer gepackt hat.

»Ich fürchte, da kann ich dir nicht helfen, Pip. Du weißt doch, dass ich von Astrologie keine Ahnung habe.«

»Astronomie. In der Astrologie geht es um Horoskope und so was.«

»Tja, da siehst du es – keine Ahnung«, erwidert sie, und Pip grinst.

»Es gibt nichts, wovon du keine Ahnung hast. Du tust nur so, damit ich mich besser fühle«, setzt er scharfsinnig hinzu.

»Ach, ich weiß nicht. Für mich ist ein Stern einfach ein Stern, Hauptsache, er funkelt und sieht hübsch aus. Was sollte ich denn noch wissen?«

Pip erzählt ihr, wie lange das Licht braucht, bis es ihre Augen erreicht, wie viele verschiedene Arten von Sternen es gibt, dass manche von ihnen in Wirklichkeit Planeten sind und dass sie bewohnt sein könnten von Lebewesen, die die Erde aus vielen Lichtjahren Entfernung als winzigen, funkelnden Punkt sehen.

Er schwatzt eine Weile über dies und das, was er oft tut, wenn er erschöpft ist. Draußen auf der Straße und hinter den geschlossenen Fensterläden der anderen Häuser brennen nur wenige Lampen. Kein Lärm ist mehr zu hören, nichts von einer *passeggiata* zu sehen. Gioia del Colle geht offenbar früh schlafen.

Pips Zimmer ähnelt dem von Clare, es ist nur kleiner und nach Westen ausgerichtet. Sie sieht nach, ob er ausgepackt hat, und findet seinen Koffer praktisch unberührt im Schrank versteckt, was sie im Grunde schon erwartet hat. Sie weiß auch, was sie auf dem Nachttisch sehen wird, ehe sie einen Blick darauf wirft – das Einzige, was er immer auspackt, ganz gleich, wohin sie reisen: eine Fotografie seiner Mutter in einem silbernen Rahmen. Das Bild ist eine Studioaufnahme. Emma steht allein neben einer hohen Jardiniere mit irgendeiner prunkvoll rankenden Pflanze, die schmalen, blassen Hände vor dem Rock verschränkt. Das Bild wurde 1905 aufgenommen, etwa ein Jahr vor Pips Geburt, und ihr hochgeschlossenes Kleid entspricht der damaligen Mode. Pip behauptet, er könne sich an genau dieses Kleid erinnern – es habe eine wunderschöne Farbe gehabt, so tiefrot wie wilder Wein im Herbst. Doch auf dem Bild wirkt es nur dunkel und streng. Emma blickt ernst, aber nicht finster drein, und ihr Gesicht ist ein schmales Oval mit hellen Augen, umrahmt von üppigen Locken, so hochgesteckt, dass sie ihr nur über die rechte Schulter fallen. Obwohl sie für den Fotografen starr geradeaus blickt, bildet Clare sich gern ein, dass sie einen Anflug von Fröhlichkeit um Emmas Lippen und in der Wölbung ihrer Brauen sehen kann. Sie greift nach dem Foto und betrachtet es mit frischer Neugier, geweckt durch Marcies Fragen. Dies ist das einzige Bild von Emma, das sie je gesehen hat. Womöglich gibt es nur dieses eine. Emma ist genauso in der Zeit erstarrt wie das Haus, in dem sie zu Gast sind. Clare erkennt ganz deutlich, wie Pip ihr ähnelt, und allein das macht Emma für sie zu einem Menschen aus Fleisch und Blut – zu einer Frau, die gelacht hat, niesen musste, wütend wurde und zärtlich war. Nicht nur ein Gesicht auf einer Fotografie und ein Geist, der ihrem Ehemann keine Ruhe lässt.

Pip blickt sich nach ihr um und sieht, dass sie das Bild betrachtet. Er hat nie zu erkennen gegeben, dass es für ihn zwischen der Erinnerung an seine Mutter und der Gegenwart von Clare irgendwelches Unbehagen gibt, und dafür ist Clare sehr dankbar. Er hat sie nie mit Emma verglichen, nie im Zorn gesagt: *Du bist nicht meine richtige Mutter.* Manche Dinge brauchen gar nicht ausgesprochen zu werden. Er hat ihr nie irgendwelche Schuld daran gegeben, dass seine Mutter tot ist, wie andere Kinder das in ihrer Trauer und Verwirrung vielleicht getan hätten.

»Ich glaube, das Abendessen hätte ihr auch geschmeckt, meinst du nicht?«, bemerkt er.

»Oh, unbedingt. Vor allem die frittierten Zucchiniblüten – du hast mir einmal erzählt, dass sie gern neue Dinge probiert hat. Sie waren so zart. Köstlich. Glaubst du, sie hätte Mr. und Mrs. Cardetta gemocht?«

»Ja, ich glaube schon.« Pip überlegt kurz. »Ich meine, sie neigte dazu, die meisten Menschen erst einmal zu mögen. Und sie sind sehr gastfreundlich, nicht?«

»Ja, sehr.« Manchmal tun sie das, vor allem in schwierigen Zeiten – raten, was Emma von diesem oder jenem gehalten hätte. Ob sie etwas gemocht hätte oder nicht und wie sie sich in einer bestimmten Situation verhalten hätte. Das ist eine Möglichkeit, sie als Person lebendig zu erhalten, und es gibt Pip das Gefühl, sie zu kennen, obwohl seine Erinnerungen in Wahrheit nur aus den eher flüchtigen Sinneseindrücken eines kleinen Kindes bestehen – die Farbe ihres Kleides, ihr langes Haar, ihre Stimme und die Wärme ihrer Hände, und dass sie Orangen liebte und ihre Finger oft nach deren Schale rochen. Manchmal lässt Pip auf diesem Wege Clare auch wissen, wie er über gewisse Dinge denkt – schwierige Dinge, über die er kaum offen sprechen könnte. Von Zeit zu Zeit verkündet er, dass Clare und Emma sich gut verstanden hätten, dass sie Freundinnen geworden wären. Das ist auch eines seiner großzügigen Märchen – als hätten die beiden Frauen jemals zugleich Teil seines Lebens sein können.

Eine Pause entsteht, während sie beide das Bild betrachten. Dann stellt Clare es an seinen Platz zurück. Sie achtet immer darauf, keine Fingerspuren auf dem Glas zu hinterlassen.

»Geht ... geht es Vater gut?«, fragt Pip mit spürbar erzwungener Beiläufigkeit.

»Ja. Ich glaube schon, ja«, antwortet Clare ebenso leichthin. Pip nickt und weicht ihrem Blick aus. »Jedenfalls wird es ihm jetzt besser gehen, weil wir da sind. Meinst du nicht?«

»Kann sein.« Pip hält den Blick auf Emmas Bild gerichtet. Auf einmal wirkt er niedergeschlagen, unglücklich und verloren. Clare sucht nach den richtigen Worten.

»So plötzlich hier herunterzukommen ist ein bisschen seltsam, ich weiß. Und ich weiß, dass ... der Sommer ein wenig einsam für dich werden könnte, so ganz ohne deine Freunde«, sagt sie. Pip zuckt mit den Schultern. »Aber wir werden eine schöne Zeit hier verbringen, das verspreche ich dir. Du findest bestimmt auch neue Freunde ... Schlaf jetzt. Morgen gehen wir auf Entdeckungsreise. Vielleicht darfst du mit Mr. Cardetta noch einmal in dem Wagen fahren, der dir so gefallen hat – der Alfred Romeo.«

»Al*fa* Romeo, Clare«, korrigiert Pip lächelnd.

»Siehst du. Ich habe dir doch gesagt, dass ich von vielen Dingen keine Ahnung habe.« Sie drückt ihn flüchtig und küsst ihn auf die Stirn. »Leg dich schlafen. Ich gehe auch gleich ins Bett.«

Boyd sitzt noch mit Leandro draußen. Vom Schlafzimmerfenster zwei Stockwerke über ihnen sieht Clare im Licht der Öllampen auf dem Tisch Pfeifenrauch aufsteigen. Sie kann ihre sanft an- und abschwellenden Stimmen hören, aber keine einzelnen Worte verstehen. Trotzdem lauscht sie eine Weile, ehe sie möglichst lautlos die Fensterläden schließt – sie weiß selbst nicht recht, warum sie das Gefühl hat, dass sie leise sein muss. Als sie sich ins Bett legt, sinkt die Matratze unter ihr tief ein. Die Bettwäsche riecht wie lange nicht benutzt, sauber, aber ein wenig muffig. Im Zimmer ist es warm und still, und sobald sie die Augen schließt, hört sie eine Stechmücke dicht an ihrem Ohr sirren. Gleich darauf zwei weitere.

Sie war nicht ganz aufrichtig zu Marcie, denn in einer Hinsicht ist sie doch eifersüchtig auf Emma: wegen Pip. Nicht, weil sie seine Mutter sein wollte – ohne Emma wäre er nicht der Junge, der er ist. Nein, sie wünscht sich ein eigenes Kind. Sie will es unter ihrem Herzen tragen und das seltsame Gefühl eines anderen Lebens in ihrem Inneren erfahren. Sie will den Schock der Geburt und die tiefe Zufriedenheit des Stillens erleben. Sie will auch Mutter sein, nicht nur Stiefmutter und große Schwester. Liebe ist keine begrenzte Ressource, hatte sie zu Marcie gesagt. Und davon war sie auch überzeugt: Sie könnte ihr eigenes Kind lieben und Pip trotzdem kein bisschen weniger lieb haben als jetzt. Und dann ist da natürlich noch der Faktor, dass Pip schon fast erwachsen ist und sie bald allein lassen wird.

Aber Boyd will nicht noch ein Kind. Boyd fürchtet sich zu sehr. Er kann seine Angst nicht richtig in Worte fassen, aber sie ist da, und sie sitzt ihm fest in den Knochen. Wenn Clare und Boyd sich lieben, dann immer mit einem Präservativ zwischen ihnen und bei ausgeschaltetem Licht. Manchmal hat Clare das Gefühl, dass sie nie wirklich miteinander geschlafen haben, weil sie einander nicht sehen konnten und sich nur durch eine Hülle berührten. Sie hat sich vorgenommen, Boyd während dieses Urlaubs noch einmal auf ein Baby anzusprechen, aber er ist bereits so angespannt, dass ihr Zweifel kommen, ob das eine gute Idee ist. Sie spürt schon diese unterschwellige Strömung in ihm, vor der ihr so graut, und sie weiß, dass es diesmal mit Cardetta zu tun hat, vermutlich also auch mit New York. Die Stechmücken sirren in Clares Ohren, und unter der Bettdecke wird ihr zu warm. Ihre Haut juckt und kribbelt. Ihr erster und einziger Aufenthalt mit Boyd in New York gehört zu den schlimmsten Erinnerungen in ihrem Leben, wie ein absurder, scheußlicher Albtraum. Nun liegt sie wach, obwohl sie völlig erschöpft ist, und ihr ist bewusst, dass sie nicht schlafen kann, weil sie wartet. Sie wartet auf die Möglichkeit herauszufinden, was das alles zu bedeuten hat und wohin es führen wird.

6

Ettore

Ettore ist elf Jahre alt. Es ist März, und der Himmel ist eine ungebrochene graue Wolkendecke, die aussieht, als würde es jeden Moment anfangen zu regnen. Aber es kommt kein Regen – der Himmel hängt schon seit Tagen so über ihnen, doch nichts passiert. Die Arbeiter jäten das Feld, reißen alle Wildpflanzen zwischen den jungen Weizensprossen aus, die im letzten Oktober gesät wurden. Jetzt sind die Felder um Gioia zart begrünt und sanfter als zu jeder anderen Jahreszeit. Da diese Arbeit nicht viel Kraft erfordert, werden fürs Jäten auch Jungen beschäftigt. In manchen Jahren, wenn besonders viel Unkraut wächst – etwa nach einem feuchten Frühling –, findet man sogar Jungen von acht oder neun Jahren auf den Feldern. Sie bekommen so wenig Geld, dass man kaum von »Lohn« sprechen kann. Aber wenig ist mehr als nichts. Schlimmer noch ergeht es den Männern, die bei ihren Dienstherren Schulden angehäuft haben und diese nun nach und nach abarbeiten müssen.

Jäten ist eine langweilige, schier endlos erscheinende eintönige Arbeit. Wenn Ettores Rücken vom langen Bücken müde wird, beugt er stattdessen die Knie, wie sein Vater es ihn gelehrt hat. Damit ein Teil seiner Muskeln Pause machen kann. Nach einer Weile wechselt er die Haltung wieder. Seine Hände sind schmutzig, die Haut brennt und blutet, weil er so viele zähe Stängel ausgerissen und sich mit seinem ganzen Gewicht gegen tief verschlungene Wurzeln in der steinigen Erde gestemmt hat. Wie alle Jungen trägt er einen großen Sack aus Segeltuch auf den Schultern, und wie oft er ihn gefüllt und vor einem Aufseher ausgeleert hat, wird darüber entscheiden, wie viel Geld er am Samstag bekommt.

Am Rand des Feldes klopfen sein Vater Valerio und ein paar andere Männer Steine. Das scharfe Knallen ihrer Spitzhacken, ohne jeglichen wohltuenden Rhythmus, hallt wie Schüsse über das Feld und ist alles, was sie den ganzen Tag lang gehört haben. Die Arbeiter werden es alle heute Nacht im Schlaf noch hören. Ettore rückt dichter an die Männer heran und drückt sich so nah bei ihnen herum, wie er es wagt. Sie hauen Tuffstein, der das ganze Land bedeckt – der Boden spuckt ihn unablässig aus, als hätte die Erde einen endlosen Vorrat davon. Gioia del Colle ist aus diesem Gestein gebaut. Wenn es frisch gehauen oder geklopft ist, hat es eine matte gelbbraune Farbe. Mit der Zeit verwittert es, wird grau, und der Regen frisst Löcher hinein wie Maden in Käse. Aber was Ettore daran fasziniert, sind die Muscheln. Der Tuffstein steckt voller Muschelschalen. Manchmal sind es nur scharfkantige kleine Splitter, aber es gibt auch ganze Muscheln, vollkommene, unbeschädigte, gewellte Fächer, Millionen Jahre alt. Pino hat gelacht, als der Lehrer ihnen das erzählt hat – dass die Muscheln Millionen Jahre alt seien. Er konnte sich das nicht vorstellen und auch nicht, wie sie in den Stein hineingekommen sein sollten, also lachte er. Ettore versuchte später, es ihm zu erklären, weil das für ihn so faszinierend war wie bewiesene Magie. Doch Pinos Aufmerksamkeit war wie eine Schnake, trieb hierhin und dorthin, als könnte sie sich nicht entscheiden, wo sie landen sollte.

Ettore rückt noch näher an die Steineklopfer heran. Mit einem verstohlenen Blick hinüber zum Aufseher vergewissert er sich, dass der nicht herschaut. Sie arbeiten auf der Masseria Tateo, und der Oberaufseher ist Ludo Manzo – im ganzen Umkreis wegen seiner Grausamkeit gefürchtet und gehasst wie kein anderer. Er erlegt den Arbeitern gern und willkürlich schreckliche Strafen auf und verabscheut die Tagelöhner mit der Inbrunst eines Menschen, der einmal selbst zu den *giornatari* gehörte und nie wieder einer sein will. Am meisten fürchten die Männer die Strafe, keine Arbeit mehr zu bekommen. Sie müssen arbeiten, oder sie verhungern, und Ludo Manzo schickt einen Mann schon dafür fort, dass er nur ein wenig langsamer wird oder den geringsten Unmut äußert. Der Entlassene muss gehen, und Ludo Manzos berühmter Spruch hallt ihm dabei in den Ohren wider: *Hier gibt es keine Arbeit für undankbare cafoni.* Cafoni – Bauernlümmel, Hinterwäldler, grober, ungebildeter Abschaum. Manchmal werden die Männer obendrein geschlagen oder sogar ausgepeitscht. Doch am meisten fürchten ihn die Jungen. Die bekommen den schlimmsten Teil seiner Aufmerksamkeit ab – und das ist Aufmerksamkeit, kein Jähzorn. Ja, wenn Ludo irgendeine Verfehlung bemerkt, wirkt er sogar eher erfreut als verärgert. Weil er einen Grund dafür hat, jemanden zu bestrafen. Vielleicht hilft es gegen seine Langeweile. Unter den Männern heißt es, er habe für ein bequemes Leben sein Herz dem Teufel verkauft. Doch der Tag ist lang, und für einen elfjährigen Jungen können sich die Minuten ins Endlose ausdehnen. Also rückt Ettore noch näher an die frisch herausgebrochenen Steine heran, indem er so tut, als zupfte er hier und da ein Unkraut aus, während er Ausschau nach vollständigen Muschelschalen hält, die eben erst ans Licht gekommen sind. Wenn er welche findet in einem Stein, der klein genug ist, um ihn in seiner Kleidung zu verstecken, wird er ihn mit nach Hause schmuggeln, für seine Sammlung. Ein paarmal hat Valerio versucht, eine Muschel aus dem Stein zu schlagen, aber immer sind sie ihm dabei zerbrochen.

Ein paar zarte Regentropfen sinken herab. Die Unkrautjäter und Steineklopfer auf dem Feld halten inne und richten den Blick gen Himmel. Doch mehr wird nicht kommen als diese paar Tröpfchen.

»Ihr werdet nicht dafür bezahlt, dass ihr in den Himmel glotzt, ihr Penner«, brüllt Ludo Manzo sie an. Die Männer wenden sich alle zugleich wieder der Arbeit zu. Alle außer Ettore. Da, ein paar Meter weiter, blickt ein perfektes Exemplar in den Himmel. Eine Jakobsmuschel – die Schale ist so breit wie Ettores Handfläche und liegt mit der Innenseite nach oben wie eine kleine Schüssel. Ein Regentropfen setzt eine dunkle Markierung hinein, als wollte das Schicksal ihm einen Wink geben. Sie ist in einem Brocken *tufo* eingebettet, den er vielleicht gerade so in seiner Kappe verstecken könnte. Er hockt sich davor, schiebt die Finger darunter und hebt den Stein vorsichtig an, um das Gewicht zu prüfen. Das könnte gerade noch gehen, mehr könnte er nie verstecken. Er zögert einen Moment und überlegt, ob es das Risiko wert wäre, Valerio zu bitten, den Brocken kleiner zu schlagen – aber unter Ludos wachsamem Blick ist das unmöglich. Könnte er später wiederkommen und die Muschel holen, wenn er sie jetzt irgendwo versteckt? Oder sollte er sie sich einfach schnappen und das Beste hoffen?

»Ettore, was machst du da? Bist du verrückt?«, raunt Pino dicht an seinem Ohr. Erschrocken springt Ettore auf und knallt dabei mit dem Kopf unter Pinos Kinn, sodass sie beide vor Schmerz das Gesicht verziehen.

»Heilige Muttergottes, Pino! Schleich dich nicht so an mich heran!«

»Ich wollte nur nicht, dass Manzo dich sieht! Was machst du da? Oh ... schon wieder so eine Muschel. Die ist schön«, gibt er zu und hockt sich neben Ettore. »Aber wie viele von denen brauchst du denn noch?«

»Sie gefallen mir eben«, brummt Ettore. Er zuckt mit den Schultern, und sein Freund sieht ihn mit zur Seite geneigtem Kopf an, sodass die weiche Haut unter seinem Kinn ein kleines Röllchen bildet. Unbegreiflicherweise ist Pino mit seinen elf Jahren beinahe pummelig. Sämtliche Nachbarn kneifen ihm mit Begeisterung in die Wangen und behaupten, ein ganz besonderer Schutzengel sorge für ihn und füttere ihn im Schlaf mit Honig. Wenn sein Haar nicht gerade wegen der Läuse geschoren ist, strubbeln sie darin herum in der Hoffnung, dass etwas von seinem Glück auf sie übergehen werde und auf ihre mageren, ebenso verlausten Kinder.

Pino steht auf, packt Ettore am Ärmel und zieht ihn weg. Ein paar Schritte weiter bückt er sich und zerrt an einer Distel – ein verzweifelter Versuch, Fleiß vorzutäuschen. Ettore blickt zu dem Stein zurück und versucht, sich für später genau zu merken, wo er liegt.

»Komm schon! *Bitte*, Ettore!«, fleht Pino. Alle Jungen fürchten Ludo Manzo, aber Pino hat noch mehr Angst vor ihm als die anderen, weil Ludo ihn aus irgendeinem Grund ganz besonders zu hassen scheint. Vielleicht, weil Pino so oft lacht, sogar über Dinge, die anderen kaum ein Lächeln entlocken. Vielleicht, weil Pino so gesund und gut genährt aussieht, obwohl er das gar nicht ist. Vielleicht auch, weil Pino nicht zu brechen ist, so hart Ludo ihn auch bestraft. Es dauert nie lange, bis auf Pinos Gesicht wieder ein Lächeln erscheint.

»Schon gut, schon gut, wir gehen! Am Ende machst du ihn noch auf uns aufmerksam!« Ettore wirft einen Blick in Richtung der Aufseher und stellt fest, dass alle drei sie beobachten, Ludo eingeschlossen. Sie sitzen auf drahtigen braunen Pferden, und vom anderen Ende des Feldes aus kann er ihre Gesichter nicht sehen, doch er spürt ihre Blicke und bekommt weiche Knie. Er geht in die Hocke und wäre am liebsten in einem Loch verschwunden. Fieberhaft schnappt er nach wucherndem Unkraut, reißt ein Gewächs nach dem anderen aus und stopft es in seinen Sack. Angst breitet sich kalt in seinen Eingeweiden aus. »Pino, nicht hochschauen«, flüstert er, und Pino wird blass. Seine Augen sind riesig, und mit leicht geöffnetem Mund beginnt auch er zu arbeiten, als ginge es um Leben und Tod. Sie halten die Köpfe gesenkt und hoffen, dass die Aufseher sie vergessen werden. Ettore verspürt den starken Drang, noch einmal aufzublicken und sich zu vergewissern, dass die Männer nicht mehr herschauen, aber er wagt es nicht. Dann hören sie ein Pferd herankommen, und Pino gibt ein leises, angstvolles Stöhnen von sich.

Erst als das Pferd so nah ist, dass sie ausweichen müssen, um nicht unter die Hufe zu geraten, springen die beiden Jungen beiseite. Sie blicken auf, direkt in die schwarzen Augen von Ludo Manzo. Er hat ein langes, knochiges Gesicht, in dem sich die kreisrunden Augenhöhlen deutlich abzeichnen, und zernarbte, hagere Wangen. Sein Bart sieht aus wie mit grobem Bleistift gestrichelt, und er stinkt nach schalem Wein.

»Haltet ihr Burschen mich für blind oder dumm?«, fragt er fast beiläufig. »Nun? Blind oder dumm? Macht den Mund auf, sonst prügele ich die Antwort aus euch heraus.«

»Weder noch, Signor Manzo«, sagt Pino. Ettore wirft ihm einen ungläubigen Blick zu. Pino glaubt immer noch, dass die Leute sich anständig verhalten werden, wenn er es auch tut. Doch wenn Ludo spricht, schweigt Ettore. Immer.

»Du hast auf alles eine Antwort, was, Dickerchen? Na, dann sag mir – wenn du mich nicht für blind oder dumm hältst, warum glaubst du dann, ich könnte von dort drüben nicht sehen, dass ihr herumtrödelt, statt zu arbeiten? Oder dachtest du, es würde mir schon nichts ausmachen, euch für vergeudete Zeit zu bezahlen?« Diesmal schweigen beide Jungen. Die Steineklopfer machen ununterbrochen ihren furchtbaren Lärm. Ettore wagt einen hastigen Seitenblick dort hinüber, doch Valerio hält den Kopf gesenkt. Er wünscht sich, sein Vater würde seine Notlage bemerken, auch wenn er Ettore nicht helfen kann. Ludo schiebt den Hut ein Stückchen zurück, lässt die gekreuzten Unterarme auf dem Widerrist seines Pferdes ruhen und späht auf die Jungen herab, als überlegte er. »Habt ihr einfach vergessen, was ihr hier tun solltet? Liegt es daran – seid ihr zu dumm, euch das zu merken?«, fragt er schließlich. *Halt den Mund, halt den Mund*, denkt Ettore, doch schon hört er Pino zittrig Luft holen.

»Ja, Signor Manzo«, sagt er. Ettore stößt Pino einen Ellbogen in die Rippen, doch es ist zu spät. Ludo richtet sich auf, die Lippen zu einem hämischen Ausdruck verzogen.

»Na, dann wollen wir mal sehen, ob wir eurem Gedächtnis auf die Sprünge helfen können.« Die anderen Wachen sind herbeigekommen, um zuzusehen. Einer grinst und lacht dann leise bei der Aussicht auf ein kleines Spektakel. Der andere sieht Ludo stirnrunzelnd an und öffnet den Mund, als wollte er etwas sagen. Doch schließlich wendet er nur sein Pferd und reitet langsam davon bis ans andere Ende des Feldes. Ettore wünscht, er würde zurückkommen.

Kurz darauf ist neben dem Knallen der Hämmer auf Stein ein weiteres Geräusch zu hören: Pinos Weinen und kurze Schmerzensschreie. Ettore will nicht hinsehen. Er will nicht mit ansehen, wie sein Freund gedemütigt wird, aber trotzdem huscht sein Blick wie ein schäbiger Verräter ein einziges Mal dort hinüber. Er sieht Pinos nackten Hintern. Die Hose hängt ihm um die Knöchel, und er schlurft zwischen den Wachen dahin. Ettore kann nicht erkennen, wozu sie ihn zwingen. Aber Pino stolpert immer wieder und fällt hin, seine Wangen brennen vor Schmerz und Scham, und Ludo lacht so heftig, dass er sich die Nase putzen muss. Es ist ein hartes, leises Lachen ohne jede Freude.

Ettore schaut weg. Er ist allein und muss das alles mit anhören – das ist seine Strafe. Ludo hat eine geradezu unheimlich gute Menschenkenntnis und scheint zu wissen, dass das hier schlimmer für Ettore ist. Dass er von Schuldgefühlen zerfressen wird, weil sein Interesse an der Muschel der Auslöser war. Die anderen Arbeiter auf dem Feld bemühen sich ebenfalls, nichts zu sehen. Nur die Jungen werfen ab und zu einen Blick herüber. Manche sehen aus, als wäre ihnen schlecht. Einige Blicke sind ängstlich, andere ausdruckslos. Ettore wird wieder an die Arbeit geschickt, unter der Nase eines anderen Aufsehers, der ihn anschreit, wenn er sich über die Schulter nach Pino umschaut. Aber eigentlich gilt sein Blick gar nicht Pino, sondern Ludo Manzo. Er will sich Ludos Gesicht einprägen – jede Falte, jedes Barthaar und wie die Muskeln in seinen Wangen sich so seltsam zu winden scheinen, wenn er lacht. Ettore will all das so deutlich vor seinem geistigen Auge sehen können wie jetzt, am helllichten Tag, denn es wird vermutlich dunkel sein, wenn er Ludo tötet.

Seine Wut weckt ihn aus dieser geträumten Erinnerung, und er erwacht mit knirschenden Zähnen, schmerzendem Kiefer und geblähten Nasenflügeln. Diese Art Ärger kann er nicht unterdrücken oder ignorieren. Er löst eine Art Zerstörungswut in ihm aus, die so stark ist, dass sie sich gegen ihn selbst wenden wird, wenn er diesen Drang nicht befriedigt. Ettore öffnet die Augen und springt auf, bereit, sich mit Fäusten, Fingernägeln und Zähnen auf Ludo Manzo zu stürzen. Doch er ist zu Hause und ganz allein. Verwirrt hält er inne. Dann kippt der Raum und schwankt und dreht sich um ihn, und Ettore setzt sich zitternd wieder hin. Erst jetzt erinnert er sich an sein Bein und die Sense – vielmehr erinnert sein Bein ihn daran. Der Schmerz ist eigenartig kribbelnd, als stächen ihn tausend heiße Nadeln. Dann wird er so stark, dass Ettores Zähne aufeinanderschlagen und sein Kiefer sich verkrampft, so unerbittlich wie in einer Schraubzwinge. Entsetzt starrt Ettore auf sein Bein hinab, aber da ist nicht viel zu sehen. Das Hosenbein ist bis übers Knie hochgekrempelt und die nackte Haut mit getrocknetem Blut verkrustet. Die Wunde selbst ist mit einem Tuch verbunden, das er als eines von Iacopos Wickeltüchern erkennt. Er verzieht das Gesicht und bindet es los. Die Wunde ist ein dunkler, klaffender Schnitt, glatt und tief. Er kann darin gräulich-weißen Knochen sehen und schwarze Klümpchen geronnenen Blutes. Sobald der Verband gelöst ist, quillt frisches Blut hervor und tropft auf den Boden. Wie vor den Kopf geschlagen, starrt Ettore darauf hinab. Seine Kehle ist so trocken, dass er nicht schlucken kann.

Die Tür geht auf, und Paola kommt herein, mit Iacopo in einem Tragetuch auf dem Rücken. Sie zögert, als sie Ettore aufrecht sitzen sieht, und einen Moment lang zeigt sich Erleichterung auf ihrem Gesicht. Dann bemerkt sie sein Bein und stürzt auf ihn zu.

»Herrgott noch mal, Ettore! Ich habe es endlich geschafft, die Blutung zu stillen, und du musst als Erstes dafür sorgen, dass es wieder blutet?« Ettore versucht sich zu entschuldigen, doch seine Stimme versagt. Paola holt einen kleinen Schemel heran, legt sein Bein darauf, bindet das Tuch wieder um die Wunde und zieht dann kräftig an. Ettore würgt und hustet vor Schock über den heftigen Schmerz, und Paola blickt zu ihm auf. »Tut mir leid«, sagt sie. »Tut mir leid, dass du Schmerzen hast.« Sein Blut quillt zwischen ihren Fingern hervor, und er sieht, wie sie blass wird und fest die Lippen zusammenpresst. Iacopo betrachtet Ettore über ihre Schulter hinweg mit einem undurchdringlichen Gesichtsausdruck, und Ettore streckt ihm den Zeigefinger hin. Das Baby greift sogleich mit der ganzen Hand danach und öffnet den Mund, um daran zu saugen. Beim kraftvollen Griff der kleinen Finger flattert Freude durch Ettores Magengrube. An manchen Tagen ist Iacopos Griff schwach, an anderen stark, und manchmal greift er gar nicht nach dem ausgestreckten Finger. Heute wirkt das Baby ruhig und gelassen, und sein Griff ist fest.

»Ich werde schon wieder. Das wird schon wieder«, bringt Ettore mühsam hervor.

»Ach ja?«, erwidert Paola. Sie schiebt ihn zurück auf sein Lager, hebt sein verletztes Bein an und legt es auf die Strohmatratze. Zornig wischt sie sich die Hände an einem Lumpen ab und weicht seinem Blick aus. Wie immer trägt sie ein Kopftuch. Es liegt eng an und ist im Nacken zusammengebunden, über ihrem Haar, das dort zu einem festen Knoten verdreht ist, damit keine Strähne entwischt. Mit diesem Tuch sieht sie streng aus, viel älter als zweiundzwanzig. Es betont diese Härte, die sie seit dem Tod von Iacopos Vater an den Tag legt. Sie schüttelt den Kopf. »Wenn du nicht arbeiten kannst, sind wir am Ende.« Ettore kann sich nicht erinnern, wann er zuletzt solche Angst in der Stimme seiner Schwester gehört hat.

Als er sich wieder hinlegt, beginnt der Raum sich erneut zu drehen, also schließt er die Augen, damit es aufhört.

»Natürlich werde ich weiterarbeiten. Wie bin ich hierhergekommen?«

»Auf Pinos Rücken natürlich. Er hat dich den ganzen Weg von Vallarta bis hierher getragen.«

»Pino ist eben stark wie ein Ochse. Ich könnte jetzt gleich wieder hinausgehen und den Rest des Tages arbeiten. Mir fehlt nichts.«

»Jetzt gleich?« Paola versucht das Blut unter ihren Fingernägeln herauszukratzen.

»Es ist noch hell. Noch Zeit zum Arbeiten. Ich glaube, ich hatte neun Stunden oder mehr geschafft, als das passiert ist ...«

»Gestern. Das war gestern, du Idiot. Du hast einen ganzen Tag verschlafen und warst durch nichts zu wecken. Wer weiß, ob sie dich für einen Tag bezahlen werden, den du nicht ganz geschafft hast ... Du hast furchtbar geblutet, als du hier ankamst ... Du musstest dich ausruhen.« Paola kann nicht verhindern, dass ihre Stimme ein wenig verbittert und vorwurfsvoll klingt. Schließlich müssten sie sich alle mal ausruhen.

»Dann habe ich heute einen ganzen Arbeitstag verloren?«, fragt Ettore und reißt die Augen auf. Paola nickt nur knapp. Nicht ein einziges Mal seit seinem zehnten Lebensjahr hat er einen Tag Arbeit versäumt, wenn Arbeit zu bekommen war. Er fühlt sich wie gestrandet, zurückgelassen – Verratener und Verräter gleichermaßen. Er richtet sich wieder auf, doch Paola gebietet ihm fluchend Einhalt.

»Jetzt ist es zu spät! Du kannst dich ebenso gut weiter ausruhen. Luna versucht sich irgendwo Nadel und Faden zu borgen, damit sie die Wunde nähen kann.« Paola knotet das Tragetuch auf und lässt Iacopo geschickt in ihre Arme rutschen. Müde lächelt sie ihn an, und sein kleines Gesicht strahlt vor Freude. »Wie ist das passiert?«, fragt sie.

»Ich weiß nicht. Ich ... bin irgendwie gestrauchelt. Ich war in Gedanken an ... was weiß ich. Ich glaube, ich habe einfach das Gleichgewicht verloren.«

»Habt ihr denn nichts zu essen bekommen?«

»Ein bisschen Brot, aber keinen Wein.«

»Diese knauserigen Mistkerle!«, stößt Paola unvermittelt laut hervor, und Iacopo macht große Augen. Hastig legt sie ihn sich an die Schulter, wiegt ihn hin und her, und ihr besorgter Blick huscht zur Decke empor.

»Paola, bitte mach dir keine Sorgen. Ich kann arbeiten. Das wird schon wieder.« Doch Paola schüttelt den Kopf.

»Du musst zu deinem Onkel gehen. Ihn um leichte Arbeit bitten, bis du wieder gesund bist.«

»Das werde ich nicht tun.« Sie funkeln einander an, und Paola wendet als Erste den Blick ab.

Ettore bleibt noch ein paar Stunden still liegen. Es ist so merkwürdig, ihr kleines Zimmer bei Tageslicht zu sehen. Er beobachtet den Lichtstrahl, der durch das kleine Fenster hereinfällt und langsam über den Boden kriecht. Paola kommt und geht. Sie bringt ihm einen Becher Wasser, dann einen Becher *acquasale* – dünne Suppe, für die man altes Brot mit Salz kocht. In guten Zeiten kommt noch Olivenöl oder Käse hinein. In der Suppe, die sie ihm bringt, ist Mozzarella. Ettore blickt auf, fragt aber nicht, woher sie den hat, denn sie wird sowieso nicht antworten. Ein Mann namens Poete ist in sie verliebt – er arbeitet in der kleinen Mozzarellafabrik am Ende der Via Roma. Er hat Hände wie Paddel, ein kinnloses Gesicht und riecht immer nach Milch. Die Arbeiter in der Fabrik dürfen bei der Arbeit so viel Mozzarella essen, wie sie wollen, aber nichts für ihre Familien mit nach Hause nehmen. Anfangs stopfen sie sich ein- oder zweimal richtig voll, doch dann haben sie das Zeug so über, dass sie es gar nicht mehr wollen. Vor ein paar Monaten hat ein Mann versucht, einen ganzen Mozzarella mit nach Hause zu nehmen – eine faustgroße Kugel. Als es so aussah, als würde man ihn damit erwischen, stopfte er sie sich ganz in den Mund, versuchte sie herunterzuschlucken und erstickte daran. Seinen Arbeitsplatz hat Poete ergattert, und offenbar ist er zu fast allem bereit, um das zu bekommen, was Paola ihm als Bezahlung anbietet. Sie hat ihn sorgfältig ausgewählt. Poete hat sich mit einem der Burschen abgesprochen, die morgens die Milch von den Bauernhöfen bringen, in riesigen Kannen, die am Lenker seines Fahrrads baumeln. So hat Paola regelmäßig Milch für Iacopo, denn ihre Muttermilch reicht nie ganz, um ihn satt zu bekommen. Offensichtlich hat Poete auch eine Möglichkeit gefunden, hin und wieder Käse aus der Fabrik zu schmuggeln. Der Mozzarella schmeckt unglaublich gut, unglaublich fett und köstlich. Ettore schämt sich dafür, doch er schlingt ihn gierig herunter, statt ihn mit seiner Schwester zu teilen.

Paola findet schwer bezahlte Arbeit, wegen des Babys und ihres Rufs. Wenn es in Gioia einen Aufstand gibt, einen gewalttätigen Protest – wie damals, als eine Bäckerei mit Steinen beworfen wurde, weil der Bäcker Staub in sein Brot gemischt und es teuer verkauft hatte –, ist Paola ganz vorn dabei. Ihre Stimme ist stets eine der lautesten, und sie lässt sich weder von den Behörden noch von der Kirche einschüchtern. Als sie fünfzehn Jahre alt war, gab es einen Skandal um einen Priester, der sich an den kleinen Waisenmädchen in seiner Obhut vergriffen hatte. Paola behauptet, sie habe die Fackel geworfen, die schließlich sein Haus in Brand steckte. Die Bauern halten ohnehin nicht allzu viel von der Kirche – die Priester sagen, Dürre und Not seien Strafen für die Gottlosigkeit der Leute, und sie verlangen auch dann Geld für Beerdigungen, Hochzeiten und Taufen, wenn keiner von ihnen zahlen kann. Die Regierung beschloss im vergangenen Jahr Rationierungen wegen der allgemeinen Knappheit nach dem Krieg. Daraufhin waren Frauen oft gezwungen, Beamten sexuelle Gefälligkeiten zu erweisen, um ihre Bezugsscheine für Mehl, Öl und Bohnen zu bekommen, und Paola fand sich damit nicht einfach ab. Als einer dieser lüsternen Beamten ihr klarmachte, was er von ihr erwartete, ließ sie sich von ihm in eine stille Ecke führen, wo sie ihm dann ein Messer an die Hoden setzte. Sie bekam alle Bezugsscheine, die ihr zustanden, und noch ein paar obendrauf.

Sie lachte darüber und sagte, der Vorfall sei dem Mann viel zu peinlich, als dass er jemandem davon erzählen würde, aber Ettore sorgt sich bis heute um sie. Die Beamten kennen ihr Gesicht, und er fürchtet, dass sie sich Paola irgendwann vornehmen werden. Früher oder später. Sie läuft immer mit Iacopo auf dem Rücken herum wie mit einem Talisman, doch das Baby wird diese Leute nicht abschrecken, wenn es so weit ist.

Am Nachmittag steht Ettore auf. Er kann das verletzte Bein nicht belasten, also hopst er herum, stützt sich dabei an den Wänden ab. Von ihrer Zimmertür führen ein paar steinerne Stufen hinab zu einem winzigen Hof, eher eine Sackgasse an der Stelle, wo die schmale Straße, Vico Iovia, im rechten Winkel abbiegt. Unter ihrem Zimmer liegt der Stall, in dem ihr Nachbar mit seinem Maultier und einer alten Ziege wohnt und schläft. Ettore nimmt sich den hölzernen Pfahl, mit dem das Tor nachts verriegelt wird, und benutzt ihn als Krücke. Sie haben kein Wasser, mit dem Paola ihre Kleidung waschen könnte, doch die paar Sachen, die gerade nicht getragen werden, hängt sie trotzdem an einer Wäscheleine auf, um sie wenigstens zu lüften. Fliegen tummeln sich auf dem steifen Stoff wie auf allem anderen. Paola kommt mit einem Korb voll Stroh auf der Hüfte die Gasse entlang – sie sammelt immer Futter für die Ziege des Nachbarn und bekommt dafür hin und wieder einen Becher von ihrer Milch. Sie öffnet den Mund, um Ettore zu tadeln, doch er kommt ihr zuvor.

»Hat Valerio heute Arbeit gefunden?«

»Ich weiß es nicht«, antwortet sie.

»Und gestern? Da war er bei dem Hirten, nicht? Wie viel hat er bekommen?«

»Wahrscheinlich, ja, jedenfalls hat er nach Schaf gestunken. Er ist erst nach Hause gekommen, als es schon dunkel war, und hat sich gleich schlafen gelegt, ohne mir irgendetwas zu sagen. Er ...« Sie hält inne und rückt den Korb auf ihrer Hüfte zurecht. »Sein Husten wird immer schlimmer.«
»Ich weiß.« Ettore wendet sich in Richtung Schloss.
»Wo gehst du hin?«
»Ich vergewissere mich, dass er Geld verdient, wenn ich schon nicht arbeiten kann, und nicht seinen Lohn von gestern versäuft.«

Die Burg ragt über ihm auf, als er das Ende der Vico Iovia erreicht. Krähen sitzen auf den Dächern, zanken und krächzen und schauen auf das hässliche Leben am Boden hinab. Da steht das Schloss, leer – ein Denkmal von Reichtum und Macht eines einzigen Mannes. Für die Bauern von Gioia, die manchmal zu zehnt, zu zwölft in einem Zimmer hausen, ist es kaum denkbar, dass so etwas in ihrer eigenen Welt erbaut wurde, dass es tatsächlich hierhergehören soll und nicht in irgendein Märchenland. Der pochende Schmerz in Ettores Bein wird immer schlimmer. Das Pochen dröhnt ihm so laut in den Ohren, dass er sich fragt, ob andere es auch hören können. Die Wunde beginnt wieder zu bluten, und er hinterlässt eine rote Tropfenspur. Ein streunender Hund wird darauf aufmerksam und folgt ihm mit zuckender Nase. Als er zu nahe kommt, schlägt Ettore mit dem Pfahl nach ihm. Der Hund hat einen hungrigen, berechnenden Ausdruck in den Augen. An der Via del Mercato liegt eine einfache Bar mit Hockern vor einer schartigen Theke und großen Weinfässern dahinter. Hier sieht Ettore als Erstes nach, und er flucht leise, als er Valerio ganz hinten entdeckt. Da sitzt er, krumm und unrasiert, und spielt *zecchinetta* mit einem Mann, der sehr viel glücklicher aussieht als er.

Ettore humpelt hinüber und lässt die flache Hand vor den beiden auf die Bar knallen. Sie fahren nicht einmal zusammen, was Ettore sofort zeigt, wie betrunken sie sind. Die vergilbten Spielkarten mit den vielfach geknickten Ecken liegen zwischen klebrigen Ringen von angetrocknetem Rotwein, dessen Geruch säuerlich und durchdringend in der Luft hängt. Valerio blickt endlich zu seinem Sohn auf, und er ist so betrunken, dass er seine Gesichtszüge nicht mehr unter Kontrolle hat. Sein Ausdruck wandelt sich binnen Sekunden von Schreck über Schuld zu Ärger und Feindseligkeit. Valerio schluckt und bleibt schließlich bei einer elenden, teilnahmslosen Miene.

»Willst du mir etwas sagen, mein Junge?«, fragt er.

»Das Geld von gestern – ist noch etwas davon übrig?«, erwidert Ettore. Die Worte klingen in seinen eigenen Ohren kalt und hart, obwohl er nur eine Art lähmende Sehnsucht danach verspürt, einfach aufzugeben. Diese Sehnsucht droht ihn zu verschlingen – ein tiefer, schwarzer Schacht, wie das Loch in Castellana, in den er hinabstürzen könnte und nie wieder herauskommen.

»Von *meinem* Geld, meinst du? Mein Geld, Junge.«

»Tja, jetzt ist es meines«, wirft sein Spielgefährte ein, den Ettore noch nie gesehen hat. Der Mann grinst ihn mit Lücken zwischen den braunen Zähnen an, und Ettore würde ihm am liebsten auch noch die letzten einschlagen. Er erkennt sofort, dass dieser Mann nicht annähernd so betrunken ist wie sein Vater.

»Hat er alles an dich verloren?«, fragt er.

»Was er sich nicht hinter die Binde gekippt hat …«, sagt

der Wirt, der diese Kneipe betreibt, solange Ettore zurückdenken kann. »Und er schuldet mir noch achtundzwanzig Lire vom letzten Winter.« Achtundzwanzig Lire, das ist ein guter Monatslohn im Sommer.

»Warum arbeitest du nicht?«, fragt Valerio und funkelt seinen Sohn trunken an.

»Ich habe mir ins Bein geschnitten. Aber morgen werde ich wieder arbeiten ... warum arbeitest *du* nicht? Was soll Paola heute Abend essen, nachdem du alles versoffen hast?«

»Mach mir keine Vorwürfe, Junge! Das geht dich verdammt noch mal nichts an!« Valerio schlägt mit der Faust auf die Bar und rutscht fast vom Hocker. Weil er die Stimme erhoben hat, muss er husten.

»Ach, lass deinen alten Vater doch in Ruhe. Es gibt so wenige Freuden im Leben, willst du ihm da einen Wein und ein Spielchen mit einem alten Freund verbieten?«, sagt der Mann mit den braunen Zähnen. *Dein alter Vater.* Niedergeschlagen starrt Ettore Valerio an, krumm, zusammengesunken und hustend. Sein Haar ist ergraut, die Ringe unter seinen Augen sind mit Schmutz verkrustet. Er ist wirklich ein alter Mann. Mit siebenundvierzig Jahren. Ettore schnappt sich das Weinglas des anderen Mannes und leert es mit einem Zug.

»Du bist nicht sein Freund. Und wenn ich dich noch einmal mit ihm sehe, wirst du es bereuen«, sagt er.

Am Abend schnarcht Valerio in seinem Alkoven, als Ettore aufwacht, weil Paola von ihrer gemeinsamen Matratze aufsteht. Sie bewegt sich so geschmeidig und lautlos wie eine Katze, wenn sie will, doch er hat nur leicht geschlafen, weil sein Bein juckt und pocht. Er hört, wie sie Schuhe, Schultertuch, Messer und Streichhölzer zusammensucht. Ihm liegt schon die Frage auf der Zunge, wohin sie geht, doch da ihm die Antwort sicher nicht gefallen wird, schweigt er still. Als sie weg ist, streckt er ganz vorsichtig die Hand aus, bis er den schlafenden kleinen Körper seines Neffen neben sich ertastet. Er lässt die Finger leicht auf Iacopos Brustkorb ruhen und spürt die beruhigenden Atemzüge – ein und aus, ein und aus. Sie kommen Ettore zu schnell vor, aber Iacopo ist noch so winzig, dass er nicht sicher ist, wie sie sein sollten. Seine Wangen fühlen sich ein wenig rau an – irgendeine Art Ausschlag. Dass Paola das Baby nicht mitgenommen hat, sagt Ettore, was sie vorhat.

Er kann nicht schlafen, solange sie nicht wieder da ist. Also wartet er und erlaubt sich, an Livia zu denken. Ihr Vater brachte die Familie vor sechs Jahren nach Gioia, von einem Dorf am Meer. Dort hatten sie für eine Winzerei gearbeitet, deren Weinberge jedoch von Rebläusen vernichtet worden waren. Livia kam mit ihren Eltern und zwei Brüdern hierher, wo ihnen der Hass und die Ablehnung der Arbeiter von Gioia entgegenschlugen. Die Leute hatten nichts übrig für Fremde, die in diese Gegend kamen, um ihnen Arbeit wegzunehmen. Über ein Jahr lang lebten Livia und ihre Familie auf der Straße. Sie lagerten unter den uralten Bögen des Aquädukts, dem Portal einer Kirche oder den Vordächern der Reichen, bis Livias Vater endlich ein paar Freunde in der Landarbeiter-Gewerkschaft fand und genug Arbeit bekam, um ein Zimmer zu mieten. Als Ettore Livia zum ersten Mal sah, war sie achtzehn Jahre alt, er zweiundzwanzig. Das war erst zwei Jahre her, aber er kann sich kaum daran erinnern, wie sein Leben war, ehe sie darin erschien – genau wie er jetzt nicht recht weiß, wie es ohne sie weitergehen soll.

Livia hatte braunes Haar in üppigen Wellen – ein dunkles Kastanienbraun, nicht das gewöhnliche Schwarz der meisten Frauen in dieser Gegend. Der Farbton war fast identisch mit dem ihrer Haut und ihrer Augen, was ein harmonisches Ganzes ergab. Es wirkte wie weich verwischt und ein wenig unscharf – einfach unwiderstehlich. Das Grübchen in ihrem Kinn war sein Untergang. Er sah sie auf dem Marktplatz bei ihrer Mutter und den anderen Frauen sitzen, einen Eimer zwischen den Knien und ein Messer in der Hand. Sie schälte Mandeln, Erbsen oder Bohnen oder mahlte Kaffee – was immer es zu tun gab. Wenn die Arbeit in der Landwirtschaft ruhte, im November, Januar und Februar, stahl Ettore sich hin und wieder davon, um sie zu beobachten. Wenn sie lächelte, konnte man einen Blick auf ihre Zähne erhaschen, und die oberen waren seltsam geformt – die Eckzähne und deren hintere Nachbarn waren länger als die Schneidezähne. Dadurch lispelte sie ganz leicht. Sie war nicht die Schönste, hatte nicht den aufregendsten Körper oder aufreizendsten Gang. Ettore konnte gar nicht genau sagen, warum, aber für ihn sah sie so aus, wie er es sich im Himmel vorstellte, und er wagte nicht, sich ihr zu nähern, denn wenn er sich irrte, würde sein Traum zerplatzen. Ihr herzförmiges Gesicht hatte einen intelligenten Ausdruck, ihre Augen strahlten, und die Art, wie sie den Kopf zur Seite neigte, wenn sie jemandem zuhörte, erinnerte ihn an einen Vogel, einen kleinen, runden, unabhängigen Vogel – eine Waldschnepfe oder ein Goldregenpfeifer.

Pino brachte ihn schließlich dazu, sie anzusprechen. Das Letzte, was Ettore wollte, war, seinen Freund dabeizuhaben, wenn er sich ihr vorstellte – den großen, umwerfend gut aussehenden Pino. Aber ohne Pinos Ellbogen in seinen Rippen hätte er sich nie dazu überwunden, und es stellte sich heraus, dass Livia nur Augen für Ettore hatte. Nur für ihn, gleich von Anfang an. Sie wurde nicht rot, schlug weder geziert die Augen nieder, noch schaute sie hochmütig auf ihn herab. Sie hob nur eine Hand an die Lippen und starrte ihn an. Dann sagte sie, seine Augen seien so blau wie das Meer und erinnerten sie an zu Hause. So verwirrte sie ihn schon mit ihren ersten Worten, denn Ettore hatte das Meer noch nie gesehen. Auch besaß er keinen Spiegel. Er stellte rasch fest, dass sie immer nur das sagte, was sie dachte. Sie war ganz ohne Falsch und hatte für Spielchen oder Heuchelei nichts übrig. In all der Zeit, während er sie aus der Ferne beobachtet hatte, hatte er sie nie mit einem Mann sprechen sehen. Deshalb hatte er angenommen, dass sie schüchtern reagieren, sich vielleicht sogar ängstlich fragen würde, was er von ihr wollte. Doch schließlich war sie es, die ihn zuerst küsste, so einfach und direkt, wie er es bald von ihr kannte. Und die Vorstellung, dass sie wie der Himmel war, verdarb sie ihm auch nicht. Von dieser ersten Begegnung an hatte sie für Ettore die Macht über Leben und Tod.

Nach ungefähr zwei Stunden kehrt Paola zurück. Er hört sie leise ächzen, dann ein dumpfes Poltern, als etwas Schweres zu Boden fällt. Sie schiebt es unter das Bett, und Ettore riecht Blut – nicht von seinem eigenen Bein. Paola legt sich schweigend wieder neben ihn, und er lauscht ihren Atemzügen, die immer langsamer werden. Sie stinkt nach beißendem Rauch. Da wird ihm klar, dass sie sich an einem Überfall auf eine *masseria* beteiligt hat. Sie haben geraubt, sie haben Vieh getötet und Feuer gelegt, und unter dem Bett hat sie ihre Beute versteckt. Ein wenig von dem Fleisch werden sie essen, den Großteil jedoch verkaufen oder gegen andere Lebensmittel eintauschen. Er fühlt sich schuldig, denn nur seinetwegen ist sie ein solches Risiko eingegangen, nur seinetwegen fürchtet sie ums nackte Überleben. Einen Augenblick lang ist er furchtbar wütend auf sie – wie leicht hätte sie getötet oder verhaftet werden können, und was sollte dann aus Iacopo werden? Die Wachleute schießen bedenkenlos auf Diebe und Räuber, und dann die Hunde ... Oft kommt jemand ums Leben bei solch einem Versuch, sich zu nehmen, was man nicht kaufen kann. Doch seine Wut führt nur dazu, dass er sich noch schuldiger fühlt, denn natürlich kennt Paola die Risiken, und niemand sorgt sich mehr um ihr Kind als sie selbst. Dennoch hat sie es getan. Ettore liegt im Dunkeln, und seine Frustration wächst, bis sie sich unerträglicher anfühlt als sein verletztes Bein. Als seine Schwester ihn am Arm rüttelt, um ihn zu wecken, hat er keinen Augenblick geschlafen und entzieht sich wütend ihrem Griff. Er ignoriert ihren gekränkten Blick, und sie wechseln kein Wort über ihre nächtliche Abwesenheit, das Fleisch unter dem Bett, den Gestank nach Rauch oder die bleierne Erschöpfung, die sich auf beider Gesichter spiegelt.

Auf der Piazza geht Ettore dem Aufseher von der Masseria Vallarta aus dem Weg, weil der von seiner Verletzung weiß, und versucht anderswo Arbeit zu finden. Er lässt seine improvisierte Krücke fallen, steht mit beiden Füßen auf dem Boden, balanciert sein Gewicht aber nur auf dem gesunden Bein aus. Mit einer Gruppe weiterer Männer wird er von einem kleineren Betrieb angeheuert. Aber er kann nicht einmal den Weg dorthin ohne seine Krücke antreten und wird sofort wieder aussortiert. Als alle Aufseher und Arbeiter abgezogen sind, findet er Valerio, der auch keine Arbeit bekommen hat und mit undurchdringlicher Miene auf den Stufen der Markthalle zurückgeblieben ist. Ettore hat keine Ahnung, was er mit diesem Tag anfangen soll. Eine Art kribbelnde Verzweiflung hindert ihn daran, nach Hause zu gehen, denn er kann sich nicht einfach ausruhen. Eine Weile bleibt er neben seinem Vater auf den Stufen sitzen, während die Sonne aufgeht, den Platz überflutet und die Temperatur in die Höhe schießen lässt. Wenn erst das Dreschen anfängt, denkt er, könnte er mehr Glück haben – da gibt es Arbeit, bei der er stehen, aber nicht gehen muss. Und um die Maschinen mit Garben zu füttern oder einen Dreschflegel zu schwingen, braucht er Kraft in den Armen, nicht in den Beinen. Sein ganzer Körper bebt und fühlt sich wie zerschlagen an. Inzwischen brennt die Sonne auf sie herab, doch Ettore beginnt zu zittern, während seinem Vater der Schweiß ausbricht. Immer wieder meint er, das Pfeifen einer durch die Luft sausenden Sense zu hören, obwohl das gar nicht möglich ist. Beharrlich schüttelt er den Kopf, um das Geräusch loszuwerden.

»Wenn Maria noch am Leben wäre, würde sie dein Bein heil machen«, bemerkt Valerio unvermittelt. »Und meinen Husten würde sie auch kurieren.« Er hält große Stücke auf die Heilkünste seiner verstorbenen Frau, wie er sie in Erinnerung hat. Doch einmal behandelte Maria Tarano die Wunde eines Nachbarn mit einem Umschlag, und diese Wunde färbte sich schwarz, die Haut darum schwoll glänzend an, und der bedauernswerte Mann starb wenig später daran. Seither glaubte Ettore nicht mehr an ihre Magie, ihre Unfehlbarkeit. An der Art, wie sie den Kopf einzog, wenn andere sie um Hilfe baten, erkannte er, dass auch sie den

Glauben an ihre Künste verloren hatte. Doch ihre Bemühungen wurden entlohnt, wenn auch meist nicht in barer Münze, also machte sie weiter. Und natürlich konnte sie sich selbst nicht heilen, als die Cholera sie vor elf Jahren holte. »Sie fehlt mir immer noch, Ettore. Sie fehlt mir so sehr«, sagt Valerio, und auf einmal erkennt Ettore, dass diese Trauer etwas ist, das er und sein Vater gemeinsam haben. Es macht ihn traurig, dass er das bisher nicht gesehen hat.

Paola tauscht ihr geraubtes Fleisch – sehnige Schulter vom Hammel – stückchenweise bei verschiedenen Nachbarn und Fremden ein. Ein solches Angebot verbreitet sich per geflüsterter Mundpropaganda. Die Bauern und Tagelöhner behalten so etwas für sich, aber manchmal setzen Polizei und Gutsbesitzer Spione ein, die sich umhören und die Augen offen halten, um herauszufinden, wer plötzlich mehr besitzt, als er haben dürfte. Drei Tage lang haben sie Brot, Bohnen und Olivenöl zu essen und sogar ein wenig Wein dazu. Paola kocht aus dem Hammelknochen und den Bohnen einen dicken Eintopf in einer *pignata* über dem Feuer und fügt noch ein paar Handvoll schwarze Pasta und Pecorino hinzu. Sie essen alle zusammen aus einer großen Schüssel mit vielen Sprüngen und gekitteten Rissen. Aus dieser Schüssel gibt es das Abendessen, solange Ettore zurückdenken kann, und um den wackeligen kleinen Tisch, an dem sie auf ihren Hockern sitzen, beneidet sie die halbe Nachbarschaft.

»Habt ihr das von Capozzi gehört?«, fragt Paola beim Essen. Ettore nickt. Normalerweise ersetzt sie ihm Augen und Ohren in Gioia, weil er den ganzen Tag lang draußen auf den Feldern ist. Jetzt, da er tagsüber im Ort ist, hört und sieht er dasselbe wie sie.

»Was ist mit ihm?«, fragt Valerio.

»Sie haben ihn wieder verhaftet. Und geschlagen, habe ich gehört. Übel zugerichtet. Er hat sich gewehrt, als die Männer vom besetzten Gemeinland vertrieben und ihre Felder verbrannt werden sollten. Er hat nur die Stimme erhoben, aber sie haben ihn beschuldigt, Unruhe zu stiften. Unruhe stiften!« Die drei wechseln einen Blick, und Ettore weiß, was Paola von ihnen erwartet: irgendeinen Ausdruck von Wut, Empörung, Angst.

Nicola Capozzi ist ein Mann aus Gioia, der 1907 den hiesigen Ortsverband der sozialistischen Partei gegründet hat. Die Arbeiter verstehen nichts von Politik, von den Hintergründen ihrer Streiks und Unruhen – die brauchen sie auch nicht zu verstehen, aber sie wissen, dass Capozzi für sie spricht. Dass er ihr Mann ist. Seit vor Kurzem auch ein Ortsverband der faschistischen Partei in Gioia gegründet wurde, mit Unterstützung der *signori* und Landbesitzer, besteht endgültig kein Zweifel mehr daran, auf wessen Seite die Polizei steht. Das war im Grunde schon immer klar. Die Arbeiter rechnen inzwischen bereits täglich damit, von Capozzis Tod zu hören. Ein Mord, ein Attentat, wird es heißen, und niemand wird der Sache nachgehen, wenn es so weit ist. Jedenfalls nicht von offizieller Seite.

»Es wird eine Kundgebung geplant. Wir werden streiken, bis sie ihn entlassen. Ich höre mich nachher um, wann es losgeht«, sagt Paola und sieht ihrem Bruder dabei in die Augen. Doch sämtliche Empörung, Angst und Wut an dem wackeligen Tisch kommt von ihr allein. Valerio isst weiter, als hätte er nichts gehört, und ohne Livia kann Ettore solche Gefühle nicht mehr in sich finden. Er kann keinen Willen finden, um etwas zu kämpfen.

Drei Tage lang geht alles gut. Weil Ettore reichlich zu essen hat, zittert er nicht mehr so sehr und fühlt sich besser, obwohl sich irgendetwas nicht richtig anfühlt. Dann, nach drei Tagen, geht ihnen das Essen aus, und Valerio hustet so heftig, dass man ihn über die ganze Piazza hören kann. Ettore steht im Morgengrauen vor dem Aufseher der Masseria Vallarta, gerade und auf beiden Beinen, und erklärt sich für arbeitsfähig. Sein verletztes Bein klopft wie eine Trommel, der Knochen kreischt in seinen Ohren. Er spürt den Blick des Aufsehers, als er sich der Gruppe anschließt, die nach Vallarta marschieren wird. Er beißt die Zähne so fest zusammen, dass er einen Krampf im Kiefer bekommt, doch er humpelt nicht. Auf halbem Wege die staubige Straße von Gioia zu dem Gut hinaus spürt er warmes Blut an seinem Fuß hinabsickern. Die Wunde ist wieder aufgebrochen. Das Blut läuft in seinen Stiefel, sodass sein Fuß darin herumrutscht. Pino ist nicht bei ihm, er hat anderswo Arbeit bekommen, und Ettore blickt sich um. Er schaut in die anderen Gesichter, sucht nach einem freundlichen, einem, das er kennt – einem Mann, der ihn zurück in den Ort tragen würde, wenn er nicht mehr laufen kann. Er entdeckt Gianni, einen von Livias großen Brüdern, und geht zu ihm hinüber.

Gianni schaut auf Ettores Bein hinab, sagt aber nichts. Er ist nur zwei Jahre älter als Ettore, aber seine harten Gesichtszüge und seine grimmige Miene lassen ihn viel älter wirken. Wenn Livia ein Goldregenpfeifer war, dann ist dieser Bruder ein Schwarzer Milan, lautlos und scharfsichtig. Er geht kein bisschen langsamer, um es Ettore zu erleichtern, mit ihm Schritt zu halten.

»Wie geht es deiner Familie, Gianni?«, fragt Ettore. Gianni zuckt mit einer Schulter.

»Wir überleben. Aber meine Mutter vermisst Livia immer noch sehr.«

»Wie wir alle«, entgegnet Ettore aufrichtig. Dabei kann er sich nicht vorstellen, dass Gianni irgendetwas so schmerzlich vermissen könnte. Denn das setzt eine gewisse Weichheit voraus, ein Herz, das Schmerz und Verlust empfinden kann.

»Gibt es irgendetwas Neues?« Er kann nicht anders, er muss einfach fragen, obwohl er weiß, dass Gianni es ihm längst gesagt hätte, wenn es etwas Neues gäbe. Gianni schüttelt den Kopf.

»Während der Ernte ist es unmöglich, die Aufseher zu belauschen.«

»Ich weiß.« Auch das könnte einfacher werden, wenn endlich der Drusch dran ist. Beim Mähen sind die Männer weit über die Felder verteilt, es wird weniger gesprochen, weniger getratscht. Weniger Gelegenheiten, die Wachen und die anderen *annaroli* zu belauschen – die Männer, die auf den *masserie* fest angestellt sind. Aber das ist die einzige Möglichkeit herauszufinden, wer Livia die Dinge angetan hat, an die Ettore nicht einmal denken darf, weil sie so unerträglich sind, dass er darüber den Verstand verlieren könnte. Für die Bauern und Tagelöhner gibt es keine andere Gerechtigkeit als persönliche Vergeltung – so war es schon immer. Ettore hat Aufseher und Wachen schon öfter mit ihren Eroberungen und Missetaten prahlen gehört. Wenn er den Namen des Mannes nicht kannte, hat er sich dessen Gesicht eingeprägt, um das, was er gehört hat, denjenigen weiterzutragen, die es wissen wollten. Er vertraut darauf, dass früher oder später irgendjemand dasselbe für ihn tun wird. Aber inzwischen sind schon sechs Monate vergangen, und er hat nicht ein geflüstertes Wort darüber vernommen. Über sie. Darüber, wer fähig wäre, ein junges Mädchen zu überfallen, das ganz allein mit der Schürze voll gesammeltem Brennholz auf dem Rückweg zum Dorf war. Ettore versteht das nicht, und es bereitet ihm Sorgen. Auch wenn man sich dessen schämt, aber Gewalt gegen Ehefrauen, Töchter und Schwestern ist in Apulien allgegenwärtig. Die geknechteten Männer lassen ihre Frustration und Verzweiflung oft an den Einzigen aus, bei denen sie es sich erlauben können. Obwohl die Frauen völlig unschuldig sind. Obwohl sie ihre Opfer lieben … obwohl diese Männer sich selbst dafür umso mehr verachten. Doch solche Gewalt spielt sich hinter verschlossenen Türen ab und geht niemanden etwas an. Ein Überfall aber, eine so brutale Tat außerhalb der Familie, geht alle etwas an.

»Ich frage immer danach. Ich versuche immer, etwas herauszufinden«, erwidert Gianni, als hätte Ettore ihm das Gegenteil vorgeworfen.

»Ich weiß«, wiederholt er.

»Eines Tages finden wir ihn.« Gianni starrt den Weg vor ihnen entlang, mit halb zusammengekniffenen Augen, obwohl die Sonne noch nicht einmal ganz aufgegangen ist. Seine Gewissheit beruhigt Ettore. Und eines steht außer Zweifel: Wenn sie den Mann finden, wird er mit seinem Leben für seine Tat bezahlen. Schweigend gehen sie weiter. Gianni gehört nicht zu denen, die Freunde brauchen oder wollen, und schon bald ist er davongezogen. Ettore fällt zurück und fühlt sich für seine Schwäche verachtet.

Der Tag ist eine einzige lange, qualvolle Schufterei. Zu spät kommt Ettore auf die Idee, mit dem Schnürsenkel eines Stiefels das Hosenbein unterhalb der Wunde abzubinden – Staub und Schmutz sind schon daruntergekrochen. Der Verband besteht immer noch aus demselben Tuch, das inzwischen stinkt. Zumindest hofft er, dass der Verband so stinkt und nicht die Wunde selbst. Heute bindet er Garben, statt die Sense zu schwingen. Das ist in mancher Hinsicht leichter – kein schweres Werkzeug, keine Drehung, weniger Gewichtsverlagerung von einem Bein aufs andere. Dafür muss er sich ständig nach vorn beugen, und jedes Mal, wenn Ettore sich vornüberbeugt, wird ihm schwindelig und ein wenig übel, und er droht das Gleichgewicht zu verlieren. Zur Mittagszeit starrt er seinen Brocken Brot an und wundert sich, warum er es nicht essen will, obwohl er weiß, dass sein Magen leer ist. Er steckt das Brot in die Tasche und trinkt sein Wasser mit drei gierigen Schlucken. Die Fliegen plagen ihn unablässig. Am Nachmittag beginnt er trotz der flirrenden Hitze wieder zu zittern, und die Blicke der anderen sagen ihm, dass er nicht gut aussieht. Ein Mann, den er gar nicht kennt, klopft ihm auf die Schulter und sagt ihm, dass er sich den Feierabend heute redlich verdient habe, doch Ettore zuckt vor der Berührung zurück. Seine Haut sticht und kribbelt, und seine Eingeweide beben.

Auf dem Heimweg ist er bald allein, denn er kann nur langsam gehen und muss oft innehalten und kurz ausruhen. Die Sonne geht unter, der Himmel färbt sich zarttürkis, eine so hübsche Farbe, dass Ettore eine Weile auf der niedrigen Mauer am Straßenrand sitzen bleibt und hinaufstarrt. Er weiß kaum noch, wo er sich befindet und wie er hierhergekommen ist. Er krempelt das Hosenbein hoch und schält das durchnässte Tuch von der Wunde. Der tiefe Schnitt hat sich schwarz verfärbt, sein ganzes Schienbein ist geschwollen und glänzt. Unter Schmerzen steht er auf und geht weiter, und wenige Augenblicke später, so kommt es ihm vor, ist es schon dunkel. Er sieht Lichter vor sich und glaubt, das müsse Gioia sein, aber irgendwie kommt er ihnen kein Stück näher. Seine Beine gehorchen ihm nicht mehr. Ein merkwürdiges Gefühl, plötzlich etwas zu verlieren, was man immer als absolut selbstverständlich hingenommen hat – als hätte er vergessen, wie man atmet.

Er macht noch eine Pause, lehnt sich mit dem Rücken an die Mauer und streckt die Beine vor sich aus. Er will sie so weit weg haben wie möglich, doch der Gestank der Wunde ist zu stark, als dass er ihm entkommen könnte. Und er erinnert Ettore an den Krieg. Fledermäuse flattern und schwirren lautlos vor dem fernen, dunkelgrauen Himmel, und winzige Sterne beginnen zu funkeln. Ettore starrt zu ihnen empor und kann sich nicht mehr erinnern, wohin er unterwegs ist oder warum. Dann wird ein Geräusch immer lauter, ein Grollen und Knirschen. Ein Automobil kommt die Straße von Gioia her entlanggeschossen. Die Scheinwerfer blenden ihn kurz. Es ist knallrot und wirbelt eine blasse Staubfahne zehn Meter hoch in die Luft. Als es ungebremst an Ettore vorbeisaust, ist er sicher, neben dem dröhnenden Motor Gelächter zu hören – das hohe, helle Lachen einer Frau. Staunend schaut er dem Wagen nach. Die Gutsbesitzer können kein Benzin für ihre Traktoren und anderen Landmaschinen bekommen, sagen sie, aber mindestens ein reicher Mann hat ein lachendes Automobil und genug Benzin, um es fliegen zu lassen.

Er lehnt den Kopf an die Mauer. Obwohl die Nacht kühl ist, fällt ihm das Atmen schwer, als sei die Luft zu dick und bleibe wie Staub in seinem Mund und seiner Kehle kleben. Eine Zeit lang konzentriert er sich darauf, dieses wenig nützliche Zeug in seine Lunge hineinzuziehen und wieder herauszupressen, und er hat keine Vorstellung davon, ob er erst wenige Sekunden oder schon seit Stunden damit beschäftigt ist, als eine Gestalt aus der Dunkelheit erscheint und sich neben ihn hockt.

»*Porca puttana!* Ettore, was stinkt hier so? Bist du das etwa?«, fragt die Gestalt, legt eine Hand auf seine Schulter und schüttelt ihn. Ettore runzelt die Stirn, ruft seine Gedanken, Augen und die Zunge zur Ordnung, die ihm einfach nicht gehorchen wollen. Er kann einen schwarzen Umriss erkennen und lockiges Haar, dessen dicke Strähnen sich wie Schlangen zu bewegen scheinen.

»Pino?« Sein Freund kommt ihm riesenhaft vor, eine gigantische Ausgabe seines gewohnten Selbst. »Warum bist du so groß?«

»Was? Paola hat mich gebeten, nach dir zu suchen, als du nicht nach Hause gekommen bist. Ist das dein Bein, was hier so furchtbar stinkt? Kannst du aufstehen? Komm schon.« Pino legt ihm einen Arm um den Brustkorb, legt sich Ettores Arm über die Schultern und hievt ihn vom Boden hoch. Die Bewegung ist zu viel, und Ettore würgt protestierend. Nichts kommt heraus. Auf einmal kommt ihm der Gedanke, dass er sterben könnte, ohne Livia gerächt zu haben – dann wird er auf ewig in seinem eigenen Hass schmoren, in seiner persönlichen Hölle, und sie niemals wiedersehen. Irgendein anderer Geist wird das Glück haben, sie im Himmel zu finden, und sie sich nehmen. Ettore hat seit ihrem Tod nicht mehr geweint, kein einziges Mal, doch jetzt beginnt er zu weinen.

Danach versteht er eine Weile nicht mehr, was um ihn herum vorgeht. Er hat das Gefühl, im Wasser zu treiben, und während einiger Momente ist das überaus angenehm. Dann wieder fühlt es sich an, als drohte er zu ertrinken. Er glaubt,

Valerio und Paola streiten zu hören – um einen Arzt, um einen Apotheker, darum, was sie tun sollten. Er meint, Pino in der Nähe zu spüren, immer noch riesengroß, der auf die Entscheidung der beiden wartet. Er wundert sich, wie die beiden immer weiterreden können, obwohl die Luft so sengend heiß ist. Erst ist er in einem Gebäude, dann wieder draußen, und wieder drinnen, aber irgendwo anders. Die Sonne geht auf, und das Licht tut seinen Augen weh. Er wird getragen, von dem riesigen, schlangenhaarigen Pino, der schwitzt und keucht. Hin und wieder schwebt Paolas Gesicht vor ihm, und ihre Züge verschwimmen, als würde sie schmelzen – ihre Augen sind aus flüssigem Wachs und rinnen an der Kerze ihres Kopfes hinab. Sie macht ihm schreckliche Angst und redet mit ihm, wirr und unverständlich.

Ettore wird sehr lange getragen. Dann hat er wieder Wände um sich, aber diesen Ort kann er nicht zuordnen, nicht verstehen. Er wird aufgerichtet und spürt den Boden unter seinen Füßen, aber er kann sein eigenes Gewicht nicht tragen, kann nicht einmal zugreifen, um sich an Pino festzuhalten. Nur weil Pino Ettores Arm gepackt und sich über die Schultern gelegt hat, fällt er nicht zu Boden. Er hört Stimmen, deren Geplapper zu einem betäubenden Crescendo anschwillt, lauter als ein Sommergewitter. Er glaubt zwar, dass seine Augen offen sind, aber was er sieht, kann nicht real sein, deshalb ist er nicht ganz sicher. Er sieht glitzernde Lichter, weiße Haut und goldenes Haar: einen Engel. Er runzelt die Stirn und ringt mit diesem Gedanken, der ihn an einen anderen erinnert, irgendwann gedacht. Konnte das Livia sein? Konnte diese unwirkliche, schmerzlich hell strahlende Gestalt Livia sein? Er strengt die Augen an, versucht noch genauer hinzusehen. Die glitzernden Lichter sind ein Paar

Augen, die ihn ansehen, strahlend und hell. Er möchte die Hand ausstrecken und ertasten, was seine Augen nicht entziffern können, aber er kann den Arm nicht bewegen. Er spürt, wie er sinkt, und dann ist alles Licht verschwunden.

7

Clare

Am Morgen erklärt Leandro, er und Boyd müssten Geschäftliches besprechen. Boyd hat in den Tagen vor Clares und Pips Ankunft ein paar Entwürfe für die neue Fassade der Villa fertiggestellt, mit denen er nun in Cardettas höhlenartigem Arbeitszimmer verschwindet, sichtlich angespannt ob der bevorstehenden Beurteilung. In solchen Momenten bilden sich zwei scharfe, parallele Falten zwischen seinen Augenbrauen, und Clare wünschte, er könnte seine Nervosität besser verbergen – so wie sie die ihre. Er gibt zu viel von sich preis. Sie begegnet Leandros Blick, als er die Tür schließt, und den Ausdruck in seinen Augen kann sie sich nicht erklären. Aber er macht sie misstrauisch. Womöglich weiß dieser Mann nicht, wie Boyd sein kann. Wie zerbrechlich.

»Keine Sorge«, sagt Marcie, als Clare sich von der Tür abwendet. Anscheinend konnte sie ihre Gefühle doch nicht so gut verbergen. »Leandro hat in Wahrheit ein butterweiches Herz, und ich weiß, dass er Boyds Stil liebt. Sie sollten hören, wie er von diesem Gebäude in New York schwärmt, das Ihr Mann entworfen hat.«

»Tatsächlich?« Das Gebäude in New York, das Boyd entworfen hatte, als er halb wahnsinnig war. Clare kann nicht einmal eine Fotografie davon betrachten, ohne dass sie ein Gefühl von Grauen beschleicht.

»Aber natürlich! Er bewundert Boyds Begabung. Er hätte jeden Architekten auf der Welt haben können, aber er hat Boyd kommen lassen – soweit ich weiß, hat er nicht einmal irgendjemand anderen in Betracht gezogen. Tja, so ist er eben, mein Leandro. Er weiß, was er will. Also, was halten Sie davon, wenn wir mit Pip ein Stück spazieren gehen?«

Bis Marcie sich für eine passende Garderobe und die entsprechenden Schuhe entschieden hat, ist der Vormittag halb vorbei.

»Also wirklich«, bemerkt sie, als sie das Haus an der Via Garibaldi verlassen, »wer hätte denn ahnen können, dass die besten Kleider aus New York so unpassend für Italien sind? Und ich habe nirgendwo – wirklich *nirgendwo* – ein Geschäft gefunden, in dem ich andere hätte kaufen können. Seit ich hier bin.« Sie ist ganz ähnlich gekleidet wie beim Frühstück, in frühlingshaftem, frischem Grün, aber mit hohen Schnürstiefeln. »Bereit für ein Abenteuer, Pip? Du bist der tapfere Held, der uns gegen die wilden Italiener verteidigen wird«, sagt sie mit einem strahlenden Lächeln.

»Haben Sie immer in New York gelebt, ehe Sie hierherkamen, Mrs. Cardetta?«, fragt Pip.

»Nenn mich Marcie, bitte! Ja, ich bin in New York geboren und aufgewachsen. Und ich liebe die Stadt, aber ich war sofort bereit, nach Italien zu ziehen. Natürlich dachte ich, dass Leandro damit Rom meinte oder Mailand oder Venedig. So hat er mir den Antrag gemacht – hat Boyd Ihnen das erzählt, Clare? Er sagte, er wolle nach Hause, nach Italien, aber er würde nicht fortgehen, wenn ich ihn nicht heirate und mitkomme. Er sagte, ich sei das Puzzlestück, das in seinem Leben gefehlt hat – haben Sie so etwas Süßes schon mal gehört?«

»Das klingt sehr romantisch«, bemerkt Clare.

»O ja, umwerfend romantisch. Wer hätte da nicht Ja gesagt? Aber ich konnte Heiratsanträgen noch nie widerstehen. Auf die Art habe ich mich ein paarmal ganz schön in die Klemme gebracht«, erzählt sie. Der Mann mit der Hasenscharte, der sie vom Bahnhof abgeholt hat, öffnet ihnen das Tor zur Straße, die in grelles Licht getaucht ist. Genau wie am Tag zuvor beobachtet er Clare, sogar während er scheinbar ehrerbietig Marcie zunickt. »Danke, Federico. Puh – wird ein heißer Tag heute.«

»Sie waren also schon einmal verlobt?«, fragt Clare.

»Ach, zwei- oder dreimal.« Marcie winkt ab, bleibt auf dem Gehsteig stehen und blickt nach rechts und links, als könne sie sich nicht entscheiden, welche Richtung sie einschlagen sollen. »Wie ich schon sagte, ich war früher ein bisschen wild. Aber ich konnte immer in letzter Minute doch noch entkommen!«

»Mr. Cardetta sagte, es gebe hier eine Burg«, bemerkt Pip hoffnungsvoll.

»Würdest du sie gern sehen? Ein hässliches altes Ding. Na dann, mir nach, wenn du das wirklich möchtest. Aber ich sollte Sie warnen, Clare, sie liegt mitten im ältesten Teil des Ortes. Dort wohnen die Arbeiter, und ich muss sagen, die Gegend ist nicht gerade ein schöner Anblick.«

Die schmale Krempe von Clares Hut spendet nicht genug Schatten, und die Sonne sticht ihr gnadenlos in die Augen. Sengend brennt sie auf ihren Nacken herab, und Clare beginnt bald zu schwitzen. Die Straßen sind von derselben Stille durchdrungen, die ihr schon zuvor aufgefallen ist – diese merkwürdige Ruhe, nichts von der Geschäftigkeit, die sie erwartet hätte. Um diese Zeit sind mehr Menschen unterwegs als gestern, doch sie sprechen mit gedämpften Stimmen und scheinen es nicht eilig zu haben. Jetzt sieht sie auch Männer, an Mauern gelehnt, in Hauseingängen, in einer Kneipe, wo sie zu dieser frühen Stunde schon trinken.

»Die Burg liegt dort drüben, aber wir machen einen kleinen Umweg, weil ich Ihnen erst die Piazza Plebiscito zeigen möchte«, erklärt Marcie, als sie einen großen, offenen Platz erreichen, umsäumt von geschlossenen Fensterläden und symmetrischen Fassaden, deren Entstehung Clare auf das achtzehnte und frühe neunzehnte Jahrhundert schätzt. Reihen von Balkonen mit schmucken eisernen Geländern blicken auf die Piazza hinab – auf eine niedrige Markthalle, die nach verdorbenem Gemüse stinkt, ein achteckiges Musikantenpodium, eine bezaubernd schiefe mittelalterliche Kirche, die sich unter einem hohen Glockenturm duckt, und kugelförmige Straßenlaternen an elegant verschnörkelten Pfählen. Marcie erklärt ihnen alles. »Das ist das alte Benediktinerkloster. Ist es nicht entzückend? Und hier treffen sich morgens sämtliche Männer und machen aus, wer an diesem Tag wo arbeitet. Das ist der Mittelpunkt, wo sich alles abspielt – Prozessionen, politische Versammlungen und so weiter. Die Chiesa Madre müssen wir uns natürlich auch ansehen.«

Die drei gehen langsam wegen der Hitze und auch, weil sie das schmutzige Pflaster bei keinem Schritt aus den Augen lassen. Auf der Piazza Plebiscito halten sich ebenfalls Männer auf, die nicht arbeiten. Sie stehen mit hängenden Schultern und stoischem Blick herum, rauchen und wechseln ab und zu ein paar Worte miteinander. Sie strahlen die Ruhe und Langmut von Menschen aus, die kein Ziel und nichts zu tun haben. Viele von ihnen drehen sich um, als die zwei blonden Frauen mit ihrem etwas unbeholfenen jungen Beschützer vorübergehen, so ganz anders gekleidet als die dunkel verhüllten Frauen von Gioia. Auch die Männer tragen Schwarz, Braun oder Dunkelgrau, und ihre Augen sind einheitlich dunkel, ihre Blicke undurchdringlich. Sie spähen mit halb zugekniffenen Augen durch Schwaden aus Zigarettenrauch, und ihre prüfenden Blicke geben Clare irgendwie das Gefühl, instabil oder nicht ganz real zu sein. Sie ist hier kein Gast, nur eine vorübergehende Anomalie. Wie ein Wassertropfen auf Wachstuch – als könnte sie bis in alle Ewigkeit auf der Oberfläche liegen bleiben, ohne jemals einzusickern. Spurlos zu entfernen. Hier ist es überhaupt nicht wie an anderen Orten in Italien, die sie bereits besucht hat und wo Ausländer ein alltäglicher Anblick sind. Am liebsten würde sie alle paar Schritte über die Schulter blicken, und tatsächlich tut sie das auch mehrmals. Die Straßen von Gioia scheinen zu lauern, gespannt den Atem anzuhalten – als warte der ganze Ort nur darauf auszuatmen und als könnte dieses Ausatmen dann zu einem tosenden Sturm geraten. Clare denkt an den hastigen Blick, den Marcie und Leandro gestern gewechselt haben, als sie einen Spaziergang vorschlug. Sie sieht nach Pip, doch der schwingt locker die Arme und blickt sich unbesorgt um.

Erst in der Via Roma, in der sie den riesigen *palazzo* einer hoch angesehenen Familie namens Casano bewundern, sehen sie besser gekleidete Menschen, die offenbar der Oberschicht angehören und zügig ausschreiten, statt herumzutrödeln. Marcie lächelt und grüßt, wird jedoch von diesen Leuten nur knapp zur Kenntnis genommen. Ihr Lächeln verliert an Strahlkraft, doch sie gibt nicht auf. Clare verringert den Abstand zu ihr ein wenig, solidarisch.

»Es muss schwer sein, neue Freunde zu finden, wenn man die Sprache nicht versteht«, bemerkt sie. Dankbar hakt Marcie sich bei ihr unter.

»Ach, wissen Sie, sie nennen mich seine amerikanische Hure«, entgegnet sie leise, damit Pip es nicht hört. Er versteht sie trotzdem – das merkt Clare daran, wie er sich ein wenig versteift und auf die andere Straßenseite hinüberstarrt, als sei der Anblick des Brunnens und der Frauen, die vor dem Wasserstrahl Schlange stehen, absolut faszinierend.

»Kleine Orte bringen kleine Geister hervor.«

»Das können Sie laut sagen. Wissen Sie, die Leute, denen das Land in dieser Gegend gehört, ziehen es vor, nicht hier zu wohnen. Auch die Adeligen nicht – na ja, bis auf einen Grafen, der einen großen Palast außerhalb der Stadt hat. Die anderen haben Pächter und Verwalter, die ihre Güter führen, während sie selbst in Neapel, Rom und Paris herumschwirren. Bis auf meinen Leandro natürlich. Was bleibt, ist ein Haufen hochnäsiger Möchtegerns, die sich einbilden, etwas Besseres zu sein, damit sie sich nicht so klein vorkommen.«

Marcie lächelt immer noch, doch nicht einmal sie kann all das aussprechen, ohne zornig und traurig zu klingen.

»Ehe Boyd mich anrief, um mir zu sagen, dass wir hierherreisen würden, hatte ich noch nie von Gioia del Colle gehört«, bemerkt Clare.

»*Niemand* hat schon mal von Gioia del Colle gehört, Herzchen. Nach ein paar Tagen hier wird Ihnen auch klar sein, warum.«

Der Weg zur Burg mündet in eine schmalere Straße, die

mitten durch die Altstadt führt. Sie ist gesäumt von großen Häusern, doch sie wirken heruntergekommen, nicht so elegant wie die Gebäude, die sie bisher gesehen haben. Zu beiden Seiten zweigen winzige Gassen ab, an denen sich halb verfallene steinerne Hütten drängen. Fenster blind vor Schmutz, Stufen zu morschen, schartigen Haustüren, der Rinnstein von Unrat und Dreck verstopft – es stinkt nach Jauche und Abwasser. Sie geben noch besser darauf acht, wo sie hintreten. Bei Clare entsteht der Eindruck, dass die neueren, gepflegteren Straßen einen schäbigeren, wesentlich ärmeren Kern umgeben und wie ein Vorhang abtrennen.

»Es riecht, als könnte ein Abwasserkanal verstopft sein«, bemerkt Pip.

»Abwasserkanal? Ach, Pip, so etwas haben sie hier nicht«, antwortet Marcie.

»Oh.« Pip runzelt die Stirn und wünscht sich offensichtlich, er hätte nichts gesagt. »Werden die Leute da nicht krank?«

»Aber natürlich werden sie krank. Hin und wieder bekommen sie sogar die Cholera. Bei uns zu Hause kann dir natürlich nichts passieren – all unsere Lebensmittel kommen von der *masseria*, und das Trinkwasser kaufen wir und lassen es liefern. Deshalb weiß ich, dass es sauber ist. Das Haus hier links hat übrigens Napoleon für seinen kleinen Bruder erbauen lassen, als er hier das Sagen hatte. Und wenn ihr hochschaut, seht ihr die Burg.«

Clare und Pip blicken folgsam auf und betrachten drei hohe, rechteckige Türme mit abgebrochenen Spitzen – der vierte Turm muss ganz eingestürzt sein. Die mächtigen Mauern ragen senkrecht und unbezwingbar empor, nur wenige kleine Fenster und Schießscharten tun sich darin auf.

»Können wir hineingehen?«, fragt Pip. Das gewaltige Tor sieht aus, als hätte es sich jahrzehntelang nicht mehr geöffnet. »Wem gehört sie?«

»Ach, irgendeinem adeligen alten *marchese*«, antwortet Marcie mit dieser wedelnden Handbewegung, die beinahe wie ein Tic wirkt. »Ich habe das Tor noch nie offen gesehen. Aber dort drin spukt es. Glaubst du an Geister?«

»Ich weiß nicht. Nein, eher nicht«, sagt Pip, aber Clare hört ihm die Neugier an. »Wessen Geist soll es denn sein?«

»Ein Mädchen namens Bianca Lancia. Sie war eine der Gemahlinnen des Königs, der diese Burg vor Hunderten von Jahren erbaut hat – die schönste von all seinen Ehefrauen. Man trug ihm das Gerücht zu, dass sie ihm untreu gewesen sei, und er ließ sie in den Kerker werfen. Und weißt du, was sie getan hat, um ihm ihre Liebe zu beweisen?«

»Hat sie sich von den Zinnen gestürzt?«

»Nicht ganz. Sie hat sich die … äh, ja. Einen wichtigen Teil des weiblichen Körpers abgeschnitten. Oder vielmehr beide.«

»Und, hat der König sie dann wieder geliebt?«

»Was? Nachdem sie sich das abgeschnitten hatte, was ihm wahrscheinlich von vornherein am besten an ihr gefallen hat? Na ja, er ist zu ihr geeilt, um sich mit ihr zu versöhnen, aber sie ist kurz darauf gestorben. Also war das doch ziemlich sinnlos, nicht wahr?«

»Nun, sie hat ihren guten Ruf wiederhergestellt«, erklärt Pip pathetisch.

»Ein guter Ruf nützt einem Leichnam wenig«, erwidert Marcie ein wenig aufgebracht. »Dummes Ding – das denke ich jedes Mal, wenn ich diese Geschichte höre. Sie hätte eine bessere Lösung finden müssen. Oder einen anderen Mann.«

»Vielleicht war sie ihm tatsächlich untreu und wollte sich selbst bestrafen?«

»Das wäre noch dümmer von ihr gewesen.«

Clare will das Gespräch auf etwas anderes lenken, weil ihr das Thema unpassend für Pip erscheint. Doch im Schatten der Burgmauer kann sie auf einmal nicht mehr klar denken – sie fühlt sich ein wenig wirr und verletzlich. Prüfend blickt sie zu der hohen Burg empor, falls ihr Instinkt sie vor Gefahr von oben warnen möchte – diese mächtigen Mauern könnten herabstürzen. Dann blickt sie über die Schulter zurück, dreht sich sogar ganz um, doch es ist niemand in der Nähe. Im selben Moment eilt ein Mann aus einer Gasse gegenüber der Burg. Clares Blick streift ihn und bleibt an ihm hängen. Er hat ein lahmes Bein und benutzt einen Holzstock als Krücke, doch der simple Pfahl hat keinen Handgriff. Der Mann muss sich mit beiden Händen daran festhalten und dazu umständlich den Oberkörper verdrehen. Er wendet sich nach Süden und humpelt, so schnell er kann, ohne nach links und rechts zu schauen. Er ist dünn, schwarzhaarig und beißt so fest die Zähne zusammen, dass die Muskeln an seinem Kiefer hervortreten. Ein streunender Hund trabt über die Straße, senkt den Kopf, schnüffelt und beschließt, dem Mann zu folgen. Irgendetwas an der Haltung dieses Hundes gefällt Clare gar nicht – am liebsten hätte sie den Mann vor ihm gewarnt. Der bewegt sich rasch die Straße entlang und verschwindet hinter einem Karren, auf den Alteisen und rostige Drahtrollen gehäuft sind.

»Was ist, Clare? Wer war da?«, fragt Pip.

»Nichts. Niemand«, erwidert sie. Die Sonne steht schon beinahe im Zenit, und weder auf der Straße noch am Fuß der Burgmauern gibt es irgendwo Schatten. Auf einmal sehnt sie sich nach London – nach der ruhigen kleinen Straße, in der sie wohnen, wo die Luft nach frischem Grün duftet und alles vorhersehbar ist.

»Kehren wir um? Ich weiß ja nicht, wie es euch geht, aber ich brauche dringend etwas Kaltes zu trinken und ein Plätzchen im Schatten«, erklärt Marcie. Alle drei sehen ein wenig enttäuscht aus – da bricht man nun zu einem Abenteuer auf und erlebt nur so banale Dinge wie heiße, schmerzende Füße, Durst und das unangenehme Gefühl, nicht willkommen zu sein.

Als sie das Haus der Cardettas erreichen, öffnet Federico ihnen die Tür, und instinktiv vermeidet Clare, ihm ins Gesicht zu sehen. Doch dann fürchtet sie, er könnte glauben, dass sie ihn wegen seiner Missbildung nicht ansehen wolle – dabei liegt es an seinem forschenden Blick, wie ein ständiges Fragezeichen, der sie irritiert. Was immer er wissen will, Clare möchte ihm nicht antworten. Dieser Gesichtsausdruck ist der eines Menschen, der etwas zu enträtseln versucht, und irgendetwas daran macht sie misstrauisch. Als sie den Innenhof betreten, ruft Leandro ihnen von einer der oberen Balustraden aus zu: »Kommt herauf, kommt! Wir trinken gerade einen Aperitif.«

»Oh, wunderbar. Wir sind am Verdursten«, entgegnet Marcie.

Boyd und Leandro sitzen in Rohrsesseln an einem niedrigen Tisch. Über dem Innenhof leuchtet ein Rechteck blauer Himmel, doch die Terrasse liegt im Schatten. Boyd greift nach Clares Hand, als sie neben ihm Platz nimmt, und drückt sie. Sein Lächeln wirkt echt, und das beruhigt sie.

»Nun, was halten Sie von Gioia?«, erkundigt sich Leandro. Er trägt einen steingrauen Anzug und dazu eine dunkelrote

Seidenfliege – halb Kolonialherr, halb Dandy. Gelassen lehnt er sich in seinen Sessel zurück und lächelt.

»Es gibt hier einige wunderschöne Gebäude«, antwortet Clare. Sie öffnet den Mund, um mehr zu sagen, weiß aber nicht, was. In der merklichen Pause wirft Marcie ihr einen verwunderten Blick zu. »Ein charmantes Städtchen«, sagt sie schließlich, doch ihre Stimme klingt dünn und wenig überzeugend. Sie lügt nicht gern – wenn sie nicht die Wahrheit sagen will, schweigt sie lieber. Leandro lächelt erneut und lässt den Blick abschweifen, und Clare merkt, dass er beleidigt ist. Sie wagt es nicht, Boyd anzusehen. »Sagen Sie, warum tragen so viele Leute hier Schwarz? Ich meine, darin muss ihnen doch furchtbar heiß sein«, stößt sie hervor.

»Die Bauern, meinen Sie?«, wirft Marcie ein. »Wahrscheinlich mögen sie dunkle Farben, weil man darauf den Schmutz nicht so sieht. Offenbar waschen sie ihre Sachen nicht allzu häufig.«

»Marcie«, tadelt Leandro sie mit sanfter Stimme, doch seine Augen wirken hart. »Diese Leute haben es nicht leicht. Sie sind arm, sie haben kaum genug zu essen. Sie können es sich nicht leisten, zum Arzt zu gehen. Ihre Kinder leiden Mangel. Und der Krieg ist noch nicht lange vorbei ... sie tragen Schwarz, weil sie in Trauer sind, Mrs. Kingsley. Die meisten von ihnen haben mindestens einen geliebten Menschen verloren.«

»Ich verstehe«, sagt Clare. Sie spürt Marcies Verlegenheit und sieht sie bewusst nicht an.

Nach dem Mittagessen geht Leandro mit Pip hinunter in den Innenhof, das große Tor der Remise öffnet sich, und ein anderes Automobil als das vom Tag zuvor rollt mit hustendem, grollendem Motor heran. Leandro steht mit einer

Hand in der Hosentasche und lässig herabhängenden Schultern da. Er beobachtet Pip, und Clare sieht, dass er sich über Pips Reaktion freut – wie begeistert der Junge darum bittet, den Motor sehen zu dürfen, dann mit der Hand über einen lederbezogenen Sitz streicht und schließlich zurücktritt, den Kopf zur Seite neigt und die Proportionen des Wagens bewundert. Clare selbst kann keinen großen Unterschied zwischen diesem Wagen und dem anderen erkennen, abgesehen davon, dass dieser schwarz ist und der von gestern rot.

»Möchtest du ihn fahren, Philip?«, fragt Leandro. Ein ungläubiges Strahlen breitet sich über Pips Gesicht, und Leandro lacht. »Ich nehme an, dieses Grinsen bedeutet ja.«

»Ist das nicht gefährlich? Er ist eigentlich noch nicht alt genug«, wirft Boyd ein.

»Völlig ungefährlich. Ich fahre uns hinaus aus dem Ort, wo weniger im Weg steht, das man anfahren könnte, und dann darf er es mal versuchen. Nun, mein Junge – wäre das etwas für dich?«

»Unbedingt!«

»Na, dann los. Aber ich warne dich – lass es vorsichtig angehen. Wenn du irgendwelche Bäume oder Mauern anfährst, flicke ich den Schaden mit deiner Haut.«

»Ich werde nichts anfahren«, versichert Pip eifrig. Als er einsteigt, winkt er ihnen zu, und Clare wundert sich darüber, wie beiläufig Boyds Bedenken beiseitegewischt wurden. Niemand hat auch nur gefragt, ob er damit einverstanden sei. Als der Wagen davonfährt, färben sich Boyds Wangen zornig rot.

Der Lärm des Motors verklingt, und in der Stille ist nur das Quietschen und Rumpeln des Tors zu hören, das Federico wieder schließt. Clare wendet ihm den Rücken zu, ehe er damit fertig ist, und geht mit Boyd wieder hinauf zur Terrasse.

Boyd setzt sich neben sie auf das kleine Sofa, trotz der Hitze, sodass ihre Schultern, Hüften und Oberschenkel aneinandergepresst werden.

»Mr. Cardetta gefallen deine Entwürfe?«, bemerkt Clare, und Boyd lächelt. Die Anspannung löst sich. Er stützt einen Ellbogen auf die Sofalehne und spielt mit dem Haar an ihrer Schläfe.

»Ja. Ich glaube schon. Aber er will mehr, irgendetwas ... Ich weiß nur nicht, was. Er hat mir lang und breit die Geschichte von einer verlassenen Burg hier in der Nähe erzählt ...«

»Die Burg mitten im Ort?«

»Nein, eine andere, sie heißt Castel del Monte. Wurde aber vom selben Mann erbaut. Sie hat acht Türme mit je acht Seiten, die um einen achteckigen Innenhof gruppiert sind. Keine Küche, keine Stallungen, keine erkennbare Funktion ... und doch wurde sie offenbar äußerst sorgfältig geplant und gebaut, aus seltenem, teurem Stein. Sie liegt hoch oben auf einem Hügel, wo man sie bei klarem Wetter meilenweit sehen kann. Aber nichts weist darauf hin, dass dort je irgendwer gelebt hätte.«

»Eine Staffage.«

»Ein Mysterium. Und genau das will er.«

»Er will achteckige Türme, die man meilenweit sehen kann?«, entgegnet Clare, doch ihr Scherz entlockt Boyd kaum ein Lächeln. Er wirkt nachdenklich, wieder ganz mit seinem Problem befasst.

»Er will die Symbolik. Die Leute sollen seine Werke bewundern.«

»Aber wozu denn? Reicht es ihm nicht, vornehm und mondän zu sein und seine ... Großzügigkeit zu beweisen?«

»Die Leute hier glauben, sie wüssten alles über ihn, und er will etwas, das sie eines Besseren belehrt.« Boyd schüttelt den Kopf.

»Er will zeigen, dass er anders ist als sie und sich deshalb nicht zu verstecken braucht?«

»So könnte man es wohl sagen, ja.«

»Und, kannst du das? Kannst du ihm ein Mysterium entwerfen?«

»Wollen wir's hoffen«, antwortet Boyd und küsst ihre Schläfe. »Sonst müssen wir noch furchtbar lange hierbleiben.« Er lächelt, und Clare lacht leise, aber sie wissen beide, dass er nur halb im Scherz gesprochen hat. Anscheinend kommt es schlicht nicht infrage, Leandro Cardetta irgendetwas zu verweigern.

Sie bleiben noch eine Weile sitzen. Es ist nichts zu hören außer dem gelegentlichen Rattern eines Karrens, begleitet von Hufgeklapper oder den Schritten schwerer Stiefel. Boyd seufzt und wendet sich ihr zu. Er legt eine Hand auf ihr Knie, streicht ihr Bein hinauf, bis sein kleiner Finger ihren Schoß berührt. Mit der anderen Hand neigt er ihren Kopf zurück und küsst ihren Hals. In dieser Position kann Clare kaum sprechen, doch als sie den Kopf zu heben versucht, hält er mit der Hand auf ihrer Stirn dagegen, und ihre Kehle ist entblößt wie bei einem Schlachtopfer. Nur einen Augenblick lang. Sie ahnt Übles und schließt die Augen, um es zu verdrängen.

»Liebling«, bringt sie mühsam hervor. »Nicht hier. Jemand könnte uns sehen.«

»Niemand wird uns sehen. Die Bediensteten halten alle Mittagsruhe, wie Marcie.« Seine Stimme klingt tief, und die Hand an ihrem Oberschenkel packt fester zu. Solche Leidenschaft am helllichten Tag ist ungewöhnlich bei ihm, und sie fragt sich, ob nicht sie, sondern jemand oder etwas anderes die Ursache dafür ist. Aus dem Augenwinkel bemerkt sie eine Bewegung unten am Tor. Sie fährt hoch.

»Dieser Diener beobachtet uns – der Fahrer«, faucht sie. Als sie Boyds enttäuschte Miene bemerkt, ändert sie ihren Tonfall. »Hier ist man nirgends ungestört.«

»Unsinn. Aber wir können ja reingehen, wenn du möchtest«, sagt er und steht auf. »Welchen Diener meinst du – den mit der Hasenscharte?« Er greift nach ihrer Hand und blickt über die Schulter auf den leeren Hof hinab. »Bist du sicher?«

»Ja. Ich habe kein gutes Gefühl bei ihm. Er …« Aber sie kann es nicht in Worte fassen. Bei der Vorstellung, dass der Mann sie und Boyd zusammen beobachtet, wird ihr übel. Boyd schlingt einen Arm um ihre Taille und zieht sie an sich. »Außerdem bin ich einfach gerade nicht in Stimmung, mein Liebling«, stößt sie hastig hervor.

»Aber es ist schon so lange her, seit wir zuletzt …« Durch den Größenunterschied ist es schwierig, so dicht nebeneinander zu gehen. Ihre Schritte finden keinen gemeinsamen Rhythmus. »Hast du mich denn nicht vermisst, Clare?«

»Doch, natürlich.«

»Na … wo ist dann das Problem?« Clare lächelt und schüttelt den Kopf, und ein kleiner Teil von ihr verabscheut diese bereitwillige Kapitulation.

Durch Glastüren gelangt man von der Terrasse in die Bibliothek mit einem großen Schreibtisch, der Boyds Arbeitsplatz geworden ist. All seine Zeichenutensilien befinden sich hier, sämtliche Stifte sind säuberlich in ihren Kästchen aufgereiht. Clare geht hinüber, betrachtet sie und streicht mit den Fingern über die harte lederne Schreibunterlage. Das tut sie manchmal – vor dem Sex irgendetwas berühren, um ihre

Sinne zu wecken. Boyd umarmt sie von hinten, küsst sie und drängt sich an sie. Sie versucht, sich von seiner Leidenschaft anstecken zu lassen, aber es kommt ihr so merkwürdig vor, dass sie das mitten am Tag tun und nicht hinter verschlossenen Türen, wie es sich gehören würde. Doch als er mit einem Finger in sie eindringt und die Zunge tief in ihren Mund schiebt, ihre Bluse aufknöpft und ihren Büstenhalter über die Brustwarzen herabzieht, klammert sie sich an seine Schultern und reckt sich ihm entgegen. Es ist so anders, als sie sich normalerweise lieben, und das ist erschreckend und angenehm zugleich. Und vielleicht ist es diese Art Vereinigung – spontan und voller Drang –, aus der ein Kind entsteht. Vielleicht werden sie in späteren Jahren, wenn dieses Kind etwas Albernes tut, zärtlich lächeln und insgeheim scherzen, das Kind habe ja wild werden müssen, weil es so wild gezeugt worden sei. Doch Boyd hält inne, als die Spitze seiner Erektion sie beinahe berührt – beinahe, aber nicht ganz. Er bebt zwischen ihren Oberschenkeln, seine Augen sind fiebrig, und er keucht, und dennoch hält er inne.

»Warte hier«, sagt er und schließt hastig seine Hose. Dann eilt er hinaus.

Clare bleibt zurück mit kalten Flecken seines Speichels und ihrer eigenen Erregung auf der Haut. Sie verschränkt die Arme vor der Brust und lauscht dem Klopfen ihres ruhiger werdenden Herzens. Er holt das Präservativ, und als er zu ihr zurückkommt, vollzieht er den Akt mit der Barriere aus Gummi zwischen ihnen. Clares Leidenschaft ist völlig erkaltet, und während er sich über ihr nach vorn beugt, fällt ihr plötzlich auf, wie schütter sein Haar geworden ist, wie ihre Oberschenkel schmerzhaft gegen die Kante des Schreibtischs gepresst werden und wie er die ganze Zeit über die Augen fest geschlossen hält. Lautlos kommt er zum Höhepunkt. Sie erkennt es nur daran, dass er drei oder vier Herzschläge lang den Atem anhält – drei oder vier ihrer langsamen Herzschläge, nicht seiner schnellen.

Danach besteht Boyd darauf, dass sie sich in ihrem Zimmer ein wenig ausruhen, obwohl Clare sich lieber wieder angezogen und draußen in den Schatten gesetzt hätte. Er hält das Präservativ über die Waschschüssel und spült es mit Wasser aus dem Krug. Wie Clare den bloßen Anblick dieses Dings früher verabscheute. Einmal dachte sie sogar an Sabotage – sie hielt es zwischen den Fingerspitzen, kniff hinein, prüfte die Stärke des Gummis und stellte fest, wie leicht man mit einer Broschennadel ein paar winzige Löcher hineinstechen könnte. Inzwischen käme ihr das allerdings vor wie ein schmutziger Trick. Wenn sie dieses Ding besiegen, es loswerden will, dann muss ihr das offen und geradeheraus gelingen, indem sie ihren Mann überzeugt. Doch bei diesem Kampf ist sie nicht mehr mit ganzem Herzen dabei. Ihr Hass auf das Ding hat sich abgekühlt zu einer Art leidenschaftsloser, resignierter Abneigung. Was diese Haltung bedeutet, ist ihr wohl bewusst, und das bereitet ihr Sorgen. Sie will noch nicht aufgeben. Sie stellt sich ihr zukünftiges Leben mit Boyd zu Hause vor, wenn er sich zur Ruhe gesetzt hat und nicht mehr jeden Tag zur Arbeit geht – wenn Pip ausgezogen ist und gelegentlich anruft, sofern er es nicht vergisst. Sie stellt sich vor, wie die Zeit langsam dahinschlurft und wie furchtbar schwer sich die drohende Einsamkeit anfühlen wird. Die beiden Gedankengänge verbinden sich miteinander und stärken ihre Entschlossenheit, das Thema noch einmal anzusprechen.

Boyd hängt das Präservativ neben dem Handtuch zum Trocknen auf und legt sich zu ihr, eng an sie geschmiegt.

»Wie findest du Gioia wirklich?«, fragt er.

»Beängstigend«, antwortet Clare. »Es hat sich angefühlt, als sollten wir nicht dort sein. Als hätten Touristen in Gioia nichts verloren.«

»Wir sind keine Touristen.«

»Was sind wir dann?«, erwidert sie und bekommt keine Antwort. »Marcie findet es grässlich hier«, fügt sie hinzu.

»Meinst du?«

»Da bin ich mir sicher. Boyd«, beginnt sie vorsichtig, »werden wir denn nie ein Kind bekommen? Ich wünsche es mir so sehr.«

»Wir haben doch Pip.«

»Ja, aber ... das ist nicht dasselbe. Nicht für mich. Ich bin nicht Pips Mutter.«

»Aber für ihn bist du wie eine Mutter. Du hast ihn großgezogen.« Er küsst ihr Haar. »Und das hast du großartig gemacht.«

»Du weißt, was ich meine, Boyd.« Sie atmet tief durch, um nicht die Nerven zu verlieren. »Warum willst du nicht, dass wir ein Baby bekommen?«

»Haben wir darüber nicht schon gesprochen, Liebling?«

»Nein, nicht richtig. Du hast mir gesagt, dass du Angst davor hast – aber was gibt es denn da zu fürchten? Ich habe so lange gewartet ... Ich dachte, irgendwann würdest du schon so weit sein. Aber das geht jetzt seit zehn Jahren so, Boyd. Ich bin schon fast dreißig ... Allzu viel Zeit haben wir nicht mehr. Du hast doch nicht immer noch Angst davor?«

»Clare, Liebling ...« Er verstummt. Sie wartet.

»Hat ... ist Emma durch die Geburt krank geworden? Ist es das? Hat sie sich ... nie ganz davon erholt?«

»Ja.« Seine Stimme klingt heiser und gepresst. »So ist es,

sie war danach nie wieder dieselbe. Ich ... ich habe sie Stück für Stück verloren von dem Tag an, als Philip auf die Welt kam, und ich ... ich könnte es nicht ertragen, dich auf dieselbe Weise zu verlieren.«

»Ich überstehe das gut, da bin ich sicher. Und ich ...«

»Nein, Clare«, fällt er ihr mit einem scharfen Unterton ins Wort. »Nein. Ich kann das einfach nicht erlauben.«

»Du kannst es nicht *erlauben?*«, echot sie verzweifelt. Doch Boyd hüllt sich in Schweigen.

Clare starrt auf strahlende Streifen Himmel hinter den geschlossenen Fensterläden, und es erscheint ihr nicht richtig, den Tag so auszusperren. Mit einem Anflug von Klaustrophobie sehnt sie sich nach draußen, trotz Hitze und sengender Sonne, denn die Luft in ihrem Zimmer fühlt sich schal und verbraucht an. Unter Boyds Arm wird ihr heiß, sie spürt die Schweißflecken auf ihrer Bluse im Rücken, und sein Atem an ihrem Nacken ist erstickend. Sie windet sich vorsichtig ein Stück zur Seite und schiebt den Kopf auf dem Kissen in Richtung Bettkante, doch Boyds Arm schlingt sich fester um sie.

»Mir ist nach einem Spaziergang. Ich gehe auch nicht weit«, erklärt sie.

»Du willst spazieren gehen? Jetzt? Was für ein Unsinn – das ist die heißeste Zeit des Tages.«

»Ich will aber nicht im Bett liegen.«

»Ach was. Du musst dich ausruhen.« Er küsst ihr Haar und zupft sich eine Strähne von den Lippen, die daran kleben geblieben ist. »Warum hast du mich geheiratet, Clare?«, fragt er. Auch das ist etwas, das er schon hundertmal zu ihr gesagt hat und das sie lieber nicht hören würde. Der unterschwellige Selbsthass darin macht die Frage zu einem Vorwurf. Sie weiß, was sie darauf erwidern muss, und sie antwortet rasch, um es hinter sich zu bringen.

»Weil ich dich geliebt habe. Vom ersten Augenblick an.«

Das ist vielleicht sogar nur halb gelogen. Sie hat sich tatsächlich in ihn verliebt – in diesen großen, gut aussehenden, älteren Mann mit dem gequälten Blick und einer Aura der Traurigkeit. Augenblicklich verspürte sie das Bedürfnis, seinen Kummer zu lindern. Sie wollte diejenige sein, die ihm ein Lächeln entlockte, ihn optimistisch stimmte. Ihre Eltern stellten sie einander vor, beim Nachmittagstee im Garten ihres bescheidenen Hauses in Kent. Es war ein heißer Tag spät im Juni, und in den Rabatten tummelten sich Bienen und weiße Schmetterlinge. Ihre Eltern hatten ihr bereits von Emma erzählt und sie gewarnt, dass er noch um sie trauerte. Es schien das einzig Erwähnenswerte an ihm zu sein. Clare hatte den Eindruck, dass dieser Mann schon ein ganzes Leben durchlebt hatte. Er war wohlhabend, erfahren, nachdenklich und damit gefestigt und sicher. Sein Alter beruhigte sie. Er wirkte gütig auf Clare, aber traurig, und sie wollte ihn glücklich machen ... und damit auch sich selbst. Für sie bewies diese Trauer, wie empfindsam er war, und sie wollte sein gebrochenes Herz heilen. Er zeigte seine Zuneigung nicht offen, doch in Clares Familie hielt man sich mit der Zurschaustellung von Gefühlen ebenfalls zurück, und so bewunderte sie eher seine stille, beherrschte Trauer und die zärtliche Art, wie er sie ansah. Ihr Vater erzählte ihr, dass Boyd wieder heiraten wolle und sich eine junge Frau wünsche – unberührt von Trauer, noch nicht vom Leben gezeichnet. Jemanden mit reinem Herzen und unverdorbenem Geist, mit dem er ganz neu anfangen konnte.

Von Pips Existenz erfuhr sie erst, nachdem Boyd ihr den

Antrag gemacht und sie ihn angenommen hatte. Da man ihr erzählt hatte, dass Emma im Kindbett gestorben war, hatte sie angenommen, auch das Kind habe nicht überlebt. *Du musst auch nichts mit ihm zu tun haben, wenn du das wirklich nicht willst,* versicherte ihr Boyd. *Ich könnte es verstehen. Und er hat ja noch sein Kindermädchen.* So schlagartig Mutter zu werden hatte Clare solche Angst eingejagt, dass sie nicht einmal dazu kam, böse auf Boyd zu sein, weil er ihr Pip bisher verschwiegen hatte. Sie dachte daran, die Verlobung wieder zu lösen, obwohl die Hochzeit bereits in der Zeitung angekündigt war. Plötzlich hatte sie zum allerersten Mal das Gefühl, zu etwas gedrängt zu werden, blindlings auf etwas zuzuschleudern. Doch dann lernte sie Pip beim Tee in einem Hotel in Marylebone kennen, und ihre Angst verflog. Pip, damals erst fünf Jahre alt, sagte kein Wort, hielt den Blick fest auf sein Stück Kuchen gerichtet und aß es krümelweise. Clare hatte erwartet, dass er sie schon aus Prinzip hassen würde, doch davon war nichts zu spüren. Er wirkte so verängstigt und verloren, dass sie spontan die Hand unter den Tisch schob und nach seiner Hand griff. Sein Gesichtsausdruck spiegelte haargenau ihre eigenen Gefühle. Sie konnte den Gedanken nicht ertragen, dass dieser kleine Junge sich womöglich vor ihr fürchtete – oder davor, was ihr Eindringen in sein Leben für ihn bedeuten könnte. Pip entzog ihr seine Hand nicht, sondern blickte nur in stummer Verwirrung zu ihr auf. Und von diesem Moment an wollte sie unbedingt bei ihm bleiben, bei allen beiden. Sie fühlte sich dem Kind augenblicklich verbunden. Zugleich spürte sie die Kluft zwischen ihm und seinem Vater und war entschlossen, sie zu überbrücken. All diese Teilchen fügten sich plötzlich zusammen, und sie war beruhigt.

Später, nach dem Abendessen, entdeckt Clare Pip in der Bibliothek, wo sie und Boyd sich am Nachmittag geliebt haben. Sie ist froh, dass Pip sich einen Sessel ausgesucht hat und nicht am Schreibtisch sitzt – den anzuschauen, kann sie sich nicht recht überwinden. Was sie getan haben, war keine Schande, nur unanständig, aber dennoch schämt sie sich – nicht wegen der Sache an sich, sondern wegen der Minute, die sie allein hier stand mit nackten Brüsten, während Boyd das Präservativ holte. Sie schämt sich dafür, dass er sich so kontrolliert mitten im Liebesspiel zurückhalten und es problemlos unterbrechen konnte. Und für ihren eigenen Mangel an Leidenschaft. Auf Pips Knien liegt ein illustrierter Vogelatlas, den er mit wenig Interesse durchblättert.

»Alles klar, Pip? Oder langweilst du dich zu Tode?«, fragt sie. Er hat ein wenig Sonne abbekommen, und im Lampenschein glüht seine Haut. Unter seinem Hemd zeichnen sich die kantigen Schultern und Ellbogen scharf ab.

»Ein bisschen. Aber heute Nachmittag war es *unglaublich*. Leandro hat mir versprochen, mir das Autofahren beizubringen. So richtig, meine ich.«

»Du solltest Mr. Cardetta sagen.«

»Aber er möchte, dass ich ihn Leandro nenne.«

»Trotzdem ...« Sie will noch etwas hinzufügen, doch ein Geräusch von draußen lässt sie verstummen. Laute Rufe und hastige Schritte sind zu hören. Sie und Pip wechseln einen Blick und gehen dann zusammen zum Fenster, das zur Straße hin liegt.

Clare kippt die Lamellen des Fensterladens so, dass sie hinausspähen können. Wieder sind Rufe zu hören, und eine Stimme schreit lauter als die anderen – Worte, die sie nicht verstehen kann.

»Mach den Fensterladen auf, Clare, sonst können wir ja gar nichts sehen«, bittet Pip. Clare tut ihm den Gefallen, und sie beugen sich vor und blicken die Via Garibaldi hinab bis zur gepflasterten Straße. Männer marschieren in einer lockeren Formation. Sie tragen das übliche Schwarz, aber keine Jacken. Die Hemdsärmel sind hochgekrempelt. Manche tragen Pistolen am Gürtel, andere kurze, kräftige Knüppel. Hier und da blinkt eine Art Abzeichen auf, wenn Licht darauf fällt, doch die Männer sind zu weit weg, um es richtig erkennen zu können. Ein Mann ganz vorn trägt einen spitzen Helm wie ein Polizist, und das ist Clares erster Gedanke – das müssen Polizisten sein. Sie kann sich nur nicht erklären, weshalb eine Polizeiparade nachts stattfinden sollte und warum die Männer keine Uniformen tragen. Sie sind nur einheitlich gekleidet, wohl um eine gemeinsame Identität zu zeigen, um als Gruppe wahrgenommen zu werden. Der Anblick beunruhigt sie. Die meisten Gesichter wirken jung und glatt, und sie meint selbst auf die Entfernung den fiebrigen Ausdruck aufgeregter Jungen in ihren Augen zu erkennen. »Was sind das für Leute, Clare?«, fragt Pip laut.

»Psst!«, ermahnt sie ihn, obwohl die Männer sie wohl kaum hören können. Plötzlich will sie auf gar keinen Fall, dass einer von ihnen aufblickt und sieht, dass sie und Pip die Gruppe beobachten. »Ich weiß nicht«, antwortet sie leise. Laute, zornige Stimmen erheben sich, Gestalten huschen auf der dunklen Straßenseite hierhin und dorthin, verschwinden in den Seitengassen. Die Truppe marschiert weiter und ändert nur leicht die Richtung, als ein Stein fliegt – jedenfalls hält Clare es für einen Stein – und mit einem lauten Knall zu Füßen des Anführers aufschlägt. Der Mann mit dem spitzen Helm hebt den Arm, um Halt zu gebieten, und zeigt dann zur Seite. Die Gruppe schwenkt um wie ein Mann und verschwindet in einer Gasse. Clare muss an eine Schar Vögel denken oder einen Schwarm Insekten, die eine Nahrungsquelle entdeckt haben.

Pip wirkt nun auch nervös. Sie warten schweigend am Fenster, obwohl niemand mehr zu sehen ist außer einer Frau in einem langen Rock und Kopftuch, die über die Straße eilt und vorsichtig um die Ecke späht, der bewaffneten Truppe hinterher. Bald darauf hören sie mehrmals ein lautes Krachen, dann splitterndes Glas und den Schrei einer Frau. Rufe hallen aus der Gasse – nur eine Stimme, die eines Mannes, laut und aufgebracht. Dann verstummt sie, und es ist still. Clare wird bewusst, dass sie den Atem angehalten und sich gefährlich weit aus dem Fenster gelehnt hat.

»Zurück, Pip«, sagt sie und packt ihn am Ärmel. Sie schließt die Fensterläden, verriegelt sie und vergewissert sich noch einmal, dass sie fest geschlossen sind. Pip sieht sie mit aufgerissenen Augen und verständnisloser, aber beunruhigter Miene an.

»Was war *das* denn? Waren das Polizisten?«, fragt er. »Können wir Leandro fragen? Er ist noch auf, ich habe ihn erst vorhin über den Hof gehen sehen.«

»Mr. Cardetta, Pip, und nein, wir sollten ihn jetzt nicht mehr stören. Das war bestimmt nichts weiter. Nichts Besonderes.«

»Es sah aber nicht aus wie *nichts weiter*. Und es hat sich auch nicht so angehört«, erwidert Pip empört. Clare sieht ihn mit hochgezogener Braue an, und seine Miene verfinstert sich, aber er folgt ihr zu ihren Gästezimmern. Sie kann ihm keinen Vorwurf machen, denn er hat recht. Das hat keineswegs nach *nichts* ausgesehen. Clare muss plötzlich daran denken, wie ihr am Mittag zumute war, unterhalb der Burgmauern. Genau so hat sie sich eben gefühlt, als sie befürchtete, die marschierenden Männer könnten sie sehen. *Wir sollten nicht hier sein,* denkt sie.

Zwei Tage lang denkt Clare über diese marschierenden Männer ganz in Schwarz nach, doch sie sagt nichts. Zwei Tage lang denkt sie daran, wie drängend Boyd sie geliebt hat und an seine Weigerung, ihr ein Kind zu schenken – doch sie sagt nichts. Auf einmal werden ihr viele Dinge bewusst, die sie nicht sagt. Sie spürt dasselbe unangenehme Kribbeln wie an jenem Nachmittag, als Boyds Atem zu heiß über ihren Nacken strich, sein Arm sie zu fest umschlang und er sie im Bett festhielt, obwohl sie aufstehen wollte. Es fühlt sich an, als staute sich etwas auf, ballte sich zusammen. Niemand sonst scheint es zu bemerken. Eine Art regelmäßiger Tagesablauf stellt sich ein, und bei der Vorstellung, den ganzen Sommer so zu verbringen, fürchtet Clare auf einmal, dass dieses Gefühl sich zu etwas Schlimmerem steigern könnte – Hysterie oder vielleicht Panik.

Boyd verbringt Stunden am Schreibtisch in der Bibliothek, zeichnet, radiert und zeichnet neu, mit unzufrieden gerunzelter Stirn, aber ganz in seine Arbeit vertieft. Pip bekommt tatsächlich Fahrstunden von Leandro und findet obendrein in einem der düsteren ebenerdigen Zimmer, in denen die Dienstboten wohnen, ein altes Fahrrad. Wie ein kleiner Junge fährt er auf dem Hof damit herum und im Slalom um die Säulen. Als ein Reifen Luft verliert, findet Federico das Loch mithilfe einer Schüssel Wasser, flickt es und pumpt den Reifen wieder auf. Clare sieht die beiden ein paar Worte wechseln und lächeln. Die Hasenscharte des Dieners glättet sich, wenn er lächelt – aber er hält die Lippen geschlossen, als schämte er sich seiner Zähne. Als das Fahrrad repariert ist, geben die beiden jungen Männer sich die Hand, ehe Pip wieder aufsteigt, und Clare fragt sich, ob ihre Abneigung gegen Federico ungerechtfertigt ist.

Sie liest viel. In der Bibliothek stehen hauptsächlich italienische Werke, staubig und mit verblichenen Buchrücken. Offenbar wurden sie mitsamt dem Haus übernommen und seit mindestens einer Generation nicht mehr gelesen. Es gibt nur wenige englische Bücher, die mit den Cardettas aus New York hierherkamen, und Clare wünschte, sie hätte mehr zu lesen mitgenommen. Wenn ihr die Lektüre ausgeht, werden ihr die Stunden noch länger erscheinen, und das Gefühl zu ersticken wird noch schwerer zu ignorieren sein. Marcie näht und ändert ihre halbe Garderobe, schreibt lange Briefe an Freundinnen in New York und schwatzt und lacht. Ihr Lächeln streicht von einem Raum zum nächsten wie eine nervöse Katze, und Clare hätte sie gern irgendwie beruhigt. Aber sie weiß nicht, wie man einen Menschen beruhigen könnte, der nach außen hin so fröhlich ist und über jede Kleinigkeit lacht.

»Erzählen Sie mir doch von London«, bittet Marcie eines Nachmittags. »Ich war noch nie dort. Es muss wunderbar sein.«

»Nun, mir gefällt es sehr gut. Wir wohnen in Hampstead, da ist es sehr ruhig und grün, nicht wie in der Innenstadt. Von einem hohen Hügel aus kann man die Stadt im Süden überblicken. Es gibt viele kleine Cafés und Restaurants. Eselreiten für die Kinder und Teiche, in denen sie herumplanschen können. Es ist bezaubernd ...«

»Aber gehen Sie denn nie in die Stadt? Gehen Sie nicht aus, tanzen?«

»Na ja ... doch, schon. Nicht sehr oft – Boyd verbringt den ganzen Tag in der Stadt, er arbeitet ja dort. Dann genießt er die Ruhe und den Frieden, wenn er nach Hause kommt. Und er tanzt nicht besonders gern. Ins Theater gehen wir aber öfter.«

»Und einkaufen? Es gibt doch sicher wunderbare Geschäfte für einen Einkaufsbummel.«

»Ja«, sagt Clare. »Ja, die gibt es.« Dabei belässt sie es, obwohl ihre Zurückhaltung Marcie offensichtlich frustriert. Sie will ihr nicht sagen, dass die Frau eines bescheidenen kleinen Architekten nur selten einen Einkaufsbummel macht und dann eher kleine Bekleidungsgeschäfte aufsucht, nicht Liberty oder Harrods.

»Aber was *tun* Sie dann den ganzen Tag, Clare?«

»Nun ja, ich ...« Clare verstummt. Im ersten Moment will sie ihr ruhiges, häusliches Leben verteidigen, doch dann regt sich der Anflug von Panik beim Gedanken daran, dass Pip eines Tages ausziehen wird. Sie wird sich nicht mehr darauf freuen können, dass er heimkommt. Wird mit träge dahingleitenden Nachmittagen allein sein, bis Boyd nach Hause kommt, und dann vage enttäuschende Abende mit ihm verbringen. Mit ihm allein sein während einer seiner Episoden, wenn sein Schweigen und sein selbstzerstörerisches Verhalten sie beinahe wahnsinnig machen. »Es ist manchmal ein wenig langweilig«, antwortet sie. »Aber meistens ist mir Langeweile lieber als Hektik.«

»Wirklich? Himmel, ich hätte viel lieber Hektik!«, erwidert Marcie. »Aber wenn man seinen Mann liebt, kann man sich ja immer ein bisschen amüsieren – auf die angenehmste

Art, nicht wahr?« Sie lächelt vielsagend und zwinkert Clare zu. Clare kann nur verlegen nicken, denn »amüsieren« ist kein Wort, das sie je mit Boyd in Verbindung bringen würde.

Die Tage sind einförmig heiß und sonnig. Nachmittags ballen sich manchmal Wolken zusammen, doch die machen sich davon, sobald die Nacht heranbricht, und bis zum Morgen sind sie verschwunden. Was genau Leandro Cardetta den ganzen Tag lang tut, ist Clare ein Rätsel. Er kommt und geht und hält sich selten länger in einem Raum auf. An ihrem dritten Nachmittag, als die Hitze allmählich nachlässt, schlägt Leandro vor, sich den *signori* von Gioia anzuschließen und eine *passeggiata* zu machen. Marcie lehnt wegen Kopfschmerzen ab – sie liegt wie ein welkes Blatt auf einem langen Sofa. Als Clare Boyd holen will, blickt er von seinem Schreibtisch auf und schüttelt den Kopf.

»Ich bin gerade mitten in einer neuen Idee, Liebling. Geh du nur«, sagt er.

»Bitte komm mit, Boyd. Ich möchte nicht allein mit ihm spazieren gehen.«

»Ach, Unsinn. Du musst mitgehen, wenn Cardetta mit dir spazieren gehen will.«

»Aber ich … ich kenne ihn noch kaum. Es wäre mir lieber, du kämst mit. Bitte?« Die Vorstellung, mit ihrem Gastgeber allein zu sein, macht sie nervös. Obwohl er ihr gegenüber stets rücksichtsvoll und höflich war, spürt sie etwas wie Ironie und heimliches Wissen an ihm.

»Nicht jetzt, Clare. Nimm doch Pip mit, wenn du unbedingt Gesellschaft brauchst.« Clare geht wieder hinunter zu Leandro, der auf sie wartet und lächelt, als könnte er ihre Reserviertheit fühlen.

Pip kommt mit, und sie schlendern die Via Garibaldi entlang, erst in die eine Richtung, dann in die andere. Die Leute auf der Straße brüskieren Leandro nicht ganz so unverhohlen wie Marcie. Wenn er jemanden begrüßt, stellt er sich dieser Person in den Weg, sehr subtil, aber doch so, dass es grob unhöflich wäre, sich einfach an ihm vorbeizudrängen. Clare kann den kurzen Gesprächen auf Italienisch beinahe folgen, doch der Dialekt ist ihr fremd. Einzelne Worte sind ihr unverständlich, und während sie die Bedeutung zu erraten versucht, entgehen ihr die nächsten. Pips Gesicht ist deutlich anzusehen, dass er nichts versteht, doch wenn Leandro ihn jemandem vorstellt, schüttelt er dem fremden Herrn mit einem selbstsicheren *buona sera* die Hand.

»Dies ist einer unserer hochgeschätzten Ärzte hier in Gioia, Doktor Angelini«, sagt Leandro, und Clare reicht einem kleinen, dicken Mann die Hand. Sein graues Haar glänzt fettig. »Nun ja, wenn ich hochgeschätzter Arzt sage, meine ich in Wahrheit abscheulicher Quacksalber. Dieser Mann schröpft die Armen von Gioia gleich in mehrfacher Hinsicht, verkauft ihnen wirkungslose Arzneien, die sein Bruder, der Apotheker, zusammenpanscht. Und er untersucht die Frauen allzu gründlich – das muss ich Ihnen gewiss nicht näher erläutern. Ich glaube nicht, dass er je das Medizinstudium abgeschlossen hat, und er ist der Erste, der sich nach Rom absetzt, wenn wieder einmal die Cholera ausbricht. Keine Sorge, er spricht kein Wort Englisch«, erklärt er ihr in leutseligem Tonfall, während Dr. Angelini mit unterwürfig geneigtem Kopf lächelt.

Clare hat Mühe, sich die Überraschung nicht anmerken zu lassen, und Pip entschlüpft ein leises Lachen, ehe er sich zusammennehmen kann. Der Arzt kneift argwöhnisch die Augen zusammen, und Cardetta sagt etwas zu ihm, völlig gelassen und ohne eine Spur unpassender Heiterkeit. Der Mann neigt erneut den Kopf, doch als sie sich verabschieden, starrt er Pip finster an.

Clare wirft im Gehen einen verstohlenen Blick auf Leandro Cardetta, und er grinst sie schelmisch an.

»Das war lustig!«, sagt Pip, und Clare hätte ihn beinahe dafür getadelt, doch dann wird ihr klar, dass sie damit Leandro beleidigen könnte.

»Sie können meine Vorstellung des Doktor Angelini nicht gutheißen, Mrs. Kingsley?«, fragt er.

»Sie hat mich nur ein wenig ... überrascht«, entgegnet sie. Inzwischen spazieren sie in westlicher Richtung der gleißenden Sonne entgegen, und Clare blinzelt geblendet.

»Ich hatte gehofft, dass Sie sie erfrischend finden würden. Unangenehme Menschen haben es schließlich verdient, dass man sich über sie lustig macht.« Er zuckt mit den Schultern. Seine Aussprache ist ungewöhnlich – für jemanden, der in New York Englisch gelernt hat, klingt sein Akzent sehr weich, und die Betonung folgt der italienischen Satzmelodie.

»Warum geben Sie sich Mühe mit Bekanntschaften, wenn Sie diese Leute so wenig schätzen?«

»Tja, Mrs. Kingsley, um jemand zu sein, muss man jeden kennen.«

»Was für ein Jemand möchten Sie denn sein?«, fragt Pip. Er benimmt sich ihrem Gastgeber gegenüber viel zu vertraulich, seit die beiden diese Fahrstunden absolvieren. Doch Leandro Cardetta scheint das nicht zu stören, und Clare fragt sich, ob all ihre Bedenken – gegen Gioia del Colle, gegen Federico und Leandro – nur ihrer Nervosität entspringen, heraufbeschworen von der Spannung, die sie in Boyd spürt.

»Ich möchte jemand sein, dem man zuhört, Philip«, erklärt Leandro Cardetta. »Ich mache mir nichts vor. Ich weiß, dass ein Süditaliener wie ich – ein *terrone,* wie sie uns im Norden abfällig nennen – sich ihren Respekt immer nur erkaufen kann. Aber ganz gleich, wie ich sie erwerbe, ich *werde* mir Achtung verschaffen.« Clare schweigt, und er sieht sie an. »Das heißen Sie auch nicht gut, Mrs. Kingsley?«

»Ach, ich verstehe nichts von solchen Dingen.« Sein Lächeln wird ein wenig starr.

»Aha, Ihnen liegt die alte britische Maxime auf den Lippen, dass man sich Respekt verdienen muss, wenn er etwas wert sein soll«, sagt er. »Ihr Mann hat mir das auch schon gesagt, aber es trifft nicht immer zu. Wenn die Menschen, mit denen ich zu tun habe, nur Geld und Macht wirklich verstehen, dann ist das die Ebene, auf der ich ihnen begegnen muss. In New York habe ich gelernt, dass es immer einen Weg gibt, an jemanden heranzukommen – an jeden. Man muss ihn nur finden. Und habe ich mich dort drüben vielleicht von nichts emporgearbeitet, um von Leuten verachtet zu werden, die in ihrem Leben nichts anderes getan haben als herumzusitzen und es zu vergeuden, während sie immer fetter, fauler und dümmer werden?«

»Aber warum sind Sie hierher zurückgekehrt, wenn Sie sich hier mit Leuten anfreunden müssen, die Sie gar nicht mögen?«, fragt Pip.

»Anfreunden? Nicht doch, ich habe hier keine Freunde. Aber dies ist trotz allem meine Heimat. In diesen Straßen habe ich meine Kindheit verbracht. Dieser Gestank ...« Er atmet tief ein. »... der Geschmack auf der Zunge. Verstehst du, was das einem Menschen bedeutet, Pip? Vielleicht bist du noch zu jung dazu. Ich habe lange in Amerika gelebt, aber ich habe jeden Tag – *jeden Tag* – daran gedacht, nach Hause zurückzukehren. Jetzt bin ich hier, und ich bin nicht erwünscht. Tja, da haben sie Pech gehabt. Ich bin wieder zu Hause, und hier bleibe ich auch.« Seine Aussage lässt keinerlei Spielraum. Clare fragt sich, wie oft Marcie schon gegen diese Wand geprallt sein mag, und die Amerikanerin tut ihr plötzlich leid.

»In welcher Branche waren Sie denn in New York tätig, Mr. Cardetta?«, erkundigt sich Clare. »Werden Sie hier demselben Geschäft nachgehen?«

»Müllentsorgung.« Er lächelt sie an, erfreut angesichts ihrer Überraschung. »Nicht das, was Sie erwartet hatten? In New York gibt es eine Menge Menschen, die eine Menge Müll machen. Und nein, diese Zeiten sind für mich vorbei. In Gioia gibt es fast keinen Müll – ist Ihnen das nicht aufgefallen? Was die Armen nicht essen, holen sich die Hunde.«

Sie gehen weiter und kommen an einem Grüppchen von drei Männern vorbei, so makellos elegant gekleidet wie Leandro. Mit zugeknöpften Westen, funkelnden goldenen Uhrenketten und staubfreien Schuhen stehen sie an einer Straßenecke. Leandros Haltung wird steif. So wirkt er größer, stärker.

»*Buona sera, signori*«, grüßt er sie. Er neigt den Kopf, bleibt aber nicht stehen. Clare setzt zu einem Lächeln an und lässt es dann sein, als sie die unverhohlene Feindseligkeit der Männer sieht. Einer von ihnen spuckt auf die Straße – zur Seite, nicht direkt in ihre Richtung, aber die Beleidigung ist deutlich.

»Du hast kein Recht, uns anzusprechen, *cafone*«, sagt derselbe Mann auf Englisch. »Du hast kein Recht, solche Kleidung zu tragen oder in einem solchen Haus zu wohnen.«

»Gut sehen Sie aus, Cozzolino. Der Sommer bekommt Ihnen offenbar«, erwidert Leandro in mildem Tonfall. Clare spürt die finsteren Blicke im Rücken, nachdem sie an den Männern vorbeigegangen sind, und wagt es nicht zurückzublicken.

»Der war ja vielleicht unhöflich. Was ist ein ... Kaffone?«, fragt Pip.

»*Cafone* bedeutet so viel wie ungehobelter Bauer. Schauen Sie nicht so entsetzt drein, Mrs. Kingsley. Cozzolino verdient es nicht, von irgendjemandem geachtet, geschweige denn gefürchtet zu werden. Er gehört zur schlimmsten Sorte *signori* in Gioia. Er glaubt, sein gesellschaftlicher Status sei gottgegeben und rechtfertige jegliche Übertretung. Aber das wird ihn eines Tages teuer zu stehen kommen.«

»Wie können Sie es ertragen, dass man so mit Ihnen spricht? Das war abscheulich«, sagt Clare.

»Früher oder später werden sie sich an mich gewöhnen müssen. Ich lasse ihnen einfach keine andere Wahl.« Er wirft ihr einen Seitenblick zu, als sie den Rückweg zur Piazza Plebiscito einschlagen. »Ich muss gestehen, ich hätte nicht erwartet, dass gelebter Standesdünkel eine Britin derart schockieren würde.«

»Für schlechte Manieren gibt es keine Entschuldigung. Und ich habe wohl nie ... nun ja ...«

»Auf der anderen Seite gestanden?«

»Ja. Ich könnte den Umgang mit solchen Leuten nicht ertragen.«

»Sie würden sich also von ihnen fernhalten und ihnen den Sieg überlassen? Ich habe eine dicke Haut, Mrs. Kingsley – ohne die bringt man es weder hier noch in New York sonderlich weit. Aber ich vergesse diese Beleidigungen nicht.« Er tippt sich mit einem Finger an die Schläfe. »Cozzolino könnte es eines Tages leidtun, mich so von oben herab behandelt zu haben. Oder denken Sie insgeheim, dass er damit recht hat? Dass ein *arrivista* wie ich in der besseren Gesellschaft nichts verloren hat?«

»Nein«, entgegnet Clare. Der scharfe Unterton in seiner Stimme macht sie nervös. »Nein, keineswegs.«

»So funktionieren Wirtschaft und Politik in einer Kleinstadt wie Gioia, Mrs. Kingsley. Es geht allein darum, wen man kennt und bezahlt. Stellen Sie sich nur vor, ich würde eines Tages im Rathaus sitzen! Dann könnte ich hier wirklich etwas verändern. Aber dazu muss ich einer von ihnen werden, zumindest dem Anschein nach. Das ist eine langwierige und gelegentlich unschöne Angelegenheit, aber jedes Spiel hat seine Regeln.«

»Sollte man Demokratie als Spiel betrachten?«, erwidert Clare.

»Ich habe die Welt nicht erschaffen.« Leandro zuckt mit den Schultern. »Und Politik war schon immer ein schmutziges Geschäft.«

»Dann hätte ich lieber gar nichts damit zu tun.«

»Aber Mrs. Kingsley, das ist doch keine Lösung! In Ihrem Land dürfen Frauen jetzt wählen – ist das richtig? Sagen Sie mir nicht, dass Sie dieses Recht nicht ausüben?«

»Ab dreißig Jahren dürfte ich wählen. Aber ich hätte nicht die leiseste Ahnung, wen ich wählen sollte. Ich werde mich wohl nach Boyd richten. Politik hat mich noch nie interessiert, um ehrlich zu sein. Also überlasse ich sie lieber Leuten, die etwas davon verstehen«, erklärt sie. Leandro gibt ein Brummen von sich. Er verschränkt die Hände hinter dem Rücken und studiert im Gehen seine schicken Schuhe.

»Für Sie ist Politik etwas, das sich in der Zeitung abspielt. Entscheidungen, die weit weg von Ihnen gefällt werden und Ihr Leben nicht direkt betreffen. Nicht wahr? Dann kann man sie leicht ignorieren. Hier in Apulien ist Politik etwas, das vor Ihrer Haustür geschieht – etwas, das *Ihnen* geschieht, ob es Sie interessiert oder nicht. Politik kann Ihnen das Essen vom Tisch stehlen und Ihre Familie in die Armut treiben. Sie kann dafür sorgen, dass Sie nirgends Arbeit finden oder im Gefängnis landen. Man kann sie nicht ignorieren oder keinen Anteil daran nehmen.« Clare fühlt sich zurechtgewiesen und schweigt. Eine unbehagliche Stille entsteht.

»Ich hoffe, Sie werden eines Tages Bürgermeister«, sagt Pip, und Clare ist ihm dankbar. »Dann wird dieser Mann es nicht mehr wagen, so unhöflich zu Ihnen zu sein.«

Leandro lacht leise. »Das wäre ein Spaß, mit anzusehen, wie er sich bemüht, höflich zu sein, was?« Er lässt sein wölfisches Grinsen aufblitzen.

In diesem Moment bricht auf der Piazza Plebiscito, unmittelbar vor ihnen, ein Tumult aus. Sie bleiben am Rand des großen Platzes stehen. Auch andere haben innegehalten, sich zu einem lockeren Halbkreis versammelt, und viele von ihnen treten nervös und unsicher von einem Fuß auf den anderen. Die Männer, in bäuerliches Schwarz gekleidet, könnten dieselben sein, die sich vorhin auf dem Platz herumgetrieben hatten, denkt Clare. Ein paar rufen den Männern, die sie beobachten, in ihrem Dialekt etwas zu, doch die achten nicht auf die Menge. Es handelt sich um drei Männer in schwarzen Hemden mit Schlagstöcken in Händen, die ebenso erwartungsvoll, aber vollkommen selbstsicher vor einem Haus stehen. Ein vierter wirft sich mit der Schulter gegen die Haustür, um sie aufzubrechen. Er hat die Zähne zusammengebissen und stößt jedes Mal ein Ächzen aus, wenn er an die Tür prallt. Zusammen mit den anderen Passanten, die auf ihrem Abendspaziergang unerwartet auf dieses Szenario getroffen sind, bleiben Clare, Pip und Leandro unwillkürlich stehen, obwohl sie sich schon halb abgewandt hatten.

»Sind das Polizisten? Wollen sie jemanden verhaften?«, fragt Pip.

»Wir sollten lieber gehen«, sagt Clare, deren Kehle schlagartig trocken geworden ist. Doch Leandro rührt sich nicht und sagt kein Wort. Gebannt beobachtet er die Szene. Also sehen auch Clare und Pip weiter zu. Wer immer diese Männer sein mögen, Clare ist jetzt sicher, dass sie keine Polizisten sind. Krachend und splitternd gibt die Tür nach, und die Männer stürmen das Haus. Irgendwo in einem oberen Stockwerk schreit eine Frau unverständliche Worte. Polternde Schritte auf einer hölzernen Treppe sind zu hören. Die Schaulustigen vor dem Haus tun unwillkürlich einen Schritt in Richtung Tür, doch irgendetwas hält sie zurück. Sie haben Angst, erkennt Clare. Schreckliche Angst. *Wir sollten gehen.*

Eine halbe Minute später kommen die Männer in den schwarzen Hemden wieder heraus. Zwei von ihnen führen einen weiteren Mann zwischen sich. Er ist im mittleren Alter, der säuberlich getrimmte Bart mit Grau durchsetzt. Er ist eher schmächtig, trägt eine runde Drahtbrille, und sie haben ihm das Haar zerzaust, sodass es ihm in die Stirn fällt. Widerstrebend, aber ohne ernsthaften Widerstand geht er zwischen den Männern in Schwarz. Er strahlt Würde aus, und Clare atmet erleichtert auf, weil das Schlimmste anscheinend schon vorbei ist.

»Wissen Sie, wer das …«, beginnt sie, doch dann versagt ihr die Stimme. Kaum ein paar Schritte vor dem Haus lassen die Männer ihren Gefangenen los. Mit dem Zeigefinger der rechten Hand rückt er seine Brille gerade, und dann hebt einer der Männer in Schwarz den Schlagstock und versetzt ihm einen fürchterlichen Hieb seitlich an den Kopf. Das Geräusch ist grässlich, fleischig und eigenartig hohl. Dem Mann fliegt die Brille von der Nase, als sein Kopf herumgerissen wird. Clare hört sie leise auf dem Pflaster klappern. Blut spritzt in die Höhe, und der Mann sackt zu Boden. Seine linke Augenhöhle sieht seltsam aus, wie tief eingefallen, aber er ist offenbar noch bei Bewusstsein, denn er krümmt sich zusammen und zieht die Ellbogen an den Oberkörper, als könnte ihn das vor den weiteren Schlägen schützen. Die vier Schlagstöcke heben sich und sausen herab, immer wieder, fest von Händen gepackt, deren Fingerknöchel weiß hervorstehen. Die Männer treten auch noch auf ihn ein, rammen die Stiefel in die weichsten Stellen seines Körpers, als er sich schon längst nicht mehr rührt. Als sie schließlich aufhören, keuchen sie hörbar. Clare sieht sie nicht weggehen – sie bekommt nicht mit, ob sie davonstolzieren oder schuldbewusst weglaufen. Sie kann nur auf den zusammengekrümmten, zerschlagenen Menschen auf dem Pflaster starren und auf die zerbrochene kleine Brille neben ihm. Dann setzt sie sich, ohne einmal zu blinzeln, auf den Hosenboden, als schulde sie ihm ihre ungeteilte Aufmerksamkeit, und Pip übergibt sich.

Boyd weckt sie Stunden später, als es hinter den Fensterläden schon dunkel ist. Er knipst die Nachttischlampe an, und ein stechender Schmerz zuckt durch ihren Kopf.

»Wie fühlst du dich?« Er nimmt ihre Hand und streichelt mit der anderen ihre Wange.

»Ich will hier weg.« Clare setzt sich vorsichtig auf. Sie

kann kaum klar denken, denn die Welt ist so anders als zuvor – gefährlich und unberechenbar. Mörder lauern in den Schatten. Plötzlich ist ihr auf ganz neue Weise bewusst, wie zerbrechlich sie ist. Wie verletzlich. Wie leicht sie sterben könnte. Sie trägt noch dieselbe Kleidung wie bei der *passeggiata,* und als sie an sich hinabschaut, erwartet sie, Blut darauf zu entdecken. Sie schaudert. »Wir alle müssen hier weg, du, ich und Pip. Ich will, dass wir nach Hause fahren.«

»Clare ...« Boyd schüttelt den Kopf.

»Bitte, Boyd. Hier bahnt sich irgendetwas Schreckliches an, und ich will nicht hier sein, wenn es passiert ... ich will nicht, dass Pip dann noch hier ist! Um Himmels willen, Boyd – dein fünfzehnjähriger Sohn hat eben mit angesehen, wie ein Mann totgeschlagen wurde!«

»Angeblich ist er nicht tot. Er lebte noch, als sie ihn ins ...«

»Wenn er tatsächlich noch lebt, dann ... dann bin ich wirklich froh. Aber das ändert nichts daran, Boyd. Wir gehören nicht hierher.« Wenn sie doch nur aufhören könnte, so zu zittern, aber dieses Beben kommt aus der Tiefe ihrer Seele und dringt unaufhaltsam durch ihre Knochen empor.

»Wir können nicht abreisen, Liebling.« Boyd schüttelt in gelassenem Bedauern den Kopf. Die Nachttischlampe beleuchtet sein Gesicht von unten und legt tiefe Schatten unter seine Augen. Er setzt sich auf die Bettkante. Sein Rücken bildet eine lang gezogene Kurve, die Schultern sacken um ihn zusammen. Clare hätte ihn am liebsten geschüttelt, bis er so erschüttert wäre wie sie.

»*Warum* denn nicht? Du hattest genug Zeit, dieses Gebäude genau kennenzulernen ... Du könntest genauso gut von Bari aus weiterarbeiten, oder in Rom. Oder in London – *zu Hause,* Boyd.«

»Das ist unmöglich.« Er steht auf, lässt ihre Hand fallen und geht zum Fußende des Bettes und wieder zurück.

»Aber warum?«

»Weil ich mein Wort gegeben habe, Clare! Leandro hat mich gebeten, hierherzukommen und mit ihm gemeinsam daran zu arbeiten, und ich habe mich dazu bereit erklärt. Das kann ich nicht einfach zurücknehmen.«

»Warum denn nicht? Er würde es gewiss verstehen – jeder vernünftige Mensch würde das verstehen!«

»Es geht einfach nicht, Clare!«, ruft er aus, bleibt vor ihr stehen und blickt mit geballten Fäusten auf sie herab. Clare starrt ihn an. Sie versteht ihn nicht und hat auf einmal das Gefühl, ihn kaum zu kennen. Als sie die Sprache wiederfindet, bringt sie nur ein Flüstern hervor.

»Warum hast du solche Angst vor ihm, Boyd? Was hat sich zwischen euch beiden abgespielt? Irgendetwas muss passiert sein – in New York, habe ich recht?« Boyd starrt auf sie herab, und Tränen schimmern plötzlich in seinen Augen.

»Nichts«, erwidert er heiser, und sie wissen beide, dass er lügt. »Genug jetzt. Du bist meine Frau, und ich … ich brauche deine Unterstützung. Mein Entschluss steht fest.«

»Aber Pip und ich müssen nicht hierbleiben – ich habe niemandem mein Wort gegeben, und Cardetta kann das unmöglich von uns erwarten. Komm mit uns nach Hause, Boyd«, fleht sie.

»Nein, Clare. Du darfst nicht abreisen. Ohne dich halte ich es hier nicht aus.« Clare fühlt, wie ihre Entschlossenheit ins Wanken gerät – oder eher zerbröckelt, von den Rändern aus nach innen. Doch dahinter steht die Vorstellung, den ganzen restlichen Sommer in Gioia zu verbringen, und tief in ihrer Kehle bildet sich ein Übelkeit erregender Kloß. Sie ringt mit ihrer Angst davor, auf ihrem Standpunkt zu beharren, ihm die Stirn zu bieten, ihn womöglich aus dem Gleichgewicht zu bringen.

»Ich ... sehe jetzt nach Pip.« Sie steht vorsichtig auf, als rechne sie damit, dass ihr der Boden unter den Füßen wegbrechen könnte. Sie lässt ihn zusammengesunken am Bett stehen und geht barfuß zu Pips Zimmer.

Pip sitzt wieder am Fenster und hat sich fest in seinen Bademantel gewickelt, als sei ihm kalt. Auf einem Tablett auf dem Nachttisch steht sein unberührtes Abendessen und eine Tasse Milchkaffee, bedeckt mit einer angetrockneten Haut. Pips Gesicht ist aschfahl, und Clare geht sofort zu ihm, nimmt ihn in den Arm und drückt seinen Kopf an ihre Schulter. Nach wenigen Augenblicken schlingt er die Arme um sie, und ein heftiges Schluchzen schüttelt ihn.

»Er hat nicht einmal versucht, wegzulaufen.« Seine Stimme dringt gedämpft aus ihrer Umarmung.

»Ich weiß, mein Schatz.«

»Warum sind sie dann so über ihn hergefallen? Warum ist keine Polizei gekommen?«

»Ich weiß nicht, Pip. Ich verstehe es auch nicht. Wir sind bald wieder zu Hause, das verspreche ich dir. Wir bleiben nicht hier, du und ich. Einverstanden? Wir fahren nach Hause.« Bei diesen Worten spürt sie einen kribbelnden Nervenkitzel – zum ersten Mal wird sie Boyd nicht gehorchen.

»Einverstanden. Gut.« Pip nickt und löst sich von ihr, und Clare streicht ihm das Haar zurecht und bemüht sich zu lächeln. Seine Augen sind riesig.

»Es hat sich angefühlt, als hätte ich mitgemacht. Als wäre ich so schlimm wie diese Männer, weil ich nur zugesehen und ihm nicht geholfen habe. Der arme Mann. Er hat nicht einmal versucht wegzulaufen. Glaubst du, die gehören zu den Männern, die wir neulich Abend gesehen haben? Waren sie da auf dem Weg zu jemand anderem, um ihm etwas anzutun?«

»Psst ... denk nicht so viel darüber nach, Pip. Wir hätten nichts für ihn tun können. Es war ... entsetzlich. Ganz entsetzlich, ich weiß. Wir reisen bald ab, versprochen.«

»Versprochen?«, echot er, zu erschüttert, um sich für die Tränen zu schämen, die ihm über die Wangen laufen. Clare nickt, küsst ihre Fingerspitzen und drückt sie ihm an die Stirn. »Du zitterst ja«, sagt er, und Clare lächelt.

»Ich kann irgendwie nicht damit aufhören. Wie eine Schüssel Wackelpudding«, entgegnet sie.

»Ich habe mich auf Mr. Cardettas Schuhe übergeben«, sagt er tonlos. »Du weißt schon, diese schwarz-weißen mit den Kontrastnähten.«

»O weh, o weh«, murmelt Clare und wird mit dem Anflug eines Lächelns belohnt. Doch ihre Kehle brennt und fühlt sich heiß an, und ihr Herz pocht ungewohnt heftig gegen ihre Rippen.

Am nächsten Morgen trinkt Clare ihren Kaffee in ihrem Zimmer, am Fenster, wo sie den Himmel sehen kann. Sie will nicht hinuntergehen, nichts essen, Leandro Cardetta nicht sehen, und als Marcie kommt, aufgeregt um sie herumflattert und sie mit ihrer zerbrechlichen Fröhlichkeit aufzumuntern versucht, reagiert Clare zurückhaltend. Sie hat keine Kraft für all das, weil sie immer wieder das helle Klappern einer Drahtbrille auf dem Pflaster hört und Boyd in dieses Schweigen versunken ist, vor dem ihr so graut – und sie selbst hat es verursacht. Doch sie bringt es nicht über sich, ihren

Entschluss zu ändern. Boyd aufzuregen macht ihr genauso viel Angst, wie in Gioia zu bleiben. Sie ist hin- und hergerissen und hofft, dass er ihr doch noch erlauben wird, nach Hause zu fahren. Sie liest, ohne ein einziges Wort aufzunehmen, und zuckt jedes Mal zusammen, wenn Lärm von der Straße heraufdringt. Sie war Zeugin eines Verbrechens – das wäre ein Grund für die Täter, auch sie anzugreifen, sie und Pip. Aber es gab noch jede Menge weiterer Zeugen. Wenn die Männer keine Zeugen wollten, dann hätten sie den schmächtigen Mann mit der Drahtbrille nicht am helllichten Tag halb totgeschlagen. Sie hatten *gewollt*, dass man sie dabei sah. Als Clare das erkennt, lässt sie ihr Buch sinken, und es fällt ihr beinahe aus der Hand, als jemand an die Tür klopft. Sie antwortet nicht. Zwei Sekunden später wird die Tür trotzdem geöffnet, und Leandro kommt langsam zu ihr herüber.

Er bleibt vor ihrem Stuhl stehen und mustert sie einen Moment lang, und Clare wünscht sich dringend, sie könnte ihn besser durchschauen. Es fällt ihr schwer, seinem Blick standzuhalten, statt sich abzuwenden und zu verstecken. Schließlich seufzt er leise und schüttelt den Kopf.

»Mrs. Kingsley, es tut mir sehr leid.« Er wartet, als sollte sie die entstandene Pause füllen, doch sie hat darauf nichts zu sagen. »Mir ist bewusst, wie sehr diese Sache Sie erschüttert haben muss, und den Jungen.«

»Diese Sache? Mr. Cardetta, das war keine Sache. Das war Mord.« Beim letzten Wort zittert ihre Stimme.

»Der Mann hat überlebt ...«

»Bis jetzt, und das ist pures Glück.«

»Ich verstehe, dass Sie bestürzt sind, aber bitte reisen Sie nicht übereilt wieder ab. Sie sind doch gerade erst angekommen.«

»Es erscheint mir ganz und gar unpassend, dass wir überhaupt hier sind, Mr. Cardetta. Offensichtlich spielt sich hier gerade irgendeine ... Krise ab. Möglich, dass niemand das zur Kenntnis nehmen will, aber so ist es. Pip und ich haben hier nichts verloren, ganz gleich, was mein Mann dazu sagt.« Sie holt tief Luft, um sich zu beruhigen. Leandro beobachtet sie aufmerksam. »Wer war das Opfer? Der Mann, den sie verprügelt haben?«

»Er heißt Francesco Molino. Er war – ist – ein Verfechter politischer Reformen. Eine bedeutende Stimme des Bauernbundes.«

»Und die Männer, die ihn angegriffen haben?« Nun zögert Leandro, und Clare sieht ihm an, dass er sich gut überlegt, wie viel er ihr enthüllen soll. Sie hält seinem Blick noch immer stand.

»Mrs. Kingsley, Sie haben durchaus recht. Wir stecken in einer Krise – genau genommen sogar in einem Krieg. Noch bezeichnet es niemand so, aber ja, in Wahrheit ist es das. Es herrscht Krieg zwischen den Arbeitern und Tagelöhnern und den Landbesitzern. Und ich glaube, dass sich das Blatt gerade wendet. Nach dem Weltkrieg entwickelte sich die Lage zugunsten der Arbeiter. Es herrschten so viel Wut und Elend, dass die Zeit reif war für große Veränderungen. Aber jetzt haben die Gutsbesitzer eine neue Waffe.«

»Diese Männer?«, fragt Clare, und Leandro nickt.

»Anhänger der neuen faschistischen Partei – die von den Reichen bezahlt werden, damit sie ... die Lage wieder zu deren Gunsten ändern. Streiks brechen und die sozialistische Bewegung unterminieren. Sie und Ihre Familie brauchen diese Leute natürlich nicht im Geringsten zu fürchten. Schließlich haben Sie mit diesem Konflikt nichts zu tun.«

»Wie können Sie das sagen, nach dem, was gestern geschehen ist? Und warum können die einfach ... so etwas tun, ohne dass sie fürchten müssten, dafür verhaftet oder öffentlich angeprangert zu werden?«

»Wir sind hier nicht in Großbritannien, Mrs. Kingsley. Nicht einmal wirklich in Italien. Das hier ist *Apulien*. Der Ortsverband der faschistischen Partei wurde hier erst diesen Juni gegründet, von Polizeibeamten.«

»Sie meinen ... die können tun, was immer sie wollen? Offiziell abgesegnet – das Gesetz steht auf ihrer Seite?«

»Nein. Aber inoffiziell, und das Geld steht auf ihrer Seite. Das ist hier unten wesentlich wichtiger.«

Aus dem Garten hört Clare Boyds und Pips gedämpfte Stimmen heraufdringen, ganz ruhig. Leandro holt sich einen Stuhl, stellt ihn Clare gegenüber und setzt sich.

»Ich habe Ihnen einen Vorschlag zu machen«, sagt er, verschränkt die Finger und sieht sie über die gefalteten Hände hinweg an. »Bleiben Sie in Apulien, aber nicht hier in Gioia. Nicht in der Stadt.«

»Nein, Mr. Cardetta. Ich will nach Hause, und Pip auch. Vielleicht kommt sogar Boyd mit, wenn ich ihn überreden kann. Sie waren uns ein wunderbarer Gastgeber, aber ich verstehe nicht, weshalb mein Mann nicht anderswo an den Plänen für Ihre neue Fassade arbeiten kann. Er will es mir nicht sagen ... ich ...« Sie schüttelt den Kopf. Das Zittern hat aufgehört, zumindest äußerlich, aber sie spürt es noch tief in ihrem Inneren, wie ständige Nachbeben. »Er beharrt darauf, dass er hier bei Ihnen bleiben müsse, will mir aber nicht erklären, warum. Also – ich bitte Sie – lassen Sie ihn gehen. Erlauben Sie ihm, mit mir und Pip abzureisen.«

»Bleiben Sie hier, um seinetwillen. Sogar mir fällt auf, dass er fröhlicher ist und besser arbeitet, seit Sie bei ihm sind. Wir sehen alle, wie gut Sie ihm tun.«

»Aber Sie haben gerade selbst gesagt, dass hier Krieg herrscht! Wie können Sie uns dann bitten zu bleiben?«

»Bleiben Sie um seinetwillen und ... um Marcies willen. Bitte. Ich besitze eine *masseria* außerhalb von Gioia – ein Gut weit draußen auf dem Land, so still und abgeschieden, dass Sie von diesen politischen Wirren nichts mitbekommen werden. Sie können mit Marcie und dem Jungen dorthin ziehen, und Boyd und ich werden pendeln, wie es die Arbeit erfordert. Mrs. Kingsley ... ich weiß, dass meine Frau hier nicht glücklich ist. Ich bin nicht blind. Sie ahnen gar nicht, wie gut Ihre Gesellschaft auch ihr tut! In den vergangenen drei Tagen war sie wieder die Marcie, die ich damals kennengelernt habe. Sie war mehr sie selbst, mehr wie früher in New York als in der ganzen Zeit, seit wir hierhergezogen sind. Bitte. Ziehen Sie in die *masseria*. Meine Frau braucht Sie, Ihr Mann braucht Sie, und ich brauche Ihren Mann.«

Leandro hält den Blick seiner schwarzen Augen fest auf sie gerichtet, und sie fühlt sich wie aufgespießt. Ganz gleich, wie sehr sie zappelt, sie wird sich nicht befreien können. Wieder einmal überkommt sie dieses vertraute, erstickende Gefühl, dass sich etwas um ihre Kehle schließt. Ihm nicht zuzustimmen hilft – das Schweigen dehnt sich aus, bis es zu hallen scheint. »Das ist sehr wichtig«, sagt Leandro schließlich leise, ohne den Blick von ihr zu nehmen. »Ich hoffe, Sie verzeihen mir, dass ich nicht offen über alle meine Angelegenheiten sprechen kann. Aber ich kann Ihnen noch nicht gestatten, schon wieder abzureisen. Ich bedaure, aber ich *werde* es nicht gestatten.« Clare starrt ihn an, stumm vor Staunen. Sie kann nicht recht glauben, was sie eben gehört hat, aber

Leandro meint es ohne Zweifel ernst. Er wirkt eisern und strahlt eine Schärfe aus, die signalisiert, dass man ihn besser nicht berühren sollte. »Haben Sie verstanden, Mrs. Kingsley?« Sie sieht die Wahrheit in seinem Gesicht, hört sie in seiner Stimme. Sie ist seinem Willen unterworfen, steht ganz und gar unter seinem Befehl. Sie alle drei. *Wenn Leandro explodiert, dann wie ein Vulkan,* hat Marcie gesagt. Clares Pulsschlag pocht an ihrem Hals, und sie muss schlucken, ehe sie sprechen kann.

»Also schön«, sagt sie, und Leandro lächelt herzlich und erleichtert – jede Spur von Drohung verschwindet augenblicklich aus seinen Zügen.

Die Dienerschaft von Cardettas Anwesen – der Masseria dell'Arco – wird benachrichtigt, damit am Abend alles für ihre Ankunft bereit ist. Clare und Pip verbringen den Rest des Tages in Gioia und packen wieder ein, während Marcie einen Überseekoffer mit Kleidern, Schuhen und Make-up füllt. Sie wirkt so aufgeregt, als planten sie ein Picknick oder den Besuch irgendeiner Gala.

»Du wirst die *masseria* lieben, Pip«, verkündet sie, als sich alle zum Abendessen einfinden. Clare kommt der verrückte Gedanke, dass sie zu den Klängen der Lyra singen, während Rom brennt. Sie blickt von einem Gesicht zum nächsten, weil sie herausfinden will, ob vielleicht außer ihr noch jemand spürt, dass etwas nicht stimmt. Aber alle verhalten sich ganz so, als sei nichts geschehen, und sie fragt sich, ob sie selbst das Gespür für die Wirklichkeit verloren hat oder die anderen. Einzig Pip kann sein Unbehagen nicht verhehlen. Er hat sich rasch von seinem Schock erholt, dank der Widerstandsfähigkeit der Jugend und vierzehn Stunden Schlaf in der vergangenen Nacht. Dennoch ist er ungewöhnlich still, und wenn gerade niemand mit ihm spricht, tritt ein gedankenverlorener Ausdruck in seine Augen. »Das Gut ist eher eine Art Burg. Sie wurde vor Urzeiten zum Schutz vor Räuberbanden erbaut. Da gibt es so viel zu entdecken, und die vielen Tiere! Magst du Tiere?«

»Ja. Ich liebe Hunde – ich hätte sehr gern einen Hund.«

»Ach, Hunde haben wir da jede Menge!« Marcie strahlt ihn an. »Und Kühe und Pferde und Maultiere, aber die sind längst nicht so spannend, ich weiß.«

»Das sind Hofhunde«, sagt Leandro mahnend. »Keine Haustiere, also versuch besser nicht, mit ihnen zu spielen, ehe sie dich gut kennen.«

»Ach, Liebling, natürlich nicht! Pip ist doch nicht dumm«, sagt Marcie. »Und die Sterne! Ihr werdet nicht glauben, wie viele Sterne man dort sieht.« Es wird serviert, und alle essen, auch Pip. Clare stellt fest, dass das Essen nach gar nichts schmeckt. Ihre Zunge ist wie betäubt, und obwohl sich ihr Magen hohl vor Hunger anfühlt, muss sie beinahe würgen, als sie den Bissen herunterschlucken will. Boyd greift unter dem Tisch nach ihrer Hand und drückt sie stumm. Sie sieht ihn nicht an und trinkt ihren Wein allzu hastig.

Federico fährt die beiden Frauen und Pip in dem roten Alfa Romeo hinaus zu dem Gut. Die Männer werden in zwei Tagen nachkommen. Clare dreht sich noch einmal nach Boyd um und schaut vom Rücksitz aus zu ihm auf. Der letzte Blick auf ihn zeigt ihr sein Gesicht tief im Schatten, als der Wagen anfährt. Mit hängenden Schultern steht er da, und sein Abschiedskuss wenige Minuten zuvor hatte etwas Fiebriges, Verzweifeltes, vor dem sie beinahe zurückgewichen wäre. Die Scheinwerfer bohren sich vor dem Wagen in die Dunkelheit, und hinter ihm wirbelt eine Wolke aus Staub und Abgasen auf. Clare denkt daran, was sie Pip versprochen hat – dass sie bald nach Hause fahren würden –, und fragt sich, ob er es schon vergessen hat oder ob er ihr deshalb Vorwürfe machen wird. Im Moment scheint Marcie ihn mit ihrem unablässigen Gerede abzulenken. Sie sitzt vorn neben Federico und hat sich halb umgedreht, um mit ihnen zu sprechen.

»In einem der alten Schlafgemächer gibt es ein Podest, auf dem früher das Bett gestanden hat, aber wir benutzen das Zimmer zurzeit nicht, weil das Dach in einer Ecke ein Loch hat und Fledermäuse hereinschwirren und sich an die Deckenbalken hängen – Fledermäuse! Ist das zu fassen?« Sie schüttelt sich theatralisch. »Ich würde sie ja ausräuchern, aber Leandro meint, wir sollten sie in Ruhe lassen. Manchmal ist er wirklich etwas seltsam … Also, jedenfalls würde dieses Podest eine großartige Bühne abgeben. Was hältst du davon, wenn ich dir ein wenig Schauspielunterricht gebe, Pip, und wir vielleicht zusammen ein kleines Stück aufführen? Was sagst du?«

»Klar. Das wäre toll. Was sollen wir denn spielen?«

»Was du möchtest. Wir haben natürlich keine Rollenhefte, aber wir können uns unsere eigene Bühnenversion von irgendeiner Geschichte ausdenken, die dir gefällt. Wir könnten sogar ein ganzes Stück selbst schreiben.«

»Wie wäre es mit *Dracula?* Dann könnten wir die Fledermäuse als Statisten benutzen«, schlägt Pip grinsend vor, und Marcie kichert.

»Oder *Macbeth* – mit echter Fledermauswolle für den Zaubertrank!«

»Warum nicht gleich *Die Fledermaus?*«

»*Die lustigen Vampire von Windsor?*«

»*Der Flattermann von Venedig?*«

Marcie wirft den Kopf zurück und lacht, und Clare ist ihr dankbar, denn Pip stimmt in das Gelächter ein. Er freut sich offenbar darüber, dass Marcie ihn so unterhaltsam findet, und scheint das Erlebnis von gestern bereits vergessen zu haben. Clare selbst bringt nicht einmal ein Lächeln zustande. Sie fühlt sich, als hielte jemand ihr ein Messer an die Kehle, und wagt sich kaum zu rühren. Vorsichtig lehnt sie die Stirn an das kühle Wagenfenster und starrt auf die Mauern und kümmerlichen Bäume hinaus, die verschwommen an ihnen vorbeiziehen. Der Wagen holpert die unbefestigte Straße entlang, und die Scheinwerfer lassen Ausschnitte der Welt in einem kränklichen Licht erscheinen. Dann fahren sie an einem Mann vorbei, der zusammengesunken an der Mauer am Straßenrand lehnt, das Gesicht zum Himmel erhoben. Clare dreht sich um, doch schon einen Herzschlag später ist er in der Dunkelheit verschwunden. Es ist spät am Abend, sie sind weit außerhalb der Stadt, und irgendetwas an seiner Haltung hat bei ihr den Eindruck hinterlassen, dass er sich nicht nur einen Moment ausruht und in den Sternenhimmel schaut – der Mann ist in Not. Vor ihrem geistigen Auge sausen Schlagstöcke auf ihn herab, und sie hat Angst um diesen Mann. Sie holt Luft, und die Worte liegen ihr schon auf der Zunge: *Anhalten. Wir müssen umkehren.* Aber sie schweigt, und er bleibt hinter ihnen zurück, eine weitere Sache, die sie nicht ausspricht und an der sie nichts ändern kann. Sie fühlt sich hilflos und verängstigt. Am liebsten würde sie sich einfach ergeben, aber sie weiß nicht, wem, weiß nicht einmal, welche Schlacht sie nicht weiter schlagen will. Bald darauf erreichen sie die *masseria* und gehen sofort erschöpft zu Bett. Clare nimmt nur einen vagen Eindruck von massiven steinernen Mauern und dem Geruch nach Kuhmist mit. Obwohl sie so müde ist, dass sie kaum mehr die Treppe bewältigen kann, schläft sie später unruhig, irrt durch flüchtige Träume, die sie gewiss ängstigen würden, wenn sie deren Bilder klar erkennen könnte.

Sämtliche Wände der *masseria* sind weiß gestrichen, und in der Morgensonne tut der Anblick beinahe weh. Die Gebäude sind im Rechteck um einen großen Innenhof angeordnet. Die gedrungenen Dächer erwecken den Eindruck, als trotze das Gut der Welt mit hochgezogenen Schultern. Der einzige Weg hinein oder hinaus ist ein riesiger Torbogen, dem das Gut seinen Namen verdankt. Der Durchgang ist gut fünf Meter lang und führt wie ein Tunnel unter einem ganzen Gebäude hindurch. Die mächtigen Holztore an beiden Enden sind an die vier Meter hoch. Anderthalb Seiten des Rechtecks bestehen aus Vorratslagern und Scheunen für Getreide, Vieh und Gerätschaften. Darüber wohnen die Dienstboten. Diese Wirtschaftsgebäude haben befestigte Tore, die sich nur nach außen öffnen, nicht zum Hof hin. Eine weitere Seite beherbergt die Molkerei, und dann gibt es noch das Wohngebäude, drei Stockwerke hoch, das nur Türen zum Innenhof hat und keinen Zugang von außen. Im Fall eines Angriffs wäre dieser kleine Wohnturm gut geschützt.

Es ist früh am Morgen, und Pip schläft noch. Clare sitzt mit Marcie, die vormittags immer stiller ist als sonst, an einem Tisch auf einer teilweise überdachten Terrasse. Sie liegt über der niedrigen Gutsmolkerei und ist über eine separate Außentreppe zugänglich. Die Kühe sind bereits gemolken und wieder ins Freie entlassen worden. Clare hat ihr leises Getrappel und gelegentliches tiefes, ungeduldiges Muhen irgendwann kurz nach dem Morgengrauen gehört. Sie lässt den Blick über die Scheunendächer und die verdorrten braunen Felder mit ihren grauen Mauern schweifen. Der Wind streicht mit einem surrenden Geräusch die lange Senke entlang, in der die *masseria* liegt, und summt in einem Gestrüpp aus Kaktusfeigen. Ein Hund bellt ganz in der Nähe, und die ledrigen Blätter eines Feigenbaums rascheln an der Außenmauer der Molkerei. Sonst herrscht durchdringende Stille.

»Wie fühlen Sie sich, Clare? Haben Sie gut geschlafen?«, fragt Marcie. Clare kann nur den Kopf schütteln und bringt kein Wort heraus. Eine Zeit lang spürt sie Marcies Blick von der Seite und hört dann ihre Worte: »Armes Mäuschen.« Das könnte mitfühlend gemeint sein oder aber als ein versteckter Vorwurf der Feigheit.

Clare bringt immer noch keinen Bissen herunter, obwohl sie weiß, dass sie unbedingt etwas essen sollte. Nachdem sie zwei Nächte lang kaum ein Auge zugetan hat, fühlt sie sich völlig geschwächt. Sie ist sich sicher, dass Marcie gerade etwas gesagt hat, aber sie kann sich schon nicht mehr daran erinnern, was es war. Vielleicht etwas über das Wetter oder ihre Pläne für den Tag. Als Clare an ihrem Kaffee nippt, stellt sie überrascht fest, dass er kalt geworden ist. Sie will Marcie bitten, eine frische Kanne bringen zu lassen, doch als sie aufblickt, wird ihr bewusst, dass sie allein am Tisch sitzt. Aus irgendeinem Grund bringt sie das beinahe zum Weinen. Sie starrt mit leicht zusammengekniffenen Augen über das sanft gewellte Land in die Ferne und versucht sich darüber klar zu werden, was sie als Nächstes tun sollte. Sie darf sich nicht mehr in diesem seltsamen Zustand der Verwirrung befinden, wenn Pip aufsteht. Aber alles ist anders, unbekannt und potenziell gefährlich, und sie findet keinen Weg zurück zu einem rationalen Überblick, zurück zur Normalität, wo sie weiß, was man von ihr erwartet und was sie von anderen zu erwarten hat. Sie kann nicht mehr einordnen, was um sie herum vorgeht. Plötzlicher Lärm dringt vom Hof herauf und das Quietschen des schweren Tores, doch sie achtet nicht darauf. Erst als drei Gestalten unmittelbar in ihr Blickfeld treten, blinzelt sie und versucht sich zu konzentrieren.

Zwei Männer und eine Frau stehen vor der leicht erhöhten Terrasse. Der größere der beiden Männer sieht aus wie ein Filmstar, und der kleinere stützt sich schwer auf ihn. Ein abscheulicher Gestank nach Fäulnis geht von ihnen aus.

»*Signora Cardetta, Signora Cardetta, scusate ... Ettore ...*«, sagt der Filmstar und noch etwas, das sie nicht versteht. Clare schüttelt den Kopf. Das seltsame Trio sucht offenbar nach Marcie. Die Frau hat ein knochiges Gesicht und einen Blick so scharf wie ein Peitschenknall. Ihr Haar ist unter einem Kopftuch verborgen, und über ihren Brustwarzen zeichnen sich zwei feuchte Flecken auf der Bluse ab. *Wo ist ihr Baby?*, fragt sich Clare. Der kleinere Mann kann sich nicht allein aufrecht halten, und sein Kopf lehnt schlaff an der Schulter des größeren. Doch plötzlich schnappt er nach Luft, öffnet die Augen und blickt direkt in Clares. Auf einmal ist sie hellwach. Sein Haar ist schwarz und seine Haut so dunkel wie die vieler Menschen in Apulien, straff über scharfe Wangenknochen gespannt. Doch seine Augen sind leuchtend blau – ein beinahe verstörend unwirkliches Blau, wie flaches Meerwasser an einem sonnigen Tag. Diese Farbe trifft Clare wie ein Schlag ins Gesicht, und ein paar Sekunden lang sieht sie nichts anderes mehr. Sein Blick drückt Verwirrung und

Staunen aus, und sie wüsste zu gern, warum. Dann verdrehen sich seine Augen, er bricht zusammen, und in ihrem Kopf wird es eigenartig weit, als würde sich etwas sehr schnell ausdehnen und schließlich zerplatzen.

TEIL ZWEI

Den einfachen Leuten gilt die Liebe oder auch sexuelle Anziehung als derart mächtige Naturgewalt, dass kein noch so starker Wille ihr widerstehen kann ... Gute Absichten und Keuschheit sind vergeblich ... Der Gott der Liebe ist so übermächtig und der Drang, ihm zu gehorchen, so schlicht, dass von einer Sexualmoral oder auch nur der gesellschaftlichen Ächtung außerehelicher Affären keine Rede sein kann.

Carlo Levi, Christus kam nur bis Eboli

8

Ettore

Ettore erwacht, weil er durstig ist. Seine Kehle fühlt sich wund an. Als er die Augen öffnet, schaukelt in seinem Kopf etwas hin und her, verschwommen und schwindelerregend, und setzt sich nur langsam nieder als Wände, Fenster, Decke, Boden. Alles strahlt in prächtigem Sonnenschein. Er blinzelt und versucht sich aufzurichten, und der Raum schwankt erneut. Er hört ein leises Luftschnappen und eine Bewegung, und dann liegen Hände auf seinen Schultern. Kleine Hände mit sauberer, sehr heller Haut.

»Schön langsam, Ettore. Leg dich wieder hin. Du hast es überstanden, Herzchen.« Es dauert einen Moment, bis er die Worte begreift – in dieser Sprache muss er sie auseinandersortieren und zuordnen. Es ist nicht die Sprache, die er bis in jede Faser seines Wesens versteht.

»Marcie?«, fragt er.

»Ja, ich bin hier. Du auch, obwohl es eine Zeit lang so aussah, als würden wir dich verlieren. Lieber Himmel, hast du uns einen Schrecken eingejagt! Warum bist du nur nicht früher gekommen, wenn du Hilfe brauchtest? Also wirklich.« Er spürt, wie die Matratze auf einer Seite einsinkt, als sie sich auf die Bettkante setzt, und wendet Marcie den Kopf zu. Auf ihrer Stirn stehen Sorgenfalten, und unter ihren Augen liegen dunkle Ringe. Ettore sucht in seinem Kopf nach den richtigen Wörtern, um ihr zu antworten. Die Anstrengung macht ihn schrecklich müde.

»Wasser? Bitte. Wie lange hier?«

»Nimm das. Aber nur kleine Schlucke.« Sie reicht ihm ein Glas Wasser, und er trinkt es so hastig, dass er beinahe erstickt. Er hat das Gefühl, als könnte er unendlich viel davon trinken. Dann muss er husten, und das Wasser schießt ihm in die Nase. »Also«, sagt Marcie und schenkt ihm kopfschüttelnd Wasser nach. »Dein umwerfend gut aussehender Freund hat dich vor drei Tagen hergebracht. Wie heißt er noch gleich? Penno? Deine Schwester war auch da, aber die beiden sind wieder heim nach Gioia gegangen – allerdings nur sehr ungern. Erst als der Arzt nach dir gesehen hatte und sie sicher waren, dass du es überleben würdest. Entschuldige – spreche ich zu schnell? Ich vergesse immer, dass ich langsamer sprechen muss.«

»Wie lange?«, versucht Ettore es noch einmal, als Marcie ihr unverständliches Geplapper unterbricht.

»Drei Tage.« Marcie hält drei Finger in die Höhe, und Ettore nickt.

»Leandro?«

»Er kommt morgen. Morgen – *domani*. Und jetzt ruh dich aus. Bitte lass es langsam angehen, spiel nicht den Helden.« Sie sagt noch etwas, aber Ettore hört sie nicht mehr. Mit dem Wasser im Magen sinkt er wieder in die Bewusstlosigkeit hinab.

Als er ein zweites Mal aufwacht, ist das Zimmer vom orangeroten Licht der späten Nachmittagssonne erhellt. Es ist nicht groß, aber es hat eine hohe Gewölbedecke, die weiß gestrichen ist wie die Wände. Der Boden besteht aus rotweißen Fliesen, und die Fenster in zwei gegenüberliegenden Wänden sind doppelt so hoch wie er. Vorsichtig steht er auf und stellt fest, dass sein Bein schon viel weniger wehtut. Der Schmerz ist noch da, aber er beherrscht nicht mehr sein ganzes Denken. Trotzdem belastet er es lieber nicht. Er trägt eine weite Hose, die ihm nicht gehört. Er krempelt das linke Hosenbein hoch, um sein Schienbein zu betrachten, und die Wunde sieht größer aus, aber sie ist trocken und nicht mehr so zornig rot. Sie stinkt auch nicht mehr nach Schützengraben. Eine hölzerne Krücke – eine richtige Krücke – lehnt neben dem Bett an der Wand, und er angelt sie sich. Ein wenig schwindelig trinkt Ettore noch ein Glas Wasser, geht dann zum Fenster und tritt hinaus auf den kleinen Balkon. Er weiß, wo er ist – das ist die Masseria dell'Arco, das Anwesen seines Onkels. Sogleich fühlt er sich gefangen und will so schnell wie möglich hier weg. Er denkt an die drei Arbeitstage, die er versäumt hat, und fragt sich, wo Paola und Valerio etwas zu essen hernehmen sollen. Was Paola für Poete hat tun müssen, um ein bisschen gestohlene Milch oder etwas Käse von ihm zu bekommen. Frustriert schließt er die Fäuste um das eiserne Balkongeländer und starrt die unbefestigte Straße entlang, die vom Gut wegführt.

Er blickt zu dem eigens ummauerten kleinen Platz vor den Hauptgebäuden hinüber, der *aia* genannt wird. Auf dem gepflasterten Bereich der *aia* ist bereits gedroschener Weizen hoch zum Trocknen aufgehäuft, ehe er in Säcke abgefüllt wird. Der einzige Zugang von außerhalb des Gutes ist ein Tor, und in dem konischen *trullo* daneben sitzt Tag und Nacht jemand, der den Weizen bewacht. Ettore weiß, dass weitere Männer auf den Dächern Wache halten. Auf der *aia* verteilt sind sechs struppige, cremeweiße Hütehunde angekettet, und von seinem Balkon aus kann Ettore die perfekten Kreise sehen, die sie am Ende ihrer meterlangen Ketten in den Staub getrampelt haben. Sie tragen Halsbänder mit grausamen Metallstacheln, die ihre Kehle schützen sollen. Ettore starrt in die untergehende Sonne, bis ihm die Augen tränen. Gioia liegt fünfzehn Kilometer entfernt von hier, in nordwestlicher Richtung. Sein Bein sieht zwar besser aus, aber er fühlt sich schwach und zittrig und ist ziemlich sicher, dass er noch nicht so weit laufen kann.

In diesem Moment sieht er eine Frau und einen schlaksigen Burschen über die *aia* gehen. Im ersten Augenblick hält Ettore sie für Marcie, aber diese Frau ist kleiner, zierlicher. Ihr Haar hat einen zarten Goldton und ist im Nacken zu einer Art Knoten hochgesteckt, aus dem sich ein paar wellige Strähnen gelöst haben. Der Junge ist größer als sie und hält sich ein wenig krumm, als wollte er sich dafür entschuldigen. Unter ihren Füßen steigen kleine Staubwölkchen auf. Ettore kann sich nicht erklären, warum, aber er hat das Gefühl, diese Frau schon einmal gesehen zu haben. Sie zu kennen. Die beiden nähern sich einem der Hunde, der mit wildem Gebell auf sie zuspringt. Die Frau hält den Jungen mit einer Hand auf dem Arm zurück, wie es jede Mutter tun würde, doch sie sieht viel zu jung aus, um seine Mutter sein zu können. Allerdings sehen diese blassen Fremden, wie Marcie, dank ihrer Cremetiegel und ihres leichten, angenehmen Lebens meist jünger aus, als sie sind. Der Hund hört auf zu bellen, läuft aber aufgeregt an seiner Kette hin und her. Der Junge geht in die Hocke und hält dem Hund etwas hin, doch der kommt nicht näher, um es sich zu nehmen. Ettore hört, wie die Frau in warnendem Tonfall etwas zu dem Jungen sagt, als dieser noch ein Stück vorrückt. Sie hält ihn fest am Ärmel gepackt. Schließlich bleibt dem Jungen nichts anderes übrig, als den Happen zu werfen, und der Hund verschlingt ihn gierig. Dann läuft er wieder hin und her und beobachtet die beiden Menschen, kommt jedoch immer noch nicht näher, und Ettore findet es klug von ihm, ihnen nicht zu vertrauen.

In einer Truhe neben der Tür liegt seine restliche Kleidung, gewaschen und ordentlich zusammengefaltet. Er zieht sich an, trinkt noch ein Glas Wasser aus dem Krug am Bett und geht dann die Treppe hinunter.

»Ettore! Mein lieber Junge, komm und setz dich! Wie schön, dich wieder auf den Beinen zu sehen. Setz dich, komm«, sagt Marcie. Sie ist immer noch sehr schön, denkt er, aber inzwischen hat ihre Schönheit etwas Verzweifeltes, beinahe Bedauernswertes bekommen. Ettores Mutter hat einmal gesagt, dass schöne Frauen sich selbst zu hassen beginnen, wenn sie altern, und er fragt sich, ob das hier der Fall ist. Ob auch Marcie sich selbst zu hassen beginnt. Ihr Haar hat am Ansatz einen dunkleren Farbton, durchsetzt mit Silber. Ihr Lächeln ist eine blendende Kombination von Weiß und Rot, und sie trägt feine Seide. Ettore denkt an Paola und Iacopo, und Wut steigt in ihm auf. Marcies Lächeln erlischt. »Also«, sagt sie. »Also, du musst etwas essen. Du bist ja so dünn! Wie bist du im Sommer so abgemagert? Ich lasse dir von Anna etwas bringen. Und bald gibt es Abendessen.« Sie steht auf, tritt an eine Tür und ruft die Stufen hinab in die Dunkelheit: »Anna! Anna!«

»Ich will nichts essen. Ich will gehen Gioia«, sagt Ettore, doch Marcie tut, als würde sie ihn nicht hören. »Danke«, fügt er mit steinerner Miene hinzu.

Als Marcie an ihren Platz zurückkehrt, erwidert sie, ohne

aufzublicken: »Aber natürlich möchtest du etwas essen, und du musst dich noch ausruhen. Außerdem kannst du unmöglich wieder gehen, ehe dein Onkel hier ist. Du weißt doch, wie sehr ihn das ... aufregen würde. Bitte, Ettore. Setz dich.« Sie schenkt ihm ein Glas von diesem Kirschsaft ein, so satt dunkelrot wie venöses Blut. Nach kurzem Zögern nimmt er es an, und sie lächelt wieder.

Er hört Schritte hinter sich, und auf der offenen Treppe, die vom Hof heraufführt, erscheinen die andere Frau und der Junge. Die Augen dieser Frau sind groß und hell, und ihr Blick wirkt eigenartig nackt, schutzlos. Dieser Ausdruck verunsichert Ettore ein wenig – als wäre es zu viel der Transparenz. Das unscheinbare Gesicht des Jungen hat etwas noch Unfertiges, und er mustert Ettore mit unverhohlener Neugier.

»Ah, da seid ihr ja! Kommt, ich stelle euch unserem soeben Auferstandenen vor. Clare, Pip, das ist Ettore Tarano, Leandros Neffe. Ettore, Clare und Philip Kingsley. Clares Mann ist Architekt und entwirft die neue Fassade für unser Haus in Gioia, und seine Familie ist zu Besuch bei uns und verschönert mir den ganzen Sommer.« Philip streckt Ettore die Hand hin und schüttelt sie energisch. Clare tut es ihm gleich, ein wenig widerstrebend. Ettore fragt sich, ob sich seine raue, schwielige Hand an ihrer zarten Haut wohl unangenehm anfühlt.

»Filippo. Chiara. Kingsley«, sagt er, um sich die Namen einzuprägen, und der Junge grinst noch breiter.

»Filippo! Aber natürlich – ich bin noch gar nicht darauf gekommen, wie fabelhaft dein Name auf Italienisch klingt, Pip! So nenne ich dich ab jetzt«, verkündet Marcie. Ettore versteht kaum ein Wort, und ärgerliche Hitze steigt ihm in die Wangen. Stirnrunzelnd sieht er seine Tante an, dann wendet er den Blick ab und kippt den *amarena* auf einen einzigen Zug herunter. Er muss husten – da ist Alkohol drin, nicht nur Kirschen und Zucker. Chiara Kingsley spricht ihn in stockendem Italienisch an, und er wendet sich überrascht zu ihr um.

»Es freut mich, Sie kennenzulernen, Mr. Tarano. Ich wusste gar nicht, dass Mr. Cardetta noch Familie in Gioia hat.«

»Ach! Das hatte ich ganz vergessen – ja, wunderbar! Sie können sich mit ihm auf Italienisch unterhalten, Clare. Ich habe ihm im vergangenen Winter etwas Englisch beigebracht, aber das war schwierig, weil ich kaum ein Wort Italienisch spreche.« Marcie klatscht erfreut in die Hände. Anna, das Küchenmädchen, kommt mit einem Brotkorb, einem Teller Käse und einer Schale Oliven aus dem Haus. Beim Anblick des Essens geben Ettores Knie beinahe nach, und Schweiß tritt ihm auf die Stirn.

»Möchten Sie sich nicht setzen?«, bemerkt Clare ganz selbstverständlich. »Sie waren sehr krank.« Wortlos lässt Ettore sich auf einen Stuhl sinken. Seine Hand greift wie von selbst nach dem Brot.

Eine Zeit lang nippen die Frauen an ihren Getränken und unterhalten sich auf Englisch, und Ettore ist bewusst, dass sie ihm absichtlich nicht dabei zusehen, wie er gierig das Essen herunterschlingt. Er verabscheut sie für ihr Taktgefühl, verabscheut sich selbst dafür, dass er hier sitzt und sich vollstopft, während seine Familie in Gioia vielleicht gar nichts mehr zu essen hat. Ein scharfes Stückchen Brotkruste sticht in seine wunde Kehle, und er schnappt hustend nach Luft. Filippo reicht ihm ein Glas Wasser, das Ettore ohne Dank entgegennimmt. Chiara hat sich zu ihm vorgebeugt und nachdenklich die Stirn gerunzelt. Er kennt diesen Gesichtsausdruck – sie versucht, in einer fremden Sprache die richtigen Worte zu finden.

»Der Arzt hat Ihnen Wasser in einem Rohr gegeben. In einem ... Kabel. Im Mund«, stammelt sie.

»Durch einen Schlauch?«, fragt er, und sie nickt.

»Ich glaube, deshalb macht Ihre Kehle Schmerzen.« Als er nichts erwidert, fährt sie fort. »Er hat Ihr Bein mit Alkohol gereinigt. Und etwas Schlechtes weggeschnitten. Er hat es nicht geschlossen. Es muss trocknen. Er kommt wieder und schließt es«, sagt sie, alles in demselben bedächtigen Tonfall und mit übertrieben präziser Aussprache. Ettore nickt.

»Ich werde den Arzt bezahlen. Bitte sagen Sie das Marcie. Ich werde für meine Zeit hier und für den Arzt bezahlen.«

»Marcie, Mr. Tarano sagt, er möchte Ihnen die ärztliche Behandlung erstatten und die Unterkunft hier«, sagt sie gehorsam.

»Na, da soll mich doch ... Er gehört zur Familie, Herrgott noch mal! Ach, warum müssen diese Bauern nur so verdammt stolz sein? Und wie will er es überhaupt anstellen, uns das Geld zu geben? Er hat doch kaum genug zum Leben. Aber übersetzen Sie ihm das bloß nicht, meine Liebe«, erwidert Marcie. Sie hat mehrere Gläser *amarena* getrunken, ihre Wangen sind fleckig gerötet, und ihre Augen blitzen. Ettore versteht dennoch genug von dem, was sie sagt. Er versteht, dass sie sein Angebot ablehnt, und Wut und Scham steigen in ihm auf. Er starrt auf seinen Teller hinab, bis die beiden Frauen sich über etwas anderes unterhalten.

»Ich will gehen«, sagt er später, so leise, als spräche er mit sich selbst. Doch Chiara hört ihn – er spürt schon die ganze Zeit, dass sie ihn aus den Augenwinkeln beobachtet und nach einem Wort von ihm lauscht. Das verwirrt ihn, und er ist nicht sicher, ob es ihm gefällt oder nicht.

Mehr Essen wird aufgetragen, und er isst, aber es ist zu

üppig, und ihm wird übel. Das Fleisch scheint schwer wie eine Faust in seiner Brust zu stecken, und der Alkohol macht ihn langsam und dumm. Er kann aus dem schnell gesprochenen Englisch nicht ein einziges Wort mehr heraushören und gibt es irgendwann auf. Der Himmel färbt sich schwarz und funkelt vor Sternen. Fackelschein taucht die Wände der *masseria* in ein warmes Gelb und belebt sie mit zuckenden, tanzenden Schatten. In den Gestank aus dem Kuhstall mischt sich der liebliche Duft von Jasmin, der an einer nahen Wand emporrankt. Messer und Gabeln klappern und quietschen auf dem Porzellan, alle kauen, schneiden, löffeln – ein einziger verschwenderischer Überfluss. Die ganze Szene wirkt auf ihn wie eine verrückte Pantomime. Marcie redet und redet und redet und lacht, wirft dabei den Kopf in den Nacken, sodass ihre Zähne blitzen und man ihr bis in den Rachen schauen kann. Der junge Filippo fällt manchmal etwas verlegen in ihr Gelächter mit ein, doch Chiara ist still. Sie bildet die einzige ruhige Ecke in dem Szenario. Als Ettore es nicht mehr aushält, steht er schwankend auf, stolpert über ein Stuhlbein und stößt gegen den Tisch, sodass alles aus den Gläsern schwappt. Chiara ist als Erste bei ihm, nimmt seinen Arm und stützt ihn.

»Kommen Sie mit«, sagt sie leise in Worten, die er verstehen kann. Sie führt ihn Treppen rauf und runter und durch mehrere Türen bis zu seinem Bett.

Am nächsten Vormittag ist Leandro immer noch nicht erschienen. Weil Paola nicht da ist, um ihn zu wecken, wacht Ettore erst auf, als die Sonne schon hoch am Himmel steht. Dann eilt er hinunter auf den Hof, als hätte er etwas Wichtiges versäumt. Er entdeckt die Fremden auf der Terrasse, wo sie frühstücken, und ihm kommt es so vor, als hätten sie den Tisch seit gestern nicht verlassen – als hätten sie die ganze Nacht lang gegessen und getrunken und würden gar nichts anderes tun. Angewidert geht er in die Küche, bittet Anna um etwas Brot und ein Glas Milch. Dann eilt er über den Dreschplatz nach draußen und wird immer schneller, je besser er sich an die Krücke gewöhnt. Er verlässt den Platz durch das eiserne Tor und geht zu der Ansammlung großer *trulli* auf der Rückseite der Anlage. Diese Gebäude waren die ersten, die an dieser Stelle errichtet wurden, Jahrhunderte vor der *masseria*. Sie sind an die rückwärtige Mauer des Gutshofs angebaut und scheinen wie eigenartige Warzen an dieser steinernen Haut zu wuchern. Hier schlafen die Aufseher, Wachen und andere Bedienstete auf Holzböden über dem Vieh – die Hirten und Stallburschen, der Melker und seine Frau, die den Käse macht.

Ein Stück abseits von alledem erhebt sich ein weiterer *trullo* aus drei großen, miteinander verbundenen Dachkegeln. Das ist die private Unterkunft des Oberaufsehers, der die Alltagsgeschäfte des Gutes leitet und seinen Herrn in dessen Abwesenheit vertritt. Ettore hält inne. Er könnte hinübergehen und um einen halben Tag Arbeit bitten. So könnte er ein wenig Geld verdienen, während er auf seinen Onkel wartet, und es heim nach Gioia bringen. Doch sein Arm, mit dem er sich auf die Krücke stützt, zittert vor Erschöpfung, sein Kopf tut weh, und sein Bein pocht schmerzhaft. Probehalber belastet er es mit seinem vollen Gewicht, doch das knirschende Gefühl und der grässliche Druck auf die Haut treiben ihm die Tränen in die Augen. In diesem Moment geht die Haustür des Aufsehers auf, ein Mann tritt heraus, und Ettore schlägt den Gedanken, um Arbeit zu bitten, augenblicklich in den Wind. Das ist ein anderer Mann als der Oberaufseher vom Winter, als Ettore zuletzt hier war. Der hieß Araldo und war ein kleiner, dicker Mann mit einem feuerroten Bart. Der Mann, der jetzt aus dem Haus tritt, ist Ludo Manzo. Älter, grauer, aber unverkennbar. Der Mann, der Pino und Ettore einst so gequält hat, genau wie zahllose andere kleine Jungen. Ettore starrt ihn an, und aufbrandender Hass lässt das Blut in seinen Schläfen pochen. Ludo sieht ihn, mustert ihn beiläufig und erkennt ihn offenbar nicht. Warum sollte er auch? Ettore war damals nur ein Junge, einer von vielen, so unfertig und unauffällig wie der junge Filippo. Ludo wendet den Blick wieder ab und geht weiter zu den Scheunen, doch Ettore bleibt noch eine ganze Weile reglos stehen, das verletzte Bein angewinkelt wie ein Storch.

Erst am Nachmittag erscheint Leandro Cardetta mit einem großen Fremden, der sich auffallend krumm hält. Sie werden von dem Diener mit der Hasenscharte gefahren. Als Leandro Ettore in einer Ecke des Hofs auf seine Krücke gestützt warten sieht, lächelt er. Der große Fremde muss Chiaras Ehemann sein, der Architekt, denn er geht zu ihr und umarmt sie wie ein Ertrinkender. Ettore bemerkt, wie steif sie ihren Körper hält, als müsste sie die schwere Umarmung stützen. Oder als wollte sie sie nicht. Weil der Mann so groß ist und sich so auf sie stürzt, wirkt er wie ein Geier, der sie verschlingen will.

»Ettore! Wie schön, dich wach und auf den Beinen zu sehen«, sagt sein Onkel und kommt ihm mit ausgebreiteten Armen entgegen. Sie umarmen sich kurz. Leandros Arme besitzen eine primitive Kraft, die seine lächerlichen Anzüge und den kecken Winkel seines Hutes Lügen straft.

»Onkel. Danke für deine Hilfe und die Gastfreundschaft.«
»Nichts zu danken. Versprich mir nur, dass du in Zukunft

früher zu mir kommst, wenn es so schlimm ist. Du wärst beinahe gestorben, mein Junge. Was würde meine Schwester sagen, falls ich sie im Jenseits wiedersehe, wenn ich ihren einzigen Sohn hätte sterben lassen?«

»Sie würde dir sagen, dass du sein Schicksal nicht in der Hand hast«, entgegnet Ettore, und Leandro schüttelt betrübt den Kopf.

»Maria war immer so stolz und starrköpfig. Zu stolz und zu starrköpfig, und das hat sie dir mitsamt diesen blauen Augen vererbt. Sie wollte nicht auf mich hören und mit nach New York kommen. Sie wollte nicht auf mich hören und sich einen Mann suchen, der etwas taugt, statt diesen Nichtsnutz Valerio zu heiraten.«

»Valerio ist mein Vater. Sprich vor mir nicht so respektlos von ihm, Onkel.«

»Ach, du hast ja recht.« Leandro schüttelt den Kopf und klopft Ettore auf die Schulter. »Verzeih. Für eine geliebte Schwester könnte kein Mann je gut genug sein. Aber Stolz hin oder her, du musst bleiben, bis du wieder gesund bist. Ich weiß, dass es keinen Sinn hat, dir Vorschriften machen zu wollen, Ettore, aber sei bitte vernünftig. Du hilfst deiner Schwester und ihrem Baby nicht, wenn du keinen ganzen Tag auf den Feldern durchhältst. Verkrüppelt oder tot nutzt du ihnen schon gar nichts. Bleib hier. Ruh dich aus. Nimm meine Hilfe an, wenn ich sie dir schenken möchte.«

»Ich nehme keine Almosen an.« Ettore beißt die Zähne zusammen und rückt die Krücke in seiner Achsel zurecht.

»Mach dich nicht lächerlich, mein Junge«, raunt Leandro. Die beiden Männer starren einander an. Leandros Augen sind so dunkel, dass darin nichts zu lesen ist. Wie schwarzes Glas, vollkommen undurchschaubar.

Die beiden stehen neben dem Brunnen, einem bedeckten Schacht. Er führt hinab zu einer von mehreren unterirdischen Zisternen der *masseria*, in die der Regen, der so selten, aber dann umso heftiger fällt, sich wie ein Fluss ergießt. Eines der Küchenmädchen, Anna, kommt Wasser holen. Sie hat runde Hüften, eine schlanke Taille unter schweren Brüsten, und sie errötet, als sie sich den beiden Männern nähern muss. Leandro wendet den durchdringenden Blick von Ettore ab, um die junge Frau zu beobachten. Durch den schweren Wassereimer schwingen ihre Hüften hin und her, und Leandro wendet sich wieder seinem Neffen zu und grinst. Doch Ettore sieht sie nicht an. Er interessiert sich nicht für sie, und Leandros Lächeln erlischt. »Du trauerst ja immer noch, mein Junge. Um dieses Mädchen.«

»Sie heißt Livia«, sagt Ettore, und wie immer lässt ihr Name ein kaltes Kribbeln wie von vielen kleinen Nadeln durch seinen Körper laufen.

»Livia, ja. Es ist schrecklich, die Liebste zu verlieren. Und auf diese Art und Weise ... Du weißt immer noch nicht, wer das getan hat?«

»Wenn ich es wüsste, wäre der Mann tot.«

»Natürlich, ja, natürlich.« Leandro nickt. »Ich habe leider auch nichts herausgefunden. Wenn ich etwas erfahre, sage ich dir sofort Bescheid. Aber die Männer wissen, dass ich dein Onkel bin. In meiner Gegenwart hüten sie sicher ihre Zungen.« Er blickt auf seine glänzenden Halbschuhe hinab.

»Ja, sicher. Trotzdem danke.« Ettore runzelt die Stirn. »Du hast einen neuen Oberaufseher«, bemerkt er. Leandros Kopf schnellt hoch.

»Ja«, sagt sein Onkel, und in dem Wort schwingt eine Warnung mit.

»Wie kannst du diesen Mann beschäftigen, Onkel? Er hat dich einmal verprügelt, nicht? Da war ich noch klein, aber ich erinnere mich daran. Er hat dich geschlagen und dann auf dich gepisst, vor allen Leuten, weil du am Abend eine Handvoll versengten Weizen in der Tasche hattest. Wie kannst du ihn auch nur ansehen, ohne ihn umbringen zu wollen? Wie kannst du ihm Lohn und Brot geben?«, fragt er. Leandros Gesicht nimmt einen leeren Ausdruck an. Dann verkrampft es sich vor Wut. Ettore weiß nicht, ob dieses verzerrte Gesicht der Erinnerung gilt oder ihm selbst, der sie wachgerufen hat. Dann lächelt Leandro das eiskalte Lächeln eines Reptils. Ettore ist ziemlich sicher, dass dieses Lächeln das Letzte war, was der eine oder andere Mann im Leben gesehen hat.

»Ach, Ettore. Ja, Ludo Manzo ist ein Tier. Aber verstehst du denn nicht – er ist jetzt *mein* Tier. Er führt die *masseria* so gut wie keiner vor ihm, und wie könnte man sich besser an einem Mann rächen, als sich zu seinem Herrn zu machen?«

»So wie ich kein Sklave sein möchte, will ich auch kein Herr sein«, sagt Ettore. »Das hat deine Marcie mich im letzten Winter gelehrt. Einer eurer Präsidenten hat es gesagt.«

»*Unserer* Präsidenten?«

»Ihrer Präsidenten. Der amerikanischen Präsidenten«, verbessert Ettore sich rasch. Er mag zwar zur Familie gehören, aber selbst Ettore sollte es sich nicht erlauben, seinen Onkel als Amerikaner zu bezeichnen.

»Ich habe in Amerika auch ein Sprichwort gelernt.« Leandro lächelt wieder, und seine Anspannung lässt ein wenig nach. »Wenn du sie nicht schlagen kannst, schließ dich ihnen an.« Er lacht leise und schüttelt den Kopf. »Ettore, gerade du solltest wissen, dass Edelmut hier keinen Platz hat.« Leandro geht ein paar Schritte aus dem Schatten ins grelle Sonnenlicht und dreht sich noch einmal um. »Geh ihm aus dem Weg, wenn du seinen Anblick nicht ertragen kannst. Mach keinen Ärger. Und bleib hier, ich bitte dich. Lass mich meiner geliebten Schwester diesen kleinen Dienst erweisen. Wenn du wirklich keine leichte Arbeit bei mir annehmen willst, dann bleib wenigstens, bis du wieder richtig laufen kannst.«

Leandro verschwindet im Haus und ruft nach seiner Frau. Ettore hört Marcies Antwort wie den Ruf eines Vogels drinnen hallen. Chiara und ihr gebeugter Mann sind verschwunden, und der Junge sitzt allein auf der Terrasse. Er liest ein Buch, den rechten Fuß auf das linke Knie gelegt, und spielt dabei unablässig mit der freien Hand an seinem Schnürsenkel herum. Ettore wartet, weil er nicht weiß, was er als Nächstes tun soll. Die Sonne gleitet langsam über den Hof, und die Brise ist so heiß wie aus einem Backofen und so trocken wie das Land. Der Fahrer mit der Hasenscharte kommt mit schwingenden Armen aus der Küche. Er legt sich in den Schatten des Wassertrogs, zieht sich den Hut übers Gesicht und macht ein Nickerchen. Kaum liegt er still, flattern ein paar zerzauste Spatzen herbei, lassen sich auf dem angeschlagenen Rand des Trogs nieder, trinken und ruhen sich aus.

Ettore kann nicht fortgehen, und er kann nicht bleiben. Er lehnt sich mit dem Rücken gegen die Wand. Im Winter war er wochenlang hier, weil die Grippe ihn erwischt hatte. Da gab es ohnehin keine Arbeit, also entging ihm auch kein Lohn, aber Paola warf ihn trotzdem raus, damit er sie und Iacopo nicht ansteckte. Manchmal wird Paola schwach und drängt ihn, ihren reichen Onkel ein wenig mehr auszunutzen. Sie ist zu pragmatisch, um eine Chance auf Lohn auszuschlagen, wenn sie alle hungern. Doch die Taranos und die Cardettas stehen sich in diesem neuen Krieg an verschiedenen Fronten gegenüber, mit einer breiten Kluft dazwischen. Leandro hatte ihnen früher ab und zu Briefe aus Amerika geschickt und manchmal Geld dazugelegt. Ettore erinnert sich genau daran, wie seine Mutter einen dieser Briefe immer wieder las. Es lag besonders viel Geld dabei, und seine Mutter hielt das Bündel fest umklammert in einer Hand, während sie las und noch einmal las. Schließlich blickte sie auf, und Ettore sah ihre kummervollen Augen im Dämmerlicht.

»Mein Bruder hat vergessen, wer er ist«, sagte sie.

Ettore löst sich von der Wand, humpelt zu dem bogenförmigen Durchgang mit den riesigen Toren, schlüpft durch eine kleine Tür im Gang und steigt vorsichtig die Wendeltreppe dahinter hinauf. Die Treppe ist steil, und die Krücke behindert ihn. Licht fällt durch schmale Schlitze in der Wand herein, durch die man früher Pfeile abschießen konnte und heute Kugeln. Neben einer dieser Schießscharten hält er inne und streicht mit den Fingerspitzen über die raue Kante. Sie ist angeschlagen und abgenutzt von vielen Jahrhunderten. Ettore holt Luft und schließt die Augen. Er sieht Rauch aus solch einer Schießscharte quellen, und einen Sekundenbruchteil später kracht der Schuss. Ein erschrockenes Keuchen neben ihm, ein dumpfer Schlag wie von einer Faust in Sand und eine Wolke roter Tröpfchen, so leicht wie Morgennebel. Davide kippte neben ihm um wie ein gefällter Baum und war tot, ehe er auf dem Boden aufschlug. Keine Waffe in seinen Händen, einen verblüfften Ausdruck auf dem Gesicht – Paolas Liebhaber, Iacopos Vater. Fast genau ein Jahr ist seit dem Massaker auf der Masseria Girardi vergangen. Fast ein Jahr, seit Ettore sich querfeldein nach Hause schleichen musste, sobald es dunkel geworden war, um seiner Schwester die Nachricht zu überbringen, dass der zweite Mann, den sie zu lieben gewagt hatte, tot war. Iacopo war damals nur eine Schwellung unter ihrer Bluse, die sie mit beiden Händen stützte, während sie schrie und heulte. Ihr muss doch klar sein, wie falsch es sich für ihn anfühlt, auf dieser Seite solcher Mauern zu stehen. Es ist, als versuchte er unter Wasser zu atmen.

Ettore geht weiter hinauf zum Dach und tritt wieder ins Licht. Der Wächter hier oben ist mit angezogenen Knien eingedöst, den Rücken an die Brüstung gelehnt. Durch Ettores Gegenwart geweckt, rappelt er sich hastig auf und reißt sein Gewehr hoch. Dann grinst er verlegen und winkt, als er Ettore erkennt. Er ist jung und hat ein freundliches Gesicht, helles Haar und eine Stupsnase. Ettore kann sich nicht erinnern, wie er heißt – Carlo? Pietro? Er nickt dem Burschen zu und arbeitet sich das schräge Dach empor, um sich über den First zu beugen und hinabzuschauen. Die trockene, felsige *murgia* erstreckt sich unter ihm, so weit das Auge reicht – die Hochebene, die landeinwärts ansteigt und durch fast ganz Apulien verläuft, vom Norden in den Süden, wie ein riesiger Finger. Sie ist so hoch, dass es hier kühler ist als an der Küste und im Winter manchmal sogar Schnee fällt. Doch nirgends entdeckt er Flüsse, Bäche oder Seen. Er liegt auf dem Dach der Westseite, und unter ihm schmiegt sich ein Gemüsegarten an die Mauer. Er ist sattgrün vor lauter Pflege und Wasser und hebt sich grell von all den Braun- und Grautönen ringsum ab. Kleine rote Tomaten leuchten an Ranken, die über den Boden kriechen, und da sind Kürbisse, Zucchini und kugelrunde Auberginen, die noch reifen müssen. Aprikosen- und Mandelbäume säumen den Pfad zu einer uralten steinernen Bank unter einem Rosenbogen, der in der Dürre all seine Blütenblätter verloren hat. Der Garten ist jahrhundertealt. Marcie hat ihn wiederbelebt, als sie hier ankam mit all ihren Träumen von der Romantik Italiens, die mit der Zeit an den Rändern ausfransen. Ein Riss zieht sich mitten durch die Bank. Langsam, ganz langsam wird das Land sich alles zurückholen. Die Luft ist heute so klar, als wolle sich unter dieser Sonne nicht einmal der Staub vom Fleck rühren. Aus der Richtung, in der Gioia liegt, kommt eine dunkel verhüllte Gestalt langsam näher. Lange bevor er ihr Gesicht sehen kann, erkennt Ettore seine Schwester an ihrem beinahe stolzierenden Gang, den sie immer hat, wenn sie ihren Sohn auf dem Rücken trägt. Er eilt hinunter.

Paola wartet am äußeren Tor auf ihn, die Finger um die eisernen Stäbe gekrümmt. Als sie ihn kommen sieht, grinst sie – nur flüchtig, aber es verwandelt ihr Gesicht, und Ettore empfindet die plötzliche Freude wie einen unvermittelten Schlag. Er hat seine Schwester so lange nicht mehr lächeln sehen. Er zieht ihren Kopf an sich, presst die Lippen auf ihre Stirn und schmeckt das Salz auf ihrer Haut.

»Du bist auf. Du bist gesund«, sagt sie voll unverhohlener Erleichterung.

»Ja. Das Ding brauche ich bald nicht mehr.« Lächelnd klopft er mit dem Fuß der Krücke an das Tor.

»Überstürz es nicht. Lass es in Ruhe heilen.«

»Ja, kleine Mutter.«

»Mach dich nicht über mich lustig, tu einfach, was ich dir sage«, erwidert sie, aber ihre Strenge ist nicht überzeugend. Ettore schiebt den Arm durchs Gitter und dreht ihre Schulter ein wenig, um seinen Neffen zu betrachten. Das Baby schläft tief und fest, sein kleines Gesicht an Paolas Wirbel-

säule gedrückt. Iacopos Wangen sind fleckig gerötet, und er murmelt vor sich hin, als Ettore ihm über die Stirn streicht.
»Weck ihn nicht. Er hat die halbe Nacht lang geschrien.«
»Ist er krank?«
»Nein.« Paola lächelt wieder. »Er bekommt zwei neue Zähne. Noch ein paar, und er hat mehr als Valerio«, sagt sie. Ettore lacht leise, und die schlichte Freude darüber, wie gut das Kind gedeiht, ist ihm in diesem Augenblick genug.

Aber plötzlich wird Paola ernst. An Ettore vorbei betrachtet sie die erbarmungslosen weißen Mauern der *masseria*, und ihr Blick wirkt bekümmert.

»Komm herein. Sag unserem Onkel und Marcie Guten Tag. Du weißt doch, wie sehr sie sich immer freut, Iacopo zu sehen«, sagt Ettore, doch Paola schüttelt den Kopf.

»Sie freut sich zu sehr. Ich glaube, am liebsten würde sie ihn fressen.«

»Sei nicht so gemein.«

»Ich habe genug von ihr gesehen, als wir dich hergebracht haben, Pino und ich. Hat Leandro dir Arbeit angeboten?«

»So leichte Arbeit, wie ich will«, bestätigt er angewidert.

»Nimm sie an«, sagt Paola tonlos.

»Nein, Paola! Müssen wir uns denn immer wieder deswegen streiten? Es herrscht Krieg, das weißt du selbst am besten. Leandro hat sich für die andere Seite entschieden, und wir ...«

»Poete ist erwischt worden. Sie haben ein Fläschchen Milch in seiner Jacke gefunden und ihn gefeuert.«

»Verdammt ... der Idiot.« Ettore ist zwar bestürzt, aber auch erleichtert, dass Paola diesen Mann jetzt nicht mehr an sich heranlassen muss.

»Valerio bekommt keine Arbeit. Er steht da, hustend und

keuchend, und er zittert so sehr, dass er sich kaum auf den Beinen halten kann. Keiner von diesen Dreckskerlen gibt ihm Arbeit – warum sollten sie auch? Er kann kaum die eigenen Füße anheben, geschweige denn eine Sense oder einen Dreschflegel. Wir haben *nichts* mehr, Ettore. Du musst die Arbeit hier annehmen.«

»Ich finde auch anderswo Arbeit, richtige Arbeit …«

»Sei doch nicht dumm! Du kannst nur auf einem Bein laufen, und wenn diese Wunde wieder aufbricht … Ich hätte dich beinahe verloren, Ettore. Wir brauchen dich. Also sei vernünftig.« Ihre Stimme klingt gepresst vor Angst. Ettore lehnt den Kopf an das heiße Metall und spürt den schmerzhaften Druck der Stäbe. Er schweigt.

»Du musst es tun, Ettore. Deine Skrupel machen mein Baby nicht satt. Niemanden. Bitte.« Er bringt kein Wort heraus, weil er weiß, dass sie recht hat. Auf einmal erscheint ihm das Tor wie ein Gefängnisgitter, hinter dem er nicht mehr frei ist, eigene Entscheidungen zu treffen. Er kann sein Leben nicht lenken. Paola schließt kurz die harten Hände um seine, ehe sie sich zum Gehen wendet, und er holt tief Luft. Sie hat einen harten Kern, eisern wie dieses Tor. Nichts wird sie verbiegen.

»Warte«, ruft er, und sie dreht sich zu ihm um. »Warte einen Moment, ich hole dir etwas zu essen. Wenn wir sie als unsere Familie ansehen, können sie uns auch durchfüttern«, erklärt er verbittert. Paola lächelt nicht noch einmal, doch sie wirkt erleichtert und nickt.

Vier Tage lang tut Ettore, was sein Onkel ihm geraten hat, und brütet über den Worten seiner Schwester. Sie verlangt etwas von ihm, wozu sie selbst nicht bereit wäre – aber ihr

Lohn, der Lohn einer Frau, wäre den Selbsthass auch kaum wert. Er gönnt seinem Bein Ruhe. Er schläft und isst und arbeitet nicht und fühlt sich wie fernab von seinem eigenen Leben gestrandet. Kann es kaum erwarten, endlich wieder gesund und von hier fort zu sein. Er isst nicht am Tisch mit seinem Onkel, Marcie und ihren Gästen, außer er wird ausdrücklich darum gebeten. Dann spricht er kaum und lässt ihr Englisch um sich herum plätschern, ohne sich näher darauf zu konzentrieren. Die Unmengen an Essen, die sie vertilgen, das unablässige Kauen, und manches geht praktisch unberührt wieder zurück in die Küche – all das macht ihn so wütend, dass er kaum Luft bekommt. Die Muskeln zwischen seinen Rippen ziehen die Knochen zu einem engen Käfig zusammen. Wann immer er kann, holt er sich stattdessen etwas zu essen aus der Küche und geht damit aufs Dach, wo die Wachen inzwischen an seine Besuche gewöhnt sind. Am vierten Tag fährt sein Onkel mit dem Architekten zurück nach Gioia, und Ettore bleibt mit den Frauen und dem Jungen zurück. Nun hat er es leichter, sich fernzuhalten. Er sieht Marcie an, dass sie verletzt ist – ja, er ist ein unfreundlicher Gast, das ist ihm bewusst, aber er kommt sich nicht vor wie ein Gast. Er kommt sich vor wie ein Verräter. Er dreht an seiner Krücke Runde um Runde über die *masseria* und spürt, wie die Kraft in seine Arme und Schultern zurückkehrt. Die Muskeln brennen und werden fest. Die Wunde in seinem Bein sticht noch immer, wenn er es belastet – ein reißender Schmerz tief im Knochen. Weil sie erst ganz abheilen muss, ehe er fortgehen kann, ist er lieber vorsichtig. Ihm wird nicht mehr schwindelig, und sein Körper fühlt sich stark an. Jeden Tag wacht er ein wenig früher auf, inzwischen zu den Stimmen des Viehs, das zum Melken hereingebracht wird.

Am fünften Tag wartet Ettore die Abenddämmerung ab. Als er Lampenschein im *trullo* des Oberaufsehers erkennt, wappnet er sich, humpelt zur Tür und klopft an, ehe er es sich anders überlegen kann. Ludo Manzo öffnet die Tür, und Ettore kann den Abscheu nicht unterdrücken, der ihn bei seinem Anblick plötzlich durchfährt. Das Gesicht des Aufsehers ist von vielen Jahren Arbeit im Freien gezeichnet, die Oberlippe zerfurcht, die Zähne sind bräunlich verfärbt, doch seine Augen sind so hart und wach wie immer. Er mustert Ettore und bricht dann in Gelächter aus.

»Ich sehe dir an, dass du schon einmal für mich gearbeitet hast«, sagt er. Seine Stimme klingt tief und heiser, als hätte er Staub in der Kehle. Einen grauenhaften Augenblick lang ist Ettore zu eingeschüchtert, zu verkrampft vor Hass und Angst, um ein Wort herauszubringen. Er nickt. »Der Chef hat mir schon gesagt, dass du nach Arbeit fragen würdest. Ich nehme an, deshalb bist du hier – und nicht, weil du dich nach meiner Gesellschaft sehnst?«

»Ja. Nein«, antwortet Ettore.

»Tja, ich erinnere mich nicht an dich, Ettore Tarano, aber ich habe mich umgehört, und du machst gern Ärger. Da du der Neffe des Chefs bist, nehme ich an, dass du jetzt mir Ärger machen wirst.«

»Ich will nur eine bezahlte Arbeit. Bis mein Bein verheilt ist und ich wieder auf die Felder gehen kann.«

»Was bist du für ein Dummkopf, Bürschchen. Wenn ich einen reichen Onkel hätte, wäre ich längst seine rechte Hand. Ich würde mich rund und fett fressen, mich betrinken und immer ein williges Mädchen im Bett haben.«

»Ich will für meinen Lohn arbeiten.«

»Ich habe dich schon verstanden. Und ich sage dir noch

einmal, du bist ein verdammter Dummkopf.« Ludo starrt ihn nachdenklich und mit verzerrtem Mund an. Ettore kämpft gegen den Drang an, nervös von einem Fuß auf den anderen zu treten, davonzulaufen oder den Mann zu schlagen. Alles täte er lieber, als vor ihm zu stehen, zu warten, ihm wieder ausgeliefert zu sein. Wenn er Ludos Rat beherzigen und seinen Onkel ausnutzen würde, bräuchte er das hier nicht zu tun. Er müsste Männer wie ihn nicht ertragen. »Also schön. Du kannst nicht laufen, du kannst nichts tragen. Du kannst keinen Weizen schneiden. Du kannst verdammt noch mal gar nichts, aber auf deinem faulen Hintern sitzen und Wache halten, das kannst du, oder? Du löst Carlo im *trullo* am Tor ab, um Mitternacht. Wachdienst. Das Gewehr bleibt da – du übernimmst es von Carlo und übergibst es dem Mann, der dich am Morgen ablöst. Verstanden?«

»Ja.« Ruhig zu bleiben und still zu stehen ist furchtbar anstrengend. Als Ludo knapp nickt und ihm die Tür vor der Nase schließt, entweicht die angehaltene Luft, und Ettore sinkt in sich zusammen. Eine Wache, mit einem Gewehr. Drinnen stehen und nach draußen pissen, wie sein Onkel einmal zu ihm gesagt hat. Was, wenn Plünderer aus Gioia kommen? Wird er auf sie schießen – auf Menschen, die er vielleicht kennt, mit denen er gearbeitet hat, in deren Nachbarschaft er lebt? Ettore humpelt davon.

Bis Mitternacht wartet er im Gemüsegarten, wo es kühl ist und wunderbar nach frischem Grün riecht. Aus reiner Gewohnheit zupft er etwas Unkraut aus, einen kleinen Haufen. Er pflückt ein paar Tomaten und isst sie. Fledermäuse kreisen lautlos in dem Tunnel, den die Obstbäume bilden. Als es zu dunkel zum Jäten wird, setzt Ettore sich auf die geborstene Bank, schaut in den Himmel und denkt an Livia. Sie hat noch ein Stück ihres Heimwegs geschafft, nachdem sie überfallen worden war. Sie schaffte es bis an den Stadtrand, wo man sie fand und nach Hause brachte. Blutergüsse, geformt und angeordnet wie die Finger eines Mannes an ihrem Hals, ihren Brüsten und Schenkeln. Kleine Schnittwunden von einer scharfen Messerspitze an ihrer Kehle wie eine Halskette. Bissspuren überall. Sie stand unter Schock und konnte ihnen nichts zu dem Vorgefallenen sagen, keinen Namen nennen. Zwei Tage dauerte es, bis sie schließlich starb – nicht an der Schwere der Verletzungen, sondern an einer Infektion. Die schwärenden Wunden in ihrem Inneren, die ihre Mutter weder sehen noch reinigen konnte, nahmen ihm seine Livia. Sie hatte hohes Fieber, ihre Haut war heiß, trocken und feuerrot. Sie roch falsch, und wenn sie die Augen öffnete, blickten sie ins Leere. *Sag mir, dass ich dein Schatz bin*, bat sie immer wieder. *Sag, dass ich dein Schatz bin.* Ettore drückte ihre Hand, küsste ihre Fingerknöchel und sagte ihr, dass er sie liebe und sie sein Schatz sei. Sie runzelte darauf leicht die Stirn, als sei sie damit nicht zufrieden. Als es dem Ende zuging, schien sie ihn gar nicht mehr zu hören und wiederholte nur noch unablässig ihre Bitte. *Sag, dass ich dein Schatz bin.* Also sagte er ihr ein ums andere Mal, dass sie sein Schatz sei, obwohl sie dieses Kosewort noch nie benutzt hatten – das wunderte ihn. Er sagte ihr, dass er sie liebe, dass er ihr allein gehöre, und er presste die Hände auf ihre glühende Haut, als könnte er dadurch etwas von der Hitze ableiten. Aber sie starb.

Leise Schritte schrecken ihn aus seinen Gedanken, und er merkt, dass seine Augen nass sind und brennen. Mit einer Hand fährt er sich übers Gesicht, bleibt still sitzen und hofft, dass der Aufseher oder Dienstbote, der da vorbeigeht, ihn nicht bemerken wird. Doch die Schritte nähern sich, kommen in den Garten, und dann taucht vor dem Licht der *masseria* die Silhouette von Chiara Kingsley auf. Sie scheint ihn direkt anzustarren, kann ihn aber so tief im Schatten der Bäume nicht sehen. Sie bleibt stehen, lässt das Kinn auf die Brust sinken, schlingt die Arme um ihre Taille und krümmt sich, als hätte sie Schmerzen. Ettore wartet auf ihr Schluchzen, doch sie gibt keinen Laut von sich. Er kann sie nicht einmal atmen hören. Es scheint, als versuchte sie, gar nicht da zu sein – oder gar nicht zu *sein*. Dünn und still, blasse Haut und helles Haar, mit bloßen Füßen. Federleicht kommt sie Ettore vor, so zart und vergänglich wie Distelflaum. Wie etwas, durch das der Wind hindurchwehen und das er dennoch mit sich forttragen würde. Das spurlos verschwinden könnte. Wenn Paola im Inneren aus Eisen besteht, so besteht diese Engländerin aus Luft oder irgendetwas ebenso wenig Greifbarem. Sie ist nicht ganz wirklich. Nie zuvor hat Ettore jemand wie sie gesehen.

Sie bleibt eine Weile in dieser eigenartig zusammengekauerten Haltung stehen. Dann lässt sie die Arme sinken und blickt zum Himmel empor. Offenbar hat sie nicht vor, bald wieder zu gehen, und Ettore kann nicht länger warten. Er greift nach seiner Krücke, steht langsam auf und hört sie nach Luft schnappen.

»Wer ist da?«

»Ettore«, sagt er, geht hinüber und bleibt vor ihr stehen, sodass sie beide halb in Licht und halb in Dunkelheit getaucht sind. Er öffnet den Mund, um noch etwas zu sagen, doch es kommt kein Wort heraus. Chiara beobachtet ihn, und ihr erwartungsvoller Blick weckt in ihm den Drang zu fliehen.

»Sie haben heute nicht zu Abend gegessen«, sagt sie schließlich auf Italienisch.

»Doch. Nur nicht am Tisch meines Onkels.«

»Sie sind lieber allein?«, fragt sie, und er widerspricht nicht – das stimmt zwar nicht ganz, ist aber eine einfache Erklärung. »Geht es Ihnen gut?« Er zuckt mit den Schultern und nickt dann, hebt dabei leicht die Krücke an. »Sie sind nicht gern hier«, fügt sie hinzu, und das ist keine Frage. Ettore schüttelt den Kopf, mehr nicht. Er ist vorsichtig. Seine Tante ist leicht beleidigt und sein Onkel erst recht.

»Ich lasse mich nicht gern aushalten.«

»Ich auch nicht«, sagt sie leise. Er runzelt verständnislos die Stirn – was tut sie denn, was tut jede Ehefrau eines reichen Mannes, wenn nicht ausgehalten werden? »Sie sind selbst Onkel«, bemerkt sie. »Ich habe Ihre Schwester kennengelernt, als sie mit Ihnen herkam. Ich habe ihr Baby gesehen.«

»Er heißt Iacopo.«

»Haben Sie Kinder?«, fragt sie. Er schüttelt den Kopf. »Ich auch nicht.«

»Filippo?«

»Er ist mein ...« Sie kennt das italienische Wort nicht. »Der Sohn meines Mannes. Von seiner ersten Frau.« Sie setzt zu einem Lächeln an, doch es gelingt ihr nicht. In der Dunkelheit wirken ihre Augen riesig und ihr Blick wie verwirrt, als könnte sie nicht gut sehen. »Ich finde es grässlich hier«, sagt sie dann. »Ist das das richtige Wort?« Dann sagt sie etwas auf Englisch, das er nicht versteht, aber es klingt bitter und zornig.

»Sie sind frei«, entgegnet Ettore verwundert. »Sie können doch einfach gehen.«

»Nein, bin ich nicht. Kann ich nicht.« Sie holt tief Luft. »Mr. Cardetta sagt, die Bauern sprechen kein richtiges Italienisch, nur den hiesigen Dialekt. Warum können Sie mich trotzdem verstehen?«

»In der Schule wurde Italienisch gesprochen. Ich habe ein Ohr für Sprachen.«

»Sie sind zur Schule gegangen?« Sie klingt überrascht und wirft ihm gleich darauf einen um Verzeihung bittenden Blick zu.

»Nur ein paar Jahre.«

»Und Sie konnten etwas Englisch von Marcie lernen, über den Winter.«

»Ich muss gehen. Ich arbeite jetzt als Wache.« Er kann nicht verhindern, dass sich seine Lippe verächtlich kräuselt, so sehr verabscheut er sich dafür. »Sie sollten das Gut nach Anbruch der Dunkelheit nicht verlassen. Es ist nicht sicher außerhalb der Mauern.« Ihre Augen werden wieder riesengroß, und erneut schlingt sie schützend die Arme um sich.

»Ich wollte laufen ... davonfliegen«, sagt sie.

»Fliehen«, korrigiert Ettore sie, und sie nickt. Dieser nackte Ausdruck ist wieder da, diese vollkommen durchschaubare Klarheit ohne jeden Schutz. Irgendwie macht sie ihm zu schaffen, zupft an ihm. *Distelflaum,* denkt er. »Gehen Sie wieder hinein. Sie sollten nicht hier draußen sein.« Er verlässt sie, ohne abzuwarten, ob sie seiner Aufforderung folgt.

Carlo, der Bursche mit dem jugendlichen Gesicht, den Ettore schon einmal auf dem Dach gesehen hat, grinst ihn an, als Ettore den *trullo* am eisernen Tor betritt, um ihn abzulösen. Gähnend steht er auf, übergibt das Gewehr und streckt die Arme über den Kopf.

»Auf Vallarta gab es wieder einen Überfall, vor drei Nächten«, sagt er, als er an Ettore vorbeigeht. »Drei Mastochsen haben sie geraubt und eine Scheune niedergebrannt. Schlaf ja nicht ein. Da ist die Glocke.« Er zeigt auf eine große Messingglocke mit einem langen Handgriff, die in einer Nische in der Wand steht. »Schlag Alarm, wenn du etwas siehst oder hörst, dann kommen wir alle angerannt.« Mit schwungvollen Schritten macht er sich auf den Weg zu seinem Bett. Ettore streicht mit der Hand über das Gewehr – den Kolben aus glattem, patiniertem Holz, den Lauf aus kaltem, hartem Metall. Schon lange wünscht er sich ein Gewehr. Es in Händen zu halten versetzt seinem Inneren einen wilden Stich und gibt ihm das Gefühl von Macht und waghalsigem Mut zur Gewalt. Im Schützengraben hat er sich immer besser gefühlt mit dem Gewehr in der Hand – sicherer und stärker, obwohl er wusste, dass die Waffe kaum einen entscheidenden Unterschied ausmachte. Diese Empfindung kam aus dem Herzen, nicht vom Kopf. Er starrt in die Dunkelheit jenseits des Tors hinaus und wendet sich dann nach dem Gut um, das noch hier und da von Lampenschein erhellt wird. Er weiß nicht, was er eigentlich tun will.

In seinem *trullo* brennt kein Licht, obwohl eine Lampe samt einem Briefchen Streichhölzer bereitsteht. Seinen Wachposten zu beleuchten würde ihn zur Zielscheibe machen und ihm jede Nachtsicht rauben – ein Nachtwächter gehört ins Dunkel. Ettore setzt sich auf den Mauervorsprung an der Tür und legt das Gewehr quer über seine Oberschenkel. Es drückt sich kalt durch seine Hose, obwohl alles andere warm ist – der Stein, der Boden, die Luft. Auch sein Herz fühlt sich auf einmal kalt an, denn er hat die Grenze überschritten. Jeder, der ihn hier sieht, muss glauben, Ettore hätte die Seiten gewechselt. Er weiß nicht, was er bei einem Überfall tun würde, und er betet darum, dass es nicht dazu kommen wird. Fern am östlichen Horizont flammen hin und wieder Blitze auf. Er sitzt da, lauscht dem leisen Rascheln jagender Geckos, und ungebeten steht ihm Chiara Kingsley wieder vor Augen – ihre blasse Schwerelosigkeit.

Er ertappt sich beim Gedanken daran, wie ihre weiße Haut sich unter seinen Händen anfühlen würde. Wenn er sie im Arm hielte, würde sie sich einfach auflösen und davontreiben? Sie könnte nach gar nichts schmecken, wie Wasser. Sie könnte so ungreifbar sein wie ein Windhauch, doch dann denkt er daran, wie sich die kühlere Luft anfühlt, wenn sie im Herbst zum ersten Mal vom Norden herabweht – wie sie jedes Mal seine Lebensgeister weckt und auf seiner Haut kribbelt wie zarte Funken. Chiara ist durchsichtig, transparent wie Wasser, und er denkt an den ersten Schluck Wasser nach langen Stunden schwerer Arbeit, wenn der Staub ihm in Kehle, Augen und Nase klebt. Wenn er wüsste, dass diese Frau sich genauso anfühlt, dann würde er sie auch verschlingen, wie ihr gebeugter Ehemann. Luft und Wasser ... Distelflaum. *Ich will davonfliegen,* hat sie gesagt und die Arme um sich geschlungen. Und das sollte sie auch. Apulien ist ein Land der Erde und des Feuers, denkt er. Ein Wesen aus Luft und Wasser wird hier nicht lange überleben.

9

Clare

Clare war zum ersten und einzigen Mal im Frühjahr 1914 in New York, als sich die Gefahr eines Krieges in Europa ausbreitete wie eine Seuche. Die Reichen in Amerika dagegen bauten noch, tanzten und erfanden Cocktails wie eh und je, und sie lachten wie Marcie jetzt, aufgeregt und völlig unbekümmert. Clare war damals seit drei Jahren mit Boyd verheiratet, und sie war glücklich – zufrieden in ihrer eigenen, stillen Art der Freude. Dann kam Boyd eines Tages stirnrunzelnd und verunsichert von der Arbeit nach Hause: Sein Architekturbüro hatte ein neues Bauprojekt in New York im Auge, und der Seniorpartner wollte Boyd dorthin schicken. Clare ermunterte ihn sogleich, nach New York zu reisen und sie mitzunehmen, ehe ihr wieder einfiel, dass Emma aus New York stammte – dass er sie dort kennengelernt, geheiratet, sie dort auch verloren hatte. Als Boyds gequälte Miene sie daran erinnerte, verstummte sie entsetzt. Doch nach einer kurzen Denkpause überspielte sie ihre Betretenheit, indem sie trotz ihrer Nervosität nicht von dem Thema abließ. Sie erklärte ihm, dass es ihm guttun könnte, seinen Frieden mit New York zu machen, die Vergangenheit zur Ruhe zu betten und alte Freunde wiederzusehen, Emmas und seine Freunde. Bei diesen Worten riss er den Kopf hoch und starrte sie an.

»Aber ich will keinen von ihnen sehen! Das wäre ... das wäre zu schwer. Zu schrecklich.«

»Also ... wenn das so ist, mein Liebling – die Stadt ist groß genug. Niemand braucht überhaupt zu erfahren, dass du da bist, wenn du es nicht möchtest«, entgegnete sie.

»Das stimmt«, sagte Boyd. Er klang vorsichtig hoffnungsvoll, als hätte er diese Möglichkeit gar nicht bedacht, also setzte Clare weiter nach.

»Wir brauchen nirgendwohin zu gehen, wo du ... früher warst. Ich bin noch nie im Leben gereist, Boyd, jedenfalls nicht richtig. Wir könnten unsere zweiten Flitterwochen daraus machen. Wäre das nicht ein wunderbares Abenteuer? Und, na ja, es kann doch nur gut für dich sein, oder? Ich meine für deine Karriere.« Einen Monat zuvor war Boyd bei der Beförderung zum Seniorpartner das zweite Mal übergangen worden. Er fuhr sich mit der Hand durchs Haar, stand auf und lief nervös auf dem Wohnzimmerteppich auf und ab. »Bitte, lass uns nach New York fahren, Boyd. Das wird bestimmt herrlich.«

»Also schön«, sagte er schließlich. »Also schön, wir fahren.«

Diesmal würden sie bessere Flitterwochen erleben, entschied Clare. Ihre ersten hatten unter dem verlegenen Unbehagen zweier schüchterner Menschen gelitten, die zum ersten Mal miteinander schliefen. Clares Erinnerung an diese Woche auf der Isle of Wight bestand aus all diesen schmerzlichen, peinlichen kleinen Missverständnissen, merkwürdigen Situationen und subtilen Enttäuschungen. Boyd reiste zuerst nach New York, und Clare kam erst einige Wochen später nach. Pip blieb mit einem Kindermädchen zu Hause. Boyd hatte schon mit den Entwürfen für das neue Bankgebäude begonnen – kein so prachtvolles Projekt wie ein Grandhotel, aber dennoch ein monumentales Bauwerk. Das war das Wort, das die Bank immer wieder betonte – monumental. Die Leute sollten unwillkürlich stehen bleiben, es betrachten und den Kopf in den Nacken legen, um es in Gänze zu bewundern. Er hatte einen ersten Entwurf, aber der traf es noch nicht ganz – diese Worte hörte sie während ihrer sechs Wochen in der kleinen Mietwohnung in der Nähe des Central Park ständig. *Das trifft es noch nicht ganz.* Keiner von beiden erwähnte Emma. Clare achtete sorgsam auf Anzeichen von Trauer oder kummervollen Erinnerungen, doch zu ihrer Erleichterung war ihrem Mann nichts anzumerken.

Hatte sie bisher gefürchtet, diese Reise könnte seinen Zustand doch verschlimmern, statt ihm gutzutun, so entspannte sie sich nun allmählich. Während des ersten Jahrs ihrer Ehe war Boyd sehr labil gewesen. Schon ein Schatten konnte ihn ängstigen und manchmal geradezu überwältigen. Einmal hatte sie ihn mit Emmas Seidenhandschuhen in der Hand vorgefunden, ins Leere starrend. Jeden Morgen sah er als Erster nach der Post, und sein ganzer Körper versteifte sich, wenn es an der Tür klingelte. Manchmal ertappte Clare ihn dabei, wie er lange aus einem Fenster oder ins Kaminfeuer blickte, mit den Händen in den Taschen und glasigen Augen. Einmal sah er Pip dabei zu, wie er auf dem Teppich im Kinderzimmer mit seiner Modelleisenbahn spielte, und Clare ging lächelnd hinein, hielt jedoch abrupt inne, als sie bemerkte, wie Boyd seinen Sohn anstarrte – als hätte er nicht die geringste Ahnung, wer Pip war. Aber seit jenem ersten Jahr war es stetig besser geworden. Die Schatten hatten sich zurückgezogen, und Boyd war nicht mehr so geistesabwesend. Clare sprach mit Pip über Emma, aber niemals mit Boyd. Ihr Mann sollte sich auf die Zukunft konzentrieren, statt in der Vergangenheit zu verharren, und in ihren ersten gemeinsamen Wochen in New York schien er genau das zu tun.

Boyd wirkte konzentriert, aber glücklich. Stundenlang studierte er das Flatiron Building, das brandneue Woolworth-Gebäude und das St. Regis Hotel. Er wusste, dass die Bank Entwürfe von drei Architekturbüros anfertigen ließ, und er war der einzige Europäer darunter. Ihm war klar, dass sie von ihm etwas Imposantes, Viktorianisches erwarteten, oder vielleicht auch etwas im Stil der Beaux-Arts. Durch und durch geprägt von der Erhabenheit des British Empire. Boyd wollte seinen Auftraggebern etwas vorlegen, worauf sie nie gekommen wären – etwas noch nie Dagewesenes, was sie zugleich nicht allzu sehr schockierte. Ein Uhrenturm sollte die Silhouette des Dachs auflockern, flankiert von Elementen im altägyptischen Stil mit schlanken Obelisken an den Ecken. Mehr gab er nicht preis, und er zeigte nicht einmal Clare die Zeichnungen, über denen er so viele Stunden lang brütete. Erst gegen Abend konnte Clare ihn davon loseisen und ihn zu einem Spaziergang im frühlingsgrünen Central Park bewegen, wo der tosende Lärm der Stadt zu einem Raunen verklang und man nicht nur den Geruch von Essen, Schweiß und Rauch in der Nase hatte, sondern auch den von lebendiger Natur.

Der Bankier plante eine große Party, bei der die drei Entwürfe feierlich enthüllt werden sollten. Der Bürgermeister von New York, John Purroy Mitchel, würde ebenfalls anwesend sein. Als Clare davon erfuhr, wurde ihr die Bedeutung des Gebäudes, an dem ihr Mann arbeitete, erst wirklich klar. Und am Tag, nachdem sie diese Nachricht erhalten hatten, geschah etwas, und Boyd sollte nie wieder derselbe sein.

Clare war zum Mittagessen mit den Ehefrauen zweier Kollegen von Boyd ausgegangen. Als sie in die Wohnung zurückkehrte, sah sie ihn in so unnatürlich steifer Haltung am Fenster stehen, dass sie augenblicklich vermutete, er müsse irgendeine schreckliche Neuigkeit erfahren haben. Ihr Magen krampfte sich schmerzhaft zusammen, denn sie dachte als Erstes an Pip.

»Boyd, Liebling, was hast du? Was ist passiert?«, fragte sie, doch er rührte sich nicht. Sie trat zu ihm und bemerkte das Glas in seiner Hand, die Cognacflasche auf dem Polsterhocker und den durchdringenden Gestank nach Alkohol. »Boyd?«, flüsterte sie, doch sie hätte ebenso gut stumm oder unsichtbar sein können. Er wirkte wie tot. Sein Gesicht war grau und glänzte ungesund, als wollte irgendetwas aus ihm hervorsickern. Er atmete offenbar, aber lautlos und ohne jede Bewegung der Brust. Sein Blick war trüb und leer. Wenn sie ihn in diesem Zustand liegend vorgefunden hätte, hätte sie geschrien. Sie griff nach seiner Hand, doch die hielt einen Gegenstand fest umklammert. Und dann bemerkte sie ein paar weiße Krümel auf dem grünen Teppich. Stirnrunzelnd starrte sie darauf hinab, bis sie schließlich begriff. Verzweifelt bog sie Boyds gekrümmte Finger auf und fand darin das Fläschchen, das normalerweise sein Barbiturat enthielt – er nahm diese Tabletten, um sich zu beruhigen und besser schlafen zu können. Das Fläschchen war leer.

Als Boyd ihre Berührung spürte, wandte er ihr langsam den Kopf zu. Ebenso langsam fiel sein Gesicht förmlich in sich zusammen, und sein Mund öffnete sich zitternd. Es war grässlich anzusehen. Clare stockte der Atem. »Boyd, jetzt sprich endlich! Sag es mir! Ist Pip etwas zugestoßen?«

»Sie waren hier. Sie sind *hierher*gekommen«, stammelte er.

»Sie wussten ... wussten, wo ich bin.« Die Worte drangen so verzerrt aus seinem Mund, dass sie sie kaum verstehen konnte.

»Wer wusste was? *Wer* war hier? Boyd, ich verstehe kein Wort.« Boyd wankte, tat einen taumelnden Schritt und fiel auf die Knie. Clare kniete sich neben ihn, schlang die Arme um ihn und versuchte ihn zu beruhigen. Er war schwer und drohte jeden Moment zur Seite zu kippen. Sie bemühte sich, ihn aufrecht zu halten, und dann übergab er sich. Sie spürte den Krampf in seinem Körper toben, den sie fest an sich gedrückt hielt. Heiße Flüssigkeit spritzte auf ihre Waden, und der Gestank nach Cognac wurde noch stärker. Während sie Boyd zum Badezimmer zog und zerrte, entdeckte sie weiße Tabletten in dem Erbrochenen. Viele Tabletten. Wieder übergab er sich, und ein drittes Mal, noch ehe sie ihn ins Bad geschafft hatte. Alles an ihm war so fremd – sein langer Körper war ein totes Gewicht, sein schlaffes Gesicht und die verdrehten Augen zeigten keine Spur von seiner Persönlichkeit, nicht einmal mehr die melancholische Würde des Mannes, den sie geheiratet hatte. Sie ließ ihn vorsichtig sinken und drehte ihn auf die Seite, um einen Arzt zu rufen. In ihrer Panik wusste sie im ersten Moment nicht einmal mehr genau, wie man das Telefon benutzte und wie sie den Portier erreichen konnte.

Der Arzt blieb lange bei Boyd. Er verabreichte ihm ein Brechmittel, sodass Boyd alles in seinem Magen Verbliebene auch noch erbrach, bis sein krampfhaftes Würgen nur noch Speichelfäden und grässliche, erstickte Laute hervorbrachte. Clare eilte viele Male ins Bad und zurück, leerte die Schüssel, die der Arzt ihr immer wieder brachte, und versuchte die übelsten Flecken vom Teppich zu wischen. Es stank überall danach. Draußen vor dem Fenster versank die Sonne hinter den Dächern, und der Himmel färbte sich zart graublau. Clare sah den Tauben zu, die vor diesem Himmel vorbeiflatterten, und ihr fiel auf, dass das Zwielicht allem die Farbe entzog. Sie hatte das Gefühl, als geschähe all das einem anderen Menschen, nicht ihr. Sie war an diesen Ereignissen nicht beteiligt, verstand sie nicht und wollte nicht allzu lange darüber nachdenken. Erst als der Arzt wieder aus dem Schlafzimmer kam und ihr Herz einen schmerzhaften Satz machte, erkannte sie ihre eigene Emotion als Angst.

»Wie viele Tabletten hat er geschluckt?«, fragte der Arzt brüsk.

»Ich ... ich weiß es nicht. Es müssen noch etwa fünfzig in dem Fläschchen gewesen sein, glaube ich, und ... eine Handvoll lag auf dem Teppich. Und als er sich übergeben hat ...« Sie schluckte nervös.

»Er hat Glück gehabt, dass er noch rechtzeitig erbrechen musste. Großes Glück. Mrs. Kingsley, hat Ihr Mann schon einmal versucht, sich etwas anzutun?«

»Sich etwas anzutun? Nein, ich glaube nicht, dass er ... ich meine, er hatte ganz gewiss nicht vor, sich ...« Clare verstummte. Der Arzt wandte den Blick nicht von ihr ab. »Das war es nicht, da bin ich mir sicher. Er nimmt diese Tabletten wegen seiner Nerven. Manchmal ... kann er nicht schlafen.« Ihre Stimme zitterte.

»Solche Vorkommnisse zu ignorieren nützt nichts, Mrs. Kingsley. Ich glaube, vorerst ist er außer Gefahr. Er braucht Ruhe und reichlich Flüssigkeit, und ich sehe in ein paar Stunden wieder nach ihm.«

Nachdem der Arzt gegangen war, dauerte es sehr lange, bis Clare den Mut aufbrachte, zu ihrem Mann zu gehen. Ihr graute davor, diesen graugesichtigen, vollkommen erschlafften Fremden vorzufinden – und falls Boyd wieder er selbst sein sollte, graute ihr auch davor. Sie wusste nicht, was sie zu ihm sagen, was sie tun sollte. So leise wie möglich schlich sie ins Schlafzimmer. Das Glas Wasser in ihrer Hand zitterte so heftig, dass es beinahe überschwappte. Sie hoffte, dass er schlief, doch er war wach und saß halb aufrecht an mehrere Kissen gelehnt, ohne einen Hauch von Farbe im Gesicht.

»Wie fühlst du dich jetzt?«, fragte sie, als hätte er eine Erkältung gehabt. Als Boyd sie sah, schimmerten Tränen in seinen Augen, und er kniff sie fest zu, als könne er ihren Anblick nicht ertragen. Clare stellte das Wasser auf den Nachttisch, griff nach seiner Hand und nahm all ihren Mut zusammen. »Kannst du mir sagen, was geschehen ist, Liebling? Bitte sag es mir«, drängte sie sanft. Boyd blickte zu ihr auf und holte Luft. Doch nach kurzem Zögern schüttelte er den Kopf.

»Ich kann nicht, Clare. Ausgerechnet dir ... nein, ich kann nicht. Verzeih mir. Bitte verzeih mir.« Seine Stimme klang heiser. *Ausgerechnet dir.* Sie überlegte einen Moment lang, was das bedeuten könnte.

»Vorhin hast du gesagt, *sie* wären hier gewesen. Wen hast du damit gemeint, Liebling? Waren es ... alte Bekannte? Freunde von Emma?« Ihr fiel sonst nichts ein, was ihn derart aus der Fassung gebracht haben könnte – irgendetwas musste seine Trauer wiederbelebt und an die Oberfläche geholt haben. Seit ihrer Hochzeit hatte sie oft das Gefühl gehabt, dass er zu wenig über Emma sprach. Dass er seine Trauer vor ihr verbarg, als wollte er verhindern, dass der Schatten seiner ersten Frau sich neben seine zweite drängelte. Vielleicht war es nicht gesund, Gefühle so in sich aufzustauen – womöglich konnte das nur zu einem solchen plötzlichen Ausbruch wie diesem führen. Sie hätte wissen müssen, dass seine Trauer früher oder später wie ein Fieber wieder aufflammen und ihn überwältigen würde. Und sie hatte ihn auch noch überredet, ausgerechnet hierherzukommen, an den Ort auf der Welt, wo die Gefahr dafür am größten war. Sie fühlte sich entsetzlich schuldig. »Verzeih mir«, sagte sie und küsste seine Hand. »Ich hätte dich mehr von ihr sprechen lassen sollen. Ich hätte dich sogar dazu ermuntern müssen. Bitte sprich über sie, wenn du meinst, dass es helfen könnte. Du brauchst keine Angst zu haben, dass ich mich daran stören könnte. Das verspreche ich dir.« Aber Boyd schwieg.

Vorsichtig und unsicher ging das Leben weiter. Clare zog die Vorhänge zu, schaltete Licht ein und kochte Tee. Dabei versuchte sie das Gefühl zu ignorieren, dass der Boden unter ihren Füßen zerbrechlich geworden war. Während der nächsten Tage bemühte sie sich, den Blick ihres Mannes aufzufangen, ihm zärtlich zuzulächeln, doch er schien sie kaum wahrzunehmen, und ihr wurde kalt ums Herz, als sie erkannte, dass er sie nie so sehr würde lieben können, wie er Emma geliebt hatte. Doch sie beschloss, ihm und seinem Sohn so viel Liebe zu schenken, dass diese Tatsache nicht ins Gewicht fallen würde. Und er liebte sie, dessen war sie sicher – mit allem, was von seiner Liebe übrig geblieben war, nachdem er Emma geliebt hatte. Das würde genügen. Drei Tage später, als sie eben zu Bett gehen wollte, war Boyd endlich bereit, mit ihr zu sprechen. In der Dunkelheit klang seine Stimme anders und fremd.

»Ich ... Ohne dich könnte ich nicht leben, Clare. Du bist ein Engel. Ich würde sterben ohne dich.« Clare lächelte automatisch, obwohl er es nicht sehen konnte. Noch nie hatte er derart offen über seine Gefühle gesprochen, hatte ihr seine

Liebe mit solcher Hingabe erklärt. Sie lächelte und wartete auf das Glück, das jetzt in ihr aufsteigen sollte, aber es kam nicht, und sie verstand nicht, warum. Vielleicht weil er so gewiss, so eisern überzeugt klang und sie nicht wollte, dass er das wortwörtlich meinte – das durfte nicht sein, denn ihr konnte auch etwas zustoßen, genau wie Emma. Eine plötzliche Krankheit, ein Unfall. Sie lag lange wach, zu bekümmert, um einschlafen zu können. Ihre Gedanken kreisten, sie fühlte sich so schuldig, dass sie die Ereignisse immer wieder durchspielte – was, wenn sie ihn nicht überredet hätte, nach New York zu kommen, was, wenn sie an jenem Tag nicht zum Mittagessen ausgegangen wäre, wenn sie ihn viel früher ermuntert und gedrängt hätte, seiner Trauer Ausdruck zu verleihen … Und trotzdem hegte sie den Verdacht, dass diese Krise schon die ganze Zeit über in Boyd gelauert hatte und noch längst nicht überwunden war.

Während ihres restlichen Aufenthalts in New York war Boyd schreckhaft und abwesend. Es war noch schlimmer als zu Anfang ihrer Ehe. Clare ertappte sich selbst immer wieder dabei, wie sie ihn wachsam beobachtete, stets darauf bedacht, es ihn nicht merken zu lassen. Sie sah die winzigen Schweißperlen an seinem Haaransatz und auf seiner Oberlippe. Sie sah, wie ungeschickt seine Finger plötzlich waren, als wären sie taub. Sie sah seinen Blick in die Ferne gleiten, während jemand mit ihm sprach und die Worte einfach an ihm vorbeitrieben, ohne ihn zu erreichen. Sie sah ihn stundenlang vor seinen Zeichnungen sitzen, ohne einen einzigen Strich zu tun. Als der Stichtag und der feierliche Abendempfang immer näher rückten, ertappte sie ihn wieder öfter dabei, dass er reglos dastand und vor sich hin starrte. Sie wusste nicht, wie sie diesen Bann brechen, wie sie ihn zurück ins

Leben holen könnte. Es kam ihr so vor, als stünde sie am Rand einer Klippe, weit vorgebeugt – ihr Herz raste, wenn sie ihn nur ansprach. Sie war sich in nichts mehr sicher. Sie war sich seiner nicht sicher.

»Wir könnten doch einfach abreisen, nicht?«, fragte sie leise beim Frühstück. »Wenn der Entwurf fertig ist, meine ich? Wir brauchen keinen Augenblick länger hierzubleiben. Wir müssen auch nicht zu dem Empfang ...« Auf einmal überkam sie ein so mächtiges Heimweh, dass es körperlich wehtat. Sie sehnte sich nach ihrem Reihenhaus in Hampstead mit seinem kleinen Garten, nach Pip, der aus der Schule nach Hause kam, nach Socken und Bleistiftspänen roch und in den Arm genommen werden wollte. Sie sehnte sich nach Dingen, die sie verstand. Diese Reise nach New York war alles Mögliche gewesen, aber gewiss keine Flitterwochen.

»Abreisen? Ich kann nicht einfach *verschwinden!*«, erwiderte Boyd viel zu laut. Heftig schüttelte er den Kopf. »Ich kann nicht nach Hause. Ich muss hier sein.«

»Schon gut«, murmelte sie, und in diesem Augenblick war er ihr wieder einmal vollkommen fremd. Da war irgendetwas Unterschwelliges in ihm, das sie nicht kannte. »Darf ich deine Zeichnungen einmal sehen?«, fragte sie. Er holte tief Luft und wandte den Blick ab.

»Ja. Wenn du möchtest. Sie sind lachhaft«, sagte er. Aber sie waren nicht lachhaft. Boyd hatte ein Gebäude entworfen, das imposant und anmutig zugleich war, schlicht und doch fesselnd. Eines war es allerdings nicht – innovativ. Es war ein perfektes Beispiel europäischer *Beaux-Arts*-Architektur, das sich an den Champs-Élysées sehr gut gemacht hätte. Kein ägyptischer Uhrenturm, keine Obelisken – keinerlei Exotik.

Clare schluckte ihre Verwirrung und etwas, das nach Enttäuschung schmeckte, energisch herunter. Offenbar brauchte oder wollte er ihre Meinung dazu nicht, aber sie erklärte trotzdem so entschieden wie möglich: »Ich finde es wunderschön, Boyd. Einfach wunderschön.«

»Tatsächlich?«, erwiderte er, doch er sehnte sich gar nicht nach Bestätigung. Sein Ton klang verächtlich, und die Bekräftigung blieb ihr im Halse stecken.

Als sie am Abend des Empfangs das Foyer des Hotel Astor betraten, spürte Clare, wie Boyd zitterte – in steten kleinen Wellen, als sei ihm an diesem warmen Abend im Mai innerlich eiskalt. Es war ihr gleichgültig, dass sie weniger Schmuck trug als alle anderen anwesenden Damen und auch das am wenigsten modische Kleid. Es war ihr gleich, dass man sie ein wenig gönnerhaft behandelte und ihre Erscheinung als *ganz reizend* bezeichnete. Inzwischen war es ihr sogar egal, ob die Bank sich für Boyds Entwurf entschied oder nicht. Sie wollte nur noch weg von hier, fort von New York, nach Hause, in der Hoffnung, dass er dann wieder der Mann sein würde, den sie geheiratet hatte. Dieser Mann trug großen Kummer in sich, aber Kummer war zumindest etwas, das sie wiedererkannte. Das namenlose Grauen hingegen, der Sprung in seiner Seele, der sich immer weiter auftat, war ihr zuvor noch nie begegnet. Er sprach mit niemandem, trank mit einer grimmigen Entschlossenheit, und sein Blick huschte unruhig von einem Gesicht zum nächsten und in die Ecken des Saals, als fühlte er sich beobachtet.

Der junge Bürgermeister hielt eine Rede über ihre großartige, sich stets weiterentwickelnde Stadt und über den Kampf gegen die Korruption. Boyd wurde blass. Seine Anspannung war fast greifbar, als er später am Abend den Saal durchquerte, um mit dem Bürgermeister zu sprechen, der sich gerade mit zwei anderen Männern unterhielt. Und dann war es vorbei. Sie fuhren zurück in ihr Apartment und traten am nächsten Tag die Seereise zurück nach Hause an. Eine Woche später erfuhren sie, dass die Bank sich für Boyds Entwurf entschieden hatte und das Gebäude nach seinen Plänen errichten würde. Da zog er Clare an sich und hielt sie lange fest.

»Danke, Clare. Mein Engel, ich danke dir«, flüsterte er. »Ohne dich hätte ich das nicht überlebt.« Clare war mittlerweile zu erschöpft und verwirrt, als dass sie versucht hätte, zu erraten oder zu erfragen, was er denn genau überlebt hatte.

Jetzt glaubt sie es zumindest teilweise zu wissen, denn es kann kein Zufall sein, dass sie von einem Bekannten aus New York, von dem Clare noch nie zuvor gehört hatte, nach Italien geholt worden waren. Und dass Boyd ähnliche Anzeichen von Stress zeigt wie damals. Zum ersten Mal in ihrem Leben ist sie wütend auf ihren Mann, weil er etwas vor ihr verbirgt. Weil er über so vieles nicht sprechen will und sie nur Vermutungen anstellen kann. *Das werde ich nicht gestatten*, hat Cardetta gesagt und keinen Zweifel daran gelassen, dass sie und Pip ohne seine Zustimmung nicht abreisen konnten. Diese Wut fühlt sich ebenso ungewohnt an wie die neuartige, wache Präsenz, die sie empfindet, seit Ettore Tarano auf die *masseria* gebracht wurde. Sie betrachtet das Gefühl genauer und bemerkt seine Auswirkungen, etwa, dass sie sich abrupter bewegt und mehr Lärm macht, als es eigentlich ihre Art ist.

Alles, was sonst gedämpft war, ist jetzt laut und deutlich. Es fasziniert sie, wie sich Dinge anfühlen. Sie streicht mit den Händen über den feinkörnigen Putz der Wände im Schlafzimmer, das glatte, dunkle Holz des Bettes, die rauen

Steinquader an der Treppe, die hart und glänzend gebügelten Leinenservietten bei Tisch. Sie verreibt kleine Splitter Brotkruste zwischen Daumen und Zeigefinger zu Staub, fährt mit den Händen durch ihr langes Haar. Der Mörtel zwischen den roten und weißen Bodenfliesen drückt sich hart in ihre Fußsohlen, Staub und winzige Steinchen gelangen in ihre Schuhe und scheuern bei jedem Schritt. Sie hört das wechselnde Geräusch ihrer Absätze auf Fliesen, Stein und staubigem Boden. Zuvor konnte sie nur den Dung der Milchkühe riechen, ihre süßliche Milch und den blühenden Jasmin. Jetzt riecht sie den Stein selbst, kalkig und hart, den Schweiß der Wachen, der sich über Jahre im Stoff ihrer Hemden festgesetzt hat. Sie kann auch ihren eigenen Schweiß riechen und Pips Haar, das dringend gewaschen werden sollte. Sie riecht den Puder auf Marcies Gesicht und den Staub in den Quasten der Vorhänge.

Pip ist wild entschlossen, einen der Wachhunde zu seinem Haustier zu machen. Zwei Tage bringt er damit zu, die Hunde zu beobachten und einzuschätzen. Schließlich entscheidet er sich für den, der ihm am zugänglichsten erscheint, und nennt ihn Bobby.

»*Bobby?*«, echot Marcie, als er ihr beim Mittagessen davon erzählt. »Sollte er nicht einen italienischen Namen bekommen? Es wird ohnehin schon schwer genug, ihn zu zähmen, er versteht dich ja nicht.«

»Das ist die Abkürzung für Roberto«, erwidert Pip grinsend, und Marcie lacht.

»Bitte sei vorsichtig, Pip«, sagt Clare. »Mr. Cardetta hat dich gewarnt – das sind keine Hunde, wie du sie von zu Hause gewohnt bist.«

»Ich weiß, aber Bobby ist anders. Komm mit und sieh ihn

dir an! Mrs. Cardetta, darf ich ihm die Knochen von meinen Koteletts geben?«

»Natürlich, nur zu«, antwortet Marcie. »Bitte mich nur nicht, das Ding zu streicheln. Ich konnte Hunde noch nie leiden.«

»Bobby ist doch kein Ding! Komm schon, Clare.« Die Hunde schlagen an, sobald die beiden aus der Tür treten. Staub wirbelt unter ihren Pfoten auf, während sie am Ende ihrer Ketten nervös auf und ab laufen. Ihr Gebell klingt tief und kehlig. Clare hätte in dieser Gegend eher schlanke, kurzhaarige Wüstenhunde erwartet, angepasst an das apulische Klima – wie die Hunde, die man in Abbildungen auf antiken Grabmälern sieht. Das hier sind schwere Tiere mit zottigem, weißem Fell, das vor allem unter dem Bauch verfilzt ist und vor Dreck starrt. Pip führt sie zu einem der Hunde hin, offenbar Bobby. Das Tier duckt sich und fletscht die Zähne, knurrt, obwohl es zugleich mit dem Schwanz wedelt, springt auf sie zu und weicht wieder zurück. Das Leben an der Kette hat den Hund offensichtlich halb wahnsinnig gemacht – er hat nie gelernt, wie er sich gegenüber einem Fremden verhalten sollte, der ihm Leckerbissen anbietet. Clare empfindet Mitleid, aber auch Angst. Diese Verwirrung und Unsicherheit ist gefährlich. Niemand kann auch nur erahnen, was ein solches Tier im nächsten Moment tun wird. Sie legt Pip eine Hand auf den Arm und hält ihn zurück, damit er nicht zu nah herangeht.

»Vorsicht, mein Schatz. Bitte – ich weiß, du magst ihn, aber es wird eine ganze Weile dauern, bis er dir vertraut, und wenn er Angst vor dir hat, könnte er dich beißen.«

»Er wird mich nicht beißen«, erwidert Pip, doch Clare stellt erleichtert fest, dass er vernünftigerweise Abstand hält.

Bobby weigert sich, näher zu kommen und sich die Schweineknochen zu holen, und schließlich muss Pip sie ihm zuwerfen. Der Hund stinkt – Clare kann seinen Atem selbst auf die Entfernung riechen, wenn er bellt. Seine völlige Verwirrung ist herzzerreißend. »Er könnte ein guter Hund sein, meinst du nicht?«, fragt Pip.

»Das ist er schon – er hat hier seine Aufgabe, und vielleicht ist es nicht ganz fair, ihn dabei zu stören«, erklärt sie.

»Ich *störe* ihn doch nicht«, widerspricht Pip gekränkt. »Ich will mich nur mit ihm anfreunden.«

»Ich weiß, mein Schatz. Na komm – wie wäre es mit einem Spaziergang?«

Am Abend erscheint auch Ettore zum Essen, und Clare ist nervös und abgelenkt. Sie kann sich weder auf das Essen noch auf Marcies Geplauder konzentrieren. Sie spürt Pips Neugier und die leichte Manie ihrer Gastgeberin und vermutet, dass es um Leandros Neffen irgendein Familiendrama gibt, das noch seinen Lauf nehmen wird. Vor allem spürt sie Ettores Zerrissenheit und Verzweiflung. Sie beugt sich auf ihrem Stuhl vor und ist bereit, doch sie weiß nicht recht, wofür. Er löst in ihr das gleiche Gefühl aus wie Bobby – dass sie überhaupt nicht einschätzen kann, was er als Nächstes tun wird, weil er es selbst nicht weiß. Er isst, als hätte er eine Woche lang gehungert, und am liebsten hätte sie ihn ein wenig gebremst, damit er sich nicht verschluckt. Er ist mager und drahtig, die Muskeln an seinen Armen und Schultern sind glatt und hart – kein Gramm zu viel. Unterhalb der Rippen wölbt sich der Bauch nach innen. Wenn sie mit ihm spricht, hofft sie, dass sie sich verständlich machen kann. Die anderen unterhalten sich in normalem Tempo auf Englisch, ohne sich darum zu scheren, dass er nichts versteht, und ihr erscheint dieses Verhalten wie eine einzige Beleidigung. Sie findet es abscheulich. Angestrengt denkt sie nach, sucht nach den richtigen Wörtern auf Italienisch, und wenn sie sie dann ausspricht, lässt seine Anspannung ein klein wenig nach. Das freut sie. Sie wüsste gern mehr über seine ungewöhnliche Augenfarbe, aber wie könnte sie danach fragen? So etwas gibt es eben – das miteinander vermengte Blut von tausend Ahnen bringt hin und wieder eigenartige Anomalien hervor. Sie würde ihm gern sagen, wie schön er ist, aber das will er gewiss nicht hören. Er macht eine Krise durch, das spürt sie genau, und sie könnte es nicht ertragen, ihm albern und oberflächlich zu erscheinen.

Ettore wahrt Distanz zu ihnen. Am nächsten Tag beginnen Marcie und Pip mit ihrem Schauspielunterricht in dem ungenutzten Raum hoch oben in der südwestlichen Ecke der *masseria*. Durch die Fenster blickt man auf die *aia* hinaus und auf den Horizont, hinter dem die Sonne versinken wird. Clare geht auch hinauf, um den beiden zuzusehen, einfach, um irgendetwas zu tun zu haben. Ihr Kopf ist zu voll, und es gibt keine Bücher und auch sonst nichts, was sie ablenken und ihre Augen daran hindern könnte, ständig nach ihm Ausschau zu halten. Der Raum ist leer, und Marcie und Pip bugsieren ein staubiges altes Sofa, durchhängend und zerrupft, aus einem benachbarten Zimmer herüber vor das Podest. Früher habe darauf ein Bett gestanden, hat Marcie erzählt, jetzt wird es als Bühne dienen. An der Wand über dem Podest, die eine flache, halbmondförmige Nische bildet, sind verblasste Überreste eines großen Wandgemäldes zu erkennen. Eine Andeutung von blauen und roten Gewändern, die Pfoten eines Hundes, verschwommene Gesichter, gealtert und übertüncht. Ein braunes Auge ist unberührt geblieben und treibt eigenartig klar und deutlich auf den völlig verwischten Resten eines Gesichts. Das Auge ist auffällig groß, doch trotz seines gütigen Blicks macht es Clare nervös – es gibt ihr beinahe das Gefühl, durchsichtig zu sein.

Marcies und Pips Stimmen hallen von der hohen Decke wider. Die Vorhänge wurden längst abgenommen, und die Wände sind kahl. In der Ecke, wo das Dach undicht ist, häuft sich Fledermauskot auf dem Boden, und ein breiter Streifen aus Wasserflecken und Algen kriecht an der Wand hinab.

»Es muss hier also auch irgendwann einmal regnen«, bemerkt Clare.

»O ja. Der Regen ist längst überfällig. Das letzte Jahr war eine Katastrophe – diese Dürre! Ständig haben die Männer mit finsteren Mienen um die Ernte gefürchtet. Ach, das war wirklich schlimm. Im Vergleich dazu war dieses Jahr geradezu nass«, erzählt Marcie. »Wir hatten ein Unwetter – also, das glaubt man gar nicht, wenn man es nicht selbst mit angesehen hat. Sehen Sie den Abhang zu der kleinen Rinne da vorn?« Sie deutet aus dem Fenster, und Clare nickt. »Voll bis obenhin. Der reinste Fluss. Das war unglaublich! Ich wäre beinahe durchgedreht, als ich das gesehen habe – wenn Leandro mich nicht zurückgehalten hätte, wäre ich glatt darin schwimmen gegangen. Und die ganzen Burschen standen nur da und haben das Wasser angestarrt. Als hätten sie so etwas noch nie gesehen, und das kann sogar gut sein. Bis zum nächsten Morgen war natürlich alles schon wieder abgelaufen.«

»Seht mal, die Fledermäuse!«, ruft Pip und zeigt zur Decke. An einem der Deckenbalken hängen dunkle Körper dicht an dicht, still und reglos.

»Igitt!« Marcie schaudert. »Bloß nicht. Ich tue weiß Gott lieber so, als wären sie gar nicht da. Also, legen wir los. Zuerst ein paar Übungen – Lockerung, Atmung, Stimme. Filippo, darf ich bitten?« Sie steigt auf das Podest und schüttelt die Arme aus.

Fast eine Stunde lang sieht Clare zu, wie Pip und Marcie einatmen, *do re mi* singen, den Kopf kreisen lassen, die Hände schütteln und den Brustkorb dehnen. Beide rezitieren ein Lieblingsgedicht und dann ein paar Sätze Rollentext, und Marcie lobt und verbessert Pip in einem Atemzug. Sie wäre eine hervorragende Lehrerin geworden, denkt Clare, wenn sie nicht auf einem abgelegenen Gut im entlegensten Winkel Italiens gelandet wäre. Der Gestank nach Vogel- und Fledermauskot verursacht ihr Kopfschmerzen, und der Staub von dem alten Sofa juckt auf ihrer Haut. Es gelingt ihr nur mit Mühe, still sitzen zu bleiben, statt aufzustehen und irgendwohin zu rennen – wohin, weiß sie nicht. Dann schlagen sämtliche Hunde auf einmal an, das schwere Gittertor quietscht, und sie hören Motorenlärm von unten heraufdringen. Marcie hält inne, dann strahlt sie und klatscht in die Hände.

»Drehschluss, Pip – das sind dein Vater und mein Leandro!« Sie scheucht Pip und Clare hinaus, kneift fest die Lippen zusammen und streicht ihr Haar zurecht. Clares Haar hat sich wie immer schon halb aus seinem Knoten gelöst, und ihr Gesicht ist feucht und glänzt mit Sicherheit, aber das ist ihr gleich. Es ist ihr egal, ob Boyd sie so sieht, und sie weiß nicht recht, ob sie Marcie beneiden oder bemitleiden soll, weil sie sich so hingebungsvoll um Schönheit bemüht – und um ihren Mann. Clare würde nicht wollen, dass Ettore Tarano sie geschminkt sieht, denkt sie auf dem Weg nach unten. Make-up würde das Offensichtliche nur noch mehr betonen – dass ihrer beider Leben, ihrer beider Welten, kaum gegensätzlicher sein könnten. Sie erschrickt förmlich, als ihr bewusst wird, dass sie sich mit seinen Augen zu sehen versucht, nicht mit Boyds.

Nach einer kurzen Unterhaltung mit seinem Neffen und einem gemeinsamen Mittagessen besteht Leandro darauf, ihnen das ganze Anwesen zu zeigen. Gehorsam folgen sie ihm zu den Scheunen, der Molkerei und dem staubigen Olivenhain, der sich vor der *masseria* mehrere Morgen weit erstreckt. Marcie legt ein hauchdünnes Kopftuch über ihren Hut, verknotet es locker unter dem Kinn und wedelt mit einer Hand beständig gegen die Fliegen an.

»Dieser verflixte Staub dringt einfach überall ein – das werden Sie bald merken, Clare. Warten Sie's nur ab, wenn Sie heute Abend zu Bett gehen, finden Sie ihn selbst in Ihrem Unterkleid«, bemerkt sie.

»Meine Marcie ist ein Stadtmensch«, sagt Leandro lächelnd. »Das hier ist guter, ehrlicher Dreck, Schätzchen. Nicht Ruß und Schmutz wie in New York.«

»Bei Ruß und Schmutz wusste ich wenigstens, woran ich war«, erwidert Marcie. »Und es gab nicht so viele Fliegen.«

»Mein Freund John ist ganz besessen von Insekten«, erzählt Pip, der neben Leandro und Marcie vor Boyd und Clare hergeht. »Er fängt sie und steckt sie in Marmeladegläser, um sie zu studieren. Und wenn sie dann sterben, pinnt er sie mit einer Nadel an ein Stück Pappe und bewahrt sie auf. Sogar ganz kleine Mücken und Gewittertierchen. Bei denen muss er allerdings Klebstoff nehmen, weil sie zu klein für die Nadeln sind.«

»Igitt.« Marcie schüttelt sich. »Und mit diesem Jungen bist du tatsächlich befreundet, Filippo?«

»Ein kurioses Hobby ist besser als gar keines«, sagt Leandro. »Ich bin selbst eine Kuriosität. Da kannst du jeden hier fragen. Viele Männer, die aus Apulien nach Amerika gehen, kommen nie zurück. Wenn sie doch zurückkommen, kaufen sie sich meist ein Stück Land, und erst dann fällt ihnen wieder ein, wie schwer es hier unten ist, Landwirtschaft zu betreiben. Nach wenigen Monaten sind sie so arm wie zuvor.«

Am anderen Ende des Olivenhains ist ein *trullo* an die Mauer gebaut, die den Hain umgibt. Er steht leer, und das Unkraut hat ihn nicht nur von außen halb überwuchert, sondern ist auch ins Innere vorgedrungen. Pip schlüpft natürlich sofort in die kleine Ruine und steigt vorsichtig über herabgestürzte Steinbrocken hinweg.

»Nicht viel zu sehen«, ruft er heraus. »Bloß Eidechsen und Disteln.«

»Hüte dich vor Schlangen«, erwidert Leandro und lacht, als Pip erstarrt. Clare wirft ihm einen besorgten Blick zu. »Dir passiert schon nichts. Aber pass auf, wo du hintrittst.«

»Sie sind ein bisschen wie Iglus, nicht?«, sagt Marcie zu Boyd. Der geht langsam um den *trullo* herum und studiert das Trockenmauerwerk.

»In dem Sinne, dass die Form der Steine und das Kraggewölbe dem Ganzen genug Stabilität verleihen, um ohne Mörtel und stützende Dachkonstruktion auszukommen? Ja, sehr ähnlich«, bestätigt er.

»Äh, ja.« Marcie lächelt ein wenig verwirrt. »Genau das meinte ich.«

»Der hier hat einen richtigen Schornstein«, ruft Pip mit hallender Stimme. Clare späht durch die Türöffnung hinein – Pip hat den Kopf halb in den offenen Kamin gesteckt.

»Armselige Hütten«, sagt Leandro mit einem verächtlichen Schnauben. »Gehen wir weiter. Es gibt noch viel mehr zu sehen.«

Clares Neugier wird allmählich stärker als ihr Misstrauen gegenüber Leandro. Er ist so entspannt, so freundlich und milde, dass sie beinahe an ihrer eigenen Erinnerung an das unangenehme Gespräch in Gioia zu zweifeln beginnt.

»Was macht die Landwirtschaft denn hier so besonders schwer, Mr. Cardetta? Sie sagten vorhin, dass diejenigen, die aus Amerika heimkehren und sich in der Landwirtschaft versuchen, häufig scheitern«, fragt sie.

»Ich bin ein Novum hier, Mrs. Kingsley – ich lebe auf dem Land, das mir gehört, und bewirtschafte es selbst. Apulien besteht zum größten Teil aus *latifundia* – das Land gehört reichen, alten Adelsfamilien, die manchmal jahrzehntelang nicht einmal einen Fuß darauf setzen. Sie verpachten ihre Höfe nur für kurze Zeit an Leute, die oft nicht einmal Bauern sind und keinerlei Erfahrung haben. Viele dieser Pächter sind Spekulanten, denen nicht daran gelegen ist, das Land in irgendeiner Weise zu verbessern. Sie ziehen so viel Gewinn daraus, wie sie können, und gehen dann wieder weg.« Er zuckt mit den Schultern. »Sie arbeiten mit veralteten Anbaumethoden, die den Boden auslaugen. Sie kümmern sich nicht um Bewässerung, wirksame Düngung oder den richtigen Fruchtwechsel. Wir alle stehen am Rand des Ruins, jedes Jahr aufs Neue. Und eine Dürre wie im vergangenen Jahr? Eine totale Katastrophe. Mancherorts sind Menschen auf der Straße verhungert. Die Pächter kalkulieren mit winzigen Gewinnspannen – da ist keinerlei Spielraum für Fehlschläge. Viele von ihnen stehen praktisch ständig kurz vor dem Bankrott und können nur einen einzigen Faktor wirklich beeinflussen, nämlich wie viel sie den Tagelöhnern bezahlen. Ich hoffe, dass ich diese Abwärtsspirale durchbrechen kann. Dies ist mein Land, und ich möchte es beständig gedeihen sehen. Ich will es meinen Söhnen als blühendes, fruchtbares Anwesen hinterlassen.« Er weist mit einer ausgreifenden Armbewegung auf den trockenen, felsigen Boden ringsum. »Soweit hier eben etwas gedeihen kann«, fügt er einschränkend hinzu.

Marcie hakt sich bei ihm unter und drückt seinen Arm.

»Mein Mann, der Visionär«, sagt sie.

»Die meisten apulischen Grundherren hassen ihr eigenes Land und können es kaum erwarten, von hier fortzukommen. Aber so bin ich nicht. Stellen Sie sich vor, die Regierung versetzt unliebsam gewordene Beamte *zur Strafe* hierher. Aber ich kann es mit allem aufnehmen, was Apulien mir in den Weg stellt«, erklärt er stolz.

Sie haben einen großen Bogen geschlagen und nähern sich der *masseria* nun von der Rückseite. Als sie näher kommen, sehen sie ein paar Männer um ein angebundenes Maultier herumstehen. Einer von ihnen heizt mit einem Blasebalg einen kleinen tragbaren Glutofen an. Der Schweiß rinnt ihm übers Gesicht. Holzblöcke sind zwischen die Zähne des Maultiers geklemmt und mit einem Strick um seinen Kopf festgebunden, damit das Maul offen bleibt. Die Oberlippe wird zwischen den zangenartigen Armen eines Gerätes, das aussieht wie ein riesiger metallener Nussknacker, grausam eingequetscht. Jedes Mal, wenn das Tier sich zu rühren versucht, ruckt ein Mann mit einem hart wirkenden Gesicht an dieser Zange, und das Tier hält wieder still, rollt nur mit den Augen und hält die Ohren flach zurückgelegt.

»Was tun die Leute diesem armen Maultier an?«, fragt Pip.

»Die Tiere hier leiden manchmal an etwas, das man Lampas oder Frosch nennt«, erklärt Leandro. »Der obere Gaumen direkt hinter den Schneidezähnen schwillt an und wird hart. Das liegt an dem sehr groben Raufutter, das sie hier bekommen – Stroh und dergleichen. Ein Frosch kann so schlimm wuchern, dass das Tier nicht mehr richtig fressen kann. Und die Nasenbremse – das Gerät, das mein Oberaufseher da hält, Ludo Manzo heißt er – ist nicht so grausam, wie es aussieht. Es hilft dem Tier sogar, ruhiger zu bleiben.«

»Es sieht bösartig aus«, bemerkt Boyd. Der andere Mann legt den Blasebalg weg und zieht ein langes Stück Metall mit geriffelter, rot glühender Spitze aus der Glut.

»Schaut nicht hin«, sagt Marcie. »Kommt weiter – Pip, Clare, wir gehen lieber hinein.« Ihr drängender Tonfall sorgt dafür, dass Clare ihr nur zu gerne folgt, doch Pip bleibt zurück und dreht sich um.

Leandro und Boyd wenden sich ab und gehen den beiden Frauen nach, und im selben Moment beginnt das Maultier zu brüllen. Es stinkt nach versengtem Fleisch, und Pip wird blass.

»Sagen Sie ihnen, dass sie aufhören müssen«, fleht Pip.

»Komm mit, Pip«, sagt Clare energisch, sobald sie wieder ein Wort herausbringt. Doch der Junge ist wie versteinert vor Entsetzen und kann sich offenbar nicht von der Szene abwenden.

»Cardetta – ist das nicht ungeheuer grausam?«, fragt Boyd. Auch er wirkt fassungslos und ist blass geworden. »Es muss doch eine bessere Möglichkeit geben, das arme Tier zu behandeln.«

»So wird das eben gemacht.« Leandro zuckt mit den Schultern.

»Pip, nun *komm* schon«, drängt Clare. Sie verzerrt unwillkürlich das Gesicht ob der Schreie und muss sich beherrschen, sich nicht die Ohren zuzuhalten und davonzulaufen.

»Das ist grässlich!«, ruft Pip. Er hat Tränen in den Augen und scheint der Panik nahe. Clare schluckt schwer, legt ihm einen Arm um die Schultern und dreht ihn mit sanfter Gewalt herum. Leandro blickt mit undurchdringlicher Miene zu ihnen herüber.

»Ja, es ist grässlich, Pip, aber es ist notwendig. Wie so vieles im Leben. Einfach wegzuschauen nützt nichts. Es ändert nichts an den Tatsachen.«

»Wirklich, Cardetta, er ist doch noch ein Junge. Und in unserem Leben ist so etwas *nicht* notwendig – er ist an so abscheuliche Dinge nicht gewöhnt, und er braucht sich auch nicht daran zu gewöhnen«, erklärt Boyd kühl. Leandro sieht Boyd mit einem kaum wahrnehmbaren Lächeln an, das Clare aus irgendeinem Grund einen Schauer über den Rücken jagt – oder ist es eher die Art, wie Boyd davor zurückschreckt?

»Tatsächlich? Ich habe die Erfahrung gemacht, dass Abscheulichkeit und Gewalt zu jedem Leben gehören. Sie sind nur mehr oder weniger gut verborgen«, erwidert er gelassen. »Hier unten ziehen wir eben keinen Schleier darüber.« Clare sieht Boyd an, doch der erwidert nichts darauf. Er kehrt Leandro den Rücken zu und marschiert mit finsterer Miene und gesenktem Kopf in Richtung Gutshof. Pip schüttelt sacht Clares Arm ab und wischt sich die Tränen von den Wangen.

»Schon gut, Clare«, sagt er.

»Du bist aus härterem Holz geschnitzt, nicht wahr, mein Junge?«, sagt Leandro, der sie eingeholt hat. Er klopft Pip auf die Schulter. Pip bringt ein Nicken zustande, doch sein Gesicht ist noch immer starr vor Grauen.

Auch hinter den Mauern der *masseria* können sie das Maultier noch eine ganze Weile qualvoll schreien hören, und Clare spürt einen Druck im Kopf wie ein leises, eingebildetes Echo. Pip ist still und missmutig – vermutlich schämt er sich für seine Reaktion auf die hässliche Szene. Sie möchte ihm sagen, dass er völlig zu Recht entsetzt war und dass es richtig war zu weinen. Jungen wollen nun einmal wie die Männer sein, die sie umgeben, aber er soll solche Dinge nie mit einer solch abgebrühten Herzlosigkeit hinnehmen, wie Leandro sie an den Tag legt. Wenn Boyd doch nur zu Pip gehen und ihm sagen würde, wie betroffen er selbst war – aber Boyd ist ebenso still geworden wie sein Sohn. Er murmelt, er müsse noch arbeiten, und zieht sich in ein anderes Zimmer zurück. Clare würde Pip gern in den Arm nehmen und in Ruhe mit ihm über alles sprechen, wie sie es zu Hause täte, doch hier ist alles ein wenig anders, und vor Marcie und Leandro wagt sie es nicht. Als er vorhin ihren Arm von seinen Schultern geschoben hat ... da hat er zum allerersten Mal ihre Berührung zurückgewiesen.

In ihrem Schlafzimmer, später nach dem Abendessen, reagiert sie kaum, als Boyd sie umarmt. Ihre Wut, die sie in Gesellschaft anderer unterdrückt hat, regt sich nun mit aller Macht. Langsam ziehen sie sich aus und hängen ihre Kleider auf, und die Lampe wirft tiefe Schatten in sämtliche Ecken des Zimmers. Clare findet feinen Staub unter den Trägern ihres BHs, genau wie Marcie ihr prophezeit hat. In Unterhemd, Unterhose und Socken steht Boyd vor dem fleckigen Spiegel an der Schranktür, kämmt sich das helle Haar und starrt es dabei finster im Spiegel an, als missfiele es ihm. Nach dem Kämmen sieht es genauso aus wie vorher – weich, dünn und dicht am Kopf anliegend. Wie der Schopf eines Babys. Als er damit fertig ist, kommt er zu ihr und küsst sie, und sie lässt ihn einen Moment lang gewähren. Dann senkt sie den Kopf und wendet sich von ihm ab. Er sieht sie fragend an, und als sie nicht wie erwartet lächelt, tritt er zurück und zieht sich vorsichtig die Socken aus. Er räuspert sich.

»Ist alles in Ordnung, Clare?«

»Ich weiß es nicht«, antwortet sie halbwegs wahrheitsgemäß.

»Bist du ... ist es das, was du in Gioia gesehen hast? Quält es dich immer noch?«

»Was ich in Gioia gesehen habe, wird mich mein restliches Leben lang quälen.« Sie beobachtet ihn, lässt ihn nicht aus den Augen, und er huscht hin und her, als könnte er ihren Blick nicht ertragen – vom Nachttisch zum Schrank zum Fenster und wieder zurück.

»Ja, natürlich.« Er schlüpft in seinen Pyjama, knöpft das Oberteil zu und setzt sich auf die Bettkante. »Kommst du ins Bett? Du hast mir in den vergangenen Tagen so sehr gefehlt.« Er hält den Blick auf seine Füße gerichtet, während er die Worte ausspricht. Seine Zehen sind lang, knochig und weiß – wie alles an ihm. Sein Bauch wölbt sich unter dem Pyjama, noch ausgeprägter als sonst. Leandro hat ihn in den letzten Wochen gut gefüttert.

»Ich bin hellwach«, sagt sie und geht zum Fenster. Ihr Zimmer liegt nach Osten hin – draußen ist nichts zu sehen außer dunkler Landschaft und einem etwas helleren Stoppelfeld in der Ferne, das vom Mond beschienen wird.

»Ist es ... habe ich irgendetwas falsch gemacht, Clare? Du

bist so kalt zu mir«, sagt er kläglich. Sofort steigen die vertrauten Schuldgefühle in ihr auf und zugleich die neue Wut, alles zusammen, aber sie erlaubt ihren Gefühlen nicht, sie zu lähmen. Sie will sich nicht mehr zum Schweigen bringen lassen.

»Ich will wissen, wer Leandro Cardetta ist. Ich will wissen, warum wir tun müssen, was immer er befiehlt.«

»Clare ...«

»Bitte – du schuldest mir Respekt, als deiner Frau, die mit dir schon mehrere ... Krisen durchgestanden hat«, sagt sie. Bei dem Wort »Krisen« dreht sie sich zu ihm um, damit ihm nicht entgehen kann, was sie damit meint. Christina Havers. Die Ehefrau eines Londoner Auftraggebers – die Frau, mit der Boyd eine Affäre hatte. Er zuckt schuldbewusst zusammen und senkt den Blick. Sie besitzt die Macht, ihn so sehr zu verletzen, eine Macht, die sie gar nicht haben will. »Bitte sag mir die Wahrheit. Wer ist er?« Boyd zögert lange mit seiner Antwort. Er schluckt, verschränkt die Finger, doch sie lässt ihn nicht vom Haken. Sie wartet.

»Leandro Cardetta«, beginnt Boyd schließlich. Er unterbricht sich und fährt sich mit einer Hand über die Augen. »Leandro Cardetta ist ein sehr gefährlicher Mann.«

Clare überläuft ein eisiger Schauer, und sie bekommt Gänsehaut an den Armen. Boyd wirft ihr einen kläglichen Blick zu, und sie schließt für einen kurzen Moment die Augen.

»Inwiefern gefährlich?«, fragt sie.

»In jeder nur denkbaren Hinsicht, Clare«, flüstert er, als fürchte er, belauscht zu werden. Irgendwo im Haus ist plötzlich Marcies fernes, helles Lachen zu hören, und Clare überkommt wieder dieses machtvolle Gefühl der Unwirklichkeit, obwohl sie weiß, dass all dies nur zu real ist.

»Ist er ... ist er ein Verbrecher?«

»Er ... ja. War er jedenfalls, als ich ihn kennengelernt habe. Jetzt bin ich nicht mehr so sicher. Ich glaube nicht. Offenbar möchte er wirklich ... achtbar sein. Er möchte, dass sein Gut gedeiht.«

»Du lieber Himmel, Boyd ... mein Gott, was für eine Art Verbrecher?«, flüstert Clare.

»Was für eine Art?«, echot Boyd beinahe verwirrt. »Nun ja ... ich denke, man würde ihn als Mafioso bezeichnen.«

»Mafioso? Was ist das?«

»Organisiertes Verbrechen ... in New York nennt man sie Mobster. Ich ... ich weiß auch nicht ... Diebstahl, Erpressung ... ich bin nicht sicher. Das ist eine Welt, die ich nicht kenne, eine finstere und brutale Welt. Ich kann nicht sagen, was genau er getan hat.« Boyd kneift die Augen zu, reibt sie mit Daumen und Zeigefinger einer Hand und schlingt den anderen Arm um seine Mitte. Als wollte er sich verstecken. Clare starrt ihn an. Ihr schwirrt der Kopf, und sie kann nicht sprechen. »Es tut mir leid, Clare. Es tut mir leid, dass ... du mit ihm unter einem Dach schlafen musst ...«

»Ist er ein Mörder?« Die Frage erschreckt sie selbst.

»Ich weiß es nicht. Es wäre denkbar.«

»Weiß Marcie davon?«

»Ich habe keine Ahnung.«

»Wo ... wie bist du ihm überhaupt begegnet?«

»Ich ... er ...«, nuschelt Boyd und verstummt. Er schüttelt den Kopf, und sie entdeckt Tränen in seinen Augen.

Clare weiß nicht mehr, wie sie all das einordnen soll, aber er wirkt so bedrückt, dass sie zu ihm geht. Sie setzt sich neben ihn und lehnt die Wange an seine Schulter.

»Diese Leute ... wenn die erst einmal wissen, wie du heißt,

verstehst du ... wenn die wissen, wer du bist und wie sie dich benutzen können, schrecken sie vor nichts zurück. Sie drohen dir ...«

»Er hat dich bedroht?«, fragt sie, und Boyd nickt. »Und deshalb hast du zugestimmt, als er wollte, dass Pip und ich als Gesellschaft für Marcie hierherkommen?«

»Ja. Ich habe alles versucht, um ihn davon abzubringen. Ich habe mich sogar mehrmals geweigert, seinen Auftrag anzunehmen. Ich wollte nichts mehr mit ihm zu tun haben, aber ... er hat darauf bestanden.« Boyd schüttelt ratlos den Kopf. »Er hat darauf bestanden, und ich bin ein Feigling, Clare. Er hat mir geschworen, dass dies das letzte Mal sein wird, und ich ... ich habe gesehen, wozu er fähig ist. Er weiß, wo ich arbeite, und ich bin sicher, dass er mit Leichtigkeit herausfinden könnte, wo wir wohnen. Ich kann es nicht riskieren, ihn zu verstimmen. Es tut mir so leid. Bitte glaube mir, dass es mir furchtbar leidtut.«

»Herr im Himmel, Boyd!« Einen Augenblick lang hätte Clare beinahe gelacht, so absurd erscheint ihr das alles plötzlich – der freundliche, gönnerhafte Leandro mit seiner launischen, überschäumenden Frau. »Sie kann nichts davon wissen – Marcie, meine ich. Unmöglich. Das kann ich nicht glauben.«

»Vielleicht hast du recht. Sie scheint nicht ... der Typ zu sein ...«

»Dann hat er all das vielleicht *doch* hinter sich gelassen?«, mutmaßt Clare. »Jetzt, da er Marcie hat und nach Gioia heimgekehrt ist ... Vielleicht haben seine ... Geschäfte in New York ihn reich genug gemacht.«

»Mir ist noch nie ein reicher Mann begegnet, der nicht noch reicher sein wollte«, erwidert Boyd und schüttelt den

Kopf. »Bitte, *bitte* stell ihn nicht etwa auf die Probe, Clare. Versprich mir, dass du ihn nicht provozieren wirst!« Er nimmt ihre Hand und drückt sie so fest, dass Clare vor Schmerz das Gesicht verzieht.

»Versprochen.« Sie holt tief Luft und nimmt einen scharfen, säuerlichen Geruch wahr, und in diesem Moment erkennt sie ihn als Geruch seiner Angst, der Angst ihres Mannes. »Aber woher kennt er dich überhaupt, Boyd? Warum will er, dass ausgerechnet du nach Italien kommst und seine verflixte neue Fassade entwirfst?«

»Ich glaube …« Boyd schüttelt den Kopf und sieht sie an, und immer noch stehen ihm Tränen in den Augen. »Gott, Clare, ich glaube, ihm hat einfach nur das Gebäude so gut gefallen, das ich in New York entworfen habe.«

Sie wechseln einen Blick und müssen lachen – ein ungläubiges, nervöses Lachen. Es erstirbt rasch, und Boyd schüttelt wieder den Kopf. »Das ist eigentlich überhaupt nicht komisch, oder?«, sagt er.

»Kein bisschen«, stimmt Clare zu.

»Was hätte ich denn anderes tun sollen? Sag du es mir. Was hättest du an meiner Stelle getan?« Clare steht auf. Sie fühlt sich eigenartig leicht, hellwach, kampfbereit. Das Gefühl ist ihr völlig fremd, und es ist verstörend und erregend zugleich. Sie fühlt sich so lebendig. Sie tritt ans Fenster und schaut auf die Hochebene hinaus, vom silbrigen Mond beschienen, und fühlt sich so weit von allem entfernt, was sie kennt und weiß, dass sie sich ebenso gut auf dem Mars befinden könnte. Noch vor wenigen Tagen hätte sie Boyd in einem solchen Moment beruhigt und besänftigt, obwohl die Worte ihr wie trockene Watte an der Zunge geklebt hätten. Jetzt ist dieser Drang verschwunden.

»Was ich getan hätte?« Sie verschränkt die Arme und streicht mit den Fingern über die raue Gänsehaut an ihren Unterarmen. »Ich hätte ihm gesagt, dass er sich mit seiner verdammten Fassade zum Teufel scheren soll«, antwortet sie.
»Genau das hätte ich getan. Aber du hast ihm nichts dergleichen gesagt. Und deshalb sind wir jetzt hier, du und ich und Pip. Deshalb sitzen wir in einer Gegend fest, in der gerade eine Art Bürgerkrieg ausbricht, im Haus eines Gangsters und seines Showgirls, und sind ihnen völlig ausgeliefert. Was sollte also nicht in Ordnung sein?«, schließt sie leichthin, aber es entsteht kein Lachen mehr, nicht einmal ein Lächeln.
»Du bist plötzlich so anders, Clare ... Was ist passiert? Was hat sich verändert?«, fragt Boyd.
»Ich bin aufgewacht«, sagt sie leise.
Nach einer langen Pause wendet sie sich vom Fenster ab und steigt auf ihrer Seite ins Bett. »Dann wollen wir hoffen, dass ihm deine Entwürfe gefallen, sonst dürfen wir womöglich abtreten.« Boyd runzelt die Stirn und legt sich neben sie, versucht aber nicht, sie zu berühren. Er lässt das Licht an, als ginge er davon aus, dass sie sich noch ein Weilchen unterhalten werden. Doch beide sagen lange nichts. Clare dreht sich auf die Seite und kehrt ihm damit den Rücken zu.
»Du bist so stark, Clare. Viel stärker als ich. Es ist ein solches Glück für mich, dass ich dich habe ... ein riesengroßes Glück. Ohne dich könnte ich nicht leben, Liebling«, sagt Boyd. »Ich weiß nicht, was ich tun würde, wenn ich dich je verliere.« Clare bleibt ganz still liegen und antwortet ihm nicht. Denn nichts davon war eine Frage – er bettelt nur um Bestätigung. Ihr ist heiß, sie fühlt sich angespannt wie eine Sprungfeder und traut sich nicht zu, in gemäßigtem Ton zu

sprechen. Also starrt sie stumm die schwere Tür ihres Gästezimmers an, das mächtige schmiedeeiserne Schloss mit dem archaischen Schlüssel darin, der nur darauf wartet, herumgedreht zu werden. Aber natürlich ist sie längst gefangen. Mit Boyd eingeschlossen. Schon seit Jahren.

Am nächsten Morgen ist es am Frühstückstisch recht still, als warteten alle auf irgendetwas. Selbst Marcie scheint das zu spüren, denn sie lächelt zwar viel, spricht aber wenig. Nach einer Weile begreift Clare, dass nicht nur sie auf Ettore wartet – ihre Gastgeber warten offenbar ebenfalls. Je mehr Zeit vergeht, ohne dass er auftaucht, desto angestrengter wirkt Marcies Lächeln und desto finsterer wird Leandros Miene.

»Vielleicht geht es Ihrem Neffen nicht gut. Meinen Sie, ich sollte mal nach ihm sehen?«, fragt Pip. Alle wenden sich ihm zu, und er errötet. Clare staunt über seine Intuition. Einen Moment lang richtet sich auch Leandros harter, kalter Blick auf Pip, und Clares Herz macht einen Satz. Doch dann wird seine Miene weicher, und er zuckt gleichgültig mit den Schultern.

»Ich habe ihn heute Morgen schon gesehen. Da ist er an dieser Krücke herumgehumpelt, die er wohl irgendwo gefunden hat. Es geht ihm gut, Pip. Er will sich nur nicht zu Tisch setzen und essen wie ein feiner Herr.«

»Warum denn nicht?«, fragt Pip.

»Philip, sei nicht so neugierig«, mahnt Boyd und hält den Blick auf die Scheibe Brot auf seinem Teller gerichtet. Eine Fliege versucht auf dem Klecks Honig daneben zu landen. Boyd sitzt in einem Strahl Morgensonne, die ihn blendet – die Frauen sitzen mit dem Rücken zur Sonne.

»Tja, mein Neffe ist der Ansicht, ich wäre übergelaufen«, sagt Leandro, ohne Boyd zu beachten.

»Wie meinen Sie das?«

»Er denkt, ich hätte meine Leute verraten – meine Herkunft, meine Schicht –, indem ich reich geworden bin und dieses Gut besitze, statt als Tagelöhner hier zu arbeiten.«

»Aber freut er sich denn nicht darüber?«, fragt Pip. »Ich meine, wenn er krank ist, so wie jetzt, kann er hierherkommen und wieder gesund werden. Darüber müsste er doch froh sein?«

»Ach, Pip, das ist kompliziert«, sagt Marcie. »Die einfachen Bauern hier sind … na ja, es ist beinahe, als kämen sie aus einer ganz anderen Welt. Als wären sie eine ganz andere Art Menschen, verstehst du? Sie haben ihre eigenen Regeln und Gesetze, und …« Sie wedelt vage mit der Hand und belässt es dabei.

»Ich bin also eine andere Art Mensch als ihr?«, fragt Leandro. Sein Tonfall ist ruhig und gelassen, und dennoch fährt Marcie zusammen.

»Nein, *natürlich* nicht, mein Schatz. Ich wollte ihm nur erklären …«

»Vielleicht sollte man Erklärungen besser denjenigen überlassen, die wissen, wovon sie reden«, sagt er. Marcie nickt, verzieht den Mund zu einem angestrengten Lächeln und widmet sich dann intensiv ihrer Kaffeetasse. Pip errötet heftig vor mitempfundener Scham, und als Leandro das sieht, lächelt er.

»Ettore freut sich schon für mich. Zumindest war es eine Zeit lang so. Es ist nicht so, dass er mir meinen Reichtum missgönnt – nein, das tut er nicht. So viele Männer von hier sind nach Amerika gegangen, und wenige kehren zurück. Der Mann seiner Schwester ist auch fortgegangen, aber er ist nie wieder aufgetaucht. Sie haben jetzt seit fünf Jahren nichts mehr von ihm gehört. Ich habe dort drüben nach ihm gesucht und alles Mögliche unternommen, aber keine Spur von ihm gefunden. Als ihn zuletzt jemand gesehen hatte, grub er Tunnel für den Bau der U-Bahn. Ob er überhaupt noch am Leben ist ...« Leandro zuckt mit den Schultern. »Und wie ich gestern schon erwähnte, geben die meisten, die hierher zurückkehren, ihr Erspartes rasch aus und stehen bald wieder da, wo sie angefangen haben. Dies sind schwierige Zeiten. Nicht einmal die Reichen sind wirklich reich. Die Bauern sehen ein Gut wie dieses hier und glauben, der Mann, dem es gehört, müsse reich sein. Aber das sind wir nicht – schon gar nicht nach irgendwelchen Maßstäben außerhalb von Apulien. Die Erträge sind schlecht, Treibstoff ist schwer zu bekommen, die Regierung hat während des Krieges die meisten Landmaschinen und guten Tiere beschlagnahmt, es regnet verdammt selten, der Boden ist von vielen Generationen Misswirtschaft ruiniert ... Wir können nicht alle Leute bezahlen, die Arbeit wollen. Wir lassen ein paar Felder brachliegen, weil wir uns die Feldarbeiter nicht leisten können, und was tun sie? Sie gehen einfach hin und bearbeiten sie trotzdem, und dann kommen sie zu einem und fordern Lohn für ihre Arbeit! Mein Neffe hat sich anfangs gefreut, mich wiederzusehen. Und weil ich das Leben dieser Männer kenne, dachte er, dass ich ihnen Arbeit geben würde – genug Arbeit für alle und guten Lohn, das ganze Jahr über. Aber das kann ich nicht, und deshalb wirft er mir jetzt vor, ich hätte die Seiten gewechselt, und dafür hasst er mich.« Leandro hebt die Hände und schüttelt den Kopf. »Dass er mich hasst, sollte ich so nicht sagen«, fügt er leise hinzu. »Er ist nur wütend. Weil ich Paolas Mann in New York nicht finden konnte. Weil ich für ihn nicht die Welt ändern kann. Er ist wütend wegen des Zwischenfalls bei Girardi im vergangenen Jahr. Und weil er sein Mädchen verloren hat – sie ist tot.«

Bei diesen Worten zuckt Clare unwillkürlich zusammen. Boyd legt eine Hand auf ihre, doch sie sieht ihn nicht an. *Sein Mädchen ist tot.* Eine trockene Brise streicht über den Hof bis in die Gebäude und schlägt eine Tür zu. Das Tischtuch flattert. Niemand spricht – alle warten darauf, dass Leandro die weitere Richtung des Gesprächs bestimmt, und auf einmal verabscheut Clare sich selbst und die anderen am Tisch wegen ihrer Feigheit. Sie blickt zu Leandro hinüber.

»Ein sehr ernstes Thema für eine Unterhaltung beim Frühstück«, bemerkt sie.

»Die Welt ist ernst, Mrs. Kingsley«, erwidert Leandro. Ihr fällt auf, wie selten er blinzelt. Doch dann lächelt er. »Aber Sie haben recht. Derlei Probleme löst man nicht beim Morgenkaffee. Zumindest wird der Junge wieder gesund – ich möchte ihn nicht zugrunde gehen sehen. Ich habe ihm Arbeit hier auf der *masseria* angeboten – das tue ich jedes Mal, wenn ich ihn sehe. Aber für die *giornatari* sind die *annaroli* kein Stück besser als die Grundbesitzer.«

»Was ist ein *annaroli*? Und was ist in Girardi passiert?«, fragt Pip.

»Ein *annarolo* ist ein Mann, der das ganze Jahr über hier arbeitet, fest angestellt – der Oberaufseher, die Hirten und Wachen. Und Girardi ist nicht so wichtig. Unterhalten wir uns lieber über andere Dinge. Ich werde heute noch einmal mit meinem Neffen sprechen – um das, was zwischen uns steht, müssen wir uns schon selbst kümmern. Erzähl mir stattdessen lieber von dem Stück, das ihr aufführen wollt.«

Clare hätte ihn gern nach der Frau gefragt, die gestorben ist, nach Ettores Mädchen, aber sie wagt es nicht. Dieses

Rätsel ist auf einmal wichtiger als Leandros Vergangenheit, wichtiger als seine Macht über Boyd und die Lügen, die man ihr erzählt hat. Clare konzentriert sich aufs Atmen. Die Brise trägt den schwachen Gestank des Viehs heran und einen holzigen, an Pilze erinnernden Geruch, den sie nicht zuordnen kann. Sie kann das schmutzige, fettige Fell der Hunde an ihren rostigen Ketten riechen. Hastig steht sie auf, stößt dabei an den Tisch und lässt Besteck an Porzellan klirren.

»Clare, ist alles in Ordnung?«, fragt Boyd besorgt. Sie blickt auf ihn hinab und hat den Eindruck, ihn aus weiter Ferne zu sehen.

»Ja. Mir ist nur nach einem Spaziergang. Ich brauche etwas frische Luft.« Ihr ist bewusst, wie absurd sich das anhören muss, da sie ja draußen sitzen, doch es ist ihr gleichgültig.

»Ich gehe mit«, sagt Pip, steht ebenfalls auf und schnappt sich das letzte Stück Brot von seinem Teller. Niemand sonst möchte sie begleiten, und Clare ist erleichtert. Pip ist der Einzige, dessen Gesellschaft sie im Moment ertragen kann.

»Es stehen Proben an, wenn du zurück bist, Filippo«, ruft Marcie ihnen nach. An Boyd gewandt fügt sie hinzu: »Ich habe mir schon das Hirn zermartert, aber ich fürchte, es gibt einfach keine italienische Version von dem Namen Boyd.« Boyds gemurmelte Antwort kann Clare nicht mehr hören.

Pip macht kurz halt, um Bobby zu begrüßen, der nicht mehr ganz so wild bellt, aber immer noch unruhig am Ende seiner Kette herumspringt. Dann gehen sie zum Tor hinaus und zur Rückseite der Anlage, vorbei an den *trulli*, in denen auch Bedienstete schlafen. Ein paar Männer lungern davor herum und rauchen. Clare spürt, dass sie ihr und Pip nachschauen. Sie will ihre Blicke trotzig erwidern, doch einer der

Männer ist Federico, und sie schaut hastig wieder weg, bemerkt aber noch diesen eigentümlich fragenden Ausdruck in seinen Augen. Pip scheint er auch aufgefallen zu sein, denn er hebt höflich die Hand zum Gruß, macht dabei aber ein finsteres Gesicht. Das Maultier, das am Gaumen behandelt wurde, steht auf einem kleinen Paddock, den Kopf tief gesenkt – ein Bild des Jammers. Clare sagt nichts und hofft, dass Pip das Tier nicht bemerkt.

In der Ferne grasen die Milchkühe auf einer ummauerten Weide, also gehen sie in diese Richtung, denn sie sind froh, irgendein Ziel zu haben, das sie sehen können. Abgesehen von der staubigen, unbefestigten Straße zum Haupttor gibt es keine erkennbaren Wege. Die Straße beschreibt eine Kurve und verschwindet dann hinter dem kleinen Hügel. Clare könnte nicht sagen, ob Gioia im Norden, Süden, Osten oder Westen liegt. Sie weiß auch nicht, wo genau auf der Italienkarte sie sich befinden, nur, dass sie im Süden sind, weit unten im Süden. Diese Erkenntnis erschreckt sie – sie ist orientierungslos, verloren. Vollkommen abhängig von Boyd und Leandro.

»Du magst Mr. Cardetta nicht besonders, oder?«, fragt Pip betont beiläufig. Er hebt einen herabgefallenen Olivenzweig auf und schält die Rinde mit den Fingern ab. Mr. Cardetta sagt er, nicht Leandro – genau wie sie es ihm vorgeschrieben hat. Clare fragt sich, wie streng sie auf ihn wirken muss, wenn er so plötzlich tut, was sie gesagt hat. Sie bemüht sich, ihr Gesicht zu entspannen, aber im Gegensatz zu Pip gehorcht es ihr nicht.

»Ich denke, ich kenne ihn noch nicht gut genug, um mir ein Urteil zu bilden«, antwortet sie und beunruhigt ihn damit offenbar noch mehr.

»Aber Marcie magst du, oder?«

»Ja, natürlich. Es wäre schwer, jemanden wie Marcie nicht zu mögen.«

»Das ist doch ein Grund, Mr. Cardetta zu mögen, oder nicht? Ich meine, wenn ein netter Mensch ihn geheiratet hat, würde ich das als gutes Zeichen auffassen. Du nicht?«

»Nun, vielleicht. Manchmal. Aber Menschen ändern sich«, entgegnet Clare. »Es ist offensichtlich, wie sehr er sie liebt.«

»Schaust du uns heute bei den Proben zu?«

»Möchtest du denn, dass ich zuschaue?«

»Ja, natürlich. Aber es könnte das Stück für dich verderben, wenn du alle Proben siehst. Ich meine, wir planen ein überraschendes Ende.«

»Gut, dann schaue ich zu, bis ihr zu einer Stelle kommt, die ihr geheim halten möchtet. Wäre das in Ordnung?«

»Ja, das ist gut.« Er lässt den Olivenzweig durch die Luft zischen. »Hast du hier irgendwo andere K...« Er unterbricht sich, als er sich dabei ertappt, dass er sich gerade selbst als Kind bezeichnen will. »Junge Leute gesehen? Auf der *masseria*, meine ich?«

»Ich fürchte, nein«, antwortet Clare. Ihr ist klar, wie einsam und langweilig es für ihn an diesem Ort sein muss.

»Dann ist es ja gut, dass ich Bobby habe«, erklärt er tapfer. Sie legt ihm einen Arm um die Schultern und drückt ihn kurz an sich.

»Weißt du was? Der alte Hund meiner Tante war ganz verrückt nach Toastbrotkruste. Vor allem, wenn noch ein bisschen Marmelade daran war. Dafür hat er alles getan – sich im Kreis gedreht, sich tot gestellt, Pfötchen gegeben. Vielleicht ist Brotkruste der Schlüssel zu Bobbys Herzen«, sagt sie.

Sie erreichen die Weide und setzen sich auf die Mauer. Eidechsen huschen vor ihren Füßen davon und bringen sich in Sicherheit. Nach wenigen Augenblicken summen die ersten Fliegen um ihre Köpfe. Die Kühe grasen oder suchen jedenfalls zwischen Weizenstoppeln und dem dunklen, schmutzigen Unkraut dazwischen nach Nahrung. Die Glocke der Leitkuh hat einen traurigen Klang, matt und in Moll. Sämtliche Tiere schlagen unaufhörlich mit den Schwänzen nach den Fliegen. Ein paar Kühe haben kleine Kälber neben sich, die immer wieder versuchen, bei ihren Müttern zu saugen. Aus der Ferne ist es schwer zu erkennen, warum ihnen das offenbar nicht gelingt. Doch als die Herde allmählich näher herankommt, sieht Clare, dass die Kälber Halsbänder tragen – mit langen metallenen Spitzen daran, noch länger als die der Wachhunde. Wenn das Kalb zu nah an das Euter herankommt, wird seine Mutter schmerzhaft gestochen, tritt aus und geht außer Reichweite. Die knochigen Kälber zupfen trübselig an den Stoppeln herum, während die Euter ihrer Mütter immer praller werden.

»Warum dürfen sie nicht trinken?«, fragt Pip, und im selben Moment wird Clare der Grund dafür klar.

»Damit wir die Milch bekommen.«

»Oh. Aber das ist grausam«, sagt er und starrt finster zu den Kühen hinüber. Am liebsten wäre Clare aufgestanden, um diesem mitleiderregenden Spektakel den Rücken zu kehren und Pip von dieser unschönen Erkenntnis abzulenken. Doch irgendetwas hält sie zurück. Sie haben beide zum Frühstück Milch getrunken und gestern Abend frischen Mozzarella gegessen.

»Menschen tun Tieren viele Grausamkeiten an. Menschen tun auch Menschen viele Grausamkeiten an«, sagt sie und überrascht sich damit selbst. Normalerweise würde sie so etwas nicht zu Pip sagen, schon gar nicht nach dem grausigen Vorfall mit dem Maultier tags zuvor. Nicht alle Kühe hier haben ein Kalb bei sich, und sie muss auf einmal an das Kalbfleisch denken, das sie in Gioia gegessen haben. Pip steht auf und wendet sich ab.

»Also, ich finde das ganz schrecklich. Sie sind doch noch Babys! Ich werde Marcie fragen ... bestimmt kann sie dafür sorgen, dass man ihnen die Halsbänder abnimmt.«

»Das halte ich nicht für klug, Pip. Dies ist ein landwirtschaftlicher Betrieb, und so wird er eben geführt ... Das liegt nicht in deiner Macht. Und in Marcies wahrscheinlich auch nicht.«

»Aber du hast doch immer gesagt, ich soll gegen Unrecht einschreiten, wo immer ich kann«, protestiert er.

»Ja.«

»Na dann.« Er zuckt mit den Schultern.

»Pip ...«

»Du hast gesagt, wir würden bald nach Hause fahren.« Er klingt auf einmal quengelig wie ein kleiner Junge. Das sagt ihr deutlich, wie unglücklich er ist, und Schuldgefühle brechen über sie herein. Sie streckt die Hand nach ihm aus.

»Es tut mir leid. Es ist ... es liegt nicht in meiner Macht.« Sie schweigen einen Moment lang. Pip ignoriert ihre Hand und kickt mit den Füßen einen faustgroßen Stein hin und her. »Das verstehst du doch, oder? Dein Vater möchte, dass wir bleiben«, sagt Clare.

»Wie lange denn?«

»Ich weiß es nicht. Bis er mit seiner Arbeit hier fertig ist, nehme ich an. Mr. Cardetta möchte auch, dass wir bleiben und Marcie Gesellschaft leisten.«

»Marcie hat mir erzählt, dass wir ihre ersten Gäste hier sind – die allerersten überhaupt. Ist das zu fassen?«

»Na, dann ist es doch kein Wunder, wenn sie möchten, dass wir bleiben, oder?«, entgegnet sie. Pip zuckt mit den Schultern und nickt. Frustriert kickt er seinen Stein weiter herum und schlägt mit dem Olivenzweig um sich. Clare blickt zum Horizont auf. Das Land, trocken wie alte Knochen, streckt sich unter einem Himmel wie aus heißem Metall weit in die Ferne. Sie findet es nicht verwunderlich, dass die ersten Gäste der Cardettas praktisch genötigt werden mussten, hierherzukommen und zu bleiben.

Nach diesem Vormittag geht Clare viel spazieren. Jeden Morgen und spät am Nachmittag, wenn es nicht mehr ganz so heiß ist. Dennoch sind ihr Gesicht und ihre Arme bald leicht gebräunt, und Sommersprossen erscheinen auf ihrem Nasenrücken. Marcie zeigt sich bestürzt, als sie sie entdeckt, und leiht Clare ein weißes Tuch, das sie über dem Hut tragen und wie einen Schleier vor ihrem Gesicht drapieren soll. Doch Clare ist das zu heiß, und sie erträgt es nicht, wenn ihre Sicht derart eingeschränkt wird. Also nimmt sie das Tuch mit, benutzt es aber nicht. Boyd besteht ein einziges Mal darauf, sie zu begleiten, doch seine sämtlichen Versuche, eine Unterhaltung in Gang zu bringen, scheitern – das Schweigen während des restlichen Weges quält ihn sichtlich. Clare ist es egal. Sie hat ihrem Mann auf einmal nichts mehr zu sagen, und es gibt auch nichts, was sie von ihm hören möchte. Als er eine Weile ihre Hand hält, macht der Schweiß ihre Handflächen glitschig. Nach diesem Erlebnis lässt er sie allein spazieren gehen. Leandro schlägt ihr vor, Federico zu ihrem Schutz mitzunehmen, doch Clare lehnt entschieden ab.

»Das ist wirklich nicht nötig.«

»Ich bin nicht sicher, ob Sie das beurteilen können«, erwidert Leandro besorgt.

»Ich würde viel lieber allein spazieren gehen.«

»Dann bleiben Sie unbedingt auf diesem Anwesen. Bitte, Mrs. Kingsley.« Er ergreift ihre Hand mit beiden Händen und drückt sie, und Clare stockt der Atem. Seine Hände sind groß und so hart und unnachgiebig, als wären sie aus Holz.

»Ja, das werde ich tun«, sagt sie.

Aber es ist schwer zu erkennen, wo Cardettas Land endet und das eines anderen Gutes beginnt. Es gibt nur Felder, umschlossen von Trockenmauern, eines nach dem anderen, so weit das Auge reicht, hier und da unterbrochen von kümmerlichen Obstplantagen. Die verstreuten, abgelegenen *trulli* dazwischen sind teils verfallen, teils steigt Rauch aus den gedrungenen Schornsteinen auf. Um diese schlägt Clare einen Bogen. Wenn sie irgendwo vor sich Männer arbeiten sieht, ändert sie die Richtung, denn sie würde sich schämen, sie bei ihrer Schufterei zu beobachten. Einmal trifft sie dennoch unvermittelt auf eine Gruppe Männer zu Pferde. Sie stehen in einem lockeren Kreis herum, alle Blicke zu Boden gerichtet. Dort vor den Hufen bewegt sich etwas, und Clare erhascht einen schockierenden Blick auf helle, nackte Haut, so völlig fehl am Platze, dass sie unwillkürlich darauf starrt. Ein Mann auf Händen und Knien rupft mit den Zähnen an den kurzen Stoppeln des abgeernteten Weizens. Er ist nackt, und sie erkennt Striemen auf seinem Rücken. Er ist nicht jung, vielleicht vierzig oder fünfzig Jahre alt, und so dünn, dass dunkle Schatten zwischen seinen Rippen jede einzelne hervorheben. Zu Clares Entsetzen erkennt sie einen der Reiter: Es ist Ludo Manzo, der Oberaufseher. Eine lange Peitsche hängt aus seiner Hand herab wie eine Schlange. Als die

Männer sie bemerken, blicken alle auf – die Berittenen, Ludo, der nackte Mann auf dem Boden. Clare erwartet, dass sie innehalten, auseinandergehen und beschämt versuchen werden, sich irgendwie zu rechtfertigen oder zu entschuldigen, aber Ludo grinst nur. Er deutet auf den Mann am Boden und sagt etwas, das Clare nicht versteht und die anderen Wachen zum Lachen bringt. Sie blickt auf das Opfer hinab, und sein Gesicht zeigt einen Ausdruck der Wut und Demütigung, der wie eine Maske über schierer Verzweiflung liegt. Dreck und Speichel sind um seinen Mund verschmiert und über das Kinn hinabgelaufen. Clare kann seinen Blick nicht ertragen und ist beinahe erleichtert, als Ludo mit der Peitsche schnalzt und der Mann sich wieder den Stoppeln zuwendet. Sie hastet davon, angewidert von den Männern und von sich selbst, und erzählt niemandem von dieser Szene. Ihr würden auch die Worte fehlen, um sie zu schildern.

Eines Abends kehrt Clare von ihrem Spaziergang zurück und trifft im Hof auf Federico. Er poliert den roten Wagen mit einem Lappen, und wo er den Staub schon entfernt hat, scheint das letzte Sonnenlicht förmlich auf dem Lack zu kreischen. Als er sie entdeckt, grinst er, und wieder einmal fällt ihr auf, dass sein eigenartig geformter Mund ganz normal aussieht, wenn sich die Lippen zu einem Lächeln verziehen. Die Spalte in seiner Oberlippe ist noch erkennbar, und die Schneidezähne sind krumm und schief, aber das Lächeln übertönt beides. Clare lächelt höflich zurück und will an ihm vorbeigehen, doch er streckt die Hand aus, sodass seine Fingerspitzen ihren Arm berühren.

»*Signora, prego*«, sagt er. Clare blickt auf das hinab, was er in der anderen Hand hält. Blumen – ein kleines Sträußchen distelähnlicher Blumen mit hübschen, hellblauen Blüten zwischen all den Dornen. Sie starrt sie an. »Für Sie«, sagt er auf Englisch mit starkem Akzent. Er verneigt sich leicht, immer noch lächelnd, und Clare hebt unwillkürlich die Hand, doch zugleich wird ihr unbehaglich. Dieser Blick, mit dem er sie ansieht. Sie ist immer noch nicht sicher, ob ihre Abneigung gegen den Mann klug oder ungerecht ist. Sie lässt die Hand wieder sinken.

»Danke«, sagt sie auf Italienisch. »Aber ich fürchte, ich kann sie nicht annehmen. Ich bin eine verheiratete Frau.« Daraufhin grinst er noch breiter.

»Ich werde ihm nichts davon sagen«, erwidert er. Sie betrachtet ihn forschend und versucht ihn zu durchschauen. Dann schüttelt sie den Kopf.

»Danke sehr, aber bitte schenken Sie sie einer anderen Frau.« Sie wendet sich ab, geht ins Haus und blickt sich nicht einmal um, als sie glaubt, ihn leise lachen zu hören.

Ehe Boyd wieder nach Gioia fährt, zieht er Clare fest an sich und küsst sie auf die Stirn.

»Wir sehen uns bald wieder«, sagt er. Es klingt eher hoffnungsvoll als gewiss. Sein verlorener Gesichtsausdruck und seine Unsicherheit versetzen ihr einen Stich. Sie denkt an Francesco Molino, aus dem Haus gezerrt und öffentlich verprügelt. Sie hebt die Hand und berührt Boyds Gesicht – die harten und doch so verletzlichen Knochen um die Augenhöhle.

»Bring diese Entwürfe zu Ende, damit wir nach Hause fahren können. Und pass auf dich auf, Boyd«, sagt sie leise. »Bitte pass auf dich auf.«

»Das mache ich«, sagt er.

»Ich meine es ernst.«

»Ich auch – und dasselbe gilt für dich. Warum lässt du dich

nicht von diesem Dienstboten begleiten? Er kann ja hinter dir gehen, wenn du dich nicht mit ihm unterhalten willst.«
»Nein, nein. Ich käme mir vor, als würde ich verfolgt. Hier bin ich sicher – von wem sollte mir Gefahr drohen, wenn ich praktisch keiner Seele begegne?« Clare wartet mit Pip und Marcie, während die beiden Männer in den Wagen steigen und Federico sie davonchauffiert. Sie ist erleichtert – bei jedem von ihnen aus anderen Gründen, aber sie ist erleichtert, alle drei erst einmal los zu sein. Ehe das Tor hinter ihnen geschlossen wird, lässt Clare den Blick über die *aia* schweifen. Sie kehrt auf den Hof zurück, blickt zu den Fenstern im oberen Stockwerk hinauf und zur Terrasse. Ettore Tarano war heute noch nirgends zu sehen.

»Vielleicht kommt er jetzt aus seinem Versteck, wo Leandro weg ist«, bemerkt Marcie. Clare wendet sich ihr mit fragender Miene zu. »Ich meine unseren Ettore. Ich glaube, er hat sich aus Protest von uns ferngehalten. Männer! Ihr schlimmster Feind ist der eigene Stolz, meinen Sie nicht?«

»Mir fielen eine Menge schlimmerer Beweggründe ein als Stolz«, erwidert Clare. Marcie wirft ihr einen verwunderten Blick zu, fragt aber nicht nach.

Vor dem Abendessen legt Clare sich in ihrem wunderbar stillen Zimmer ein wenig hin. Sie lässt die Fenster offen, obwohl unablässig Fliegen hereinsummen. Sie starrt an die abendlich dunkle Decke und fragt sich, wie lange sie das aushalten wird – gefangen zu sein, verloren, und dabei so wach. Und dann Ettores irritierende Gegenwart, so nah. Draußen schlagen die Hunde an, aber es klingt eher reflexhaft, vereinzeltes Bellen, kein richtiger Alarm. Eine Tür schlägt zu. Bald darauf hört sie hastige Schritte, die sich ihrem Zimmer nähern.

»Clare!«, ruft Marcie gedämpft hinter der Tür. Clare fährt im Bett hoch, ihr Herz rast. »Clare!«, ruft Marcie noch einmal, klopft hektisch an die Tür und öffnet sie fast noch im selben Moment. »Oh, bitte kommen Sie schnell, Clare! Es ist Pip!«

»Was ist mit ihm? Was ist passiert?«, fragt Clare und greift nach Marcies wild gestikulierenden Händen. Marcies Blick wirkt leicht panisch, und auf ihrer Bluse prangen verschmierte Blutflecken. Clare springt auf, und sie rennen aus dem Zimmer. »Was ist passiert, Marcie?«

»Dieser verdammte Hund! Ich hätte Pip nicht in seine Nähe lassen dürfen«, antwortet Marcie, und Clare dreht es den Magen um.

»Hat Bobby ... hat der Hund ihn angegriffen?«

»Das musste ja passieren! Ich hätte es ihm verbieten sollen! Es tut mir so leid, Clare!« Clare bringt kein Wort mehr heraus. Mit vor Grauen zugeschnürter Brust stürzt sie in Pips Zimmer und findet ihn aufrecht im Bett sitzend vor. Er sieht zu, wie das Küchenmädchen Anna seine Hand über einer Schüssel wäscht. Die Hand zittert sichtlich, obwohl sein Arm auf einem Kissen liegt. Im Handballen sind zwei tiefe, dunkle Löcher, die heftig bluten.

»Oh, Pip!«, ruft Clare aus und eilt zu ihm. »Mein Schatz – geht es dir gut? O mein Gott, deine Hand!«

»Ist schon gut, Clare – ehrlich. Bobby kann nichts dafür ...« Clare setzt sich neben ihn und spürt sein Zittern. Er zittert wie sie damals, nachdem der Mann in Gioia zusammengeschlagen wurde. Pips Gesicht ist kreideweiß.

»Pip ...«

»Ich habe ihm Brotkruste mit Marmelade gebracht – genau wie du gesagt hast –, und er war wirklich verrückt danach!

Er hat sie sogar direkt aus meiner Hand genommen. Aber dann hat ein anderer Hund plötzlich gebellt, und er ist erschrocken ...«

»Ach, *Filippo!* Du spielst das so tapfer herunter – sieh dir nur deine arme Hand an!«, klagt Marcie. »Soll ich den Arzt rufen, Clare? Muss das genäht werden?«

»Ich bin nicht sicher.« Clare sieht zu, wie Anna die zwei tiefen Bisswunden unablässig mit Wasser beträufelt. Das Wasser in der Schüssel darunter ist rot, leuchtend erdbeerrot. Von dem Anblick wird ihr schwindelig – das ist Pips Blut, und so viel. »Ich glaube nicht. Ich denke ... erst einmal nur ein straffer Verband.« Sie schluckt und ringt darum, ihre Stimme ruhig klingen zu lassen. Sie zieht Pips Kopf an ihre Brust und küsst sein Haar.

»Clare, mir fehlt wirklich nichts«, sagt er verlegen, doch seine Stimme klingt verräterisch heiser. Er würde wohl weinen, allein vor Schock, wenn Anna und Marcie nicht dabei wären. Nur sein Stolz hält ihn davon ab – dieses neue Bedürfnis, mannhaft zu wirken.

»Du hältst dich ab jetzt von den Hunden fern, Pip«, sagt sie.

»Aber Bobby konnte doch gar nichts dafür, Clare, er ...«

»Nein, Pip. Tut mir leid. Er hat dich gebissen – ganz gleich aus welchem Grund! Du gehst nicht mehr zu ihm. Versprich es mir«, sagt sie. Sie stellt sich den schweren, großen Hund vor – die Muskeln unter dem zotteligen Fell und den irren, verwirrten Ausdruck seiner Augen. Wenn er Pip richtig zu packen bekäme, könnte er den Jungen in Stücke reißen.

»Aber Clare ...«

»*Nein,* Pip! Tu einfach, was ich sage!« Pip wendet sich von ihr ab und starrt finster auf seine Hand.

Marcie steht händeringend am Fußende des Bettes und vermeidet es, die Wunden anzusehen.

»Na, Gott sei Dank fehlt dir weiter nichts. Was soll man mehr dazu sagen? Wie wäre es mit einem Cognac für deine Nerven, hm, Pip?« Sie lächelt ihm beklommen zu und wendet sich zum Gehen, und Clare bringt es nicht übers Herz, ihr zu widersprechen, obwohl Pip noch viel zu jung für Cognac ist. Als Marcie ihm das Glas bringt, nippt er würdevoll daran und weigert sich tapfer zu husten, als seine Kehle protestiert.

Clare bleibt bei Pip, bis er eingeschlafen ist, die dick verbundene Hand auf der Brust. Sie dreht die Gaslampe herunter, bis sie zu zischeln aufhört und Dunkelheit den Raum überrollt. Der Boden unter ihren nackten Füßen fühlt sich warm an. Sie erschlägt eine Stechmücke auf ihrem Unterarm und schiebt den winzigen Körper durch die zarten Härchen. Noch immer kann sie Pips Blut riechen. Anna hat das blutige Wasser längst weggebracht, aber der metallische Geruch steckt Clare noch immer in der Kehle. Auf Pips Verband ist ein winziger roter Fleck zu sehen, und sie beobachtet, wie er langsam immer größer wird. Sie denkt an den nackten Mann, der dazu gezwungen wurde, wie ein Tier zu grasen – erinnert sich an die Verzweiflung in seinen Augen, als er zu ihr aufblickte. Auf einmal spürt sie die Gewalt überall ringsum, die lauernde ebenso wie die angewandte, so stark und deutlich, dass sie die Zähne zusammenbeißen muss. Es fühlt sich an, als sei die Luft elektrisch aufgeladen, wie die summende Spannung vor einem Blitzschlag. Alles könnte und wird irgendwann zerbrechen, alles Mögliche könnte und wird geschehen. Sie will nur noch fort, woanders sein als hier, *irgendwo* anders.

Langsam und lautlos geht Clare hinaus und über den Hof, von Schatten zu Schatten zwischen den Lichtpfützen unter den Lampen. Aus der Küche, wo die Bediensteten essen, dringen laute, höhnische Stimmen. Sie muss erst nachdrücklich werden, ehe der Wächter die Tür für sie aufschließt, und das Knurren des ersten Hundes auf der *aia* ist eine Drohung, die sie tief in den Eingeweiden spürt. Der Dreschplatz liegt in pechschwarzer Dunkelheit, in der die Hunde so gut wie unsichtbar sind. Clare stellt sich scharfe Zähne vor, die sich in Pips Fleisch graben, mit Leichtigkeit die weiche Haut durchdringen und das zarte Rot darunter. Sie denkt daran, wie Boyd sie nackt in der Bibliothek in Gioia hat stehen lassen, sodass Scham ihre Erregung erstickte. Wenn er sie jetzt berührt, spürt sie nicht einen Hauch von Verbundenheit mehr zwischen ihnen. Nicht, seit sie gesehen hat, wie Francesco Molino beinahe totgeschlagen wurde. Nicht, seit sie Ettore Tarano zum ersten Mal gesehen hat.

Sie rennt los, an der Mauer entlang, weil sie sich nicht an den Hunden vorbei über die *aia* wagt. Ohne Schuhe sind ihre Schritte fast lautlos. Sie spürt den Staub, der zwischen ihren Zehen aufwirbelt, und piksende Halme und Steinchen an den Sohlen. Einen wilden Augenblick lang denkt sie, sie könnte einfach davonlaufen – in der Nacht verschwinden und ihren Mann und Leandro Cardetta nie wiedersehen müssen. Nach Gioia laufen und in einen Zug steigen, nach Bari, Neapel, Rom – und dann nach Hause. Blindlings ändert sie die Richtung, um diese Flucht anzutreten. Doch kaum hat sie die ersten paar Schritte fort von der *masseria* getan, ist die Dunkelheit um sie herum so vollkommen, dass sie nicht einmal mehr den Boden vor ihren Füßen sehen kann. Alles verschwindet. Sie blickt auf und sieht weder Mond noch

Sterne. Das Licht, das aus dem Gebäude hinter ihr fällt, kann diese Finsternis nicht durchdringen – die Nacht ist wie eine Mauer. Sie bleibt stehen. Ein paar Schritte – mehr ist aus ihrer Flucht nicht geworden. Ein paar Schritte, und schon hat sie aufgegeben. Sie gibt sich geschlagen, lässt den Kopf hängen, und jeder Nerv in ihrem Körper fühlt sich an wie von Glassplittern umhüllt. Als sie vor sich eine Bewegung wahrnimmt, schnappt sie nach Luft. Noch während sie fragt, wer da ist, wird ihr klar, dass sie es schon weiß. Sie fühlt eine winzige Veränderung in sich – ihre Anspannung wird weder stärker noch schwächer, aber der Tenor wandelt sich: die Hand ausstrecken nach dem Unbekannten, statt sich ins Innerste zurückzuziehen. Sie starrt angestrengt in die Dunkelheit, doch er bleibt ein Geist, bis er unmittelbar vor ihr steht und der schwache Lichtschein aus dem Gut Schultern, Haar und gerunzelte Stirn andeutet. Ettores Blick wirkt düster und verletzt. Clare will ihm alles erzählen und merkt dann, dass sie gar nichts zu erzählen hat.

Erst als sie den Eindruck hat, dass er gleich weitergehen wird, findet sie die Sprache wieder und erkundigt sich, wie es ihm geht und dem Baby seiner Schwester. Ihre Worte erscheinen ihr dumm und oberflächlich, aber sie will unbedingt, dass er hier im Gemüsegarten bleibt. Sie will dahinterkommen, was sie empfindet und was das bedeutet. Warum ihre Augen überall nach ihm suchen, warum die ungeahnte Lebendigkeit von allem, was sie sieht und riecht und schmeckt, sie in Panik versetzt. Sie erzählt ihm, dass sie es hier schrecklich findet und davonlaufen will. Es ist ausgesprochen, ehe sie die Worte zurückhalten kann, und obwohl sie der Wahrheit entsprechen, bereut Clare sie schon. Sie kann das richtige Wort nicht finden, und er nennt es ihr.

»Fliehen«, sagt er mit leiser Stimme, und sie erinnert sich daran, dass sie es schon einmal von ihm gehört hat. Einen Augenblick lang glaubt sie, er könnte mehr wissen wollen, sie um eine Erklärung bitten. Doch dann fordert er sie nur auf, wieder hineinzugehen, und es klingt ungeduldig. Clare ist bestürzt, denn in diesem Moment sieht sie sich wahrhaftig mit seinen Augen, und sie ist lächerlich. Sie ist nichts und könnte ihn niemals verstehen. Das ist eine Qual für sie, und es wird noch schlimmer, als er sie stehen lässt und an seiner Krücke an ihr vorbeihumpelt. Er riecht ganz leicht nach Schweiß und sauberer Wäsche. Sie hält den Atem an, damit ihr kein noch so kleiner Laut von ihm entgeht. Seine leisen Schritte entfernen sich immer weiter von ihr, und schließlich hört sie nur noch die Grillen im Garten, leise Geräusche aus der *masseria* und ihren eigenen Herzschlag, der ihr in den Ohren dröhnt. Sie tut nicht, was er ihr gesagt hat – sie bleibt noch lange draußen im Dunkeln und versucht ihre eigenen Gedanken zu ergründen.

Ettore kommt am nächsten Morgen zum Frühstück – er sitzt sogar schon am Tisch, als Clare und Pip herunterkommen. Seine Augen sind blutunterlaufen, und Clare, die nicht schlafen konnte, erkennt seine Müdigkeit daran, wie mühsam er den Blick hebt. Marcie strahlt, als sie ihn sieht.
»Oh, guten Morgen, Ettore. Mein Lieber, du siehst ja völlig fertig aus! Was hast du nur getrieben? Bist du krank?«
»Er arbeitet jetzt als Wache – ich glaube, er hatte Nachtschicht«, erklärt Clare. So etwas hat er jedenfalls letzte Nacht gesagt. Der Drang, ihn anzusehen, ist so stark, dass sie sorgsam darauf achtet, ihm nicht nachzugeben. Sie fürchtet, dass sie nie wieder wegschauen könnte. Ihre Wangen kribbeln und drohen sich zu röten.

»Er arbeitet? Ach, das ist ja wunderbar! Großartig, Ettore! Es freut mich sehr, dass du es dir doch anders überlegt hast«, sagt Marcie so laut, dass Ettore das Gesicht verzieht. Er sieht Clare fragend an, und sie holt hastig Luft.

»Sie freut sich, dass Sie Arbeit angenommen haben«, sagt sie auf Italienisch. Ettore runzelt die Stirn und blickt auf den Tisch hinab. Er nickt nur knapp.

»Oje – er scheint nicht gerade glücklich darüber zu sein. Vielleicht hätte ich besser nichts gesagt – ich und mein Plappermaul! Also, wechseln wir lieber das Thema. Was macht deine Hand, Filippo?«

»Ach, ist nicht weiter schlimm. Danke der Nachfrage. Sie tut nur noch ein bisschen weh«, antwortet Pip, doch die rechte Hand ist dick verbunden, und er hat Mühe, mit der linken zu essen.

»Soll ich dir das Marmeladebrot streichen?«, fragt Clare und greift nach seinem Teller, doch er schüttelt energisch den Kopf.

»Ich kann das schon, Clare.«

»Ist gut.« Getroffen lässt sie sich zurücksinken.

»Was ist mit seiner Hand passiert?«, fragt Ettore und weist mit einem Nicken auf Pip. Die Sonne blendet ihn, sodass er die Augen zu schmalen Schlitzen verengt und sich tiefe Falten darum bilden. Die Iris ist nur noch als leuchtende Andeutung zwischen seinen schwarzen Wimpern zu erkennen. Er spricht genauso langsam und betont wie Clare und wählt jedes Wort mit Bedacht. Sie erinnert sich daran, dass Italienisch ebenso wenig seine Muttersprache ist wie ihre.

»Er hat mit dem Hund gespielt, und der hat ihn gebissen«, erklärt sie.

»Mit was für einem Hund? Mit den Hunden hier auf der

aia?« Als sie nickt, schüttelt er den Kopf. »Er hatte Glück, dass der Hund ihn nicht umgebracht hat. Ich habe einmal gesehen, wie einer von ihnen einen Jungen getötet hat. Er hat das Kind an der Kehle gepackt«, sagt er und greift sich zur Untermalung mit einer Hand an den Hals. Seine Hände sind haselnussbraun und rau, voller Narben und Hornhaut, die breiten Fingernägel ungleichmäßig abgebrochen. Clare ahmt ihn unwillkürlich nach, hebt ebenfalls die Hand und legt sie an ihre Kehle.

»Diese Hunde da unten? Das ist hier passiert?«, fragt sie atemlos. Ettore nickt.

»Er wollte sich eine Hacke geben lassen. Seine war bei der Arbeit kaputtgegangen. Er wusste nicht ... wo man gehen kann und wo nicht.«

»Ich *sterbe* vor Neugier – worüber sprecht ihr beiden?«, zwitschert Marcie.

»Er sagt ... er sagt, die Hunde hätten schon einmal jemanden angegriffen, der ihnen aus Versehen zu nahe kam. Sie haben den Jungen ... umgebracht.« Bei diesen Worten sieht sie Pip an, ein wenig unsicher, ob sie ihm das wirklich übersetzen sollte. Er zupft am ausgefransten Rand seines Verbandes, steckt ihn ordentlich zurecht, und die Muskeln an seinem Kiefergelenk treten hervor.

»*Was?* Das muss ein Missverständnis sein – ich habe noch nie davon gehört, dass so etwas hier passiert wäre! Das hätte mir doch sicher jemand erzählt? Ettore meint bestimmt ein anderes Gut«, sagt Marcie.

»Er sagt, es war hier«, erwidert Clare.

»Das hast du dir nur ausgedacht, um mir Angst zu machen, damit ich nicht mehr zu ihnen gehe«, sagt Pip.

»Aber nein«, erwidert Clare schockiert. »Pip, bitte ...«

»Schon gut! Ich hab's verstanden!« Er steht ein wenig ungeschickt vom Tisch auf, behindert von der dick verbundenen Hand, und stapft zur Treppe.

»Ach, *Filippo,* Schätzchen«, ruft Marcie ihm nach, doch er verschwindet mit gesenktem Kopf, den rechten Arm vor den Bauch gedrückt.

»Hat er jetzt Angst?«, fragt Ettore. Clare schüttelt den Kopf.

»Nein. Er ist wütend auf mich. Es ist meine Schuld, dass wir hier sind – glaubt er jedenfalls. Er wollte sich mit dem Hund anfreunden.«

»Er sollte sich seine Freunde sorgfältiger aussuchen.«

»Hier hat er nicht viel Auswahl.«

»Warum sind Sie denn hier?«, fragt er, und sie ist nicht sicher, ob er neugierig ist oder mit seiner Frage andeuten will, dass sie hier nichts zu suchen haben. Zwar hätte sie es ihm gern erklärt, aber sie findet nicht die richtigen Worte. Sie kennt das italienische Wort für *Geisel* nicht.

»Ich weiß es nicht«, sagt sie also. »Das kann Ihnen nur Ihr Onkel sagen.« Ettore nickt langsam und sieht ihr fest in die Augen.

»Sie sind ehrlich«, sagt er, und Clare hat darauf nichts zu erwidern.

»Also, wir müssen etwas gegen die trübsinnige Stimmung hier unternehmen«, sagt Marcie. »Ettore, meinst du, dass Paola mit ihrem kleinen Sohn zum Tee kommen würde? Deinen Vater kann ich leider nicht einladen, tut mir leid – Leandro würde durch die Decke gehen.« Sie wartet nicht Clares Übersetzung oder Ettores Antwort ab, ehe sie fortfährt: »Musik, genau das brauchen wir. Einen lustigen Abend mit viel Musik wird den armen Pip aufheitern und Sie von

Ihren Sorgen ablenken, liebe Clare. Ich werde ein Grammofon auftreiben, und wenn es das Letzte ist, was ich tue. Wo kann ich eines finden? Es *muss* doch irgendwo in Gioia ein Grammofon geben, das wir leihen oder kaufen können. Dann bitten wir noch den Arzt, seine Frau und seine Tochter zum Abendessen mitzubringen. Was sagen Sie dazu, Clare? Wie alt ist Pip? Die Tochter ist sechzehn, glaube ich, oder etwas älter? Jedenfalls eher in Pips Alter als irgendjemand sonst. Sie könnten miteinander tanzen! Meinen Sie, das ginge mit seiner Hand? Vielleicht lieber erst in ein paar Wochen, wenn sie verheilt ist. Musik! Ach, ich habe so lange keine Musik mehr gehört. Früher habe ich auch gesungen, wissen Sie. Ich könnte ein bisschen für uns singen, wenn es nur irgendwo ein Klavier oder sonst etwas zur Begleitung gäbe ...«

Marcie schwatzt weiter, während Ettore seinen Kaffee mit fast ebenso viel heißer Milch wie Kaffee trinkt und frischen Käse auf knusprigem Brot isst. Inzwischen isst er langsamer, nicht mehr so panisch gierig wie bei seiner Ankunft. Clare fällt plötzlich etwas ein.

»Marcie, hat Pip Sie auf die Halsbänder der Kälber angesprochen?«, fragt sie und unterbricht damit Marcies laut geäußerten Gedankenstrom.

»Die Halsbänder? Oh, sind die nicht ganz *grässlich?* Ich kann die Dinger gar nicht anschauen. Natürlich werden sie zwischendrin auch einmal abgenommen, damit die Kälbchen trinken können, aber drei Stunden vor dem Melken nicht mehr oder so. Arme kleine Mäuse! Aber nein, Pip hat nichts gesagt. Warum?«

»Schon gut, ich dachte nur, er hätte es vielleicht erwähnt. Ich habe ihm erklärt, dass die Entscheidung in solchen Dingen nicht bei Ihnen liegt.«

»O nein, nicht im Geringsten. Ludo besitzt hier die wahre Macht, und er untersteht nur Leandro. Sagen Sie Pip, dass er nicht hinschauen soll – mehr kann ich Ihnen nicht raten. Wenn Sie den Anblick nicht ertragen können, dann schauen Sie nicht hin. Ludo, Ludo ... der Name klingt wunderschön, nicht wahr? Also, sagen Sie Pip, dass er nicht zu den Kühen gehen soll, wenn ihm das zu schaffen macht. Nein, ich sage es ihm selbst.« Sie winkt ab. Als sie den Namen Ludo ausspricht, schießt Ettores Blick förmlich zu ihr hinüber. Marcie sieht ihn an und lächelt, doch sie versteht Ettores finstere Miene ebenso wenig wie Clare. Er wirkt so verbittert und unversöhnlich, dass eine Zeit lang niemand mehr spricht.

Später, nach Pips Schauspielstunde oder Theaterprobe – da ist Clare sich nicht sicher –, macht Clare sich auf die Suche nach ihm. Er liegt in seinem Zimmer auf dem Bett und liest. Sie setzt sich auf die Bettkante, dicht an seinen Rücken, und dass er sich nicht herumdreht oder aufrichtet oder auch nur den Kopf zu ihr umwendet, sagt ihr, dass er noch wütend auf sie ist. Sie weiß nicht recht, was sie sagen soll, also schweigt sie eine ganze Weile. Der Wind trägt das Scheppern der Kuhglocke zum Fenster herein und das gedämpfte Getrappel vieler Hufe, als die Herde zum Melken herangeholt wird. Schließlich lässt Pip sein Buch sinken und seufzt.

»Ich kann mich schlecht konzentrieren, wenn du da sitzt«, sagt er und gibt sich Mühe, möglichst beiläufig zu klingen.

»Tut mir leid, Pip«, entgegnet sie. Endlich dreht er den Kopf und sieht sie an, dann stützt er sich auf die Ellbogen.

»Hast du was, Clare?«

»Nein. Ich ... ich wollte nur nach dir sehen. Bist du mir böse wegen des Hundes?«

»Du kannst ja nichts dafür. Du hast mir gesagt, dass ich nicht so nah hingehen soll, und ich habe nicht auf dich gehört. Und du musst nicht ständig nach mir sehen. Ich bin kein kleiner Junge mehr.«

»Ich weiß, aber ... du bist hier nicht der Einzige, der sich einsam fühlt, weißt du? Ich wollte dich einfach gerne sehen«, gesteht sie. Pip runzelt nachdenklich die Stirn.

»Marcie hat doch davon gesprochen, einen Abend mit Musik zu veranstalten und ein paar Leute einzuladen.«

»Ja. Das könnte ganz lustig sein, meinst du nicht?«, fragt Clare. Pip zuckt mit den Schultern.

»James macht mit seinen sämtlichen Cousins und Cousinen und mit Benjamin Walby aus der Schule eine große Tour in den Alpen. *Das* wäre wirklich lustig.«

»Ich weiß. Vielleicht kommen wir früh genug nach Hause zurück, damit du auch noch so etwas mit deinen Freunden unternehmen kannst. Ich glaube, dein Vater ist mit den Entwürfen für Mr. Cardetta fast fertig.«

»Ist er nicht. Was wetten wir?« Beide schweigen, und Pip zupft wieder an seinem Verband herum.

»Glaubst du, Emma hätte es hier gefallen? Was hätte sie wohl zu diesen armen Kälbern mit den grässlichen Halsbändern gesagt?«, fragt Clare. Pip seufzt, dreht sich wieder von ihr weg und schlägt sein Buch auf.

»Meine Mutter ist tot, Clare. Ich habe keine Ahnung, was sie dazu gesagt hätte.«

Am nächsten Tag ist Clare weit weg von der *masseria*, als sich am Himmel plötzlich etwas zusammenbraut. Wolken rollen von Norden und Westen heran, dunkelgrau und schwärzlich violett wie ein frischer Bluterguss. Blitze zucken darin, und der Wind ist plötzlich kalt – nach zwei Wochen beständiger Hitze beginnt Clare zu zittern. Die Veränderung ist so dramatisch, dass sie auf eine niedrige Mauer steigt, um das spektakuläre Panorama zu bewundern, sich den Wind durch die gespreizten Finger streichen zu lassen und die geballte, dräuende Macht des Unwetters zu spüren. Ihre Füße schmerzen, weil sie in Sandalen gelaufen ist, durch die Staub und Steinchen an ihre Haut dringen und sie wund reiben. Zwischen ihren Schultern sitzt ein harter Knoten der Anspannung, und die Muskeln dort sind heiß. Als der erste Donnerschlag grollend über die kahle Landschaft rollt, fällt Clare wieder ein, was Marcie erzählt hat: wie das Wasser plötzlich zu einem Fluss zusammenströmte, als es endlich regnete. Draußen zu bleiben und das zu erleben ist verlockend, aber die plötzliche Finsternis macht ihr Angst. Sie kehrt dem Sturm den Rücken und wendet sich der *masseria* zu. Ohne die harte apulische Sonne sieht auf einmal alles aus wie tot, flach und unwirklich. Ihre Augen haben sich so an das grelle Licht gewöhnt, dass sie immer wieder blinzelt und kaum scharf sehen kann. Sie spürt, wie das Unwetter sich hinter ihr auftürmt, und möchte beinahe davor weglaufen. *Das ist nur schlechtes Wetter, du dumme Gans.* Wieder donnert es, lauter diesmal, näher. Sie geht schneller.

Der Olivenhain ist der einzige Ort auf ihrem Weg zum Gut, wo sie Schutz finden könnte. Sie zögert, eilt dann aber weiter, weil sie glaubt, es noch schaffen zu können. Die ersten Regentropfen, die auf ihren Armen landen, sind überraschend kalt – sie hat eher tropischen Regen erwartet, warm wie Badewasser. Sie hat sich vorgestellt, sie würde den Kopf in den Nacken legen, sich den warmen Regen übers Gesicht rinnen und den Staub aus ihrem Haar spülen lassen. Doch die Tropfen fühlen sich an wie scharfe Splitter, und der nächste Blitz ist so grell, dass es ihr vorkommt, als blende er nicht ihre Augen, sondern direkt die Innenseite ihres Schädels. Die Luft riecht verbrannt, und der Donner folgt beinahe augenblicklich und fährt ihr bis in die Knochen. Clare tastet erschrocken nach ihrer Schulter, als sie von etwas Hartem getroffen wird. Hagel prasselt herab – walnussgroße Körner. Eines trifft sie mitten auf den Kopf, und der Schmerz versetzt ihr einen kleinen Schock. Clare rennt. Mit gesenktem Kopf, halb blind läuft sie los und sucht nach Schutz, während um sie her kleine Eisbröckchen in den Boden einschlagen. Eines trifft sie im Gesicht, seitlich am Mundwinkel, und sie schreit erschrocken auf. Sie sieht das große Tor in der Mauer, das ihr jemand aufhält, und eine dunkle Öffnung dahinter, läuft darauf zu, schießt durch den Eingang und bleibt dann in plötzlicher Dunkelheit keuchend stehen. Das Haar hängt ihr in nassen Strähnen auf die Schultern, ihre Beine sind mit Matsch bespritzt, die Schuhe ruiniert. Sie fährt sich mit der Hand übers Gesicht und zuckt zusammen – da ist eine kleine Platzwunde an ihrem Kinn, wo das letzte Hagelkorn sie erwischt hat. Ihr wird bewusst, dass sie nicht allein in der Hütte ist, und als sie sich umdreht, grinst Ettore sie an. Sie lacht, und vor Erleichterung klingt es ein wenig hysterisch.

Er nimmt seinen Hut ab und klopft Eiskörnchen herunter. Einen Moment lang stehen sie Seite an Seite da und schauen in das Unwetter hinaus. Sie ist blindlings in die Wachhütte am Tor gelaufen. Der Hagel brüllt so laut auf dem Steindach, dass man kaum klar denken, geschweige denn sich unterhalten kann. Der Boden färbt sich weiß, die Luft ist ein grauer Schleier, und es ist dunkel – so dunkel, als sei die Sonne untergegangen, und noch dunkler im Inneren der Hütte. Das Unwetter erfüllt den Himmel – Wolken wie gigantische Skulpturen, aus dunklem Fels gehauen. Auf einmal spürt Clare Ettores Blick, und ihr Herz macht einen Satz. Sie wendet sich ihm zu. Er streicht mit dem Daumen über die blutige Stelle an ihrem Kinn, und das Salz auf seiner Haut brennt leicht in der Wunde. Eine kleine Geste, aber genug, um auch den noch geringsten verbliebenen Widerstand in Clare zu brechen. Sie fegt die letzten Zweifel über ihre eigenen Gefühle beiseite, und auf einmal ist es ganz undenkbar, dass sie sich nicht lieben werden. Endlich erkennt sie, wer sie wirklich ist – wer immer sie zuvor zu sein glaubte, sie hat sich getäuscht. Diese Frau erscheint ihr jetzt fremd. Sie will Ettore in ihren Adern. Sein Blick glüht, doch sie sieht ihm an, dass er wartet, und es schnürt ihr die Kehle zu. Sie nimmt seine Hand, führt sie an die Lippen und schmeckt ihr eigenes Blut an seinem Daumen. Ettore beugt sich vor, küsst die kleine Platzwunde, drückt die Zunge darauf, und die Hitze ist unbeschreiblich. Dieses Gefühl sinkt durch ihren Körper wie ein Stein durch Wasser und setzt sich tief in ihrem Inneren ab. Der Herzschlag dort, zwischen ihren Beinen, ist lauter und heftiger als der in ihrer Brust. Sie schlingt die Arme um seine Schultern, die Beine um seine Hüften und küsst ihn. Der Kuss ist hart, beinahe schmerzhaft. Nicht zärtlich, sondern instinktiv, der Inbegriff von Brauchen und Begehren. Ihr Gewicht auf seinem verletzten Bein bringt ihn aus dem Gleichgewicht. Er taumelt im Halbkreis, und sie prallt mit dem Rücken so hart an die Wand, dass alle Luft aus ihrer Brust gepresst wird. So schnell dringt er in sie ein, dass sie erst Schmerz spürt, ehe Lust sie durchfährt bis in die Knochen, wie der Donner, wie der Hagel. Sie kann nicht anders, als laut aufzuschreien, doch im tosenden Hagel geht ihre Stimme unter, und sie spürt nur durch die Vibration von Ettores Brust, durch seinen Mund, der fest auf ihren gepresst ist, dass auch er aufschreit.

Als der Hagel aufhört, ist die Stille so tief, dass sie ihnen in den Ohren klingelt. Clare zupft ihr Kleid zurecht und wartet auf Scham oder Schuldgefühle. Sie rechnet jeden Moment damit, Angst vor dem zu bekommen, was sie getan hat, aber sie empfindet nur Glück. Sie fühlt sich geborgen. Marcie und Pip machen sich gewiss Sorgen, dass das Unwetter sie draußen überrascht haben könnte. Womöglich wird Marcie sogar einige Männer nach ihr suchen lassen, jetzt, da das Schlimmste vorbei ist. Ettore steht ganz dicht vor ihr, den Kopf auf ihrer Schulter und die Nase in ihren Nacken gedrückt. Sie ist nicht sicher, ob diese Haltung Zärtlichkeit ausdrückt oder er sie nur nicht ansehen will. Sein Geruch ist ihr vom ersten Moment an vertraut, vom ersten Moment an verlockend und unendlich lieb und kostbar. Wo er ihren Körper berührt, ist ihr warm, und wo er nicht ist, spürt sie Kälte.

»Ich wusste nicht, dass es so sein kann. So war es noch nie«, sagt sie. Ettore schweigt. Widerstrebend schiebt sie ihn von sich, ganz sacht. Sie würde so gern bei ihm bleiben. »Ich sollte jetzt hineingehen. Sie fragen sich bestimmt schon, wo ich bin.«

»Nein. Bleib«, sagt er auf Englisch. Er nimmt ihre Hand und hält sie fest, und sie lächelt.

»Ich muss gehen. Es tut mir leid.« Und sie will doch so gern bei ihm bleiben. »Ettore«, sagt sie, nur um seinen Namen auf der Zunge zu spüren.

»Chiara«, sagt er, und es erscheint ihr passend, dass er ihr diesen neuen Namen gibt, denn sie ist nicht mehr *Clare* – nicht mehr die Person, die sie zu sein glaubte. Es klingt beinahe wie ein Seufzen: *Ki-ahhra.* Sie schmiegt die Wange an seine, um noch einmal die Kontur seines Gesichts zu spüren, die raue unrasierte Haut und die harten Knochen darunter.

»Wirst du wiederkommen?«, fragt er.

»Ja. Bald.« Clares Hand, die er noch immer festhält, verlässt den *trullo* zuallerletzt an ihrem weit nach hinten gestreckten Arm. Er löst seinen Griff erst im letzten Augenblick, ehe seine Hand in der Tür gesehen werden könnte.

Clare geht über das Eis auf die weißen Mauern der *masseria* zu. Die Körner bersten unter ihren Füßen. Als sie das Wohnzimmer betritt, springt Marcie auf und eilt ihr entgegen.

»Ach, Gott sei Dank! Konnten Sie sich irgendwo unterstellen? Das war ja vielleicht ein Weltuntergang. Du meine Güte, sehen Sie sich nur an – Sie sind ja völlig durchweicht! Und Sie haben sich verletzt!«

»Mir fehlt absolut nichts, Marcie – nur ein Kratzer von einem Hagelkorn«, sagt Clare, obwohl ihr ganzer Körper eine geheime Landkarte aus blauen Flecken, köstlich schmerzenden und leicht wunden Stellen ist.

»Ein Wunder, dass Sie nicht mehr abbekommen haben! Der Hagel hätte Sie erschlagen können, wie haben Sie das nur geschafft? Wo haben Sie Schutz gefunden?«, fragt Marcie, und eine plötzlich aufflackernde Warnung lässt Clare zögern.

»In ... in einem ... wie nennt man die Dinger gleich?« Sie wedelt mit der Hand und schindet Zeit. »In einem *trullo.* In so einer alten, leer stehenden Hütte.«

»Oh, das war klug von Ihnen – und welch ein Glück, dass

einer in der Nähe war! Anna soll Ihnen gleich ein Bad einlassen. *Anna!* Und dann setzen Sie sich zu uns, Sie brauchen einen Drink zur Stärkung – schauen Sie! So machen wir das in Apulien!« Unter freudigem Lachen lässt Marcie ein großes, rundes Hagelkorn in ihre *amarena* plumpsen.

10

Ettore

Als Ettores Schicht zu Ende ist, sieht er eine Weile den Männern zu, die mit Schaufeln die Hagelkörner in die *neviera* schaffen, die Schneegrube. In der unterirdischen gemauerten Kammer hinter der *masseria* wird im Winter der Schnee zu dicken Schichten festgestampft, mit Stroh dazwischen. So bleibt er wochen-, sogar monatelang gefroren und hält Fleisch und Milch frisch, wenn es draußen wärmer wird. Der Hagel wird nicht annähernd so lange kühlen – er lässt sich nicht gut verdichten, und jetzt im Hochsommer ist die Luft zu warm. Aber ein paar Tage lang wird Anna Marcie und ihren Gästen Eiscreme servieren können.

Beim Gedanken an den einen Gast, an Chiara, fühlt Ettore sich wie von den Fenstern hinter sich beobachtet. Es kommt ihm vor, als werde er von allem beobachtet, vom Abendhimmel, der nun klarer wird, von den niedrigen Bäumen, den Männern, den Hunden und den Spatzen, die in wildem Vergnügen in den Schmelzwasserpfützen baden. Als drückten ihn schwere Hände nieder, so fühlt es sich an, und er weiß, dass er in Wahrheit Livias Blick spürt – sie ist diejenige, die seine schuldbewusste Miene und jede seiner schuldbewussten

Bewegungen beobachtet. Er schämt sich nicht, weil er mit einer anderen Frau geschlafen hat, sondern weil er sich ihr für kurze Zeit ganz und gar hingegeben hat ... und diese kurze Zeit lang glücklich war. Sie war genauso, wie sie ihm erschienen war – ein Glas Wasser in der Dürre, vollkommene Erleichterung, Linderung. Aber er hat Livia doch versprochen, nicht eher zu ruhen, als bis der Mann, der sie vergewaltigt und tödlich verwundet hatte, tot ist. Ettores Wut auf sich selbst wächst, bis sie schließlich auch Chiara einschließt, und als sie ihn in der Nacht nicht aufsucht, ärgert er sich noch mehr. Er ist wütend, weil sie nicht gekommen ist und weil er sich so sehr wünscht, sie zu sehen.

Ettore kann tagsüber nicht schlafen, auch wenn er die ganze Nacht lang im *trullo* am Tor gewacht hat. Er teilt sich den Wachdienst mit Carlo und einem weiteren Mann, sodass er einmal Nachtschicht und dann zweimal die Tagschicht hat. Er findet in keinen Rhythmus, und am Ende seiner Nachtschicht ist er seit vierundzwanzig Stunden wach. Er legt sich oben aufs Dach in den Schatten der Brustwehr oder in sein Zimmer, wo die Sonne durch die Vorhänge hereinstrahlt und das zornige Gesumm der Fliegen, knallende Türen, die Schritte und lauten Stimmen des ganzen Haushalts es ihm unmöglich machen, vernünftig zu denken oder gar ganz damit aufzuhören. Seine Wut brodelt vor sich hin, statt abzukühlen, und seine Gedanken fühlen sich matschig an vor Müdigkeit. Er isst nicht noch einmal mit ihnen am Tisch – er kann den Gedanken nicht ertragen, sich so verstellen zu müssen. Nur am Morgen nach seiner ersten Nachtschicht hat er mit ihnen gefrühstückt, um Chiara Kingsley zu sehen und sie aus der Nähe betrachten zu können. Jetzt könnte er sie wohl nicht wiedersehen, ohne sie zu schlagen. Oder sie zu küssen.

Am zweiten Tag danach kommt er aus dem *trullo*, geht über den Hof und durch den Torbogen und sieht, dass die aufgeregten *annaroli* sich vor der Küche versammelt haben, Anna bedrängen und von Ilaria, der Köchin, Essen verlangen. Er kann Ilarias lautstarken Protest herausschallen hören.

»Wenn noch einer von euch Taugenichtsen in meine Küche kommt und mich fragt, was es zum Mittagessen gibt und wann, dann bekommt ihr gar nichts! So einfach ist das!«

»Was ist denn los?«, fragt Ettore einen der Aufseher, den er nicht kennt. Dem Mann hängt das Fett wie eine Schürze über den Hosenbund. Er zuckt mit den Schultern und spuckt auf den Boden.

»Dieses überhebliche Bauernpack streikt mal wieder – sie wollen, dass irgendein Dreckskommunist aus dem Gefängnis entlassen wird. Also haben wir nichts zu tun, bis die sich besinnen. Oder die Ersten verhungern.« Seinem Dialekt nach stammt er nicht aus Gioia und hat offensichtlich keine Ahnung, wer Ettore ist. Im nächsten Moment hat Ettore ihn am Hemdkragen gepackt, seine Krücke fällt klappernd zu Boden, und die Umstehenden lachen.

»Du hältst diesen Stock da besser gut fest, Bursche, und schlägst damit zu«, sagt Ludo Manzo und erhebt sich von einem schattigen Plätzchen an der Mauer. Er spricht mit einer dünnen Zigarette zwischen den Lippen und blickt mit zusammengekniffenen Augen zu Ettore herüber. »Das fette Schwein wirst du nicht niederschlagen, wenn du nur einen Fuß auf dem Boden hast.« Der dicke Mann macht ein zorniges Gesicht, ist aber klug genug, nichts darauf zu erwidern. Ettore lässt sein Hemd los, humpelt ein paar Schritte zurück und bückt sich nach seiner Krücke. »Reiß dich gefälligst zusammen, Ettore Tarano. Dass du der Neffe des Gutsherrn bist, ist mir egal – wenn du Ärger machst, peitsche ich dich persönlich aus, so wie ich es mit jedem dieser Männer tun würde.«

»Das versuch nur mal«, erwidert Ettore mit zusammengebissenen Zähnen. »Na los, versuch es doch.« Ludo grinst ihn an und lacht leise. Dann streckt er einen Arm aus und versetzt Ettore einen Stoß gegen die Brust, schnell und hart. Ettore taumelt rückwärts und verliert beinahe das Gleichgewicht. Aber er fällt nicht.

»Seht ihr das, Männer? Das ist die verdammte Renitenz der Bauern, die sich ständig auflehnen und nicht begreifen, dass sie längst besiegt sind. Genau damit haben wir es hier zu tun. Aber früher oder später werden sie es lernen. Sie werden es lernen oder sterben. Eins von beiden.« Er hält den harten Blick fest auf Ettore gerichtet. Ettore hält diesem Blick stand und rührt sich nicht. »Die Dinge ändern sich, Tarano, und der Rummel bei Girardi im letzten Jahr war erst der Anfang. Du und deine Freunde, ihr werdet bald noch dankbar für jede Arbeit sein, die man euch anbietet, ganz gleich, zu welchen Bedingungen.«

»In einem Punkt hast du recht«, erwidert Ettore. Er strafft die Schultern, und die mühsam gezügelte Gewalt in seinem Inneren verkrampft seinen Kiefer. »Die Dinge ändern sich. Vielleicht nicht so, wie du es dir erhoffst, Manzo, aber sie ändern sich.« Er spuckt aus und kehrt den Männern den Rücken. Ein Chor von Pfiffen, Schimpfwörtern und Gejohle erhebt sich.

Er hat damit gerechnet, dass Paola wiederkommen würde, um Geld von ihm zu holen oder mehr Essen. Als sie nicht kam, ist er davon ausgegangen, dass Valerio irgendwo etwas verdienen konnte. Doch jetzt, da er von dem Streik weiß –

wahrscheinlich geht es um die Freilassung von Capozzi –, macht er sich noch mehr Sorgen. Während des Streiks wird es in Gioia Demonstrationen geben, Protestmärsche. In dieser Atmosphäre der Rebellion können Krawalle so plötzlich aufflammen, als ließe jemand achtlos ein Streichholz ins trockene Gras fallen. Und Paola würde mittendrin sein, wahrscheinlich auch noch mit Iacopo auf dem Rücken. Nicht zu wissen, was dort vorgeht, ist unerträglich. Sobald Ettore auf dem Dach außer Sicht ist, setzt er vorsichtig den linken Fuß auf. Es tut sehr weh, dieses ziehende Gefühl ist noch da, aber es ist auszuhalten. Er nimmt die Krücke mit, ohne sich darauf zu stützen, und geht ein Stück. Wenn er ganz kleine Schritte macht, sodass die Muskeln in dem verletzten Bein nicht viel arbeiten müssen, funktioniert es. Er jubelt innerlich.

»Bravo, bravo!«, ruft Carlo von seinem Wachposten an der Brüstung. Gutmütig grinst er zu Ettore herunter, und Ettore lächelt zurück. »Siehst du, wie schnell man gesund wird, wenn man sich ausruhen kann und was im Magen hat?«

»Je schneller, desto besser«, sagt Ettore. »Ich muss unbedingt nach Hause.« Doch nach kurzer Zeit fängt der Wadenmuskel heftig an zu zittern, dann fährt ihm ein Krampf in den Unterschenkel, und Ettore muss sich abrupt hinsetzen, mit schmerzverzerrtem Gesicht. Er krempelt das Hosenbein hoch und sieht eine Reihe roter Perlen an der Naht über der Wunde hervortreten. Er versucht sie mit dem Daumen abzuwischen, doch sie bilden sich sogleich wieder neu. Ihm sinkt der Mut.

»Immer mit der Ruhe«, sagt Carlo, und Ettore nickt. Wenn er jetzt versuchen würde, nach Gioia zu laufen, würde er sich das Bein für immer ruinieren. Könnte er fünfzehn Kilometer mit der Krücke schaffen? Oder sich ein Pferd borgen? Marcie würde es ihm erlauben, Ludo nicht. Und wie die Sache zwischen diesen beiden ausgehen würde, ist Ettore klar. Marcie würde ein wenig gequält mit einer Hand wedeln und Ludos Wort befolgen, als sei es Gesetz. Ettore überlegt, ein Pferd zu nehmen, ohne um Erlaubnis zu fragen – aber wenn er dabei ertappt wurde, würde man ihn auf der Stelle erschießen. Er fragt sich auch, ob er Chiara Kingsley würde vergessen können, wenn er die *masseria* verließe.

In der Nacht findet Ettore keinen Schlaf, und sein Bein pocht schmerzhaft. Er beobachtet die Schatten, die die Lampe an die Decke wirft. Die Fensterläden sind offen, damit die Morgensonne ihn weckt, und Motten flattern herein und umkreisen das Licht. Sie prallen gegen das Glas und hinterlassen kleine pudrige Abdrücke mit ihren staubigen Flügeln. Ihr Klopfen ist so leise wie die Geräusche der Motten, und er ist nicht sicher, ob er es wirklich gehört hat, bis sie sich seitwärts durch den Türspalt schiebt und lautlos die Tür hinter sich schließt. Auf ihrem Gesicht spiegeln sich lebhafte Emotionen, irgendetwas auf halbem Weg zwischen Angst und Glück. Als sie die offenen Fensterläden bemerkt, schnappt sie nach Luft, wendet sich ab und greift wieder nach der Klinke.

»Warte!«, sagt er ein wenig zu laut. Mit verzerrtem Gesicht rappelt er sich vom Bett auf.

»Man darf mich hier nicht sehen! Bitte mach die Fensterläden zu«, stößt sie so hastig auf Englisch hervor, dass er sie kaum versteht. Sie hält das Gesicht der Tür zugewandt, als könnte man sie von hinten für jemand anderen halten. Ettore muss darüber lächeln.

»Es ist niemand mehr wach, der dich sehen könnte«, sagt er. Die Wachen auf dem Dach schauen alle nach draußen, nicht auf die Fenster im Hof. Trotzdem humpelt er hinüber, um die Fensterläden zu schließen, wobei er kaum den großen Zeh des verletzten Beins auf den Boden setzt. Als sein Blick nach draußen fällt, glaubt er tatsächlich eine Bewegung in einem der anderen Fenster zu bemerken – einen hastigen, verschwommenen Schemen hoch oben in einem unbeleuchteten Zimmer. Aber er ist nicht sicher und starrt einen Moment lang zu der Stelle hinüber, doch es tut sich nichts mehr. Er schließt die Fensterläden und hält inne, als ihm bewusst wird, dass sein Herz viel zu schnell schlägt. So schnell, dass seine Finger zittern. Seine eigene Schwäche macht ihn wütend, und als er sich zu Chiara umdreht und sie seinen Gesichtsausdruck sieht, zuckt sie zusammen.

Sie tut nur einen Schritt in den Raum, dann zögert sie, und die Enttäuschung ist ihr anzusehen. Sie verbirgt nichts, all ihre Gedanken spazieren offen über ihr Gesicht. Ettore versteht nicht, wie sie auf dieser Welt überleben kann, so sichtbar, so transparent. Am liebsten würde er sie warnen.

»Soll ich lieber wieder gehen?«, fragt sie unsicher, und jetzt denkt sie auch daran, Italienisch zu sprechen. Er geht nicht zu ihr, sondern setzt sich aufs Bett und versucht, seine Wut wieder wachzurufen. Er kann sich zwar an das Gefühl erinnern, es aber nicht empfinden. Nicht, wenn sie so vor ihm steht. Das helle Haar, lose um sich selbst gewunden, fällt ihr über eine Schulter. Sie trägt ein langes weißes Unterkleid, offenbar ihr Nachthemd. Er stellt sich vor, wie sie durch dunkle Flure leise zu seinem Zimmer huscht – zaudernd, dann wieder hastig –, und schüttelt den Kopf. Einen Augenblick lang rührt sich keiner von beiden. Dann hebt er die Hand und streckt sie ihr entgegen, und sie kommt zu ihm und ergreift sie ohne Zögern.

»Warum bist du nicht früher gekommen?«, fragt er. Er kann nicht anders, obwohl die Frage ihn beschämt. Ein Fünkchen Wut flackert wieder auf. Er ist nicht ihr Spielzeug, das sie nach Belieben beiseitelegen kann.

»Ich ... es ging nicht. Die Wachen werden mich doch sehen, wenn ich nachts zum *trullo* gehe, und tagsüber erst recht. Die Hunde würden ... rufen ... schreien?«

»Bellen.«

»Bellen. Sie würden bellen. Ich habe dich schon einmal hier in deinem Zimmer gesucht, aber du warst nicht da.«

»Der Junge darf es nicht wissen? Würde er seinem Vater davon erzählen?«

»Pip darf auf keinen Fall davon erfahren! Niemals«, erklärt sie vehement. »Das wäre ... Er würde das nicht verstehen.« Sie blickt betroffen drein, und Ettore nickt. Er versteht sehr gut, dass sie sich schuldig fühlt und beobachtet.

»Aber du willst mich«, sagt er.

»Ja. Ja, ich will dich«, entgegnet sie.

»Warum?«

»Ich ...« Sie findet nicht sofort eine Antwort darauf, und auf einmal ist ihm furchtbar wichtig, was sie jetzt sagen wird. Er will nicht das Werkzeug sein, mit dem sie ihren Mann zu treffen versucht, oder eine Zerstreuung gegen die Langeweile. »Ich weiß es nicht genau. Aber ... nichts hier kommt mir wirklich vor. Nur du. Nichts hier ist ...« Sie sucht nach den Worten. »Als ich dich gesehen habe, bin ich aufgewacht. Zum ersten Mal.« Sie starrt ihn an, um zu erkennen, ob er sie versteht. »Hier ist so viel Gefahr, so viel Hässlichkeit ... Ich habe ständig Angst, schon seit ich hier angekommen bin. Außer wenn ich bei dir bin. Dann fühle ich mich sicher.«

Ein Faden der Anspannung in ihm zerreißt, und die Enden

dröseln sich auf. Er legt den Handrücken an ihre Wange, und sie schmiegt sich daran, beinahe unerträglich zärtlich. Er wagt es kaum, nach ihr zu tasten. »Dein Onkel hat gesagt ... Leandro hat gesagt, dass du jemanden verloren hast. Deine Liebste«, sagt sie so leise, dass er sie kaum hört. Ettore lässt die Hand sinken und nickt.

»Livia«, sagt er heiser.

»Was ist passiert?«

»Sie wurde ermordet. Vergewaltigt. Sie wurde mir genommen«, sagt er und kann Chiara dabei nicht ansehen. Der Kummer senkt sich beinahe so schwer auf ihn herab wie damals, als sie starb. Ihm wird heiß, und er hat auf einmal den beißenden Geschmack von Hass im Mund. Er hört Chiara atmen, schnell und flach. Wie sich ihre Rippen unter der dünnen Seide heben und senken, wirkt so verletzlich, so zerbrechlich. Er hat zu viel darüber erfahren, wie Frauen zu brechen sind.

»Wann?«

»Zu Beginn des Jahres.«

»Und der Mann, der das getan hat?«

»Ich werde ihn finden, und ich werde ihn töten.« Er sieht, wie sie seine Worte aufnimmt und nicht als leere Drohung abtut, doch sie scheint ihn deswegen nicht zu fürchten oder zu verachten. Sie nickt bedächtig.

»Ich weiß, dass ich nicht sie bin. Ich kenne das ... die Zweite zu sein. Ich weiß, dass ich nicht Livia bin und dass du sie liebst«, sagt sie. Und Ettore spürt, wie sie ihm damit die Hälfte der Schuld abnimmt, die Hälfte der Verantwortung für das, was sie tun werden, und er ist ihr dankbar.

Als er sie sanft aufs Bett legt, mustert er sie ganz in Ruhe, wozu er bisher nie die Möglichkeit hatte. Ihre Haut ist erstaunlich weiß und völlig makellos – keine Narben, keine Unreinheiten. Solche Haut hat er noch nie gesehen, und diese Perfektion weckt die Versuchung, sie zu zerstören. Er ist hin- und hergerissen – er will sie bewahren, wie sie ist, und sie zugleich kennzeichnen. Ihr sein Zeichen aufdrücken. Sie ist dünner, als ihm lieb ist. Ihre Brüste sind kleine, weiche Rundungen über ihren Rippen, die Hüften kaum breiter geschwungen. Ihr Schamhaar hat den gleichen goldblonden Ton wie ihre Augenbrauen. Drei kleine Muttermale marschieren diagonal über ihren Bauch, vollkommen gerade ausgerichtet wie die Sternenkonstellation im Südwesten. Sie riecht sauber, neutral, wie Wasser, und es verblüfft ihn, wie schnell er sich wieder in ihr verliert, wie heilsam und unwiderstehlich es sich anfühlt, in ihr zu sein. Er kann nicht vorsichtig oder zärtlich sein, sosehr er sich auch bemüht. Als er den Fehler begeht, ihr in die Augen zu sehen, kommt er zu früh zum Höhepunkt. Sein Mund und seine Hände lieben sie weiter. Sie drückt das Gesicht ins Kissen, um jeden Laut zu ersticken. Danach schläft er mit ihrem langen Haar im Gesicht ein. Es ist zu heiß und kitzelt ihn, aber er will es nicht abstreifen. Er sollte sie nicht zu gern haben, das ist ihm klar. Er sollte nicht im Bett liegen, fest an sie geschmiegt und mit einer Leidenschaft tief in sich, die ihm sagt, dass er sie bis zum Morgen noch einmal lieben will. Er weiß, dass dieses plötzliche Gefühl von Geborgenheit und Ruhe nicht von Dauer sein kann.

Ettore wird nicht wach, als Chiara geht. Als er sich am Morgen aufrichtet und den Kopf in den Händen vergräbt, riecht er sie an seiner eigenen Haut. Er hält den Kopf über die Waschschüssel, kippt den ganzen Krug über sich aus und schnappt nach Luft, so kalt ist das Wasser. Er kann seine Gedanken nicht festhalten, sie nicht auf irgendein Bedürfnis, einen Wunsch oder einen Plan richten. Er fühlt sich leer und dumm, ausgehöhlt von ihr und frustriert in seiner Lust. Er rasiert sich so schlampig, dass er sich dabei schneidet. Dann zieht er Hose, Hemd und Weste an und macht sich auf die Suche nach Marcie. Zuerst versucht er es im Wohnzimmer, dann klopft er an die Tür zu der Zimmerflucht, die sie und Leandro bewohnen. Nach einer Weile öffnet sie die Tür, statt ihn hereinzurufen. Er muss an seine Mutter denken, die ihm einmal gesagt hat, dass man einem Menschen, der das tut, nicht trauen dürfe. Wegen der unzähligen Dinge, die sich in der kurzen Zeitspanne dazwischen verbergen könnten.

Marcie lächelt, als sie ihn sieht, und lacht dann leise auf.

»Ettore – hast du dich mit der Sense rasiert, Schätzchen? Du bist ja halb zerhackt!« Kurz berührt sie mit den Fingern das getrocknete Blut an seinem Kinn, damit er versteht, worüber sie lacht. Er zuckt mit den Schultern und folgt ihr nach drinnen. Sie ist angezogen und geschminkt, aber noch nicht frisiert – ihr Haar ist wirr, nicht perfekt gewellt wie sonst, und irgendwie lässt diese Unordentlichkeit sie älter und zugleich jünger wirken. In ihrem Zimmer blähen sich Vorhänge aus blauem Damast sanft im Wind, und auf dem Bett liegt der passende Überwurf. Marcie hat sich aus einem alten, geschnitzten Wandtischchen einen Frisiertisch hergerichtet. Obendrauf steht ein großer Klappspiegel, und all ihr Makeup, ihre Parfüms und Haarklammern auf silbernen Tabletts sind davor verteilt – und ihr Schmuck. Der riesige Diamant in dem Verlobungsring, den Leandro ihr geschenkt hat, lässt kleine Regenbogen an der Wand leuchten. Sie hat Goldketten und Ohrringe, die ebenso funkeln wie der Ring. Ettore tritt auf etwas Glattes, blickt hinab und sieht, dass seine rissigen Stiefel ein glänzendes, gelbbraunes Kuhfell beschmutzen. Er denkt an das Zimmer in Gioia, das er sich mit Paola und Valerio teilt. Er denkt an Livia und ihre Familie, die wochen- und monatelang in Torbögen und unter Vordächern schlafen musste. Sein Herz gefriert zu Eis.

»Was hast du denn?«, fragt Marcie. Sie setzt sich an ihren Frisiertisch, ihm zugewandt. Er sieht ihren langen Rücken in dem Spiegel hinter ihr.

»Ich gehe«, sagt er.

»Gehen?« Sie reißt die Augen auf. »Du meinst doch nicht so *richtig* gehen?«

»Nach Gioia. Ich bringe Paola Geld. Damit sie essen können.« Er starrt sie an, bis sich ein wenig Scham auf ihrem Gesicht widerspiegelt.

»Wenn sie doch nur herkommen würde ... Wenn sie nur ein bisschen freundlich zu Leandro wäre, würde er sie und ihr Kind aufnehmen, das weißt du doch! Dann hätten sie immer zu essen.«

»Und Valerio?«, erwidert er barsch. Marcie senkt den Blick auf ihre Hände, mustert die Fingernägel, schiebt mit dem Daumennagel ein wenig Nagelhaut zurück.

»Aber du kannst noch nicht richtig laufen – du kannst kaum einen Tag lang arbeiten, oder?«, fragt sie. »Wie willst du überhaupt dorthin kommen? Wir haben hier kein Auto.« Ettore versteht die entscheidenden Worte.

»Ich laufe. Ich komme morgen zurück.«

»Oh, gut!«, sagt Marcie. »Nur ein Besuch – ich verstehe! Hör mal, versuch bloß nicht zu laufen, ich bitte dich. Ich schicke Anna zu irgendeiner Besorgung in die Stadt – dann kannst du bei ihr im Wagen mitfahren. Und morgen kommen

Leandro und Boyd Kingsley zurück, die können dich im Auto mitnehmen. Verstehst du mich? Ach, wo ist Clare, wenn man sie braucht? Fahr mit Anna, Ettore. Versuch nicht zu laufen.«

»Ja«, sagt er schließlich im Gedanken an die Blasen an der Hand, die ein Marsch von fünfzehn Kilometern an dieser Krücke hinterlassen würde.

»Ach, und – hier«, sagt sie. »Warte einen Moment.«

Marcie nimmt etwas aus einem Schmuckkästchen, steht auf und geht zum Kleiderschrank. Sie trägt ein beinahe knöchellanges Schlauchkleid aus zartem, weißem Leinen und kann darin nur kurze Schritte machen. Der edle Gürtel ist rundum mit türkisblauen Perlen bestickt. Ettore fragt sich, was sie sieht, wenn sie auf das dürre Land und das magere Vieh hinausschaut – auf die schmutzigen, halb verhungerten Menschen. Er weiß es nicht. Sie kniet sich hin und schließt einen kastenförmigen Tresor im Kleiderschrank auf, und Ettore erhascht einen Blick hinein. Seine Augen weiten sich. Der Tresor ist bis obenhin mit Geld gefüllt – Scheine in dicken, festen Bündeln. Tausende und Abertausende Lire. Bei dem Anblick spürt er ein seltsames Flattern im Bauch. So etwas hat er noch nie gesehen. Marcie blickt über die Schulter zurück.

»Lächerlich, nicht wahr? Leandro sagt, er traut dem Mann nicht, dem die hiesige Bank gehört – diesem Fiorentino. Und warum nicht?, habe ich ihn gefragt. Die Bank in New York lässt er auch noch all seine amerikanischen Geschäfte abwickeln. Aber er hat nur mit den Schultern gezuckt, und ich glaube, ich kenne den Grund – er vertraut reichen Männern nicht. Er ist *selbst* ein reicher Mann, aber er traut ihnen immer noch nicht über den Weg. Im Herzen ist er immer noch der arme Bauer, als der er auf die Welt kam. Und wenn er erfährt, dass ich dir das hier gezeigt habe, wird er mir bei lebendigem Leib die Haut abziehen. Hast du das verstanden?« Sie lächelt, und Ettore schweigt. Schluckend stellt er fest, dass er nicht einmal weiß, was er empfindet. Marcie zieht mehrere Scheine aus einem Bündel und drückt sie ihm in die Hand. »Sag Leandro nicht, dass ich dir das gegeben habe – ich sage es ihm lieber selbst, das ist besser. Nimm es, für Paola und das Baby. Ich weiß, welche Sorgen du dir um sie machst. Nun nimm es schon.« Sie schiebt seine Hände zurück, als er ihr das Geld wiedergeben will. »Nimm es einfach! Verdammt noch mal, Ettore, sei nicht so stolz! Nimm das Geld.« Er kennt das Wort *stolz* – sie gebraucht es oft, um ihn zu beschreiben, ihn zu tadeln. Sie begreift einfach nicht, dass Stolz manchmal alles ist, was er noch hat. Doch er nimmt das Geld, obwohl es ihm vorkommt wie blanker Hohn. Zehnmal so viel, wie er in einer ganzen Woche als Wächter verdient hat, und sie drückt es ihm in die Hand, als wäre es nichts. Sein Gehorsam bringt ihm ein Lächeln ein.

Später wartet Anna im Hof auf ihn. Betont sittsam, das Haar unter einem Tuch verborgen, sitzt sie auf dem Kutschbock des kleinen Wagens. Sie hält die Zügel schon in Händen und mustert ihn argwöhnisch, als er neben ihr aufsteigt. Die knorrigen, knochigen Hüften und vernarbten Knie des Maultiers vor dem Wagen erzählen von Jahren schwerer Arbeit. Es steht mit angelegten Ohren und verschwommenem Blick da, völlig losgelöst von seiner Umgebung, und schlägt nicht einmal mit dem Schweif nach den Fliegen, die es plagen. Marcie winkt von der Terrasse herab, als sie abfahren, und am anderen Ende des Torbogens steht Chiara mit Filippo. Sie hält ihren Hut an der Krempe in einer Hand und kommt offenbar gerade von einem Spaziergang zurück, denn ihre Beine sind staubig bis zu den Knien. Sie starrt zu ihm hoch, und er liest in ihrer verständnislosen, verletzten Miene. Wenn er könnte, würde er ihr sagen, dass er wiederkommen wird, aber er hat keine Möglichkeit dazu. Also behält er seine starre Miene bei und lässt den Blick nur einen Moment lang auf ihr ruhen. Filippo winkt mit der nicht verbundenen Hand, und Ettore winkt zurück. Der Chor der Hunde, die an ihren Ketten zerren, weil sie sich auf das Maultier stürzen wollen, begleitet sie zum Tor hinaus. Das Maultier ignoriert den Lärm vollkommen. Sämtliche Spuren von Hagel und Schmelzwasser sind verdunstet, und nur subtile Anzeichen weisen noch auf den Wolkenbruch hin: Die Blätter der Feigenbäume sind ein wenig grüner, die Luft ist ein wenig klarer. Doch bald werden Hitze, Staub und sengende Sonne alles zurückerobern und sich sammeln und stauen bis zum nächsten Unwetter.

Ettore fühlt sich besser, sobald sie die *masseria* hinter sich gelassen haben und die Straße nach Gioia sich vor ihm erstreckt. Er ist nervös, aus mehreren Gründen. Er blickt sich auf den Feldern, an denen sie vorbeifahren, nach Arbeitern um, doch offenbar wird immer noch gestreikt. Das Maultier trabt mit flachen Schritten voran, erstaunlich rasch, und bald erreichen sie den Stadtrand von Gioia del Colle. Ettores Stimmung hebt sich. In diesen Straßen kennt er sich aus – er weiß, wer er ist und was er tun sollte. Er kennt seinen Platz.

»Lass mich hier absteigen«, sagt er zu Anna, ehe sie die Stadtmitte erreichen, und sie zieht an den Zügeln, um das Maultier anzuhalten. Leandros Gespann ist zwar bescheiden, aber Ettores Nachbarn sollen ihn trotzdem nicht darin vorfahren sehen.

»Fährst du später mit zurück? Wie lange brauchst du hier?«, fragt Anna.

»Nein, ich will heute nicht mehr zurück. Warte nicht auf mich.«

»Ist gut.« Sie nickt ihm zu, schnalzt mit den Zügeln und fährt weiter. Ettore holt tief Luft und nimmt ungewöhnlich deutlich den Gestank von Gioia wahr. Abwasser und fauliges Gemüse, Krankheit, ungewaschene Leiber, Pferdemist und Zigarettenrauch. Der Geruch ist ihm beinahe tröstlich vertraut, und dennoch schnürt er ihm diesmal die Kehle zu. Er macht sich auf den Weg zur Piazza Plebiscito. Inzwischen ist er an der Krücke fast genauso schnell wie ein Mann mit zwei gesunden Beinen. Auf dem Platz tummeln sich Leute – all die Arbeiter, die nicht arbeiten, bilden ein Meer aus Schwarz, hier und da durchsetzt mit den etwas helleren Blusen der Frauen. Ein paar junge Männer sind an den Laternenpfählen hochgeklettert, um besser sehen zu können, und das Podium auf dem Platz ist mit den Bannern der Sozialisten dekoriert. Am Rand des Platzes bemerkt Ettore Grüppchen von Männern, die eng zusammenstehen und sich unterhalten, statt dem Redner zuzuhören. Sie strahlen die wachsame Anspannung von Männern aus, die auf etwas warten, und bei ihrem Anblick überläuft Ettore ein warnender kleiner Schauer. Manche von ihnen tragen Polizeiuniform, andere die Reste alter Offiziersuniformen, einige weitere schwarze Hemden mit aufgestickten oder angehefteten Abzeichen. Ettore starrt auf die Menge vor sich und hat kaum Hoffnung, Paola unter den vielen Leuten zu finden.

Trotzdem geht er auf gut Glück einmal um den Platz herum. Der Sprecher auf dem Podium ist selbst ein ehemaliger Soldat, aber ein einfacher Fußsoldat, wie Ettore einer war.

Wie sämtliche Bauern damals. Blechern hallt seine Stimme aus einem Megafon.

»Wir haben sie gefragt: Warum sollten wir für Italien kämpfen, wenn uns nicht einmal ein winziger Teil davon gehört? Warum sollten wir für ein Land kämpfen, in dem wir keine Rechte besitzen? In dem man uns schlimmer behandelt als das Vieh? Ein Land, in dem wir beschimpft werden? Warum sollten wir in den Tod marschieren auf Befehl von Männern, die uns verachten?«, ruft der Sprecher. Seine Worte hallen bis in alle Ecken des Platzes und stoßen auf empörte Zustimmung. Wenn sie streiken und nicht arbeiten, sind die Männer ohnehin rastlos – jetzt sind sie hart vor Anspannung, wie aufgezogene Federn. Das trockene Gras, in das jemand ein Streichholz fallen lassen könnte. Ettore spürt es förmlich wie entfernten tosenden Lärm, der näher kommt, immer näher. Er läuft schneller, sucht noch angestrengter.

»Und dennoch hat Cardona uns bei Isonzo den Angriff befohlen, immer wieder, und zugesehen, wie wir elendig krepiert sind. Dennoch hat er ganze Regimenter antreten lassen und jeden zehnten Mann erschossen, wenn wir es wagten, uns seinen Befehlen zu widersetzen. Mein Bruder war einer dieser Männer – und er war der tapferste Soldat seiner Einheit. Abgeknallt wie ein Hund. Wie ein *Hund!*«

Ein zorniges Raunen geht durch die Menge, und als Ettore Isonzo hört, bleibt er stehen. Er muss warten, bis das Entsetzen nachlässt, das ihn plötzlich überflutet, denn das Wort füllt seinen Geist mit Erinnerungen an ein so schreckliches Grauen, dass es ihn beinahe um den Verstand gebracht hätte. Zwölf Schlachten wurden an der Isonzo-Front gegen die Armee von Österreich-Ungarn geschlagen. Zwölf Schlachten über zwei höllische Winter hinweg, und obwohl am Ende eine Dreiviertelmillion Soldaten tot im eisigen Matsch lag, hatte sich die Front keinen Meter verschoben. Ettore war damals fast ständig betrunken. Nüchtern war das Grauen zu groß, um zu atmen, der Hunger zu schrecklich, um weiterzuleben. Nüchtern riskierte man, den Verstand zu verlieren, einen Sprung im Geist, der nie wieder zu reparieren war. Trunkenheit war die einzige Möglichkeit, diese Schützengräben zu überleben, und Valerio ist nicht der Einzige, der seither sein Bestes tut, betrunken zu bleiben. Ettore muss kurz an Leandro denken, der diese Zeit sicher in New York verbracht hat, weil er reich und skrupellos genug war, sich von der Einberufung freizukaufen.

Er holt tief Luft und setzt seine Runde um den Platz fort. Die Stimme des Sprechers ist schwer vor Zorn und Verbitterung. »Und die ganze Zeit über sind die vornehmen Drückeberger hier zu Hause geblieben, sicher und wohlbehalten auf ihren Gütern. Warum sollten wir kämpfen?, haben wir sie gefragt. Und sie haben geantwortet: Ihr werdet *Land* bekommen! Ganz Italien wird euch respektieren und lieben! Ihr werdet eure Familien ernähren, eure eigenen Felder bestellen und euch eine Zukunft aufbauen können! Ihr werdet nie mehr hungern! Nie wieder werden die Schulden des Winters euch erdrücken, und niemand wird euch mehr eine ganze Jahresmiete im Voraus für ein dreckiges Kellerloch abknöpfen! Und nun frage ich euch, meine Brüder, haben wir irgendetwas von dem bekommen, was sie uns versprochen haben? Haben wir das?« Beinahe wie aus einem Munde brüllt die Menge: *Nein!* »In Russland haben sie sich genommen, was ihnen versprochen wurde. Meine Brüder, es ist an der Zeit, dass auch wir uns nehmen, was uns versprochen wurde!« Im lauten Stimmengewirr hört Ettore jemand seinen Namen rufen.

»Ettore! Ettore!« Er dreht sich suchend um und entdeckt Pino, der sich einen Weg durch die Menge bahnt.

»Pino, mein Freund! Wie schön, dich zu sehen. Geht es dir gut?« Sie umarmen sich heftig und klopfen einander kräftig auf den Rücken.

»Ganz gut, und was ist mit dir? Du bist da, und du kannst laufen, das freut mich! Bist du denn wieder ganz zu Hause? Bist du gesund?« Zweifelnd beäugt Pino die Krücke.

»Noch nicht ganz, aber bald. Ich will Paola besuchen, ich habe Geld für sie. Hast du sie gesehen?«

»Sie war hier, aber nicht lange – sie wollte den Kleinen nicht mitnehmen und ihn auch nicht lang allein lassen. Komm, ich begleite dich.«

»Wie lange wird der Streik noch dauern?«

»Ich weiß nicht. Es sind jetzt achtundvierzig Stunden ... Die Männer sind hungrig und wütend. Niemand traut sich mehr, die Güter zu überwachen, um Streikbrecher zu erwischen, wegen dieser Schlägertrupps. Die werden immer mehr, Ettore. Wenn die Grundbesitzer die Ernte eingebracht und gedroschen haben wollen, müssen sie kapitulieren ... und allmählich dürften sie ziemlich verzweifelt sein. Aber Capozzi und Santoiemma sind immer noch im Gefängnis, also ...« Er zuckt mit den Schultern.

»Diese Demonstration könnte übel ausgehen. Spürst du das auch?«, fragt Ettore, und Pino nickt.

»Besser, du kommst vorher hier weg mit deinem schwachen Bein.«

Sie gehen die schmalen, uralten Gassen zur Vico Iovia entlang, und die hallenden Worte des Sprechers wie die gebrüllten Antworten der Menge werden hinter ihnen immer leiser. Das Sammelsurium von Häusern, errichtet, umgebaut, notdürftig repariert und erweitert, drängt sich auf beiden Seiten so nah, dass er die Mauern gleichzeitig berühren könnte. Treppen, Fallrohre, krumme Fensterläden und hier und da ein Lüftungsdurchlass in Form einer steinernen Blume – alles ist angenagt vom Zahn der Zeit. Die Schatten sind tief, und in den Rinnsteinen steht der Dreck.

»Pino, ich muss mich bei dir bedanken«, sagt Ettore.

»Ach ja?« Pino grinst ihn an.

»Wenn du mich nicht rechtzeitig zur Masseria dell'Arco gebracht hättest, hätte ich womöglich das Bein verloren. Oder ich wäre gestorben. Danke dir.«

»Das habe ich nicht für dich getan, Bruder«, erklärt Pino ernst. Ettore wirft ihm einen Seitenblick zu. »Es war dieser Gestank – heilige Muttergottes, welch ein Gestank! Ich konnte ihn keinen Augenblick länger ertragen. Also musste ich dich irgendwie loswerden«, sagt er, und Ettore lacht leise.

»Trotzdem danke, Pino«, wiederholt er, und Pino versetzt ihm einen freundschaftlichen Schubs, der ihn beinahe von den Füßen reißt.

»Hör auf, mir für etwas zu danken, das du ganz genauso für mich tun würdest. Ach, bedank dich am besten einfach gar nicht mehr. Das macht mich nervös. Also, wie ist es dort? Lebt deine Tante immer noch wie eine Königin in Saus und Braus?«

»Ja. Es ist ... unglaublich. Als könnte sie nicht sehen, was um sie herum geschieht. Es ist, als würde sie die Augen aufschlagen und immer noch New York um sich sehen, also lebt sie weiter so, wie sie dort gelebt haben muss.«

»Vielleicht nicht genau so. Vielleicht will sie all das hier nicht sehen. Was könnte sie auch daran ändern?«

»Nichts. Aber sie könnte es zumindest zur Kenntnis nehmen ... Ihre vorsätzliche Blindheit ist eine Beleidigung für uns alle. Ich komme nicht dahinter, ob sie wirklich dumm ist oder einfach ...« Er zuckt mit den Schultern.

»Was?«

»Verrückt, müsste man wohl sagen.« Ettore hält inne, lässt die Krücke los und streckt die Finger, um seinen schmerzenden Handballen zu entlasten. »Sie hat ihre Juwelen offen herumliegen, wo sie jeder sehen kann – Gold und Diamanten. Und in ihrem Kleiderschrank ist ein Tresor voller Geld – mehr Geld, als du oder ich je im Leben gesehen haben, Pino! Sie sagt, mein Onkel traut der Bank nicht. Also liegt es einfach so da herum. Das hier hat sie für mich herausgeholt.« Er nimmt die zusammengefalteten Geldscheine aus der Westentasche. »Hat es mir einfach so in die Hand gedrückt, als gäbe sie mir mein Taschengeld. Pino, ich glaube, sie ist doch verrückt.«

»Himmel!«, stößt Pino mit aufgerissenen Augen hervor. »Immer noch verrückt nach dir vielleicht. Wedel nicht so damit herum, Herrgott noch mal. Dafür würde dir jemand die Leber mit dem Löffel aus dem Leib kratzen.«

»Ich weiß.«

»Vielleicht doch nicht so verrückt. Sie wohnt hinter fünfzehn Meter hohen Mauern, umgeben von scharfen Hunden und Wachen. Warum sollte sie da keine Diamanten tragen? Und was hätten wir davon, wenn sie sie in irgendeiner Schublade ließe?«

»Sie könnte sie verkaufen. Dann könnte Leandro uns besser bezahlen oder vielleicht mehr Männern Arbeit geben«, erwidert Ettore bitter. »Während der ganzen Erntezeit klagt er mir schon sein Leid, genau wie die anderen, Pino. *Ich stehe am Rande des Ruins, ich verdiene mit dieser Ernte kein Geld, der Lohn für euch Arbeiter kostet mich mehr, als ich für den Weizen bekommen werde.*« Er schüttelt den Kopf. »Dabei sitzt er auf genug Geld, um ganz Gioia samt Mann und Maus zu kaufen. Und Marcie hat mir erzählt, dass er noch mehr Geld in New York hat – irgendwelche Geschäfte. Ich nehme an, seine Söhne arbeiten dort für ihn.«

»Ein reicher Mann hat eine andere Vorstellung von Armut als diejenigen, die tatsächlich arm sind.«

»Aber wir sprechen von Onkel Leandro, Pino! *Er* weiß sehr wohl, wie es ist.«

»Ja, aber er ist jetzt ein reicher Mann, Ettore. Das verändert die Menschen. Vielleicht wären wir genauso, wenn aus uns einmal reiche Leute würden.«

»Nein. Niemals. Niemals könnte ich so wie er vergessen, woher ich komme und was ich gesehen habe. Oder wie es sich anfühlt, vier Tage am Stück nichts zu essen …«

»Beruhig dich, Ettore.« Pino lächelt. »Was soll er denn tun, sein ganzes Geld verschenken und selber wieder arm sein? Wem wäre damit gedient?«

»Vielleicht bekäme er dann seine Seele zurück.«

»Bist du jetzt ein Mann Gottes?«, fragt Pino, und Ettore grinst verlegen. »Ein Schritt nach dem anderen und nicht bergauf laufen, wenn es nicht sein muss. Heute hast du Geld. Heute werden deine Liebsten zu essen haben. Freu dich darüber.«

»Nimm das«, sagt Ettore, schiebt mit dem Daumen zwei Scheine von dem Bündel und hält sie Pino hin.

»Nein, behalte du es. Du hast mehr Mäuler zu stopfen.«

»Ich habe mehr als genug. Nimm es, für dich und Luna, keine Widerrede.«

»Danke, Ettore«, sagt Pino demütig.

»Bedank dich nicht für etwas, das du genauso für mich tun würdest«, erwidert Ettore.

In diesem Moment fallen Schüsse. Sie peitschen über den Himmel und durch die Gasse, in der die beiden Männer sich augenblicklich ducken und den Kopf mit den Armen schützen – der Reflex ehemaliger Soldaten. In der Stille danach blicken sie die Gasse hinter sich entlang, als könnten sie fliegende Kugeln oder den zielenden Feind erkennen. Ettore sieht seine eigene, instinktive Angst in Pinos Augen gespiegelt. *Wir sind keine Soldaten*, denkt er. *Waren wir nie. Wir wollten nur Bauern sein.*

»Es geht los«, sagt Pino. Ettore richtet sich auf, packt seine Krücke und hastet weiter.

»Es hat schon längst angefangen. Komm, weiter!« Hinter ihnen werden weitere Schüsse abgegeben, rasch nacheinander. Sie prasseln wie eine Handvoll Kies, die jemand zornig an ein Fenster schleudert. Laute Rufe sind zu hören, dann erhebt sich Geschrei, und der dumpfe Lärm zahlreicher Schritte kommt näher. Ettore und Pino eilen tiefer in das Gewirr der Gassen hinein und dann in die Sackgasse, den kleinen Hof vor Ettores Wohnung.

»Ich muss nach Hause. Luna ist allein«, keucht Pino.

»Ja, lauf! Wir sehen uns später, ehe ich zurückgehe«, sagt Ettore. Pino klopft ihm auf die Schulter und rennt die Gasse entlang davon.

Ettore müht sich die Treppe hinauf zu seiner Tür, stößt sie auf und bleibt abrupt stehen. Die Spitze einer Klinge schimmert eine Haaresbreite vor seiner Kehle. Er blinzelt ins Dunkel und blickt in die starrenden Augen seiner Schwester.

»Paola!«, ächzt er, und Paola stößt den angehaltenen Atem

aus. Ihre Schultern sacken herab, und sie lässt das Messer sinken.

»*Madonna!* Ich hätte dir beinahe die Kehle aufgeschlitzt, Ettore!«, sagt sie mit bebender Stimme.

»Ist mir nicht entgangen.«

»Ich habe Schüsse gehört – und dachte, du bist ein Plünderer. Oder einer von diesen verfluchten Faschisten.« Sie umarmt ihn flüchtig, ohne das Messer aus der Hand zu legen, und Ettore spürt ihre harten Knochen durch ihre Kleidung. Sie riecht säuerlich nach Angst und Erbrochenem.

»Geht es Iacopo gut? Und dir?«

»Ja, alles in Ordnung. Heute Morgen hat er sich übergeben und mich von oben bis unten vollgespuckt, aber dann hat er nur darüber gelacht.« Ihr Blick huscht automatisch zu der Holzkiste hinüber, in der ihr Sohn schläft. Ettore blickt sich in seinem Zuhause um. Nach der lichtdurchfluteten, großzügigen *masseria* kommt es ihm vor wie ein Erdloch. Von der anderen Seite des dunklen Zimmers, wo Valerio in seinem Alkoven schläft, ist ein schwaches Husten zu hören.

»Und Vater?«, fragt Ettore leise. Paola zuckt mit den Schultern und verzieht besorgt das Gesicht.

»Er wird immer schwächer. Er isst kaum noch etwas – nicht, dass viel zu essen da wäre. Ich glaube, er hat Fieber. Nicht sehr hoch, aber schon seit ein paar Tagen.«

»Hört auf, über mich zu reden, als wäre ich nicht da«, brummelt Valerio. Ettore geht zu ihm hinüber, und Valerio späht mit verschwommenem Blick zu ihm hoch. In seinen hohlen Wangen schimmern graue Bartstoppeln, und er hat braune Ringe um die eingesunkenen Augen.

»Soll ich den Arzt holen, Vater? Ich habe Geld – von Onkel Leandro.«

»Der!« Valerios Augen funkeln. »Gibt uns jetzt Almosen, dieser arrogante Hurensohn?« Seine Wut strengt ihn so an, dass er wieder husten muss.

»Ich habe dafür gearbeitet. Na ja, zumindest für einen Teil«, erklärt Ettore. »Also, soll ich den Arzt holen?«

»Wozu denn? Der wird nichts weiter tun, als dich zu seinem Bruder zu schicken, damit du Medizin kaufst, die nicht wirkt. Lass mich in Ruhe, wenn du etwas für mich tun willst. Oder noch besser, geh und kauf mir etwas Wein von seinem Geld. Aber den Gefallen wirst du mir wohl nicht tun, was?« Valerio starrt trübselig in die Schatten. Seine flachen, pfeifenden Atemzüge bewegen kaum die Rippen. Ettore beißt die Zähne zusammen.

»Du willst also einfach aufgeben und sterben, ja? Wenn ich nicht zu Hause bin und niemand deiner einzigen Tochter und deinem Enkel helfen kann, niemand Geld verdient, damit sie zu essen haben? Wenn niemand da ist, der sie beschützt?«, fragt er. Valerios Blick gleitet zu Paola hinüber, die noch immer das Messer in der geballten Faust hält.

»Meine Tochter hat schon immer besser für sich selbst gesorgt, als ich es je gekonnt hätte«, flüstert er. Stolz klingt aus diesen Worten, aber auch Selbstmitleid. Seufzend schließt Valerio die Augen.

Paola zuckt leicht zusammen und schweigt eine Weile. Nun endlich legt sie das Messer weg, geht zu Iacopo und streicht ihm über die Wange.

»Du hast Geld, hast du gesagt?«

»Ja, viel Geld. Ich …« Ettore verstummt, als ganz in der Nähe ein Schuss kracht. Laute, hastige Schritte sind zu hören, ein zorniger Aufschrei und das Bersten einer Tür.

»Sie sind hier!«, zischt Paola. Sie huscht zur Tür und späht durch einen Spalt zwischen den Brettern nach draußen.

»Soll ich gehen? Wärt ihr dann sicherer?« Ettores Herz pocht laut vor Angst und Wut.

»Vielleicht … ja, vielleicht.« Paola wendet sich ihm zu, und auch ihr stehen Angst und Wut ins Gesicht geschrieben. »Du hast dir einen tollen Zeitpunkt ausgesucht, um nach Hause zu kommen, Ettore! Wer hier reinkommt, dem schlitze ich die Kehle auf, so wahr mir Gott helfe!«

»Nicht, Paola! Nur wenn es gar nicht anders geht. Sonst bringen sie dich ganz sicher um. Ich werde gehen – jetzt gleich.«

»Aber nicht raus auf die Straße! Versteck dich unten im Stall. Los, los! Beeil dich. Und lass dich ja nicht dazu verleiten, aus deinem Versteck zu kommen und zu kämpfen. Versprich es mir! Die erschießen dich, ohne lange zu fackeln.«

»Wer sind diese Leute überhaupt?«, fragt Ettore schon an der Tür.

»Dieselben wie immer, Bruder, und sie wollen das, was sie schon immer wollten – uns in den Staub treten, weil sie uns hassen. Nun geh schon.«

Ettore eilt in den Stall ihres Nachbarn unter dem Zimmer, in dem er und Paola wohnen, und zieht das wackelige Tor hinter sich zu. Es stinkt so nach Ammoniak, dass er kaum atmen kann. Die knochige Ziege, die hier haust, beäugt ihn mit gerecktem Hals und schwenkt besorgt den Kopf hin und her. Ihre Augen wirken fremdartig und mitleidslos. Sie gibt ein leises Meckern von sich und kommt auf ihn zu – er könnte ja Futter haben. Ettore hockt sich hin und späht durch eine breite Lücke zwischen den Brettern des Tors nach draußen. Ein paar Minuten lang geschieht nichts. Sein keuchender

Atem beruhigt sich, die Ziege knabbert vorsichtig an seinem Hemd, und er kommt sich dumm vor. Dann marschiert eine Gruppe von sechs oder sieben Männern in zielstrebiger Formation auf den kleinen Hof. Ihr Anführer trägt zwei vor der Brust gekreuzte Patronengurte, eine Pistole an jeder Hüfte und ein silbernes Abzeichen am Hemdkragen – eine Axt an einem Bündel Ruten. Seine schwarzen Locken und das weiche Profil kommen Ettore irgendwie bekannt vor, doch durch den schmalen Spalt und von der Seite kann er den Mann nicht genau erkennen. Erst als er mit erhobener Faust den Männern hinter sich gebietet, stehen zu bleiben, und sich der Treppe zuwendet, sieht Ettore das Gesicht, entstellt von einer Hasenscharte und einem widerwärtigen Ausdruck der Erregung. Federico Manzo – Ludos Sohn und Leandros Diener. Rasende Wut packt Ettore wie eine gewaltige Faust, drückt ihm die Luft ab, presst alle Vernunft aus ihm heraus. Seine Finger schließen sich um den Rand des klapprigen Tores, und erst im letzten Augenblick kann er sich daran hindern, es aufzureißen und sich auf den Mann da draußen zu stürzen. Er zwingt sich stillzuhalten, und es kostet ihn jedes Quäntchen seiner Willenskraft.

Federico Manzo hämmert an die Tür.

»Ettore Tarano!«, ruft er laut. Ettore hält den Atem an. Die Ziege gibt ein dumpfes Meckern von sich.

Er hört, wie sich die quietschende Tür öffnet und Paola sagt: »Was wollt ihr …« Weiter kommt sie nicht, denn Federico zerrt sie am Arm die Stufen herab und schubst sie den wartenden Männern entgegen.

»Haltet sie fest und passt auf – die da ist eine Hure und ein gefährliches Miststück«, sagt Federico und grinst über Paolas wutverzerrtes Gesicht. »Wahrscheinlich hat sie ein Messer in ihrer Möse versteckt, und nach allem, was ich so gehört habe, ist sie auch bereit, es zu benutzen. Wo ist dein Bruder, du Schlampe?«

»Auf dem Gut seines Onkels, schon seit zwei Wochen. Wie du sehr wohl weißt«, erwidert sie kalt.

»Ich glaube, du lügst.« Federico lächelt sie an und geht hinein.

»Da drin ist niemand, nur mein Baby und mein kranker Vater! Lass sie in Ruhe!«

»Halt den Mund«, befiehlt einer der Männer mit finsterer Stimme. »Oder willst du uns etwa Ärger machen? Wir gehen ja wieder, wenn er nachgesehen hat. Also keine Sorge um deine Tugend – sofern du eine hast. Mir gefallen nur Frauen mit Brüsten«, sagt er grinsend, und seine Kumpanen lachen. Einer von ihnen streckt die Hand aus und grapscht Paola an die Brust, sodass sie das Gesicht verzieht.

»Da hab ich ja selber größere Titten!«, verkündet er und erntet weiteres Gelächter. Von drinnen ist ein dumpfes Poltern zu hören, ein gedämpfter Aufschrei, und dann heult Iacopo aus voller Kehle. Paola stürzt zur Tür, doch die Männer packen sie und halten sie zurück.

»*Iacopo!* Wenn du ihn anrührst, bringe ich dich um! Ich bringe dich um!«, kreischt sie. Ettore beginnt zu keuchen, sein ganzer Körper zittert vor Adrenalin. Stumm fleht er Paola an, still zu sein. Er hört Federico vom Kopf der Treppe, kann ihn aber nicht sehen. Iacopos Gebrüll klingt plötzlich viel deutlicher – offenbar hat Federico das Baby mit herausgebracht. Ein kalter Schauer der Angst läuft Ettore über den Rücken.

»Was für ein Dreckloch. Kein Wunder, dass es deinem Bruder auf der *masseria* so gut gefällt. Sag mir, wo er ist«, sagt Federico.

»Tu ihm nichts! Wag es nicht, meinem Sohn etwas anzutun, du Hurensohn!«

»Sag mir, wo dein Bruder ist, sonst lasse ich ihn die Treppe runterfallen.«

»Er ist auf dem Gut! Wenn er da nicht ist, weiß ich nicht, wo! Ich habe ihn nicht mehr gesehen, seit er dorthin gegangen ist. Gib mir mein Baby! Gib ihn mir!«

Langsam kommt Federico die Stufen herunter, und Ettore sieht, dass er Iacopo auf einem Arm trägt und nicht allzu grob auf und ab wiegt, während er zu Paola geht, die von zwei Männern festgehalten wird. Federico grinst über die Mischung aus Grauen und Hoffnung auf ihrem Gesicht. »Gib ihn mir«, verlangt sie erneut. Federico neigt den Kopf zur Seite und betrachtet sie.

»Ein hübsches Kind. Du musst sehr stolz auf ihn sein«, bemerkt er im Plauderton. Dann seufzt er, zückt eine seiner Pistolen und hält sie Iacopo an den Kopf.

»Nein!«, schreit Paola. »Nein! Nein!« Ettore kann sich nicht rühren und bekommt keine Luft mehr. *Steh auf,* befiehlt er seinem Körper. *Auf.* Doch der gehorcht ihm nicht. Diese Männer wollen ihn umbringen, so viel steht fest. Niemand würde einem Säugling eine Waffe an den Kopf halten, wenn es nur um eine Verhaftung oder eine Tracht Prügel ginge. *Er wird es nicht tun, Paola,* beschwört er sie im Stillen. *Er wird es nicht wagen – Iacopo gehört zu Leandros Familie.*

»Wo ist er, Paola? Ich weiß, dass er heute nach Gioia gekommen ist«, sagt Federico. Paola starrt ihren Sohn und die Pistole, die auf ihn gerichtet ist, in stummem Entsetzen an. Sie schüttelt den Kopf.

»Ich ... ich weiß es nicht.« Sie bringt kaum ein Flüstern hervor. Ettore schließt gequält die Augen. In diesem

Moment ist ihm klar, dass seine Schwester der tapferste Mensch der Welt ist. Federico beobachtet sie noch ein Weilchen, zuckt dann mit den Schultern und steckt die Waffe wieder weg.

»Vielleicht sagst du ja doch die Wahrheit. Vielleicht ist er irgendwo in der Nähe des Guts geblieben – wenn er auch nur ein klein wenig Verstand hat. Dort kommen wir nicht an ihn heran, das weiß er. Jedenfalls noch nicht.« Er nickt seinen Männern zu, und die lassen Paola los. Sie reißt Iacopo aus Federicos nachlässigem Griff und drückt ihn an ihre Brust, während die Männer vom Hof marschieren.

»Fürs Erste Gute Nacht, du Schlampe«, sagt der Mann, der ihr an den Busen gegrapscht hat, im Vorbeigehen. »Vielleicht komme ich dich später noch mal besuchen.« Doch Paola hält ihren Sohn fest in den Armen, presst die Lippen auf seinen Kopf und ignoriert den Kerl. Eine Zeit lang ist nichts mehr zu hören außer Iacopos Weinen, und Ettore fragt sich, ob er je den Mut aufbringen wird, den nach Pisse stinkenden Ziegenstall zu verlassen. Ob er diese Schande wird ertragen können.

Schließlich geht Paola wieder nach drinnen, ohne auch nur einen Blick auf das Tor zum Stall zu werfen. Ettore rührt sich nicht. Erst als er sie um Hilfe rufen hört, eilt er ins Haus, stinkend und stumm vor Hass. Gemeinsam heben sie Valerio vom Boden auf und legen ihn in seinen steinernen Alkoven.

»Paola ...«, beginnt er, doch er hat nichts zu sagen.

»Geh zurück auf die *masseria*, Ettore. Du hast doch gehört, was er gesagt hat – dort bist du in Sicherheit.« Sie deckt ihren Vater wieder zu und legt eine Hand auf seine feuchte Stirn.

»Ich kann heute Nacht nicht zurück – wie denn? Anna ist sicher weggefahren, sobald es Ärger gab. Paola, hör zu, er ... er kann Iacopo nichts tun. Er arbeitet für Leandro ...«

»Ich weiß. Das war mir klar – deshalb habe ich ihm nichts gesagt.« Ihre Stimme klingt bleischwer vor Erschöpfung. »Aber was hat das zu bedeuten, Ettore? Warum können die Bediensteten unseres eigenen Onkels hierherkommen und uns bedrohen? Dich hätte er umgebracht. Warum? Hast du irgendetwas getan, was diese Leute verärgert hat? Was hat das zu bedeuten?« Auf einmal schwimmen Tränen in ihren Augen. Das sieht Ettore zum ersten Mal, seit Iacopos Vater Davide ermordet wurde. Der Anblick ist ihm unerträglich, er nimmt seine Schwester in die Arme, legt das Kinn auf ihren Kopf, und ausnahmsweise einmal lässt sie es zu. Sie zittert.

»Ich weiß es nicht«, antwortet er. »Ich weiß nicht, was das zu bedeuten hat. Aber ich werde es herausfinden.« Paola rückt von ihm ab und wischt sich die Augen.

»Hier kannst du nicht bleiben. Vielleicht beobachten sie das Haus oder kommen noch einmal her. Geh zu Pino und Luna.«

»Sie wissen, dass Pino mein bester Freund ist.« Ettore schüttelt den Kopf.

»Dann geh zu Gianni und Benedetto, zu Livias Familie. Aber du darfst nicht hierbleiben.«

»Ist gut.« Er gibt ihr sein gesamtes Geld, und sie nimmt es wortlos an. »Paola«, sagt er und drückt ihre Hand, die das Geld umschließt. Das Sprechen fällt ihm schwer. »Du hast das Herz einer Löwin. Und doppelt so viel Mut wie ich.«

Draußen sind von überall her Gebrüll und Kampfeslärm zu hören. Ettore sieht mehrere Trüppchen Faschisten auf den Straßen und noch viel mehr Arbeiter, ebenfalls in Gruppen, aber schwächer und unbewaffnet. Die Faschisten greifen Gebäude der Gewerkschaften an und die Häuser bekannter Agitatoren. Die Arbeiter attackieren die Polizeiwache, das Rathaus und das Büro der neuen faschistischen Partei. Livias Mutter Bianca öffnet ihm mit angsterfülltem Gesicht die Tür und kneift die Augen zusammen, als sie ihn erkennt. Er ist nicht sicher, wie sie zu ihm steht, seit Livias Tod war sie ihm gegenüber kalt und distanziert. Vielleicht gibt sie ihm die Schuld daran, weil er ihre Tochter nicht beschützt hat, und er akzeptiert diese Schuldzuweisung. Schließlich macht er sich selbst Vorwürfe, und jetzt fühlt er sich sogar noch schuldiger – weil er eine neue Geliebte hat. Er fragt sich, ob Bianca das vielleicht an ihm wahrnimmt – die Spuren einer anderen Frau. Ein Mann, der Livia begehrte, hat sie ermordet, also hasst ihre Mutter nun vielleicht alle Männer, die sie je so angesehen haben. Alle Männer, die mit Livia schlafen wollten.

»Darf ich hereinkommen? Sie suchen nach mir«, sagt er.

Bianca zögert einen Augenblick lang, dann nickt sie und tritt beiseite. Er betritt das Zimmer, das ebenso beengt und dunkel ist wie das der Taranos. Sie kehrt an ihren Platz zurück, auf den Schemel vor dem kleinen Ofen, und Ettore stellt fest, dass sie merklich gealtert ist.

»Ist dir auch niemand gefolgt?«, fragt Gianni, nur ein wachsamer Schemen in einer dunklen Ecke.

»Nein. Ich will euch auch nicht zur Last fallen, aber bei mir zu Hause waren sie schon, und sie meinen es ernst.«

»Sie greifen jeden an, der je auf einer Kundgebung gesprochen, einen Streik angeführt oder sich an einer Demonstration beteiligt hat«, erklärt Benedetto, Livias ältester Bruder. Er ist ein Bär von einem Mann mit breiten, knorrigen

Schultern und einem wilden schwarzen Bart. »Jeden, der ihnen bekannt ist. Natürlich kannst du bei uns bleiben. Ich habe gehört, du warst bei deinem Onkel.« Sie machen Platz für Ettore, und er setzt sich auf eine Strohmatratze, die in der Ecke auf dem Boden liegt. Er verzieht das Gesicht, als ihm bewusst wird, wie sein Bein nach diesem anstrengenden Nachmittag schmerzt.

»Wir haben nur etwas schwarze Pasta mit Anchovis zum Abendessen«, sagt Bianca und stochert in einem eisernen Topf auf dem Ofen herum.

»Danke, das ist ...«, sagt Ettore. Dann zögert er. Sein Magen knurrt und ist heiß vor Hunger, obwohl er auf der *masseria* ein reichhaltiges Frühstück zu sich genommen hat. Beschämt stellt er fest, dass er sich daran gewöhnt hat, satt zu sein. »Aber ich habe vorhin schon gegessen. Ich möchte euch nichts nehmen, was ich nicht brauche.« Gianni nickt, und die Atmosphäre entspannt sich ein wenig.

»Gut«, sagt Bianca erleichtert. Die Gastfreundschaft verlangt es, Gästen etwas anzubieten, aber niemand freut sich über einen zusätzlichen Esser.

Noch bis tief in die Nacht sind hin und wieder Schüsse und laute Stimmen zu hören – wütend, trotzig, höhnisch, verächtlich. Ettore kann nicht schlafen, denn wenn er die Augen schließt, sieht er Federico Manzo vor sich, der Iacopo die Pistole an den Kopf hält, und das nackte Grauen auf Paolas Gesicht. Einmal steht er auf und späht durch einen Spalt in den Fensterläden. Der Himmel glüht orangerot und ist voller Rauch. Gioia ist aus Stein gebaut, sodass sich ein Brand nur schwer ausbreiten kann, doch es gibt kaum Wasser zum Löschen. Wenn ein Gebäude Feuer fängt, brennt es normalerweise einfach aus. Lange schaut Ettore dem flackernden roten Schein zu, in dem immer wieder Funken aufstieben und fröhlich umhertanzen wie von unmenschlichem Leben erfüllt. Es erscheint ihm seltsam, dass Zerstörung so schön sein kann.

Seine Mutter Maria hatte an die drei Engel geglaubt, die bei Sonnenuntergang erscheinen sollten, um jedes Haus zu beschützen – Engel, die eher Geistern oder Feen ähnelten und mit Gott nichts zu tun hatten. Niemals ließ sie abends Abfall vor dem Haus liegen, weil das den Engel stören könnte, der die Tür bewachte. Vor jeder Mahlzeit verneigte sie sich leicht vor dem zweiten Engel, der mit am Tisch saß. Und bevor sie sich schlafen legte, dankte sie dem dritten, der über das Bett wachte. Am Morgen lösten sich diese Geister im Sonnenaufgang auf, doch Maria Tarano schlief tief und fest in der Gewissheit, dass keine bösen Geister oder Flüche sie während der Nacht treffen konnten. Ettore beobachtet die Brände und fragt sich, was mit diesen Engeln geschieht, wenn ein Haus in Flammen steht. Lösen sie sich vor Schreck gleich auf? Schleichen sie sich beschämt davon, weil sie versagt haben, oder bleiben sie und versuchen die Flammen zu löschen? Ist es ihr Leid, das er in den stiebenden Funken sieht, in den Rauchsäulen, die sich qualvoll emporwinden? Die Nacht ist lang, und ausnahmsweise ist Ettore froh, dass seine Mutter den vergangenen Tag nicht miterleben musste. Und bei diesem Gedanken fühlt er sich so verlassen, dass er die Einsamkeit spürt wie einen körperlichen Schmerz. Er wünscht, er wäre wieder auf der Masseria dell'Arco, eng an Chiara Kingsley geschmiegt, mit ihrem Haar im Gesicht, ihrer warmen Haut an seiner und ihrem sanft pochenden Herzen unter seinem Arm, der sie umschlingt.

Am Morgen wartet Ettore auf Gianni und Benedetto, um

Neuigkeiten zu erfahren. Gianni kehrt als Erster zurück, und sein schmales, raubvogelartiges Gesicht wirkt tief besorgt.

»Wir gehen morgen wieder an die Arbeit. Capozzi und Santoiemma sollen heute freigelassen werden, aber ... unsere Arbeitsvermittlung ist zerstört.«

»Zerstört?«, wiederholt Ettore. Gianni nickt.

»In Rauch aufgegangen, und drei der Männer, die das Gebäude verteidigen wollten, sind tot. Sämtliche Register, die Verteilungspläne, die Verträge, die die Grundbesitzer unterschrieben hatten – alles vernichtet. Wir sind wieder genau da, wo wir bei Kriegsende waren.« Ettore sinkt der Mut noch weiter.

»Wir können uns neue Räume suchen, neue Pläne aufstellen. Di Vagno wird sich darum kümmern«, sagt er und hofft auf Giannis Zustimmung. Di Vagno ist ihr Sprachrohr, ihr Abgeordneter im Parlament und Sozialist. Gianni wirft ihm einen verächtlichen Blick zu.

»Träum weiter, wenn es dich tröstet«, sagt er barsch. »Ein Blinder kann doch erkennen, woher der Wind hier in Gioia weht. In ganz Apulien.«

»Willst du dich also hinlegen und sie über dich hinwegtrampeln lassen, Gianni?«, fragt Ettore leise. Giannis Miene verfinstert sich.

»Wir kämpfen und kämpfen, aber wir verlieren jedes Mal, und ich habe es satt, so zu tun, als könnte sich je etwas daran ändern. Ganz gleich, wie viele Reden Di Vittorio hält oder wie viele Abgeordnete wie Di Vagno wir ins Parlament wählen. All das ändert gar nichts. Ich will arbeiten, und ich will essen. Weiter nichts.« Er legt sich auf die Matratze. Ettore bedankt sich für die Gastfreundschaft und steht auf, um zu gehen. Ihre Hoffnungslosigkeit ist ansteckend. Er spürt förmlich, wie sie in ihn hineinkriecht, betäubend wie ein kalter Januartag, und er will sie nicht. Er will Federico Manzo in die Hände bekommen und dessen Vater Ludo. Er will sie bestrafen. Sie dürfen nicht die Sieger bleiben.

Dieser Rachedurst verleiht ihm neue Energie, und er macht sich auf zu Leandros Haus in der Via Garibaldi. Ehe er anklopft, muss er tief durchatmen, um sich zu beruhigen. Die Bauern wissen schon lange, dass es nichts nützt, sich an die Polizei zu wenden, und jetzt ist die Justiz sogar noch parteiischer als je zuvor. Wenn er sich an Federico vergreift, werden sie ihm, Ettore, dafür den Prozess machen und nichts von alledem, was zuvor geschehen ist, als mildernde Umstände gelten lassen. Als Federico auf sein Klopfen hin die Tür öffnet und ihn angrinst, als seien sie alte Freunde, muss Ettore seine Wut niederringen und ersticken. Das fühlt sich an, als schluckte er Asche.

»Mr. Tarano. Welch angenehme Überraschung«, sagt Federico mit einer kleinen Verbeugung, ganz der höfliche Diener. »Ihr Onkel wird sich freuen, Sie zu sehen.« Ettore geht an ihm vorbei in den schattigen Bogengang, ohne ihn aus den Augen zu lassen. Federico trägt eine dunkle Hose, ein graues Hemd und ein verblasstes, aber sauberes Wams – keine Spur von Waffen oder Parteiabzeichen. »Wir hatten eine unruhige Nacht hier in Gioia. Ich glaube, er hat sich Sorgen um Sie gemacht, als er hörte, dass Sie wieder in der Stadt sind.«

»Vielleicht hat er mehr Grund zur Sorge, als er ahnt«, entgegnet Ettore. Federico lächelt erneut.

»Möglich. Aber hinter seinen Mauern sind Sie ja sicher. Schließlich ist Ihr Onkel ein mächtiger Mann.«

»Das ist er.«

In diesem Moment hört Ettore Leandros Stimme von einer der oberen Loggien. »Ist das mein Neffe? Geht es ihm gut?«

»Ja, Mr. Cardetta«, ruft Federico. Als er sich seinem kleinen Wachraum neben der Tür zuwendet, hält Ettore ihn auf.

»Wenn du meiner Schwester je wieder zu nahe kommst, werde ich dich bei lebendigem Leib ausweiden«, flüstert er. »Das schwöre ich dir.« Federicos Lächeln erlischt, und sein Gesicht verzerrt sich vor Zorn.

»Wir werden sehen«, sagt er. Dann geht er an Ettore vorbei und verschwindet in dem Zimmer.

»Ettore! Komm herauf, ich möchte mit dir reden«, ruft Leandro. »Warum, um alles in der Welt, kommst du ausgerechnet jetzt in die Stadt? Falls du irgendetwas für Paola hast, kann ich doch einen der Dienstboten damit herschicken.«

»Wir hatten auf der *masseria* nichts davon gehört, was hier in Gioia passiert, und ich wollte selbst nach meiner Familie sehen.« Ettore steigt die Treppe hinauf. »Mein Vater ist sehr krank, und Paola ist ganz allein.«

»Ah«, sagt Leandro und nickt bedauernd. »Tja, sie war schon immer ein eigensinniges, aber findiges Mädchen. Wenn je eine Frau auf sich selbst aufpassen konnte, dann sie ...« Er hebt beide Hände in einer hilflosen Geste.

»Das kann sie, aber sollte sie dazu gezwungen sein?«

»Dann soll sie hier in der Küche arbeiten, wenn sie sich schon nicht als meine Verwandtschaft aushalten lassen will.« Das sagt sich leicht, denn Leandro weiß genau, dass Paola dazu nicht bereit wäre.

»Vielleicht würde sie das auch tun, wenn Valerio ...« Ettore verstummt schuldbewusst. Er kommt sich vor wie ein Verräter, weil er sich geradezu hoffnungsvoll ausmalt, wie es nach dem Tod ihres Vaters sein könnte. Allerdings – falls Paola je hier einziehen sollte, würde sie als Allererstes Federico im Schlaf die Kehle aufschlitzen. Er schüttelt den Kopf. »Im Moment hat sie niemanden außer mir.«

Der Himmel ist eintönig blass, als Federico sie später zur *masseria* hinausfährt. Eine dicke Wolkendecke hält die Hitze wie unter einer Glasglocke fest, und die Luft ist still und stickig, wie geronnen. Sieben Elstern hocken auf den krummen Zweigen eines abgestorbenen Olivenbaums und beobachten das vorbeifahrende Automobil mit Augen wie Schrotkugeln – sie machen nicht einmal Anstalten aufzufliegen. Sie haben keine Angst und zugleich keine Kraft. Sie sehen aus wie tot, und in Gedanken an seine Mutter betrachtet Ettore sie als eine Art Warnung. Er hat darüber nachgegrübelt, wie er seinen Onkel auf die Manzos ansprechen könnte. Wie er nach Federicos Rolle in diesen Schlägertrupps fragen soll und ob Leandro klar ist, dass sein eigener Neffe auf deren Abschussliste steht. Ob er weiß, dass der gut genährte junge Mann, der sie heute chauffiert, erst gestern seinem Großneffen eine Pistole an den Kopf gehalten hat. Falls die Elstern eine Warnung sind, sollen sie ihn wohl davor warnen, überhaupt etwas zu sagen, aber kann Ettore sie beherzigen? Muss sein eigen Fleisch und Blut seinem Onkel nicht wichtiger sein als Politik? Muss er nicht zu seinen eigenen Leuten halten statt zu jenen, die sie seit ungezählten Generationen unterdrücken? *Mein Bruder hat vergessen, wer er ist,* hat Ettores Mutter gesagt. Also hält Ettore den Mund und mustert stattdessen Chiaras Ehemann.

Boyd Kingsley sitzt gekrümmt auf dem Beifahrersitz, die Knie in spitzem Winkel und mit eingezogenem Kopf. Auf dem Schoß hält er eine flache Ledertasche, und seine Finger spielen permanent an den Schnallen herum. Er wirkt, als fühlte er sich zutiefst unbehaglich, aber das scheint bei ihm immer der Fall zu sein. Ettore kann nur eine Seite seines Gesichts sehen – ein Ohr mit leicht herabhängendem Ohrläppchen, einen dünnen Hals mit rauer Haut wie der eines gerupften Vogels, Büschel farbloser Haare, so fein wie die eines Kindes. Er muss mindestens fünfzehn Jahre älter sein als seine Frau. Ettore denkt daran, wie er Chiara mit seiner Umarmung förmlich verschlungen hat, als er auf dem Gut ankam, als hätte er sie seit Wochen nicht mehr gesehen, und ihm wird flau im Magen. Sie ist seine Frau – natürlich schläft er mit ihr. Das ist sein gutes Recht, was im Gegensatz nicht auf Ettore zutrifft. Sobald ihm dieser Gedanke einmal gekommen ist, wird er ihn nicht wieder los, und bis sie unter dem Torbogen der Masseria dell'Arco hindurchfahren, verabscheut Ettore die beiden Männer vorn im Wagen gleichermaßen – den einen zu Recht, den anderen zu Unrecht. Er fragt sich, ob Chiara noch zu ihm kommen wird, wenn ihr Mann jetzt auf dem Gut ist, und verflucht sich gleich darauf für seine eigene Naivität. Natürlich wird sie nicht mehr kommen. Vielleicht hat sie ihn nur in Abwesenheit ihres Mannes benutzt, weil er ihr geschmeichelt und sie befriedigt hat. Aufgenommen und wieder fallen gelassen wie ein Spielzeug. Sie kam ihm so einfühlsam vor, und er hat eine besondere Verbindung zwischen ihnen gespürt, aber vielleicht hat er sich all das nur eingebildet, aus Trauer und Einsamkeit. Ettores Kiefer verkrampft sich. Die Masseria dell'Arco ist nicht die wirkliche Welt, und Chiara Kingsley ist ebenso wenig real.

Weil er nichts von dem aussprechen kann, was er sagen möchte, schweigt er. Er folgt Leandro ins Haus, denn draußen könnte er Ludo oder Federico begegnen, und er weiß nicht, was er dann tun würde. Leandro, Boyd Kingsley und Ettore gehen in das längliche Wohnzimmer im Erdgeschoss des Wohnhauses, das durch die hohe Decke immer ein wenig kühler ist. Die zarten weißen Vorhänge halten auch den Großteil der Fliegen ab. Sie setzen sich auf ein jahrzehntealtes Sofa, und Ettore lässt seine Gedanken schweifen, während die beiden anderen sich auf Englisch unterhalten. Als die Frauen in der Tür erscheinen, beobachtet er Chiara aufmerksam, obwohl Marcie viel mehr Aufhebens macht und ihn mit Fragen über sein Bein und Iacopo bestürmt. Ettore will wissen, wen Chiara als Ersten ansehen wird – ihren Liebhaber oder ihren Mann. An wem ihr Blick am längsten hängen bleiben wird. Er kann sich vielleicht einreden, das sei ihm gleichgültig, doch das ist es nicht. Sie hält den Blick sorgsam von ihm abgewandt und errötet, als spürte sie seine Beobachtung, seinen Zorn. Sie begrüßt ihren Mann mit dem Hauch eines Lächelns, und er ergreift ihre Hände und beugt sich vor, um sie zu küssen. Sie hält ihm die Wange hin. Als die Männer sich wieder setzen, blickt sie auf und sieht Ettore kaum eine Sekunde lang in die Augen. Ein hastiger, flüchtiger Blick wie der eines aufgeschreckten Vogels, doch er liest auch Verzweiflung darin und noch etwas anderes. Könnte das Freude sein, was er da sieht? Freude über seine Rückkehr? Etwas in ihm entkrampft sich spürbar. Sie zupft ein Fädchen von ihrem sandfarbenen Rock, streicht den Stoff auf ihren Oberschenkeln glatt und hält den Blick von da an gesenkt.

Anna bringt ein Tablett mit kalten Getränken. Zuvor im Eiskeller bewahrte Hagelkörner klirren leise in den Gläsern. Als sie das Tablett auf dem Tisch abstellt, huscht ihr Blick zu Ettore hinüber, und ihre steife, nervöse Miene macht ihn misstrauisch. Dann vermutet er, dass dieses Mädchen Federico Manzo gesagt hat, dass er in Gioia war. Federico scheint bei Frauen gut anzukommen, trotz seiner Hasenscharte – er schmeichelt ihnen mit blumigen Worten und Gesten. Vielleicht hat er sie auch einfach bestochen. Ettore merkt sich gut, dass er dem Mädchen nicht vertrauen darf. Er beobachtet, wie sein Onkel auf Englisch spricht und dabei lebhaft gestikuliert. Kaum zu glauben, dass dieser Mann im neuen hellblauen Anzug, die Weste trotz der Hitze ordentlich zugeknöpft, dieser Mann mit seinem Chauffeur und seiner strahlenden, lachenden, juwelenbehängten Frau der Bruder seiner Mutter ist – Maria Tarano, die an Flüche und Engel glaubte, Tag für Tag mit der Armut kämpfte und ihre Kinder lehrte, dass Geld, das man nicht brauchte, Gift sei. Ettore hat immer mehr das Gefühl, dass dieser Mann nicht vom gleichen Blut sein kann wie er. *Mein Bruder hat vergessen, wer er ist.*

Ettore beugt sich abrupt vor und unterbricht das Gespräch, dem er nicht folgen konnte.

»Onkel, weißt du, was gestern in Gioia geschehen ist? Was wirklich geschehen ist?« Er spricht im apulischen Dialekt, und alle Gesichter außer Leandros drücken Verständnislosigkeit aus. »Weißt du, dass diese Schlägertrupps jetzt schon ganz gewöhnliche Leute in ihren Häusern attackieren? Weißt du, wer sie kommandiert?«

»Ach, Ettore.« Leandro schüttelt den Kopf und seufzt scheinbar bedauernd, doch seine Augen sind hart wie Stein. »Das ist eine scheußliche Angelegenheit. Du solltest hierbleiben und dich da heraushalten.«

»Bezahlen die Grundbesitzer dafür, dass diese Männer Waffen tragen und volle Bäuche haben?«

»Ich habe mir fest vorgenommen, nicht einmal danach zu fragen.«

»Das glaube ich dir nicht, Onkel«, sagt Ettore, und Leandro lässt die Faust auf den Couchtisch vor ihm krachen. So hart, dass die Gläser wackeln, und so schnell, dass sein Arm sich kaum zu bewegen scheint. Die anderen verstummen, und Ettore spürt ihre nervösen Blicke.

»Dies ist mein Haus«, sagt Leandro leise. Ganz kurz zeigt er mit dem Finger auf Ettore. »Da du hier kein Gast sein willst, bist du folglich ein Bediensteter. Wenn du es so haben möchtest, bitte sehr. Aber du wirst dich entsprechend respektvoll verhalten, sonst kannst du gehen. Das ist deine Entscheidung. Ich habe mich nicht in New York aus der Gosse emporgearbeitet, um mich zu Hause von dir beleidigen zu lassen. Hast du mich verstanden?«

»Dein Chauffeur hat Iacopo eine Pistole an den Kopf gehalten. Federico Manzo – er führt einen dieser Trupps an. Hast du auch da beschlossen, nicht nachzufragen? Er hat nach mir gesucht, und er hat *dem Baby eine Pistole an den Kopf gesetzt*«, knurrt Ettore mit zusammengebissenen Zähnen. Leandro schweigt. Er lehnt sich zurück und nippt an seinem Drink. Seine Hände sind vollkommen ruhig, während Ettore seine zu Fäusten ballt, damit niemand sieht, wie sie zittern.

»Ich wusste, dass er sich den Faschisten angeschlossen hat – wie die meisten Aufseher. Aber ich wusste nicht, dass sie dich auf ihre Liste gesetzt haben.« Seine Stimme ist auf einmal sehr leise und klingt gefährlich. »Ich werde mit diesen Manzos sprechen.«

»Aber du wirst sie nicht entlassen?«

»Was würde das nützen? Dann hätte ich keine Kontrolle mehr über sie.«

»Ich kann nicht für diesen Mann arbeiten, und auch nicht in der Nähe seines Sohnes.«

»Dann geh.« Leandro ist wieder ganz gelassen. Der Blick seiner schwarzen Augen ist entschlossen und unerbittlich. »Es ist meine Pflicht als dein Onkel, dir meine Hilfe anzubieten und für dich zu tun, was ich kann, sofern du es zulässt. Aber du sagst mir nicht, was ich zu tun und zu lassen habe, Ettore.«

Ettore fährt sich mit der Hand über die Lippen und reibt sich kräftig das Kinn. Er will noch so viel sagen, so viel herausschreien. Am liebsten würde er aufstehen, den Tisch umkippen, sämtliche Gläser zerschmettern, brüllen vor Wut. Doch er tut es nicht. Marcie kichert nervös, und dann beginnen alle wieder zu reden – die steife, gehemmte Konversation von Menschen, die etwas Schlimmes, Grimmiges im Raum spüren, es aber nicht zur Kenntnis nehmen wollen.

»Warum hast du diese Leute hier, Onkel? Diese Engländer. Warum hältst du sie in solchen Zeiten hier fest? Niemand ist mehr sicher«, sagt Ettore.

»Ich habe meine Gründe«, erwidert Leandro. »Wie kommst du darauf, dass ich sie hier festhalten würde?«

»Die Frau spricht Italienisch.«

»Ach ja, richtig.« Leandro nickt. »Und sie hat das behauptet? Ich hätte nicht gedacht, dass Engländer überhaupt so offen sprechen können. Das passt so gar nicht zu ihrem Ruf. Und zu dieser hasenfüßigen Person erst recht nicht.«

»Schuldet ihr Mann dir etwas?«, fragt Ettore.

»Schulden? Nun, vielleicht … nicht im herkömmlichen Sinne, aber … Sagen wir einfach, ich muss etwas von ihm erfahren, ehe ich sie abreisen lassen kann. Aber keine Sorge, sie sind hier in Sicherheit. Meine Wachleute sind loyal und ihre Gewehre immer geladen. Und wenn du Geld verdienen möchtest, dann bleib hier, als einer von ihnen. So einfach ist das. Aber mach keinen Ärger, Ettore. Ich will dir das nicht noch einmal sagen müssen«, schließt Leandro. Ettore fährt sich mit der Hand durchs Haar und spürt den Staub von Gioia auf der Kopfhaut. Er murmelt eine vage Entschuldigung und verlässt das Wohnzimmer.

Er macht sich auf die Suche nach Ludo Manzo. Wenn er wieder Arbeit haben will, bleibt ihm nichts anderes übrig. Federico wird so lange auf dem Gut bleiben, wie sein Onkel hier ist, denn er ist ja Leandros Fahrer. Ettore hofft, dass er nicht beiden Manzos zusammen begegnen wird. Unangreifbar, höhnisch – das könnte er nicht ertragen. Schließlich muss er sich erkundigen, wo er den Oberaufseher finden könne, und sich zu einem der entferntesten Felder aufmachen, wo noch der letzte Weizen geerntet wird. Einen Teil des Wegs legt er ohne seine Krücke zurück und benutzt sie erst wieder, als er von der anstrengenden Humpelei einen Krampf im Bein bekommt. Der Staub, den er aufwirbelt, legt sich sehr langsam wieder. Er entdeckt die Aufseher auf ihren Pferden und die kleine Gruppe von Tagelöhnern, die unter ihren gelangweilten Blicken arbeiten, rhythmisch Sensen schwingen oder mit krummem Rücken Garben binden. Mit dieser Arbeit ist es nach diesem Feld vorbei. Bald werden die Männer Tage damit zubringen, die Dreschmaschinen zu füttern – jedenfalls auf den Gütern, die so etwas besitzen und dazu auch noch den Treibstoff haben. Ansonsten wird diese Arbeit mit dem Dreschflegel verrichtet wie seit Hunderten von Jahren. Bis Ende Juli sollte das Getreide eingelagert oder verkauft sein, das Stroh als Viehfutter in Ballen gestapelt. Im August wird die steinige Erde gepflügt, mit Maultieren, Ochsen,

Ackergäulen, selten auch mit Traktoren. Dann kommt das Säen und Jäten, Steine werden geklopft und beschädigte Mauern repariert. Und dann im Winter gibt es gar nichts mehr, womit die Männer sich ihren Lebensunterhalt verdienen könnten. Die Zeiger dieser zeitlosen Uhr rücken unaufhaltsam weiter, und Gianni hat recht – sie haben so lange gekämpft und kaum etwas verändert.

Ettore bleibt stehen, als er sieht, wie aufmerksam Ludo zwei junge Burschen bei der Arbeit beobachtet, eine Hand an der Bullenpeitsche an seiner Hüfte. Es ist, als wären diese beiden Jungen erst gestern Pino und Ettore gewesen, die zerschlagene Steine nach uralten Muschelschalen absuchten unter den Augen dieses Mannes – einer Gestalt, die einem Albtraum entstiegen schien und Angst mit in diese Welt brachte, die schon hart und entbehrungsreich genug war. Er geht zu Ludo Manzo hinüber.

»Tarano. Du bist also wohlbehalten zurück«, sagt Ludo mit seinem verzerrten Lächeln.

»Warum sollte ich nicht wohlbehalten sein?«

»Gefährliche Zeiten. Aber du bist wieder da, sicher unter den Fittichen deines Onkels.«

»Und deiner Fürsorge, Manzo«, fügt Ettore sarkastisch hinzu. Der Aufseher lacht.

»Dass ich für meine Arbeiter sorge, hat man mir noch nie vorgeworfen. Da kannst du diese elenden Schwächlinge fragen.« Mit einem Nicken weist er auf die schuftenden Männer. Ettore mustert sie kurz – dünn, gekrümmt und schmutzig. Dann runzelt er die Stirn und sieht sich die Gesichter näher an. Kein einziges kommt ihm bekannt vor, und ihre Kleidung und die Hüte sind ein klein wenig anders geschnitten, als es hier üblich ist.

»Diese Männer sind nicht aus Gioia!«, ruft er aus. Ludo blickt auf ihn herab.

»Das siehst du ihnen an? Himmel, für mich seht ihr alle gleich aus. Die da haben wir in Basilikata angeheuert. Was soll man machen, wenn die ortsansässigen Leute nicht arbeiten wollen? Die Ernte kann nicht warten.«

»Ihr habt den Streik unterlaufen? Das sind *Streikbrecher?*«

»Gab es denn einen Streik?«, entgegnet Ludo in gespielter Unschuld. »Und ich dachte, das Gesindel aus Gioia hätte sich mal freigenommen.«

»Ihr ... das könnt ihr nicht machen! Der Vertrag ... Leandro hat ihn unterschrieben – alle Grundherren haben unterschrieben. Die Einigung mit der Gewerkschaft ...«

»Soweit ich weiß, gibt es die Gewerkschaft nicht mehr.« Ludo kann seine Belustigung nicht verhehlen. Er lässt die Unterarme auf dem Sattelknauf ruhen und beugt sich vor. Leder knirscht.

»Ihr habt vielleicht die Polizei auf eurer Seite, aber Di Vagno wird dafür sorgen, dass die Verträge eingehalten werden! Ihr könnt nicht einfach das Gesetz brechen ...«

»Hier in Apulien gibt es nur ein Gesetz, und das gab es schon immer. Je eher ihr Pöbel euch das klarmacht, desto besser.« Einen Moment lang ist Ettore sprachlos, und weil er seine Wut nicht herauslassen kann, droht sie ihn zu ersticken.

»Ich will wieder Wachdienst«, würgt er schließlich hervor.

»Dann verpiss dich zum *trullo* und übernimm die Nachtschicht. Und bleib mir aus den Augen.« Ludo richtet sich auf, wendet sich ab und lässt ihn stehen.

Als Ettore fast den Torbogen zur *masseria* erreicht hat, schießt der rote Wagen viel zu schnell an ihm vorbei. Staubwolken wirbeln auf, als er in die Kurve schlittert. Ettore kneift gegen den Staub die Augen zusammen und erspäht den jungen Filippo am Lenkrad, offenbar voll konzentriert, aber mit einem Grinsen auf dem Gesicht. Leandro auf dem Beifahrersitz lacht und hält sich am Holm fest. Dröhnend rasen sie auf das Tor zu, das Carlo gerade noch rechtzeitig aufreißt. Ettore bleibt mit Staub in den Augen und an den Lippen zurück. Er wischt sich das Gesicht ab und spuckt aus. Als er den Innenhof erreicht, sitzt Chiara allein auf der Terrasse – sie sitzt einfach nur da, ohne etwas zu lesen oder zu trinken. Ettore bleibt mitten auf dem Hof stehen, ohne sich darum zu scheren, wer ihn sehen und sich darüber wundern könnte. Still steht er da, lodernd vor Wut, bis sie ihn bemerkt. Überrascht öffnet sie den Mund ein wenig und beugt sich vor, als wollte sie aufstehen, doch dann zögert sie. Ettore hebt einen Arm und deutet hinter sich in die Höhe, auf das Fenster seines Zimmers. Er wartet, bis er ihr ansieht, dass sie verstanden hat. Dann wendet er sich ab und geht hinein. In seinem Zimmer bleibt er stehen, der Tür zugewandt, wartet und fragt sich, ob sie wohl kommen wird. Wenn sie nicht kommt, beschließt er in diesem Moment, wird er sie nie wieder eines Blickes würdigen. Augenblicke später schlüpft sie zu ihm herein, ohne anzuklopfen, geht auf ihn zu und bleibt erst stehen, als sie ihm so nah ist, dass er ihren nervösen Atem auf den Lippen spüren kann. Sie ist so kühn, so sicher. Ihre Gewissheit überrascht ihn, und er gerät ins Zaudern.

»Wo ist dein Mann?«, fragt er. Sie berührt seine Wange mit den Fingerspitzen, dicht an seinem Mund, als wollte sie die Bewegung seiner Lippen spüren, wenn er spricht.

»Das ist mir egal«, sagt sie.

Nachdem sie sich geliebt haben, fallen all die Dinge, an die er denken muss, die Probleme, die er zu lösen hat, schwer wie

Steine wieder in Ettores Bewusstsein. Jeder einzelne sinkt schnell hinab, ruiniert die vollkommene Ruhe und Klarheit, die vollkommene Leere in seinem Kopf, die er erlebt, wenn er mit dieser Frau schläft. Er will diese Gedanken nicht wieder einlassen. Er öffnet die Augen, starrt auf ihre weiße Haut und streicht mit seinen dunklen, fleckigen Fingern darüber. Er atmet den Duft ihres Haars ein, ihren Schweiß, den menschlichen Geruch unter dem zarten Duft von Seife. Chiara ist wach – das hört er an ihrem Atem. Er liegt mit dem Gesicht auf ihrer Brust und atmet im Gleichklang mit dem Auf und Ab ihrer Rippen. Doch als die Gedanken ihm zu viel werden und er nicht mehr stillhalten kann, stützt er sich auf einen Ellbogen und wendet sich ab. Er spürt, dass sie ihn beobachtet. Ein Luftzug vom offenen Fenster her liebkost seinen Rücken. Draußen dämmert das seltsame weiße Licht zu weicherem Grau. Die Kühe brüllen danach, gemolken zu werden, und drängen zum Melkschuppen. Dann hört Ettore Motorenlärm. Er wird immer lauter, füllt donnernd den Hof unter dem Fenster und erstirbt dann abrupt. Die Stimmen von Leandro und Filippo hallen zu ihm hinauf, fröhlich und entspannt, und ihm wird einmal mehr bewusst, dass dies nicht die Wirklichkeit ist.

Beim Klang der Stimmen spannt sich Chiaras Körper an, und sie setzt sich auf.

»Ich sollte gehen. Pip wird mich vielleicht suchen«, sagt sie.

»Ich dachte nicht, dass du noch zu mir kommen würdest, wenn dein Mann da ist«, bemerkt Ettore. Die Erwähnung ihres Mannes macht sie nervös, und sie holt tief Luft.

»Doch, ich werde wiederkommen. Ich komme. Dass ich … trüge? Ihn verrate …?«

»Betrüge.«

»Dass ich ihn betrüge, fühlt sich nicht wie Untreue an. Dass ich mit ihm verheiratet bin ... mit Boyd, das fühlt sich untreu an.«

»Aber du *bist* mit ihm verheiratet. Das hier ist die Untreue.« Aus irgendeinem Grund will er, dass sie es eingesteht. Sie soll sich schuldig fühlen, weil er sich schuldig fühlt, jetzt, da der Frieden zerstört ist und die Gedanken zurückgekehrt sind. Doch es gefällt ihm, was sie sagt. Es gefällt ihm, dass er den stärkeren Anspruch hat. »Mein Onkel fährt mit dem Jungen herum?«

»Ja, er bringt Pip das Autofahren bei. Und Marcie gibt ihm jetzt Schauspielunterricht. Damit ist er gut beschäftigt. Er braucht mich nicht mehr – nicht so wie früher.«

»Und das macht dich traurig?«

»Ja, ich ...« Sie zieht die Knie an die Brust, schlingt die Arme darum, stützt das Kinn darauf und sieht ihn an. »Wenn ich nicht mit dir zusammen bin, bin ich allein. Wenn du fortgehst ... Jetzt fühle ich mich sogar mit Pip zusammen einsam. Das macht mich traurig.« Ihr Blick hat Widerhaken. Er weicht davor zurück, steht auf, wendet sich ab und greift nach seinem Hemd.

»Ich werde nicht mehr lange hier sein. Ich gehe, sobald ich kann. Und du wirst auch fortgehen, sobald mein Onkel euch gehen lässt. Mit deinem Mann und deinem Jungen, zurück nach ...« Ihm wird bewusst, dass er keine Ahnung hat, wo sie lebt, keine noch so vage Vorstellung davon, wie es dort aussehen mag. Wie ihr Leben aussehen mag. Nicht wie das hier, so viel ist sicher. »In deine wirkliche Welt.«

Ettore tritt ans Fenster. Federico sitzt auf dem Wassertrog, raucht eine Zigarette und sieht zu, wie Anna Wasser schöpft.

Bei seinem Anblick durchfährt Ettore der Drang nach roher Gewalt wie ein Stoß. Er packt das Fensterbrett und tritt hastig zurück, als Anna hineingeht und er das Gefühl hat, dass Federico aufblicken könnte. In diesem Moment betritt Filippo die Terrasse auf der anderen Seite des Hofs und hält inne. Er sucht nach Chiara. Ettore wendet sich zu ihr um, aber sie hat sich nicht von der Stelle bewegt. Sie wirkt plötzlich so klein, in sich zurückgezogen, und er begreift, dass er sie verletzt hat.

»Mein Onkel hat gesagt, dass er irgendetwas von deinem Mann in Erfahrung bringen muss, ehe ihr gehen könnt. Weißt du, was das sein könnte? Wenn ihr ihm sagt, was er wissen will, könnt ihr vielleicht früher abreisen.« Nichts als Stille antwortet ihm. »Der Junge sucht nach dir«, sagt er.

»Ja. Ich gehe. Aber ich will nicht. Ich will nicht zurück in meine wirkliche Welt, zu meinem Mann. Ich liebe ihn nicht.«

»Warum hast du ihn geheiratet?«

»Ich war noch ein junges Mädchen. Ich war achtzehn, als wir uns kennengelernt haben, und habe ihn mit neunzehn geheiratet. Ich hatte gerade einmal die Schule abgeschlossen ... und meine Eltern haben ihn mir vorgestellt. Er schien ... er schien der passende Mann zum Heiraten zu sein.«

»Des Geldes wegen?«

»Nein, nein. Es ging nicht um Geld. Sondern um ... Sicherheit, glaube ich. Um ein Leben, wie es sich gehört. Wie ich von klein auf gelernt habe, dass ein Leben aussehen soll. Und wegen Pip. Ich habe ihn auch wegen Pip geheiratet.«

»Weil du den Jungen lieb hast?«

»Ja. Er war noch so klein und so verloren ohne seine Mutter. Und ich habe Boyd geliebt ... Zumindest dachte ich das. Jetzt glaube ich ... dass ich vielleicht gar keine Ahnung davon hatte, was Liebe ist. Keine Ahnung davon, wie es zwischen einem Mann und einer Frau sein kann.« Sie blickt hastig, unsicher zu ihm auf, als hätte sie zu viel gesagt. Ettore schweigt. »Aber wie hätte ich das wissen können? Ich war noch so jung ...« Sie schüttelt den Kopf und senkt den Blick, als wünschte sie, er würde sie von ihrem Fehler freisprechen. »Gerade noch war ich ein Schulmädchen, und dann war ich plötzlich Mrs. Boyd Kingsley. Ich wusste nicht, dass ich etwas anderes sein könnte, bis jetzt.«

»Du bist immer noch Mrs. Kingsley. Du hast immer noch dein Leben – das Leben, das du gewählt hast und in das du zurückkehren wirst. So ist das Leben nun mal. Voller Dinge, die wir tun müssen, ob wir wollen oder nicht«, sagt er barsch. Er will sich über sie und ihre Naivität ärgern, doch es gelingt ihm nicht. Sie schnappt leise nach Luft, steht dann hastig auf und beginnt sich anzuziehen, doch ihre Hände zittern, und sie kommt mit den Knöpfen nicht zurecht, dem Verschluss ihres Büstenhalters, ihren Haarnadeln. Ettore sieht es und kann es nicht ertragen – dass er sie so leicht verletzen kann, fühlt sich an wie der Stich einer scharfen kleinen Klinge in seinem Herzen. Er tritt hinter sie, schlingt die Arme um sie und schmiegt das Gesicht in ihre Halsbeuge. Einen Augenblick lang will er ihr sagen, dass sie wie ein kühles Glas Wasser am Ende eines heißen Tages ist, doch er schweigt.

»Du gehst noch nicht weg«, sagt sie ein wenig undeutlich. »Dein Bein ist noch nicht stark genug. Du gehst noch nicht gleich.«

»Noch nicht gleich«, stimmt er zu, doch in Gedanken ist er schon wieder in Gioia, bei dem kleinen Zimmer, wo sein Vater sich entschlossen hat zu sterben und wo seine Schwester ihren Sohn mit einem Messer in der freien Hand stillt. Er ist auf den Feldern mit den Männern, mit denen er schon immer gemeinsam gearbeitet hat. Er ist auf der Piazza, bei der Asche des Gewerkschaftshauses, hat Livias Mörder vor sich auf dem Boden und Steinbrocken in den Fäusten. Er brennt vor Zorn.

Eine Woche lang arbeitet er. Wann immer er kann, belastet er das verletzte Bein, und die Wunde öffnet sich nicht wieder. Er spürt auch diesen scheußlichen Zug im Knochen darunter nicht mehr. Der Schmerz ist auszuhalten, nicht schlimmer als das Brennen in seinem Rücken nach einem langen Tag mit Hacke oder Sense. Die Männer von Gioia nehmen die Arbeit wieder auf, und das Dreschen beginnt. Das dumpfe Stampfen der Maschine ein Stück vom Haus entfernt ist beständig im Hintergrund zu hören, als schlage dort ein riesiges, rastloses Herz. Leandro Cardetta hat offenbar keine Schwierigkeiten, Treibstoff zu beschaffen. Ettore wartet auf Chiara. Wenn er keinen Wachdienst hat, verlässt er die *masseria* und wartet. Sie treffen sich in halb verfallenen *trulli*, den verlassenen Häusern der Armen, der Bauern, der Toten. Auf dem Gut geht er allen aus dem Weg. Es drängt ihn noch immer, endlich nach Hause zu gehen, doch sie mit ihren raschen, leichten, zielstrebigen Schritten auf sich zukommen zu sehen entlockt ihm jedes Mal ein Lächeln. Sie lernen den Körper des anderen auswendig, lernen, wie er gern berührt werden möchte. Ihr Liebesspiel ist wie ein Tanz, der zugleich erlernten Mustern und ihren Instinkten folgt. Und er stellt fest, dass er immer öfter daran denken muss, an sie denken muss, wenn er doch daran denken sollte, nach Hause zu gehen, Livias Mörder zu finden, wenn er an Paola denken sollte und den Krieg, den sie offensichtlich schon fast verloren haben. Noch ein Mal, denkt er jedes Mal, wenn sie geht. Nur noch ein Mal.

In einer besonders schwülen Nacht hat er Wachdienst im *trullo* am Tor. Die Hunde winseln und knurren leise, während sie sich allmählich für die Nacht niederlassen. Geckos huschen über den warmen Stein, fiepen einander zu und halten nur kurz inne, um Ettore mit ihren großen schwarzen Augen prüfend anzuschauen. Er sitzt da, das Gewehr auf den Knien, und lässt die Gedanken schweifen. Seit er auf dem Gut ist, hat es keine Spur von Räubern oder Dieben gegeben, und die Wachen sind entspannt. Zweimal schon hat Ettore Carlo tief und fest schlafend vorgefunden, als er aufs Dach kam. Einmal hat er den jungen Mann milde dafür getadelt und erst danach begriffen, was er da eigentlich getan hat – den Burschen ermahnt, dass er bereit sein müsse, auf Ettores eigene Leute zu schießen. Er war so entsetzt über sich selbst, dass er beinahe laut gelacht hätte.

Eines nach dem anderen erlöschen die Lichter in der *masseria*, und Ettores Augen versuchen angestrengt, sich an die völlige Dunkelheit zu gewöhnen. Ein leises Geräusch jagt ihm einen warnenden Schauer durch den ganzen Körper. Er springt auf, den Finger am Abzug, und sein Herz macht einen Satz. Der Hund, der ihm am nächsten ist, knurrt leise, doch dann ist es wieder still. Ettore glaubt schon, er hätte sich das Geräusch nur eingebildet, doch da erscheint plötzlich ein Gesicht am Tor, keinen halben Meter vor ihm. Er schnappt nach Luft, reißt das Gewehr hoch und schlägt dabei mit dem Lauf an das eiserne Gitter. Das laute Scheppern entlockt dem Hund ein kurzes, helles Bellen. Dann lässt er das Gewehr wieder sinken und schließt vor Erleichterung kurz die Augen.

»Muttergottes, Paola! Schleich dich nicht so an mich heran«, flüstert er und sieht sie flüchtig lächeln.

»Ich habe mich auf der von den Hunden windabgewandten Seite gehalten«, erklärt sie ein wenig stolz. »Ich kann ganz schön leise sein, wenn ich will, was?«

»Leise wie ein Schatten. Was tust du hier?«

»Ich muss dir etwas sagen und dich etwas fragen. Wann kommst du nach Hause?«

»Bald.« Er stellt die Waffe beiseite und blickt zum Gut zurück. »Bald. Was ist los – geht es Valerio schlecht?«

»Nein, sogar ein wenig besser. Ich wollte dir sagen ... es gibt da einen Plan.«

»Einen Plan?«

»Ja. Wir werden uns wehren, aber diesmal richtig. Keine Streiks mehr, die sie einfach mit Streikbrechern unterlaufen. Keine politischen Debatten. Wenn dies ein Krieg ist, dann soll er auch offen geführt werden.« In der Dunkelheit sieht er Paolas riesige Augen glänzen. Er liest nichts als tiefe Überzeugung in ihrem Blick, und das beunruhigt ihn.

»Was ist das für ein Plan?«

»Tja ...« Sie zögert und wählt dann ihre Worte mit Bedacht. »Tja, Bruder, der wird dir nicht gefallen.«

TEIL DREI

Doch wenn sie unendlich lang erduldet haben und schließlich, bis ins Innerste erschüttert, aus Selbstschutz oder Drang nach Gerechtigkeit zum Handeln getrieben werden, kennt ihre Revolte weder Maß noch Grenzen. Sie ist ein unmenschlicher Aufstand, der beginnt und endet mit dem Tod und dessen Heftigkeit aus Verzweiflung geboren ist.

Carlo Levi, Christus kam nur bis Eboli

11

Clare

Je öfter Clare mit Ettore spricht, je mehr Zeit sie mit ihm verbringt, desto besser und flüssiger wird ihr Italienisch. Das neueste Wort, das sie gelernt hat, ist *tradimento*. Untreue. Betrug. Sie war fest davon überzeugt, dass Boyd sofort Verdacht schöpfen würde, und während der ersten Tage nagte allein beim Anblick ihres Mannes jedes Mal die Angst an ihr. Sie war sicher, dass er es in ihren Augen sehen oder an ihr riechen, Ettore an ihr riechen würde – doch er sagte nichts und zeigte auch keine Anzeichen von Argwohn. Seit er Clare von Leandro Cardetta und seiner seltsamen, gefährlichen Beziehung zu dem Mann erzählt hat, verhält Boyd sich ihr gegenüber reserviert, vorsichtig, als sei er unsicher, was sie tun könnte. Vielleicht lenkt ihn diese Sorge ab, und er merkt deshalb nicht, dass nichts mehr ist wie zuvor – dass die Welt nicht so ist, wie Clare dachte, dass sie für Clare nicht mehr dieselben Menschen sind, keiner von ihnen. Und dass für diese neue Version ihrer selbst Ettore Tarano so lebensnotwendig ist wie das Atmen. Dass Ettores Bein so schnell verheilt und kräftiger wird, macht ihr Angst. Ihr graut vor dem Tag, an dem er das Gut verlassen wird.

Eines Nachmittags geht sie von Ettores Zimmer direkt in den stillen Raum auf der Rückseite der *masseria*, in dem Boyd arbeitet. Sie geht zu ihm mit zerwühltem Haar und verschwitzter Stirn, ihre Bluse hängt lose über dem Saum ihres Rocks, doch all das könnten auch nur Symptome der großen Hitze sein. Boyd fährt zusammen, als sie eintritt. Er sitzt über seine Arbeit gekrümmt, Papier und Stifte bedecken den ganzen Tisch. Er blickt auf, und ihr Anblick wischt die konzentrierten Falten von seiner Stirn und zaubert einen Ausdruck von Freude und Hoffnung auf sein Gesicht. Das Zimmer riecht ein wenig nach ihm, und nach Holz und Tinte wie ein Schulzimmer.

»Hallo, Liebling«, sagt er lächelnd. Clare schlägt das Herz bis zum Hals. Ihre Nerven beben, und doch wünscht sich ein Teil von ihr beinahe, er möge es erraten, obwohl sie gleichzeitig schreckliche Angst davor hat, was dann passieren würde. Sie fragt sich, ob derselbe Impuls ihn dazu gebracht hat, ihr seine Affäre mit Christina Havers im vergangenen Jahr zu beichten. Clare hat keinerlei Verdacht geschöpft, nichts Ungewöhnliches wahrgenommen, bis er weinend vor ihr auf die Knie sank und alles gestand. War er mit Spuren von Christina am Körper nach Hause gekommen? Hatte er sich gewünscht, dass Clare Verdacht schöpfte, und war ebenso frustriert gewesen, als sie nichts gemerkt hatte? *Nichts hat sich verändert.* Das wiederholte er ein ums andere Mal. *Nichts hat sich verändert, mein Liebling, ich schwöre es dir.* Doch da irrte er sich, denn Clare warf einen kurzen Blick in ihr Herz und konnte keine Spur mehr von dem entdecken, was sie bei ihrer Hochzeit für ihn empfunden hatte. Sie glaubt nicht, dass seine Affäre schuld daran war – die gab ihr nur den Anlass, ihre eigenen Gefühle zu ergründen. Wo keine

Liebe ist, kann Untreue auch nicht verletzen, also fühlte sie keinen Schmerz. Sie fühlte überhaupt nicht viel.

Die Affäre mit Christina zeigte Clare ihren Mann in einem ganz neuen Licht. Seit der Reise nach New York wusste sie, dass sie manches an ihm nicht verstand und vielleicht nie verstehen würde. Sie würde nie wissen, wie tief seine Trauer um Emma wirklich war, denn sie erschien ihr bodenlos, ebenso unermesslich wie seine Liebe zu ihr. Sie wusste, dass er gewisse Dinge aus jenem früheren Leben nicht in Worte fassen wollte oder konnte. Doch wie er nach der Affäre über Christina Havers – die junge, gelangweilte Ehefrau eines Kunden – herzog, enthüllte vieles über seinen Charakter. Christina hatte volles, dunkles Haar, einen trägen Blick und Lippen so dick, als sei sie von einer Biene gestochen worden. Sie war etwa so alt wie Clare bei ihrer Hochzeit mit Boyd, achtzehn oder neunzehn. Ihre Figur war noch von einer letzten Schicht Babyspeck leicht gerundet, und ihre großen, vollen Brüste schmiegten sich zwischen weiche Oberarme. Boyd behauptete, sie hätte ihn verführt – hätte ihn bei einer Cocktailparty betrunken gemacht und sich ihm an den Hals geworfen. Er nannte sie eine Hure, eine Schlampe, ein Flittchen, und spuckte diese hässlichen Worte aus, als verursachten sie einen scheußlichen Geschmack in seinem Mund. Es war offensichtlich, dass er sie leidenschaftlich verachtete, ja sogar hasste. Doch er hatte nicht nur einmal mit ihr geschlafen – irgendwie war er ihr vier- oder fünfmal so ausgeliefert gewesen, ehe Schuldgefühle und Hass ihn überwältigten und er sich der Gnade seiner Frau auslieferte.

Clare hielt seine Reue für aufrichtig – es war unmöglich, ihm nicht zu glauben, so sehr regte er sich auf. Dass er sich selbst derart erniedrigte, erinnerte sie an New York, an

Erbrochenes und weiße Punkte auf dem Teppich. Daran, wie schrecklich fremd er ihr plötzlich gewesen war – und von diesem Gefühl der Fremdheit war bis zum heutigen Tag ein wenig zurückgeblieben. Instinktiv versuchte sie ihn zu beruhigen, ihm die Angst zu nehmen. Sie glaubte ihm, dass er sie liebte, dass er sich dafür verabscheute, was er getan hatte, dass er es sich selbst nicht erklären konnte und entsetzliche Angst hatte, sie könnte ihn deshalb verlassen. Doch sie glaubte ihm auch, dass er Christina hasste, und das machte ihr am meisten zu schaffen. Sie verstand nicht, was das bedeutete – wie konnte er mit dieser jungen Frau schlafen und ihr allein hinterher die Schuld geben und sie verabscheuen? Um sich zu lieben, hatten schon beide anwesend und dazu bereit sein müssen. Clare war bekümmert und sagte zu der ganzen Sache nur wenig, und Boyd fasste ihr Schweigen als würdevolle Toleranz auf, die bald zur Vergebung seines Fehltritts führen würde – und das Leben ging weiter wie zuvor. *Dieses Miststück,* nannte er die kleine Christina mit weißlichen Lippen und Tränen auf dem verzerrten Gesicht. *Diese Hure.*

Nun ertappt sich Clare bei dem Gedanken, wie es wäre, wenn Boyd so etwas zu ihr sagen würde. Sie kann es sich nicht vorstellen – er hat doch immer beteuert, dass er ohne sie nicht leben könne, dass sie ein Engel sei und ihn gerettet habe. Doch das war die Clare vor Ettore. Boyd streckt die Hand nach ihr aus, und Clare überläuft ein Schauer. Gespannt fragt sie sich, ob die Berührung sie verraten wird – ob sein Tastsinn vielleicht klarer wahrnimmt als seine anderen Sinne. Sie durchquert den Raum und nimmt seine Hand.

»Wie kommst du voran?«, fragt sie. Ihr Mund ist trocken, sie atmet flach. Boyd wendet sich wieder seinen Zeichnungen zu und zuckt mit den Schultern.

»Tja, die Entwürfe sind fast so weit, dass ich sie ihm vorlegen kann. Wie er darauf reagieren wird ...« Mit einer stummen Bitte in den Augen blickt er zu ihr auf. »Ich kann nur hoffen, dass er damit zufrieden ist und wir endlich nach Hause fahren können.« In Clare steigt Panik auf. Binnen zwei Wochen hat sich ihr unmittelbares Ziel ins Gegenteil verkehrt, und jetzt will sie nicht mehr abreisen. Sie denkt daran, was Ettore ihr erzählt hat – dass Leandro irgendetwas von Boyd erfahren will, ehe er sie gehen lässt. Das könnte bedeuten, dass Leandro einfach nur die fertigen Entwürfe im Detail sehen will, aber es könnte auch um etwas anderes gehen. Etwas Größeres. Bei Ettores Worten musste sie gleich an New York denken, und die Frage, die Spekulation liegt ihr schon auf der Zunge, doch sie hält sich zurück. Wenn Boyd es nicht schon selbst weiß, soll er auch nicht von ihr erfahren, dass es diese gewünschte Information ist, die sie hier festhält. Womöglich könnte er die Angelegenheit binnen Minuten klären, und dann wäre ihr Besuch hier vorüber. Hinter all diesen unausgesprochenen Gedanken lauert eine seltsame Unruhe – Clare kann sich nicht vorstellen, was für Informationen das sein könnten, die Leandro so dringend von Boyd haben will.

Boyd drückt ihre Hand, um sie auf sich aufmerksam zu machen. »Und, was meinst du?«, fragt er. Clare starrt schon seit einer Weile auf die Zeichnungen hinab, ohne sie bewusst zu sehen. Sie blinzelt und konzentriert sich. Die neue Fassade für das Haus an der Via Garibaldi, die Boyd entworfen hat, zieren *trulli* auf der Dachlinie. Vier kleine, stilisierte *trulli* aus Trockenmauerwerk, genau wie die echten Hütten. Aber die übereinandergeschichteten Steinbrocken sind ebenmäßig groß und so präzise angeordnet, dass die Mauern beinahe facettiert wirken und eher pyramiden- statt kegelförmig sind. Auf jedem dieser Türmchen ragt eine hohe Spitze auf wie ein winziges Minarett. Die übrige Fassade ist schlicht, elegant, fast streng. Vier dorische Säulen flankieren das große Portal zur Straße.

»Das ist ... wunderschön, Boyd«, sagt sie aufrichtig. »So ganz anders, und trotzdem wird es sich in die Umgebung einfügen, ohne sich mit irgendetwas zu beißen ... Dezent, aber eindrucksvoll. Ich glaube, das ist einer der schönsten Entwürfe, die du je gemacht hast. Cardetta wird bestimmt sehr zufrieden sein.« Boyd sackt sichtlich zusammen vor Erleichterung.

»Ich bin so froh, dass du das sagst, Liebling. Ich hatte gehofft ... na ja, das Gebäude schien von selbst Gestalt anzunehmen, während ich es gezeichnet habe – als wüsste es, wie es aussehen sollte. Das ist immer ein sehr gutes Zeichen. Die *trulli* sind die Wahrzeichen dieser Gegend. So etwas hatte ich noch nie gesehen, ehe ich hierherkam. Ich finde, sie repräsentieren Mr. Cardetta ganz gut. Ich meine, als Wahrzeichen seiner Residenz. Schließlich sind sie bäuerliche Behausungen, aber sie können Jahrhunderte überdauern. Er stammt aus einer Bauernfamilie, hat sich aber ein sehr viel prachtvolleres Leben aufgebaut, indem er unerschütterlich geblieben ist und sich dennoch den Umständen angepasst hat.« Boyd hält inne und lässt den Blick besorgt über sein Werk schweifen. »Ganz gleich, worauf er es aufgebaut hat«, brummt er.

»So ist es«, sagt Clare, und in angespanntem Schweigen warten beide darauf, wie das Gespräch weitergehen wird.

Sie haben diese Angelegenheit noch nicht ganz geklärt – welcher Tonfall für Gespräche über Leandro Cardetta passend ist, über seine Vergangenheit, seine Pläne für sie beide, was für ein Mann er ist und dass Boyd Clare und Pip auf sein

Geheiß hierhergeholt hat. Es macht Clare zu schaffen, dass sie immer noch nicht weiß, wie ihr Mann Cardetta überhaupt kennengelernt hat, und dass er ihr diese Frage einfach nicht beantworten will. Boyd greift nach einem Bleistift und spitzt ihn mit dem kleinen Messer, das immer auf seinem Tisch bereitliegt. Clare wendet sich ab und tut, als studierte sie ein Gemälde an der Wand – der heilige Sebastian, den Kopf vor Qual zurückgerissen und mit Pfeilen gespickt. *Tradimento*. Hier steht sie und unterhält sich mit Boyd, als hätte sich nichts verändert, als wären sie noch ein Team, obwohl beide einander so viel verschweigen.

»Wann wirst du ihm die Entwürfe zeigen?«, fragt sie schließlich.

»Bald. Ich weiß noch nicht ... aber bald«, sagt Boyd. Stirnrunzelnd mustert er seine Arbeit. »Ich will erst sichergehen, dass sie absolut perfekt sind.«

»Nichts ist je perfekt. Du hast selbst schon gesagt, dass du manchmal zu viel nachbesserst.« Clare kann kaum fassen, was sie da von sich gibt. Sie sollte ihn dazu bringen, noch abzuwarten, es hinauszuschieben, die Entwürfe durch zu viele nachträgliche Veränderungen zu verderben. Sie sollte alles tun, was ihr möglich ist, um ihren Aufenthalt hier zu verlängern. Doch dann denkt sie an Pip, der so verdrießlich und unglücklich ist, und sie ist hin- und hergerissen und völlig durcheinander.

»Da hast du recht, mein Liebling«, sagt Boyd.

In diesem Moment dringt aus irgendeinem fernen Winkel des Hauses ein ungewohntes Geräusch zu ihnen herein, und Clare muss erst einen Moment lauschen, ehe sie es zuordnen kann. Dann erkennt sie klar und deutlich den Dreivierteltakt und die etwas schrillen Streicher eines Walzers.

»Ist das Strauss?«, fragt sie, und Boyd lächelt.

»Ach, das habe ich ganz vergessen. Marcie sucht nach dir. Sie hat etwas von einer Party gesagt.«

»Ich sehe mal nach.«

Boyd öffnet den Mund, als wollte er noch etwas sagen, sie etwas fragen, doch Clare verlässt so hastig den Raum, dass er nicht mehr dazu kommt. Sie geht hinauf zu der Fledermauskammer, dem Probenraum, dem leeren Zimmer – all diese Bezeichnungen trägt es inzwischen –, und die Musik wird mit jedem Schritt lauter. Sie hallt durch die Flure, und Clare hat so lange keine Musik mehr gehört, dass sie förmlich davon angezogen wird. Strauss ist so vollkommen fehl am Platze hier auf dem Gut, überhaupt hier in Apulien. Musik aus einer anderen Zeit, von einem fernen Ort – Musik aus einer anderen Welt, und sie klingt fremdartig in diesem kargen Land mit seinen harten Menschen. Aber das ist eben Marcie. Sie gehört ebenso wenig nach Apulien wie Clare selbst.

Clare öffnet die Tür und steht vor zwei herumwirbelnden Gestalten. Marcie und Pip tanzen Walzer. Pip bewegt sich ungelenk und nicht ganz im Rhythmus, doch das scheint Marcie nichts auszumachen. Sie überlässt sich seiner reichlich holprigen Führung. Ihre Haltung ist bezaubernd mit nach hinten geneigtem Kopf, hochgezogenen Brauen und einem entspannten Lächeln. In ihren hochhackigen Schuhen ist sie ein wenig größer als Pip, und um das zu kompensieren, reckt er das Kinn. Er konzentriert sich nach Kräften.

»Clare!«, ruft Marcie, als sie sie bemerkt. »Stell dir nur vor, Federico hat es geschafft, dieses alte Grammofon zu reparieren! Ich dachte, es wäre endgültig hinüber – es steht seit Monaten in der Rumpelkammer.« Der Walzer wird immer langsamer, weil das Grammofon an Kraft verliert. Also geht Clare hinüber, dreht die Kurbel und zieht die Feder wieder auf.

»Himmel, jetzt ist die Musik zu schnell für mich!«, sagt Pip, der Mühe hat, seine Füße zu sortieren. Marcie lacht, und sie tanzen schneller, immer im Kreis herum, bis Clare allein vom Zuschauen schwindelig wird. Auf einmal spürt sie mit aller Macht ihre Zuneigung zu Pip, ihren Stolz auf den Jungen und auch Rührung darüber, dass er tanzt, während um ihn herum alles so fremd und düster ist. Ihre Augen füllen sich mit Tränen und ihr Herz mit Schuldgefühlen, weil sie natürlich auch Pip betrügt und nicht nur Boyd. Denn wohin könnte ihre Liebe zu Ettore sie führen, wenn nicht fort von Pip? Plötzlich überkommt sie eine deutliche Vorahnung von bevorstehendem Kummer und Schmerz.

»Genug! Ich kollabiere gleich!«, schreit Marcie und lässt Pip los. »Meine Mutter hat immer gepredigt, dass eine Dame niemals transpirieren dürfe, aber wie sollte man bei dieser Hitze nicht ins Schwitzen geraten?«

Clare hebt die Nadel von der Rille, und Stille breitet sich im Raum aus.

»Wir hätten doch weitertanzen können«, protestiert Pip. »Clare, möchtest du nicht auch mal?«

»Na ja, wir müssen die paar Nadeln, die noch da sind, für die Party aufheben, Filippo«, sagt Marcie.

»Dann tanzen wir«, verspricht Clare. Sie wischt sich mit den Fingerspitzen die Augen. »Du hast sehr elegant ausgesehen, Pip. Jede junge Dame wäre stolz darauf, mit dir zu tanzen.«

»Weinst du etwa?« Pip lächelt.

»Ach, Clare, was ist denn los?«, fragt Marcie.

»Nichts, keine Sorge – Sie hätten sie bei meiner letzten

Theateraufführung in der Schule sehen sollen. Sie hat geheult wie ein Schlosshund«, erklärt Pip leichthin, doch da ist noch etwas anderes unter seinen Worten zu hören, es klingt in Clares Ohren beinahe wie ein Anflug von Verachtung. Getroffen von dieser Wahrnehmung räuspert sie sich, setzt eine möglichst neutrale Miene auf und versucht, sich nicht anmerken zu lassen, wie verletzt sie ist.

»Ich habe Federico schon mit den Einladungen losgeschickt. Ilaria wird ein Festmahl kochen, und wir werden zu viel Wein trinken und tanzen bis zum Morgengrauen! Hach, ich kann es kaum mehr erwarten«, sagt Marcie, tritt zu Clare und packt sie bei den Oberarmen. Ihr Gesicht unter dem Puder ist gerötet, ihr Blick beinahe verzweifelt. »Ob Ettore wohl auch kommen würde? Er erlebt sicher nicht viele Partys zurzeit. Das würde ihm wirklich guttun.«

»Ich bin nicht sicher, ob er mit seinem Bein schon tanzen kann«, entgegnet Clare.

»Ach, Sie haben ihn also in den letzten Tagen gesehen? Ich bekomme den Jungen kaum zu Gesicht, wenn Leandro hier ist.«

»Ich habe ihn gesehen, ja ... er hatte Wachdienst, soviel ich weiß. Und er ist kein kleiner Junge mehr, oder?« Clare spielt mit dem Arm des Grammofons herum. Ihre Finger tun weh und fühlen sich zugleich an wie taub, genau wie der Rest von ihr – unerträglich in seiner Befangenheit.

»Ach, hier unten in Apulien sehen sie alle mit ihrer wettergegerbten Haut schon früh viel älter aus. Aber Ettore ist erst vierundzwanzig – kaum zu glauben, nicht?«

»Ja.« Clare verschlägt es einen Moment lang den Atem. Sie dachte bisher, er sei älter als sie, weil er in vielerlei Hinsicht so viel erfahrener wirkt. Auf einmal begreift sie, wie jung er noch gewesen sein muss, als Not und Mühsal seinen Körper und sein Gesicht zu zeichnen begannen. »Werdet ihr auf der Party auch euer Stück aufführen?«, fragt sie ein wenig gepresst.

»Ach du meine Güte, ich glaube nicht, dass wir schon so weit sind. Was meinst du, Pip? Sind wir so weit? Nein, ich glaube, das wird noch ein bisschen dauern.«

»Ich kann es kaum erwarten. Wollt ihr mir nicht wenigstens sagen, worum es darin geht?«, fragt Clare.

»Aber wir wollen Ihnen doch die Überraschung nicht verderben, nicht wahr, Pip?« Marcie schleudert dem Jungen ihr strahlendes Lächeln entgegen, der es mit schmalen Lippen erwidert und dabei von einem Fuß auf den anderen tritt.

»Stimmt. Es soll eine Überraschung werden«, sagt er. Clare mustert ihn noch einen Moment lang, denn diesen Ausdruck hat sie bisher noch nie auf seinem Gesicht gesehen.

Am nächsten Tag ist der Himmel von schweren Wolken bedeckt, und es herrscht brütende Schwüle. Die Luft ist so vollkommen still, dass sich kein einziges Blatt an dem Feigenbaum bewegt, kein Hälmchen trockenes Gras sich neigt. Clare geht nach dem Mittagessen spazieren und meint beinahe spüren zu können, wie sich die Luftmassen teilen, um sie durchzulassen, und sich dann gummiartig wieder hinter ihr schließen. Sie trifft Ettore in der Ruine eines *trullo*, dessen Decke der farblose Himmel bildet. Sie lieben sich erst und unterhalten sich dann, wie immer. Sie kann kaum an irgendetwas anderes denken, ehe ihr Verlangen gestillt ist. Nach ein, zwei oder manchmal sogar drei Tagen ohne ihn ist diese Begierde wie statisch aufgeladen und löst sich wie auch dieses Mal mit einem Schlag. Danach ist sich Clare zuerst einer

Schramme im Rücken von der rauen steinernen Wand bewusst, die ein wenig brennt, und eines überwältigenden Gefühls von Sicherheit und Geborgenheit.

»Du bist erst vierundzwanzig, hat Marcie mir erzählt«, bemerkt sie. Ettore nickt. Sie sitzen nebeneinander auf der Stufe vor der Tür des *trullo*, und Clare denkt an all die Menschen, die vor ihnen hier gesessen haben, über Jahrhunderte hinweg: Männer, die rauchten, nachdachten, beobachteten. Frauen, die sich kurz ausruhten, einen Schwatz hielten, Bohnen schälten. Vielleicht auch andere Liebespaare, die ein Versteck und ein hartes steinernes Bett brauchten.

»Und du?«, fragt er.

»Neunundzwanzig«, sagt Clare und schämt sich ihres frischen Gesichts und der Tatsache, dass sie keine Narben hat, so unberührt ist, noch nirgends vom Leben gezeichnet.

»Du hast nie Hunger gelitten«, sagt er.

»Nein. Nein, ich habe nie Hunger gelitten.« Clare nimmt seine Hand und verschränkt die blassen Finger mit seinen dunklen.

»Das kann ich mir gar nicht vorstellen«, sagt er und betrachtet sie erstaunt, ohne jede Bitterkeit.

»Ich kann mir dein Leben auch nicht vorstellen. Deine Welt«, entgegnet sie traurig.

»Versuch es gar nicht erst. Sei einfach froh, dass du es nicht kennst.« Ettore runzelt die Stirn.

»Aber ich möchte es gern. Ich will es kennen … es verstehen.«

»Warum? Es ist unmöglich. Und was würde es dir nützen?«

»Weil es *dein* Leben ist. Das bist *du*. Deshalb will ich es verstehen«, erklärt Clare. Ettore blickt zum bleiernen Himmel auf und sagt nichts dazu.

»Es wird bald regnen«, bemerkt er nach einer Weile.
»Du glaubst, ich könnte das gar nicht. Nicht wahr? Du glaubst nicht, dass ich das je verstehen könnte«, sagt Clare. Das ist eher eine traurige Feststellung denn eine Frage, und Ettore wendet sich ihr zu und lächelt schwach. Sie sieht in seine hellen, strahlenden Augen.
»Niemand von außen könnte es verstehen. Das ist nicht deine Schuld.«
»Ich will ... ich will dich glücklich machen.«
»Du würdest dich nur selbst unglücklich machen.« Er schüttelt den Kopf. »Wir sollten das hier beenden.«
»Ich will es nicht beenden.«
»Das sollten wir aber. Früher oder später wird jemand Verdacht schöpfen, und dann erfährt es auch dein Mann. Wir sollten damit aufhören«, sagt er. Clare hält den Atem an, bis sie sicher ist, dass er nicht jetzt meint – nicht jetzt gleich. Er streicht mit dem Daumen über ihre Wange und küsst sie.

Als die ersten schweren Regentropfen fallen, zieht Ettore Clare auf die Füße und schiebt sie in Richtung der *masseria*. Sie geht los, doch als sie einen Motor hört, rennt sie zurück in den Schutz des *trullo* – der rote Wagen rollt in der Ferne vorüber, ebenfalls auf dem Weg zum Gut.

»Ich wusste nicht, dass die Straße so nah ist!«, sagt sie. Ettore hat sich nicht gerührt. »Glaubst du, er hat uns gesehen?«
»Er hätte uns wohl nicht gesehen, wenn du nicht losgeflitzt wärst wie ein Kaninchen«, sagt er und lächelt kurz. »Nichts lässt einen so schuldig wirken wie Weglaufen.«
»Es tut mir leid. Ich konnte nicht anders. Ich hoffe, es war dieser Diener, der irgendwelche Besorgungen machen sollte, und nicht Pip und Leandro.«
»Bei Pip hätte es mehr Schlittern, mehr Lärm und mehr

Staub gegeben«, erwidert Ettore, und Clare lächelt. »Kaninchen ... mein Onkel hat dich vor einer Weile als Hasenfuß bezeichnet, aber da hat er sich getäuscht. Du hast vielleicht Angst, aber du lässt dich davon nicht aufhalten. Das ist wahrer Mut.«

»Er hat mich als Hasenfuß bezeichnet?«, wiederholt Clare. Sie hätte nicht erwartet, dass sie diese Beleidigung so treffen könnte. »Und Marcie hat mich einmal Mäuschen genannt. Das denken sie also von mir – dass ich ein Schwächling bin. Feige.«

»Was spielt es schon für eine Rolle, was sie denken?« Er grinst sie schief an. »Wir wissen es besser.«

»Ich habe es so satt ...« Clare schüttelt den Kopf. »Ich habe es so satt, immer zu tun, was mir befohlen wird. Zu folgen, wohin ich auch geführt werde.« Ettore sieht sie stirnrunzelnd an.

»Ja. Das nagt an einem, nicht?«, fragt er leise. »Wenn man nur respektlos behandelt wird und keinerlei Kontrolle über das eigene Leben hat.«

Clare schlägt beschämt die Augen nieder.

»Es tut mir leid. Ich habe keinen Grund, mich zu beklagen, ich weiß. Für dich muss ich mich anhören wie ein verwöhntes Gör ... Außerdem bin ich selbst schuld an meiner Lage. Andere führen mich, weil ich mich immer habe führen lassen«, erklärt sie. Ettore zündet sich eine Zigarette an, bläst den Rauch hoch über seinen Kopf und schweigt. Clare hat sich dicht an die uralte Tuffsteinmauer gekauert. Nun steht sie auf und setzt sich zu Ettore. Ameisen krabbeln über ihre Knöchel, und sie beugt sich vor, um sie mit der Hand wegzufegen. Ihre Bisse fühlen sich an wie boshafte Nadelstiche. In der Ferne legen sich die letzten Staubwolken, die der Wagen aufgewirbelt hat. »Selbst wenn es nur dieser Fahrer war, sollten wir vorsichtig sein. Offenbar steht er recht gut mit Marcie. Federico, so heißt er. Womöglich würde er ihr etwas verraten, wenn er von uns wüsste.«

»Er ist Abschaum«, stößt Ettore hervor. »Wenn Marcie nur ein einziges Mal die Augen aufmachen und sich ansehen würde, was direkt vor ihrer Nase geschieht, würde sie ihn nicht mehr in ihrer Nähe dulden. Keine Sekunde lang.«

»Aber warum denn? Was ist los? Dein Onkel hat mir erzählt, dass es eine ... Krise gibt, wie einen Krieg«, sagt Clare. Ettore überlegt wie so oft erst einen Moment, ehe er antwortet.

»Es ist tatsächlich ein Krieg, Chiara. Er tobt schon seit Jahrzehnten, immer hin und her, wie das eben ist. Jetzt stehen wir vor der letzten großen Schlacht.« Er zieht an seiner Zigarette und schüttelt den Kopf. »Es wird noch mehr Blutvergießen geben, ehe der Sommer vorüber ist. Du hast mir von dem Mann erzählt, der in Gioia verprügelt wurde. Halb totgeschlagen von einem Trupp Schwarzhemden.«

»Ja. Ja, das habe ich gesehen. Er hieß Francesco Molino.« Clare scheut vor der Erinnerung zurück.

»Federico Manzo führt einen solchen Schlägertrupp an. Er ist einer von denen, ein Faschist. Ich habe gesehen, welche Brutalität in ihm steckt. Dieselbe wie in seinem Vater Ludo Manzo – Gewalttätigkeit, die keinen Grund braucht, nur einen Vorwand.«

Clare starrt ihn an. Bei seinen Worten ist ihr eiskalt geworden. Sie denkt an das Sträußchen hellblauer Blumen, das Federico ihr dargeboten hat. An sein liebliches Lächeln, das nicht recht zu dem wissenden Ausdruck seiner Augen passen wollte. Daran, wie er den platten Fahrradreifen für Pip repariert hat und das Grammofon für Marcie. Sie denkt an die blutbespritzte Brille, die in Gioia auf dem Straßenpflaster zersprang. Wieder einmal kann sie die Tatsache kaum bewältigen, dass alle diese Dinge nebeneinander existieren sollen. Es erscheint ihr unmöglich, so unwirklich wie dieser Ort, diese Ereignisse.

»Er wollte mir Blumen schenken«, murmelt sie auf Englisch.

»*Che cos' ai detto?*«, fragt Ettore. *Was hast du gesagt?* Clare schüttelt den Kopf.

»Weiß dein Onkel davon?«

»Ja, er weiß es.«

»Dann ...« Clare schluckt. »Gehört Leandro auch zu ihnen? Ist er ein Faschist?«

»Ich bemühe mich sehr, das herauszufinden«, antwortet Ettore grimmig. »Die anderen Gutsherren sind natürlich fast alle Faschisten. Sie heuern diese Trupps an, füttern sie durch, bewaffnen sie, bieten ihnen Unterschlupf. Sie stellen eine Armee auf, die Menschen wie mich und meine Familie auslöschen soll. Aber Leandro gehört auch zu meiner Familie.« Er zuckt mit einer Schulter. »Oder gehörte. Viele Grundbesitzer wollen nicht einmal mit den Arbeiterbünden verhandeln. Wusstest du das? Erst als sie dazu gezwungen wurden – und manche haben sich selbst dann noch geweigert. Sie haben erklärt, das Nutzvieh gehöre auf die Felder, nicht an ihre Tische. Sie haben gesagt, wir hätten kein Recht zu sprechen. So sehen sie uns – als Tiere.« Clare starrt ihn entsetzt an.

»Aber ... dein Onkel kann nicht so denken. Unmöglich. Ich habe gesehen, wie die anderen reichen Männer ihn in Gioia behandelt haben. Sie haben ihn ... geschnitten. Abgewiesen. Er kann einfach nicht so denken wie sie.«

»Was mein Onkel heutzutage denkt, ist mir ein Rätsel. Er will von diesen Leuten akzeptiert werden. Ich weiß nicht, wie weit er dafür gehen würde.«

»Aber ... gegen diese bewaffneten Truppen zu kämpfen ... Ist das die richtige Lösung? Menschen werden sterben ... du könntest verletzt werden. Es *muss* einen anderen Weg geben.«

»Chiara«, sagt Ettore. Er lehnt den Kopf zurück an die Mauer und sieht sie an, als sei er plötzlich ganz erschöpft. »Was sollen wir denn tun, wenn sie uns keine andere Wahl lassen?«

»Ich weiß es nicht«, antwortet sie kleinlaut. »Aber ich kann den Gedanken nicht ertragen, dass du in solcher Gefahr schwebst. Gibt es denn keine ... politische Lösung?«

»Wir *alle* sind in Gefahr.« Er lässt den Zigarettenstummel auf den staubigen Boden fallen und drückt ihn mit einem Stein aus. »Und die Politik? Ich werde dir etwas von der Politik erzählen. Neunzehnhundertacht, da war ich noch ein Kind, haben wir in Gioia gewählt. Mit dem Kandidaten der Sozialisten hätten wir uns endlich Gehör verschaffen können, aber Nicola De Bellis hat die Wahl einstimmig gewonnen. De Bellis, der sich für einen König hielt und uns alle für seine Leibeigenen. *Einstimmig,* Chiara. Jeder, der gegen ihn gestimmt hätte, wurde verprügelt, verhaftet, im Haus festgehalten oder ermordet. Und nur für alle Fälle sorgte De Bellis auch dafür, dass die Stimmen von Leuten ausgezählt wurden, die ihm gehörten. *So* funktioniert Politik hier in Gioia. Wenn dir also eine andere Möglichkeit einfällt, würde ich sie gern hören.« Er wendet ihr das angespannte Gesicht zu und sieht sie mit schmalen Augen an. Doch ihr betretenes Schweigen scheint ihn zu besänftigen, und er belässt es dabei. »Du solltest gehen, ehe es richtig zu regnen anfängt. Ich nehme einen anderen Weg«, sagt er, und Clare nickt. Scheinbar ohne sich zu bewegen, haben sich die Wolken grau gefärbt, verdichtet. Dicke Regentropfen zerplatzen im Staub und hinterlassen dunkle, unregelmäßige kleine Krater. Clare möchte ihm sagen: *Ich liebe dich*, doch irgendetwas warnt sie davor, es auszusprechen. Sie weiß, dass er das nicht würde hören wollen und dass er es ohnehin schon weiß.

Als Clare das Tor erreicht, gießt es in Strömen. Carlo, der junge Wächter, lässt sie mit einem gutmütigen Grinsen ein. Wasser tropft von seiner Hutkrempe. Dies ist der warme, nährende Regen, auf den sie gehofft hat – kein Donner oder Hagel, nur ein stetiger Guss, der Himmel und Erde verbindet, ihr das Haar an die Schultern klebt und an ihren Waden hinab in die Schuhe rinnt. Die Hunde kauern in ihren dürftigen Hütten und schauen mit traurigen Augen heraus. Sie machen sich kaum mehr die Mühe, Clare zu verbellen, so sehr haben sie sich an ihren Geruch gewöhnt. Als sie an der Kuppel der Zisterne im Hof vorbeigeht, kann sie das Wasser unter der Erde rauschen hören. Sie geht gemächlich im Bogen über die *masseria* und lauscht dem Plätschern in den Regenrinnen und der Musik des Wassers in den unsichtbaren steinernen Kanälen unter ihren Füßen. Im Gemüsegarten hält sie inne und hört zu, wie es auf die Blätter des Mandelbaums schlägt und auf die geborstene Steinbank prasselt. Als sie aufblickt, entdeckt sie ein paar Wachen auf dem Dach, die absichtlich draußen im Regen stehen, so wie sie, und sich davon durchweichen lassen. In England würden die Leute vor diesem Regen nach drinnen flüchten, aber hier ist er eine Seltenheit, wie Schnee bei ihr zu Hause – etwas beinahe Wundersames. Doch es regnet nicht genug, um einen Fluss zwischen den Feldern hervorzuzaubern, nicht einmal ein Rinnsal. Nach einer halben Stunde hört der Regen auf, als hätte jemand abrupt den Hahn zugedreht. Minuten später taucht die Sonne hinter den Wolken auf, und alles beginnt zu dampfen.

Auf dem Hof trocknet Federico den roten Wagen mit einem Lederlappen. Sein Anblick trifft Clare noch stärker als zuvor – sie fühlt sich körperlich abgestoßen. Unwillkürlich tritt sie einen Schritt zurück, sieht, wie er zu lächeln beginnt, und hält den Blick gesenkt. Sie kann nicht ins Haus, ohne an ihm vorbeizugehen, also verschränkt sie die Arme vor der Brust, starrt auf ihre Füße und marschiert an ihm vorüber. Da hört sie ein Geräusch – ein leises, rhythmisches Zischeln, so bedrohlich, dass sie zusammenschrickt. Sie blickt auf, und es ist Federico, der sie durch die Lücke in seinen Schneidezähnen anzischt. Sein Lächeln ist anzüglich geworden, sein Blick höhnisch, und in diesem Moment ist sie absolut sicher, dass er sie gesehen hat. Dass er über sie und Ettore Bescheid weiß. Er hört nicht auf zu zischeln, jetzt, da sie ihn ansieht. Er will, dass sie es sieht. Clare wendet sich ab und eilt ins Haus, angewidert und gedemütigt zugleich.

Sie betritt das lang gezogene Wohnzimmer im Erdgeschoss und findet es leer vor, also steigt sie die Treppe hinauf zur Terrasse, doch auch dort ist von Marcie oder Pip nichts zu sehen. Als Nächstes sieht sie im Fledermauszimmer nach – die Tür steht offen, der Raum ist hell und leer. Mit leise hallenden Schritten geht Clare zum Fenster und schaut auf den Hof hinab. Federico poliert mit rhythmisch kreisenden Bewegungen den Wagen, die Brauen gegen die helle Sonne gerunzelt. Er hat die Hemdsärmel hochgekrempelt, und die Muskeln an seinen Unterarmen stehen sichtbar hervor. Clare denkt an Francesco Molino – wie er sich zusammenkrümmte, um sich gegen die Tritte und Schläge der Männer zu schützen. Die fliegende Brille, die eingesunkene Augenhöhle. Säure brennt heiß in ihrer Kehle. Sie kann nicht fassen, dass Federico dieses normale Leben hat. Dass er aussieht wie ein normaler Mensch, nicht wie ein Ungeheuer, erscheint ihr als unerträgliche Heuchelei. Es entsetzt sie, einem Menschen mit einem solchen Geheimnis so nah gewesen zu sein, und jetzt macht er sie nicht mehr nur nervös, er ängstigt sie zutiefst. Sie will jemandem alles über ihn erzählen, ihn beschuldigen, bloßstellen. Doch Ettore hat gesagt, Leandro wüsste es schon, und wem sollte sie es dann sagen?

Clare ist beunruhigt und rastlos und will nicht allein sein. Sie geht zu Pips Zimmer, doch auch dieser Raum ist leer. Eines der Dienstmädchen hat aufgeräumt, das Bett ist akkurat gemacht, die Karaffe auf dem Nachttisch mit frischem Wasser aufgefüllt, *Bleakhaus* und die Fotografie von Emma säuberlich daneben arrangiert. Ein weicher Luftzug streicht durch das Fenster herein, frisch und warm nach dem Regen. Clare geht hinüber und schaut auf die Rückseite des Guts hinaus. Sie entdeckt Pip hinter dem *trullo* des Oberaufsehers, mit Ludo und Leandro. Er ist schmaler als die beiden Männer, aber fast ebenso groß wie sie. Mit gestrafften Schultern steht er da und deutet auf einen einsamen Olivenbaum ganz in der Nähe, offenbar in eine Diskussion verwickelt. Clare beobachtet ihn neugierig, obwohl es ihr nicht gefällt, ihn in Gesellschaft dieser Männer zu sehen. Dann entdeckt sie, dass sie Waffen tragen – auch Pip. Sie schnappt nach Luft, wirbelt herum und läuft zur Treppe. Sie will nicht wieder über den Hof gehen, aber es gibt keinen anderen Weg hinaus, also hastet sie an Federico vorüber, ohne ihn anzusehen.

Diesmal gibt er keinen Laut von sich und arbeitet weiter, aber sie spürt seinen Blick im Rücken.

Als sie Pip erreicht, steht er breitbeinig da und späht an seinem ausgestreckten Arm entlang. Beim Anblick des Revolvers in seiner Hand durchfährt Clare ein scheußlicher Ruck, als hielte er eine lebendige Schlange vor sich in die Höhe – er soll sie sofort fallen lassen und weggehen. Auf dem Stamm des Olivenbaums prangt ein Fleck weißer Farbe, und Ludo steht dicht neben Pip, stützt seine Hand und hilft ihm, das Ziel anzuvisieren. Als sie auf die beiden zueilt, packt Leandro sie am Arm und hält sie zurück.

»Warten Sie noch einen Moment«, sagt er. »Er wird gleich schießen.«

»Das soll er aber nicht«, antwortet sie aufgebracht. Leandro bedeutet ihr, still zu sein, und hält ihren Arm weiter fest. Nach ein paar Augenblicken reißt Clare sich los, bleibt aber neben ihm stehen. Der Anblick von Ludo Manzo, der Pip etwas beibringt, ist beinahe so abscheulich wie die Waffe in seiner Hand. Ludo tritt zurück, überprüft noch einmal, ob Pip das Ziel auch richtig anvisiert, und nickt dann knapp. Seine Augen sind schmal und hart, und er zuckt nicht mit der Wimper, als der Schuss kracht und Pips Arm heftig nach hinten gerissen wird.

Die Kugel schlägt in eine Mauer zwei Meter links von dem Olivenbaum ein. Eine Staubwolke erhebt sich, Steinchen prasseln herab, und Ludo grinst. Er sagt etwas auf Italienisch und lacht dann leise, und Pips Wangen röten sich. Er keucht und hat die Augen vor Aufregung weit aufgerissen.

»Ludo sagt, bei seinem ersten Schuss mit einem Revolver habe er sich selbst ein blaues Auge verpasst, also hast du deine Sache gut gemacht, Pip«, übersetzt Leandro. Pip dreht sich um und lächelt ihn an. Er wirkt überrascht, Clare zu sehen, scheint sich aber darüber zu freuen.

»Hast du das gesehen, Clare?«, fragt er.

»Ja, habe ich«, antwortet Clare, doch sie bringt kein Lächeln zustande.

»Sie sind damit nicht einverstanden?«, raunt Leandro.

»Er ist noch ein Schuljunge. Er braucht nicht zu wissen, wie man mit einer Waffe umgeht.«

»Man weiß nie, wann so etwas einmal nützlich sein könnte«, wendet Leandro ein. »Vor allem hier draußen.« Clare wirft ihm einen durchdringenden Blick zu, doch Leandro lässt sie stehen, ehe sie ihn nach der Bedeutung seiner Worte fragen kann. Er klopft Pip mit einer Hand auf die Schulter. »Jetzt hast du den Rückstoß erlebt und weißt, dass du darauf gefasst sein musst. Versuch es noch einmal. Ganz sanft auf den Abzug drücken und den Arm gegen den Rückstoß anspannen.«

»Ist gut«, sagt Pip. Clare holt Luft, um etwas zu sagen, lässt es dann aber doch sein. Pip amüsiert sich prächtig, und sie will ihm den Spaß nicht verderben. In ihr taucht wieder das Bild von dem nackten Mann auf, der zu Ludos Füßen Stoppeln fressen musste – und wie Ludo auch da gegrinst hat. Sie denkt an Federico, der einen Schlägertrupp in Gioia anführt, und an Leandro, der sie nicht gehen lassen will. Sie ist von gewalttätigen Männern umgeben und will nicht, dass Pip mit dieser Brutalität in Berührung kommt, dass sie auf ihn abfärbt oder ihn irgendwie verändert. Sie ist wie ein Gift, eine Krankheit, und die Vorstellung, Pip könnte sich anstecken, ist beängstigend.

Sein zweiter Schuss reißt ein unregelmäßiges Loch in die Rinde des Olivenbaums. Immer noch daneben, aber schon viel näher am Ziel.

»Bravo!«, lobt Ludo nickend. Pip lächelt und zuckt bescheiden mit den Schultern.

»Ich kann noch besser werden, ganz bestimmt. Ich muss nur mehr üben. Würden Sie ihm das übersetzen, Leandro?«

»Natürlich. Und selbstverständlich wirst du besser werden – ein Gut ist genau der richtige Ort zum Üben. Wenn der Sommer vorüber ist, bist du ein Meisterschütze.«

»Aber vielleicht reicht das fürs Erste?«, wirft Clare ein. Auch sie ist näher an Pip herangetreten. Sie versucht seinen Blick aufzufangen, ihn ihre Beunruhigung spüren zu lassen, damit sie es nicht aussprechen muss.

»Aber wir haben gerade erst angefangen!«, protestiert Pip. Er hält den Revolver noch in der Hand, ungeschickt und ein wenig von sich gestreckt, als wollte er nicht, dass die Waffe ihn berührt. »Ich muss doch üben. Wenn ich besser bin, bringt Ludo mir auch noch bei, wie man mit dem Gewehr schießt, und dann kann ich in den Scheunen Ratten schießen.«

»Tja, ich muss dich warnen – die sind verflucht schwer zu treffen«, sagt Leandro. »Kaum zu glauben, wie schnell sie sind. Wenn du Ratten erschießen kannst, wirst du so ziemlich alles treffen.«

»Ich verstehe nicht, warum du überhaupt auf irgendetwas schießen solltest«, wirft Clare ein. Doch Pip scheint ihren beinahe flehenden Tonfall nicht zu bemerken.

»Ich bin gut im Bogenschießen«, sagt er. »Ich glaube, ich könnte auch damit ein guter Schütze werden.«

»Ein Revolver ist ein Werkzeug, Mrs. Kingsley«, bemerkt Leandro seelenruhig. »Auf einem Gut ist er nur ein Gerät wie eine Sense oder eine Hacke.«

»Pip gehört nicht zu Ihren Wachen, Mr. Cardetta.«

»Ist schon gut, Clare. Vater hat gesagt, das sei eine gute

Idee«, erklärt Pip. Er tritt beiseite, hebt die Waffe und starrt den Lauf entlang. »Hier gibt es Räuberbanden, weißt du? Und Rebellen, die sich zusammenrotten. So kann ich uns verteidigen, wenn es sein muss.« Er kneift die Augen zusammen, neigt den Kopf leicht zur Seite und zielt. Clare starrt ihn entsetzt an.

»Der Junge hat hier ein paar Dinge gesehen, die ihn aufgewühlt haben«, sagt Leandro so leise, dass nur Clare ihn hören kann. »Hiermit machen wir ihn stark und furchtlos.«

»Nein. Sie gewöhnen ihn an die Gewalt«, erwidert sie mit zitternder Stimme.

»Nun, so wird man stark.« Leandro zuckt mit den Schultern. »Es wird ihm nicht schaden. Ich gebe Ihnen mein Wort darauf.« Clare beobachtet die Szene noch ein Weilchen und weiß, dass sie verloren hat. Sie will Leandro und Ludo entgegenschreien: *Ihr bekommt ihn nicht.* Aber Pip ist kein Kind mehr, und er war nie wirklich ihr Kind. Ludo blickt auf und begegnet ihrem Blick, und diesmal sieht sie kein Grinsen, keine Belustigung auf seinem Gesicht, nur kalte, prüfende Berechnung. Clare wendet sich ab, und in dem Moment kracht Pips dritter Schuss. Er hallt in ihren Ohren nach, dann hört sie Pip freudig lachen, während Leandro Beifall klatscht.

Am nächsten Tag sitzt Clare mit Pip auf der überdachten Terrasse. Sie spielen Rommé – Pip hat die vergilbten Karten in einem unbenutzten Schlafzimmer gefunden. Clare ist noch immer angespannt, angefüllt mit all dem, was sie ihm sagen will. Aber jetzt, wo sie die Gelegenheit hat, kann sie es nicht in Worte fassen, also schweigt sie. Sie kann ihm nicht erklären, warum sie es so schrecklich fand, dass er von Ludo und Leandro gelernt hat, mit einem Revolver zu schießen, oder warum sie den beiden Männern zutiefst misstraut. Zum ersten Mal fühlt sich das Schweigen zwischen ihnen unbehaglich an. Auch dagegen will sie etwas sagen, aber es einzugestehen würde es nur noch schlimmer machen. Als laute Stimmen über den Hof hallen, wechseln sie einen besorgten Blick und halten in ihrem Spiel inne. Es ist wieder sengend heiß, doch der Himmel ist tiefblau, und eine sanfte Brise bringt angenehme Kühlung. Ein viel zu schöner Tag für einen solchen Zornesausbruch. Die brüllende Stimme gehört Leandro – beide erkennen sie auf der Stelle. Die Pausen in seiner Schimpftirade klingen, als antworte ihm jemand so leise, dass sie ihn nicht hören können. Es könnte einer der Dienstboten sein, oder Marcie, oder Boyd. Eine Pause entsteht, als richte das gesamte Gut seine Aufmerksamkeit auf diese kurze Stille, und dann brüllt Leandro: »Soll das ein verdammter *Witz* sein?«

Eine Tür knallt, dann ist es still. Als hätten auch sie den Atem angehalten, beginnen die Spatzen auf dem Hof wieder herumzuhüpfen und zu zwitschern.

»Was glaubst du, was da los war?«, fragt Pip nervös. Geschrei und jede Art von Streit waren ihm schon immer ein Gräuel.

»Ich sehe lieber mal nach ... und vergewissere mich, dass alles in Ordnung ist«, antwortet Clare und steht auf. »Du bleibst hier?« Pip nickt, mischt die Karten und beginnt eine Partie Solitär.

Clare geht hinunter zum Wohnzimmer. Irgendjemand hat es wutentbrannt verlassen und die Tür zum Inneren des Hauses zugeknallt, aber sie hat keine Ahnung, ob dieser Jemand Leandro war oder das Objekt seines Zorns. Clare späht von draußen vorsichtig über die Schwelle und sieht Papiere, die über den großen Polsterhocker verteilt sind und sich sanft im Luftzug von der Tür bewegen. Sie entdeckt Leandros silbrigen Hinterkopf, seine hängenden Schultern und die breite Brust, und ihr stockt der Atem. Sie will sich schon wieder davonschleichen, als sie erkennt, dass die Papiere vor ihm Boyds Entwürfe sind. Ihre Finger krallen sich unwillkürlich um den Türrahmen, und beim leisesten Kratzen ihrer Fingernägel hebt Leandro sofort den Kopf.

»Mrs. Kingsley«, sagt er ernst. Sein Gesicht wirkt missgelaunt. »Bitte kommen Sie herein und setzen Sie sich. Sie haben gewiss meinen kleinen Temperamentsausbruch mitbekommen. Den konnte man wohl bis nach Gioia hören.«

»Ist alles in Ordnung, Mr. Cardetta?«, fragt sie überflüssigerweise. Sie setzt sich nervös auf die vorderste Kante des Sofas ihm gegenüber.

»In gewisser Weise ja, wenn man so will. Ich fürchte, ich habe Ihrem Mann eine Abreibung verpasst, die er nicht ganz verdient hat. Vielleicht hat er sich gar nichts dabei gedacht. Möglicherweise nur ein Missverständnis. Er kommt mir nicht vor wie jemand, der einen anderen absichtlich so provozieren würde.«

»*Sie* schon gar nicht, Mr. Cardetta.«

Der Gutsherr rückt die Zeichnungen vor sich gerade, wobei er sie nur mit den Fingerspitzen berührt. Nachdenklich runzelt er die Stirn.

»Wir alle haben unsere Schwächen, Mrs. Kingsley«, murmelt er. »Meine ist ein hitziges Temperament. In meinem Herzen ist so viel Wut gelagert, verstehen Sie?« Er tippt sich an die Brust, als wollte er es ihr zeigen. »So viel Wut. Niemand, der hier in Armut hineingeboren wurde, könnte ohne sie erwachsen werden. Ganz gleich, was man später tut oder was sich verändert. Sie verlässt einen nie.«

»Die Entwürfe ... gefallen Ihnen nicht?«, fragt Clare. Leandro blickt scharf zu ihr auf, als vermute er selbst von ihr einen höhnischen Scherz. Er schüttelt den Kopf.

»Sie erkennen es auch nicht, nicht wahr? Das bestätigt mir, dass Boyd keine bösen Absichten hatte.« Leandro weist mit ausholender Geste auf die Zeichnungen. »*Trulli*. Er hat es den *trulli* nachempfunden. Ich habe geschuftet wie ein Tier. Ich habe Dinge getan, die Sie sich gar nicht vorstellen können, Mrs. Kingsley, um es dahin zu bringen, wo ich jetzt stehe. Dennoch behandeln die anderen Grundherren hier mich wie einen Bauern, wie Abschaum, und ich kann nichts dagegen tun. Und jetzt sehen Sie sich das an – nach alledem will Ihr Mann mich wieder in einem *trullo* hausen lassen!« Plötzlich lacht er laut auf. »Nur für den Fall!« Er wackelt mahnend mit dem Zeigefinger. »Nur für den Fall, dass irgendwer es vergessen und mich für einen feinen Herren halten könnte!« Er gibt ein selbstironisches Kichern von sich, das aber schon gleich darauf abrupt erstirbt. Clare schluckt nervös. Ihr erster Gedanke ist, dass Boyd länger wird bleiben müssen, wenn die Entwürfe nicht gut sind. Dass sie noch länger bleiben wird.

»Ich ... Boyd hatte ganz sicher nicht die Absicht, Sie zu beleidigen, Mr. Cardetta.«

»Tja, da haben Sie wohl recht.« Leandro seufzt und lehnt sich in seinem Sessel zurück. Er fährt sich mit der Hand über den Mund und reibt sich dann das Kinn – die gleiche Geste hat Clare schon bei Ettore gesehen. »Vielleicht sollte ich das ganze Vorhaben aufgeben und mir das Geld dafür sparen. Wahrscheinlich wird das Haus sowieso geplündert und verwüstet, ehe sich dieser Aufruhr wieder legt.«

»Dann ... möchten Sie also nicht, dass er die Entwürfe abändert?«, fragt sie atemlos.

»Sie möchten doch gewiss wieder nach Hause?«, entgegnet er. »Vielleicht war das Ganze ein Fehler«, fügt er leise hinzu, und sie ist nicht sicher, was genau er damit meint.

»Nein, ich ... das heißt ...« Clare ist vollkommen ratlos, was sie ihm antworten soll. Eine verrückte Sekunde lang fragt sie ihn beinahe, was er von Boyd erfahren will.

Sie blickt auf und sieht, dass er sie nachdenklich mustert.

»Sie sind ganz und gar nicht so, wie ich Sie mir vorgestellt hatte, Mrs. Kingsley«, sagt er. »Die Briten sind oft sehr in ihren Gewohnheiten festgefahren. So starr in ihrem Denken. Sie hingegen scheinen mir, wenn ich das sagen darf, genau das Gegenteil zu sein. Meistens kann ich nicht einmal erraten, wie Sie wirklich über etwas denken.«

»Das geht mir manchmal auch so«, entgegnet sie, und Leandro lächelt.

»Ihr Mann hat Ihnen ein wenig von meinem früheren Leben in New York erzählt. Das merke ich Ihnen an.« Er spricht leichthin, und Clare ist augenblicklich auf der Hut. Bei diesem Mann macht Unbeschwertheit sie misstrauisch.

»Ja«, antwortet sie. Leandro gibt ein Brummen von sich und nickt.

»Sie haben ihn bedrängt, möchte ich wetten. Ich kann mir nicht vorstellen, dass er Ihnen das freiwillig erzählt hat. Und darf ich Ihnen raten, nicht alles für bare Münze zu nehmen, was Sie vielleicht gehört haben, Mrs. Kingsley? Ihr Mann und ich haben eine ... komplizierte Vergangenheit. Ich bin mir sicher, dass er Ihnen niemals alles erzählen würde. Und vielleicht hätte er Ihnen gar nichts davon sagen sollen.«

»Würden Sie mir mehr sagen?«

»Ich? Lieber Himmel, nein.« Er kichert. »Ich sage Ihnen nur so viel: Im Lauf meines Lebens musste ich Dinge tun, auf die kein Mann bei klarem Verstand stolz sein könnte. Ich bin mit dem Gesetz in Konflikt geraten – oder sagen wir, ich habe mich so weit von Recht und Gesetz entfernt, dass sie keine Rolle mehr spielten. Manchmal vergaß ich, dass es so etwas überhaupt gibt. All das habe ich hinter mir gelassen. Heute bin ich ein anderer Mann. Aber es hat mich dahin gebracht, wo ich jetzt bin, wo ich immer sein wollte, und wie viele Männer können das schon von sich behaupten? Wissen Sie, wovon ich als kleiner Junge immer geträumt habe, Mrs. Kingsley?« Er beugt sich lebhaft vor und stützt die Ellbogen auf die Knie. »Abends habe ich immer die *signori* beobachtet, wenn sie ins Teatro Comunale in Gioia gingen. Ich habe ihre feinen Anzüge bewundert und die Kleider und Juwelen der Frauen und die von Lampen hell erleuchteten Kutschen, in denen sie kamen. Ihre Pferde waren glänzend und feurig, nicht dämpfig und von Parasiten ausgezehrt. Ich habe immer davon geträumt, einer von diesen Männern zu sein. Ich wollte gemeinsam mit ihnen da hineinspazieren, eine schöne Frau an meinem Arm, mit ihnen lachen, worüber die Reichen auch immer lachen mochten, und einen Abend damit verbringen, satt dazusitzen und mir ein Theaterstück anzusehen. Dabei wusste ich nicht einmal richtig, was ein Theaterstück ist. Ich konnte es mir nicht vorstellen – ich war nur schmutzige Haut und Knochen, eine halb verhungerte, rotznasige kleine Ratte wie wir alle. Ich habe sie beobachtet, und ich habe geträumt. Wissen Sie, wie alt ich war, als ich zum ersten Mal einen ganzen Tag Feldarbeit verrichtet habe, Mrs. Kingsley?«

Clare schüttelt stumm den Kopf.

»Acht. Ich war acht Jahre alt«, sagt Leandro, und sein Gesicht verfinstert sich bei der Erinnerung daran. »Sie haben ja keine Ahnung, was für Dinge ich getan, durch was für Scheiße ich gewatet bin, um mein Ziel zu erreichen. Und ich werde jeden Mann massakrieren, der versucht, mir das zu nehmen. Ich werde ihn *umbringen*.« Das sagt er mit so ruhiger Gewissheit, dass die Muskeln in Clares Beinen zucken, weil sie instinktiv davonlaufen will.

Unvermittelt lächelt Leandro. »Jetzt habe ich den Faden verloren. Bitte verzeihen Sie.«

»Ich kann mir nicht vorstellen, wie das Leben hier für die Ärmsten der Armen sein muss. Man kann es mir erzählen, aber vorstellen kann ich es mir nicht«, sagt Clare.

»Keiner von uns kann sich wahrhaftig in einen anderen hineinversetzen. Aber das soll Sie nicht bekümmern, Mrs. Kingsley. Sie werden bald wieder in London sein, mit Ihrem Mann und Ihrem Sohn, als wäre nichts von alledem je geschehen. Sie brauchen nie wieder einen Gedanken an das arme Apulien zu verschwenden. Das ist es doch, was Sie wollen, nicht wahr?« Sie blickt fragend zu ihm auf, denn in der Frage schwingt eine doppelte Bedeutung mit.

»Ich werde die Zeit hier nie vergessen«, erwidert sie.

»Nein. Das werden Sie wohl nicht«, stimmt er ernst zu.

»Würden Sie mir sagen, was auf der Masseria Girardi geschehen ist?« Da sie schon einmal offen sprechen, riskiert sie es, ihn danach zu fragen. »Sie sagten, Ettore sei deswegen wütend auf Sie.«

»Wütend auf mich – nein. Obwohl er das vielleicht sein sollte. Nein, mein Neffe ist einfach nur wütend wegen dem, was passiert ist. Wie über so viele Dinge. Das ist nur verständlich. Er ist als halb verhungertes Arbeiterbalg aufgewachsen, genau wie ich, und er hat es nicht geschafft, etwas zu ändern.«

»Aber was ist dort geschehen?«

»Es ist eine schlimme Geschichte, Mrs. Kingsley.«

»Ich will sie trotzdem hören.«

»Das ist jetzt etwas über ein Jahr her. All diese ... gewalttätigen Auseinandersetzungen hatten gerade erst begonnen. Gerüchte machten die Runde. Die Ernte war eine Katastrophe – Bauern haben ihre eigenen Felder angezündet, weil sie von der Versicherung mehr dafür bekamen, als wenn sie den Weizen verkauft hätten! *Das* verstehen diese Proleten einfach nicht!« Leandro schlägt mit einer Faust in die Handfläche der anderen Hand. »Wenn sie uns ruinieren, ist niemand mehr da, der sie für irgendetwas bezahlen kann! Aber die Arbeiter litten Hunger, und sie hatten ein *Recht* auf Arbeit – das hat sich nach dem Krieg geändert. Sie glaubten wenigstens, sie hätten ein Recht darauf, und *masserie,* die sich weigerten, Tagelöhner zu beschäftigen, wurden angegriffen. Girardis Gut war mehrmals überfallen und beraubt worden. Dann kamen die Männer einfach so, unaufgefordert, arbeiteten auf Girardis brachliegenden Feldern und forderten Lohn dafür. Girardi sagt, er hat unter diesen Männern mindestens einen erkannt, der an einem der Raubzüge beteiligt war. Also hat er zurückgeschlagen. Er hat seine Nachbarn, seine Wachen und *annaroli* auf seinem Gut versammelt. Alle waren bewaffnet. Und als die Tagelöhner am nächsten Abend kamen, um die Gerätschaften zurückzubringen, und Nettis – ihr Sprecher – ihren Lohn verlangte ... da haben sie das Feuer eröffnet.«

Draußen auf der *aia* bellt ein Hund, und hastiger Flügelschlag ist zu hören, als die Tauben im Hof erschrocken aufflattern. Clare hat plötzlich ein hohles Gefühl im Magen.

»Sie haben das Feuer auf unbewaffnete Männer eröffnet?«, fragt sie nach. Leandro nickt ernst.

»Schändlich, aber Girardi würde sagen, dass er dazu getrieben wurde. Für diese Situation gab es keine akzeptable Lösung ... sie konnte einfach kein gutes Ende nehmen.«

»Wie viele Männer wurden ... ermordet?«

»Sechs. Nur sechs. Was an ein Wunder grenzt. Unzählige weitere wurden verwundet. Sie flohen zu Fuß, und die Wachen verfolgten sie zu Pferde. Das jüngste Todesopfer war sechzehn Jahre alt, das älteste siebzig. Das war ein schrecklicher Tag. Ein trauriger Tag für dieses Land.«

»Und Ettore war dabei? Er war einer dieser Tagelöhner?«

»Er war dort.« Leandro nickt erneut. »Ihm ist nichts geschehen, aber er hat Freunde verloren. Sein Freund Davide kam ums Leben, der Geliebte seiner Schwester – Paolas Liebster. Die beiden hätten längst geheiratet, wenn sie gewusst hätte, ob ihr Mann noch am Leben ist oder nicht. Aber New York hat ihn mit Haut und Haar verschlungen.«

»Und die Männer, die das getan haben? Die das Feuer eröffnet haben?«

»Niemand weiß genau, wer damals in der *masseria* war – außer den Beteiligten selbst. Einige von ihnen wurden verhaftet, ein paar sind auf der Flucht. Andere wurden von den *braccianti* gelyncht. Dann wurden wiederum Männer verhaftet, die zu diesen Lynchmobs gehörten ...«

»Die Arbeiter wissen, wer dabei war?«

»Sie glauben es zu wissen. Sie waren sich sicher genug, um sich zu rächen. Ludo Manzo weiß es – ich bin sicher, dass er in der *masseria* war. Ich sehe ihm an, dass es ihn danach drängt, mir etwas davon zu sagen, ganz beiläufig, wie er es so gern tut. Aber wissen Sie, er ist nicht ganz sicher, auf wessen

Seite ich stehe. Nicht sicher genug. Ich bezahle ihn großzügig dafür, dass er dieses Gut am Laufen hält, aber er sieht immer noch einen *cafone* in mir. Er ist zu dumm, um zu begreifen, dass er jetzt mir gehört. Er und sein Sohn. Hier gibt es so viele alte Rechnungen zu begleichen, Mrs. Kingsley. An dieser üblen Geschichte werden wir noch Generationen lang herumknabbern.«

Clare wendet sich ab und schaut hinaus auf den makellos blauen Himmel und die grellen weißen Mauern im strahlenden Sonnenschein. Sie erwartet beinahe, irgendein Anzeichen dieser Gewalttaten zu sehen, wie eine Rauchsäule am Horizont. Sie erwartet beinahe zu spüren, wie der Boden unter den schweren Schritten von Kummer, Hass und Tod erbebt.

»Ich sollte Angst haben, weil ich mich hier aufhalte. Ich hatte auch Angst nach dem, was ich in Gioia gesehen habe«, sagt sie leise.

»Und jetzt nicht mehr?«

»Ich weiß auch nicht, warum ich keine Angst habe. Ich fühle mich machtlos, schwach. Aber ich habe keine Angst. Zumindest nicht um mich. Vielleicht ist das schon eine Art Kapitulation.«

»Hinter diesen Mauern sind Sie sicher, Mrs. Kingsley.«

»Marcie plant eine Party. Wir sollen trinken, tanzen und feiern.«

»Marcie hat Angst, was nur verständlich ist. Ich bemühe mich, sie von den Vorgängen hier abzuschirmen, so gut es geht, und sie zieht es vor, bei allem anderen wegzuschauen. Ich will nur, dass sie glücklich ist. Ich kann nicht anders, Mrs. Kingsley. Ich bin hilflos. Ihr gehört mein Herz – mein ganzes Herz. Ich bin nicht blind. Mir ist klar, dass sie zuallererst einen reichen Mann geheiratet hat und erst an zweiter Stelle

Leandro Cardetta. Aber ich habe aus Liebe geheiratet.« Er grinst schief. »Ich Dummkopf.«

»Warum gehen Sie dann nicht mit ihr weg? Bis all das hier vorüber ist? Bleiben Sie irgendwo, wo Sie beide sicher sind!«

»Kein Mensch und auch kein Umstand wird mir das hier nehmen, Mrs. Kingsley. Sosehr ich dieses Land manchmal verabscheue und seine Menschen – diejenigen, die seit zehn Generationen nichts getan haben, um es zu einem besseren Leben zu bringen, wie auch die anderen, die aus ihrem Leben voller Annehmlichkeiten, das sie sich nicht selbst verdient haben, verächtlich auf die Armen herabschauen … All das verabscheue ich manchmal zutiefst, aber ich gehöre dazu. Ich gehöre nirgendwo anders hin. Nichts, was ich getan habe, wäre anderswo von Bedeutung.«

»Und Marcie?«, fragt Clare verwundert. »Spielt es keine Rolle, wo sie hingehört?«

»Marcie gehört an meine Seite«, stellt Leandro kompromisslos fest.

»Wie kann ein solcher Krieg enden? Wie könnte er je vorübergehen?«, fragt sie.

Leandro zuckt mit den Schultern. »Möglicherweise werden wir das bald erfahren, Mrs. Kingsley.«

Boyd sitzt wieder an seinem Schreibtisch, krumm und elend, doch da seine sämtlichen Zeichnungen noch im Wohnzimmer liegen, sitzt er nur über Bleistiftspäne, sein kleines Messer und die balkenförmigen Schatten des Fensters gebeugt. Diesmal blickt er nicht auf, als Clare hinter ihm eintritt. Er streicht mit dem Daumennagel über einen kleinen Riss in der Tischplatte und kratzt ein verdrehtes Würmchen aus Staub und dem Schmutz von Jahrzehnten heraus.

»Er hat sich wieder beruhigt«, sagt Clare und bleibt an der Tür stehen. Aus irgendeinem Grund kann sie ihm nicht näher kommen, kann ihn nicht berühren. *Ihr Mann und ich haben eine komplizierte Vergangenheit.* »Ihm ist jetzt klar, dass du ihn nicht beleidigen wolltest.«

»Gut. Das ist gut.« Boyds Stimme klingt eigenartig hohl und hoffnungslos. Auf einmal würde Clare ihn am liebsten schütteln. Irgendetwas aus ihm herausschütteln. »Aber ich muss von vorn anfangen. Das kann Wochen dauern. *Wochen,* Clare.«

»Er hat eben gesagt, dass er sich die Mühe vielleicht sparen wird.«

»Er hat was?« Boyd dreht sich zu ihr um. Seine Wangen sind fleckig, das feine Haar hängt kraftlos herab.

»Wegen der Unruhen in Gioia überlegt er, das Projekt auf später zu verschieben. Er hat gesagt, wir könnten vielleicht bald abreisen.« Clare fragt sich, was Boyd sich bei ihrer gleichgültig klingenden Stimme denken mag. Doch er beginnt zu strahlen, Hoffnung erhellt sein Gesicht.

»Oh, das hoffe ich so sehr! Das wäre wunderbar, Clare ...« Er blinzelt, lässt den Blick durch den Raum schweifen und lächelt. »Wenn ich von Anfang an gewusst hätte, dass es so einfach ist ... dass ich nur einen Entwurf vorzulegen brauche, der ihm *nicht* gefällt ... Dann hätten wir schon vor Wochen wieder nach Hause fahren können.«

»Vielleicht warten wir lieber seine Entscheidung ab, ehe wir die Koffer packen«, entgegnet sie kühl. »Immerhin hat er hier das Sagen. In mehr als einer Hinsicht, wie mir scheint.«

Boyd wirkt geknickt. »Clare, was ist denn los? Was hast du? Da ist so eine Distanz zwischen uns, die gab es doch noch nie ...«

»Ach ja?«

»Clare, bitte – sprich mit mir!«, fleht er. »Bitte zieh dich nicht von mir zurück. Ich ... ich brauche dich so sehr.« Sein Anblick ist ihr irgendwie unerträglich – sie möchte Mitleid mit ihm haben, aber selbst dieser Wunsch macht sie nur noch gereizter. Er ist wie die Ameisenbisse an ihren Knöcheln, die sie ständig kratzen will. Sie kann sich dieses Gefühl nicht erklären und weiß nicht, ob es von ihm ausgelöst wird oder ob es sie von ganz allein überkommt.

»Ich habe nichts zu sagen. Wirklich nicht«, erwidert sie leise. Sie lässt ihn, noch immer kläglich und krumm am Schreibtisch sitzend, zurück, schließt die Tür hinter sich und hält die Klinke noch einen Moment lang fest, als könnte sie ihn auf diese Weise wegschließen, ihn von sich fernhalten.

In manchen Nächten verlässt Clare ihren schlafenden Mann, um durch die dunklen Flure zu Ettores Zimmer zu schleichen. Ihre Angst brennt hell genug, um die Müdigkeit zu vertreiben, die so viel Schlafmangel hinterlässt. Das Risiko ist gewaltig, aber der Lohn ebenso: dieses Gefühl, das sie bei Ettore hat, dass alles – die Welt, ihr Leben, sie selbst, einfach alles – in seiner Gegenwart besser ist und letztlich alles gut wird. Während dieser nächtlichen Besuche sind sie leise und sprechen nicht viel. Clare denkt nicht darüber nach, was sie sagen kann, falls Boyd wach sein sollte, wenn sie in ihr Zimmer zurückkehrt. Sie denkt nicht darüber nach, was sie sagen soll, falls sie auf dem Weg zu Ettore oder zurück jemandem begegnet. Sie denkt überhaupt nicht an andere, und für gewöhnlich sieht sie auch niemanden. Deshalb ist sie völlig perplex, als sie ein einziges Mal beinahe mit Pip zusammenstößt, der mit einem Krug Wasser aus der Küche kommt.

Seine nackten Füße klatschen leise auf den steinernen Stufen. Clare drückt sich in eine dunkle Türnische und hofft, dass er ihr hämmerndes Herz nicht hören kann. Sein Gesicht bleibt im Schatten, und sein vom Schlaf zerzaustes Haar verfremdet seine Silhouette. Als seine Tür ins Schloss fällt, muss Clare zwei, drei Minuten warten, bis sie sicher ist, dass ihre Beine sie tragen werden. Bis sie sicher ist, dass er, der einzige andere Mensch, den sie liebt, nicht wieder aus seinem Zimmer kommen wird. Einmal mehr wird ihr bewusst, dass diese beiden Menschen, die sie liebt, von verschiedenen Planeten stammen und sie unmöglich beide haben kann. Der Gedanke sticht wie eine kalte, scharfe Klinge in ihr Herz. Dennoch geht sie weiter zu Ettores Zimmer.

Ein andermal zögert sie am Fuß der Treppe zu Marcies und Leandros Zimmer im zweiten Stock. Die Stimmen der beiden dringen bis zu ihr herab und lassen sie erstarren. Erst ist es die Angst, entdeckt zu werden, und dann hält die Neugier sie fest – es ist unwiderstehlich erregend, unbemerkt zu lauschen und zu beobachten. Gedämpfte Worte, leise, unterdrückte Stimmen, aber dennoch unverkennbar ein erbitterter Streit. Eine solche Auseinandersetzung hat eine eigene Dynamik, die in Wellen anschwillt und abebbt, wenn es mit den beiden durchgeht, ehe sie sich wieder beherrschen und die Stimmen dämpfen. Clare bekommt eine Gänsehaut an den Armen. Sie will nicht lauschen, tut es aber doch, nur ein paar Sekunden lang. Sie hört Leandro sagen:

»Marcie, ich habe dir gesagt, das ist unmöglich!«

»Nein! Unmöglich ist, dass du von mir erwartest, wochenlang hier in dieser gottverlassenen Einöde festzusitzen, ohne dass ich den Verstand verliere!«, erwidert Marcie. Ihre Stimme zittert vor nervlicher Anspannung, wie Clare sie noch nie gehört hat – so emotionsgeladen, dass die Worte ein wenig verzerrt klingen.

»Was soll ich denn tun? Was?«, bellt Leandro. Von Marcie ist eine Art Wimmern zu hören, ein dünner, absolut kläglicher Laut, beinahe kindlich. Schaudernd geht Clare weiter, bis sie nichts mehr hört.

So vergehen viele Tage, wartend mit angehaltenem Atem, flüchtig und gewichtig zugleich. Manchmal treffen Clare und Ettore sich auf einem entlegenen Feld, wo der Weizen schon geerntet ist, die Stoppeln verbrannt sind und niemand mehr arbeitet, bis im Herbst die Zeit des Pflügens beginnt. Einmal kauern sie hinter einer Mauer, den schwarz verkohlten Boden vor sich und über sich einen Himmel wie die Haut auf kochender Milch. Müde zirpen die Grillen, in der Ferne ruft ein Milan, und der Rauch liegt noch beißend in der Luft. Ettore sitzt mit dem Rücken an die Mauer gelehnt, die knochigen Knie angezogen. Clare schmiegt sich an seine Seite, und er hält sie mit einer Hand in ihrem Nacken und der anderen an ihrem Oberarm. Sein Griff ist so fest, dass er ihr beinahe wehtut. Doch das scheint ihm gar nicht bewusst zu sein – er wirkt abwesend wie nie zuvor. Seine Gedanken und ihrer beider Schweigen rutschen einen Abhang hinab, dessen Ende sie nicht sehen kann. Er braucht die Krücke nicht mehr und humpelt von Tag zu Tag weniger.

»Erzähl mir von Livia. Wie war sie?«, fragt Clare. Bei dem Namen zieht Ettore scharf den Atem ein. Er blinzelt, wendet den Kopf ab und schaut über das schwarze Feld hinaus.

»Wie sie war? Sie war …« Er schüttelt den Kopf. »Es ist schwer, sie zu beschreiben, obwohl es so einfach sein sollte. Aber es ist, als spräche ich von einem Traum.«

»Versuch es. Ich wüsste gern mehr über sie.«

»Sie war jung, jünger als ich. Immer ein Lächeln auf den Lippen, auch wenn das Leben hässlich war. Ein bisschen wie Pino, was das angeht – ein so gutes Herz, dass es durch nichts zu zerstören war. Weißt du, was ich meine? Kennst du so jemanden?«

»Nein«, antwortet Clare wahrheitsgemäß.

»Sie hatte dunkles Haar und dunkle Augen, nicht wie deine. Sie hatte eine sehr melodische Art zu sprechen ... ich habe sie immer gern reden gehört, ihrer Stimme gelauscht. Sie hatte keine Angst. Sie hatte keine Angst davor, hungrig zu sein, Not zu leiden. Was die Leute sagten, konnte ihr keine Angst machen. Angst hatte sie nur ...« Er unterbricht sich und schluckt schwer. »Angst hatte sie nur zum Schluss. Nach ... nachdem sie überfallen worden war. Ich glaube, sie hatte Angst vor dem Tod. Ich glaube, sie wusste, dass sie sterben würde, und davor hat sie sich gefürchtet. Ich wünschte, ich hätte diese Angst nie sehen müssen.«

»Es tut mir so leid, Ettore. Ich ... Sie war sicher froh, dass du bei ihr warst. Das muss sehr schwer gewesen sein, aber sie war bestimmt froh darüber. Ich wäre es.«

»Am Ende hat sie mich kaum mehr erkannt.« Ettore krümmt die Finger um ihren Kopf und zieht ihn fester an seine Brust. Clare ist nicht sicher, ob das nur ein Reflex ist, eine unwillkürliche Reaktion auf die Gedanken an das Mädchen, das er verloren hat. »Sie ... sie hatte schrecklich hohes Fieber. Sie hat mich kaum erkannt.«

»Du hast so viel verloren. Du und Paola. Dein Onkel ... Leandro hat mir erzählt, dass sie ihren Mann verloren hat. Dass er in Amerika verschwunden ist und dann auch noch ihr Geliebter ermordet wurde. Hat sie ihn sehr geliebt?«

»Ja. So sehr, wie ich Livia geliebt habe, glaube ich. Aber sie ist tapferer als ich. Stärker. Sie lässt es sich nicht anmerken. Glaubst du, das ist falsch? Sollte ein Mann nicht der Stärkere sein?«

»Nein. Nicht immer. Ich habe sie ja nur kurz gesehen, aber genau so ist sie mir erschienen – stark. Als trüge sie eine Rüstung. Vielleicht kann ein Mensch auch ... zu hart sein.«

»Nicht hier. Hier kann man gar nicht zu hart sein. Man muss so hart sein, wie es nur geht.«

»Und natürlich hat sie ihren Sohn. Mit Iacopo ist ihr ein Teil ihres verlorenen Liebsten geblieben, etwas, das sie lieben und umsorgen kann und das sie von ihrem Schmerz ablenkt.«

»Ja, das stimmt. Viele Frauen warten – sie warten darauf, von ihren Männern, Vätern oder Brüdern zu hören, die nach Amerika gegangen sind. Manche schreiben noch und schicken Geld, andere nicht. Sie warten trotzdem. Nicht Paola. Sie hat ihrem Mann zwei Jahre gegeben, nachdem er fortgegangen war. Zwei Jahre Zeit, um ihr einen Brief zu schreiben oder sonst irgendein Lebenszeichen zu schicken und sie wissen zu lassen, dass er sie immer noch wollte. Es kam nichts. Also hat sie zu mir gesagt: *Das Leben ist kurz,* und es dann zugelassen, dass sie sich in einen anderen verliebt. Sie heilt sich selbst. Sie ... sie gibt sich nie auf. Während ich immer tiefer versinke.«

»Es ist erst ein halbes Jahr vergangen, seit du sie verloren hast«, sagt Clare sanft. Sie setzt sich auf, löst sich von ihm, und Ettore wendet ihr den Kopf zu. Er wirkt müde und verletzlich, als hätte er keine Kraft mehr weiterzukämpfen, und sie wüsste zu gern, wie sie ihn stützen könnte.

Sie lässt den Blick über das verbrannte Land und die schwarzen Überreste der Weizenstoppeln schweifen. Die Landschaft ist verheert und leer wie ein gebrochenes Herz.

»Allmählich begreife ich, wie stark man sein muss, um hier zu überleben. Warum du stark sein musst. Für Männer wie diesen Oberaufseher, diesen Ludo Manzo zu arbeiten ...« Sie schüttelt den Kopf. »Ich habe gesehen, wie er ... wie er einem Mann etwas Abscheuliches angetan hat. Er hat ihn am Boden weiden lassen wie ein Schaf.«

»Ludo Manzo liebt es, andere zu demütigen. Vor allem kleine Jungen, aber auch sonst jeden, bei dem er die Möglichkeit dazu hat.« Ettores Stimme wird hart. »Jeder Vorwand ... jeder Vorwand ist ihm recht, um jemanden zu bestrafen.«

»Aber warum? Wie ist er so grausam geworden? Und warum kann er es sich erlauben, so etwas zu tun?«

»Er ist ein Produkt dieses Landes und der vielen Jahrhunderte Hass in seinem Blut. Mehr Gründe gibt es nicht. Viele Männer haben schon versucht, ihn zu töten, aber er ist unheimlich geschickt im Überleben. Teuflisches Glück, behaupten manche. Davide – Paolas Liebster, der bei Girardis Gut ums Leben kam – hat es eines Nachts geschafft, ihm ein Messer an die Kehle zu legen, aber er ist irgendwie abgerutscht, und die Klinge ist nicht tief eingedrungen. Als hätte irgendwelche schwarze Magie den Mann geschützt, hat Davide gesagt.« Ettore hebt das Kinn, und Clare weiß nicht, ob er diese Erklärung für möglich oder lächerlich hält.

»Kein Wunder, dass ihr zornig seid.«

»Zornig?« Ettore schüttelt den Kopf. »Wespen sind zornig. Verzogene Kinder sind zornig. Was wir empfinden, ist viel mehr als Zorn. Viel schlimmer.«

»Glaubst du, es war Manzo, der Davide bei Girardi erschossen hat? Meinst du, er hat ihn erkannt und ... ihn absichtlich niedergeschossen?«

»Was soll das heißen, Chiara?«

»Ich habe Leandro gefragt, was bei Girardi passiert ist ... Er hat mir erzählt, dass Ludo an jenem Tag dort war. Er war einer der Männer, die aus dem Gut heraus ...« Sie verstummt, als Ettore sich auf sie stürzt. Er schiebt sie von sich, hält sie auf Armeslänge entfernt, und seine Augen funkeln.

»Das hat er gesagt? Dass Ludo Manzo an jenem Tag bei Girardi war? Bist du sicher?« Seine Finger bohren sich schmerzhaft in ihre Arme. Sie nickt stumm. Einen Augenblick später ist Ettore auf den Beinen und stapft ohne ein weiteres Wort in Richtung dell'Arco davon.

Clare sieht ihm hilflos nach, voller Angst. Sie kann ihm nicht sofort folgen, denn sie darf auf keinen Fall mit ihm gesehen werden. Also wartet sie ein paar qualvolle Minuten lang und schlägt dann einen anderen Weg zum Gut ein. Das Gefühl, dass sie ungeschickt mit etwas Zerbrechlichem hantiert und irreparablen Schaden angerichtet hat, macht sie schrecklich nervös. Schließlich bleibt ihr nichts anderes übrig, als durch das Haupttor hineinzugehen, obwohl sie verräterisch dicht hinter ihm ist. Die Mauer um den Gemüsegarten ist zu hoch, und die *aia* ist für die Wächter im *trullo* am Tor und auf den Dächern einsehbar. Und was könnte schuldbewusster aussehen, als eine Mauer hochzuklettern? Als sie die Hand an das rostige eiserne Tor legt, erheben sich zornige Männerstimmen, laut und aufgeregt. Ein Johlen wie bei einem Rodeo ist zu hören, Pfiffe. Getrieben von einer scheußlichen Vorahnung rennt Clare um die *aia* herum zur Rückseite des Guts. Sämtliche Aufseher, die gerade nicht im Dienst sind, haben sich hier versammelt. Aus ihrer Mitte steigt eine Staubwolke auf, und zwischen ihren Leibern hindurch erhascht Clare einen Blick auf plötzliche, schnelle Bewegungen.

Sie schiebt sich näher heran, obwohl ihr schon klar ist, was sie gleich sehen wird. Hinter ihr ertönt ein lauter Ruf, und sie blickt zu den Wachen hoch, die aufgereiht auf dem Dach stehen und ebenfalls zuschauen. Inmitten der Staubwolke kämpft Ettore mit Ludo Manzo. Er sitzt rittlings auf dem Oberaufseher und ringt mit verzerrtem Gesicht darum, die Arme aus Ludos Griff zu befreien, um zuschlagen zu können. Blut klebt an seinen Zähnen. Beide Männer sind dick mit dem goldbraunen Staub Apuliens bedeckt und kaum mehr zu erkennen. Ludos Gesichtsausdruck ist mörderisch, eine starre Maske schierer Wut. Ganz vorn am Kreis der Zuschauer steht sein Sohn mit hängenden Armen und begierig zuckenden Fingern. Die Sehnen an Ettores Hals stehen straff hervor, er streckt die Finger nach dem Gesicht des Oberaufsehers, wirft sich mit seinem ganzen Gewicht nach vorn und bekommt Ludos dürren Hals zu packen. Seine Arme zittern vor Anstrengung.

Clare sieht zu, gemeinsam mit den anderen. Sie kann sich nicht rühren, kann nicht sprechen oder schreien. Eine geballte Faust in ihrer Brust erschwert ihr das Atmen, und die Männer neben ihr brüllen in ihrem Dialekt, den sie nicht versteht. Sie fühlt sich abgeschnitten, hilflos. Ludo ist zwar älter, aber größer und gnadenlos bösartig. Ettore, jünger, aber kleiner, hat ein schwaches Bein und ist kopflos vor Hass. Mit einem unmenschlich klingenden Knurren stößt Ludo ihn von sich, springt auf, ringt nach Luft und reibt sich die Kehle. Dann schießt er nach vorn und tritt Ettore, der gerade aufzustehen versucht, gegen das verletzte Bein. Ettore rollt sich zur Seite, rappelt sich taumelnd auf und schüttelt wie benommen den Kopf. Ludo grinst, als hätte er einen guten Witz gehört. Blut rinnt ihm aus der Nase, klumpig und mit Staub verklebt.

»Ich reiße dir den Kopf ab, Bursche«, sagt er. Irgendein Akzent verzerrt auch sein Italienisch so, dass Clare ihn nur mühsam versteht. Er zeigt mit dem Finger auf Ettore. »Dann braucht dich all das nicht mehr zu kümmern.« Er versetzt Ettore einen grausamen Tritt in den Magen, und Ettore sackt auf die Knie und ringt würgend nach Luft.

»Halt!«, schreit Clare endlich. Ettore steht wieder auf, schwankend und vornübergebeugt. »Ettore!« Sie will ihn warnen – er muss aufblicken und sehen, wie nah Ludo schon ist und dass er sich anspannt wie eine Schlange, die jeden Moment zustoßen wird. Ihre Stimme geht im allgemeinen Lärm unter. Sie versucht sich nach vorn zu drängen, doch ein Arm quer vor ihrer Brust hält sie zurück. »Ettore, pass auf!«, ruft sie noch einmal, obwohl es hoffnungslos ist. Doch dann erstarrt Ludo plötzlich.

Ein Schuss kracht, erschütternd laut, ganz nah. Ehe das scharfe Echo von den Mauern der *masseria* zurückhallt, sind alle Männer verstummt und rühren sich nicht mehr – die Kämpfenden eingeschlossen. Keuchend und mit hasserfüllt funkelnden Augen stehen sie sich gegenüber. Leandro Cardetta lässt sein Gewehr sinken und richtet es wie beiläufig auf die beiden Männer. Langsam geht er auf sie zu und sagt etwas in dem Dialekt, den Clare nicht versteht. Sie könnte schreien vor Frustration, aber noch viel stärker ist ihre Erleichterung. Vorsichtig zieht sie sich hinter die Wand junger Männer zurück und duckt sich ein wenig, um nicht entdeckt zu werden. Ludo spricht mit harter, kalter Stimme, ebenfalls im Dialekt. Dabei weist er mit dem Daumen auf Ettore, und Leandro stellt seinem Neffen eine Frage. Ettore antwortet nach einigem Zögern mit einem knappen, widerstrebenden Nicken. Dann beginnt er zu sprechen, und Clare schnappt das Wort *Girardi* auf, ehe Leandro ihn mit einem barschen Wort zum Schweigen bringt. Er hält das Gewehr immer noch auf die Kampfhähne gerichtet und stellt wieder eine Frage, doch keiner der beiden antwortet ihm. Clare blickt zu Federico hinüber, und dessen hämisches Grinsen gefällt ihr gar nicht. Ettore fährt sich mit der Hand über das Gesicht und spuckt ein Klümpchen roten Speichel in den Staub. Er sagt kein Wort mehr, sondern wendet sich stumm ab, verlässt den Kreis der Zuschauer und entfernt sich von seinem Onkel und seiner ängstlich geduckten Geliebten.

Humpelnd geht er zur Straße, ohne sich umzublicken. Clare will ihm nachrufen, ihn bitten zu warten, ihn fragen, wohin er geht. Aber sie weiß es schon – er geht fort. Sie kann ihm nicht nachlaufen. Ihr bleibt nichts anderes übrig, als mitten unter den Männern stehen zu bleiben, die um ihr Spektakel gebracht wurden und sich enttäuscht brummelnd zerstreuen. Bald wird sie nicht mehr zu übersehen sein, ganz allein dastehen, doch sie kann sich immer noch nicht rühren. Sie starrt Ettores Rücken an und wünscht sich nur, er möge sich umdrehen. Sein Gang ist steif, und er presst eine Hand an die Rippen, wo Ludos Tritt ihn getroffen hat, aber er zögert nicht. Als sie allein und ohne jede Erklärung für ihre Anwesenheit auf dem leeren, staubigen Hof steht, spürt Clare schließlich Leandros Blick. Sie dreht sich um und sieht ihm in die Augen – sie kann nicht anders. *Ich bin schuld,* denkt sie. *Ich war das.* Die warme Brise tilgt die Spuren des Kampfes vom staubigen Boden. Clare kann Leandros harten, durchdringenden Blick nur einen Moment lang ertragen, dann muss auch sie sich abwenden und gehen.

Beim Abendessen ist Leandro still und nachdenklich, und Clare bringt keinen Bissen herunter. Das Essen schimmert fettig auf ihrem Teller – dünne Scheiben Eselsfleisch, zusammengerollt und in einer sämigen roten Soße gekocht, *Focaccia,* triefend vor Öl und mit Stückchen kränklich grüner Oliven gespickt. Der Mozzarella hat eine Pfütze Molke unter sich gelassen, und der Rotwein riecht beißend säuerlich. Anna hat Pip auch ein Glas eingeschenkt, und er hat es leer getrunken. Als das Küchenmädchen ein weiteres Mal mit dem Weinkrug kommt, hält Boyd diskret die Finger über das Glas seines Sohnes, und Pip wirft ihm einen rebellischen Blick zu. Normalerweise hätte Clare auf so etwas geachtet, aber gerade eben hat sie es nicht einmal bemerkt. Sie blickt auf und sieht Pips gerötete Wangen und seine glänzenden, leicht glasigen Augen.

»Ist also einfach so ohne ein Wort davonspaziert, unser Ettore?«, sagt Marcie. »Das ist ganz schön unhöflich, nachdem er so lange bei uns war ... Aber diese Italiener! Wenn sie eines sind, dann leidenschaftlich. Habe ich nicht recht?« Bei dieser Frage sieht sie zuerst Clare an, und Clare fährt zusammen. Doch Marcies Miene wirkt nur verwundert und ein wenig beleidigt. Clare nickt.

»Ja, offensichtlich«, sagt sie. Marcie legt eine Hand auf Leandros und beugt sich zu ihm hinüber.

»Seht euch meinen armen Mann an, so traurig darüber, dass sein Neffe gegangen ist. Und dann auch noch derart in Rage ... Worüber, um alles in der Welt, haben die beiden sich denn nur gestritten, er und Ludo?«

»Worüber die *giornatari* und die *annaroli* schon seit hundert Jahren streiten.« Leandro wirft Clare einen kurzen Blick zu, der sich anfühlt wie eine Ohrfeige.

»Was ist denn, Clare? Du siehst komisch aus«, sagt Pip. Der Wein lässt ihn seine guten Manieren vergessen.

»Ja, ich fühle mich nicht besonders gut«, sagt sie und stellt im selben Moment fest, dass es tatsächlich so ist. Ihr Magen bebt, und sie hat das Gefühl, als würde die Terrasse unter ihren Füßen schwanken. Ihr Nacken fühlt sich kalt und klamm an, Speichel sammelt sich in ihrem Mund, ihre Fingerspitzen kribbeln. Sie will sich zurückziehen an irgendeinen stillen, dunklen Ort, wo sie sich ungestört so elend fühlen kann. Aber sie fürchtet, sich bei der kleinsten Bewegung übergeben zu müssen.

»Sie sind furchtbar blass geworden«, sagt Marcie.

»Liebling, geht es dir nicht gut?«, fragt jetzt auch Boyd und streckt die Hand nach ihr aus.

»Doch, bitte ...« Clare winkt ab, kann den Satz aber nicht beenden. Sie schließt die Augen, um die beobachtenden Blicke der anderen nicht sehen zu müssen.

»Ist es die Hitze? Oder vielleicht das Eselsfleisch? Es ist schon sehr fett – ich kann immer nur ein Häppchen davon essen«, sagt Marcie, aber Clares ganze Aufmerksamkeit hat sich bereits nach innen gewandt. Die Stimmen der anderen weichen weit zurück und donnern wie eine ferne Brandung. Sie hört, wie die Luft in ihre Lungen rauscht und brausend wieder hinausfährt, wie ihr Herz pocht und ihr Blut sich mit einem schäumenden Geräusch bewegt. Die Welt kippt zur Seite und wird dunkel.

Sie erwacht in einem Zimmer, das von einer einzigen Lampe in einer Ecke erhellt wird, damit das Licht sie nicht blendet. Sie liegt auf dem Rücken im Bett, vollständig bekleidet und mit einem eigenartigen Gewicht auf der Stirn. Als sie danach tastet, treffen ihre Finger auf ein kühles, feuchtes Handtuch. Pip sitzt auf einem Stuhl neben dem Bett und hat sein eselsohriges Exemplar von *Bleakhaus* endlich zur Hälfte gelesen.

»Alles klar, Pip?«, fragt sie. »Sieht so aus, als könntest du das Ding doch noch in diesen Ferien zu Ende lesen.« Sie nimmt das Tuch von ihrer Stirn und richtet sich langsam auf. Kurz rauscht das Blut wieder laut in ihren Ohren, lässt dann jedoch rasch nach.

»Ich weiß nicht. Vielleicht schaffe ich es, bis ich dreißig werde«, sagt er. Seine Stimme klingt matt, die Lider sind schwer. Der Alkohol hat ihn schwerfällig gemacht. »Fall bitte nicht wieder in Ohnmacht, ja?« Eine Sekunde lang sieht er sie an wie ein ängstliches, besorgtes Kind.

»Ich werde mir Mühe geben. Habe ich eine Szene gemacht?«

»Du hast das Tischtuch mitgerissen.«

»Nein! Im Ernst?«

»Na ja, zum Teil.« Pip grinst. »Das war eine ganz schöne Sauerei. Marcie hat geschrien – sie dachte, du wärst tot umgefallen, glaube ich.«

»Ach, sei nicht albern.«

»Du hast wirklich übel ausgesehen«, sagt er beinahe vorwurfsvoll. Sie hat ihm Angst eingejagt.

»Tut mir leid, Pip. Mir geht es gut. Ich weiß auch nicht, was da über mich gekommen ist. Wo ist dein Vater?«

»Nachdem Leandro dich hier hochgetragen hat, sind sie ins Wohnzimmer gegangen. Auf einen Cognac, haben sie gesagt, aber ich glaube, sie reden über seine Zeichnungen.«

»Oh«, sagt Clare. Sie weiß, was die beiden da unten womöglich gerade entscheiden, und der Gedanke löst Panik in ihr aus.

»Aber Vater hat sich furchtbare Sorgen um dich gemacht.

Er hat auch gleich ganz elend ausgesehen«, beteuert Pip, der ihren Tonfall missversteht.

»Ich will nicht, dass er sich Sorgen macht.«

»Warum bist du in Ohnmacht gefallen?«

»Ich habe keine Ahnung, Pip.« Sie lächelt. »Das tun Frauen eben manchmal.«

»Aber du noch nie.«

»Dann war ich wohl überfällig. Ehrlich, Pip, mir fehlt nichts.« Aber sie sieht die ganze Zeit über Ettore von ihr fortgehen, eine Hand an den Brustkorb gepresst. Er ist fort, und er wird nicht auf die Masseria dell'Arco zurückkommen. Sie versucht nicht daran zu denken, denn vor Pip darf sie nicht weinend zusammenbrechen.

»Ist das ... war es wegen Ettore Tarano?«, fragt Pip, lehnt sich auf dem Stuhl zurück und fährt mit dem Daumen über die trockenen Krusten des fast verheilten Hundebisses an der anderen Hand. Clare ist bei dem demonstrativen Desinteresse, der gespielten Beiläufigkeit dieser Frage sofort alarmiert.

»Wie meinst du das?«, fragt sie unvermittelt, ehe sie sich beherrschen kann. Pip funkelt sie böse an.

»Du warst spazieren, als die Prügelei losging ... Hast du etwas davon gesehen? War es ... war es so schlimm wie das, was in Gioia passiert ist?« Clare atmet vorsichtig ein und nickt.

»Ja – das heißt, nein. Es war nicht so schlimm wie das in Gioia. Ich hoffe, dass ich nie wieder etwas so Schreckliches sehen muss. Aber ja, ich habe etwas von der Prügelei mitbekommen. Vielleicht hast du recht. Vielleicht ist mir deshalb schlecht geworden. Es war grässlich – sie ... sie haben es todernst gemeint.«

»Und dann hat Marcie beim Essen darüber gesprochen, und du musstest wieder daran denken«, sagt er, und Clare wird klar, dass er eine Erklärung für das braucht, was geschehen ist. Er muss es verstehen, um einschätzen zu können, ob es wieder passieren wird. Sie nickt.

»Ja. Das kann gut sein.«

»Das hier …«, beginnt er, unterbricht sich und blickt wieder auf seine Hände hinab. »Das ist alles echt, oder? Es kommt mir nur nicht echt vor. Nicht so wirklich wie zu Hause und die Schule und London, weißt du? Aber auch das hier ist wirklich. Noch wirklicher und weniger wirklich auf einmal.«

»Ich weiß genau, was du meinst, Pip, glaub mir«, sagt Clare. Sie streckt die Hand nach ihm aus, und als er sie nicht ergreift, steht sie auf, beugt sich vor und schlingt ihm die Arme um Kopf und Schultern. »Wir fahren bald.« Die Worte tun ihr beinahe körperlich weh, und sie schluckt erneut die Tränen herunter. »Wir fahren bald nach Hause.« Doch Pip entzieht sich ihr, sanft, aber beharrlich. Er steht auf und schlägt das Buch zu.

»Du solltest dich lieber noch ein bisschen ausruhen«, sagt er so unverbindlich wie ein Fremder. »Sie haben nach dem Arzt geschickt, aber er ist noch nicht aufgetaucht.« Clare setzt sich gehorsam auf die Bettkante. Sie ist machtlos gegen all die Veränderungen, die gerade mit ihm vorgehen.

Stunden später betritt Boyd leise das Zimmer und kniet neben dem Bett nieder wie ein reuiger Sünder. So dicht vor ihr scheint er nur aus hellen, weit aufgerissenen, ängstlich blickenden Augen zu bestehen. Seine Haut ist fahl wie Wachs, und dieser säuerliche Geruch ist wieder da – schwach, aber unverkennbar. Clare schließt die Augen.

»Bitte geh mir nicht auf die Nerven, Boyd. Mir fehlt nichts. Der Arzt war richtiggehend entrüstet, dass er meinetwegen kommen musste«, sagt sie, doch Boyd versucht gar nicht, sie mit übertriebener Fürsorge zu nerven.

»Cardetta will, dass ich neue Entwürfe anfertige. Er will den Umbau im Moment nicht durchführen, aber die Pläne parat haben, wenn es so weit ist. Wir fahren morgen wieder nach Gioia, er und ich«, erklärt er tonlos. Clare öffnet die Augen und hofft, dass er ihren Blick nicht lesen kann. »Es tut mir so leid, Clare. Ich habe ihn gebeten, wenigstens dich und Pip jetzt schon abreisen zu lassen, aber er will nichts davon hören. Er sagt, ihr solltet nicht allein reisen. Da hat er wohl recht. Und Marcie mit ihrer verflixten Party nächste Woche …« Boyd nimmt ihre Hand und presst die Lippen darauf. »Wir fahren bald«, sagt er und wiederholt damit unwissentlich, was sie vorhin zu Pip gesagt hat. Clare empfindet den gleichen Impuls wie Pip, zurückzuweichen, sich zu entziehen. »Bald, das verspreche ich dir.« Er legt eine Hand an ihre Wange, und sie sucht nach dem, was sie früher einmal dabei gefühlt hätte – wenn nicht Liebe, so doch wenigstens Zärtlichkeit, Zuneigung. Aber es ist nichts mehr da. Nur Asche ist davon übrig, Ettores Feuer hat es ausgebrannt.

»Alles wird gut«, sagt sie, denn diese Nachricht macht sie so glücklich, dass sie beinahe daran glauben kann. »Ich schaffe das schon.«

»Du bist so tapfer, mein Liebling. Du bist ein Engel.«

Nachdem Boyd und Leandro nach Gioia zurückgefahren sind, wartet Clare, solange sie es aushält. Drei Tage, doch es kommt ihr viel länger vor. Die Stunden schleppen sich dahin und fühlen sich wie Wochen an. Sie hält Ausschau von der

Terrasse, von Fenstern, vom Dach, obwohl sie weiß, dass sie das Ersehnte nicht entdecken wird – Ettore kommt nicht zurück. Sie sehnt sich danach, die breiten Schultern zu sehen, die den restlichen, hageren Körper zu tragen scheinen, seine trotz des Humpelns effiziente Art, sich zu bewegen, sein drahtiges schwarzes Haar, das harte Gesicht und seine fesselnden Augen voller Gespenster. Sie weiß, dass sie all das nie wieder auf der Masseria dell'Arco sehen wird, und dennoch hält sie Ausschau, denn ansonsten kann sie nicht viel tun. Als Marcie und Pip am Ende des dritten Tages aus dem Fledermauszimmer kommen, sagt sie ihnen, sie fühle sich nicht wohl und wolle nicht zu Abend essen, sondern früh zu Bett gehen. So entschieden, wie es geht, ohne unhöflich zu werden, lehnt sie Marcies Angebote ab, später nach ihr zu sehen, ihr etwas zu essen bringen zu lassen, den Arzt zu rufen.

»Ich glaube, ich brauche einfach nur ein bisschen Ruhe«, lügt sie mit einem Lächeln. Sie muss ein ganz bestimmtes Zeitfenster nutzen. Es geht nur, wenn die beiden sich zum Abendessen umziehen, denn von ihren Zimmern aus kann man nur auf die Rückseite des Guts hinausschauen. Falls doch jemand sie entdeckt, wird sie behaupten, dass sie es sich anders überlegt habe und lieber einen Spaziergang machen wolle.

Der Schlüssel in dem uralten Türschloss ihres Zimmers ist seit Ewigkeiten nicht mehr umgedreht worden. Er lässt sich nur schwer herausziehen, und um die Tür von außen abzuschließen, muss sie mit beiden Händen zupacken, bis ihre Finger schmerzen. Endlich dreht er sich mit einem schweren Knirschen. Sie steckt ihn in ihre Tasche, woraufhin ihre Jacke von dem Gewicht auf einer Seite herabgezogen wird. Sie bedeckt ihr Haar mit dem Tuch, das Marcie ihr geliehen hat, und verknotet es im Nacken. Wenn jemand kommt, um nach ihr zu sehen – was sie ganz sicher tun werden –, wird derjenige glauben, sie hätte abgeschlossen, um ungestört zu schlafen. Sie überlegt gar nicht erst, was sie sagen soll, wenn man sie fragt, warum sie abgeschlossen hätte, oder einer der Dienstboten erwähnt, dass er sie draußen gesehen hat, oder jemand sie in Gioia entdeckt. Ganz bewusst denkt sie nur an ihr Ziel.

Zu Clares Erleichterung hat Carlo Wache am Tor. Er ist liebenswert und freundlich, schließt ihr mit einem Lächeln und einem *buona sera* auf, und Clare geht mit steifem Rücken über den Dreschplatz. Die Haut zwischen ihren Schulterblättern kribbelt, und sie rechnet jeden Moment damit, entdeckt und angerufen zu werden. Die Gebäude selbst scheinen sie zu beobachten, aber die Hunde bellen nicht – der, den sie für Bobby hält, wedelt sogar probehalber mit dem Schwanz. Ihr Herz hämmert gegen ihre Rippen, obwohl sie eine Ausrede parat hat. Sie glaubt trotzdem, dass man ihr sofort ansehen müsste, was sie vorhat und dass sie lügt. Den Mann am Tor zur *aia* kennt sie nicht – er hat ein scharf gemeißeltes, knochiges Gesicht, doch da die Wachen inzwischen an ihre Spaziergänge gewöhnt sind, lässt er sie kommentarlos hinaus. Sie spürt seine Blicke im Rücken wie Kugeln, während sie die Straße entlangläuft, aber sie ist draußen. Sie ist frei.

Als der Weg im rechten Winkel auf eine andere Straße trifft, schlägt Clare die Richtung der meisten Karrenspuren im Staub ein in der Hoffnung, dass sie in die Stadt führen. Sie weiß nicht, wie weit es bis nach Gioia ist, aber da Ettores Freund ihn den ganzen Weg zur *masseria* getragen hat, kann es nicht allzu weit sein, hofft sie. Die untergehende Sonne steht neben ihrer linken Schulter, und der Schlüssel zu ihrem Zimmer stößt bei jedem Schritt an ihre Hüfte. Sie geht und geht. Die Straße ist schnurgerade und eintönig, flankiert von endlosen niedrigen Trockenmauern. Auf den leeren Feldern ist niemand zu sehen. Sie läuft über eine Stunde lang, bis die Sonne den Horizont berührt und das zerfurchte Land in ein orangerotes Licht taucht. Jeder Stein, jede Distel, jedes Unkraut und jedes Büschel Gras scheint zu glühen. Clare bleibt stehen und stemmt die Hände in die Hüften. Sie ist durstig und zum ersten Mal ein wenig beunruhigt. Es wird rasch dunkel. Wenn sie die falsche Richtung eingeschlagen hat, wird sie zum Gut zurückkehren und ihr Glück an einem anderen Tag noch einmal versuchen müssen. Tränen der Frustration steigen ihr in die Augen. Sie ist verschwitzt und bis zu den Knien mit Staub bedeckt. Sie geht noch ein Stück weiter, hält dann wieder inne und bleibt minutenlang reglos vor Unentschlossenheit mitten auf der Straße stehen. Irgendwann kommt sie zu dem Schluss, dass sie in die falsche Richtung gelaufen sein muss – Ettores Freund kann ihn gewiss nicht so weit getragen haben, wie groß und stark er auch sein mag. Clare lässt den Kopf hängen, sie gibt sich geschlagen. Als sie schließlich umkehrt, sieht sie einen kleinen Karren in einer orangerot glühenden Staubwolke heranrollen.

Das könnte einer der Dienstboten des Gutes sein, der nach ihr sucht. Wenn dem so ist, wird sie sich einfach still zurückbringen lassen und so tun, als hätte sie beim Spazierengehen völlig das Zeitgefühl verloren – etwas anderes bliebe ihr auch nicht übrig. Clare tritt an den Straßenrand, und als die dicke Frau, die den Karren fährt, sie bemerkt, lässt sie ihr Maultier anhalten. Ihre Brüste liegen schwer auf dem dicken Bauch, aber ihre Wangen sind so hohl, dass Clare nur vermuten kann, sie habe wohl sämtliche Zähne verloren. Ihr Kopftuch ist so schwarz wie ihre Augen. Keine Bedienstete, die Clare je zuvor gesehen hat, und als sie Clare anspricht, versteht diese kein Wort. Die Frau redet eine Weile, dann lacht sie und Clare lächelt nervös.

»Gioia del Colle?«, fragt Clare. Die dicke Frau lacht erneut und klopft mit der flachen Hand neben sich auf den Sitz.

»Sì, sì«, sagt sie, und dann noch etwas, das Clare wieder nicht versteht. Sie klettert auf den Wagen und setzt sich, und die Frau treibt ihr Maultier mit einem Pfiff voran. Die dürftige Fracht hinten auf dem Karren besteht aus ein paar Tomaten, Auberginen und Paprika. Die Frau riecht nach Erde und Rauch, und Clare sitzt noch immer stumm vor Erleichterung neben ihr, als bald darauf die ersten Häuser von Gioia vor ihnen auftauchen.

Sie weiß nicht, wo Ettore sein könnte – zu Hause, bei der Arbeit oder wo auch immer. Sie weiß nicht einmal, wo er wohnt, aber er hat einmal gesagt, dass er in der Nähe der Burg wohne, im Gewirr der Altstadtgassen. Also wird sie dorthin gehen und herumfragen und sich von der Via Garibaldi fernhalten. Die Vorstellung, dass sie ihn nicht finden könnte, ist lähmend, aber als wollte das Schicksal ihren besorgniserregend langen Fußmarsch wettmachen, zeigt schon die dritte Person, die Clare fragt – eine üppige junge Frau –, auf eine schmale Gasse direkt gegenüber. Das Mädchen zeichnet einen rechten Winkel in die Luft, deutet wieder auf die Ecke der Gasse. Dabei mustert sie Clare die ganze Zeit mit unverhohlener Neugier. Wie bei Clares letztem Besuch in Gioia riecht es wieder nach Abwasser und Unrat, und die ganz in Schwarz gekleideten Menschen mit ihren lauernden Blicken und hungrigen Gesichtern werden still, wenn sie Clare bemerken.

Trotz des warmen Abends tragen alle Frauen ein Tuch über dem Haar. So staubig und erschöpft Clare auch sein mag, sie kommt sich auf einmal viel zu satt, zu sauber, zu hell vor. Zu fremd.

Sie eilt zu der schmalen Gasse, die in tiefen Schatten liegt, und fühlt sich schon ein wenig besser in der Gewissheit, dass sie Boyd hier unmöglich über den Weg laufen kann, selbst wenn er in der Stadt unterwegs wäre. Als sie und Pip noch mit in dem Haus in der Via Garibaldi wohnten, ist er stets drinnen geblieben oder höchstens einmal in den Garten hinter dem Haus gegangen. Er wollte nie die Stadt erkunden, nichts davon sehen. Ganz ähnlich wie Marcie. Ein Haufen barfüßiger Kinder schießt aus einer Tür wie eine zerzauste Vogelschar und saust an Clare vorbei. Einigen von ihnen wurde der Kopf kahl geschoren, und das Haar wächst in hässlichen Büscheln nach. Sie wirken drahtig, wild und ungezähmt in ihrer viel zu großen Kleidung. Die Kinder schrecken zwei Hennen auf, die hochflattern und so laut kreischen, dass Clare sich instinktiv duckt. Sie sieht Türen, aber kaum Fenster, tief ausgetretene steinerne Stufen, eiserne Ringe zum Anbinden von Vieh, von denen rostige Tränenspuren den Stein hinablaufen.

Nach gut dreißig Metern wird die Straße noch schmaler und biegt dann scharf rechts ab. An diesem Knick zweigt eine Sackgasse wie ein kleiner Platz von der Straße ab, und Clare bleibt stehen. In den Ecken des kleinen Platzes sammelt sich schon das Zwielicht, und die tiefe Stille hat etwas Wachsames. Hinter einem wackeligen Holztor meckert dumpf eine Ziege, und Clare zuckt zusammen. Zwei kurze Treppen führen zu zwei Türen hinauf. Erst jetzt wird Clare ganz deutlich bewusst, welches Risiko sie eingeht, bei anbrechender

Nacht so unbeholfen in ein Leben einzudringen, von dem sie fast nichts weiß – wie unglaublich dumm von ihr. Wenn sie Ettore nicht finden kann, wird sie ganz allein im Dunkeln sein, in einer Stadt voll verzweifelter, armer Menschen. Selbst wenn sie ihn findet, könnte man auf dem Gut inzwischen bemerkt haben, dass sie verschwunden ist – womöglich suchen sie bereits nach ihr, und sie bringt ihn in ebenso große Schwierigkeiten wie sich selbst. Für einen kurzen Moment überlegt sie, sich einfach wieder fortzuschleichen. Doch dann nimmt sie ihren letzten Mut zusammen, steigt die Stufen über dem Ziegenstall hinauf und klopft an.

Einen Moment später geht die Tür einen Spalt weit auf, ein Gesicht erscheint mit schimmernden Augen, und eine hoffnungsvolle Sekunde lang glaubt Clare, es könnte Ettore sein. Doch die Augen sind dunkel. Die Tür öffnet sich weiter, und sie erkennt seine Schwester Paola, die dabei war, als er auf die *masseria* gebracht wurde. Clare lächelt, unsicher, ob sie hier willkommen ist – aber immerhin hat sie das richtige Haus gefunden, eine halb verrottete Tür in einem engen, dunklen Hof inmitten des Irrgartens alter Gassen. Sie schluckt und holt Luft, um zu sprechen, da öffnet Paola die Tür ganz und sagt etwas, das Clare nicht versteht. Ihre Fassungslosigkeit allerdings ist offenkundig. Die Augen in ihrem hageren Gesicht mit den schwarzen Brauen sind fesselnd. Das einzige Zugeständnis an weichere Weiblichkeit ist ihr sinnlicher Mund. Clare hätte geschätzt, dass Paola etwa so alt ist wie sie, aber da Ettore immer von seiner kleinen Schwester spricht, muss sie damit falschliegen. Paola kann höchstens zweiundzwanzig oder dreiundzwanzig sein, trotz der Falten um ihre Augen und der tiefen Furchen neben ihren Mundwinkeln. Sie trägt ein verwaschenes, hochgeschlossenes dunkelgraues

Kleid, die langen Ärmel bis zu den Ellbogen hochgekrempelt, und darüber eine Schürze aus ungefärbtem grobem Leinen. Ihre Füße stecken in ledernen Pantoffeln, das Haar ist unter dem allgegenwärtigen Kopftuch verborgen. Als sie wieder spricht, klingt ihr Tonfall barsch und vorwurfsvoll, doch Clare kann nur den Kopf schütteln.

»Ettore? Ich wollte zu Ettore«, sagt Clare auf Italienisch. Paola funkelt sie immer noch an, jetzt aber sehr verwundert, und Clare wird klar, dass Ettore seiner Schwester nichts von ihrer Affäre erzählt hat. Mit einem missbilligenden Zungenschnalzen und einem besorgten Blick auf die leere Gasse winkt Paola Clare herein und schließt die Tür.

Es dauert eine Weile, bis Clares Augen sich an die Dunkelheit gewöhnt haben. Sie bleibt stehen und blickt sich verwirrt um, denn offenbar besteht die Wohnung aus einem einzigen Raum. Nur ein Raum, mit ein paar dürftigen Möbelstücken zweckmäßig eingerichtet, und der gedrungene Ofen verbreitet viel zu viel Hitze. Aus einem dampfenden Tonkrug auf dem Ofen steigt ein Geruch nach Gemüse. Ein Bett ist ganz an die gegenüberliegende Wand gerückt, und auf einem kleinen Tisch, um den drei Schemel gruppiert sind, steht eine einzige Öllampe. An Haken an der Wand hängen Kleider, und in Nischen in der Wand werden Werkzeuge, Töpfe und zusammengelegte Kleidung aufbewahrt. Clare blickt um sich und hat Mühe, es zu begreifen – in diesem engen Raum wohnt Ettore mit seiner gesamten Familie. Die Luft ist furchtbar stickig. Clare starrt in eine dunkle Höhlung in einer Wand und bemerkt erst nach einer Weile, dass der dunkle Umriss dort ihren Blick erwidert. Erschrocken tritt sie zurück, und jetzt kann sie das runzlige Gesicht eines Mannes ausmachen, der still unter mehreren Decken liegt und nicht einmal blinzelt. Das ist nicht Ettore – diesen Mann hat sie noch nie gesehen. Verlegen wendet sie sich wieder Paola zu, die mit verschränkten Armen offenbar darauf wartet, dass Clare etwas sagt.

»Können ... können Sie mich verstehen, wenn ich Italienisch spreche?«, fragt Clare, und Paolas unwilliges Stirnrunzeln genügt als Antwort. Sie antwortet im lokalen Dialekt, und Clare hört nur die Worte Ettore und Gioia heraus. »Wo ist Ettore?«, versucht Clare es noch einmal und hebt hoffnungsvoll die Hände. Paola zieht scharf die Luft durch die Nase ein und trommelt ungeduldig mit den Fingern auf die nackten Unterarme, und Clare sinkt der Mut. Auf einmal ist sie sicher, dass sie wieder gehen wird, ohne ihn gesehen zu haben, denn selbst wenn sie einander verstehen könnten, würde Paola ihr möglicherweise nicht sagen, wo er ist.

Ein langes, unbehagliches Schweigen macht sich breit. Paola steht an der Tür, und als Clare entschuldigend lächelt und einen Schritt auf die Tür zugeht, rührt Paola sich nicht. Clare hat keine Ahnung, was sie jetzt tun oder sagen soll, was Paola denkt und tun könnte. Sie spürt den starren Blick des Mannes aus der Wandnische heraus und bekommt eine Gänsehaut an den Armen. Ihre Kehle wird trocken. Clare gehört nicht hierher, und sie ist nicht willkommen. Dann ertönt plötzlich ein helles Murmeln hinter ihr, gefolgt von einem merkwürdigen leisen Quietschen, und Clare wirbelt herum. Erst jetzt entdeckt sie Paolas Baby in einer Holzkiste auf dem Bett.

Nur seine Arme und Hände sind zu sehen, die mit gespreizten Fingern in die Luft greifen. »Oh!«, ruft Clare aus. Als das Baby ihre Stimme hört, gibt es einen weiteren gurgelnden Laut von sich, der beinahe fragend klingt. Clare geht zu der Kiste hinüber. Der kleine Junge späht zu ihr hoch, und sie muss unwillkürlich lächeln. Er hat riesige Augen, dunkel wie Zuckerrübensirup, und ein Tröpfchen Speichel glänzt auf der winzigen rosa Unterlippe. »Oh, er ist bezaubernd«, murmelt sie. »Darf ich ihn halten?« Sie sieht Paola an, deren Miene weicher geworden ist, obwohl sie immer noch schweigt. Clare schiebt die Finger unter den weichen Körper, hebt ihn hoch und legt ihn sich an die Schulter. Es überrascht sie, wie kompakt er sich anfühlt und welche Hitze dieser kleine Körper ausstrahlt. Sie schmiegt die Wange an seinen Kopf und spürt, wie er nach ihrem Haar greift und daran zieht. Endlich der Kiste entkommen, strampelt er begeistert mit den Beinchen. Clare wiegt ihn sacht hin und her und tätschelt seinen Rücken. Er riecht nach Schlaf, Milch und öliger Kopfhaut, ein wenig säuerlich und ungewaschen, aber kein bisschen unangenehm. Ihn auf dem Arm zu halten löst eine scharfe Sehnsucht in Clare aus, heiß und schmerzhaft wie ein Krampf. Sie wendet sich halb zu Paola um und lächelt. »Er ist einfach perfekt«, sagt sie, und vielleicht versteht Paola dieses Wort – *perfetto* –, denn auch sie lächelt, beinahe widerstrebend und zögerlich, als sei sie das Lächeln nicht gewöhnt.

»Er heißt Iacopo«, sagt sie auf Italienisch. Clare summt eine Melodie vor sich hin, ein unbekanntes Liedchen, das sie selbst als Kind von ihrer Kinderfrau gelernt hat. Sie wiegt den Kleinen noch immer in den Armen und singt ihm leise etwas vor, beobachtet von seiner milde belustigt wirkenden Mutter, als plötzlich die Tür aufgeht und Ettore erscheint.

Ein Auge ist halb zugeschwollen von seinem Kampf mit Ludo, und er hat zahlreiche blaue Flecken. Eher ungläubig als überrascht starrt er sie an, und eine Frage erstirbt auf seinen

Lippen, als er die seltsame Szene vor sich sieht: seine Geliebte mit seinem Neffen auf dem Arm, stumm beobachtet von seinem Vater und seiner Schwester. Einen Moment lang kann auch er nur stumm zusehen. Ein seltsamer Ausdruck streicht über sein Gesicht wie eine kleine Welle über stilles Wasser, und Clare, die sich plötzlich mit seinen Augen sieht, muss beinahe lachen. Doch dann schließt er die Tür hinter sich und schüttelt heftig den Kopf.

»Luna hat gesagt, du seiest hier, aber ich hätte ihr beinahe nicht geglaubt. Chiara, was in Gottes Namen tust du hier? Hast du irgendeine Ahnung ... irgendeine Ahnung, was ...«, sagt er. Paola tritt vor und streckt die Arme nach ihrem Sohn aus, und Clare übergibt ihr das Kind, wenn auch widerwillig.

»Ich musste dich sehen«, sagt sie. Der Mann, der im Schatten an der Wand liegt, spricht zum ersten Mal mit leiser, heiserer Stimme. Ettore antwortet knapp.

»Du kannst nicht einfach so hierherkommen!«, sagt er dann zu Clare.

»Hat dein Vater das gerade gesagt?«

»Ich sage das!«

»Es tut mir leid.« Ohne Iacopo auf dem Arm weiß Clare nicht mehr, was sie mit ihren Händen anstellen und wie sie stehen soll. Ettore ist gerade einmal drei Tage lang fort vom Gut und sieht schmutzig und müde aus. Sie kann nicht erkennen, ob der Schatten unter seinem anderen Auge ebenfalls ein Bluterguss ist. »Ich wollte mich entschuldigen. Wenn ich dir nicht gesagt hätte, dass Ludo bei Girardi war, hättest du dich nicht mit ihm geprügelt und hättest das Gut nicht verlassen müssen ...« Ettore gebietet ihr mit erhobener Hand zu schweigen und wirft Paola einen besorgten Seitenblick zu. Paola blickt angespannt zwischen Clare und ihrem Bruder hin und her, als hätte irgendetwas in ihrem Wortwechsel sie zutiefst beunruhigt.

»Still. Hast du meiner Schwester irgendetwas davon gesagt?«

»Nein, wir ...«

»Gut. Lass es.« Er fährt sich mit der Hand über den Mund und reibt sich das Kinn, wie immer, wenn er nachdenkt und besorgt ist. »Es war ohnehin höchste Zeit, dass ich das Gut meines Onkels verlasse. Wir sind uns inzwischen beinahe fremd geworden. Ich war sowieso schon zu lange dort.« Er blickt zu ihr auf, und sie weiß nicht, ob dieser Ausdruck Ärger oder Zärtlichkeit bedeutet. Seufzend dreht Ettore sich um, öffnet die Tür einen Spaltbreit und späht hinaus. Dann streckt er die Hand nach ihr aus. »Komm«, sagt er. »Ich sollte nicht hier sein.« Paola stellt ihm mit scharfer Stimme eine Frage. Ettores Antwort klingt besänftigend, doch sie lächelt nicht mehr, als Clare ihr zum Abschied zunickt. Sie ist wieder verschlossen und kalt und hält ihren zappelnden Sohn fest an sich gedrückt.

Der kleine Hof liegt in grauem Zwielicht, nur noch vom Abendhimmel erhellt. Dennoch ist es hier draußen heller als drinnen. In der Nähe streiten sich zwei Frauen mit schrillen Stimmen und schnellen, unverständlichen Worten. Ettore nimmt Clare beim Ellbogen und führt sie hinaus auf die Gasse und weiter, in eine andere Richtung als die, aus der sie kam. Sie folgen einer verschlungenen Route, dann durch einen ungefähr drei Meter dicken Mauerdurchlass mit Zimmern darüber und auf einen größeren Hof, umringt von hohen, schiefen Häusern, Treppen und Eingängen. Ettore zieht sie in den Schatten einer überhängenden Fassade, so weit weg wie möglich von der Straße. Er dreht sich um und umarmt sie kurz, und sie klammert sich so fest an ihn, dass er das Gesicht verzieht. Er riecht scharf nach Schweiß und ungewaschener Kleidung. Ihr fällt auf, dass er noch immer dieselben Sachen trägt, in denen er das Gut verlassen hat. Feiner Schmutz zieht sich an seinem Haaransatz entlang und klebt unter seinen Fingernägeln, und aus irgendeinem Grund schnürt ihr dieser Anblick die Kehle zu.

»Entschuldige. Du bist verletzt«, sagt sie.

»Ich glaube, der Bastard hat mir eine Rippe angebrochen.«

»Warst du schon beim Arzt?«

Ettore lächelt nur ein wenig traurig. »Du kannst nicht hierherkommen. Du weißt doch, wie gefährlich das ist.«

»Du hast dich nicht verabschiedet«, entgegnet sie und versucht, den Kloß in ihrer Kehle herunterzuschlucken, zusammen mit den aufsteigenden Tränen. »Und ich wusste nicht, wann du wiederkommst.«

»Ich gehe nie wieder dorthin. Erst wenn …« Er bricht ab und schüttelt den Kopf.

»Dann hätten wir uns also einfach nie wiedergesehen, wenn ich nicht nach Gioia gekommen wäre? So leicht wäre das für dich gewesen?«

»Nichts ist leicht. Aber manches ist notwendig«, erwidert er niedergeschlagen. Doch dann wird seine Miene weicher, und er streicht mit dem Daumen über ihre Wange. »Du hast gewusst, dass es in der Wirklichkeit nicht sein kann.«

»Doch, es könnte – und ich will es! Ich will …«

Clare holt tief Luft. Sie spürt, dass sie sich anhört wie ein verzogenes Kind, dabei will sie ihm doch sagen, dass sie sich nicht vorstellen kann, je wieder ohne ihn zu sein, nach London zurückzukehren und weiterzuleben wie zuvor. Sie will ihm sagen, dass er alles verändert hat, sie verändert hat. Dass alles, was vorher war, ihr so zweidimensional und fern vorkommt wie auf einer Fotografie. Es fühlt sich an, als türme sich eine hohe Welle hinter ihr auf, immer höher, immer mächtiger. Sie weiß nicht, was geschehen wird, wenn diese Welle bricht, und kann das Gefühl nicht in Worte fassen. »Ich ertrage das nicht«, sagt sie nur und schließt die Augen. Ettore schmiegt eine Hand um ihren Nacken und zieht ihren Kopf an seine Brust.

»Doch, du kannst das ertragen. Du musst«, sagt er leise. »Als ich dich vorhin gesehen habe ... mit dem Baby auf dem Arm ... Einen Augenblick lang sah es so aus ...«

»Wie sah es aus?«

»Als ... gehörtest du hierher. Aber das tust du nicht. Du darfst nicht wieder herkommen. Das ist zu gefährlich. Hier laufen Männer herum, die mich umbringen würden, wenn sie mich zu fassen bekämen. Verstehst du? Das ist die Wirklichkeit – all diese Gefahren. Ich wage es nicht einmal, mich zu Hause aufzuhalten, weil sie wiederkommen und mich dort suchen könnten. Wenn man uns zusammen sieht, wenn sie erfahren, dass wir uns ... nahestehen ... Verstehst du nicht? Dass du eine Fremde bist, wird dich nicht schützen.«

»Dieser Diener weiß von uns. Federico, der mit der Kaninchenscharte. Du hast mir erzählt, er sei ein Faschist.«

»Hasenscharte«, korrigiert Ettore tonlos. »Bist du sicher?«

»Ja. Er ... hat mich so komisch angezischt. Als ich neulich von einem unserer Treffen zurückkam.«

»Hör mir gut zu. Halt dich fern von ihm. Hast du verstanden? Ganz gleich, was du dafür tun musst, halte dich ja fern von ihm.«

»Aber wie soll ich das machen, wenn er auf dem Gut ist?

Jetzt ist er ja hier in Gioia. Leandro und Boyd sind vor drei Tagen wieder hierhergezogen. Sie haben sich schrecklich wegen der Entwürfe gestritten. Dein Onkel zwingt Boyd, noch einmal von vorn anzufangen. Wir könnten noch wochenlang hier sein, verstehst du?« Sie lächelt, doch Ettore erwidert ihr Lächeln nicht.

»Verdammt«, brummt er und lässt den Kopf hängen.

»Ettore, was ist denn?«

»Könnt ihr nicht abreisen? Kannst *du* nicht wenigstens nach Hause fahren, nach England? Du und der Junge?«

»Nein, das können wir nicht«, antwortet Clare verletzt. »Erst wenn dein Onkel es uns erlaubt. Und ich *will* hierbleiben. Ich will in deiner Nähe sein.«

»Aber könnt ihr nicht einfach gehen? Ganz gleich, was mein Onkel dazu sagt?«

»Ettore, was ist denn? Was verschweigst du mir?«

»Ich …« Er schüttelt den Kopf. Seine Augen sind jetzt im Schatten verborgen, und sie kann nur noch die Konturen seines Gesichts erkennen. »Ihr seid nicht sicher auf dem Gut. Ich verstehe nicht, was er sich dabei denkt, euch dort zu lassen. Das ist mir unbegreiflich.«

»Niemand ist sicher, nirgendwo, nach allem, was ich gesehen habe. Ich könnte … Ich könnte sicher wieder in sein Haus hier in Gioia ziehen. Ich müsste nur behaupten, dass ich Boyd zu sehr vermisse. Das würde dein Onkel doch erlauben? Dann könnten wir uns öfter treffen und …«

»Nein! Das würde alles noch schlimmer machen.«

»Ettore, ich … ich verstehe dich nicht.« Clare wartet auf eine Erklärung, doch er wendet das Gesicht ab und behält seine Gedanken für sich. »Wer war das Mädchen, das mir gesagt hat, wo du wohnst?«, fragt sie.

»Luna. Pinos Frau. Ich komme bei ihm und ein paar anderen Freunden unter, seit ich wieder hier bin.«

»Kannst du denn nicht im Haus deines Onkels wohnen? Wäre das nicht sicherer? Warum will dich jemand umbringen?«

»Weil das in einem Krieg eben so ist, Chiara!« Er schüttelt sie sacht, und sie kommt sich wieder kindisch vor. »Ich stehe nicht mehr auf der Seite meines Onkels.«

»Aber das wäre gut. Wenn du in solcher Gefahr schwebst.« Darauf schüttelt er nur den Kopf und sieht sie ruhig an, ohne ihr irgendetwas zu erklären. Sie fühlt sich völlig hilflos, hoffnungslos. »Freust du dich denn gar nicht, mich zu sehen? Nicht ein kleines bisschen?«

Da lächelt Ettore, es ist ein kleines Lächeln – eher mit den Augen denn mit dem Mund. »Ich hätte bleiben können, wo ich war, als Luna mir gesagt hat, dass du hier bist. Ich hätte nicht zu dir kommen müssen«, sagt er.

»Dann bin ich froh, dass ich gekommen bin. Wenn dies ... das letzte Mal sein soll.«

Aus der Gasse vor dem Hof sind Stimmen und Schritte zu hören, und hinter der Mauer, an der sie lehnen, klappert ein metallener Eimer. Ein Mann hustet, Stroh raschelt. Dennoch presst Ettore seine Lippen auf Clares Mund, zieht sie fest an sich, schnürt ihr die Brust ein, raubt ihr den Atem, und es ist ihr gleich, ob ganz Gioia stehen bleibt, um sie zu begaffen. Sie lieben sich hastig wie beim ersten Mal, und Clare bemüht sich, so zu tun, als sei es nicht das letzte Mal, als würde sie ihn wiedersehen, in Gioia bleiben, hier mit ihm leben, als seine Frau. Aber sie kann es selbst nicht ganz glauben. Nicht einmal in diesen Augenblicken, als sie in seinen Berührungen und Bewegungen ertrinkt, in seinem Geruch und dem Gefühl, wie richtig es ist. Also lässt sie stattdessen alle Gedanken los. Sie leert ihren Kopf, bis sie das Empfinden hat, nur in diesem einen Augenblick zu existieren, ohne eine Vergangenheit und ohne eine Zukunft. Das ist beängstigend und wunderbar zugleich.

Als sie wieder zu Atem gekommen sind und ihre Kleidung gerichtet haben, ist es vollständig dunkel. Sie bleiben noch lange dort stehen, minutenlang in verbundenem Schweigen, dann wieder unterhalten sie sich über zusammenhanglose, ferne Dinge. Sie stehen nah beieinander, sodass sie einander immer berühren. Clare hält einen Zipfel von Ettores Hemd an seiner Hüfte umklammert, die andere liegt auf seinem Unterarm, der hart ist wie ein Bündel Eisenstangen. Ettore fährt mit den Fingern durch ihr verschwitztes, wirres Haar und lässt die Hand dann in ihrem Nacken ruhen, wie er es so gern tut.

»Erzähl mir von deiner Heimat. Wie es da ist, wo du lebst«, sagt er mit ein wenig träger Stimme. »Es ist bestimmt ganz anders dort.«

»Ja, ganz anders. Grün – England ist sehr grün. Es regnet viel. Andauernd, so kommt es einem manchmal vor. Im Winter kann es recht kalt werden, aber die Sommer sind warm und mild. Wenn ich es mit dem Land hier vergleiche, kommt mir England sehr weich vor. Immer wenn ich daran denke – weich und sicher.«

»Und niemand hungert.«

»Manche Menschen schon«, gibt sie zu. »Die Ärmsten der Armen. Natürlich leiden sie Hunger. Aber viel weniger Menschen als hier. Und ... bei uns ist es wohl leichter, Unterstützung zu finden. Es gibt viele wohltätige Organisationen ... Stellen, von denen sehr arme Menschen Hilfe bekommen.«

»Hassen die Reichen die Armen?«

»Nein. Nicht so wie hier. Manchmal denken die Reichen gar nicht an die Armen, und manchmal bedauern oder verachten sie sie ... aber sie hassen sie nicht. Es ist auch nicht so, dass die Menschen bei uns entweder arm oder reich sind, viele liegen irgendwo dazwischen. Boyd und ich zum Beispiel gehören wohl zu denen in der Mitte. Die Engländer sind höflich und ... beherrscht. Alles findet hinter verschlossenen Türen statt. Es gibt riesige alte Bäume und öffentliche Parks voller Blumen, die jeder besuchen kann und wo die Kinder spielen dürfen.« Von all den Dingen, die sie aufgezählt hat, scheint ihr das den stärksten Kontrast zwischen England und Apulien zu verkörpern: ein Park voller Blumen, in dem Kinder spielen.

Ettore schweigt eine Weile, als versuchte er sich diese Szene vorzustellen. Er atmet tief und langsam ein. Clare wagt nicht zu fragen, was er denkt. Ob er vielleicht mit ihr nach England gehen würde.

»Ich kann dich dort sehen«, sagt er schließlich. »In einem Garten. An einem sicheren Ort.«

»Ettore, ich *kann* nicht einfach zurückkehren ...«

»Wie kommst du zur *masseria* zurück? Wie bist du überhaupt hierhergekommen?«

»Ich bin lange gelaufen, und dann hat eine Frau mich auf ihrem Karren mitgenommen. Ich werde wohl zu Fuß zurückgehen.«

»Zu Fuß? Jetzt, in der Nacht?«

»Mir bleibt wohl nichts anderes übrig. Ich ... ich habe gar nicht so weit gedacht, ich wollte dich nur unbedingt sehen, verstehst du?«

»Verflucht, Chiara!« Ettore schüttelt den Kopf, wendet

sich ab und späht unter dem Durchgang hinaus auf die Gasse, durch die sie gekommen sind. Geborgter Lichtschein fremder Lampen lässt die Muskeln an seinem Kiefer hervortreten, während er angestrengt nachdenkt.

»Mir passiert schon nichts. Ich habe auf der ganzen Strecke niemanden sonst gesehen.«

»Tagsüber vielleicht. Jetzt kommt das nicht infrage. Du wirst in der Via Garibaldi übernachten müssen.«

»Nein! Ich habe dir doch gesagt, dass Boyd und Leandro dort sind. Sie rechnen nicht mit mir, und Marcie und Pip glauben, ich läge in der *masseria* in meinem Bett. Wie sollte ich das erklären? Es geht nicht, Ettore! Sie würden sofort merken, dass ich lüge. Ich gehe zu Fuß zurück. Das ist schon in Ordnung.«

»Nein, ist es nicht.« Ettore nimmt ihre Hand, und sie gehen los, hinaus auf die Gasse.

»Ettore, warte doch …«

»Komm mit. Du hättest nicht herkommen dürfen – begreifst du das jetzt endlich?«

»Ich bin trotzdem froh darüber, auch wenn du dich offenbar nicht freust, dass ich gekommen bin!«, erwidert sie trotzig. Ettore hält inne und sieht sie hilflos an.

»Chiara … du bist mutig. Und dumm«, sagt er.

»Das habe ich beides dir zu verdanken«, sagt sie, und als sie sich abwendet, sieht sie noch den Anflug seines Lächelns.

Ettore führt sie um ein paar Ecken, bis Clare nicht mehr sagen könnte, in welche Richtung sie gehen, obwohl sie nicht allzu weit von der Piazza Plebiscito und der Burg entfernt sein können. Dann bleibt er so abrupt stehen, um an eine Tür zu klopfen, dass Clare gegen seinen Rücken prallt. Er schlingt einen Arm um ihre Taille und hält sie fest, als könnte sie versuchen davonzulaufen. Pino öffnet die Tür, und Clare erkennt ihn sofort wieder – das wunderschöne, fein gemeißelte Gesicht, die ungewöhnlich große, kräftige Gestalt. Sie erschauert, denn bei seinem Anblick steht ihr der Moment wieder vor Augen, in dem die drei auf der *masseria* erschienen. Als sie Ettore zum ersten Mal sah und sich alles veränderte. Pino lächelt unsicher, als er sie vor seiner Tür stehen sieht, und das hübsche Mädchen, das Clare den Weg beschrieben hat, lugt neugierig hinter seinem Rücken hervor. Die beiden Männer unterhalten sich kurz – ein rascher, völlig unverständlicher Wortwechsel, der damit endet, dass Pino mit den Schultern zuckt und einen Namen nennt. Ettore wendet sich Clare zu.

»Hast du Geld dabei?«, fragt er. Clare schüttelt den Kopf und sieht, wie er in sich zusammensinkt. Er seufzt, zögert kurz und schiebt dann den Zeigefinger unter die dünne Goldkette um ihren Hals. »Bedeutet sie dir viel?« Clare schüttelt erneut den Kopf.

»Ein Geschenk. Von meinem Mann.«

»Wir werden sie brauchen«, sagt er und verzieht mürrisch den Mund. Ohne zu zaudern, öffnet Clare den Verschluss und gibt ihm die Kette. Ettore reicht sie an Pino weiter, der sie um seine kräftigen Finger wickelt und etwas zu Ettore sagt.

»Was hat er gesagt?«, fragt Clare.

»Er sagt, das ist zu viel, und er hat recht. Aber wenn man die Wahl zwischen zu viel und gar nichts hat ...« Er zuckt mit den Schultern. Luna schiebt den Kopf unter dem Arm ihres Mannes hindurch und betrachtet das Schmuckstück mit einer Miene wie ein Kind am Weihnachtsabend. Clare kann nur vermuten, dass sie noch nie Gold aus der Nähe gesehen hat. Pino schließt die Faust darum, als wollte er sie davor schützen, und Luna richtet ihren verzückten Blick auf Clare, so voller Fragen und Staunen, dass Clare verlegen wegschaut. Pino sagt leise etwas zu seiner Frau, küsst sie auf den Mund und geht los, die Straße entlang. Clare und Ettore folgen ihm wortlos.

Die beiden Männer scheinen im Dunkeln besser sehen zu können als Clare. Sie gehen mit eiligen Schritten, biegen hier links und dort rechts ab, unter Torbögen hindurch und um Haufen von Dung und Abfall herum, während Clare hinter ihnen herstolpert und schon bald außer Atem ist. Als sie auf der kurzen, westlichen Seite der Piazza Plebiscito entlangeilen, ist der Platz in das gelbe Licht der Straßenlaternen getaucht, aber menschenleer. Niemand macht einen Abendspaziergang, vertreibt sich die Zeit, raucht oder schwätzt. In ganz Gioia herrscht die gedämpfte, wachsame Atmosphäre einer Stadt, die einer Ausgangssperre unterliegt – sie ist noch viel stärker als vor einem Monat, als Clare zum ersten Mal hier war. Der hell erleuchtete Platz lässt die Schatten umso tiefer wirken – so tief, dass sich darin ungesehen jemand bewegen, sie aus dem Verborgenen beobachten könnte. Clare hält sich dicht an Ettores Schulter. Sie fühlt sich zittrig und schutzlos, als eilte sie auf einem schmalen Felsvorsprung an einer tiefen Schlucht entlang statt auf einem breiten, gepflasterten Fußweg. Trotz allem, was sie zuvor mit eigenen Augen gesehen und von Ettore gehört hat, bekommt sie es erst jetzt mit der Angst zu tun. Erst jetzt spürt sie tatsächlich, wie gefährlich es an diesem Ort ist.

Pino führt sie die Via Roma entlang, wo die Straßen schließlich in Wiesen und verdorrte Gemüsegärten übergehen. An einer gedrungenen Villa verlässt er den Weg, sieht

Clare an und legt warnend den Zeigefinger an die Lippen. Leise schleichen sie um das Haupthaus herum zu den Stallungen und weiter zur Rückseite. Lampenschein fällt durch einen Spalt unter der Tür eines kleinen Anbaus auf den dunklen Hof. Während Pino mit dem kleinen, älteren Mann spricht, der die Tür geöffnet hat, wendet Ettore sich Clare zu.

»Dieser Mann wird dich auf einem Pferd zur *masseria* bringen, wenn er lange genug so getan hat, als wäre deine Kette nicht Bezahlung genug. Er heißt Guido. Du kannst ihm vertrauen, ich kenne ihn schon lange – er ist ein Verwandter von Pino.«

»Du kommst nicht mit?«

»Du weißt, dass ich nicht mitkommen kann, Chiara.« Hinter ihm starren die geschlossenen Fensterläden der Villa blind auf sie herab. Der Himmel ist pechschwarz und funkelt vor Sternen. Die warme, sanfte Nacht kommt ihr vor wie eine List. Jetzt, da der Abschied bevorsteht, ist Clare der Panik nahe. Ihr ist schwindelig vor Grauen. Sie greift nach ihm, klammert sich an sein Hemd, seine Arme, während er versucht, sich von ihr zu lösen. »Hör auf. Hör auf damit. Du gehst mit Guido. Geh zurück zum Gut und bleib erst einmal dort. Und versuch bitte alles, um irgendwie aus dieser Gegend fortzukommen.«

»Ettore, ich kann nicht.«

»Tu, was ich sage.« Er küsst ihr Gesicht, ihre Stirn, ihre Nase. »Bitte tu, was ich sage.« Ettore schiebt sie auf Armeslänge von sich, und dann fällt ihm offenbar etwas ein. »Warte einen Moment«, sagt er und verschwindet in einem der Ställe. Er kommt mit etwas wieder heraus, das er Clare in den Arm drückt. Es ist warm und lebendig. Sie schnappt nach Luft. »Für Pip. Vielleicht ein besserer Freund für ihn«, sagt er, und Clare blickt auf den zappelnden Hundewelpen hinab, der schläfrig ihren Arm zu erkunden beginnt – mit Nase, Zähnchen und Zunge. »Nimm ihn mit, für Pip. Guido würde ihn doch nur zusammen mit den anderen ertränken.«

»Sag mir, dass ich dich wiedersehen werde. Sag es, sonst gehe ich nicht«, sagt Clare mit zitternder Stimme. Ettore seufzt und starrt sie einen Moment lang an.

»Also schön. Du wirst mich wiedersehen.«

»Wann?«

»Ich schicke eine Nachricht«, antwortet er, und sie weiß, dass er lügt.

Guido sattelt stumm und ohne ein Lächeln ein großes, rotbraunes Pferd, steigt auf und zieht dann einen Fuß aus dem Steigbügel, damit Clare hinter ihm aufsitzen kann. Pino hilft ihr, lächelnd und scheinbar unbekümmert. Der rückwärtige Saum ihres Rockes reißt auf, als sie sich rittlings auf das Pferd setzt. Die Hufe machen kaum Lärm auf dem ungepflasterten Hof, und auch nicht auf der Via Roma. Als Clare nach unten schaut, sieht sie, dass die Hufe in altes Sackleinen gewickelt sind, um das Geräusch zu dämpfen. Der Welpe liegt jetzt vertrauensvoll erschlafft in ihrer Armbeuge und ist wieder eingeschlafen. Der Bauch zwischen den vier dürren Beinchen ist rund und von Würmern aufgebläht. Unter dem glatten, kupferfarbenen Fell lugt rosige Haut hervor. Clare hält den Blick auf die Straße hinter ihnen gerichtet, bis Pino und Ettore in der Dunkelheit kaum mehr auszumachen sind und schließlich ganz mit ihr verschmelzen. Trotzdem starrt sie weiter dorthin, wo sie Ettore zuletzt gesehen hat, bis ihr Nacken sich verkrampft und ihr Kopf schmerzt.

Sobald sie Gioia hinter sich gelassen haben, schnalzt Guido mit der Zunge, und das Pferd verfällt in einen zuckelnden

Trab. Sie legen die Strecke zum Gut in einem Bruchteil der Zeit zurück, die Clare zu Fuß und auf dem Karren gebraucht hat. Ein bösartig wirkender Mond geht am westlichen Himmel auf, kränklich gelb. Clare klammert sich mit einem Arm an Guido, hält mit dem anderen den Welpen fest und überlässt sich ihrem beinahe greifbaren Elend, das sie zu ersticken droht. Sie fühlt sich gealtert. Sie fühlt sich leer und beraubt. Und ihr wird wieder schlecht, denn die Bewegung des Pferdes und der grausame Abschied von Ettore schlagen ihr auf den Magen. Am Tor steigt sie ab, und sobald sie auf ihren zittrigen Beinen steht, wendet Guido das Pferd, ohne ein Wort zu sagen oder ihren leisen Dank zur Kenntnis zu nehmen. Clare setzt eine möglichst nichtssagende Miene auf und ignoriert den finsteren Blick und die argwöhnische Haltung des Wachmanns am Tor. Er hält ein Gewehr in der rechten Hand, den Finger am Abzug. Carlo hingegen lässt sie ohne sichtliche Verwunderung in die *masseria*. Sie fragt ihn nach der Uhrzeit und kann kaum fassen, dass es noch nicht einmal Mitternacht ist. Ihr kommt es so vor, als sei ein Jahr vergangen, seit sie sich hinausgeschlichen hat, um nach Ettore zu suchen. Grinsend krault Carlo den Welpen hinter den Ohren. Der kleine Hund wacht auf, blickt sich schlaftrunken um, gähnt und gewährt dabei einen Blick in sein feuchtes, rosafarbenes Mäulchen mit den nadelspitzen Zähnen. Vorsichtig blickt Clare zur Terrasse hinauf, ehe sie aus dem Schutz des Torbogens tritt.

»Alle schlafen«, sagt Carlo in gebrochenem Italienisch, und Clare wirft ihm ein dankbares Lächeln zu. Dann eilt sie über den Hof.

Sie schleicht die dunkle Treppe hinauf, so leise sie kann. Vor Übelkeit tritt ihr der Schweiß auf die Stirn und kribbelt auf ihrem Rücken. Ihre Knie sind weich und schwach, und nach all der Angst und Freude und Sorge der vergangenen Stunden sehnt sie sich nach Dunkelheit, Stille, Vergessen. Clare späht am Kopf der Treppe in beide Richtungen, geht auf Zehenspitzen den Flur entlang und greift in ihre Tasche, um den Zimmerschlüssel hervorzuholen. Sie erstarrt, und der Magen schnürt sich ihr schmerzhaft zusammen. Der Schlüssel ist nicht da. Sie sucht alle anderen Taschen ab, vergeblich. Sie denkt daran, wie hitzig und hart sie und Ettore sich geliebt haben, denkt an die hastige Flucht im Dunkeln zu der Villa an der Via Roma und an den zuckelnden Trab des Pferdes während des ganzen Rückwegs. Der Schlüssel könnte an allen möglichen Plätzen sein.

Clare schließt die Augen und wankt. Sie hat keine Ahnung, was sie jetzt tun soll. Nach ein, zwei Minuten schleicht sie weiter den Flur entlang zu ihrer Zimmertür in dem vagen, verzweifelten Gedanken, doch auf die Klinke zu drücken – es wäre immerhin möglich, dass sie nicht richtig abgeschlossen hat. Der Welpe winselt leise und zappelt, und ihr wird bewusst, dass sie ihn zu fest umklammert hält. Ihr Grauen fühlt sich an wie das Gegenteil von Panik – ihr Herz scheint viel zu langsam zu schlagen, beinahe stillzustehen, als würde es unter einer schweren Last erdrückt. Dann hält sie wieder inne. An der Tür zu ihrem Zimmer lehnt eine Gestalt, leicht vornübergebeugt und augenblicklich vertraut. Sie hat einen Welpen auf dem Arm, den sie nicht erklären kann, ist aus dem Zimmer ausgesperrt, in dem sie schlafen sollte, sie starrt vor Dreck, riecht nach Sex, Schweiß und Ettore, und Pip lehnt an ihrer Tür und blickt ihr zornig entgegen.

12

Ettore

Zum Abendessen gibt es nur *acquasale* – altbackenes Brot, aufgekocht mit ein wenig Salz und getrocknetem Chili. Jetzt, da Poete nicht mehr in der Käserei arbeitet, haben sie nicht einmal Mozzarella. Nach einem üppigen Monat auf der *masseria* knurrt und jammert Ettores Magen und bettelt um mehr, um besseres Essen. Das Geld, das Marcie ihm gegeben hat, und sein Lohn sind schon ausgegeben: für Valerios Schulden, eine neue Decke für Iacopo, neue Sohlen für Ettores und Paolas Schuhe, den Mietrückstand und einen kleinen Vorrat getrockneter Bohnen, Pasta und Olivenöl, den Paola erbarmungslos für den kommenden Winter hütet. Sie beäugt Ettore über den winzigen Tisch hinweg, während er die dünne Suppe schlürft und noch den letzten Tropfen aus der Schüssel schabt.

»Fällt dir jetzt wieder ein, wie sich Hunger anfühlt?«, bemerkt sie mitleidslos. Valerio geht es heute so gut, dass er von seinem Alkovenbett aufstehen konnte. Er löffelt seine Suppe mit zittriger Sorgfalt und achtet nicht auf seine Kinder.

»Ich selbst habe es nie vergessen. Nur mein Magen«, erwidert Ettore. Paola schnaubt.

»Bei einem Mann sind Kopf und Magen ein und dasselbe. Genau wie Kopf und Schwanz.« Sie verzieht verächtlich den Mund und gibt den letzten Schöpflöffel Suppe in Valerios Schüssel.

Ettore reagiert gereizt. »Darum geht es also? Stellst du dich deshalb so kratzbürstig an?«

»Ach, ich weiß nicht ... Warum sollte es mich ärgern zu erfahren, dass du es die ganze Zeit über mit einer verheirateten Frau getrieben hast, während ich dachte, du schuftest und leidest Höllenqualen? Während ich dachte, du bist in tiefer Trauer?«

»Ich habe gearbeitet! Ich hatte Schmerzen! Und ich trauere.«

»Nein, ich fürchte, den Trauerflor wirst du ablegen müssen, Bruder. Und du warst offenbar gesund genug, es ihr so zu besorgen, dass sie bis hierher in die Stadt kommt, weil sie noch mehr will!«

»Paola«, sagt er und reibt sich frustriert und verlegen die Nasenwurzel. Valerio hat aufgehört zu essen und starrt ihn mit ausdruckslosem Gesicht an. »So war es nicht.«

»Wie war es dann? Und wenn ihr Mann dahinterkommt? Falls er es nicht schon weiß, wird er es bald erfahren, wenn sie noch einmal den Nerv hat, einfach so hier aufzutauchen.«

»Ich habe ihr gesagt, dass sie nicht wieder herkommen darf.«

»Und du glaubst wirklich, dass sie tun wird, was du sagst?«

»Ich weiß es nicht, Paola! Hör auf, so auf mich einzuhacken!«, schreit er und lässt seinen Löffel mit lautem Klappern in die leere Schüssel fallen. Iacopo wacht erschrocken auf und beginnt zu weinen. Paola steht auf und geht zum

Bett, um ihn zu beruhigen. Im Vorbeigehen wirft sie ihrem Bruder einen giftigen Blick zu. »Idiot«, brummt sie.

Ettore wendet sich vom starren Blick seines Vaters ab und betrachtet den Wandputz oder vielmehr das, was davon übrig ist – jahrhundertealt und so fleckig und abgeblättert, dass es eher aussieht, als hätte die Wand einen Ausschlag. Er versucht sich Chiara wieder hier vorzustellen, in diesem Raum, in dem er gelebt hat, seit er ein kleiner Junge war. Es ist beinahe unmöglich, genau wie es vorhin beinahe unmöglich war, dass sie hier stand mit Iacopo auf dem Arm. Kaum zu glauben, dass das real sein sollte, und das erklärt auch, wie er sich fühlt – seltsam, schockiert und ... geradezu glücklich. Das Bild von ihr hier im Raum, diese unvorstellbare Szene, löst in ihm dieses leichte Nachgeben aus, das er bei ihr schon zuvor empfunden hat. Ein Gefühl, dass etwas in seinem Inneren ganz weich wird, ein angenehmes Sinken, Loslassen. Dafür setzt ihm jetzt eine neue nagende Angst zu, die ihm gerade noch gefehlt hat – eine zusätzliche Komplikation, eine Verpflichtung, die er nicht eingehen will, die er aber auch nicht ablehnen kann. Er hat Angst um Chiara.

Valerio steht wackelig auf und schlurft zurück zu seinem Alkoven, zu seinen Decken, die nach ihm und seiner Krankheit stinken. Paola steht am Bett, wiegt ihren Sohn in den Armen und singt ihm etwas vor, bis sein Weinen verstummt und er wieder einschläft.

Als sie an den Tisch zurückkehrt, ist sie ruhiger, nachgiebiger. Eine Zeit lang ist nur das stete Zischeln der Lampe zu hören, und das Licht formt aus den Konturen ihres Gesichts eine Skulptur. Seufzend nimmt sie das Tuch vom Kopf, zieht die Nadeln aus ihrem Haar und fährt mit den Fingern hindurch. Ihr Haar ist lang, kräftig und schwarz, genau wie das ihrer Mutter. Wenn es ihr bis über die Schultern fällt und ihr Gesicht weicher wirken lässt, ist Paola ein anderer Mensch. Jünger und zarter.

»So siehst du sehr hübsch aus«, bemerkt Ettore.

»Hör auf, dich einzuschmeicheln. Du weißt, dass sie in dich verliebt ist? Deine bleiche Liebste?«

»Nein, sie ist ...«

»Widersprich mir nicht. Jede Frau hätte ihr das angesehen. Sie ist in dich verliebt, und sie will noch ein Kind.«

»Nicht noch eines – sie hat gar keines. Der Junge ist der Sohn ihres Mannes aus erster Ehe.«

»Dann ist es noch eindeutiger. Liebst du sie?«

»Nein! Na ja ... ich weiß nicht. Lieben, nein. Nicht wie Livia.«

»Wie denn dann?«

»Ich weiß es nicht! Außerdem wird sie bald nach Hause fahren, und das war's dann. Frag mich nicht, wann, das weiß ich auch nicht.«

»Herrgott, Ettore – ist dir klar, wie kindisch du dich anhörst? Wie ein schmollender kleiner Junge. Was hat sie dir über Girardi gesagt? Ich habe doch gehört, dass sie etwas von Girardi gesagt hat.«

»Nein.« Ettores Kiefer verkrampft sich. Er wagt es nicht, ihr die Wahrheit zu sagen. »Du hast dich verhört.«

Paola beäugt ihn misstrauisch. »Luna sagt, sie hätte dir ihre goldene Kette gegeben, als wäre es nichts.«

»Sie hat ihr auch nichts bedeutet – ein Geschenk von ihrem Mann. Sie liebt ihn nicht.« Ettore kann nicht anders, als sich darüber zu freuen. Er hofft nur, dass Paola es seiner Stimme nicht anhört. »Was hat Luna noch gesagt?«

Paola zögert und blickt durch die dichten Wimpern zu ihm auf. Das tut sie immer, wenn sie irgendetwas für sich behalten will, und es macht Ettore nervös. »Was?«

»Sie sagt, du hättest Pino erzählt, dass sie auf dem Gut Geld haben. Eine Menge Bargeld. Und Schmuck und ...«

»Nein.« Ettore legt beide Hände flach auf den Tisch und streckt die Arme durch, eine unnachgiebige Geste.

»Wir könnten Waffen kaufen! Wir könnten uns satt essen – alle, die zu kämpfen bereit sind! Wir könnten auch Vieh und Werkzeug ...«

»Nein, Paola. Sind wir jetzt Banditen? Nicht besser als gemeine Diebe? Wir stehlen, um nicht zu verhungern. Wir überfallen die Güter, um diejenigen zu bestrafen, die bewaffnete Schlägertrupps auf uns loslassen – weil sie uns zuerst angegriffen haben. So war es schon immer. Siehst du dich vielleicht als Anführerin einer berüchtigten Räuberbande wie Sergente Romano? Hast du dir das so ausgemalt? Diesen großen Plan?«

»Sprich nicht so von oben herab mit mir, Ettore! Zumindest hat Romano etwas getan! Er hatte wenigstens den Mut, sich zu erheben!«

»Mut hin oder her, er wurde von den *carabinieri* in Fetzen geschossen. Wer soll für Iacopo sorgen, wenn dir das Gleiche widerfährt? Und – du würdest unsere eigenen Verwandten berauben?«

»Kriegsbeute machen«, erwidert sie knapp, doch er sieht ihr an, dass seine Worte sie getroffen haben. »Wir wollen an die Macht, Ettore! Nicht bloß jemanden bestrafen und unsere nächste Mahlzeit sichern. Schluss mit dem Geplänkel. Wir werden die Kontrolle in diesem Land übernehmen. Und du hast selbst gesagt, dass Leandro nicht mehr zur Familie gehört. Er ist nur ein dicker, gieriger Grundbesitzer wie alle anderen auch. Ein reicher Mann, der für seine Pferde, Ochsen und Maultiere genug Platz und Futter für den ganzen Winter hat, aber seine Arbeiter entlässt, damit sie verhungern und erfrieren!«

»Ich war wütend, als ich das über Leandro gesagt habe. Ich bin immer noch wütend auf ihn, aber ... er ist trotzdem unser Onkel. Er ist der Bruder unserer Mutter, und er behandelt seine Arbeiter besser als viele andere. Besserer Lohn, besseres Essen. Dein großartiger Plan wird in einem Blutvergießen enden.«

»Ihrem Blut!«

»Und unserem! In ganzen Strömen«, sagt er. Paolas Gesicht verzerrt sich vor Frustration.

»Seit wann bist du so ängstlich, Bruder? *Er behandelt seine Arbeiter besser als viele andere?* Ist dir eigentlich klar, was du da sagst? Du sprichst von einem Mann, der nicht nur Ludo Manzo bezahlt und ernährt, sondern auch noch seinen verdammten Faschisten von einem Sohn!«

»Ich weiß genau, von wem ich spreche!«

»Warum weigerst du dich dann auf einmal, für die Rechte zu kämpfen, die Männer wie er uns vorenthalten? Ist es wegen der Frau? Du willst nicht, dass ihr etwas geschieht, nicht wahr?« Sie funkelt ihn über den Tisch hinweg an, bis Ettore ihrem Blick nicht mehr standhalten kann.

»Glaubst du wirklich, dass sie stürzen werden, wenn wir nur den gerechten Kampf aufnehmen? Und die Latifundien mit ihnen? Bist du wirklich so naiv, Paola?«, fragt er.

»Du hörst dich an wie Gianni und Bianca und all die anderen, die aufgegeben haben und bereit sind, einfach ... zu kuschen.« Sie wedelt zornig mit der Hand. »Wir brauchen eine Revolution, wie in Russland. Wenn wir uns alle gemeinsam erheben, kann uns nichts mehr aufhalten.«

»Ach ja?« Ettore hebt die Hand, um ihren zornigen Redefluss zu unterbrechen. »Ich habe nicht aufgegeben, Paola, aber Gioia del Colle ist nicht ganz Italien. Nicht einmal ganz Apulien … Sie würden das Militär schicken. Mehr Wachen anheuern. Das ist der falsche Weg, Paola!«

»Es ist der einzige Weg, der uns noch bleibt, Bruder.«

»Ehe der Sommer um ist, werde ich mir Ludo Manzo noch einmal schnappen und seinen Sohn dazu, das schwöre ich. Aber ein Überfall auf dell'Arco wäre Selbstmord! Leandro ist nicht dumm. Wachen mit Gewehren sind auf den Dächern verteilt. Die Tore sind aus starkem Eisen und die Mauern drei Meter dick. Die Hunde auf der *aia* würden jeden zerfetzen, den sie zu packen bekommen. Es wäre Wahnsinn, das zu versuchen.«

»Nicht, wenn wir Waffen hätten. Das ist ja der Plan – deshalb schlagen wir zuerst auf der Masseria Molino zu. Der neue Pächter ist so nervös, dass er all sein Geld für Gewehre und Munition ausgegeben hat. Jetzt kann er sich nur noch zwei fest angestellte Wachen leisten, denen er sie in die Hände drücken kann. Aber er rekrutiert die ganze Zeit über Männer für die Faschistentruppen und bewaffnet auch die, falls das dein Gewissen erleichtert. Der Idiot sitzt auf einem riesigen, dürftig bewachten Arsenal. Wenn wir Gewehre haben, können wir die Hunde und die Wachen von dell'Arco erschießen.«

Da ist wieder diese gefährliche Überzeugung in Paolas Gesichtsausdruck – dieser gerechte Zorn, der sie verzehrt wie ein seltsamer, gieriger Hunger. Ettore wird innerlich ganz kalt. »Entweder wir tun es, oder wir geben auf, und nichts wird sich je ändern. Wenn wir es nicht tun, werden wir diesen Winter verhungern. Du, ich, er.« Sie weist mit dem Daumen auf Valerio. »Mein Iacopo. Pino. Wir alle. Das ist die Wahl, vor der wir stehen.«

Ettore antwortet ihr lange nicht. Er weiß, dass Paola recht hat. Aber das ist eine zu bittere Wahrheit.

»Es ist nicht so einfach, einen Wächter auf einem Dach zu erschießen. Die können uns einen nach dem anderen durch ihre Schießscharten abknallen, während wir unten gegen das Tor anrennen«, sagt er leise.

»Nein, können sie nicht«, sagt Paola. Mit ruhigen Bewegungen fasst sie ihr Haar zusammen und beginnt es für die Nacht zu flechten. »Nicht, wenn deine Liebste uns das Tor aufmacht.«

In dieser Nacht schläft Paola tief und fest. In ihren langsamen, regelmäßigen Atemzügen scheint eine Gewissheit zu liegen, als wollte sie ihrem Bruder damit etwas beweisen. Ettore hingegen kommt nicht zur Ruhe, seine Träume verfolgen ihn. Er träumt von dem bodenlosen Loch bei Castellana, aus dem Nebelschwaden, Fledermäuse und Geister aufsteigen. Doch in seinem Traum reißt der Boden auf bis hin zu den Feldern um Gioia, und durch die Spalten kann er sehen, wie gewaltig der Abgrund tatsächlich ist – und er reicht bis unter seine Füße. Wo Felsen, Wurzeln und Erde sein sollten, ist nur Leere. Staub rieselt in die Risse und treibt ins Nichts davon. Angst breitet sich eiskalt in Ettores Eingeweiden aus, zerstreut seine Gedanken wie Rauch und zwingt ihn auf die Knie. Er krallt die Finger in den Schmutz und versucht, sich festzuhalten. Dann erwacht er mit trockenem Mund und voller Scham, und sobald er wieder einschläft, plagen ihn

Variationen dieses Traums von der eigenen Unsicherheit noch bis zum Morgengrauen.

Ettore nimmt Valerios abgetragenen braunen Filzhut, dessen Hutband fettig glänzt von Schweiß, und zieht ihn sich tief in die Stirn, um seine auffälligen Augen zu verbergen. Dazu zieht er die Jacke seines Vaters an – die Ärmel sind ihm zu lang, aber alles, was helfen könnte, im morgendlichen Zwielicht nicht erkannt zu werden, wird ihm nützen. Sein Humpeln ist schwerer zu verbergen, aber viele Männer hinken. Auf der Piazza herrscht das übliche Gedränge, und die Stimmung ist düsterer als die langen Schatten, die noch am östlichen Ende des Platzes herumlungern. Angst, Wut und Verwirrung, Gewaltbereitschaft und Unsicherheit – die große Gruppe der Menschen wirkt wie ein einziger Körper, ein hungriges, verängstigtes Geschöpf, das den Kopf einzieht, obwohl es lieber kämpfen würde. Das stillhält, obwohl es brüllen möchte. Sie stehen auf Messers Schneide zwischen Kapitulation auf der einen und Gewalttätigkeit auf der anderen Seite. Das ist eine elende Wahl, denn auf beiden Seiten wartet der Tod. Ettore wünscht, er wäre sich in dieser ganzen Sache so sicher wie früher, vor Livia, vor Chiara. Wenn er nur wüsste, welcher Weg der richtige ist und in welche Richtung die anderen springen werden ... Aber vor allem wünscht er sich weit, weit fort. Er sehnt sich nach Dingen, an die er gar nicht wirklich glaubt – Gerechtigkeit, Frieden, faire Bedingungen. Fantasien, die ebenso verlockend sind wie die von einer liebenden blonden Frau, die zu Hause auf ihn wartet.

Ettore geht direkt auf Pino zu, um seine Verkleidung auf die Probe zu stellen, und ist mit dem Ergebnis zufrieden. Er kommt nah genug an seinen Freund heran, um die Flecken von Maschinenöl an dessen Ärmel zu riechen und einen

Hauch Wein in seinem Atem. Pino braucht tatsächlich eine Sekunde, um ihn zu erkennen, als Ettore ihn mit dem Ellbogen anstößt.

»Was ist denn das für ein Hut?«

»Der gehört Valerio. Sonst habe ich keine Chance, dass mich jemand nimmt.«

»Gute Idee.«

»Erzählst du deiner Frau eigentlich alles, Pino?«, fragt er unverblümt. Pinos schuldbewusste Miene sagt ihm, dass sein Freund genau weiß, wovon er spricht.

»Tut mir leid, Ettore. Ja, eigentlich schon. Aber ich vergesse immer, dass Frauen auch anderen Frauen alles erzählen.«

»Paola bekommt den Gedanken an Leandros Geld und Marcies Schmuck gar nicht mehr aus dem Kopf. Man könnte glauben, auf dell'Arco gäbe es eine prall gefüllte Schatzkammer, die all unsere Probleme wie von Zauberhand lösen würde.«

»Na ja, ein paar davon wohl schon.« Pino zuckt mit den Schultern.

»Und entsprechend gut wird sie auch bewacht. Paola will, dass ich … Chiara dazu bringe, uns das Tor zu öffnen.« Ettore streicht sich mit dem Daumen über die Augenbraue, eine unbewusste, nervöse Angewohnheit. Pino schweigt. »Leandro würde sie ohne zu zögern über den Haufen schießen, wenn er davon wüsste oder sie dabei erwischen würde. Da bin ich sicher. Wenn man sich die feinen Anzüge und den amerikanischen Akzent wegdenkt, ist er immer noch derselbe skrupellose Drecksker wie früher, und sein Jähzorn hat sich auch nicht gebessert.«

»Sie bedeutet dir also wirklich etwas, diese Frau?« Pino lächelt ihn an. Er hat die Liebe schon immer geliebt. Im ersten Moment will Ettore es leugnen, doch dann nickt er.

»Ja.«

»Dann bitte sie nicht darum.«

»Und wenn meine Schwester sich trotzdem an dem Überfall beteiligt und sich dabei erschießen lässt?«

»Dann bitte sie doch darum.«

»Du bist wirklich eine große Hilfe, Pino.«

»Wenn ich dir helfen könnte, würde ich es tun.«

»Kannst du dich nach dell'Arco anheuern lassen? Und ihr eine Nachricht überbringen – sie diesem jungen Wachmann mit der Stupsnase geben, du weißt schon, wen ich meine? Er heißt Carlo und ist *simpatico*. Er würde ihr eine Nachricht weitergeben, wenn du ihm sagst, dass sie von mir kommt.«

Pino schaut nervös drein. Er hat eine tief sitzende Angst davor, irgendwelche Regeln zu übertreten, wenn Ludo Manzo in der Nähe ist.

»Ich weiß nicht, Ettore ...«

»Nur ein kleiner Zettel. Ich will ihr schreiben, dass sie gehen muss. Sie muss unbedingt weg von dort.«

»Ich weiß nicht. Kannst du das nicht einfach deinem Onkel sagen?«

»Ich soll meinen Onkel davor warnen, dass meine Schwester und meine Freunde sein Gut überfallen wollen?«

»Äh, nein. Wohl nicht.«

Schließlich werden nur zehn Männer ausgewählt, die heute auf dell'Arco dreschen sollen, und Pino gehört nicht dazu. Ettore macht sich mit einer Gruppe Arbeiter auf den Weg zu einem Gut nur drei Kilometer westlich von Gioia. Der Aufseher weigert sich, ihnen vorher zu sagen, wie lange sie arbeiten werden und welchen Lohn sie bekommen sollen. Man sagt ihnen, dass es Arbeit gibt. Wer sie will, soll vortreten. Man sagt ihnen, dass sie am Ende des Tages bezahlt werden, und sie müssen sich blind darauf verlassen. Es wird nicht verhandelt.

»So wirbt man keine Arbeiter mehr an«, sagt Ettore, der sich einfach nicht zurückhalten kann.

»So werbe ich euch an«, erwidert der Aufseher steif. Er hat einen unsteten Blick und eine lebhafte Mimik. Er bemüht sich um unerschütterliche Nüchternheit, verdirbt sie aber immer wieder mit kleinen Anzeichen nervöser Aufregung, die beinahe wie Vorfreude wirkt. »Wir nehmen Leute zum Straßenpreis oder gar nicht. Also, wollt ihr jetzt Arbeit? Nein, du nicht«, sagt er zu einem Mann mit ernsten grauen Augen und muskulösen Schultern.

»Warum nicht?«, fragt der beunruhigt.

»Deswegen«, antwortet der Aufseher, verzieht verächtlich das Gesicht und stößt mit seinem Schlagstock an die Taschenuhr des Mannes. »Ich kann keine Leute brauchen, die ständig auf die Uhr schauen.« Das haben die Faschistentrupps bereits erreicht, in so kurzer Zeit – die Aufseher fühlen sich wieder unbesiegbar. Sie hassen die Arbeiter noch mehr wegen der Verbesserungen, die diese nach dem Krieg errungen hatten, und jubeln jetzt, da die Änderungen wieder rückgängig gemacht werden. Ihr Hass macht sie höhnisch und skrupellos. Hinter jedem Mann in der Reihe stehen dreißig weitere, die Arbeit brauchen, also nehmen Ettore und seine Gruppe von Kollegen die erschütternden Bedingungen an und machen sich auf den Weg.

So war es vor dem Krieg – Jahrzehnte vor dem Krieg. Auf einmal erkennt Ettore, wie recht seine Schwester hat. Die Rückschritte in die schlechten alten Zeiten werden so blitzartig vollzogen, dass die *giornatari* fassungslos sind und nicht schnell genug dagegenhalten können. Es könnte sogar schon zu spät sein. Bei diesem Gedanken hat Ettore einen metallischen Geschmack im Mund, und seine Hände ballen sich zu Fäusten. Wenn sie keinen Widerstand leisten, was dann? Er starrt auf den Rücken des Aufsehers, der vor den Arbeitern herreitet. Sein breiter Hintern quillt beinahe über den Sattel, in dem er bequem und lässig sitzt. Ettore erinnert sich an den Augenblick schlichter, primitiver Freude, als es ihm gelang, die Hände um Ludo Manzos Hals zu schließen. Er atmet tief ein und lässt diese Erinnerung sein Blut aufpeitschen, bis es durch seinen Körper rast. Es fühlt sich an, als erwachte er aus einer Art Benommenheit, in der er zwar mitbekam, was um ihn herum geschah und gesprochen wurde, aber nichts davon begriff und auf nichts reagierte. In diesem Augenblick erscheint ihm Chiara Kingsley noch unwirklicher, schutzloser als je zuvor. Er hat furchtbare Angst um sie, während er sich zugleich ermahnt, sein Herz nicht zu sehr an ein so zerbrechliches Ding zu hängen. Er darf sich von diesem weichen Gefühl, diesem Hineinsinken nicht behindern lassen. Er wird nicht kampflos aufgeben.

Auf dem Gut, das sie heute beschäftigt, wird von Hand gedroschen. Mit altmodischen Dreschflegeln – zwei hölzerne Stangen, die mit einem Stück Kette verbunden sind – schlagen sie die Körner von den Stängeln jeder einzelnen Garbe Weizen. Mit krummem Rücken lassen die Männer die Flegel durch die Luft kreisen. Schweiß tränkt ihre Hemden im Nacken und auf dem Rücken, bald auch am Bauch. Es ist laut; das Zischen und dumpfe Knallen der Dreschflegel wird untermalt vom Rattern der Windfegen. Sie werden von Hand betrieben – ein Mann steht den ganzen Tag lang am selben Fleck und dreht unablässig an der Kurbel, um die Spreu vom Weizen zu trennen. Spelzen und Staub hängen in der Luft, setzen sich in den Säumen ihrer Kleidung fest, jucken fürchterlich und verursachen einen hässlichen Ausschlag. Die Männer keuchen und husten und wischen sich die tränenden Augen mit dem Hemdsärmel. Die Arbeit scheint ihnen nicht nur die Nase von innen auszutrocknen, sondern den ganzen Körper – sie entzieht ihnen alle Feuchtigkeit, bis sie selbst so trocken sind wie die verwehten Spelzen und das ausgedroschene Stroh.

Ettore schwingt den Dreschflegel mit voller Konzentration und ohne zu blinzeln. Schweiß brennt ihm in den Augen und lässt seine Hände an dem hölzernen Griff immer wieder abrutschen. Er muss ihn mit aller Kraft festhalten und darf keinen Moment unachtsam werden. Die Muskeln in seinen Unterarmen protestieren immer lauter, und bis zum Mittag tun seine verletzten Rippen so weh, als stecke eine eiserne Spitze im Knochen. Der Mann neben ihm erzählt ihm von drei Arbeitern, die tags zuvor beim Dreschen in der prallen Sonne am Hitzschlag gestorben sind. Dieser Tag ist einer der längsten in Ettores Leben. In den Wochen auf dell'Arco, wo er Wache geschoben oder nur auf die nächste Schicht gewartet, auf dem Dach gedöst oder sich mit Chiara getroffen hat und zu essen bekam, wann immer ihm danach war, hat er sich daran gewöhnt, einen vollen Bauch zu haben und die Gedanken schweifen zu lassen. Er hat in der kurzen Zeit tatsächlich die Monotonie und Anstrengung, die geisttötende Plackerei der Landarbeit vergessen. Er ist vorübergehend aus seinem Leben beiseitegetreten, während sein Bein heilte, und hat ein neues Bewusstsein für dessen Muster erlangt. Jetzt sieht er all die Tage vor sich, die sich endlos hinziehen bis zu dem Tag, an dem er schließlich sterben wird: hart, hungrig, immer gleich. Das macht ihn beinahe wahnsinnig.

Zu Mittag gibt es Brot und einen Becher verdünnten Rotwein. Sie müssen arbeiten, bis die Sonne gegen sieben den Horizont erreicht, und erhalten nur halb so viel Lohn, wie ihnen eigentlich zusteht. Die Männer nehmen das Geld und starren darauf hinab. Einige sind wütend, andere wirken resigniert, manche beinahe panisch und schockiert darüber, dass sie so wenig verdient haben. Aber alle schweigen, also macht es für den Aufseher keinen Unterschied.

Als Ettore wieder in Gioia ankommt, kann er sich nicht mehr genau an den Farbton von Chiaras Augen erinnern oder daran, wie sich ihr Haar zwischen seinen Fingern angefühlt hat. Er weiß, dass er den Teil von sich, der um diesen Verlust trauert, zum Schweigen bringen und tief in sich begraben muss. Bei dem, was er zu tun hat, kann er Zärtlichkeit nicht gebrauchen. Er ist so müde, so abgelenkt, dass er automatisch nach Hause geht und ganz vergisst, dass er sich verstecken sollte. Paola stellt schweigend sein Abendessen vor ihn hin. Sie setzt sich zu ihm, als warte sie. Als er aufgegessen hat, spritzt er etwas Wasser aus dem Krug auf ein Tuch und wischt sich das Gesicht ab. Er zieht sich das Hemd über den Kopf und ist endlich die juckenden Spelzen los, die in dem Stoff stecken. Er wäscht sich ein wenig von dem Staub und Schweiß von Brust, Armen und Nacken. Dann schielt er auf die Prellung an seinen Rippen hinab, die sich von Blau zu Schwarz verfärbt hat – ein großer Fleck, geformt wie ein Handabdruck.

»Wann ist der Überfall auf die Masseria Molino?«, fragt er schließlich.

»Noch nicht morgen Nacht, aber übermorgen«, antwortet Paola tonlos, ohne einen Anflug von Überraschung oder Häme in der Stimme.

»Wie viele Leute?«

»Fünfundzwanzig.« Sie hält den Blick ruhig auf ihn gerichtet. »Vielleicht sechsundzwanzig.«

»So wenige? Das ist deine Revolutionsarmee?«

»Wenn wir Waffen haben, werden sich uns mehr Leute anschließen. Du bist dabei?«, fragt sie. Ettore schaut zu ihr hinüber. Da steht sie, aufrecht und fest auf beiden Füßen, die Arme locker an den Seiten, und bietet dem Leben die Stirn. Er ist zu erschöpft, um ihre kampfbereite Haltung zu übernehmen. Dennoch nickt er, und in dieser Nacht schläft er tief und traumlos.

Raubüberfälle auf Gutshöfe kommen häufig vor, und noch häufiger seit dem Massaker bei Girardi. Normalerweise ist das Ziel dabei, sich unbemerkt im Schutz der Nacht anzuschleichen, an Lebensmitteln mitzunehmen, so viel man tragen kann, oder etwas auf den Ländereien der *masseria* zu zerstören, abseits des bewachten Gutshauses. Ein kurzer, hässlicher Diebeszug aus Verzweiflung, Hunger und Rache. Güter, deren Aufseher besonders grausam sind und wo ein Arbeiter geschlagen oder gedemütigt wurde, die noch weniger zahlen und die Männer dafür noch länger arbeiten lassen, oder deren Besitzer dafür bekannt sind, Schlägertrupps anzuheuern – solche Anwesen sind besonders gefährdet. Doch wenn die Arbeiter hungern, sind alle in Gefahr. Schafe und Rinder werden getötet oder gestohlen, Scheunen und Getreidevorräte geplündert. Eine Handvoll Männer und manchmal auch Frauen nehmen sich alles, was sie tragen oder essen können. Meist sind sie nur mit Steinen, Knüppeln oder den wenigen Werkzeugen bewaffnet, die ihnen selbst gehören. Dem Leben in finsteren Zimmern ohne elektrisches Licht und den langen Märschen zu den Feldern vor dem Morgengrauen, von früher Kindheit an, verdanken die Tagelöhner von Gioia ihre ausgezeichnete Nachtsicht. Ihre Gesichter und Hände bleiben ruhig bei einem solchen Raubzug, sie handeln gefasst und entschlossen, auch wenn ihre Herzen ungesehen vor Erregung und Angst rasen. Sie huschen hinein und wieder hinaus und hinterlassen Feuer und Flüche – aber kaum jemals Tote. Doch dieser neue Plan ist etwas ganz anderes, etwas sehr viel Gefährlicheres. Sie werden sich in die Gebäude der *masseria* selbst hineinkämpfen und müssen mit heftiger Gegenwehr rechnen.

Ettore war seit Livias Tod bei keinem Raubzug mehr dabei und auch vorher nur selten. Er hat immer gesagt, er wolle arbeiten, nicht stehlen. *Und wenn sie dich nicht arbeiten lassen?* Damit argumentiert Paola immer wieder, schon seit sie zwölf und Ettore vierzehn war. Sie tragen Schwarz. Paola hat ihr Messer im Gürtel stecken, Ettore trägt einen knorrigen Knüppel aus Olivenholz, der seit Federicos Besuch bei ihnen zu Hause neben der Tür steht. Das Holz ist sehr alt, von der Sonne hart gebacken und so glatt und fest wie Stein. Er streicht mit dem Daumen über die Knötchen und die dichte Maserung, während sie auf das Mitternachtsläuten von Santa Maria Maggiore warten. Valerio beobachtet sie von seinem Lager aus mit leerem Blick, als sähe er ein Theaterstück, dem er nicht ganz folgen kann. Als seien sie die Kinder von irgendjemand anderem und er selbst weit, weit fort. Ehe sie aufbrechen, beugt Paola sich über ihren schlafenden Sohn und streicht ihm übers Gesicht mit diesem Ausdruck hilfloser Liebe und Fürsorge, den man sonst niemals bei ihr sieht. Dann läuten die Kirchenglocken, und Ettores Herz macht einen Satz und schlägt ihm bis zum Hals. Seine Schwester schenkt zwei kleine Gläser Wein ein, den sie eigens für diese Nacht gekauft hat. Die beiden trinken ihn in einem Zug, ohne ihren Blickkontakt zu unterbrechen. Schließlich binden sie sich schwarze Tücher vors Gesicht, die alles außer den Augen verbergen.

»Bereit?«, fragt Paola, und ihre Stimme klingt ein wenig höher als sonst, ein wenig angespannter. Ettore nickt.

Sie bewegen sich schnell und leise ohne Laterne von Schatten zu Schatten. Es dauert nicht lange, bis weitere Gestalten neben ihnen herhuschen, und als sie den nördlichen Ortsrand erreichen, sind es zweiundzwanzig Männer und vier Frauen – ein stummes Rudel mit einem gemeinsamen Ziel. Eine Eule schreit erschrocken auf, als diese grimmige Bande plötzlich unter ihr erscheint. Ihre Füße machen kaum Geräusche im Staub, nur ihr gedämpftes Atmen ist zu hören und das Schwappen aus dem kostbaren Kanister Kerosin, den einer von ihnen bei sich trägt. Die Masseria Molino, benannt nach den Ruinen einer uralten Windmühle auf dem Anwesen, liegt fünf Kilometer außerhalb, keine Stunde Fußmarsch entfernt. Sie sammeln sich jenseits des Lichtscheins der Lampe über dem Tor, wo ein einzelner Wächter mit einem Gewehr in den Armen und einer Pistole an jeder Hüfte steht. Ettore hat beinahe Mitleid mit ihm. Es gibt keine äußere Begrenzungsmauer, keine Hunde. Die *annaroli* schlafen drinnen, doch abgesehen von diesem Wächter am Tor ist nur ein weiterer von ihnen so jung. Die übrigen sind alte Männer, Frauen und Kinder – Leute, die der Pächter zum niedrigsten Lohn bekommen kann. Die Plünderer beobachten das Anwesen eine Weile, halten Ausschau nach der geringsten ungewöhnlichen Kleinigkeit. Warten auf einen undefinierbaren richtigen Augenblick. Ettore hat das Gefühl, neben sich zu stehen –

er ist nur ein anonymes Organ eines größeren kämpfenden Körpers. Er kennt dieses Gefühl, diese schützende Trennung von Denken und Handeln, Geist und Körper aus dem Krieg. Er empfindet keine Angst, nur eine Art Fatalismus im Angesicht des drohenden Todes, und unter diesem unbedingten Willen, zu handeln und nicht nachzudenken, haben sich die Überreste seines Selbst verkrochen.

Nach einem letzten prüfenden Blick auf die Umgebung und einem knappen Nicken setzt sich der erste Mann in Bewegung. Er ist klein, dünn, kahl, und sein Gesicht erinnert Ettore an eine Ratte. Sie haben ihn ausgewählt, weil er erbarmungslos brutal und blitzschnell ist. Allein rennt er auf das Tor zu. Einen Augenblick später taucht er im Lichtschein wieder auf, der Wächter zuckt zusammen, als hätte ihn jemand geschlagen, reißt das Gewehr hoch und holt tief Luft, als wollte er schreien. In seiner Überraschung vergisst er jedoch, einen Laut von sich zu geben. Der kahlköpfige Mann macht einen Satz und rammt ihm beide Fersen in den Unterleib. Der Wächter kippt um, mit einem scheußlichen Geräusch entweicht alle Luft aus seiner Lunge, und selbst als er schon am Boden liegt, wird er immer wieder getreten. Nach einem Tritt gegen den Kopf rührt er sich schließlich nicht mehr. Der Glatzkopf nimmt das Gewehr und die Pistolen an sich, vergewissert sich noch einmal, dass der Wächter bewusstlos ist, und nickt dann in die wartende Dunkelheit. Die Übrigen stürmen voran. Sie sind immer noch still, kein lautes Kriegsgeschrei – sie haben eine Aufgabe. Die Pistolen werden weitergegeben, die Ladung geprüft. Kerosin klatscht um das Schloss des hölzernen Tors, ein Streichholz wird angerissen, und orangerote Flammen lodern empor. Das Tor ist uralt und das Holz trocken wie Zunder. Gierig fressen sich die

Flammen hindurch. Bald sind von drinnen laute Rufe zu hören, doch inzwischen ist das Holz auch schon schwach genug. Mit nassen Mänteln und Decken um Kopf und Schultern werfen sich ein paar der größeren Männer dagegen, rammen das Tor mit ihrem ganzen Gewicht, Nägel kreischen, Holz splittert, und das Schloss gibt nach. Dann explodiert die Nacht im Mündungsfeuer.

Einer der Männer, die das Tor aufgebrochen haben, stürzt mit einem lauten Schrei und greift sich an den Oberschenkel. Als die erste Salve von drinnen verebbt, feuert der Glatzkopf mit dem Gewehr durch das Loch im Tor, und die Angreifer schlüpfen im Schutz seiner Kugeln hinein, kneifen gegen den Rauch die Augen zusammen und verteilen sich sofort. Ettore versucht Paola im Blick zu behalten, doch sie ist schon verschwunden, flink wie eine Katze. Jeder von ihnen weiß genau, wo er zu sein hat. Wieder wird aus den Fenstern im oberen Stockwerk das Feuer eröffnet, ebenso aus dem Schutz eines Säulengangs im Erdgeschoss. Eine Kugel zischt an Ettores Ohr vorbei, schlägt in die Mauer hinter ihm ein, und Steinsplitter und Staub fliegen durch die Luft. Ein Mann stürmt mit verzerrtem Gesicht auf ihn zu, und Ettore duckt sich und schwingt seinen Olivenholzknüppel. Der Angreifer ist nur ein Schemen im Rauch, doch Ettore vernimmt ein befriedigendes, dumpfes Knirschen und ein lautes Ächzen, als der Knüppel sein Ziel trifft. Ohne sich zu vergewissern, dass der Mann wirklich außer Gefecht gesetzt ist, duckt Ettore sich seitwärts durch eine schmale Tür und steigt die Wendeltreppe zum Dach hinauf. Sie liegt in völliger Dunkelheit. Am Kopf der Treppe prallt er keuchend gegen eine geschlossene Tür und flucht leise. Er weiß nicht, wie viele Männer sich auf der anderen Seite befinden. Das Dach ist eigentlich eher eine schmale Brustwehr, schmaler als auf dell'Arco. Allzu leicht konnte man hinuntergestoßen oder abgeschossen werden, und durch seinen Aufprall hat er sich bemerkbar gemacht. Ettore drückt ein Ohr an die Tür und hört Schüsse dicht dahinter. Auf der anderen Seite befindet sich mindestens ein Bewaffneter, und es gibt keine geschicktere Möglichkeit, also wirft er sich mit der Schulter gegen die Tür, beißt die Zähne zusammen und taumelt hinaus auf die Wehrmauer, direkt in einen energisch geschwungenen Gewehrkolben hinein.

In der plötzlichen Stille kreisen Sterne vor seinen Augen – ein schwindelerregender Lichterreigen in seinem Kopf, der ihn ablenkt und verwirrt. Einen Moment lang kann er sich nicht erklären, wo er ist oder was diese Lichter bedeuten. Dann donnert ein vernichtender Schmerz durch seinen Kopf, sodass er nicht reagieren kann, als er Hände an sich spürt, die ihn auf die Beine zerren. In seinem Kopf ist nur Platz für Schmerz und Verwirrung. Er weiß nicht, was mit ihm geschieht. Er spürt heiße Luft im Gesicht, erstickenden Rauch, und es stinkt nach brennendem Haar. Instinktiv wehrt er sich. Er spannt jeden Muskel an und erkennt beim nächsten Atemzug, dass der Brandgeruch von ihm selbst ausgeht. Er öffnet die Augen und sieht Flammen, stiebende Funken vor dunklem Boden und dunklem Himmel, die schwanken und sich drehen – er hat kein Gefühl mehr für oben und unten, dafür, wie herum die Welt gehört. Die Antwort ist aufreizend nah, als läge es ihm praktisch auf der Zunge, aber das alles wirklich zu durchschauen ist furchtbar schwer und anstrengend. Das Feuer besitzt eine hypnotische Schönheit. Ettore starrt hinein und beschließt, nicht mehr weiterzukämpfen, da hört er auf einmal Livias Stimme in seinem Ohr. *Sag mir, dass ich dein Schatz bin,* flüstert sie. Ettore runzelt die Stirn und versucht, ihr zu antworten. *Sag mir, dass ich dein Schatz bin.* Der Rauch schwindet zu vagem Grau – oder vielleicht schwindet er selbst. Er ruht an einem weichen, hellen Ort und meint, eine Frau riechen zu können – ihr Haar, ihre Haut, die einladende Feuchtigkeit zwischen ihren Beinen. Sehnsucht durchfährt ihn, doch dann ist auch dieses Gefühl ihrer Nähe dahin. Kein Flüstern, keine zarten Gerüche mehr, nur Dunkelheit und Feuer, und die Sehnsucht schlägt in Wut um.

Ettore bäumt sich mit aller Kraft unter dem Mann auf, der ihn niedergerungen hat und ihn von der Mauer ins Feuer darunter zu schieben versucht. Der Schmerz in seinem Kopf ist verheerend, aber er schließt ihn aus. Er ist stärker als sein Gegner und viel wütender. Er stemmt sich hoch, die Hände gegen die heiße Mauer gedrückt, schiebt sie beide zurück vom Rand und lässt sich dann plötzlich fallen, damit der Mann das Gleichgewicht verliert und seinen Griff lockert. Ettore wirft sich herum, holt mit der Faust aus und streift den Kiefer seines Gegners. Der gibt ein eigenartig hohes Ächzen von sich. Ettore verzieht das Gesicht und schlägt noch einmal zu, und noch einmal. Ein lautes Klappern ist zu hören, als sein Angreifer rückwärts taumelt und das Gewehr, das er fallen gelassen hat, mit dem Fuß anstößt.

»Du hättest mich erschießen sollen«, sagt Ettore. Sein Kopf dröhnt so laut, dass er seine eigene Stimme kaum hören kann. »Du hättest mich einfach erschießen sollen, verdammt noch mal!« Er tritt dem Mann die Beine unter dem Körper weg, greift nach dem Gewehr und entringt es seinem Angreifer, der es ebenfalls gepackt hat. Der Mann gibt auf, leistet keinen Widerstand mehr – er rollt sich zusammen, birgt das Gesicht in den Händen und gibt einen hohen, klagenden Laut von sich. Ettore hebt das Gewehr, den Finger am Abzug, und richtet den glänzenden schwarzen Lauf aus nicht einmal einem Meter Entfernung auf den Kopf des Wächters. Doch dieser Laut lässt ihn zögern. Schrill, vertraut und irgendwie völlig fehl am Platz. Ettore blinzelt, runzelt die Stirn und bemüht sich, trotz des gewaltigen Drucks in seinem Schädel seine Gedanken zu ordnen. Er beugt sich vor und zieht dem Mann die Hände vom Gesicht. Er schluchzt dahinter – der Mann ist ein Junge, vielleicht zwölf oder dreizehn Jahre alt, und er weint vor Angst.

Entsetzt lässt Ettore das Gewehr sinken. Er legt eine Hand an die Stelle auf seinem Kopf, zum Glück ein Stück oberhalb der Schläfe, wo der Schmerz am schlimmsten ist. Blut bleibt an seinen Fingern kleben, und selbst diese vorsichtige Berührung ist unerträglich.

»Himmel«, murmelt er und sackt abrupt neben dem Jungen zusammen. Schwindelig tätschelt er den Arm des Burschen, um ihn zu beruhigen. »Himmel«, wiederholt er. »Ich hätte dich beinahe erschossen ... Beinahe hätte ich ...« Ettore bringt es nicht fertig, den Satz oder den Gedanken zu Ende zu führen. Die Nacht wummert, als hätte die Erde auf einmal einen eigenen Herzschlag. Von unten dringt Geschrei herauf, aber die Schüsse sind weniger geworden. Das Feuer verschlingt das Tor, und aus den Stallungen dringen die ängstlichen Laute der Tiere, die den Rauch riechen. Ettore versucht erneut, sich zu sammeln. Er blickt auf den schlotternden Jungen hinab, der zusammengekrümmt neben ihm liegt. Sein Haar ist erdfarben, er hat helle Haut und einen kleinen Mund, blutig und vor Angst verzerrt. Ein dunkler, nasser Fleck breitet sich im Schritt seiner Hose aus. »Junge«, sagt Ettore. Er räuspert sich und versucht es noch einmal. »He, Schluss damit. Es ist vorbei. Niemand wird dich umbringen«, sagt er. Der Junge lässt nicht erkennen, ob er ihn gehört hat. »Du hast mir fast den Schädel eingeschlagen. Hättest du mich wirklich vom Dach gestoßen? Ja, vielleicht ... Angst kann einen sehr stark machen, nicht? Tja.« Er blickt auf die gekrümmte Gestalt am Boden herab. »Bis zu einem gewissen Punkt.« Ettore stützt sich auf das Gewehr und steht vorsichtig auf. Sein Magen hebt sich protestierend. »Bleib hier oben, bis wir weg sind. Und geh um Himmels willen nicht noch mal auf irgendjemanden los.«

Unten auf dem Hof ist der Kampf vorbei. Die *annaroli* stehen resigniert in einer Ecke zusammengedrängt. Nur einer der Plünderer ist nötig, um sie in Schach zu halten, eine Pistole in jeder Hand – sie wehren sich nicht mehr. Ettore taumelt zur gegenüberliegenden Ecke, wo die meisten seiner Kameraden an einem bogenförmigen Eingang zum Keller versammelt sind. Sie reichen Waffen heraus – Gewehre und Pistolen, Patronengurte, sogar ein paar alte Offiziersschwerter. Das Wummern in seinem Kopf macht seine Bewegungen langsam und schwerfällig, und Ettore sucht nach seiner Schwester. Gar nicht einfach bei all den vermummten Gesichtern, aber er erkennt sie an ihrer Statur und ihren Bewegungen. Als sie ihn sieht, kommt sie sofort herüber. Ihre Augen sind weit aufgerissen vor Sorge, bis sie sich vergewissert hat, dass er nicht angeschossen wurde.

»Wo zum Teufel warst du?«

»Ich habe mich mit einem Kind geprügelt«, antwortet er mit belegter Stimme.

»Was hast du? Bist du nur am Kopf verletzt?«

»Ja – au! Paola! Nicht anfassen.«

»Schon gut. Aber ich muss die Wunde reinigen, sobald wir zu Hause sind. Du Jammerlappen.« Paola selbst ist nicht nur unverletzt, sondern scheinbar ungerührt, obwohl er ihrer Stimme angehört hat, wie erleichtert sie ist, dass sie beide überlebt haben. Ihre Stirn, der einzige sichtbare Teil ihres Gesichts, ist glatt und sauber und glänzt nur leicht vor Schweiß. Ettore starrt sie staunend an und erkennt sie einen Moment lang kaum wieder. Er sieht sie als kleines Mädchen im Schneidersitz vor sich, das er einmal kannte, und es ist überdeutlich, dass sie sich selbst irgendwie verwandelt hat – sich verwandeln musste. Von Fleisch und Blut zu Eisen, vom Mädchen in eine Soldatin.

Der Gutsherr brüllt empört, als er, nur mit einem langen Nachthemd bekleidet, mit vorgehaltener Waffe aus dem Haus geführt wird. Zwei Männer halten ihn fest gepackt und schleifen den Mann an den Armen auf den Hof. Er ist jung, Mitte dreißig vielleicht, gut aussehend und wohlgenährt, mit einem rosigen Schmollmund und feinem, glattem Haar. Nicht aus Gioia – nicht einmal aus Apulien. Die Haut auf seiner Nase und seinen Wangen schält sich und ist offensichtlich nicht an die Sonne des Südens gewöhnt.

»Zeigt eure Gesichter, ihr Feiglinge! Ihr beschissenen Bastarde!«, brüllt er. Einer der Plünderer lacht leise. »Ich habe Hilfe gerufen, sobald wir euch entdeckt haben. Ich habe telefoniert, die *carabinieri* werden bald hier sein, und andere auch – ihr wisst sehr wohl, von welchen anderen ich spreche. Also ergebt euch besser gleich.« Die Augen des aufgebrachten Pächters sind so weit aufgerissen, dass sie ihm beinahe aus dem Kopf quellen.

»Du bist nicht mehr in Rom, du Idiot. Dieses Gut ist nicht ans Telefonnetz angeschlossen. Keines der Güter hier«, sagt

Paola und geht auf ihn zu. Der Mann verzieht angewidert den Mund.

»Eine Frau? Ihr Bauern lasst eure Frauen nachts herumlaufen und kämpfen? Was für erbärmliche *terrone* seid ihr eigentlich?«

»Die Sorte, die dir diese Waffen abnimmt. Und dir dringend rät, die Vereinbarungen mit den Arbeitern einzuhalten, die du unterschrieben hast, ob das Gewerkschaftshaus noch steht oder nicht«, sagt der kahlköpfige Mann ruhig.

»Dafür werdet ihr büßen! Jeder Einzelne von euch ... wir werden euch bestrafen! Wir wissen, wer ihr seid, auch wenn ihr eure Gesichter versteckt! Ich weiß, wer ihr seid!«

»Vorsicht«, sagt ein anderer Plünderer, spannt den Hahn seiner Pistole und tritt vor den Mann. »Gib uns keinen Grund, dich zu erschießen.«

»Ihr seid geliefert«, brummt der Pächter, als könnte er nicht anders.

»Nein«, sagt der Plünderer. »Das ist erst der Anfang.« Der Gutsherr keucht, und sein blasses Gesicht ist verzerrt vor Wut, als sie ihm einen alten Sack über den Kopf ziehen.

Die Plünderer nehmen mit, was sie tragen können, lassen die *annaroli* unversehrt zurück und führen den Pächter durch die verkohlten Überreste seines Tors hinaus in Richtung Gioia. Als der Mann Straßenpflaster unter den Füßen spürt, beginnt er um Hilfe zu schreien und wird dafür halb bewusstlos geschlagen. Zwei Männer schleppen ihr taumelndes Opfer bis zur Piazza Plebiscito, wo sie ihn nackt ausziehen und ans Podium fesseln. Dann, als die Kirchenglocken drei Uhr schlagen, verschmelzen sie alle wieder mit den dunklen Straßen. Geraubte Waffen verschwinden unter Stroh und schlafenden Schweinen, werden in Sackleinen gewickelt in Schornsteine geschoben und in Haufen von Feuerholz versteckt. Die Plünderer gehen nach Hause, waschen sich den Ruß von den Gesichtern und legen sich ins Bett. In zwei Stunden werden sie wieder auf dem Platz auf Arbeit warten, als sei nichts geschehen – zu ihrer eigenen Sicherheit. Wenn die Polizei und die anderen Gutsbesitzer von dem Überfall hören, werden sie aufmerksam beobachten, wer fehlt.

Ettores Kopf tut so furchtbar weh, dass er nicht sicher ist, ob er es zur Arbeit schaffen wird. Während Paola sich um Iacopo kümmert, legt er sich aufs Bett, ohne auch nur die Stiefel auszuziehen, und dämmert sofort weg. Er protestiert nicht einmal, als Paola die Platzwunde an seinem Kopf versorgt, obwohl sie zu müde ist, um besonders sanft vorzugehen. Sie raunt ihm zu, dass die Wunde nicht tief sei und ein Hut sie morgen ausreichend bedecken werde.

»Versuch ein bisschen zu schlafen«, sagt sie. »Keine Sorge, ich wecke dich rechtzeitig.«

»Oh, gut«, nuschelt er und hört sie noch belustigt schnauben. Dann übermannt ihn der Schlaf so plötzlich und vollständig wie eine tiefe Ohnmacht.

In den Nächten nach dem Überfall gibt es weitere Angriffe der Faschistentrupps, Schreie im Dunkeln und Kampfeslärm. Gewerkschafter werden zwangsgeräumt und verfolgt, doch entgegen seinen Behauptungen kann der Pächter der Masseria Molino keinen der Plünderer namentlich nennen. Deshalb wird willkürlich Vergeltung geübt an jedem, der nach Ansicht der Angreifer rebellische, sozialistische oder undankbare Tendenzen gezeigt hat. Ettore muss sich eines Abends wieder im Ziegenstall verstecken, nachdem ein Nachbar ihn rechtzeitig gewarnt hat. Von da an schläft er auf einer staubigen Bank der kleinen Kirche Sant'Andrea, nicht weit von der Vico Iovia. Er knackt das rostige Schloss und nutzt die Riegel auf der Innenseite, um sich nachts wieder einzuschließen. Die Kirche ist wie eine Höhle aus weichem Stein und kühlem Schatten. Sie steht hier bereits seit fast tausend Jahren, hat aber schon lange keinen Priester mehr. Im Winter kann er hier nicht bleiben, aber jetzt, in der sommerlichen Hitze, ist es recht angenehm. Die Luft ist frischer als zu Hause und riecht nach den gekalkten Wänden, ausgetrocknetem Holz und dem krümeligen, jahrzehntealten Kerzenwachs, das unter den Nischen die Wände hinabgelaufen ist. Schwalben sausen durch ein kaputtes Fenster herein und wieder hinaus. Sie haben ihre Lehmnester im Gebälk gebaut, und ihr Kot verbreitet einen muffigen Geruch. Tauben lassen sich nachts auf der Kanzel nieder und erheben sich mit ihrem stakkatoartigen Flügelschlag in die Luft, wenn Ettore sie aufschreckt. Die Glocke im Turm läutet schon seit vielen Jahren niemand mehr.

Im Morgengrauen hämmert Pino auf dem Weg zur Piazza mit der Faust an die Tür, um Ettore zu wecken. Verborgen in dieser stillen Höhle, wo jeder seiner Tage beginnt und endet, scheint die Zeit fast stillzustehen, diffus zu verschwimmen wie das abendliche Zwielicht. Die Rufe der Schwalben kommen wie aus weiter Ferne, und zwischen Ettore und all dem Aufruhr könnten Hunderte von Kilometern liegen. Es ist so friedlich hier, dass er sich zwingen muss, die Kirche morgens zu verlassen, und der Schmerz in seinem Kopf nimmt auffallend zu, wenn er draußen ist. Er erinnert sich daran, dass er Livias Stimme gehört hat, während er bei dem Überfall halb bewusstlos über den Flammen hing. *Sag mir, dass ich dein Schatz bin.* Ihre melodische Sprechweise mit dem zarten

Lispeln. Er hörte sie so gern, aber es verstörte ihn auch, weil dieser Satz irgendwie nicht richtig klang. Das hatte er sich damals schon gedacht – »Schatz« war ein Wort, das er vorher noch nie von Livia gehört hatte, ehe sie diesen Satz in den letzten fiebernden Stunden ihres Lebens unablässig wiederholte. Ettore bezeichnete sie als seine Liebste, seinen Liebling, seine Verlobte. Sie nannte ihn Liebster oder einfach Ettore. Niemals Schatz. Er fragt sich, wie sie auf dieses Wort gekommen sein mag. Doch all seine Grübeleien hatten ihn nicht weitergebracht. Er hatte keine Spur zu dem Mann, der sie an jenem Tag so kaltherzig, so folgenschwer angegriffen hatte. Im beständigen Frieden der kleinen Kirche hört Ettore schließlich auf, sein Versprechen zu erneuern. Er verspricht nicht mehr tagtäglich, den Schuldigen zu suchen, und findet sich damit ab, dass er wohl nie seinen Namen erfahren wird. *Verzeih mir, Livia. Ich weiß nicht, was ich noch tun könnte.* Er fühlt sich klein und müde.

Seine Kopfschmerzen machen ihn langsam und ungeschickt, und zwei Tage nacheinander bekommt er keine Arbeit. Paola sagt nichts. Aber er spürt ihre Besorgnis in ihren Bewegungen, sogar daran, wie sie atmet. Ihr bleibt nichts anderes übrig, als etwas von den Vorräten zu nehmen, die sie für den Winter angelegt hat. Die Lage in Gioia wird immer angespannter. Gerüchte über den Widerstand, den Kampf, der bald beginnen soll oder schon begonnen hat, machen unter den Männern die Runde und werden sorgsam vor den Gutsherren, der Polizei und den *annaroli* geheim gehalten. Ein paar Tage lang ist es kühler mit einer angenehmen Brise, aber es regnet nicht. Gemüsebeete verkümmern und verdorren, Früchte wachsen nur langsam, bleiben hart und saftlos. Im Ort gibt es kaum etwas zu kaufen außer Brot, und der Preis dafür steigt beständig. Fleisch hält sich im Sommer nie lange, doch jetzt wird es selbst dann noch verkauft, wenn es schon schleimig und verfärbt ist. Der Preis für frisches Wasser im Fass steigt, bis nur noch die Reichen es sich leisten können. Den Arbeitern bleibt nur noch ihre streng zugeteilte Zeit an der öffentlichen Pumpe, um sich Wasser zu holen. Die Löhne werden immer geringer und die Arbeitsstunden weniger, denn die Hauptarbeit der Ernte ist getan. Immer mehr arbeitslose, hungrige und besorgte Menschen bevölkern die Straßen.

Ettore verlässt sich darauf, von Paola alles Wichtige zu erfahren. Sie ist ein Teil des unsichtbaren Netzes aus unauffällig weitergegebenen Nachrichten, das die Plünderer weiterhin verbindet. Sie geht mit einem Einkaufskorb am Arm und Iacopo auf dem Rücken zur Piazza XX Settembre oder die Via Roma entlang und kehrt mit Neuigkeiten wieder heim. Ettore hat keine Ahnung, mit wem sie spricht, er wartet einfach darauf, dass sie ihm sagt, was als Nächstes geschehen wird und wann. Sie wollen ein paar Tage vergehen lassen, bis die Wogen sich geglättet haben, erfährt er von ihr. Aber zu lange können sie nicht warten: Die Gutsbesitzer sind nervös und stellen zusätzliche Wachen ein.

Während der Arbeit fällt es Ettore leichter, nicht die Gedanken schweifen zu lassen. Aber wenn er nicht arbeitet, ist er immer in Versuchung, sich in die leere Kirche zurückzuziehen, in der Stille zu ruhen und sich aus seinem Leben fortzuträumen. Er bemüht sich, nicht an Chiara draußen auf dell'Arco zu denken, die auf die versprochene Nachricht von ihm wartet. Er versucht, nicht an ihre Haut, ihre Berührungen und ihren Geschmack zu denken oder sich vorzustellen, wie das Leben wohl in ihrem Universum aussehen mag. Er versucht, nicht an Marcie und ihre blinden, hoffnungsvollen

Augen zu denken, oder an Ludo Manzo, der die Jungen mit einer Hand an der Peitsche scharf beobachtet. Aber es gelingt ihm ebenso wenig, wie er nicht an Federico Manzo mit seinem großspurigen Gang und den zwei Waffengürteln auf der Hüfte denken kann. Ettore weiß nicht, was schlimmer ist – ihn sich in Gioia vorzustellen, wo er womöglich wieder Paola belästigt, oder draußen auf der *masseria* bei Chiara. *Er hat mich angezischt*, hat sie gesagt.

Ettores Magen gewöhnt sich wieder an die Leere, so wie seine Muskeln sich damit abfinden, sich vor Hunger schwach zu fühlen. Er liegt in einem Strahl staubigen Sonnenscheins, der durch das kaputte Fenster hereinströmt, körperlich präsent und doch abwesend. In einem Augenblick treibt er matt im Nichts, als ginge ihn all das nichts an, im nächsten quälen ihn Ängste, Zorn, Zweifel und Sehnsucht. Wenn alles zu viel wird, ballt er die Fäuste, bis seine Fingerknöchel knacken. Sein Gewissen plagt ihn unablässig, bis er es schließlich nicht mehr aushält und darüber sprechen muss.

Er wartet, bis Paola Iacopo stillt. Das ist ein gemeiner Trick, aber er muss sichergehen, dass sie nicht auf der Stelle loszieht und etwas Gefährliches tut. Der Raum ist wie immer dampfig, ein kleiner Topf getrockneter Bohnen brodelt auf dem Ofen vor sich hin. Paola setzt sich zum Stillen auf die Bettkante, ein Tuch über der Schulter, das züchtig ihre Brust bedeckt. Ettore zieht sie deswegen nicht auf, obwohl sie vor den Augen des anderen den Nachttopf benutzen müssen, seit sie alt genug waren, darauf zu sitzen. Man muss jedes bisschen Würde genießen, das man bekommen kann.

»Was ist, Ettore?«, fragt sie, während er noch seinen Mut zusammennimmt. »Du hast mir offensichtlich etwas zu sagen. Also heraus damit.«

»Es ist schlimm, Paola«, sagt er zögerlich. Sie sieht ihm fest in die Augen.

»Wie schlimm kann es schon sein? Spuck es aus.«

Ettore holt tief Luft. »Gib mir dein Wort, dass du erst ganz in Ruhe überlegst, ehe du irgendetwas unternimmst. Dass du nichts Unbedachtes tust, wenn ich es dir gesagt habe. Das musst du mir erst versprechen.«

»Dann verspreche ich es«, sagt sie mit angespannter Stimme.

»Ludo Manzo war damals in der Masseria Girardi. Er war einer der Schützen«, stößt er hastig hervor, um es hinter sich zu bringen. Paola starrt ihn lange an, und ein Ausdruck stiller Qual breitet sich auf ihrem Gesicht aus und füllt ihre Augen mit Tränen. Sie blinzelt dagegen an.

»Hat deine Liebste dir das gesagt?«, fragt sie schließlich. Ettore nickt. Paola räuspert sich, senkt den Kopf und lugt unter das Tuch auf ihr Baby hinab. »Warum hast du es mir nicht früher gesagt?«

»Weil ich nicht wollte, dass du dich umbringen lässt, wenn du Rache üben willst. Deshalb wollte ich es dir eigentlich gar nicht erzählen, aber du ... du hast einfach das Recht, es zu erfahren.«

»Warum ist dieser Mann so voller Hass? Das frage ich mich oft«, sagt sie leise. »Der muss ihn sehr quälen. Es wird eine Erlösung für ihn sein, wenn ich ihm eine Kugel in den Kopf jage. Eine Erlösung für ihn und alle anderen.«

»Du gehst aber nicht allein da raus und versuchst irgendwelchen Unsinn? Versprich es mir!«

»Nein, ich werde nicht allein gehen.« Paola löst ihren Sohn von ihrer Brust und legt ihn sanft an der anderen wieder an. Ihre Hände sind geschickt, die Berührungen geübt und zärtlich. »Aber du wolltest einen ehrenhaften Grund, dell'Arco anzugreifen, und da hast du ihn – Ludo Manzo ist unser aller schlimmster Feind. Wir nehmen uns als Nächstes dell'Arco vor. Wenn ich den anderen sage, dass er an jenem Tag dabei war, werden sie mir zustimmen. Dort schlagen wir als Nächstes zu, und wenn du möchtest, dass wir dabei keinen Kameraden verlieren, dann sprich mit deiner Liebsten. Du musst sie dazu bringen, dass sie uns das Tor aufmacht.«

»Nenn sie nicht immer so. Sie ist nicht meine Liebste.«

»Doch, das ist sie. Und sie würde alles tun, worum du sie bittest, das habe ich ihr angesehen.«

Auf dem Alkoven in der Wand bewegt sich plötzlich etwas, und sie fahren erschrocken zusammen, weil sich dort schon so lange nichts mehr gerührt hat. Valerio stützt sich auf einen Ellbogen. Er zittert, versucht zu sprechen, muss sich räuspern und versucht es noch einmal, und seine Kinder sehen ihn staunend an.

»Ist das wahr, mein Junge?«, fragt er Ettore. »Was diese Frau, die hier war, über Manzo gesagt hat?«

»Sie hat es von Onkel Leandro erfahren«, sagt Ettore. Valerio nickt langsam, nur einmal.

»Dann müsst ihr dorthin, und er muss sterben. So ist das nun einmal. Und wenn diese Frau euch helfen kann, dann bring sie dazu, es zu tun. Wir sind im Krieg – da ist keine Zeit für dein weiches Herz, Junge.« Mit einem weiteren Nicken sinkt Valerio zurück und verfällt wieder in Schweigen, als hätte ein Orakel etwas Unwiderrufliches verkündet. Paola und Ettore wechseln einen Blick und sagen lange nichts mehr. Als Iacopo satt und eingeschlafen ist, wickelt Paola ihn in seine Decke und legt ihn wieder in seine Kiste.

»Verlier keine Zeit, Ettore. Kannst du ihr eine Nachricht schicken? Sie dazu bringen, dich zu treffen? Wir müssen den Schwung nutzen – die Männer dürfen den Mut nicht verlieren.«

»Ihr müsst euch überlegen, in welcher Nacht ihr angreifen wollt und zu welcher Stunde. Es wird nicht einfach sein, Nachrichten auszutauschen. Sie kann nicht so einfach hierherkommen, und ich kann es nicht riskieren, sie zu besuchen. Wenn sie wieder herkommt, muss der Plan stehen, sodass ich ihr alles genau erklären kann.«

»Ist gut. Schick ihr eine Nachricht, dass sie herkommen soll. Ich finde heraus, was du wissen musst.«

Am nächsten Morgen reißt Ettore ein Stück Papier aus einem modrigen Gesangbuch, das er in Sant'Andrea auf einem Regal gefunden hat. Er hat weder Feder noch Tinte, also schreibt er mit einem Stückchen Kohle mühsam auf Italienisch darauf, wo er ist und dass sie kommen soll, sobald sie kann. Er gibt den Zettel Pino und beobachtet besorgt, wie sein Freund sich in der Menge ganz nach vorn zu Ludo Manzo durchdrängt und tatsächlich ausgewählt wird, um die Dreschmaschine auf dell'Arco zu befüllen. Der Anblick des Aufsehers erfüllt Ettore mit brennendem Hass. Er schaut sich auf dem Platz um und rechnet halb damit, dass Paola wie aus dem Nichts angestürmt kommt und sich mit Klauen und Zähnen auf den Mann stürzt. Doch sie ist nicht da. Als Pino losgeht, blickt er zu Ettore zurück und nickt knapp, und Ettore sieht ihm an, wie nervös er wegen seiner Aufgabe ist – wie er sich ein wenig einrollt, wenn Ludo in seine Nähe kommt, wie ein zartes Blättchen in der Hitze. Ettore schickt allen Engeln, die ihn hören mögen, ein stummes Gebet und bittet sie, auf

Pino achtzugeben und ihm Erfolg zu bescheren, denn wenn irgendjemand himmlischen Beistand verdient hat, dann sein Freund Pino.

Der Tag ist endlos. Ettore bekommt Arbeit – er klopft Steine für eine Trockenmauer, und am Abend hat er salzige Schweißränder auf der Kleidung. Seine Arme zittern vor Erschöpfung. Doch in der Geborgenheit der Kirche im abendlichen Zwielicht kommt Pino ihn besuchen.

»Ist erledigt, Bruder«, sagt er spürbar erleichtert.

»Du hast den Zettel Carlo gegeben?«

»Ja. Ich habe gesagt, das sei ein Liebesbriefchen von dir – er hat gegrinst wie ein kleiner Junge. Und ich bin sicher, dass es niemand gemerkt hat.«

»Gut gemacht, Pino. Danke dir«, sagt Ettore. Pino zögert in der dunklen Türnische.

»Sie ... ihr wird doch nichts geschehen? Der Engländerin? Du wirst dafür sorgen, dass sie in Sicherheit ist, oder?«, fragt er. »Immerhin hat sie nichts mit alledem zu tun.«

»Ich weiß. Und ich ... ich werde mein Bestes tun«, sagt Ettore, beschämt darüber, dass sein Freund es für nötig hält, ihn darauf anzusprechen. Dass er Chiara überhaupt in diesen Überfall verwickelt. Pino war noch nie bei einem Raubzug dabei und würde auch nie bei so etwas mitmachen. Es steckt kein Funken Brutalität in ihm, nicht einmal genug, um Schmiere zu stehen, während andere Verbrechen begehen. »Ich werde mein Bestes tun. Aber ohne ihre Hilfe wäre es so viel gefährlicher.«

»Es wird trotzdem sehr gefährlich«, erwidert Pino. »Deine Schwester jagt mir manchmal Angst ein, weißt du das?« Er schickt dem Satz ein flüchtiges Grinsen hinterher.

»Wenn ich keine Angst um sie habe, habe ich Angst vor

ihr«, bestätigt Ettore und nickt. Pino drückt ihm zum Abschied den Arm und ist wieder verschwunden.

Ettore rechnet damit, dass sie wieder am Abend kommt wie beim letzten Mal oder sich sogar mitten in der Nacht in die Stadt schleicht. Stattdessen hält er sich durch puren Zufall gerade in der Kirche auf, als sie zwei Tage später am helllichten Vormittag auftaucht. Er ist so in Gedanken versunken, dass er gar nicht reagiert, als die Tür sich leise quietschend öffnet. Einen Moment lang starrt er die goldene Erscheinung im Sonnenlicht an, ohne begreifen zu können, was er sieht. Ihr Lächeln ist unsicher, doch sie kann es nicht unterdrücken, und ihre Brust hebt und senkt sich sichtbar unter ihrem flachen Atem. Eine Schwalbe flattert herein, sieht sie, zieht einen Kreis und fliegt dann wieder hinaus, doch Chiara hat nur Augen für Ettore. Er setzt sich auf, und sie hier zu sehen, an diesem weichen, hellen, stillen Ort, den sie ganz für sich haben, ist so absurd, dass auch er lächeln muss. Er verriegelt die Tür hinter ihr und zieht sie ohne die geringste Zurückhaltung an sich. Irgendetwas am Duft ihres Haars, gewärmt von der Sonne, ist so unaussprechlich ergreifend, dass es seinem Herzen einen Stich versetzt. Er küsst sie beinahe ehrfürchtig und zärtlicher als je zuvor. Schritte eilen draußen vorbei, die Schwalbe kommt wieder durch das zerbrochene Fenster hereingeflogen und landet mit einem leisen Kratzen ihrer Krallen auf einem Balken. Ihre Jungen piepsen schrill – gut genährt drängen sie sich in dem Nest, schon beinahe flügge. Ettore zieht Chiara aus und lässt die strahlende Sonne auf ihre Haut scheinen. Er dreht sie hin und her, um sie genau zu betrachten und hier und dort zu berühren – die Kuhle unter ihrem Hals, wo sich ein wenig Schweiß gesammelt hat. Die Falte, wo das Gesäß in den Oberschenkel übergeht. Ihre glatten Ellbogen und Knie. Sie hat lange Zehen und blasse, schmale Füße. Er erkundet jeden Zoll, ehe er sie sanft niederlegt, und fragt sich, ob das schmerzliche Gefühl in seinem Herzen von der Ahnung tief in seinem Bauch kommt, dass er sie zum letzten Mal so sieht. Strahlend in der Sonne wie einer der guten Geister seiner Mutter – wunderschön, flüchtig, nicht von dieser Welt.

Die Zeit vergeht wie im Traum, verzerrt, losgelöst von allem außerhalb der kleinen Kirche. Später sieht Ettore zu, wie Chiara sich wieder anzieht. Sie tut es ganz gemächlich, ohne Anzeichen von Scham oder verlegener Hast. Wie eine Frau in ihrem eigenen Schlafgemach, wo sie sich wohl und sicher fühlt.

»Komm her«, sagt er, als sie ihren Rock und die Bluse zugeknöpft und die staubigen Strümpfe an den Strumpfhaltern befestigt hat. Sie zieht noch die Schuhe an, ehe sie seinem Wunsch entspricht und neben ihm auf der Kirchenbank Platz nimmt. Sie sitzt nah bei ihm. Er legt ihr einen Arm um die Schultern und lässt die Finger im feinen Haar an ihrem Hinterkopf ruhen. Ihr Nacken passt genau in seine Hand, und das fühlt sich so befriedigend an. »Meine Schwester behauptet, du wärst in mich verliebt.« Sie erstarrt, doch einen Moment später gibt sie sich geschlagen.

»Natürlich. Wusstest du das denn nicht?«, fragt sie.

»Ich bin mir nicht sicher«, erwidert er, aber natürlich hat er es gewusst. Er hat es sich selbst nicht eingestanden, weil er sich darüber gefreut und im nächsten Moment darüber geärgert hat, und das hat ihn völlig durcheinandergebracht. Einen Augenblick lang liegt die Frage in der Luft, ob er sie auch liebt, doch sie stellt sie nicht.

»Es ist nicht so wichtig, ob du mich auch liebst. Das ändert nichts für mich«, erklärt sie schlicht.

»Ich weiß nicht, ob ich noch irgendjemanden lieben kann. Oder irgendetwas. Nicht richtig. Nicht so, wie ich gerne möchte«, sagt er, und das entspricht fast der Wahrheit. Er kann seinen Puls in den Fingerspitzen spüren, die in ihrem Nacken liegen.

»Es ist nicht wichtig«, wiederholt sie.

»Wie ... wie bist du hergekommen?«

»Carlo hat mir deine Nachricht schon vorgestern gegeben, aber ich konnte nicht früher weg. Dann habe ich behauptet, ich wolle Boyd besuchen. Mein Mann ist hier in Gioia. Anna hat mich mit dem Karren hergebracht, und ich habe ihr erzählt, ich wolle erst einen Spaziergang machen, ehe ich hineingehe ... Ich fürchte, sie hat mir nicht geglaubt.« Trotzig reckt sie das Kinn. »Aber warum sollte ich nicht spazieren gehen, um mir nach der holprigen Fahrt die Beine zu vertreten?«

Ettore ist besorgt und denkt kurz nach.

»Anna steht sich gut mit Federico. Du musst vorsichtig sein – wenn sie es ihm erzählt, weiß er sofort, warum du wirklich hier bist.«

»Er weiß aber nicht, dass du in dieser Kirche bist, oder?«

»Nein. Nein, das weiß er nicht. Aber du musst in die Via Garibaldi gehen, ehe du zum Gut zurückkehrst. Du musst deinen Mann besuchen.« Das zu sagen fühlt sich an, als drücke er ohne Not an einer Wunde herum.

»Ja. Und Pip ... Pip weiß es«, sagt sie mit trauriger Stimme voller Schuldgefühle. Sie schließt die Augen. »Es gab eine scheußliche Szene. Als ich von hier zurückkam ... Es war schrecklich. Er ist so verletzt. Ich ... ich weiß nicht, was ich ihm sagen soll.« Sie senkt den Blick, und eine Träne landet auf ihrem Rock und hinterlässt einen kleinen dunklen Fleck auf dem Stoff. Ettore hätte beinahe gesagt: Es ist bald vorbei, doch dann wird ihm bewusst, dass sich das grausam anhören würde und nicht tröstlich, wie er es gemeint hätte.

»Wird er es seinem Vater sagen?«

»Ich weiß nicht«, sagt sie kläglich seufzend. Plötzlich fällt Ettore noch etwas ein, das wesentlich gefährlicher sein könnte.

»Wird er es Marcie sagen?«

»Was? Warum sollte er?«, fragt sie verwundert. »Und was spielt das für eine Rolle?«

»Schon gut. Hör mir zu, Chiara. Ich muss dich bitten, etwas für mich zu tun.«

»Was immer es ist, ich tue es.«

»Sag das nicht, ehe du mich angehört hast. Es ... könnte gefährlich für dich sein.«

Eine Pause entsteht, in der Ettore wählen muss. Er kann ihr sagen, dass ein Angriff geplant ist, dass sie unbedingt von der *masseria* wegmuss – dass sie, der Junge und Marcie weit weg sein müssen, wenn es geschieht. Oder er kann ihr die Frage stellen, die er stellen muss. Er beißt einen Moment lang die Zähne zusammen, noch einen Augenblick lang, in dem sie nicht seinetwegen in großer Gefahr schwebt. Dieser Moment ist weich, dehnbar wie die Zeit, wenn sie sich lieben – eine strahlende Lücke zwischen Sekunden, unmöglich zu bewahren. »Es wird einen Überfall geben«, sagt er schließlich, und die Dunkelheit drängt sich hinein. »Sonntagnacht wird das Gut meines Onkels angegriffen. Er ist in Gioia, also droht ihm keine Gefahr, und die Übrigen werden sich leichter ergeben. Ich ... ich werde auch dabei sein. Und meine

Schwester, und viele andere. Ich muss dich um etwas bitten. Lass dir von dem Wächter das Haupttor öffnen, genau um ein Uhr morgens. Und dann gehst du ins Herrenhaus und schließt dich irgendwo ein – euch alle drei, Marcie, den Jungen und dich selbst. Kannst du das tun?«

Er hört sie atmen, wieder ganz flach, hoch oben in der Brust wie vorhin, als sie ankam. Er kann förmlich spüren, wie sie seine Worte aufnimmt, sie dann sinken lässt, und er wartet auf ihre Reaktion. Wird sie in Panik geraten, wird sie überhaupt begreifen, was er ihr gesagt hat? Als sie aufblickt, steht Angst in ihren Augen, aber keine Panik, keine Weigerung.

»Ein Uhr morgens ist zu spät. Um diese Zeit würden sie mir nie das Tor öffnen. Es muss früher sein. Ich war noch nie nach Mitternacht draußen, und da haben sie mir schon sehr widerstrebend aufgemacht.«

»Dann tust du es also?«

»Wenn ich dich anflehen würde, dich nicht in Gefahr zu bringen ... wenn ich dich anflehen würde, diesen Plan aufzugeben, würde das irgendetwas ändern?«

»Nein.«

»Dann tue ich es.« Sie legt den Kopf an seine Schulter, ist aber zu aufgewühlt, um ihn dort ruhen zu lassen. Sie blickt wieder auf, spielt am ausgefransten Saum seines Hemdes herum und lässt die Fäden zwischen den Fingern hindurchgleiten. »Aber ihr müsst früher kommen. Und ich kann nur beten, dass Carlo Wache am Tor haben wird.«

»Wann?«

»Elf Uhr? So spät bin ich manchmal schon spazieren gegangen, wenn ich nicht schlafen konnte.«

»Das ist riskant.« Ettore schüttelt den Kopf. »In Gioia

werden noch nicht alle im Bett sein ... die Faschisten noch unterwegs ...«

»Später wäre es unmöglich, selbst wenn Carlo Wache hätte. Ihr werdet ... ihr werdet ihm doch nichts tun, oder? Falls er Wache hat? Er ist noch so jung, und er ist völlig harmlos ...«, sagt sie, und Ettore gibt ihr im Stillen recht. Aber er will keine leeren Versprechungen machen.

»Du darfst nicht draußen bleiben, um dich zu vergewissern, dass ihm nichts geschieht. Hörst du? Du läufst sofort zu deinem Zimmer und schließt dich ein. Tu nichts anderes.« Ihre Miene verfinstert sich, weil er ihrer Frage ausgewichen ist. Ettore wendet den Blick ab.

»Ich wollte nicht, dass es so kommt«, sagt er. »Aber sie lassen uns keine andere Wahl. Du darfst niemandem ein Wort davon sagen. Niemandem.«

»Wenn dir etwas geschieht ...« Chiara schüttelt den Kopf und versucht es noch einmal. »Wenn du verletzt wirst ...« Ettore hebt ihr Kinn mit dem Zeigefinger an und sieht ihr fest in die Augen, um seine Worte noch einmal zu unterstreichen. Sie muss ihm einfach gehorchen.

»Bleib nicht unten, um zuzusehen.«

Er behält sie so lange bei sich, wie er es wagt – die Mittagszeit ist schon vorbei, und sie hätte längst in der Via Garibaldi sein müssen. Er hat das Gefühl, dass sie gar nicht gehen würde, wenn er sie nicht dazu zwingt. Das ist dieselbe Mischung aus Mut und Dummheit, die er schon zuvor bei ihr erlebt hat, derselbe blinde Drang, wider alle Vernunft ihrem Herzen zu folgen. Sie würde hier bei ihm in der kleinen Kirche bleiben und so tun, als könnten sie immer so weiterleben. An der Tür dreht sie sich noch einmal um.

»Du könntest nach England kommen«, sagt sie in plötzlicher, verzweifelter Hoffnung. »Mit mir nach England gehen. Ich lasse mich von Boyd scheiden ... wir könnten heiraten. Pip wird sich wieder beruhigen – und er ist schon beinahe erwachsen. Du könntest all das hinter dir lassen.« Er kann den Ausdruck auf ihrem Gesicht kaum ertragen, diese Zerbrechlichkeit. In den Sekunden, die er braucht, um die einzige Antwort, die er darauf geben kann, in Worte zu fassen, sieht er, wie sie zusammensinkt und ihre Hoffnung ebenso schnell erlischt, wie sie aufgeflackert ist. Schließlich senkt sie den Kopf, entzieht ihm ihre Hand und schlüpft zur Tür hinaus, ehe er ein Wort gesagt hat.

Sobald Chiara fort ist, geht Ettore nach Hause, um Paola zu sagen, dass sie bereit ist, ihnen zu helfen, doch seine Schwester ist nicht da. Valerio liegt allein in seinem Alkoven und schläft tief und fest. Von rastloser Unruhe getrieben, schlägt Ettore einen verschlungenen Umweg zurück zur Kirche ein. Dort kommt ihm eine seltsame Gestalt entgegengehastet. Sie bewegt sich mühsam und hält sich im tiefen Schatten einer Straßenseite. Ettore macht sich auf eine Auseinandersetzung gefasst, doch dann erkennt er Pino und entspannt sich einen Moment lang – bis er sieht, warum sein Freund so merkwürdig läuft. Er trägt Chiara auf den Armen. Ettore starrt ihn verständnislos an und kann nicht begreifen, was er sieht. Pino schiebt sich hastig an ihm vorbei in die Kirche.

»Ettore! Mach die verdammte Tür zu!«, sagt er und setzt Chiara auf einer Kirchenbank ab. Sie sackt vornüber, bis ihr Kopf beinahe auf den Knien liegt. Ihre Bluse und ihr Rock sind zerrissen. Blut ist auf ihrer Wange und ihrem Kragen verschmiert, und Ettores Mund wird schlagartig trocken. Er knallt die Tür zu und schiebt einen der Riegel vor.

»Was ist passiert?« Er geht zu Chiara, legt ihr eine Hand auf die Schulter und spürt, wie sie zittert. »Pino! Was ist geschehen?« Pino wendet den Blick ab und versucht keuchend, zu Atem zu kommen. Er zögert, beinahe so, als fürchte er sich zu sprechen.

»Sie wurde überfallen«, sagt er schließlich und holt noch einmal tief Luft. »Es war pures Glück, dass ich gerade zufällig vorbeikam. Sie haben uns heute früher nach Hause geschickt – es war kein Getreide mehr zum Dreschen da. Sonst wäre ich noch gar nicht da gewesen. Ich hätte es nicht verhindern können ...«

»Chiara?« Ettore hockt sich vor sie hin und blickt in ihr aschfahles Gesicht. Ihre Pupillen sind riesig und dunkel, die Augen starren ins Leere. Ihre Unterlippe ist aufgeplatzt, Blut trocknet an ihrem Kinn. Ihre Hände sind zerschunden, fast alle Fingernägel abgebrochen. »Wer hat das getan?«, fragt er. Sie scheint ihn nicht zu hören. Ettore blickt zu Pino auf. »Wurde sie vergewaltigt?« Das hässliche Wort kratzt in seiner Kehle und dreht ihm den Magen um. Pino schüttelt den Kopf. »Ich bin gerade noch rechtzeitig gekommen. Aber ich glaube, das war seine Absicht«, antwortet er vorsichtig.

»Wessen Absicht? Du hast gesehen, wer das war?«, fragt Ettore. Seine Hände zittern ebenfalls, und ein starker Druck baut sich hinter seinen Augen auf und schnürt ihm die Brust ein. Chiara holt bebend Luft und erschauert. Sie sagt etwas, so leise, dass Ettore sie nicht hören kann. Er geht wieder vor ihr in die Hocke.

»Ettore ...«, sagt Pino warnend.

»Chiara ... du bist in Sicherheit. Ich bin da.«

»Sag mir ...«, murmelt sie undeutlich. Sie blinzelt wirr und hat Mühe, ihn anzusehen. »Sag mir, dass ich dein Schatz bin«, murmelt sie. Ettore bekommt keine Luft mehr. Er fährt zurück, verliert das Gleichgewicht und landet auf dem harten Boden.

»Ja, ich habe ihn gesehen. Es war Federico Manzo. Er muss ihr hierher gefolgt sein«, sagt Pino.

»Das hat er gesagt. Immer wieder«, flüstert Chiara heiser. »Er hat immer wieder gesagt: *Sag mir, dass ich dein Schatz bin.*«

13

Clare

Pino und Ettore versuchen, ihr Gesicht zu säubern und ihr den Schmutz von den Kleidern zu reiben, müssen aber einsehen, dass es keinen Zweck hat. Nach einem kurzen Wortwechsel in ihrem Dialekt führen sie Clare wieder zur Via Garibaldi, und sie läuft mit unsicheren Schritten, noch ganz benommen. Irgendwann stellt sie fest, dass die einzige Hand an ihrem Ellbogen Pino gehört – Ettore ist verschwunden. Automatisch blickt sie über die Schulter, obwohl das unsinnig ist. Als sie vor der Tür von Leandros Haus stehen bleiben, weicht sie zurück. *Wenn du jemandem etwas erzählst,* hat Federico gesagt, *verrate ich ihnen, wo du warst. Wo du so oft schon warst. Außerdem magst du doch apulische Männer, oder?* Mit einem triumphierenden Grinsen hat er ihr das zugeraunt, eine schmierige Hand auf ihren Mund und ihre Nase gepresst, sodass sie kaum Luft bekam, in der anderen Hand ein Messer, dessen Spitze er beiläufig an die Kuhle über ihrem Schlüsselbein drückte. *Nicht schreien,* warnte er, als er die Hand von ihrem Mund nahm und nach seinem Gürtel griff. *Und jetzt sag mir, dass ich dein Schatz bin.* Ein Kuss – blanker Hohn auf echte Zärtlichkeit. *Sag mir, dass ich dein Schatz bin,* wiederholte er drängender, als sie schwieg. Und dann war wundersamerweise Pino plötzlich da, und Federico rannte weg. Clare war so überwältigt vor Erleichterung, dass sie nicht sprechen, denken oder sich bewegen konnte.

Federico Manzo, der das alte Fahrrad für Pip repariert hat. Federico, der ihr Blumen schenken wollte und sie anzischte – von förmlicher Verehrung zu höhnischer Drohung an einem einzigen Tag, als er erkannte, dass sie keine Heilige war. Clare betrachtet die Tür zu Leandros Haus. Wird Federico sie öffnen, um sie einzulassen? Er hatte genug Zeit, hierher zurückzukehren und sich zu sammeln. Aber Pino hat ihm einen kräftigen Tritt in die Magengegend verpasst, sodass Federico sich vor Schmerz zusammenkrümmte, also ist er vielleicht noch nicht wieder da. Bei dem Gedanken, ihm wieder gegenübertreten zu müssen, packt Clare das kalte Grauen. *Wenn du jemandem etwas erzählst, verrate ich ihnen, wo du warst.* Sie hält sich einen Moment lang an Pino fest, die Arme um seine Taille geschlungen, und presst die Wange an sein Hemd. Er riecht nach Schweiß und Feldarbeit, nach Erde und Stroh.

»Grazie, Pino«, sagt sie. Als sie sich von ihm löst, wirkt er erfreut und verlegen, und sie glaubt alles, was Ettore ihr über das gute Herz dieses Mannes erzählt hat. Er runzelt nachdenklich die Stirn und findet ein Wort auf Italienisch für sie.

»*Coraggio*«, sagt er, und sie nickt. Mut.

Clare hat den Mann, der die Tür öffnet, noch nie gesehen. Er ist schon älter und hält sich gebeugt. Sie lockert die verschwitzten Fäuste. Im Haus ist es so still, dass es unbewohnt sein könnte. Das schwache Echo ihrer Schritte geistert zwischen den schattigen Säulengängen umher. Sie geht hinauf zu dem Zimmer, das sie letztes Mal bewohnt haben, aber natürlich ist nichts mehr von ihren Sachen hier, und sie kann sich nicht umziehen. Im Schrank hängen ein paar Kleidungsstücke von Boyd. Sein Rasierpinsel und die Seife liegen auf dem Waschtisch, und in dem Krug ist noch ein wenig Wasser. Clare fährt sich mit seinem Kamm durchs Haar und streicht es zurecht, wäscht sich, so gut es geht, zieht ihre zerrissene, blutbeschmierte Bluse aus und schlüpft stattdessen in ein sauberes Hemd von Boyd. Es hängt viel zu lang und formlos an ihr herab wie eine schlechte Nachahmung von Marcies luftigen Gewändern, aber immerhin verdeckt es ihren Rock, der beschmutzt und am Bund zerrissen ist. Vor dem Spiegel hält sie inne und starrt sich in die Augen – sie haben geschwollene Lider und einen eigenartig leeren Ausdruck, den nicht einmal sie selbst durchdringen kann. Sie versucht sich zu erinnern, wann Ettore sie verlassen hat – wo auf dem Weg von Sant'Andrea zur Via Garibaldi. Sie weiß es nicht mehr. *Ich bin hier,* hat er gesagt, doch dann schien er plötzlich verschwunden zu sein. Und er hatte einen Ausdruck in den Augen, den sie noch nie bei ihm gesehen hatte, hart und wild. Pino huschte auf einmal ganz nervös und beschwichtigend um ihn herum, als sei Ettore krank oder gefährlich. Die sonnige Stunde in der Kirche, bevor all das geschah, scheint in ein anderes Zeitalter zu gehören, zu einem anderen Menschen. Und sie war tatsächlich eine Zeit lang naiv genug zu glauben, sie sei noch nie so glücklich gewesen.

Es klopft an der Tür, und ihr stockt der Atem. Boyd kommt herein und geradewegs auf sie zu. Er legt ihr eine Hand auf die Schulter und mustert sie mit großen, fragenden Augen voller Sorge.

»Liebling, ein Diener hat mir gerade gesagt, dass du gekommen bist. Aber Anna war schon vor Stunden hier ... wo warst du denn? Geht es dir gut? Was ist passiert ... du blutest ja!«

»Ist schon gut, Boyd.« Doch ihre Stimme bebt verräterisch. Sie weiß einfach nicht mehr, wie sie sich ihm gegenüber verhalten soll.

»Hat dir jemand etwas getan? Wurdest du etwa überfallen?« Seine Stimme hebt sich in fassungsloser Empörung. Clare schüttelt den Kopf.

»Ich ... ich bin ein wenig spazieren gegangen und ... eine Treppe heruntergefallen. Dumm von mir. Ich bin gestürzt.«

»Eine Treppe?« Er runzelt die Stirn und glaubt ihr offenbar nicht ganz. Sie überfliegt hastig ihre Erinnerungen an Gioia. Der Ort ist eben, die einzigen Treppen befinden sich vor Türen. Wie der von Ettore.

»Ja. Die Stufen vor der Kirche. Du weißt schon, die Treppe vor der Chiesa Madre?«

»War dir wieder schwindelig, mein Liebling?« Er legt eine Hand an ihre Wange und beugt sich über sie. Clare fühlt sich bedrängt, gefangen, und kann es kaum ertragen. Sie schüttelt den Kopf.

»Nein, eigentlich nicht. Ich bin nur gestolpert.«

»Warum bist du nicht zuerst hierhergekommen? Ich wäre gern mit dir spazieren gegangen.«

»Ich ... ich dachte, du arbeitest. Ich wollte bis zum Mittag warten, ehe ich dich störe ...«

»Du darfst hier nicht allein herumlaufen. Bitte versprich mir das. Tu das nicht wieder. Es ist gefährlich, vor allem, weil es dir in letzter Zeit nicht gut ging.«

»Versprochen.«

»Und warum bist du überhaupt in die Stadt gekommen, Liebling? Was tust du hier?«

Clare blickt zu ihrem Mann auf. Das blasse Gesicht ist sauber und frisch rasiert, das weiche, kraftlose Haar ordentlich zurückgekämmt, und die dünnen Schultern hängen nun wieder herab, damit er sie nicht allzu weit überragt. Einen Moment lang kann sie den Mund nicht öffnen, die Zunge nicht bewegen – da ist zu viel, was sie nicht sagen darf.

»Ich ... wollte dich sehen«, sagt sie dann und ist überzeugt davon, dass er am Klang ihrer Stimme hören muss, wie verlogen diese Worte sind. »Ich muss etwas mit dir besprechen.«

»Aha?« Er sieht ihr forschend und besorgt ins Gesicht.

»Ja, aber jetzt habe ich solche Kopfschmerzen ...« Sie legt eine Hand auf ihre Stirn, nicht zuletzt, um seinem Blick auszuweichen. Aber tatsächlich brummt ihr der Kopf, als sei er übervoll – zu viel Blut und Masse, zu viele Gedanken und Ängste.

»Aber natürlich. Leandro möchte dich auch kurz sprechen, aber ruh dich erst ein bisschen aus. Ich lasse dir frisches Waschwasser und etwas zu trinken bringen.«

»Danke.«

Er verlässt das Zimmer so leise, wie er hereingekommen ist. So bewegt er sich immer – mit einer ruhigen Anmut, niemals hektisch oder abrupt. Er schleicht durch die Welt, als wollte er nicht bemerkt werden. Als die Tür ins Schloss fällt, lässt Clare sich mit dem Rücken zum Spiegel langsam zu Boden sinken. Sie versucht, an irgendetwas Nützliches zu denken, an auch nur eine Sache, die richtig und gut ist, und ihr fällt nichts ein. Pino war da. Pino ist gekommen und hat sie gerettet. Trotzdem fließt ihr Geist fast über mit all den

Dingen, die sonst hätten passieren können. Federicos hässliche Parodie eines Kusses, während er mit einer Hand seinen Gürtel öffnet, der Druck seiner Erektion an ihrem Bauch, die Messerspitze an ihrem Halsansatz. *Ich bin hier,* hat Ettore gesagt, aber dann war er plötzlich verschwunden. Säure brennt in Clares Brust und steigt ihr die Kehle hoch. Sie kann immer noch Federicos Atem riechen und seinen seltsam geformten Mund auf ihren Lippen spüren, die krummen, hervorstehenden Zähne. Ihr wird übel, und ihr Gesicht ist auf einmal schweißnass.

Spät am Nachmittag geht Clare schließlich hinunter, als ihr klar wird, dass sie vor allem eines will: Sie will fort aus Gioia. Ihre Beine sind zittrig, und sie hat immer noch einen merkwürdigen Geschmack in Mund und Rachen – leicht metallisch nach Kupfer oder Eisen. Beinahe wie Blut, aber anders, reiner. Sie findet Leandro auf der Terrasse, wo er eine Liste mit vielen Zahlen in einem Wirtschaftsbuch studiert, ein Glas Wein lässig in der Hand. Im Spiegel hat sie festgestellt, dass von ihrer aufgeplatzten Lippe nur noch ein dünner roter Strich und eine leichte Schwellung zu sehen sind. Der größere Schaden ist in ihrer Mundhöhle entstanden, durch ihre eigenen Zähne, als Federico ihr die Hand auf den Mund gepresst hat. Leandro legt das Rechnungsbuch beiseite, steht aber nicht auf, als sie an den Tisch tritt. Er schlägt ein Bein über das andere und beobachtet sie mit so unverwandtem, wissendem Blick, dass Clare sich wie nackt fühlt. Sie kann nicht verhindern, dass ihre Hände zittern. Leandro entgeht das natürlich nicht. Er schenkt ihr ein Glas Wein ein, und sie trinkt gierig. Er sieht alles. Der Wein schmeckt merkwürdig, beinahe muffig, aber Leandro hat daran offenbar nichts auszusetzen.

»Jemand hat Sie überfallen?«, bemerkt er milde. Clare schüttelte den Kopf.

»Ich bin gestürzt ...«

»Auf den Stufen vor der Chiesa Madre, ja. Ihr Mann hat es mir gesagt. Breite, gleichmäßige Stufen, und ganze drei an der Zahl.«

»Ich bin gestolpert.«

»Es wäre mir ein Vergnügen, gegen den Mann vorzugehen, der das getan hat«, sagt er, als hätte sie gar nicht gesprochen. Erneut schüttelt sie den Kopf.

»Dann hoffe ich, dass Sie vernünftig genug sind, ihn nie wieder zu treffen. Und schon gar nicht allein nach Gioia zu kommen, um ihn zu sehen.« Clare schnappt nach Luft und will Ettore schon verteidigen, erkennt aber noch rechtzeitig, dass sie das nicht tun kann – ebenso wenig, wie sie Leandro sagen kann, was wirklich passiert ist. Ganz gleich, wie sehr sie sich wünscht, Federico als den Schuldigen zu benennen – dazu müsste sie ihren Ehebruch gestehen. Sie kann den Gedanken kaum ertragen, dass er draußen auf der *masseria* bei Marcie ist, bei Anna und den anderen Dienstmädchen, oder nachts in Gioia bei den Frauen und Töchtern der *braccianti*.

»Ich wollte meinen Mann sehen«, sagt sie. Ihre Stimme klingt kleinlaut und zittrig. Leandro gibt ein Brummen von sich.

»Wie Sie wollen.« Er trinkt einen Schluck Wein, ohne sie aus den Augen zu lassen. »Allmählich glaube ich, es könnte ein Fehler gewesen sein, Sie hierherzuholen, Mrs. Kingsley. Sie und den Jungen. Sie müssen verstehen, dass ich das aus gutem Grund getan habe. Aber womöglich habe ich damit alles nur noch schlimmer gemacht. Vielleicht ist es an der Zeit, dass ich Sie nach Hause schicke.«

»Würden Sie mir sagen, warum Sie mich hierhergeholt haben?«, fragt sie. Leandro zögert, und hinter seinem nach außen hin gelassenen Blick erkennt sie, wie Gedanken sortiert und abgewogen werden. Er stellt das übergeschlagene Bein wieder auf den Boden und beugt sich vor.

»Das werden Sie möglicherweise kaum verstehen oder glauben können, Chiara, aber ich habe Sie um Ihrer eigenen Sicherheit willen hierhergeholt. Ich glaube, Sie könnten in Gefahr sein.«

»Was soll das heißen? Ich war nicht in Gefahr, ehe ich hierherkam.«

»Ja, das ist mir jetzt klar. Ironisch, gewissermaßen. Aber ich muss Ihnen sagen ...« Er unterbricht sich, als Boyd auf die Terrasse heraustritt. »Legen Sie für heute die Arbeit nieder?«, sagt Leandro in genau demselben gelassenen Tonfall. Clare hat den Eindruck, dass das, was er ihr gerade sagen wollte, nur für ihre Ohren bestimmt war. Er wirft ihr einen warnenden Blick zu, als Boyd sich zu ihnen setzt, und sie unterdrückt die vielen Fragen und die plötzlich aufsteigende Angst.

Anna kommt, um sich bei Clare zu erkundigen, ob sie heute Abend mit zurück zur *masseria* fahren möchte. Aber da sie Boyd gesagt hat, sie wolle mit ihm sprechen, und er von ihr erwartet, hier zu übernachten, muss sie das Angebot ablehnen.

»Federico kann Sie morgen fahren«, erklärt Leandro.

»Nein!«, erwidert Clare unwillkürlich viel zu laut.

»Nein?«, wiederholt Leandro und beobachtet sie eindringlich. Als sie wieder in Schweigen verfällt, bohrt er nicht nach. »Also schön. Dann werde ich Sie selbst fahren – uns alle. Wir wollten ohnehin am Freitag hinausfahren, zu Marcies Party.

Ob wir einen Tag früher oder später fahren, spielt keine Rolle, und so können wir ein paar Tage bleiben. Mir fehlt die saubere Landluft.« Marcies Party – die hat Clare ganz vergessen. Eine Party am Freitagabend, und Sonntagnacht wird das Gut überfallen. Das ist doch unmöglich. Hat Ettore ihr wirklich davon erzählt und sie um Hilfe gebeten? Das erscheint ihr jetzt im selben traumhaft-unwirklichen Licht wie alles andere, was an jenem Tag vor der Begegnung mit Federico geschehen ist. Marcies Partyplanung, Marcie und Pip, die in einem leeren Zimmer Walzer tanzen, Pip, der wortlos den Welpen von ihr entgegennimmt, während sie einander in diesem schrecklichen, verletzenden Schweigen vor ihrer verschlossenen Tür gegenüberstehen. Peggy hat er den kleinen Mischling genannt – nachdem er festgestellt hatte, dass es sich um eine Hündin handelt. Clare brennen Tränen in den Augen, und sie entschuldigt sich und verlässt die Terrasse, damit die Männer es nicht merken.

Als es draußen dunkel ist, schmiegt Boyd sich im Bett an sie. Er ist ihr zu lang, zu weich, zu unbeholfen. Irgendwie schlaff, aber gleichzeitig beklemmend wie eine viel zu schwere Decke. Sein Körper passt nicht genau an ihren wie Ettores, und er riecht nicht richtig. Clare starrt in die Dunkelheit, während er ihr eine Strähne hinters Ohr streicht. Die Schauer, die diese Geste in ihr hervorruft, sind von der falschen Art.

»Bitte halt mich nicht so fest. Ich mag das nicht«, sagt sie, und er rückt wortlos und verletzt von ihr ab.

»Worüber wolltest du mit mir sprechen?«, fragt er. Clares Gedanken sind zerstreut, springen in die ferne Vergangenheit, dann wieder zu den jüngsten Ereignissen und in die Zukunft. Sie landen nur kurz und fliegen dann so schnell weiter, dass sie ihnen kaum folgen kann. Doch schließlich gelingt es ihr, die nagenden Zweifel und all ihre unbeantworteten Fragen bis nach New York zu verfolgen.

»Was hast du dem Bürgermeister gesagt?«, fragt sie.

»Was ... Wovon sprichst du?«

»In New York vor sieben Jahren. Wir waren auf dem Empfang, auf dem die Entwürfe der drei Architekten präsentiert wurden.« Drei Herzschläge lang herrscht Stille, vier, fünf. Sie kann ihn atmen hören. »Du warst sehr nervös. Entsetzlich nervös. Du hast dich den ganzen Abend lang mit niemandem unterhalten, nicht einmal mit mir, bis du zu dem Bürgermeister und ein paar anderen Männern hinübergegangen bist. Danach schien es dir besser zu gehen, und wir haben die Party verlassen. Was hattest du ihm zu sagen?«

»Du lieber Himmel, Clare, das weiß ich wirklich nicht mehr«, sagt er – ein kläglicher, gepresster Versuch, beiläufig zu klingen. »Das ist schon so lange her.«

»Ich glaube dir nicht.«

»Clare ...«

»Ich glaube dir nicht! Sag mir die Wahrheit.«

»Clare, nicht so laut. Jemand könnte dich hören.«

»Das ist mir egal!« Sie befreit sich aus seinem Griff und springt aus dem Bett. Von der plötzlichen Bewegung wird ihr schwindelig. Sie bleibt vor ihm stehen, barfuß und die Arme schützend um sich geschlungen.

Boyd setzt sich langsam auf. Die Decke rutscht ihm bis zur Hüfte herab. Seine Brust ist nackt – schlaffe, weiche Haut um die Brustwarzen, nur ein paar sichtbare Rippen über seinem runden Bauch, heller Flaum um seinen Bauchnabel. Sie sollte nicht mit diesem Mann im Bett liegen, und es kommt ihr völlig unpassend vor, dass er halb nackt ist.

»Sag es mir.«

»Es ...« Er schließt die Augen und fährt sich mit der Hand darüber. »Ich musste ein gutes Wort für Cardetta einlegen. Ein gutes Wort.«

»Warum? Wofür?«

»Er ... sie ... Ein Vertrag mit der Stadt war abgelaufen, und die öffentliche Müllentsorgung wurde neu ausgeschrieben. Leandro wollte diesen Auftrag, aber es gab ... Gerüchte über ihn. Und der neue Bürgermeister – der Mann, der so aussah, als wäre er zu jung, um abends allein auszugehen – hatte sich auf die Fahnen geschrieben, gegen die Korruption in der Stadtverwaltung vorzugehen. Daher war es unwahrscheinlich, dass er sich bei der Vergabe für einen mutmaßlichen Gangster entscheiden würde.«

»Du bist also ... du bist zum Bürgermeister gegangen und hast ihm gesagt, wem er den Auftrag geben soll?«

»Nein, natürlich nicht. Der ... einer der anderen Männer, die da bei ihm standen, sollte das Thema in der Unterhaltung zur Sprache bringen und Cardettas Namen erwähnen. Ich sollte ihm ... sozusagen ein Leumundszeugnis ausstellen. Ihn persönlich empfehlen – es sollte ganz beiläufig wirken.«

»Und was hast du über ihn gesagt?«

»Dass ich ... bei einem Bauprojekt mit ihm zusammengearbeitet hätte und er seit Jahren auch auf diesem Sektor tätig sei. Ich habe behauptet, dass er schon Häuser für mich gebaut und hervorragende Arbeit abgeliefert habe und dass er immer ehrlich und korrekt gewesen sei. Ich habe auch die Gerüchte über seine ... anderen Geschäfte erwähnt und dass ich überzeugt sei, seine Konkurrenten und arrogante Leute, die dem Einwanderer aus Italien den Erfolg neideten, hätten sie in böser Absicht verbreitet.« Boyd klingt, als lese er aus einem Rollenheft, und Clare wird klar, dass er all das noch heute auswendig weiß. Sieben Jahre später ist es immer noch unauslöschlich eingeprägt. Sie denkt zurück an ihren Aufenthalt in New York und den Zerfall all ihrer Hoffnungen für diese Ehe.

»Cardetta war es, der dich in unserer Wohnung aufgesucht hat, nicht wahr? Oder seine Leute«, sagt sie, und Boyd nickt. »Ich dachte, es wäre jemand gewesen, der Emma gekannt hat. Alte Freunde von euch, die schmerzliche Erinnerungen wachgerufen hätten.« Er schüttelt den Kopf und lässt ihn dann hängen. Er sieht blass und unglücklich aus.

»Aber warum hast du das für ihn getan, Boyd? Woher kannte er dich überhaupt?«

»Er ... ich ... Das war ein Tauschhandel, verstehst du? Ich habe das für ihn getan, und im Gegenzug hat er dafür gesorgt, dass ... dass mein Entwurf ...«

»Er hat dafür gesorgt, dass deine Pläne für das neue Bankgebäude ausgewählt wurden?« Wieder dieses klägliche Nicken voller Selbsthass. »Aber wie ist er darauf gekommen? Wie hat er dich gefunden? Woher wusste er überhaupt, wer du bist?«

»Ich weiß es nicht. Ich ...« Boyd runzelt nachdenklich die Brauen und kann ihr immer noch nicht ins Gesicht sehen. »Nach Emmas Tod ... habe ich eine schwere Zeit durchgemacht. Er ... wir ...« Er verstummt und schnappt beinahe krampfhaft nach Luft.

Clare starrt ihn an. Sie haben den Punkt erreicht, an dem sie normalerweise nachgeben und ihn beruhigen würde. Zu viel Angst hätte, ihn in eine Depression zu stürzen, aus der er tage- oder wochenlang nicht wieder herauskommt. Aber das war die alte Clare von früher, in ihrem sicheren, vorsichtigen, stillen Leben. Jetzt staunt sie darüber, wie ängstlich sie damals war, obwohl sie überhaupt nichts zu befürchten hatte. Verglichen mit der Gegenwart.

»Du wirst es mir nicht sagen, oder?« Bei ihrem ungewohnt harten, unversöhnlichen Tonfall blickt er schließlich auf. Sie sieht Erkenntnis in seinen Augen aufflackern, eine hastige Neuberechnung, und begreift, wie leicht er bisher ihre Ängste ausgenutzt hat. Sie holt tief Luft, und er bricht zusammen. Die Qual, die sein Gesicht verzerrt, ist aufrichtig.

»Ich habe dich verloren, nicht wahr?«, flüstert er.

»Ich weiß nicht«, sagt sie. Sie fühlt sich weit entfernt, allein. Von diesem Ort aus gibt es wohl kein Zurück mehr, keine Möglichkeit, etwas rückgängig zu machen.

»Das war das Einzige ... das Einzige, das ich auf keinen Fall wollte. Nie, niemals.« Er reibt sich mit dem Daumen Tränen von den Wangen. »Ich liebe dich so sehr, Clare. Mein Liebling, du bist wahrhaftig mein Engel. Du bist ... vollkommen. Ohne dich könnte ich nicht leben ... du musst mir glauben, dass ...«

»Schluss damit!« Sie kann den wütenden Aufschrei nicht zurückhalten. »Ich ertrage es nicht mehr, wenn du so etwas sagst! Ich ertrage es einfach nicht!«

»Warum nicht?«, fragt er schockiert. In ihren zehn gemeinsamen Jahren hat sie noch nie, nicht ein einziges Mal die Stimme gegen ihn erhoben.

»Weil es nicht wahr ist! Und wie könnte ich dem jemals gerecht werden, was du da sagst – wie könnte irgendwer dem gerecht werden? Das ist tyrannisch, eine Erpressung! Und es bringt mich dazu, mich selbst zu hassen – du bringst mich dazu, mich selbst zu hassen!«

Die Stille nach diesem Ausbruch dröhnt ihr in den Ohren. Nächtliche Stille, die wieder einkehrt und den Riss flickt, den sie verursacht hat. Sie sprechen so lange kein Wort, dass es irgendwann unmöglich wird, etwas zu sagen. Sie können nur warten in dieser dröhnenden Stille, bis einer von ihnen den nächsten Zug macht. Clare hebt die Hand und wischt sich halb getrocknete Tränen vom Gesicht. Ihr ist schlecht, sie ist erschöpft, und ihr Kopf tut weh. Wortlos geht sie zum Bett und legt sich auf die Bettdecke. Boyd bleibt sitzen, wo er ist, in gebeugter Haltung, und sie ist zu müde, um sich zu überlegen, was er wohl denkt und was sie als Nächstes tun sollten – wie es jetzt mit ihnen weitergehen könnte. Sie schließt die Augen und versetzt sich in eine lichtdurchflutete, uralte kleine Kirche. Sie malt sich Ettores zärtliche Berührungen und seine Küsse aus, den staunenden, beinahe entrückten Ausdruck von Glück auf seinem Gesicht. Doch sosehr sie sich auch bemüht, das Bild bleibt nur ein Bild, das schon bald verblasst. Immer wieder muss sie sich selbst versichern, dass es wirklich so war, bis sie schließlich einschläft.

Pip kommt die Außentreppe herunter, als er den Wagen hört, und Clares Herz hüpft ihm entgegen. Doch als er sie sieht, zögert er, und als er seinen Vater bemerkt, bleibt er ganz stehen. Er hat Boyd nicht mehr gesehen seit jener Nacht, in der Clare sich aus ihrem Zimmer ausgeschlossen und Pip ihre Lügen durchschaut hat. Sie hat keine Vorstellung, wie er auf seinen Vater als gehörnten Ehemann reagieren oder was er tun wird. Sie beobachtet, wie er auf der untersten Stufe stehen bleibt und gegen die Sonne und ein paar zu lange Strähnen im Gesicht die Augen zusammenkneift. Sein Haar ist seit Wochen nicht mehr geschnitten worden. Er wirkt ein wenig gehetzt, und seine Wangen sind gerötet, als hätte er Fieber. Clare wagt es kaum, sich ihm zu nähern, obwohl sie ihn am liebsten in den Arm nehmen und an sich drücken würde, damit er spürt, wie sehr sie ihn liebt und dass sie es nicht ertragen kann, wie verletzt und wütend er ist. Sie kann nur abwarten, ob er sofort mit ihrem Ehebruch herausplatzen und sie vor allen bloßstellen wird oder ob sie eine langsamere, aber nicht weniger quälende Strafe erwartet.

Er hält Peggy auf dem Arm, die zappelt und auf seinen Fingern herumknabbert. Boyd streckt den Rücken durch, reckt sich ausnahmsweise einmal zu seiner vollen Größe und geht mit einer aufgesetzten Lässigkeit auf seinen Sohn zu.

»Philip«, sagt er eigenartig förmlich. Die beiden haben in diesen Ferien nicht viel Zeit miteinander verbracht – steife Unterhaltungen bei Tisch, flüchtige Augenblicke beim Frühstück oder Abendessen, und das auch nur, wenn Boyd hier auf der *masseria* war. Sie schütteln sich die Hände und beugen sich vor, bis Boyds linke Schulter Pips rechte berührt, nur eine halbe Umarmung. »Wie geht's? Was ist denn das?«

»Das ist Peggy«, antwortet Pip. Seine Stimme klingt tiefer, erwachsener als noch vor sechs Wochen bei ihrer Zugfahrt. Clare staunt darüber, wie viel sich seither verändert hat und in welchem Ausmaß. Pip blickt auf und sieht sie eine Sekunde lang an. Nur ein kurzer Blick, der sie daran erinnern soll, was er weiß, und Clare wird flau im Magen. Ihre Lippe ist noch angeschwollen, und ein rötlicher Bluterguss zieht sich bis auf ihr Kinn hinab, doch er scheint ihn nicht zu bemerken. »Clare hat sie in einer der alten Hütten gefunden, auf einem Spaziergang«, sagt er. Das ist die Geschichte, auf die sie sich geeinigt haben, nachdem Pip in der Dunkelheit vor ihrer verschlossenen Tür gefragt hatte: Er *hat sie dir gegeben, nicht wahr?* Clare konnte nur stumm nicken. »Ihre Mutter muss sie zurückgelassen haben«, fügt er hinzu. Boyd brummt unwillig.

»Wahrscheinlich das kleinste und schwächste ihrer Jungen. Häng dein Herz nicht zu sehr daran, mein Sohn, die überleben oft nicht.« Ein kleiner Funke in Pips Augen erlischt unübersehbar, und Clare wünscht, Boyd würde es auch bemerken. Sie wünscht, er würde so etwas nicht sagen.

»Jetzt hat sie ja Pip, der sich um sie kümmert. Sie wird bestimmt prächtig gedeihen«, sagt sie, aber Pip reagiert nicht darauf.

»Es ist sicher völlig verwurmt – lass es nicht so an dir herumkauen. Wasch dir gleich die Hände mit reichlich Seife.«

»Peggy ist eine Sie, kein Es«, sagt Pip.

»Reinrassiger Straßenköter, durch und durch«, sagt Leandro. Er lächelt und krault den glatten Welpenkopf mit den Fingerknöcheln. Peggy windet sich und versucht, an seiner Hand zu knabbern. »Zäh wie alte Stiefel, klug und treu. Sie wird dir ein guter Hund sein, Pip.« Pips Lächeln dringt Clare bis in die Brust, tief unter die Rippen, und verbreitet dort eine Wärme wie ein kräftiger Schluck Cognac.

»Tja, bis wir abreisen. Dann muss sie natürlich hierbleiben«, sagt Boyd, und einen Augenblick lang hasst Clare ihn geradezu.

»Peggy kommt mit uns nach Hause«, erklärt sie kühl. Sie geht an ihrem Mann vorbei und die Treppe hinauf, um Marcie zu begrüßen, die mit frischem Rouge auf den Wangen, glänzend rotem Lippenstift und makellos frisiert auf der Terrasse erschienen ist.

Clare blickt von der obersten Stufe unvermittelt zu Marcie auf und sieht einen Ausdruck auf deren Gesicht, den sie zuvor noch nie gesehen hat – abweisend und kalt, beinahe feindselig. Sie zögert, doch der Ausdruck weicht sofort diesem blendenden, willkürlichen Lächeln, und Clare meint, sie müsse sich getäuscht haben.

»Meine liebe Clare, um Himmels willen, was ist Ihnen denn passiert?«, fragt Marcie.

»Ach, ich bin gestürzt. Auf einer Treppe gestolpert.« Sie begrüßen sich mit einer leichten Berührung der Wangen wie zuvor die Männer mit den Schultern – auch so eine Beinahe-Umarmung.

»Schätzchen! War Ihnen wieder schwindelig?« Marcie nimmt ihre Hände, senkt die Stimme und raunt ihr zu: »Sie sind doch nicht in anderen Umständen, oder?«

»O nein«, antwortet Clare automatisch. Und dann denkt sie an die Schwindelanfälle, die Übelkeit, ihren eigenartig veränderten Geschmackssinn. Ihr fällt auf, dass sie seit ihrer Ankunft in Italien nicht mehr ihre Tage hatte. Der Schock schnürt ihr so plötzlich die Kehle zu, dass sie einen erstickten Laut von sich gibt. Marcie sieht sie forschend an.

»Na, setzen Sie sich erst einmal. Wie war denn Ihr kleiner Ausflug?« Da ist wieder etwas in Marcies Stimme, ein Unterton, der beinahe eine Warnung sein könnte. Doch Clare ist nicht sicher, ob sie sich auch das nur eingebildet hat. Sie lässt sich zu einem Stuhl führen und sanft darauf niederdrücken, denn sie hat auf einmal ein lautes Summen in den Ohren und kann Marcies nächsten Worten nicht mehr folgen.

Als sie sich wieder ein wenig erholt hat, hilft Clare Pip dabei, den Welpen zu entwurmen. Sie gehen hinunter in die verrauchte Küche – ein höhlenartiger Raum unter der langen Scheune, die die Westseite des Gutshofs bildet. Die niedrige Gewölbedecke ist schwarz vom Ruß vieler Generationen und die Hitze förmlich greifbar. Neben einem riesigen gusseisernen Herd ist Feuerholz aufgestapelt, und jede Herdplatte ist mit einem Topf besetzt. Es riecht nach Abfall und Fleisch, Hefe und Asche. Die Köchin Ilaria kennt tatsächlich ein Rezept, mit dem man die Parasiten austreiben kann. Sie erklärt es ihnen ausführlich, während sie es zusammenmischt, und es scheint sie nicht zu stören, dass Clare und Pip kein Wort verstehen. Sie zermahlt Nelken und Kürbiskerne, bitter stinkenden Wermut und irgendein anderes Kraut, das Clare nicht identifizieren kann. Diese Mischung rollt sie mit einem Klümpchen klebrigem Schmalz zu einer ekelhaft ranzig riechenden Kugel zusammen. Peggy windet sich, als wüsste sie, was ihr bevorsteht, doch Ilaria spreizt die kleinen Kiefer und stopft ihr das Wurmmittel in die Kehle. Der Welpe winselt protestierend und würgt die Kugel herunter. Ilaria wischt sich die Finger an der Schürze ab und nickt Clare und Pip befriedigt zu. Erledigt. Sie bedanken sich bei der Köchin auf Italienisch und gehen zur Treppe.

Doch vor der ersten Stufe hält Clare Pip mit einer Hand auf seinem Arm zurück.

»Bitte warte einen Moment«, sagt sie. Der Ausgang über ihnen ist ein leuchtendes Rechteck, und im grellen Sonnenschein, der draußen wartet, kann man sich nur schwer verstecken. Clare wünscht sich Schatten und Stille für das, was sie zu sagen hat. Pip beugt sich vor und setzt Peggy auf den Boden. Der Welpe tollt zwischen ihren Füßen herum und lässt sich dann nieder, um an Pips Schuhspitze zu nagen. »Pip, hör mir zu. Ich ...« Doch Clare weiß gar nicht genau, was sie eigentlich sagen will. Sie weiß nur, dass sie mit ihm sprechen muss. Pip hat sie bereits vor schweren Konsequenzen bewahrt – es war sein Vorschlag gewesen, den Generalschlüssel von Carlo zu holen und damit ihre Schlafzimmertür aufzuschließen, während sie vor Angst und Selbstvorwürfen den Kopf verloren hatte.

»Hat *er* dir das angetan?«, fragt Pip mit Blick auf ihre geschwollene Lippe.

»Nein! Natürlich nicht.«

Du warst bei ihm, nicht wahr? Bei Ettore?, hat er sie vorwurfsvoll gefragt, im Dunkeln vor ihrer verschlossenen Tür, und sie konnte nicht einmal sagen, woher er es wusste. Sie hätte es abstreiten können, hätte darüber lachen oder Empörung heucheln können. Doch sie fühlte sich so vollkommen bloßgestellt und elend. Sie brauchte ihn – und ihr war nichts mehr geblieben außer Aufrichtigkeit.

»Wirst du Vater verlassen?«, fragt er.

»Nein.« Ein Taubheitsgefühl breitet sich aus, das Summen in ihren Ohren ist wieder da, und sie weiß, dass er in Wahrheit fragt: *Wirst du mich verlassen?* Und die Antwort darauf lautete schon immer Nein.

»Aber du bist in Ettore verliebt.« Pip schüttelt den Kopf und weicht ihrem Blick aus. Clare fragt sich, ob er ihr diese Liebe irgendwie ansieht. Dann wird ihr klar, dass er ihr nicht zutraut, seinen Vater aus irgendeinem geringfügigeren Grund zu betrügen.

»Aber ich bin mit deinem Vater verheiratet, Liebling.«

»Ich bin kein Kind mehr, Clare! Hör auf, so mit mir zu reden! Glaubst du, du könntest mir ein Hündchen schenken – ein Hündchen, das er dir gegeben hat –, und damit wäre alles wieder gut? Dachtest du, ich würde so damit beschäftigt sein, mit Peggy zu spielen, dass ich nicht merke, wie du lügst und betrügst?«

»Ettore hat mir den Welpen für dich mitgegeben. Pip,

bitte.« Sie greift wieder nach seinem Arm, als er sich zum Gehen wendet.

»Ich will die Wahrheit, Clare. Ich kann ... Ich will nicht, dass du mich belügst, Dinge vor mir verbirgst.« Er kämpft sichtlich mit den Tränen.

»Gut, Pip. Also gut. Ich ... ich bin in ihn verliebt. Aber ich werde dich nicht verlassen.« Sie bringt es nicht über sich zu behaupten, dass sie Boyd nicht verlassen wird. Sie mag sich gar nicht vorstellen, wie es wäre, ihr restliches Leben lang bei ihm zu bleiben. Aber genau das hat sie versprochen, als sie ihn geheiratet hat. Es fühlt sich an, als würde sie unter einer furchtbar schweren Last erdrückt. *Sie sind doch nicht in anderen Umständen, oder?* Wenn dem so ist, dann kann das Kind unmöglich von Boyd sein. Wie könnte ihre Ehe unter diesen Voraussetzungen Bestand haben? Doch unter ihrer Panik steigt allmählich auch jubelnde Freude in ihr auf. Ein Baby – Ettores Baby. Pips Gesicht verzerrt sich, und einen Moment lang glaubt sie, dass er anfängt zu weinen. Dann erkennt sie den Ausdruck von Abscheu.

»Wie konntest du nur, Clare? Er spricht ja kaum Italienisch, geschweige denn Englisch! Ich wette, er kann nicht einmal lesen und schreiben. Er ist ein ... ein dreckiger Proletarier!«

»Pip!« Clare ist fassungslos. »Wie kannst du so etwas Abscheuliches sagen? Ein dreckiger Proletarier? Du hörst dich an wie ...« Sie sucht in Gedanken nach dem Vergleich, denn diese Worte kommen ihr bekannt vor, aber sie klingen nicht nach Pip. Dann geht ihr ein Licht auf – das klingt nach Marcie. Clare schließt abrupt den Mund, und Pips Wangen werden flammend rot. Er wirkt betroffen, beschämt, aber trotzig.

»Na und? Du wirst dich nicht mehr mit ihm treffen, oder? Du gehst nicht wieder nach Gioia«, sagt er.

»Nein. Nein, das werde ich nicht.«

»Und liebst du meinen Vater noch? Du hast mir immer gesagt, dass man zwei Menschen lieben kann – so wie Vater meine Mutter liebt und dich.« Mitten in dieser beängstigend erwachsenen Unterhaltung scheint dieser Anflug der Kindlichkeit auf, die er noch nicht ganz verloren hat.

»Ja, man kann mehr als einen Menschen lieben. Und dein Vater ist mein Ehemann«, antwortet sie, und sie wissen beide, dass das im Grunde gar keine Antwort ist. Doch sie darf Pip nie wieder belügen, wenn sie ihn nicht endgültig verlieren will.

Pip blickt auf seine Füße hinab, wo Peggy sich fröhlich auf den Rücken rollt: Sie präsentiert ihren dicken Bauch, rudert mit den Beinchen, verdreht die Augen, und ihre Ohren sind nach hinten gekippt. Clare wartet auf irgendein Zeichen von Pip, dass diese Unterhaltung etwas zwischen ihnen geklärt hat. Das Versprechen, nicht wieder nach Gioia zu gehen, belastet sie schon jetzt. Alles ist zu viel, zu schwer. Sie ist müde, möchte sich am liebsten hinlegen und stützt sich mit einer Hand an der Wand ab. Sie spürt die raue Fläche des Steins, die staubige Kalkschicht wie auf allen Wänden hier. Diese Mauer ist Hunderte von Jahren alt und mehr als anderthalb Meter dick – erbaut in einem anderen Zeitalter, um vor Räubern und Dieben zu schützen. Und nun kommen sie doch wieder, und Clare wird eine von ihnen sein.

»Wie ist es so weit gekommen?«, murmelt sie und schüttelt den Kopf, als Pip sie fragend ansieht.

»Kommt er morgen zu der Party?«, fragt Pip finster.

»Nein. Natürlich nicht.«

»Warum natürlich – du weißt doch, dass Leandro ihn gernhat. Und Marcie hatte noch nie eine richtige Familie – mit Cousinen oder Geschwistern, Neffen und so weiter.«

»Ihr seid gute Freunde geworden, nicht wahr? Du und Marcie. Das ... freut mich.«

»Tja, mir blieb wohl kaum etwas anderes übrig, oder? Vater war in der Stadt, und du ...« Pip unterbricht sich und wendet den Blick ab. »Du warst beschäftigt. Spazieren. Was hätte ich denn solange tun sollen?«

Es fühlt sich an, als hätte er das Messer zwischen ihren Rippen noch einmal energisch umgedreht. Er geht die Treppe hinauf, und Peggy eilt ihm tollpatschig nach. Clare bleibt noch eine Weile im Schatten stehen – auf halbem Weg zwischen verschiedenen Welten, verschiedenen Leben. Sie legt eine Hand auf ihren Bauch. Natürlich ist noch nichts zu spüren, dazu ist es viel zu früh. Wenn sich überhaupt etwas verändert hat, dann ist sie ein wenig dünner geworden, seit sie nach Italien gekommen sind – ihr Bauch ist leicht eingesunken, die Haut, straff und glatt, fühlt sich kein bisschen anders an als sonst. Und dennoch weiß sie es. Sie ist absolut sicher. Und in dieser Zwischenwelt, wo sie sich eine Zeit lang ausmalen kann, es würde kein Kummer und Leid daraus entstehen, lächelt Clare.

Sie bemüht sich, Boyd aus dem Weg zu gehen. Er hat zu arbeiten, aber er ist rastlos und steht oft vom Schreibtisch auf, um im Wohnzimmer oder draußen auf der Terrasse auf und ab zu laufen. Manchmal tritt er hinaus auf den Hof und bleibt dann stehen wie erstarrt, als könne er sich nicht erinnern, was er dort wollte. Clare gewöhnt sich an, nach seinen Schritten zu lauschen, und hält sich von ihm fern. Sie und

Pip haben viel mehr Zeit auf der *masseria* verbracht als Boyd und kennen sie daher viel besser – ihre verborgenen Winkel und Treppen, den Weg hinauf aufs Dach oder zu der geborstenen Bank im Gemüsegarten. Clare geht den oberen Flur entlang zu dem Raum, der bis vor Kurzem Ettores Zimmer war, und bleibt in der weißen Leere stehen. Dann legt sie sich ein Weilchen auf die nackte Matratze. Kein Hauch von ihm, keine Spur. *Der Vater meines Kindes.* Clare dreht und wendet diese Worte in Gedanken hin und her. Aus irgendeinem Grund ist sie sicher, dass Ettore sich darüber freuen wird. Wo so viel Tod herrscht, muss neues Leben doch besonders willkommen sein? Sie denkt an Iacopo, der wie ein kostbarer Schatz behandelt wird – das Kind von Paolas Liebhaber, der bei dem Massaker bei Girardi ums Leben kam. Ein uneheliches Kind, doch das scheint überhaupt keine Rolle zu spielen. Sie brennt darauf, es Ettore zu sagen und ihm dabei in die Augen zu schauen. Aber bald wird ihr der Raum zu leer, zu still für ihre lärmenden Gedanken, also zieht sie weiter.

Aus dem Fledermauszimmer hört sie Marcies Lachen und Pips gedämpfte Stimme. Musik spielt, und sie kann nicht verstehen, was die beiden sagen. Hat Marcie nicht gesagt, dass sie die Grammofonnadeln für die Party aufsparen müssten? Sie legt die flachen Hände an die Tür und presst das Ohr ans Holz, schließt die Augen und fühlt sich hundert Meilen entfernt von den beiden, von Pip. Sie dreht selbst die Klinge in ihrem Herzen herum – sie hat ihn viel zu oft allein gelassen, um mit Ettore zusammen zu sein. Sie hat sich von Pip abgewandt, praktisch schon in dem Moment, als Leandros Neffe auf der Terrasse vor ihr zusammengebrochen ist. Als sie es nicht mehr aushält, klopft sie und öffnet die Tür mit einem hoffnungsvollen Lächeln. Sie möchte auch ein wenig

Spaß haben und Pip lachen sehen. Sie rechnet damit, die beiden beim Tanzen zu überraschen wie beim letzten Mal oder oben auf dem Podium, aber sie sitzen nebeneinander auf dem alten Sofa. Marcie hat die Knie hochgezogen wie ein kleines Mädchen, die Hände vor den Schienbeinen verschränkt, und sitzt mit dem Oberkörper zu Pip gewandt. Er spricht gerade, und sie hängt an seinen Lippen. Einen Moment lang bemerken sie Clare nicht, sie haben sie nicht einmal klopfen gehört.

»Ich hoffe, ich störe nicht«, sagt sie. Pip unterbricht sich mitten im Satz und errötet.

»Clare!«, sagt Marcie und lässt die Beine sinken. Ihre nackten Füße sind weich und hell, die Zehennägel schimmern perlmuttrosa. Sie scheint aufstehen zu wollen, überlegt es sich dann aber offenbar anders. Auch Pip bleibt sitzen, und Clare steht ein wenig unbehaglich da, weil sie nicht auf Augenhöhe mit den beiden sprechen kann. »Wir haben nur gerade … über das Stück gesprochen«, sagt Marcie. »Nicht wahr, Pip?« Ihre Zähne und die Zunge sind verfärbt, und Clare bemerkt zwei Gläser mit klebrigen Resten auf dem Boden neben einem dunklen Rotweinkrug. Sie riecht den Wein in der Luft und in Marcies Atem. Mit einem raschen Blick zu Pip sucht sie bei ihm nach denselben Spuren, doch er lässt den Mund geschlossen und nickt nur zur Antwort.

»Oh. Ich verstehe«, sagt Clare. Sie sieht Pip wieder an, und dass er ihren Blick nicht erwidert, verrät ihr, dass auch er Wein getrunken hat und es sie nicht merken lassen will. »Alles in Ordnung, Pip? Wie läuft es denn mit dem Stück?«, fragt sie.

»Ganz gut, denke ich«, sagt er in einem Tonfall irgendwo zwischen barsch und verdrießlich.

»Ich wollte ein Stück spazieren gehen – möchtest du mitkommen? Und mich vor diesen Banditen und Rebellen beschützen, von denen man ständig hört?« Am liebsten hätte sie ihn am Arm gepackt und hinausgezerrt, aber sie weiß, dass das nicht geht. Nicht mehr.

»Vielleicht später. Nach dem Mittagessen«, sagt er. Ganz kurz begegnet er ihrem Blick, schuldbewusst und trotzig, wie sie es nun schon öfter bei ihm gesehen hat.

»Ja. Es ist noch recht früh, nicht wahr?«, bemerkt Clare. Dabei sieht sie Marcie an, deren Wangen und Augen gerötet sind. Ihr Lächeln ist so hart und flach wie Glas.

»Ach, hier gibt es nicht so strenge Regeln. Wir sind nicht in England«, sagt sie ein wenig zu laut, und ihr Tonfall fordert Clare dazu heraus, ihr zu widersprechen. Ein Glitzern und der Ausdruck brodelnder Wut in ihren Augen erinnern Clare an den Streit, den sie tief in der Nacht belauscht hat – an den beinahe manischen Anflug von Verzweiflung in Marcies Stimme.

»Allerdings«, murmelt Clare. Sie erträgt diesen Blick von Marcie nicht, also wendet sie sich wieder Pip zu, doch der mustert seine Hand und streicht mit dem Daumen über die letzten Reste Schorf auf den verheilten Bisswunden. »Na, dann überlasse ich euch mal wieder eurem Theater«, sagt sie mit einem Gefühl der Verzweiflung, das ihr beinahe Tränen in die Augen treibt.

»Viel Spaß bei Ihrem Spaziergang«, ruft Marcie ihr nach. Clare hätte sich gern umgedreht, um zu sehen, ob das höhnisch, ernst oder böse gemeint ist, aber sie bringt es nicht ganz über sich.

Durch ein schmales Fenster, erfüllt von der hellen Sonne, sieht sie Leandro auf dem Dach gegenüber. Er steht ganz vorn am Rand mit gerecktem Kinn und locker herabhängenden Armen – Herr über alles, so weit das Auge reicht. Das Wetter ist wechselhaft, Unwetter drohen. Im Augenblick weht ein heißer, trockener Wind, in dem sich Brände besonders rasch ausbreiten, und am südlichen Horizont ballen sich schwarze Wolken zusammen. Leandros Haar und sein Hemd flattern in der Brise – ansonsten rührt sich nichts in dieser stillen Szene. Der ausgedörrte Boden und die Mauern hinter ihm wirken wie gemalte Kulissen. Er starrt zu dieser fernen, drohenden Gefahr hinaus, und Clare wird klar: Obwohl sie schon so lange sein Gast ist, kann sie nicht einmal erraten, was er denkt. In Gioia hatte er kurz davor gestanden, ihr den wahren Grund dafür zu sagen, warum er sie und Pip hierhergeholt hat, da ist sie ganz sicher. Er hat gesagt, sie sei in Gefahr. Doch dann kam Boyd hinzu, und Leandro unterbrach sich. Was sollte das bedeuten? Wollte er nicht, dass Boyd den Grund erfuhr, oder sollte Boyd nicht wissen, dass Leandro Clare einweihen wollte?

Sie starrt Leandro an, genauso reglos wie er. Trotz allem, was ihr geschehen ist, was sie schon durchgestanden hat, bringt sie nicht den Mut auf, ihn jetzt zu stören. Er ist wie ein Buch mit sieben Siegeln. Ganz strenge Miene und harte, unerbittliche Augen. *Leandro Cardetta ist ein sehr gefährlicher Mann.* Zum ersten Mal betrachtet Clare Boyds Worte aus einem anderen Winkel. Bisher hat sie nur gesehen, dass Cardetta zu den Männern gehört, denen jedes Mittel recht ist, um ihre Ziele zu erreichen. Nun erkennt sie, dass das nicht alles sein könnte – ist er für Boyd in ganz bestimmter Hinsicht gefährlich? Sie beobachtet die Gestalt im heißen Wind mit wachsender Unruhe, bis der schwarze Wagen auf dem Hof hält und Federico Manzo aussteigt. Da flieht sie hastig zu ihrem Zimmer, hält sich von Fenstern fern und wünscht schaudernd vor Abscheu, es gäbe noch einen Schlüssel, mit dem sie ihre Tür abschließen könnte.

Am Freitagabend, dem Abend ihrer Party, erwacht Marcie richtig zum Leben. Die Möbel im Wohnzimmer werden beiseite gerückt, um Platz zum Tanzen zu schaffen, und das Grammofon wird auf einem Beistelltisch aufgebaut. Fackeln vor dem Haupttor und sämtliche Laternen auf dem Gut werden entzündet, um die Dunkelheit zu vertreiben. Die lange Tafel auf der Terrasse wird für zwölf Personen gedeckt. Trotz der vielen Einladungen, die Marcie verschickt hat, trotz all ihrer aufgeregten Vorbereitungen, hat sie, abgesehen von ihrem Mann und ihren Hausgästen, nur sieben Leute gefunden, die bereit sind, ihrer Einladung auf die Masseria dell'Arco zu folgen. Dennoch macht sie einen Wirbel, als käme der König von Italien zum Abendessen. Sie trägt Seide und viel Schmuck – das Licht gleitet förmlich über ihre leicht gerundeten Hüften, die stärkeren Rundungen ihrer Brust, und es glitzert an ihren Ohren, an ihrem Hals und den Fingern.

Clare wirkt beinahe schäbig neben ihr und macht sich nichts daraus. Sie wäscht sich das Haar und lässt es einfach offen an der Luft trocknen, sodass es weder Schwung noch Fasson bekommt. Sie zieht saubere Kleidung an und das einzige Paar elegante Schuhe, das sie dabeihat, gibt sich aber keinerlei Mühe mit ihrer Aufmachung. Als sie hinuntergehen will, erhascht sie einen Blick auf ihr Spiegelbild und erkennt erst jetzt, wie blass sie ist. Diese seltsame Blässe scheint von innen zu kommen, denn die Sonne hat ihre Haut seit Wochen immer dunkler getönt und Sommersprossen zum

Vorschein gebracht. Doch unter dieser Sonnenbräune ist ihr Gesicht blutleer. Sie verreibt ein wenig Rouge auf den Wangen und legt Lippenstift auf, aber das macht es irgendwie noch schlimmer. Als Marcie sie sieht, macht sie ein enttäuschtes Gesicht. Doch dann nimmt sie Clares Hände und drückt sie zu fest.

»Clare, Schätzchen. Sind Sie sicher, dass Sie heute Abend dabei sein möchten? Sie sehen blass aus, und ich weiß, dass Sie in letzter Zeit ein bisschen angeschlagen sind.«

»Sind wir hier nicht alle angeschlagen? Aber mir geht es gut, danke«, sagt sie. Marcie lächelt.

»Das wird ein herrlicher Abend. Wir können einmal so tun, als wären wir ganz normale Ehefrauen, die ein ganz normales Leben führen. Wird das nicht ein Spaß? Nur für ein Weilchen«, sagt sie. Ihre Augen strahlen, und Clare fragt sich, ob sie sich überhaupt an die angespannte Szene im Fledermauszimmer erinnert. Marcie holt tief Luft. Ihre Finger klammern sich immer fester um Clares Hände.

»Vielleicht sind wir ganz normale Ehefrauen. Vielleicht ist das Leben einfach so«, entgegnet Clare. Marcie lässt augenblicklich ihre Hände los, weicht einen Schritt zurück und schüttelt den Kopf.

»Sagen Sie nicht so etwas. Also dann! Versuchen Sie sich trotzdem ein bisschen zu amüsieren, Clare. Das könnte die letzte Gelegenheit dazu sein, ehe Sie nach Hause fahren, der einzige aufregende Abend in diesem Sommer. Himmel, ich brauche einen Drink.« Sie stakst davon. Die hohen Absätze ihrer silbernen Schuhe klappern und schillern, und Clare schaut ihr hinterher und denkt sich, wie sehr Marcie sich da täuscht. Ein noch viel aufregenderer Abend, nur leider voller Aufregung der falschen Art, steht sogar kurz bevor.

Übermorgen, am Sonntagabend, wird Ettore kommen. Das Gut wird überfallen, und sie muss ihre Rolle dabei spielen, und zwar gut, wenn sie vermeiden will, dass ihm etwas geschieht. Dieser Gedanke verursacht jedes Mal aufs Neue ein lautes Brüllen in ihrem Kopf. Wie ein plötzlicher Höllenlärm übertönt es auch jetzt alles andere, während die ersten Gäste eintreffen, Pip in seinem besten Anzug erscheint und Boyd mit einem Glas Whisky in der Hand und Leandro an seiner Seite aus dem Wohnzimmer kommt. Die anderen Gäste sind der Arzt, der Ettores Bein behandelt und Clare nach ihrer Ohnmacht untersucht hat, samt seiner Frau und zwei Kindern im Teenageralter, ein streng wirkender Mann namens Labriola, der pensionierter Lehrer ist und gern einmal wieder sein Englisch aufpolieren würde, und Alvise und Carlotta Centasso, ziemlich geistlose Leute aus Gioia, die von Leandros Reichtum und Marcies Juwelen zu geblendet sind, um sich daran zu stören, dass sie als amerikanische *arriviste* gelten. Sie trinken auf der Terrasse milchigen, nach Mandeln duftenden Rosoglio, und Clare kippt ihren Likör gierig herunter. Sie sehnt sich nach Betäubung, nach Vergessen, zumindest für ein Weilchen. Der Alkohol verbreitet Hitze in ihrem Magen, beruhigt ihn aber nicht.

»Fühlst du dich auch gut?«, fragt Boyd dicht an ihrem Ohr. Clare weicht hastig zurück, sie kann nicht anders. Sie nickt stumm und geht hinüber zu Leandro, der in seinem Smoking und der perfekt gebundenen schwarzseidenen Fliege stattlich und makellos gepflegt aussieht. Es ist purer Zufall, dass sie neben ihm und nicht neben ihrem Mann steht, als Federico Manzo auf der Terrasse erscheint und zu Leandro tritt, um ihm etwas ins Ohr zu raunen.

Clare ist erstarrt. Sie kann den Blick nicht von ihm abwenden und auch nicht fliehen, sosehr es sie auch danach drängt. Sie sieht unter seiner Kleidung nur noch die Muskeln, die sie mit solcher Leichtigkeit überwältigt haben. Sie sieht seinen Mund und spürt sofort wieder dessen seltsame Form an ihrem eigenen, schmeckt seinen Speichel. Sie sieht die breiten Hände und muss daran denken, dass nur eine davon genügt hat, um ihr die Luft abzudrücken. Sie schwankt leicht, bleibt aber stehen wie gelähmt. Sie fühlt sich entblößt, gedemütigt, das Blut rauscht ihr in den Ohren, und als Federico sich zum Gehen wendet, streift er sie mit einem kalten, feindseligen Blick. Dieser Blick auf ihr fühlt sich an wie seine grapschenden Hände und wie der widerlich intime Druck seines Körpers auf ihrem. Ihr wird eiskalt.

Als er gegangen ist, packt sie ohne nachzudenken Leandros Arm, um sich abzustützen. Er lächelt auf sie herab, bemerkt dann ihren Zustand und zieht sie sofort ein Stück beiseite.

»Was ist, Chiarina?« Die Verkleinerungsform ihres Namens spricht er mit solcher Sorge und Zärtlichkeit aus, dass sie beinahe zusammenbricht. Sie schluckt die aufsteigenden Tränen herunter.

»Federico«, sagt sie leise.

»Was ist mit ihm?«, fragt er, doch Clare kann ihm nicht antworten. Sie blickt zur Seite, zu Boden, und kann ein heftiges Schaudern nicht unterdrücken. Eine lange Pause entsteht. »Er hat das getan, nicht wahr?«, fragt Leandro dann in ganz anderem Tonfall und legt sanft einen Finger an ihr Kinn. Clare nickt. »Aber warum? Ich dachte, Sie wären in meinen Neffen verliebt?«

»Sie wissen es?«, fragt Clare betroffen.

»Aber natürlich. Hier geschieht kaum etwas ohne mein

Wissen, meine Liebe. Sagen Sie mir, warum hat Fede Sie geschlagen?«

»Er wollte ... ich war allein in der Stadt. Er muss mir gefolgt sein, und ...« Sie kann den Satz nicht zu Ende bringen, kann diese Wörter nicht aussprechen. Auf Leandros Gesicht erscheint dieser Ausdruck, den sie inzwischen erkennt – die Züge schwer vor Wut, mit blitzenden schwarzen Augen.

»Bitte verzeihen Sie. Das ist meine Schuld«, sagt er, und seine Stimme klingt tonlos vor unterdrücktem Zorn. »Er hat sich letztes Jahr an einem der Küchenmädchen vergriffen. Und mir dann erzählt, sie wären verliebt, sie sei einverstanden gewesen, hätte es sich aber hinterher anders überlegt und gelogen. Ich habe ihm geglaubt.«

»Nein. Ich bin schuld«, sagt Clare. »Er hat mich gesehen ... er weiß von mir und Ettore.« Kläglich blickt sie zu ihm auf. »Bitte sagen Sie es nicht meinem Mann! Bitte, sagen Sie niemandem etwas. Nicht einmal Marcie«, flüstert sie.

»Nein, nein. Keine Sorge. Und Federico Manzo wird keinen Fuß mehr auf dieses Gut setzen, das verspreche ich Ihnen. Ich kann solche Leute nicht brauchen – ein Mann wie er ist nicht besser als ein Tier. Die Pflicht der Männer in meinem Haushalt ist es, die Frauen zu beschützen, nicht, sie zu bedrängen! Ich kümmere mich sofort darum. Fühlen Sie sich schon etwas besser? Hier – trinken Sie etwas.« Er reicht ihr sein eigenes Glas, lässt sie auch nicht aus den Augen, während sie trinkt, und führt sie dann, eine Hand unter ihrem Ellbogen, zu Marcie hinüber. Im Schatten seiner strahlenden Frau kann sie sich verstecken.

»Da sind Sie ja, Clare«, sagt Marcie, die sich offenbar nichts dabei denkt, wie ihr Mann Clare bei ihr abliefert. »Waren Sie in England mal bei einem Pferderennen? Ich habe noch nie eines gesehen – ist das unterhaltsam? Mr. Centasso hat mir gerade von seinem neuen Rennpferd erzählt – ein Vollblut, stellen Sie sich vor! Die *signori* hier lieben Pferderennen. Oh, Sie müssen mich einmal mitnehmen, wenn Ihr Pferd ein Rennen läuft, Mr. Centasso«, sagt sie. »Ich verspreche Ihnen auch, dass ich auf Ihr Pferd setze.« Clare schaut Leandro nach, der sich entschuldigt und die Terrasse verlässt.

Bald darauf kommt er zurück, nimmt sie beiseite und führt sie ans andere Ende der Terrasse, von wo aus man gerade noch die *aia* und das Haupttor erkennen kann. Er deutet vor das Tor, und im Schein der Fackeln sieht Clare eine Gestalt, die sich steif und hastig vom Gut entfernt wie von hinten angeschoben. Clare erkennt Federico auf der Stelle.

»Entlassen und aus meinen beiden Häusern verbannt. Sein Vater wird sich deswegen mit mir anlegen, vielleicht geht er auch. Aber manche Dinge müssen sein, auch wenn sie hohe Wellen schlagen.« Er tätschelt sanft ihre Schulter. »Sie werden ihn nie wiedersehen. Ich bedauere sehr, dass Ihnen hier ein Leid geschehen ist.«

»Danke«, flüstert Clare. Leandro gibt ein abwehrendes Brummen von sich.

»Danken Sie mir nicht. Ich habe Sie schließlich hierhergebracht.«

»Aber Sie sind sehr gütig. Als Sie mir von … Ihrem alten Leben erzählt haben, dachte ich, Sie könnten es nicht wahrhaftig hinter sich gelassen haben. Ich dachte, Sie wären gewiss immer noch so – skrupellos, und ein … schlechter Mensch. Aber Sie sind ein guter Mensch, Mr. Cardetta.«

»Gut?« Er schüttelt beinahe zornig den Kopf. »Nein, das dürfen Sie nicht sagen. Nicht einmal denken. Ich verdiene es nicht, für einen guten Menschen gehalten zu werden.«

»Nun, Sie waren jedenfalls gut zu mir. Sie wussten von meiner ... Verfehlung und haben meinem Mann nichts davon gesagt. Und jetzt haben Sie einen treuen Bediensteten entlassen, ohne weitere Fragen zu stellen, um meinetwillen. Ich werde immer nur gut von Ihnen denken.«

»Ihre Verfehlung?« Er lächelt. »Als ich Marcie zum ersten Mal gesehen habe, oben auf der Bühne in ihrem Kostümchen samt Federn, da hat sie meine Brust gesprengt und mir mein Herz gestohlen, einfach so. Ich war damals verheiratet – ich hatte Versprechen abgegeben, die ich hätte halten müssen. Aber es gibt nun einmal Dinge, die wir nicht vorhersehen und uns nicht verbieten können, wenn unser Herz das Sagen hat.« Er tippt ihr mit zwei Fingern leicht aufs Brustbein. »Wie kann die Liebe eine Verfehlung, eine Sünde sein? Hass ist eine Sünde, aber Liebe – niemals.« In Clares Augen brennen Tränen. Sie senkt den Blick und bemüht sich, sie zurückzuhalten.

»Ich weiß nicht, was ich tun soll«, flüstert sie.

»Ah«, sagt Leandro. »Ich fürchte, da kann ich Ihnen auch nicht helfen.«

»Bitte schicken Sie uns noch nicht fort. Schicken Sie mich nicht mit meinem Mann nach Hause.«

»Früher oder später muss es sein.«

»Aber jetzt noch nicht. Ich brauche ... noch etwas Zeit. Nur noch ein paar Tage.«

»Schön. Aber hören Sie mir gut zu, Chiara. Nichts ist unabänderlich. Wenn Sie Ihren Mann nicht lieben, dann bleiben Sie nicht bei ihm. Das könnte sogar noch gefährlicher sein, als ihn zu verlassen.«

»Gefährlich? Das haben Sie schon einmal gesagt – bitte erklären Sie mir, was Sie damit meinen«, fleht sie, doch Leandro schüttelt den Kopf.

»Jetzt ist kein passender Zeitpunkt – sehen Sie, das Essen wird schon serviert. Versuchen Sie, sich nicht allzu sehr zu fürchten. Vor nichts von alldem, Chiara.«

Anna und ein weiteres Küchenmädchen bringen Platten mit Fleisch und Gemüse, Käse, dazu Brot und Wein, und der Tisch schimmert durch das Öl und das schwere Silberbesteck. Es herrscht ein verwirrendes Durcheinander aus Italienisch und Englisch, der Rotwein verfärbt die Zähne und lässt die Augen glänzen, und Clare fühlt sich meilenweit von allem entfernt. Sie hört sich selbst Fragen beantworten, die an sie gerichtet werden, weiß aber Minuten später nicht mehr, was sie gesagt hat. Sie ist sich verwunderter Blicke bewusst, als wären die Gäste nicht ganz sicher, ob sie ihr Englisch richtig verstehen, oder ihr Italienisch, oder die Bedeutung ihrer Worte an sich.

Sie hat bisher keinen Augenblick infrage gestellt, dass der bevorstehende Überfall richtig ist. Sie hat ihn als Teil dieses Krieges akzeptiert, und dass Ettore sich dafür entschieden hat, Krieg gegen seinen eigenen Onkel zu führen, ist ihr gar nicht ganz bewusst geworden. Aber nun muss sie sich die Frage stellen, wie sie Leandros Güte vergilt, indem sie den Angreifern hilft, statt ihn zu warnen. Sie steht vor einer einfachen Wahl: Sie muss Ettore verraten oder Leandro – und das ist überhaupt keine Wahl. Sie denkt an das Massaker bei Girardi, an die unbewaffneten Tagelöhner, niedergemäht von Männern, die sicher hinter hohen Mauern sitzen. Wenn sie sich Ettore in solcher Gefahr vorstellt, werden ihre Beine schwach, und der Magen krampft sich schmerzhaft zusammen. *Er ist in Gioia*, hat Ettore über seinen Onkel gesagt. *Dann werden die Übrigen sich leichter ergeben.* Aber Leandro ist auf der *masseria*, und er wird auch am Sonntag noch hier sein. Niemand wird sich so leicht ergeben. Als ihr das klar wird, fährt Clare unvermittelt hoch und wäre am liebsten aufgesprungen, um nach Gioia zu rennen und Ettore zu warnen.

Nach dem Abendessen gehen sie hinunter ins Wohnzimmer. Musik wird aufgelegt, und Marcie tanzt mit all ihren Gästen und mit ihrem Mann, unermüdlich. Sie lacht und flirtet und lächelt, lächelt, lächelt. Clare beobachtet diese Ausgelassenheit ein wenig verwirrt, als sei Marcie eine Sprache, die sie sich einfach nicht aneignen kann. Das macht ihr immer mehr zu schaffen. *Er ist ein dreckiger Proletarier.* Pip beobachtet Marcie mit einem vorsichtig wirkenden Lächeln, tanzt mit ihr und auch mit der Tochter des Arztes. Sie ist ein Jahr älter und einen Kopf größer als er, doch sie ist diejenige, die errötet, und Clare versucht, Pip mit ihren Augen zu sehen. Ein gut aussehender junger Mann, kein Junge mehr, und ganz gewiss kein Kind. Er würde doch nicht einfach so aus ihrem Leben verschwinden, wenn sie aus Boyds Leben verschwände? Immerhin ist er schon fast erwachsen. Außer, Clare bliebe bei Ettore in Apulien. Sie muss sich vor Augen halten, dass Ettore eine solche Einladung nicht einmal angedeutet hat. Dann denkt sie, dass er es sich vielleicht überlegen würde, wenn er von dem Kind erfährt. So laufen ihre Gedanken unablässig im Kreis. Sie fühlt sich wie einer der Wachhunde an der Kette, schwindelig und müde. Diese Party ist eine Form von Wahnsinn: Sie lachen, während die Decke bröckelt, und tanzen, während der Boden unter ihren Füßen wegbricht. *Wahnsinn.* Clare wird mehrmals zum Tanzen aufgefordert, lehnt aber ab, bis Pip sie um einen Tanz bittet – wortlos, beinahe schüchtern streckt er ihr die Hand hin wie ein Friedensangebot.

Der Tanz ist ein altmodischer Walzer. Während Marcie und Leandro über die gesamte Tanzfläche wirbeln, führt Pip Clare ganz vorsichtig, als könnte sie zerbrechen. Sein Gesicht ist gerötet von der Hitze, dem Tanzen, dem Wein, und eine widerspenstige Locke lehnt sich gegen das Öl auf, mit dem er sein Haar glatt gekämmt hat. Clare neigt den Kopf ein wenig zurück, um ihn besser betrachten zu können, und lächelt dann.

»Du bist über den Sommer gewachsen, weißt du das? Du wächst so schnell, dass ich dir beinahe dabei zusehen kann.« Über diese Worte hätte er sich früher gefreut, doch nun runzelt er die Stirn. Clare wird bewusst, dass sie unbedingt die Dinge aussortieren muss, die sie immer zu ihm gesagt hat, als er noch ein Kind war, und eine neue Art finden muss, sich mit ihm zu unterhalten. »Du hast die Tochter des Arztes zum Erröten gebracht«, sagt sie, und das scheint ihn tatsächlich zu freuen.

»Ich weiß gar nicht, warum, es war nur ein Tanz.«

»Ich glaube, sie hätte gern noch einen«, sagt Clare und lächelt erneut.

Leandro wirbelt Marcie zu dicht am Grammofon vorbei. Sie schreit auf, als sie mit dem Absatz am Tischbein hängen bleibt und die Nadel aus der Rille stößt. Ein lautes, grässliches, reißendes Geräusch hallt durch den Raum, gefolgt von Gelächter. Clare zuckt bei dem Lärm zusammen, und noch einmal, als es plötzlich so still wird.

»Clare, was ist los? Ich meine ... irgendetwas stimmt hier ganz und gar nicht, oder?«, fragt Pip.

»Ach, Pip ...« Sie schüttelt den Kopf.

»Du musst es mir sagen – du hast es versprochen.« Er reckt beharrlich das Kinn, und Clare schweigt einen Moment lang.

Die Musik setzt wieder ein, es wird weitergetanzt. Clare spürt Pips Schulter unter ihrer Hand herabsinken, als die Anspannung, die vorgetäuschte Durchsetzungskraft ihn verlässt. Er holt tief Luft und stößt sie langsam wieder aus. »Ich verstehe das alles nicht«, sagt er dann hilflos. »Bitte, Clare. Ich halte es nicht aus, dass du mir nicht sagen willst ... Vertraust du mir denn nicht?«

»Aber Liebling, natürlich vertraue ich dir. Du bist ... du bist mein bester Freund. Du kannst sicher sein, dass dir nichts passieren wird. Was auch geschehen mag, du bist in Sicherheit.«

»Wie meinst du das, was auch geschehen mag? Was soll denn geschehen?«

In diesem Moment steht Clare schon wieder vor einer Entscheidung. Soll sie das Versprechen halten, das sie Ettore gegeben hat, und niemandem von dem geplanten Überfall erzählen, oder Pips Vertrauen zurückgewinnen und dafür sorgen, dass er tatsächlich in Sicherheit ist, wenn es losgeht? Sie zögert, doch sie muss Pip warnen. Die Vorstellung, dass er Sonntagnacht seltsame Geräusche hört und hinuntergeht, um nachzusehen, ist einfach zu schrecklich.

»Schwör mir, dass du niemandem ein Wort von dem erzählen wirst, was ich dir jetzt sagen werde. Schwöre es«, flüstert sie. Pip nickt schockiert und mit weit aufgerissenen Augen. »Du musst es mir schwören, Pip.«

»Ich schwöre es.«

»Es wird einen Überfall geben. Hier, auf die *masseria* ... weißt du noch, was wir in Gioia gesehen haben? Diese Schlägerbanden, die Misshandlungen? Das ist ein Krieg, Pip, und ... und Ettore gehört zu den Leuten, die in diesem Krieg kämpfen.«

»Er will seinen eigenen Onkel angreifen?«

»Nein, nein – er führt den Überfall nicht an. Ich glaube ... ich glaube, die Idee gefällt ihm nicht einmal. Aber es werden Plünderer kommen, und er wird einer von ihnen sein. Sie wollen nicht, dass jemandem ein Leid geschieht – es ist sehr wichtig, dass du dir das klarmachst.« Sie denkt an Ludo und die Aufseher, die lachend danebenstanden, während er den nackten Mann mit der Peitsche dazu zwang, vor ihnen zu grasen. Ettore will Ludo Manzo umbringen. »Dir und deinem Vater, Marcie und Leandro wollen sie nichts tun. Ettore dachte, sein Onkel würde gar nicht hier sein, sondern in Gioia, in Sicherheit ...«

»Warum sollten sie das Gut dann überfallen?« Pips Stimme klingt gepresst vor Nervosität. »Wir müssen Marcie und Leandro warnen!«

»Nein! Nein, Pip, du hast es mir versprochen – du hast geschworen, dass du nichts verrätst!« Sie packt ihn so fest am Arm, dass ihre Hand sich schmerzhaft verkrampft.

»Au! Schon gut! Aber ... was wollen sie denn dann? Wenn sie niemandem etwas tun wollen?«

»Ich ... ich weiß nicht genau. Vielleicht wollen sie nur deutlich machen, dass sie überhaupt etwas tun können. Damit man sie anhört – und besser behandelt.«

»Und was ... was soll ich tun?« Er schluckt krampfhaft.

»Keine Angst, Pip. Tu einfach gar nichts. Bleib in deinem Zimmer. Hat die Tür einen Schlüssel? Dann schließ ab. Komm nicht herunter, ganz egal, was du hörst, dann geschieht dir nichts. Versprich mir, dass du oben bleibst! Und bitte, bitte sag niemandem etwas. Wenn die Wachen wüssten, dass sie kommen ...« Nun ist es Clare, die schluckt, mit schlagartig trockenem Mund und zugeschnürter Kehle. »Wenn sie auf einen Angriff vorbereitet sind, werden Menschen sterben. Hast du verstanden?«

Pip nickt betroffen und sieht sich um. Clare folgt seinem Blick und merkt, dass sie gar nicht mehr tanzen, obwohl das Grammofon noch plärrt. Er sieht Marcie an, Leandro, dann die hübsche Tochter des Arztes, die ihm quer durch den Raum schöne Augen macht. Clare sieht ihm an, wie schwer es ihm fällt, so ganz zu begreifen, was sie ihm gerade anvertraut hat, und unter dem Eindruck dieses unwirklichen Wissens das normale Leben in der Wirklichkeit weiterzuleben. Auf einmal steht so viel auf dem Spiel. »Wären wir nur abgereist«, murmelt sie so leise, dass nicht einmal Pip sie hören kann. »Gleich nach diesem Vorfall in Gioia wollte ich abreisen. Dann wäre all das nie passiert, es wäre nie so weit gekommen.« Doch obwohl sie zu allem bereit wäre, um Pip zu beschützen, kann sie ihre Begegnung mit Ettore nicht bereuen – kann es nicht bereuen, dass sie ihn liebt und ein Kind von ihm erwartet. Sie hält Pip fest und führt unauffällig, bis der Tanz zu Ende ist. Ihr wird auf einmal bewusst, dass sie Sonntagnacht, wenn sie das Tor zur *masseria* öffnet, Ettore womöglich zum letzten Mal im Leben sehen wird. Sie und Pip tanzen weiter, hölzern und ohne Rhythmus, als könnten sie die Musik nicht hören.

Spät am Abend geht Clare durch den Bogen unter der Mauer hindurch, um zusammen mit Boyd und den Cardettas die letzten Gäste zu verabschieden. Pip ist schon zu Bett gegangen. Nach der Unterhaltung mit Clare schien er die Party nicht mehr recht genießen zu können, obwohl Marcie sich nach Kräften bemühte, ihn aufzuheitern, und sehr verletzt war, als Pip nicht darauf reagierte. Das Pony vor dem kleinen Wagen der Centassos trabt los und scheut vor den

Hunden auf der *aia,* und Clare atmet tief die Nachtluft ein, die irgendwie anders schmeckt als innerhalb der Mauern des Guts. Nur wenige Sterne sind zu sehen, weder Vögel noch Insekten zu hören. Es herrscht eine unnatürliche Stille, als duckte sich die Nacht wie ein lauerndes Raubtier. Aus dem Augenwinkel nimmt Clare eine Bewegung wahr, und sie sieht ein Stückchen Asche vom Himmel herabfallen wie eine schmutzige Schneeflocke. Dann erst bemerkt sie den Brandgeruch und dreht sich nach Leandro um. Der starrt gen Norden, wo ein hässlicher, orangerot glühender Fleck über den dunklen Horizont verschmiert ist. Sie folgt seinem Blick und ist sofort beunruhigt über den Feuerschein am Himmel und Leandros starren Blick dorthin. Das Feuer ist nicht nah, aber auf seinem Land.

»Marcie, bring unsere Gäste ins Haus«, sagt Leandro. Sie winkt immer noch den Centassos nach, obwohl die sich nicht ein einziges Mal umgedreht haben. »Marcie!«, herrscht er sie an. Sie zuckt zusammen und dreht sich nach ihm um. »Geht ins Haus.«

»Was ist denn, Schätzchen?«, fragt sie. Doch in diesem Moment prescht Ludo Manzo zu Pferde durchs Tor und galoppiert über die *aia* auf sie zu. Er hält ein Gewehr in einer Hand, und sein mit Schweiß und Asche verklebtes Gesicht ist in mörderischer Wut verzerrt. Direkt vor Leandro reißt er hart am Zügel, um sein Pferd zum Stehen zu bringen, und stößt einen zornigen Wortschwall hervor.

»Was sagt er, Clare?«, fragt Boyd an ihrer Schulter. Clare schüttelt den Kopf.

»Ich kann den Dialekt nicht verstehen.« Ihr Herz rast vor Sorge, dass dies irgendetwas mit ihr zu tun haben könnte, mit Federicos Entlassung.

Ludo und Leandro wechseln ein paar Worte, dann lässt der Aufseher sein Pferd herumwirbeln und jagt davon. Leandro wendet sich mit ernster Miene den anderen zu. Doch er sieht weder Boyd noch seine Frau an, sondern Clare. Und Clare wird es eiskalt.

»Was ist?«, fragt sie, ohne sich darum zu scheren, dass Boyd sich über diese Frage wundern könnte. Leandros Gesicht verzerrt sich, und er zieht scharf den Atem ein. »Was ist los?«, wiederholt sie mit einem Anflug von Panik in der Stimme. »Sagen Sie es mir!«

»Ich muss gehen. Ich habe etwas zu erledigen ...«, sagt er, wobei er immer noch Clare ansieht. »Geht ins Haus. Und bleibt dort.«

»Aber natürlich, Liebling«, sagt Marcie. »Komm, Clare. Sie auch, Boyd – was immer da passiert sein mag, Ludo und Leandro regeln das schon. Nun kommt doch bitte. Wenn es irgendwo auf dem Gut Ärger gibt, tut man besser, was Leandro sagt.« Sie wedelt mit den glitzernden, juwelenbesetzten Händen, als wollte sie sie hineinscheuchen. Leandro wendet sich ab, um seinem Oberaufseher zu folgen, doch Clare läuft ihm nach und hält ihn am Arm zurück.

»Ist er es? Ettore? Sagen Sie schon!«, flüstert sie. In der Ferne glüht der Himmel bedrohlich, und eine Rauchsäule ragt in den Himmel wie ein riesenhafter Baum. Leandro blickt auf sie herab, und sie sieht Wut, Schmerz und noch etwas anderes in seinen Augen – etwas Unversöhnliches.

»Gehen Sie ins Haus, Chiara«, sagt er so bestimmt, dass sie nur gehorchen kann. Boyd legt ihr einen Arm um die Schultern, als sie zu ihm aufholt. Clares Kopf fühlt sich an wie vom Körper getrennt. Sie taumelt und lässt sich von Boyd führen.

»Du hast mehr verstanden, als du zugeben willst, nicht wahr?«, fragt Boyd. »Was haben sie gesagt, Clare?« Die Tür der *masseria* schließt sich mit einem dumpfen Knall hinter ihnen, und Clare bringt kein Wort heraus. Noch nie im Leben hatte sie solche Angst.

14

Ettore

Als Ettore Gianni und Benedetto erzählt, dass er Livias Mörder gefunden hat, herrscht lange Schweigen – so unerbittlich, als könnte es nie mehr gebrochen werden. Doch schließlich bricht es Bianca, Livias Mutter. Sie sitzt auf ihrem Schemel am Ofen und gibt einen Laut von sich, der wie ein ängstliches Wimmern klingt. Aber als Ettore sie anschaut, sieht er keine Angst. Er sieht Hunger. Dicke schwarze Fliegen brummen träge im Kreis durch das Zimmer. Das Geräusch kommt Ettore unerträglich laut vor – er hat das Gefühl, dass er sie mit geschlossenen Augen orten und direkt aus der Luft fangen könnte. Seine Nerven sind so angespannt, dass seine Augen jede Bewegung erfassen und seinen Ohren kein Geräusch entgeht. Die Atemluft steckt hoch oben in seiner Brust fest, und er kann die Schultern nicht mehr lockern. Nicht, solange Federico Manzo atmet, läuft, lacht. Er denkt nicht an Chiara – das geht nicht. Livia ist schon genug. Wenn er den Gedanken zulassen würde, dass derselbe Mann sich auch an Chiara vergriffen hat, könnte er sich nicht mehr auf diesem schmalen Grat der Selbstbeherrschung halten – er würde auf der Stelle die Kontrolle verlieren. Ab und zu treten ihm Bilder von ihren angstvoll geweiteten Pupillen und ihrer blutenden Lippe vor Augen, und jedes Mal reißt er seine Gedanken heftig davon weg. In dem beengten Raum gibt es keine Sitzgelegenheit für ihn – Livias Brüder sitzen an die Wand gelehnt auf der Matratze, und Ettore hockt auf einem Knie vor ihnen wie ein ehrfürchtiger Bittsteller.

Gianni starrt ihn an, als würde er am liebsten Ettore selbst töten. Schon immer hat Ettore sich in seiner Gegenwart gefühlt wie ein kleiner Junge, nutzlos wie ein Kind. Als Gianni Luft holt, rechnet Ettore mit der Frage, ob er denn bereit sei, das Nötige zu tun – oder mit der Anweisung, alles Gianni und Benedetto zu überlassen. Aber da irrt er sich.

»Und du bist dir ganz sicher? Ohne jeden Zweifel?«

»Ja.«

»Ihn allein zu erwischen dürfte schwierig werden. Es sollte so leise wie möglich geschehen. Ich habe keine Zeit für einen langwierigen Kampf mit seinen *mazzieri*-Kumpanen. Fällt dir eine Möglichkeit ein? Kannst du ihn dazu bringen, das Gut deines Onkels zu verlassen?«

»Das würde ganz sicher Verdacht erregen.«

»Niemand darf wissen, wer wir sind«, erklärt Benedetto mit seiner tiefen, volltönenden Stimme. »Nur er soll uns erkennen in seinen letzten Augenblicken. Damit er weiß, dass es für *sie* ist.« In seinen Augen funkelt nur schwer beherrschter Rachedurst.

»Er ist öfter zwischen Gioia und der *masseria* unterwegs, hast du gesagt. Ist er dabei allein?«

»Manchmal, aber dann fährt er meist mit dem Automobil.«

»Dann muss es hier geschehen, in der Stadt. Er hat deine neue Frau angegriffen, also läuft er offenbar manchmal allein herum. Wir werden ihn suchen – abwechselnd, sodass immer einer von uns nach ihm Ausschau halten kann. Falls sich die Gelegenheit ergibt, dürfen wir sie nicht verpassen.« Benedetto dreht sich eine Zigarette und zündet sie mit ruhigen Bewegungen an. Das Geräusch, mit dem er das Streichholz anreißt, lässt Ettore erschauern.

»Ja.« Gianni begleitet das Wort mit einem entschiedenen Nicken.

»Du zuerst, Ettore. Gianni am Tag darauf. Und dann ich.« Benedettos Gesicht verschwimmt hinter dem Rauchschleier.

»Ich kann eine Pistole bekommen«, sagt Ettore und denkt dabei an die Waffe, die Paola aus der Masseria Molino gestohlen hat.

»Vergiss es«, erwidert Gianni. »Zu schnell und schmerzlos.«

»Aber damit könnten wir ihn zwingen, irgendwohin mitzukommen, wo wir Ruhe hätten«, wendet er ein. Gianni wechselt einen Blick mit seinem Bruder.

»Ja. Und die Pistole bekommt immer derjenige von uns, der gerade Ausschau nach Manzo hält«, sagt Benedetto.

Die drei Männer nicken. Mehr haben sie einander nicht zu sagen, also senkt sich wieder Schweigen herab. Ettore hält die summenden Fliegen und den beißenden Rauch keinen Augenblick länger aus. Abrupt steht er vom Boden auf und wendet sich zum Gehen, doch Bianca packt ihn am Arm. Ettore blickt hinab in ihr Gesicht, das gezeichnet ist von Jahren der Trauer und der Not. Ihre Wangen sind eingefallen, die Augen rot entzündet und verklebt.

»Zögere nicht, mein Junge«, sagt sie mit leiser Stimme. »Denk an mein Mädchen und zögere nicht. Anders wird ihr niemals Gerechtigkeit widerfahren.« Ettore entzieht ihr seinen Arm, nickt erneut und geht. Seine Haut ist so überempfindlich wie alle seine Sinne, und ihre Berührung ist ihm unerträglich.

Auf dem Weg zur Vico Iovia hält er sich an die engsten, dunkelsten Gassen. Nirgends brennt Licht, alle Türen sind geschlossen, und nur der Gestank nach den morgens ausgeleerten Nachttöpfen verrät, dass hier überhaupt jemand wohnt. Leise tritt er ein, um Valerio und das Baby nicht zu wecken. Er legt sich neben Paola ins Bett und tastet nach ihrer Hand. Er verschränkt die Finger mit ihren, wie sie es als Kinder immer getan haben, wenn Valerio ihre Mutter schlug. Er drückt ihre Finger so fest, dass es ihr wehtun muss, aber Paola rührt sich nicht.

»Du hast mit ihnen gesprochen?«, raunt sie kaum hörbar.

»Ja.«

»Und?«

»Sobald wir Gelegenheit dazu bekommen, werden wir die Schuld begleichen.« Das sagt er ganz nüchtern, obwohl er so leidenschaftlich davon überzeugt ist, das Richtige zu tun. Er hat im Krieg gesehen, wie Soldaten, kaum mehr als kleine Jungen, in Stücke gerissen wurden und ihr warmes, dunkles Blut sich in Vertiefungen im gefrorenen Matsch sammelte. Er hat gesehen, wie seine verprügelte und vergewaltigte Verlobte qualvoll starb, wie seine Mutter binnen zwei Tagen der Cholera erlag wie innerlich ausgehöhlt. So viel Tod, so viele Arten zu sterben, mit denen Gerechtigkeit nicht das Geringste zu tun hat. Das Leben ist nicht wertlos, aber Sterben ist einfach – das hat er gelernt. Noch nie hat er geplant, jemanden absichtlich zu töten – noch nie hat sich ein Mord so richtig angefühlt. Sein Gewissen ist rein. *Mord* ist eines dieser Wörter – wie *widerrechtlich* oder *Strafprozess* –, das den

Reichen gehört, nicht den Feldarbeitern. Die *braccianti* hatten schon immer ihre eigene Justiz.

Paola wendet sich ihm zu. Er kann sie nicht sehen, doch er spürt ihren Atem an seiner Wange und ihren schweren Zopf, der auf seinen Arm rutscht.

»Wenn es getan ist, wird Livia ihren Frieden finden. Und was ist mit dir?«, fragt sie.

»Ich auch«, antwortet er, ohne zu zögern. »Das heißt – vielleicht. Vielleicht auch nicht. In jedem Fall muss es getan werden.«

»Kann das nicht noch ein paar Tage warten, Ettore?«, fragt sie drängend. »Nur ein paar Tage! Wir sollten vor dem Überfall nichts tun, was sie in Alarmbereitschaft versetzen könnte. Danach brauchen wir keine Rücksicht mehr zu nehmen. Nur noch drei Tage.«

»Es hat schon begonnen, Paola. Von dem Moment an, in dem ich diese Wohnung verlasse, wird immer einer von uns nach ihm Ausschau halten. Und wenn sich ein günstiger Augenblick ergibt, werde ich ihn nicht verstreichen lassen. Benedetto und Gianni ebenso wenig. Vielleicht finden wir ihn erst nach dem Überfall, vielleicht schon vorher.«

Paola holt tief Luft und lässt sie langsam wieder ausströmen. »Also wird er womöglich noch vor Sonntag hingerichtet, und dann werden die Aufseher und Wachen nervös. Wir müssen um elf Uhr bei dell'Arco sein – das heißt, wir werden schon bald nach Anbruch der Nacht in Gioia aufbrechen müssen! Das gefällt mir nicht, Ettore ... es steht so viel auf dem Spiel.«

»Es muss aber so sein, Paola. Und wir können dell'Arco auch später überfallen, wenn dir das lieber ist. Aber dann ohne Chiaras Hilfe.«

»Ich hoffe nur, dass sie verdammt noch mal tut, was sie versprochen hat.« Paola ist zornig und besorgt. »Wenn sie einen Rückzieher macht, häute ich sie bei lebendigem Leib und ...« Sie unterbricht sich, als Ettores Hand sich um ihre verkrampft. Er spürt, wie sich die Knöchelchen in ihrer Hand verschieben. »Entschuldige. Ich habe es nicht so gemeint.«

»Sie wird tun, was sie versprochen hat. Sie hat noch nie einen Rückzieher gemacht.«

»Sag das ihrem Mann«, schnaubt Paola.

»Genug jetzt, Paola. Bitte.«

»Du musst aber arbeiten! Wir brauchen deinen Lohn. Du nützt uns nichts, wenn du in Gioia herumlungerst und auf die Gelegenheit für einen Hinterhalt wartest. Und er sucht obendrein nach dir, vergiss das nicht.«

»Jeden dritten Tag werde ich in der Stadt bleiben. Die Arbeit wird sowieso schon immer weniger – die ganze Woche über hat kaum jemand Arbeit bekommen. Du erzählst mir doch dauernd, dass wir nach Sonntagnacht reich und satt sein werden. Und er hat deinem Sohn eine Pistole an den Kopf gehalten, Paola. Hast du das schon vergessen?«

»Natürlich nicht.«

»Dann hör endlich auf! Du kannst nicht immer alles entscheiden. Es muss nun einmal sein, genau so, und ich werde nicht mehr mit dir darüber streiten.« Eine lange Pause entsteht. Er lockert den Griff um ihre Hand und lässt ihre Finger auseinandergleiten.

»Na schön«, sagt sie leise. Ettore greift nach ihrem Zopf und zieht sacht daran, wie früher, als sie noch klein waren. Dann steht er auf, zieht sich den Hut tief ins Gesicht und geht wieder hinaus in die Nacht.

Den nächsten Tag über ist er ständig in Bewegung, läuft kreuz und quer durch die Stadt: von den Burgmauern zur Chiesa Madre, vom Teatro Comunale zu den Marktständen auf der Piazza XX Settembre, von Santoiemmas Sägemühle zu den Bäckereien, von der Via Roma über den Bahnhof bis zum Schlachthof. Er spricht mit ein paar Männern, denen er vertraut, und lässt die richtigen Leute wissen, dass Federico Manzo gesucht wird. Dass er eine Schuld zu begleichen hat. Die Arbeiter kennen Federico – durch seine Hasenscharte ist er leicht wiederzuerkennen, und in letzter Zeit war er mit seinem schwarzen Hemd und den Faschisten-Emblemen oft in der Öffentlichkeit zu sehen. Schon vorher war er als Sohn von Ludo Manzo bekannt, und kein Tagelöhner in Gioia hat irgendeinen Grund, Ludo zu schätzen. Trotzdem hört Ettore den ganzen Tag lang nichts. Zumindest nichts Nützliches – man hat Federico in Cardettas schwarzem Wagen zur *masseria* hinausfahren sehen, aber nicht wieder zurück. Besorgt erkundigt sich Ettore danach, wo sein Onkel sich aufhält, und erfährt, dass Leandro eine Weile vorher mit dem roten Wagen in dieselbe Richtung gefahren und ebenfalls noch nicht zurückgekehrt sei.

Fiebrig vor Ungeduld dreht Ettore dieselbe Runde um Gioia noch einmal und noch einmal. Er späht durch offene Türen und Tore von Schuhmachern, Schrottsammlern, Schmieden und Bars. Er ist wütend und enttäuscht – er wollte derjenige sein, der Federico erwischt, und zwar noch am selben Tag. Keine Warterei, keine Verzögerungen. Der Mann sollte keinen einzigen Tag mehr genießen dürfen. Die gestohlene Pistole, die er hinten im Hosenbund unter seiner Weste versteckt trägt, ist kühl und schwer. Ettore malt sich aus, wie er sie zückt und Federico an den Kopf hält. *Mit-*

kommen, würde er sagen. So tief und steinern wie Benedetto und so emotionslos wie Gianni. *Mitkommen.* Und Federico würde mitgehen, und dann würde geschehen, was geschehen musste. Und danach? Was er mit all seinen Gedanken machen soll, weiß er jetzt noch nicht so recht.

Als es dunkel wird, kauft er ein wenig Brot zum verbilligten Preis kurz vor Ladenschluss und bringt es Pino und Luna. Luna schneidet es in Scheiben, reibt mit der Fingerspitze Olivenöl darauf und fährt dann mit der Innenseite einer halbierten Chilischote darüber. Dazu gibt es gestampfte Bohnen und dunkelgrüne Zichorien und nur Wasser zu trinken. Ettore erzählt den beiden von Federico. Luna hört zu kauen auf und kann ihren Bissen offenbar nicht herunterschlucken. Sie sitzen auf Schemeln, doch es gibt keinen Tisch. Die angeschlagenen Schüsseln halten sie auf dem Schoß, und weil die Schemel so niedrig sind, hocken sie mit angezogenen Knien darauf wie Schulkinder. Der große Pino knickt und faltet seinen Körper dabei so geübt, wie er es seit Jahren gewohnt ist. Er hat den ganzen Tag lang schwer gearbeitet und riecht auch danach, und er schlingt gierig sein Essen herunter, ganz gleich, worüber dabei gesprochen wird. Doch als seine Schüssel leer ist, räuspert er sich.

»Wenn du ihn findest, gehe ich mit dir«, sagt er. Ettore schüttelt verblüfft den Kopf. Pino meidet doch immer jede Art von Gewalt.

»Nein. Warum dich darin verwickeln? Das ist nicht dein Kampf – mach dir nicht die Hände schmutzig.«

»Ich habe ihn gesehen, Ettore«, sagt Pino, und der Abscheu steht ihm ins Gesicht geschrieben. »Ich habe gesehen, was er Chiara angetan hat. Was er getan hätte, wenn ich ihm nicht meinen Stiefel in den Magen gerammt hätte. Ein solcher

Mann ist wie ein tollwütiger Hund – es ist unser aller Pflicht, ihn zu erschießen. Was sollte ich sonst tun? Darauf warten, dass er als Nächstes über meine Luna herfällt?« Er wirft seiner jungen Frau einen Blick zu, die bei diesen Worten erschrocken die Augen aufgerissen hat. »Außerdem«, sagt Pino und nimmt Lunas Hand, »hatten wir Livia auch sehr gern.«

»O ja. Die arme Livia«, sagt Luna. Sie sieht Ettore an. »Aber du musst auf unseren Pino aufpassen. Hörst du?«

»Manzo wird ganz allein sein. Hilflos, wie die Frauen, denen er nachstellt. Und wir werden zu viert sein, wenn wir ihn uns holen«, erklärt er.

»Ja. Trotzdem«, sagt Luna.

Ettore beobachtet die ganze Nacht lang aus seinem Versteck in einer Türnische das Haus in der Via Garibaldi. Er sieht einen Trupp Schwarzhemden, bewaffnet mit Pistolen und Schlagstöcken, aber Federico ist nicht bei ihnen. Die Nacht ist lang und mild, und während Ettore den Blick auf die Straße gerichtet hält, wandern seine Gedanken herum in dieser seltsamen, nebulösen Welt zwischen Schlafen und Wachen. Die Gedanken werden zu Träumen und springen zurück in die Wirklichkeit. Er hält Chiara in den Armen, er liegt in den Schützengräben bei Isonzo, er lauscht Livias Stimme und ihrem niedlichen Lispeln, er ist ein kleiner Junge und sucht in den Trockenmauern nach Fossilien, er stürzt in die Dunkelheit des Höllenschlunds von Castellana. Er ist aus Stein und zugleich substanzlos wie Luft. Er ist Rauch und Ruß im Wind, und Chiara ist ein Traum, den er einmal geträumt hat – ein Traum voller Sehnsucht von einem völlig anderen Leben.

Bei Sonnenaufgang am Freitagmorgen kehrt Ettore in

die Gassen der Altstadt zurück und übergibt die Pistole an Gianni, der sie wortlos an sich nimmt. Dann geht er in die Kirche Sant'Andrea, legt sich auf eine Bank und verschränkt die Arme vor dem Gesicht, um das Licht zu dämpfen. Er schläft stundenlang, und sobald er aufwacht, ist er schon wieder auf den Beinen, rastlos und hungrig. Als Benedetto kommt, ist es dämmrig, aber noch nicht Nacht. Ettore sitzt in der Bar gegenüber der Burg und sieht ein paar Männern zu, die sich beim Kartenspiel zanken und Geld verlieren, als Livias ältester Bruder den Kopf zur offenen Tür hereinschiebt, seinen Blick auffängt und ihm zunickt. Ettores Puls beschleunigt sich so, dass er sich zwingen muss, nicht loszurennen.

»Bereit?«, fragt Benedetto. »Wir haben Glück – Manzo war zu Fuß auf dem Weg in die Stadt, allein. Gianni war mit ein paar anderen auf dem Rückweg von Vallarta und hat ihn gesehen. Er hat sofort einen Freund zu mir geschickt. Manzo kam ihnen zu Fuß entgegen, mitten im Nirgendwo, ganz allein! Gott will ihn wohl auch tot sehen.«

»Anscheinend. Warum ist er zu Fuß gegangen und nicht gefahren?«

»Wer weiß – und wen kümmert's? Willst du rasch ein Messer holen? Oder einen Knüppel?«

»Gianni hat die Pistole? Dann nicht«, sagt er, als Benedetto nickt. »Aber ich muss ...« Ettore zögert. Er wollte sagen, dass er erst Pino holen muss. Aber eigentlich will er seinen Freund nicht dabeihaben – es wird brutal und blutig sein. Alles, was Pino widerstrebt, und solche Dinge sind immer gefährlich. Sie könnten entdeckt werden, jemand könnte sich rächen wollen. Aber Pinos Bitte zu ignorieren wäre eine Beleidigung, und wenn sie klug vorgehen, ist das Risiko nicht allzu groß. »Ich muss Pino abholen. Er hatte Livia gern. Er will uns helfen.«

»Gut, dann schnell«, raunt Benedetto. Seine tiefe Stimme klingt, als mahlten Steine aufeinander. »Ich bleibe bei euch.«

Im Dunkeln marschieren sie aus der Stadt hinaus gen Süden. Etwa drei Kilometer vor Leandros Ländereien biegen sie von der Straße ab und gehen querfeldein weiter. Sie klettern über Mauern, stapfen durch Stoppelfelder, stolpern über Steine. Sie sprechen kein Wort. Benedetto trägt einen Knüppel über der Schulter, so selbstverständlich wie ein Werkzeug. Pino und Ettore sind mit leeren Händen unterwegs. Plötzlich ragt der riesige, blasse Schemen eines Heuschobers vor ihnen auf, drei Meter hoch. Das am Gestell aufgeschichtete Heu ist getrocknet und wartet darauf, in eine Scheune gebracht zu werden. Ein wenig bestürzt stellt Ettore fest, dass dieses Feld schon zu dell'Arco gehört. Paola wird furchtbar wütend werden. Doch am Fuß des Schobers erwartet sie der triumphierende Gianni mit einer Laterne, deren Lichtschein etwas am Boden erhellt. Federico liegt auf dem Bauch, die Hände hinter dem Rücken an die Fußknöchel gefesselt und mit einem schmutzigen Lumpen geknebelt. Aus einer Schnittwunde über seinem Auge sickert Blut. Ettore spürt, wie Pino zögert – nur ein kurzes Zaudern zwischen zwei Schritten, ein deutlicheres Atemholen. Er dreht sich zu seinem Freund um.

»Wenn du lieber gehen möchtest, ist das keine Schande«, sagt er. »Du solltest sogar gehen. Das hier ist nicht deine Sache.« Pino schluckt und schüttelt den Kopf. Gianni und Benedetto beobachten ihn unverwandt. Dann grinst Gianni schief und versetzt Federico einen leichten Tritt mit der Stiefelspitze.

»Bleib ruhig. Hast du noch nie gesehen, wie alte Frauen von einem Balkon aus einen Aufstand beobachten? Sitzen da, schwatzen und glotzen? So könntest du es auch machen«, sagt er, und Benedetto grinst.

»Ich bleibe. Für Livia«, sagt Pino. Ettore klopft ihm auf die Schulter. Dann wenden sich alle der Gestalt auf dem Boden zu.

Federicos Augen funkeln vor Wut. Er keucht und wirbelt damit den Staub unter seiner Nase auf. Als er Ettore sieht, versucht er den Lumpen auszuspucken.

»Ich glaube, er hat dir etwas zu sagen, Ettore«, bemerkt Gianni und beugt sich über Federico wie ein Jäger über ein Stück erlegtes Wild.

»Das möchte ich hören«, sagt Ettore. Gianni zuckt mit den Schultern, streckt die Hand aus und zieht Federico den Lumpen aus dem Mund. Benedetto nimmt den Knüppel von seiner Schulter und lässt ihn in der Handfläche ruhen, ohne den Mörder seiner Schwester aus den Augen zu lassen.

»Du!«, faucht Federico. Er versucht auszuspucken, bringt aber keinen Speichel zusammen. »Du steckst dahinter – weil ich deiner englischen Hure unter den Rock gefasst habe? Bist du vielleicht verliebt in sie?«, fragt er bissig.

»Ich habe jemandem etwas versprochen, fast jeden Tag in den vergangenen Monaten«, sagt Ettore. »Und weißt du, was ich versprochen habe?« Jetzt fühlt er eine eigenartige, unnatürliche Ruhe. Federico bäumt sich gegen seine Fesseln auf, beißt die Zähne zusammen und schweigt. »Ich habe meiner Verlobten versprochen, dass ich herausfinden werde, wer sie überfallen und zum Sterben liegen gelassen hat. Und dieser Mann wird brennen.« Ettore wird nun klar, warum Gianni Federico zu diesem Heuschober gebracht hat – Livias Bruder hat offenbar dieselbe Idee. Er geht in die Hocke und sagt dicht an Federicos Ohr: »Du bist ein toter Mann, Federico Manzo. Wie fühlt sich das an?«

»Ihr seid tot. Ihr seid *alle tot!*«, brüllt Federico, außer sich vor Wut.

»Wie viele hast du vergewaltigt? Wie viele hast du umgebracht?«, fragt Benedetto. Federico grinst hysterisch.

»Hunderte! *Hunderte* habe ich gefickt! Mehr als einer von euch Schlappschwänzen je haben wird. Ihr müsst mich schon umbringen, ihr *cafoni!* Bringt mich lieber um, sonst sterbt ihr alle, und eure Familien mit euch!«

»Keine Sorge.« Benedetto lacht dumpf. »Das haben wir vor.«

»Deine Liebste habe ich also auch gefickt, was?« Federico grinst Ettore lüstern an. »Hab ich sie zu Tode gefickt, ja? Schade – wenn ich gewusst hätte, dass sie dein Mädchen ist, hätte ich mir noch mehr Zeit für sie genommen.«

»Du *Hurensohn!*«, brüllt Pino. »Hörst du eigentlich, was du redest? Was bist du für ein Vieh?«

»Ich habe keine Angst vor euch! Vor keinem von euch – seht ihr das? Ich habe keine Angst vor euch!« Doch Federicos Augen sagen etwas anderes. Sein ganzes Gesicht ist verzerrt vor Furcht. Ettore nickt.

»Ihr Name war Livia Orfino. Ich habe sie geliebt. Wir alle haben sie geliebt – das sind ihre Brüder, Gianni und Benedetto Orfino.« Er deutet auf die beiden Männer. »Dies hier hast du dir redlich verdient, und wenn du auch nur ein kleines bisschen Reue gezeigt hättest, hätte ich dich bewusstlos geschlagen, ehe wir zum nächsten Teil kommen. Aber du bereust gar nichts. Du bist noch stolz darauf. Und du hast versucht, Chiara dasselbe anzutun. Also …« Er zuckt mit den Schultern.

Ehe Federico noch etwas sagen kann, stopft Ettore ihm den Lumpen wieder in den Mund, der seine Beschimpfungen und Drohungen erstickt. Benedetto wuchtet sich Federico grob auf die Schulter, Gianni und Ettore klettern auf das Trockengestell und hieven Federico zu sich hoch. Dann springen sie herunter und treten zurück. Ettore erhascht einen Blick auf Pinos Gesicht – er ist kalkweiß, und vor Entsetzen steht ihm der Mund offen. Benedetto entzündet ein Streichholz, geht einmal um den Schober herum und setzt das Heu alle paar Schritte in Brand. Dann geht er zu den anderen hinüber. Rauch steigt auf. Die drei Männer stehen Schulter an Schulter, während Pino keuchend hinter sie zurückweicht. In der Dunkelheit beginnt es zu flackern. Eine Brise lockt die Flämmchen und verweht den Rauch. Das anfangs noch leise Rauschen und Knistern wird allmählich immer lauter. Ettore sieht zu und empfindet – nichts. Dies ist Ursache und Wirkung. Die logische Folge aus dem Leben dieses Mannes. Er empfindet weder Freude noch Befriedigung. Es musste getan werden, und er ist erleichtert, sein Versprechen endlich erfüllt zu haben. *Ursache und Wirkung.* Die Nacht verschwindet hinter einem flackernden Sturm in Gelb und Orange, Minuten verstreichen. Irgendwann schafft Federico es, den Lumpen aus seinem Mund zu befördern, und sie hören ihn inmitten des tosenden Feuers kreischen. Ettore sieht zu, denkt an nichts und bekommt nur vage mit, dass Pino ein Stück beiseite taumelt, um sich zu übergeben.

Als die Schreie verstummt sind, stößt Benedetto Ettores Schulter an, um ihn aufzurütteln. Mit einem Nicken weist er in die Dunkelheit.

»Wir sollten gehen. Dieses Feuer muss man bis nach Gioia gesehen haben«, sagt er. Ettore blinzelt – seine Augen sind verklebt und brennen vom Rauch, und er schwitzt. Er nickt und wendet sich zum Gehen. Er ist der Letzte – Gianni ist vor ihm, Pino schon fünfzig Meter weiter am Rand des Feuerscheins. Gleich wird er in der Dunkelheit verschwinden. Plötzlich hören sie ein seltsames Geräusch von dort, einen Schrei, und ein Reiter kommt aus der Dunkelheit herangaloppiert. Er schwingt einen Schlagstock, der Pino krachend am Kopf trifft. Pino geht zu Boden wie ein gefällter Baum. Ettore hört Benedetto schreien – es klingt wie das Brüllen eines Bären. Der große Mann holt mit seinem Knüppel aus und schlägt einen weiteren Reiter vom Pferd. Das Tier rollt mit den weit aufgerissenen Augen, scheut vor dem Feuer und geht durch. Instinktiv lässt Ettore sich zu Boden fallen, als der Mann, der Pino niedergeschlagen hat, an ihm vorbeireitet. Der Knüppel saust pfeifend über seinen Kopf hinweg. Er springt auf und rennt los, ehe der Mann sein Pferd wenden kann.

»Pino! *Steh auf!*«, schreit er. Doch Pino bleibt liegen. Ein Schuss kracht in ohrenbetäubender Nähe. Ettore spürt ein Zupfen am Ärmel, etwas zwickt in seinen Arm wie eine Ameise, und rechts von ihm spritzen Staub und Steine vom Boden hoch. Er schlägt einen Haken, als der nächste Schuss kracht und ihn ebenfalls verfehlt. Er rennt, so schnell er kann. Steinchen rollen unter seinen Füßen weg, sein schwaches Bein zittert und droht nachzugeben. Es fühlt sich an, als würde sein Herz gleich explodieren. Schreie hallen hinter ihm durch die Nacht, und er glaubt, Benedetto noch immer brüllen zu hören, oder ist es Federicos Heulen? Aber nun hat er endlich Pino erreicht, und der Rest spielt keine Rolle mehr.

Der Knüppel hat ihm den Schädel eingeschlagen, seitlich

über dem Ohr. Das grausige Loch ist eine Handspanne lang und in der Mitte fünf Zentimeter tief, mit Blut, aufgeplatzter Haut und Haaren verklebt. Pinos Augen sind halb geöffnet, und sein Blick ist leer. Sein Gesicht ist so makellos schön wie immer. Er hat Staub im Haar, und die zwei obersten Hemdknöpfe sind abgerissen. Ettore erscheint es ganz unmöglich, dass er diese schreckliche Wunde haben soll, dass er fort ist. Neben seinem Freund fällt er auf die Knie. Er legt eine Faust auf Pinos Brust, wo das Hemd am Kragen offen steht. Eine ganze Weile kann er die Faust nicht dazu bringen, sich zu öffnen – die Finger tun nicht, was er ihnen sagt. Die Luft in seiner Lunge ist wirkungslos, er keucht und hat das Gefühl zu ertrinken. Schließlich schafft er es, die Faust zu lockern und die Finger an Pinos Hals zu drücken, obwohl er weiß, dass er dort keinen Puls ertasten wird. Nicht mit dieser grausigen Wunde am Kopf. Dennoch hofft er wie ein Kind.

»Ettore! Lauf!«, ruft Gianni, der an ihm vorbeirennt. »Da kommen noch mehr! *Los!*«

»Nein«, sagt Ettore. Seine Zunge ist schwer, und die Worte kommen nur langsam. Er klingt dumm. »Nein. Ich bleibe bei Pino.«

»Benedetto!«, ruft Gianni über die Schulter und rennt weiter, aus dem Lichtschein in die schützende Dunkelheit. Das Feuer flackert in Pinos Augen und lässt ihn beinahe lebendig erscheinen. Ettore streckt die Hand aus, um ihm die Augen zu schließen, aber seine Finger zittern so heftig, dass es ihm nicht gleich gelingt.

»Pino ... nicht du. Nicht du«, sagt er. Dann reißen zwei große Pranken ihn auf die Füße und zerren ihn stolpernd vorwärts.

»Lass ihn liegen, Junge. Wenn wir versuchen, ihn mitzunehmen, erwischen sie uns. Lauf! Ich kann dich nicht tragen, verdammt, lauf!«

»Warte«, sagt Ettore, der immer noch Mühe hat, zu atmen und zu sprechen. »Ich glaube ... ich glaube, Pino ist tot.«

»Ja, er ist tot«, sagt Benedetto, dessen raue Stimme es nicht gewöhnt ist, sanft zu sprechen. »Und es wird keinem helfen, wenn du auch stirbst.« Also rennt Ettore, und das letzte Überbleibsel des Kindes in ihm, der letzte Teil von ihm, der lachen konnte, bleibt bei Pino im Staub zurück.

Als er es Paola erzählt, sagt sie nichts. Ihre Augen funkeln, sie presst die Lippen zusammen und steht still wie eine Statue. Dann packt sie blitzschnell den Krug Suppe auf dem Herd und schleudert ihn durch den Raum mit einem Schrei, der sich anhört, als müsse er ihr die Kehle zerreißen. Danach taucht sie ein Tuch in Wasser und rubbelt hektisch den Ruß von Ettores Gesicht und Händen. Spuren, die ihn verraten könnten.

Als er es Luna sagt, sinkt sie langsam zu Boden. Dort rollt sie sich zusammen, zieht die Knie unter ihr Kinn und rührt sich nicht mehr. Ettore weiß genau, wie ihr zumute ist. Er bleibt die Nacht über bei ihr, und weil ihre Augen so blicklos sind wie Pinos, braucht er seine Tränen vor ihr nicht zu verbergen.

»Wir hätten verschwinden sollen, sobald das Feuer brannte. Aber wir wollten uns vergewissern, dass Federico nicht entkommt, vielleicht herunterfällt und sich zur Seite rollt. Aber das ist nicht passiert. Wir hätten sofort gehen können. Oder ihn einfach erschießen. Es war nicht nötig, ein Feuer zu legen, das die Aufseher bemerken mussten. Aber wir wollten, dass er bezahlt, verstehst du? Er sollte brennen, wie Livia in dem Fieber verbrannt ist, das er über sie gebracht hat. Pino hätte gar nicht mitkommen sollen. Ich hätte ihm sagen müssen, dass er dort nichts verloren hatte. Livia gehörte nicht zu ihm, so wie sie zu mir und zu ihren Brüdern gehörte. Er war ihr nichts schuldig. Ich hätte ihn nicht holen dürfen, als wir Federico gefunden hatten – ich hätte lügen können. Ich hätte behaupten können, dass ich keine Zeit mehr hatte, ihn zu holen. Das ist meine Schuld. Alles ist meine Schuld«, sagt er, doch Luna scheint ihn nicht zu hören. Sie bleibt stumm liegen, wo sie ist, ausgedroschen wie der Weizen, nur noch eine Hülle ohne Herz.

Am Samstag bekommt niemand Arbeit. Ettore kann nicht stillsitzen, also streift er offen durch Gioia del Colle, ohne Vorsichtsmaßnahmen, ohne den Hut, der seine Augen verbirgt. Teilnahmslos beobachtet er die Welt und wartet darauf, angehalten und verhaftet zu werden, denn jeder weiß, dass er und Pino Freunde waren. Doch niemand hält ihn auf. Niemand spricht ihn an, niemand scheint zu ahnen, dass etwas grauenhaft, unbegreiflich Schlimmes passiert und Pino tot ist. Er ist fassungslos und wütend. Pinos Leichnam wird ins Polizeirevier gebracht, identifiziert und dann an Luna übergeben. Lunas Mutter kümmert sich darum, weil ihre Tochter noch immer stumm und erstarrt ist. Ettore steht an der nächsten Ecke, als der Karren mit Pinos Leichnam herausgebracht wird. Ein junger Bursche schiebt ihn zur Leichenhalle, wo er aufgebahrt werden soll. Immer mehr Leute schließen sich ihm an, begleiten ihn auf diesem letzten Weg. Pino war beliebt, viele Menschen mochten ihn. Ettore geht nicht mit, obwohl ihm das so falsch vorkommt, dass ihm ganz übel davon wird. Doch er findet, dass er nicht das Recht dazu hat. Die Prozession zieht an ihm vorüber, die Karrenräder quietschen. Ein paar Leute aus dem Trauerzug werfen ihm verwunderte, finstere Blicke zu. Ihre Missbilligung ist ihm willkommen.

Ettore hat das Gefühl, Jahrhunderte alt zu sein, und dieses Gefühl wird immer stärker. Er ist nicht Ettore Tarano, sondern nur einer von Millionen *cafoni*, die über Generationen hinweg in Apulien gelebt haben und gestorben sind. Kleiner Teil einer schweigenden Vielzahl von Menschen, die an Felsen und hartem Boden zerbrochen sind, die gehungert, sich geplagt und dem Staub ein mühseliges Leben abgerungen haben. Zum Dank dafür durften sie ihm dann ihre Knochen zurückgeben. Kurze Leben, anonyme Leben von der Hand in den Mund mit flüchtigen Augenblicken des Glücks wie winzigen Funken, rasch wieder erstickt. Er ist ein uralter Mann, der Tausende von Jahren erlebt hat. Erst hat er mit Werkzeug aus Stein gearbeitet, dann aus Bronze, dann aus Eisen. Seine Augen in der Farbe der Adria haben Zeitalter vorüberkriechen sehen, ewig unverändert. Er ist das Blut und die Seele dieses Landes, sein unablässiger, mühsamer Marsch, und er ist müde. So müde.

Paola beobachtet ihn aufmerksam, doch wenn sie etwas sagt, bringt er nicht die Kraft auf, ihr zu antworten. Er muss in Bewegung bleiben – wenn er stillsteht, häufen sich all diese Jahrtausende um ihn an und drohen ihn zu erdrücken. Aber er fragt sich, wie jemand weitergehen soll, der so müde ist wie er.

»Ettore ...«, sagt Paola und schüttelt ihn am Arm, als am Sonntag die Sonne untergeht. Er starrt sie von weit her an, blinzelt dann und blickt sich um. Er steht mitten auf der

Piazza XX Settembre wie angewurzelt und kann sich nicht erinnern, wie er hierhergekommen ist. »Ich muss wissen, ob du heute Nacht da sein wirst. Ich muss wissen, ob du bis dahin wieder zurück bist.« Ihr Gesicht ist ausgemergelt, erste graue Haare lugen zwischen all dem Schwarz hervor. Einen Moment lang sieht Ettore seine Mutter vor sich.

»Zurück bin?«, fragt er.

»Von wo auch immer du stecken magst, verdammt!« Sie versetzt ihm eine Ohrfeige. Ihre Stimme klingt verängstigt.

»Ich bin nirgendwo. Ich gehe nirgendwohin – und du auch nicht.«

»In ein paar Stunden gehen wir nach dell'Arco – hörst du mir überhaupt zu? Wir gehen los wie geplant und greifen das Gut an, töten Ludo Manzo und nehmen uns, was wir brauchen. Was uns zusteht. Bist du dabei? Deine Liebste gerät womöglich in Panik, wenn sie dich nicht sieht ... sie könnte uns Ärger machen, Alarm schreien, weiß der Teufel was. Also?«

»Chiara?«, sagt er, und beim Gedanken an sie durchfährt ihn ein kleiner Stich, flüchtig wie ein unruhiges Seufzen. Paola schließt die Augen. Sie packt seinen Ärmel und drückt einen Moment lang die Stirn an seine Schulter.

»Bitte, Ettore. Bitte tu mir das nicht an. Wir brauchen dich. Di Vittorio ist zurückgetreten. Er hat Cerignola verlassen und ist in den Norden geflohen. Alle Sozialisten fliehen in den Norden. Alles zerfällt, alles ... Ich brauche dich.«

Der warme Druck ihrer Stirn dringt irgendwie zu ihm durch, erreicht ihn an einer Stelle, die noch zart und lebendig ist. Er hebt die Hand und legt sie in ihren Nacken.

»Keine Angst, Paola«, sagt er. »Schon gut. Ich komme mit.« Auf einmal scheint die Zeit einen unwirklichen Satz zu machen, und er erinnert sich daran, dass er an ihrem ersten Schultag genau dasselbe zu ihr gesagt hat. Seine kleine Schwester blickt erleichtert zu ihm auf.

»Gut«, sagt sie und nickt. »Gut.« Sie tritt zurück, streicht seinen zerrissenen Ärmel glatt. Drei fransige Löcher sind von der Ladung Schrot zurückgeblieben, die ihn Freitagnacht gestreift hat, und drei passende, längliche Brandwunden auf der Haut darunter. »Lauf nicht wieder herum wie ein Schlafwandler. Du darfst nicht einfach verschwinden. Bleib in Sant'Andrea, ich hole dich in ein paar Stunden, wenn es so weit ist.« Ettore nickt, doch als er sich nicht rührt, seufzt sie und packt ihn am Arm. Er lässt sich von ihr hinausführen, hat keinen eigenen Willen mehr. Er besteht aus schwieligen Händen und schmerzendem Rücken, Wunden und Malen, er kommt von nichts und nirgendwo. Er ist schon tief unter der Erde und fällt noch immer.

In der weichen Dunkelheit des Abends geht Ettore neben seiner Schwester her. Die Luft, die er durch das Tuch vor seinem Mund atmet, ist stickig. Er hat kein Gesicht und keinen Namen, ist einer von vielen. Er bewegt sich gemeinsam mit ihnen, nach dem Willen und Denken von dreiunddreißig Seelen. Sie haben Pistolen dabei – versteckt in Gürteln und Taschen –, Messer, Knüppel. Ettore wird als Erster hineingehen – er hat eine Pistole für den Fall, dass er den Wächter am Tor ausschalten muss. Er ist weit weg und vollkommen ruhig, bis sie eine kleine Anhöhe erreichen und die Masseria dell'Arco sehen. Licht strahlt von den hohen weißen Mauern. Wunderschön und friedlich, aber dennoch eine Festung. Ettore schaut darauf hinab, und sein Herz beginnt heftig zu pochen. Er holt tief Luft, es kribbelt in seinem Nacken, und er erwacht. Es ist wie im Krieg, wie an der Front bei Isonzo. Er fühlt sich wie trunken, halb erfroren, Angst und das Krachen der Granaten übertönen jeden Gedanken, und dennoch – wenn die Pfeife schrillte und der Feuerbefehl kam, wurde sein Geist vollkommen klar, und er konzentrierte sich einzig und allein auf das, was getan werden musste – darauf, am Leben zu bleiben.

Seine Kehle ist trocken, doch seine Hände sind ruhig. Sie schlagen einen Bogen und nähern sich von Süden, windabwärts von den Hunden. Jetzt wird es schwierig. Der Torwächter muss ausgeschaltet werden, unmittelbar bevor Ettore über die Mauer der *aia* klettert, zur Tür rennt und sie um genau elf Uhr erreicht, wenn Chiara sie von innen öffnet. Dann wird er auch diesen Wächter ausschalten, während die anderen so schnell wie möglich die *aia* überqueren, um den Schutz der Mauern zu erreichen, ehe die Wächter auf den Dächern sie bemerken und sie von oben unter Beschuss nehmen. Die Plünderer stehen schweigend eng zusammengedrängt. Sie warten. Ein Mann hat eine Taschenuhr in der Hand und starrt konzentriert darauf hinab.

»Ich hoffe, du hast daran gedacht, das Ding aufzuziehen«, raunt Ettore. Leises Lachen geht durch die Gruppe, und Paola neben ihm entspannt sich ein klein wenig. Um fünf vor elf nickt der Mann mit der Uhr einem anderen zu, der sich mit einem Messer in der Hand tief geduckt auf den Weg zum äußeren Tor macht. Sie warten und lauschen angestrengt. Ein leises Geräusch wie ein Fuß, der durch den Staub gezogen wird. Der nächste Hund schlägt wütend an, knurrt dann kurz und verstummt. Sie können nicht überprüfen, ob ihr Mann Erfolg hatte – sie müssen einfach darauf vertrauen. Eine Minute vor elf bekommt Ettore sein Nicken.

Lautlos rennt er zur Mauer. Sie ist fast zwei Meter hoch, aber aus riesigen, rauen Blöcken errichtet, leicht zu überwinden. Sekunden später lässt er sich so leise wie möglich auf der anderen Seite fallen und erstarrt. Der Hund, der ihm am nächsten ist, knurrt gurgelnd und tief in der Kehle. Ettore wagt kaum zu atmen, im Schatten der Mauer verborgen. Der Hund kommt so nahe heran, wie er kann, zerrt an seiner Kette, bellt jedoch nicht. Ettore fragt sich, ob sein Geruch dem Tier vertraut ist, ob es ihn erkennt. Aber darauf kann er sich nicht verlassen. Er wird blitzschnell sein müssen, denn er kann sich nicht bewegen, ohne in Reichweite des Hundes zu gelangen. Er wartet. Die Muskeln in seinen Beinen brennen, wollen sich strecken, doch er wartet auf ein ganz bestimmtes Geräusch. Die Sekunden vergehen nur halb so schnell, wie sein Herz schlägt, und er glaubt schon, elf Uhr müsse längst vorüber sein, ohne dass Chiara ihr Versprechen gehalten hat. Deutlich steht ihm das Ende aller seiner Kameraden vor Augen, abgeknallt von den dunklen Dächern herab, zerfetzt von diesen Hunden, erschlagen von Knüppeln. Dann hört er es. Leise dringt ihre hohe Stimme zu ihm heraus, und der Schlüsselbund klimpert. Er hat den Bruchteil einer Sekunde Zeit, um dankbar zu sein, dann springt er auf und rennt mit aller Kraft, die er aufbringen kann.

Der Hund knurrt und stürzt sich auf ihn. Ettore kann sein schmieriges Fell riechen, den fauligen Atem, als die Kiefer nur wenige Zentimeter von seinem Gesicht entfernt zusammenschlagen. Doch er hat es geschafft, und die kleine Tür öffnet sich langsam nach innen, eine Handbreit, dann zwei. Ohne zu zögern, schlüpft er hindurch, rammt den Wächter an die Mauer des Torbogens und hält ihm die Pistole unters

Kinn. Es ist Carlo, dessen freundliche Gesichtszüge vor Schock erschlaffen.

»Mach das Tor auf«, flüstert er. Er sieht, wie Carlo ihn erkennt und sich ein wenig entkrampft. Er rüttelt ihn grob, schleudert ihn erneut gegen die Mauer und drückt den Lauf der Waffe in seinen weichen Hals. »Tu es! Los!«

»Warte, Ettore! Etwas stimmt nicht!« Chiaras Hände versuchen, ihn zurückzuzerren. »Geh – lauf! Bitte!«, fleht sie.

»Chiara, geh ins Haus! Schließ dich ein – tu, was ich dir gesagt habe!«, zischt Ettore. Er blickt sich nur einen kurzen Moment nach ihr um, sieht ihr verängstigtes Gesicht und ihren hellen, golden schimmernden Kopf. Frisch und köstlich wie Regen. Er darf sich nicht ablenken lassen.

»Nein, hör mir zu! Dein Onkel ist hier, und er hat den ganzen Tag lang immer mehr Wachen geholt. Bewaffnete Männer – ich weiß nicht, wer sie sind! Ich weiß nicht, was hier los ist, aber du musst *weg!*« Ihre Finger bohren sich in seinen Arm, ihre Angst ist ansteckend, und bei ihren Worten wird ihm eiskalt. Doch es ist zu spät, denn die Hunde auf der *aia* bellen wie wild und zerreißen die Nacht mit ihren wütenden Stimmen. Fluchend schlägt Ettore Carlo mit dem Griff seiner Pistole nieder, reißt die Schlüssel an sich und versucht hektisch, das Tor für Paola und die anderen zu öffnen.

»Lauf, Chiara«, ruft er, doch sie zögert noch immer, und dann kracht Gewehrfeuer ohrenbetäubend nah, und alles versinkt im Chaos.

15

Clare

Am Sonntagmorgen geht Clare zum Frühstück auf die Terrasse hinunter und findet den fertig gedeckten Tisch verlassen vor. Sonst saß Leandro, wenn er auf dem Gut war, um diese Zeit immer schon hier, schälte eine Feige oder trank Kaffee. Seit dem Feuer in der Freitagnacht war er mürrisch und in Gedanken versunken. Nach der Party lauschte Clare bis spät in die Nacht, und als sie ihn zurückkommen hörte, ging sie barfuß hinunter und ließ Boyd wach und verunsichert im Bett zurück. Leandro war schmutzig und stank nach Rauch. Er nahm ihre Hände und schob sie von sich, als sie nach seinen Armen griff, und sagte ihr, dass Ettore nicht verletzt sei. Zwei Männer waren tot – ein Arbeiter, den sie sicher nicht kannte und der zu den Brandstiftern gehört hatte, und Federico Manzo. Letzterer war so stark verbrannt, dass sie ihn nur an der Spalte im Oberkiefer erkannt hatten. Wie und warum Federico in dieses Feuer geriet, war noch unklar, aber Clare spürte nichts, als sie von seinem Tod erfuhr. Keine Befriedigung, kein Bedauern. Sie war nur erleichtert, dass Ettore nichts damit zu tun gehabt hatte oder, falls doch, dass er nicht dabei erwischt oder verletzt worden war. Als sie wieder ins Bett ging, trug sie einen leichten Rauchgeruch von Leandros Händen an sich, und sie wusste, dass Boyd sie beobachtete. Es war zu dunkel, um seinen Gesichtsausdruck zu erkennen, und sie sagte nichts.

Der leere Frühstückstisch hat etwas unaussprechlich Trauriges, also geht Clare hinauf aufs Dach. Es ist früh am Tag, und die Luft ist noch kühl. Mit dem Geruch nach Mist und Milch aus der Molkerei treibt eine Frische in der Luft, die die Sonne noch nicht verdunstet hat. Der Himmel hat die Farbe von Vergissmeinnicht. Sie erinnert Clare an England, doch ihr Heimweh ist schwach und vage. Sie kann sich nicht vorstellen, in den stillen Alltag aus Essenszeiten, Briefeschreiben, Einkaufen und Teetrinken zurückzukehren, der früher ihr Leben ausmachte. Nach Apulien gehört sie vielleicht nicht, aber dorthin gehört sie auch nicht mehr, und sie kann nicht sagen, was genau das bedeutet. Nördlich des Guts bewegt sich etwas, und Clare wendet sich dorthin. Sein Sohn ist tot, aber Ludo Manzo geht trotzdem an die Arbeit. Clare sieht ihn aus seinem *trullo* kommen und sich mit der Hand durchs Haar fahren, ehe er den Hut aufsetzt. Ein Mann, den sie noch nie gesehen hat, hält ein langbeiniges braunes Pferd am Halfter, und Ludo begutachtet das Tier, streicht mit den Händen über Gelenke und Muskeln, schaut ihm ins Maul. Selbst aus der Entfernung kann sie die dunklen Ringe unter den Augen des Aufsehers erkennen, und er blickt so grimmig drein wie nie zuvor, doch seine Bewegungen sind geschickt und präzise wie immer, und er zeigt keine äußerlichen Anzeichen von Trauer. Clare beobachtet die Männer und das Pferd eine Weile, dann die aufgehende Sonne, die die zarten Schattierungen aus der Landschaft vertreibt – die malvenfarbenen Schatten unter den Olivenbäumen, das zarte

Pastellgelb und -orange der reifen Kaktusfeigen, den Milchkaffeeton der Erde. Die unheilvolle Sonne bleicht sie alle aus. Jeder Anflug von Weichheit ist hier so flüchtig und vergänglich.

Als Clare einen Stuhl über den Boden schrammen hört, geht sie hinunter zum Frühstückstisch. Es ist Leandro, gekleidet in einen seiner Leinenanzüge, aber ohne Krawatte. Sein Hemd und sein Jackett sind zerknittert, und er hat sich nicht rasiert. Unsicher setzt Clare sich ihm gegenüber. Er blickt auf und lächelt schwach, doch irgendetwas fehlt in diesem Lächeln.

»Keine Ehemänner und -frauen heute Morgen, wie mir scheint. Keine Stiefsöhne«, bemerkt er.

»Boyd schläft in letzter Zeit schlecht. Ich wollte ihn nicht wecken.«

»Und Pip schläft gerne lang, wie alle Jungen in seinem Alter. Ich weiß noch, wie früh ich immer aufstehen musste, als ich so alt war wie er. Ich kann mich erinnern, dass ich einen Pakt mit dem Teufel geschlossen habe – ich wollte ihm meine Seele verkaufen, wenn ich dafür im Bett bleiben dürfte.« Er lächelt nicht. »Aber ich musste immer aufstehen.«

»Dann haben Sie zumindest Ihre Seele behalten«, sagt Clare.

»Nur um sie etwas später doch zu verlieren.« Er nippt an seinem Kaffee, schenkt Clare auch eine Tasse ein und schiebt sie über den Tisch. Kleine Dampffähnchen steigen von der dunklen Oberfläche auf.

»Nicht doch«, widerspricht Clare vorsichtig.

»Nein, Sie haben ja recht. Ich bin nur ein alter Mann, der sich selbst bemitleidet.«

»Mr. Cardetta, ich glaube, ich habe noch nie jemanden

kennengelernt, der so wenig zu Selbstmitleid neigt wie Sie.« Das entlockt ihm doch ein kleines Lächeln, aber er wendet rasch den Blick ab, und es rutscht ihm gleich wieder vom Gesicht. Eine Zeit lang sitzen sie schweigend da und hören den Spatzen zu, die unten am Wassertrog zanken und schimpfen. »Ich ... ich wollte Sie schon länger etwas fragen, Mr. Cardetta. An dem Nachmittag, nachdem Federico ... als ich in Gioia war, um meinen Mann zu besuchen ... da wollten Sie mir gerade sagen, warum Sie uns hierhergeholt haben, Pip und mich, als wir unterbrochen wurden.«

»Ach ja?« Er sieht ihr ruhig in die Augen.

»Sie sagten, ich sei in Gefahr.« Bei der Erinnerung an seine Worte, an jenen Tag, an Federicos Kuss, verkrampft sich ihr Magen.

Leandro brummt wortlos und schaut hinab in seine Kaffeetasse.

»Vielleicht sind wir alle in Gefahr«, sagt er.

»Bitte«, fleht Clare verzweifelt. »Bitte, ich muss wissen, was Sie damit gemeint haben.«

»Sie müssen es wissen? Vielleicht«, sagt er und blickt wieder zu ihr auf. Sein Ausdruck hat sich verändert und jagt ihr einen warnenden Schauer über den Rücken. »Vielleicht haben wir alle heute aber auch dringendere Sorgen. Meinen Sie nicht?« Clare wagt es nicht, ihm zu antworten. Er nippt an seinem Kaffee und schaut auf den Hof hinunter. »Es wirkt so friedlich hier, nicht wahr? Aber unter der Oberfläche brodelt es. Wissen Sie, wie die Faschisten die Arbeiter und ihren Aufstand bezeichnen? Als die bolschewistische Bedrohung. Was sagen Sie dazu?«

»Was soll ich dazu sagen?«, erwidert Clare.

»Erscheint Ihnen die Bezeichnung passend? Sie haben

meinen Neffen gut kennengelernt, und Sie sind jetzt seit vielen Wochen hier. Kämpfen die Feldarbeiter für sozialistische Ideale? Um den Senat zu stürzen und einen kommunistischen Staat zu errichten?«

»Ich habe den Eindruck, dass sie für das Recht kämpfen, genug Geld zu verdienen, damit sie sich und ihre Familien ernähren können.«

»Ganz genau!« Leandro schlägt mit der flachen Hand auf den Tisch. »Und wer könnte sie dafür verurteilen?«

»Nun ... Menschen, die sich von Vorurteilen leiten lassen, und von ... Gier.«

»*Haargenau*, Chiarina. So ist es. Was sollten die Grundbesitzer und Gutsherren also tun? Was sollten sie tun, wenn ihr Besitz überfallen, ihre Ernte verbrannt, ihr Vieh getötet und gestohlen wird? Was sollen sie tun, wenn man sie derart bedroht, damit sie Geld bezahlen, das sie nie irgendwem zugesagt haben?«

»Ich weiß es nicht, Mr. Cardetta.«

Er funkelt sie an, und sie sieht eine tiefe, langsam köchelnde Wut in seinen Augen. Ganz kurz zeigt er mit dem Finger auf sie und lässt ihn dann wieder sinken. »Ich mache Verluste, wissen Sie? Es kostet mich Geld, dieses Gut zu bewirtschaften – so ist das eben, wenn ein Land sich selbst ausblutet, um einen Krieg zu finanzieren, und wenn der verdammte Regen ausbleibt. Ich wollte beweisen, dass man aus diesem Land hier mehr machen kann und dass die Beziehung zwischen Landbesitzern und Arbeitern nicht schlecht sein muss. Ich habe höhere Löhne gezahlt als sonst irgendjemand in der ganzen Umgebung. Ich war immer fair zu den *giornatari*. Auf meinen Feldern haben sie reichlich zu essen und zu trinken bekommen ...«

»Sie haben Ludo Manzo eingestellt, der die Männer misshandelt und verhöhnt.«

»Ah. Ludo Manzo. Ist er also der Grund dafür, dass Brandanschläge auf meinen Besitz verübt werden?« Leandros Stimme ist gefährlich leise geworden. Clare schluckt. »Ist er der Grund dafür, dass ich mit all den anderen Gutsherren in einen Topf geworfen werde?«

»Ich weiß nicht. Woher sollte ich das wissen? Aber ... vielleicht liegt es daran, dass ...« Clare zögert. »Vielleicht liegt der Grund darin, dass man nicht auf beiden Seiten zugleich stehen kann.«

»Ha! Wie merkwürdig, die Worte meines Neffen aus Ihrem Munde zu hören, Chiara«, sagt er.

»Das sind meine Worte, Leandro. Sie haben mir vor Wochen gesagt, dass Politik hier unten etwas ist, das einem widerfährt und das man nicht einfach ignorieren kann, selbst wenn einem das lieber wäre. Und damit hatten Sie recht. Das sind verzweifelte Menschen in einer Zeit der Not, scheint mir. Ich glaube nicht, dass irgendjemand da neutral bleiben kann. Nicht einmal Sie.«

Nachdem Clare gesprochen hat, studiert Leandro ihr Gesicht eine ganze Weile. Seine Miene ist undurchdringlich, sie kann nicht erkennen, was er denkt oder fühlt, doch sie spürt eine gewisse Feindseligkeit, eine neue Kühle. Schließlich sagt er:

»Sie haben recht. Es ist an der Zeit, Stellung zu beziehen.« Ihr sträuben sich die Härchen an den Unterarmen. Das klingt wie eine Warnung. Die Hunde auf der *aia* schlagen an, ihr lautes Gebell erfüllt die Stille und hallt von den Mauern wider. Vier Männer zu Pferde haben vor dem äußeren Tor haltgemacht. Die Pferde schlagen mit den Köpfen und recken die Hälse, während einer der Reiter mit dem Wächter spricht. Dann reiten die Männer weiter zur Rückseite des Guts. Clare und Leandro beobachten sie, bis sie im Schutz der Mauern nicht mehr zu sehen sind. Clares Magen verknotet sich vor Angst. Alle vier Männer trugen Gewehre auf dem Rücken oder am Sattel. Leandro sagt nichts. Er wendet sich wieder seinem Kaffee zu und greift zur Gabel, als Anna ihm ein frisches Omelett bringt. Und obwohl Clare weiß, dass sie lieber nicht fragen sollte, kann sie einfach nicht anders.

»Wer sind diese Leute?«

Leandro kaut sorgfältig und schluckt, den Blick auf den Teller gerichtet.

»Eine Versicherung«, sagt er, ohne aufzublicken.

»*Signora?*«, fragt Anna und deutet auf das Omelett. Ihre Augen sind rot und verquollen, seit sie von Federicos Tod erfahren hat. Clare schüttelt den Kopf, und das Mädchen zieht sich zurück. Sie will nicht einmal ihren Kaffee. Sie wagt nicht, Leandro zu fragen, was er damit meint, aber Schweiß kribbelt auf ihrer Stirn, und wenn sie an den bevorstehenden Abend denkt – daran, was sie tun und was danach geschehen wird –, überkommt sie ein kaltes, schleichendes Grauen.

Während sie den Tag über mit den anderen zusammensitzt, trinkt oder liest, nagen ängstliche Gedanken an ihr. So haben sie diesen Sommer jeden Sonntag verbracht, und doch hat sie jetzt das Gefühl, als spielten sie einander gegenseitig etwas vor, recht steif in ihrer jeweiligen Rolle, während sie in Wahrheit nur die Zeit totschlagen. Als wüssten sie alle, dass irgendetwas bevorsteht, obwohl nur Pip Bescheid weiß. Clare sieht mehr Reiter ankommen und dann einen Karren mit sechs Männern, die vor dem Gut aussteigen, Schultern und Rücken strecken. Ein paar scherzen miteinander, andere sind grimmig und still. Sie geht auf dem Dach auf und ab und kann nur hilflos zusehen. Die Tür quietscht und fällt dumpf wieder ins Schloss, und mehrere Männer betreten das Gut und verschwinden im Dienstbotentrakt und den Vorratsräumen über dem Tor. Nach dem Mittagessen kommt Clare zu dem Schluss, dass sie Ettore warnen muss. Was auch immer diese Männer hier zu suchen haben – Ettore geht davon aus, dass die *masseria* nur von der üblichen Handvoll Männer bewacht wird und Leandro in Gioia ist. Ihre Vorahnung fühlt sich an, als sehe sie dunkle Wolken, die sich am Horizont zusammenballen, und hätte keine Möglichkeit, Schutz zu suchen, wenn das Unwetter losbricht. Doch als sie das Gut verlassen will, um nach Gioia zu laufen und ihn zu warnen, weigert sich der Wächter am Tor, sie hinauszulassen.

»Der Herr ... befehlt niemand gehen«, sagt er in gebrochenem Italienisch. »Viel Gefahr. Sicher ist drinnenbleiben.«

Clare bekommt kaum noch Luft, und ihre Wangen glühen. Sie kann nur den Rückzug antreten. Was, wenn sie heute Nacht um elf Uhr dieselbe Antwort bekommt? Ihr sinkt der Mut. Sie kann nur hoffen, dass Carlo heute Nachtwache am Tor hat und sich von ihr wird überreden lassen. Sie fühlt sich den Tränen nahe, als könnte sie jeden Moment zusammenbrechen. Als sie bemerkt, dass Leandro sie von der Terrasse aus beobachtet, zögert sie absichtlich ein wenig, ehe sie über den Hof geht. Sein fester Blick folgt ihr wie ein Suchscheinwerfer, und Clare gibt sich alle Mühe, ein möglichst ausdrucksloses Gesicht zu machen. Sie setzt sich ins Wohnzimmer, wo Pip gerade die letzten Seiten von *Bleakhaus* liest und dabei unablässig mit Daumen und Zeigefinger eines von Peggys seidigen Ohren ausstreicht. Stirnrunzelnd schaut er in sein Buch, und nach einer Weile fällt Clare auf, dass seine

Augen sich überhaupt nicht bewegen und er noch keine Seite umgeblättert hat. Die Zeit verfliegt nur allzu schnell – sie wünscht, die Sonne würde für immer am Himmel bleiben und die Nacht nie hereinbrechen.

Da Leandro und Boyd im Haus sind, wird das Abendessen später serviert und der ganze Abend noch länger. Ohne die beiden wären Pip, Marcie und Clare wahrscheinlich aus purer Langeweile schon vor elf ins Bett gegangen. Clare ist so übel, dass sie das Essen kaum anrührt. Die Nacht bricht an. Es ist neun Uhr, dann zehn, und alle sitzen immer noch am Tisch auf der Terrasse vor klebrigen kleinen Gläsern und Likörflaschen. Der Rauch aus Leandros Pfeife klebt an ihrer Haut und in ihrem Haar. Clare spürt ein Beben in den Knochen – wie damals, nachdem Francesco Molino verprügelt wurde und nach Federicos Angriff. Das Zittern ist bis in die Muskeln und in ihr Blut zu spüren, ihr ganz persönliches Erdbeben, und sie kann nichts dagegen tun. Um halb elf wird endlich die Tafel aufgehoben, alle gehen hinunter ins Wohnzimmer, und Clare hält sich dicht neben Pip.

»Geh jetzt in dein Zimmer«, flüstert sie ihm zu, und seine Miene erstarrt.

»Glaubst du wirklich, dass sie kommen?«, fragt er.

»Ich ... ich weiß es nicht. Ich hoffe nicht.« Sie hegt die verrückte Vorstellung, dass sie in Gioia irgendwie von den zusätzlichen Wachen erfahren haben, die heute gekommen sind, oder zumindest wissen, dass Leandro hier ist. Dass sie den Plan aufgeben. »Ich weiß nicht«, wiederholt sie. »Nur zur Sicherheit – geh jetzt, ja? Bitte. Und schließ deine Tür ab. Ich komme bald nach.«

»Ist gut.« Er mustert sie mit einem eigenartigen, abschätzenden Blick, der gar nicht zu ihm passt und sie erschreckt.

Als Marcie sich wenige Minuten später unter auffälligem Gähnen entschuldigt, hätte sie vor Erleichterung beinahe laut geseufzt.

»Ich bin erledigt. Ich hau mich in die Falle, wie man so schön sagt.« Sie nimmt Leandros Hand und lächelt, als er ihre Fingerknöchel küsst. »Ihr Männer könnt es bestimmt kaum erwarten, uns loszuwerden, damit ihr übers Geschäft und andere Weiber reden könnt. Bleibt ihr noch lange auf?«

»Das ist nicht wahr! Und nein, Schätzchen, nicht mehr lange«, sagt Leandro. Clare weicht seinem Blick aus. Sie beugt sich vor und gibt Boyd einen flüchtigen Kuss auf die Wange.

»Ich gehe auch«, sagt sie und errötet, als sie hört, dass ihre Stimme vor Nervosität ganz schrill klingt. Sie will tief Luft holen und sich beruhigen, aber es gelingt ihr nicht, richtig auszuatmen. Boyd hebt die Hand und schmiegt sie an ihren Hals, und Clare ist sicher, dass er ihren rasenden Puls spüren kann.

»Gute Nacht, Liebling. Ich komme gleich nach.«

»Gehen wir zusammen, Clare?«, fragt Marcie und bietet ihr den Arm. »Was hast du für Kummer?«, fragt sie vertraulich, sobald sie auf der Treppe sind. »Heraus damit, ich sehe dir doch an, dass irgendetwas nicht stimmt.«

»Ich ...« Einen Moment lang fällt Clare absolut nichts ein. »Ich glaube, vielleicht ... vielleicht bin ich doch schwanger«, sagt sie in ihrer Verzweiflung. Nach einer verblüfften Pause lacht Marcie laut auf. Ihr Gelächter schallt die Treppe hinauf und hinunter, und der sarkastische Unterton darin macht Clare augenblicklich misstrauisch. »Ist das so lustig?«

»O nein! Ich meine – na ja, ich hätte eher irgendein schreckliches Geheimnis erwartet!« Marcie schnappt nach

Luft und tupft sich mit den Fingerspitzen die Augen. »Wenn das alles ist, warum siehst du dann aus, als ruhe die Last der ganzen Welt auf deinen Schultern?«

»Na ja ... ich bin nicht sicher, wie Boyd es aufnehmen wird.«

»Oh, *das* möchte ich wetten!«, lacht Marcie. Clare bleibt auf der Treppe stehen. Unter ihrer Hand fühlt sich Marcies Arm glatt und schlank an, aber auch stark.

»Was soll das heißen, Marcie?«, fragt sie. Marcies Lächeln hält sich noch eine Sekunde lang und erlischt dann. Ihr Blick ist undurchdringlich.

»Was das heißen soll? Na, also, nichts weiter – du hast noch kein eigenes Kind mit ihm, deshalb bin ich davon ausgegangen, dass es da irgendein Problem gibt. Aber wir ernten, was wir gesät haben, Clare. Vielleicht ist dieses Baby nur das, was du verdient hast.« Einen Moment lang stehen die beiden Frauen sich Auge in Auge schweigend gegenüber. Clare spürt Boshaftigkeit in diesen Worten, sie ist sich ganz sicher. Dann lächelt Marcie. »Dafür, dass du jahrelang geduldig gewartet hast. Du wünschst dir doch ein Kind, nicht wahr?«

»Von ganzem Herzen«, flüstert Clare.

»Na dann.« Marcie geht allein weiter die Treppe hinauf. »Ich gratuliere. Boyd wird außer sich sein vor Glück.«

Um fünf vor elf eilt Clare über den dunklen Hof. Sie hat die Hände zu Fäusten geballt und zittert so sehr, dass ihre Zähne aufeinanderschlagen. Der Wächter steht auf, sobald sie sich nähert, und als sie Carlo erkennt, muss sie sich beherrschen, um ihm nicht um den Hals zu fallen. Schwankend bleibt sie vor ihm stehen, und ihre Stimme bebt fürchterlich.

»Würdest du mich hinauslassen? Ich möchte noch einen

kurzen Spaziergang machen.« Sie versucht zu lächeln, aber ihr Gesicht fühlt sich an wie erstarrt. Carlo verzieht bedauernd das Gesicht, hebt die Hände und zuckt mit den Schultern.

»Tut mir leid, Signora Kingsley. Ich darf nicht.«

»Du kannst mich Chiara nennen«, sagt sie. Ihr Mund ist trocken, und die Adern an ihren Schläfen pochen. Draußen knurrt einer der Hunde, dann herrscht wieder Stille. »Bitte. Ich weiß, dass wir das Gut nicht verlassen sollten. Ich weiß, dass Mr. Cardetta sich ... Sorgen macht seit diesem Brand. Aber ich muss einfach hinaus, nur ein Weilchen.«

»Nein, ich ...« Carlo schüttelt den Kopf, doch sie spürt seine Unentschlossenheit.

»Bitte. Nur zehn Minuten, versprochen. Wir sind doch Freunde, nicht? Und ich werde es bestimmt niemandem verraten. Bitte.« Sie legt ihm eine Hand auf den Arm und bringt endlich ein Lächeln zustande. Carlo grinst sie an. Er genießt es, dass sie zu ihm kommt, dass sie ihn um Gefälligkeiten bittet und er sie ihr gewähren kann. Er liebt die Vorstellung von ihrer romantischen Affäre. Im Grunde ist er noch ein Junge und zu Streichen aufgelegt. Clare betet im Stillen darum, dass ihm nichts geschehen möge.

»Zehn Minuten. Und wir verraten es niemandem«, sagt er, nimmt den Schlüsselring und schließt die kleine Tür im Tor auf. Dabei lächelt er sie die ganze Zeit über an.

Einen Augenblick lang glaubt Clare, dass doch nichts passieren wird. Sie steht da und starrt die offene Tür an, doch dann erscheint Ettore. Blitzschnell drängt er Carlo rücklings an die Wand und hält ihm eine Pistole an den Kopf. Sie kann kaum fassen, dass er hier ist und in welcher Gefahr er schwebt.

»Mach das Tor auf«, sagt Ettore zu dem überrumpelten Wächter. »Tu es! Los!«

»Warte, Ettore! Etwas stimmt nicht!«, sagt Clare. Sie packt ihn an den Armen und versucht, ihn zu sich umzudrehen, damit er ihr zuhört. »Geh – lauf! Bitte!«, sagt sie. Seine Augen leuchten, seine Stirn glänzt vor Schweiß. Er scheint sie nicht zu hören.

»Chiara, geh ins Haus! Schließ dich ein – tu, was ich dir gesagt habe!«, befiehlt er.

»Nein, hör mir zu! Dein Onkel ist hier, und er hat den ganzen Tag lang immer mehr Wachen geholt. Bewaffnete Männer – ich weiß nicht, wer sie sind! Ich weiß nicht, was hier los ist, aber du musst *weg*!« Sie klammert sich an ihn, hätte ihn am liebsten geschüttelt und wagt es nicht, die Stimme zu erheben, obwohl sie hätte schreien mögen. Einen Moment lang glaubt sie in seinem Gesicht zu sehen, dass er allmählich begreift – er hält inne, und sie hofft, dass er ihre Worte beherzigen wird. Doch dann schlagen die Hunde draußen an, und sein Kopf fährt herum, weg von ihr. Er versetzt Carlo einen harten Schlag ins Gesicht, und der junge Wächter taumelt rückwärts und sackt an der Wand zusammen. Entsetzt starrt Clare auf ihn hinab. Blut rinnt dem Jungen übers Gesicht.

»Geh jetzt, Chiara!«, schreit Ettore. Er reißt den Schlüsselbund an sich und versucht hastig, das große Tor zu öffnen. Ihr bleiben nur Sekunden – ihnen bleiben nur Sekunden. Sie will ihn im Arm halten und ihm sagen, dass sie ihn liebt. Sie will ihm von ihrem Kind erzählen. Die Torflügel schwingen auf, und Clare steht wie versteinert da und starrt die dunklen Gestalten an, die über die *aia* heranstürmen und sich die Hunde mit Tritten vom Leib halten. Dann kracht eine ohrenbetäubende Salve auf dem Dach. Es stinkt nach Schießpulver, Stimmen schreien durcheinander, und Ettore dreht sich mit angstverzerrtem Gesicht zu Clare um. »Lauf!«, sagt er. Und sie tut es.

Sie rennt über den Hof und bemerkt aus den Augenwinkeln Bewegung auf den Dächern. Dort drängen sich die Männer förmlich, beziehen eilig Position, laden nach. Das Mündungsfeuer Dutzender Gewehre ist blendend grell in der Dunkelheit, der Krach unvorstellbar laut. Er füllt ihren Kopf und hallt in ihrer Brust wider. Instinktiv hebt sie im Laufen schützend die Arme über den Kopf. Im Wohnzimmer brennt noch Licht. Sie glaubt eine Bewegung hinter den Vorhängen wahrzunehmen und weicht geduckt zur Seite – Leandro darf sie hier nicht sehen. Sie hetzt die Außentreppe hinauf, dreht sich an der Tür noch einmal um und sucht unten nach Ettore. Menschen rennen in Trauben über den Hof, die Dächer wimmeln von Männern, und mehrere Gestalten liegen bereits reglos auf dem Pflaster. Clare starrt auf sie hinab, halb verrückt vor Angst. Sie kann nicht erkennen, ob einer der Gefallenen Ettore ist. Ein bärtiger Mann erscheint plötzlich vor ihr. Sie erkennt ihn als den Wächter, der sich zuvor geweigert hat, sie hinauszulassen. Er hat ein Gewehr in der Hand und ist auf dem Weg zur Treppe, doch er dreht sich zu ihr um, brüllt etwas, das sie nicht versteht, und schiebt sie durch die Tür nach drinnen.

Clare folgt Fluren und Treppen, die ihr seit ihren heimlichen Besuchen bei Ettore vertraut sind – in stillen Nächten, so ganz anders als diese. Sie eilt zu Pips Zimmer und erwartet, vor verschlossener Tür zu stehen und erst rufen und klopfen zu müssen, damit er sie einlässt. Sie ist darauf eingestellt, ihn in den Arm zu nehmen, ihn zu beruhigen und abzuwarten, bis alles vorbei ist. Doch als sie um die letzte Ecke biegt, bleibt sie abrupt stehen. Pips Tür steht offen, und das Zimmer dahinter liegt im Dunkeln.

»Pip?«, ruft sie zu laut. Sie stürzt durch die offene Tür. Die Fensterläden sind noch geöffnet. Peggy schläft zusammengerollt auf dem Bett. Es ist warm und stickig im Raum, aber von Pip ist keine Spur zu sehen. Clares Atem dröhnt ihr in den Ohren, während sie hilflos dasteht. Sie weiß nicht, wo er sein könnte, was schiefgegangen sein könnte, warum er sich nicht eingeschlossen hat, wie sie es besprochen hatten. Verzweifelt sieht sie in ihrem eigenen Zimmer nach, obwohl man es ohne Schlüssel ja nicht mehr abschließen kann – sie hofft, dass die Angst ihn nur verwirrt hat. Aber auch ihr Zimmer ist leer. »Pip!« Ihre Stimme schleicht den leeren Flur entlang und geht rasch im Lärm von draußen unter. Irgendwo knallt eine Tür, Glas splittert – auch innerhalb des Gebäudes bewegen sich Menschen.

Eine Zeit lang bleibt Clare, wo sie ist, völlig ratlos, was sie jetzt tun soll. Sie zermartert sich das Hirn mit der Frage, wohin Pip in einer solchen Situation wohl gehen würde. Dann glaubt sie es plötzlich zu wissen. Sie hastet eine weitere Treppe hinauf, stolpert und schlägt sich an der steinernen Stufe das Knie auf. Doch auch das Fledermauszimmer ist verlassen. Als Nächstes hämmert Clare an die Tür zu Marcies und Leandros Zimmer, dem höchsten Raum im ganzen Gebäude. Sie ist verriegelt, und obwohl Clare durch das Schlüsselloch um Hilfe schreit, rührt sich innen nichts. Sie eilt mit hölzernen Schritten die Treppe wieder hinunter und weiß nun endgültig nicht mehr weiter. Sie kann sich kein sicheres Versteck suchen, solange sie Pip nicht in Sicherheit weiß, solange Ettore irgendwo da draußen ist, womöglich verletzt oder tot.

Sie denkt daran, aufs Dach zu gehen, aber das wäre Wahnsinn. Sie könnte auch auf den Hof hinauslaufen, doch die Vorstellung bereitet ihr schreckliche Angst. Während Clare noch hin und her überlegt, lässt der Lärm draußen langsam nach. Es fallen nur noch vereinzelte Schüsse, zwischen denen kurz Stille herrscht. Sie geht die Treppe hinunter, die sie vorhin mit Marcie heraufgekommen ist. Auf halber Höhe hält sie inne, und ein erschrockener Aufschrei bleibt ihr in der Kehle stecken.

Pip versteckt sich am Fuß der Treppe im Schatten neben der hell erleuchteten, offenen Tür und späht ins Wohnzimmer. Clare starrt fassungslos auf ihn hinab. Marcie steht hinter ihm, eine Hand auf seiner Schulter, und lugt ebenfalls vorsichtig durch die Tür. *Habt ihr den Verstand verloren?* Die Frage schafft es nicht bis auf Clares Lippen. Aus dem Wohnzimmer sind laute Stimmen zu hören, und sie versteht zwar kein Wort, doch diese Stimmen erkennt sie sofort – Leandro und Ettore. Vor Erleichterung zieht sich ihr Brustkorb schmerzhaft zusammen. Sie streiten sich wüst im hiesigen Dialekt, und draußen ist es still geworden. Der Überfall ist schon vorbei, und Ettore ist in Sicherheit. Clare schleicht zwei Stufen weiter hinunter und versteht nun, warum Pip und Marcie die beiden Männer lieber nicht stören. Doch dann hält sie wieder inne, denn Pip hat einen Revolver in der Hand, und er zittert von Kopf bis Fuß. Seine Anspannung ist so gewaltig, dass sie ihn umgibt wie ein widerlicher, animalischer Geruch. Clare sieht ihn an und die Waffe in seiner Hand und Marcies lange, weiße Finger auf seiner Schulter. Die beiden starren wie gebannt ins Wohnzimmer, und nun kann Clare Ettore sehen. Er ist unversehrt. Sein Gesicht zuckt vor Trauer und rasender Wut, während sein Onkel ihn anbrüllt, dass ihm der Speichel von den Lippen sprüht. Wie betäubt sieht sie Ettore ausholen und Leandro einen Hieb versetzen. Mit einem hässlichen Geräusch kracht seine Faust unter das Kinn seines Onkels. Sie hört Pip nach Luft schnappen und kann nichts tun, kann keinen Muskel rühren, als der Junge plötzlich aufrecht in den Raum tritt, ins Licht, die Hand hebt, auf Ettore zielt und die Waffe abfeuert.

Clare wird sämtliche Luft aus der Lunge gesogen. Sie bringt keinen Laut hervor und taumelt ins Wohnzimmer, die Arme weit ausgebreitet, um nicht das Gleichgewicht zu verlieren, denn der Boden ist auf einmal nicht mehr eben und solide. Vage ist ihr bewusst, dass Leandro auf ein Knie gefallen ist, den Kopf wie zum Gebet gesenkt und die Hände um den Kiefer geschlossen. Boyd steht blass und stumm in der Ecke. Aber eigentlich sieht sie nur Ettore, der jetzt auf dem Rücken liegt mit gekrümmten, gespreizten Beinen und roten Sprenkeln im Gesicht und überall um ihn herum. Sie sackt neben ihm zu Boden, und er sieht sie mit derselben Mischung aus Verwirrung und Staunen an wie bei ihrer allerersten Begegnung.

»Ettore! Ist schon gut, alles wird gut«, sagt sie mit einer Stimme, die sie kaum erkennt. Er hebt den Arm, und sie nimmt seine Hand. »Alles wird gut.« Sie zieht seinen Jackenaufschlag beiseite. Pip hat schlecht gezielt und die Waffe war noch in Bewegung, als er abgedrückt hat. Die Kugel hat Ettore in die rechte Schulter getroffen, dicht über der Achsel. Eine Blutlache breitet sich unter ihm aus und tränkt sein Hemd, doch Clare schluchzt vor Erleichterung. Die Kugel ist weder der Lunge noch dem Herzen nahe gekommen – die Wunde dürfte nicht tödlich sein. Sie windet sich hastig aus ihrer Bluse, knüllt sie zusammen und drückt sie auf die

Einschusswunde. »Bleib liegen, mein Liebster«, sagt sie. »Alles wird wieder gut. Wir holen den Arzt ... du wirst wieder gesund.«

Ihr verschwimmt alles vor den Augen, ihre Gedanken sind wirr. Sie blickt auf und sieht die Waffe in Pips Hand, immer noch ausgestreckt mit zitterndem Arm, als wäre sie an der Stelle in der Luft hängen geblieben, wo sie losgegangen ist. Sein Gesicht ist blutleer, sogar die Lippen sind leichenblass, und in seinen Augen steht ein so blankes Entsetzen, dass sie sich fragt, ob er überhaupt absichtlich geschossen hat.

»Pip, was tust du da?«, fragt sie heiser. »Was um alles in der Welt tust du da?« Pip blinzelt nicht einmal. Clare spürt Ettores warmes Blut, das bereits den dünnen Stoff ihrer Bluse durchweicht hat, an ihren Händen. Hinter Pip betritt Marcie das Wohnzimmer. In ihrem langen, fassungslosen Gesicht wirken ihre Augen riesig. Clare sieht nach Leandro, doch der hockt immer noch auf den Knien und schüttelt benommen den Kopf. Boyd kommt schließlich herüber, mit Schritten so gemächlich, als wollte er ein Buch aus dem Regal holen.

»Boyd – nimm ihm die Waffe ab. Nimm ihm endlich die Waffe ab!«, sagt Clare. Boyd starrt auf sie herab, dreht sich dann um und entwindet Pips verkrampften Fingern den Revolver. Clare entspannt sich, wendet sich wieder Ettore zu und streichelt zärtlich sein Gesicht. Boyd kommt einen Schritt näher, und Clare wird klar, dass sie sich verraten hat. Aber das Kind unter ihrem Herzen hätte das ohnehin getan, früher oder später. Sie schluckt und blickt zu ihrem Mann auf. Sein Gesicht hat wieder diesen Ausdruck wie geschmolzenes Wachs, erschlafft vor Trauer und Angst. Sein Mund steht offen, Tränen stehen ihm in den Augen. Er sieht genauso aus wie damals in New York, betrunken und benommen von den

Tabletten kurz vor seinem Nervenzusammenbruch, und Clare wird eiskalt. Boyd schaut auf die Waffe in seiner Hand hinab. Er hält sie am Griff, den Zeigefinger um den Abzug gekrümmt. Ohne den Blick abzuwenden, hebt er sie langsam an, bis der Lauf zur Decke zeigt, und führt ihn unter sein Kinn.

»Boyd«, sagt Clare, so sanft sie kann. »Boyd, nein. Tu das nicht.« Er erstarrt einen Moment lang, scheint nicht einmal mehr zu atmen. Die Waffe zittert in seiner Hand, er reckt das Kinn ein wenig vor, und der Lauf berührt seine Haut. Schluchzend ringt er nach Luft. »Boyd, nicht«, sagt Clare.

»Nein«, sagt er, und sein Kopf zuckt zur Seite. Er zittert am ganzen Leib, und nun ist sein Blick auf sie gerichtet, scharf wie eine Klinge. Er streckt den Arm aus, legt auf Ettore an und schießt.

»*Nein!*«

Im ersten Moment glaubt Clare, sie hätte geschrien, aber das kann nicht sein, denn ihr Herz schlägt nicht mehr und ihre Zähne sind fest zusammengebissen. Es ist Marcie. »Nein, nein, *nein!*«, kreischt sie. Ihre Stimme klingt eigenartig verzerrt, denn der Schuss dröhnt Clare noch in den Ohren. Sie kann sich nicht rühren. Sie sieht zu, wie Boyd die Füße ein wenig weiter auseinanderstellt, um sich besser auszubalancieren, den Oberkörper leicht dreht und die Waffe auf ihr eigenes Gesicht richtet. Nur mit Mühe kann sie ihre Augen dazu bringen, an dem vollkommenen Kreis der Mündung vorbeizuschauen. Boyds Gesicht dahinter ist jetzt so leer, dass er beinahe ruhig wirkt. Doch unter den Tränen zuckt ein Muskel in seiner Wange, und seine Augen lodern vor Wut. Sie starren einander an, und Clare hat das Gefühl, dass die Zeit stehen bleibt. Sie sieht zu diesem Mann auf, sieht dem

Tod ins Auge und erkennt keinen von beiden. Boyd betätigt den Abzug, es klickt, aber kein Schuss löst sich. Stirnrunzelnd starrt er die Waffe an, zögert kurz und senkt sie dann, um die Trommel zu prüfen. Plötzlich stürzt sich Leandro auf ihn, reißt ihn zu Boden und bearbeitet ihn mit den Fäusten. Die Waffe landet mit lautem Klappern auf dem Boden, und Clare starrt plötzlich ins Nichts. Dann schaut sie auf Ettore hinab.

Boyds Schuss war präzise. Er hat ein kreisrundes Loch dicht oberhalb von Ettores Schläfe hinterlassen, genau die Form und Größe des Laufs, in den Clare eben noch gestarrt hat. Ettores Augen sind halb geschlossen, er ist zu still, und obwohl sie weiß, dass er tot ist, darf sie es nicht wahr sein lassen. Sie nimmt seine rechte Hand und legt sie in ihren Nacken, unterhalb des Haaransatzes, wie er es so gern getan hat. Seine Hand ist noch warm – sie stellt sich vor, dass die Finger sich leicht krümmen, dass die Hand sie näher zu ihm hinabzieht. Dass er Atem holt und noch bei ihr ist.

Doch das sind schöne Fantasien, weiter nichts. Still kniet sie da, hält seine schlaffe Hand und schmiegt sie an ihr Gesicht, ihre Lippen und ihren Hals. Sein Arm ist erstaunlich schwer. Die Handfläche ist hart und schwielig, er riecht nach Erde und Blut. Sie kann nicht fassen, dass er nicht mehr da ist, und sie achtet nicht darauf, was die anderen tun, stellt sich keine Fragen mehr – warum Pip einen Revolver hatte, warum Marcie neben ihr herzzerreißend über Ettores Leichnam schluchzt, wohin Leandro mit ihrem Mann verschwunden ist. All das ist ihr gleichgültig. Sie blickt nicht auf, als Paola hereinmarschiert kommt, unbewaffnet, aber wild und zornig und bewacht von einem Mann, der sie an der Schulter festhält. Es betrifft sie nicht, dass die junge Frau ihren Bruder da liegen sieht, den Mund öffnet und einen entsetzlichen, heulenden Schrei purer Qual ausstößt, der wie ein Messer in Clares Schädel fährt. Paola stürzt zu ihnen herüber, packt Marcie bei den Schultern und versucht, sie beiseitezuzerren. Marcie wehrt sich und knurrt unter Tränen. Die beiden rempeln auch Clare an, doch sie bleibt, wo sie ist. Sie hält Ettores Hand und lässt alles andere los.

Eine Weile später wird Clare hochgehoben und auf ein Sofa gesetzt. Jemand hält ihr ein Glas Cognac an die Lippen und kippt ihr etwas davon in den Mund, als sie keine Anstalten macht zu trinken.

»Na los. Runter damit«, befiehlt Leandro. Clare schluckt, muss würgen und hustet. »Ach, Ettore! Mein armer Junge. Hat den Krieg überlebt und diese faschistischen Umtriebe, um dann von einem Feigling erschossen zu werden, als er schon am Boden lag.« Er schüttelt den Kopf, schwerfällig vor Kummer. »Ich bin zu alt, um Gerechtigkeit von dieser Welt zu erwarten, aber ... Manche Dinge sind einfach zu schlimm, um wahr zu sein. Trinken Sie den Cognac. Den brauchen wir jetzt alle.« Die Waffe steckt in seinem Gürtel. Er bewegt sich wie ein alter Mann, seine Fingerknöchel sind blutverschmiert, und sein Kinn ist verfärbt und geschwollen. Clare schaut hinüber zu der Stelle, wo Ettore lag, aber er ist nicht mehr da – nur noch die schwärzliche Lache, sein Blut. Sie kann sich nicht erinnern, wer ihn weggebracht hat. Tief unter ihrem Schock spürt sie Trauer und Panik, die strampeln und scharren wie ein gefangenes Tier, um an die Oberfläche zu gelangen.

»Warum weinst du so? Um *ihn?*«, fragt Pip. Clare sieht ihn an, doch er sitzt neben Marcie, und ihr galten seine Worte. Marcies Gesicht ist eine grotesk verschmierte Maske.

»Du solltest ihn doch nicht erschießen. Niemand sollte ihn *erschießen!*«, antwortet Marcie schluchzend.

»Ich habe dich beschützt! Das hatte ich dir versprochen – du hast mich darum gebeten! Aber warum weinst du jetzt so? Ich ... *ich* bin doch der, den du liebst! Das hast du gesagt!« Clare starrt ihn entsetzt an. Leandro lässt sich ächzend auf einem Sessel nieder.

»Du wirst feststellen, dass vieles von dem, was meine Frau so sagt, nicht ganz der Wahrheit entspricht, mein Junge«, sagt er.

»Wir lieben uns«, erklärt Pip trotzig und nimmt Marcies Hand. »Sie wird Sie verlassen! Sie liebt Sie nicht mehr, sie liebt mich. Wir sind schon seit Wochen zusammen.« Doch Marcie schüttelt seine Hand ab.

»Halt den Mund, du kleiner Dummkopf«, fährt sie ihn an. Pip greift immer wieder vergeblich nach ihrer Hand. Sein Gesichtsausdruck, getroffen und verwirrt, hat etwas Groteskes.

»Was?«, bringt Clare mühsam hervor, aber so leise, dass niemand sie hört. Der Cognac breitet sich warm in ihrem Körper aus. Sie trinkt noch einen kleinen Schluck und blickt sich um. Von Paola und ihrem Bewacher ist nichts mehr zu sehen. Boyd sitzt in der Ecke auf dem Boden, die Arme um die angezogenen Knie geschlungen und das Gesicht darin vergraben wie ein Kind. Der Anblick ist so absurd, dass Clare beinahe laut auflacht.

Eine Zeit lang ist nur Marcies Weinen zu hören. Pip starrt sie kläglich und verständnislos an und versucht immer wieder, nach ihren Händen zu greifen. Clares Kopf dröhnt.

»Weißt du, woher ich es wusste, Clare?«, fragt Leandro. »Clare, hörst du mir zu? Du hast mich gefragt, woher ich wusste, dass du in Gefahr bist, und weshalb ich dich hierhergeholt habe. Das habe ich getan, um dich zu schützen. Welche Ironie, nicht wahr?« Er schwenkt seinen Cognac im Glas herum und weist mit einem Nicken auf Boyd. »Um dich vor *ihm* zu schützen. Ich dachte, er wollte dich ermorden lassen. Er hat zu mir gesagt ... Als er hier ankam und ich mich nach dir erkundigt habe, da hat er gesagt: *Sie ist ein Engel. Ein reiner Engel.* Und ich hatte Angst um dich, denn genau dasselbe hat er über seine erste Frau gesagt, Emma. Verstehst du? Ganz genau so hat er sie mir beschrieben, mit derselben ... Verzweiflung, dieser Leidenschaft, als er mich beauftragt hat, sie zu ermorden. Clare, ich muss dir sagen – ich fürchte, der Mann, den du geheiratet hast, ist wirklich krank im Kopf.«

»Wie bitte?«, fragt Clare. Sie kann ihm nicht folgen, kann diesen bizarren Worten keine Bedeutung abgewinnen. Pip ist still geworden, vollkommen reglos. Er greift nicht mehr nach Marcies Händen. Clare gefällt seine Gesichtsfarbe gar nicht, ebenso wenig seine glasigen, glänzenden Augen.

»Wie sollte man das sonst nennen? Diese Irrationalität ... Ich habe die Leute, die mich als Auftragskiller angeheuert haben, immer nur verachtet – nichts als Feiglinge. Scheinheilig. Wollen jemanden tot sehen, sich aber nicht die Hände schmutzig machen. Aber Boyd war der Schlimmste von allen, der Schwächste. Er hat gezittert wie Espenlaub, als er mich aufgesucht hat, und konnte mir während unserer gesamten Unterhaltung nicht in die Augen schauen – erst als ich ihn gefragt habe, warum. Ich habe ihn gefragt, was sie denn getan hätte. Da blickt er auf, urplötzlich vollkommen ruhig, absolut überzeugt, und sagt mir, dass seine Frau ein reiner Engel ist.« Leandro schüttelt den Kopf. »Als wäre meine Frage ein Affront gewesen. Also habe ich zunächst abgelehnt, weil ich nicht glauben konnte, dass er es wirklich ernst meint. Ich dachte, er wüsste selbst nicht, was er will. Aber er hat mir immer mehr Geld angeboten, und schließlich habe ich es doch genommen. Ich wünschte, das hätte ich nicht getan, bei Gott. Aber ich habe es getan, da gibt es kein Wenn und Aber.«

Langsam dringt Leandros Geschichte zu Clare durch. Sie runzelt ungläubig die Stirn und blickt zu Boyds gekrümmter Gestalt hinüber, als müsste er irgendwie reagieren, als müsste er jeden Moment aufstehen und diese ungeheuerliche Anschuldigung von sich weisen. Aber er rührt sich nicht. Sie denkt an den kreisrunden Lauf des Revolvers, das hohle Klicken, als er auf sie schießen wollte.

»Nein. Nein ... Emma war krank. Sie ist an einem Fieber gestorben. Das weiß jeder, alle haben mir das gesagt. Wie könnte sie ... ermordet worden sein, ohne dass jemand davon wusste? Das ist lächerlich.«

»Eine Zeit lang ging der Fall durch die New Yorker Presse.« Leandro zuckt mit den Schultern. »Aber er hat nie Schlagzeilen gemacht. Und Boyd wurde keinen Moment lang verdächtigt – ich glaube, die Polizei ist nicht einmal dahintergekommen, dass Emma ihn betrogen hatte. Er hat sehr überzeugend den trauernden Witwer gespielt. Raubüberfall auf der Straße, davon sind sie ausgegangen. Dann ist Boyd nach England zurückgekehrt, hat neue Freunde gefunden und sich für sie eine hübschere Geschichte ausgedacht – um des Jungen willen, das hätte er jedem gesagt, der anderslautende Gerüchte gehört hatte. Und ich bin sicher, ihr Briten wart alle zu höflich, um genauer nachzufragen. Aber glaub mir: Sie wurde ermordet. Ich muss es schließlich wissen.«

»Wollen Sie ... wollen Sie damit sagen, dass Sie ein Auftragskiller sind, Mr. Cardetta?«

»Leandro, bitte. Das war ich, ja. So habe ich angefangen – den Grundstein für meinen Reichtum gelegt. Indem ich für Geld Menschen ermordet habe. All das hier ...« Er weist mit ausholender Geste auf das prächtig ausgestattete Zimmer, schließt die *masseria,* sein Land darum herum mit ein. »... ist darauf aufgebaut. Nun, hältst du mich immer noch für einen guten Menschen, Chiarina?« Clare hat keine Antwort darauf. »Aber Emma Kingsley war eine der Letzten. Das war der Moment, in dem ich das Gefühl hatte, meine Seele verloren zu haben, verstehst du?« Er klingt traurig, gedankenverloren. »Es war der Mord an dieser bezaubernden jungen Frau. Ein bezahlter Mord, weil sie nichts weiter getan hatte, als sich zu verlieben. Ich wusste, dass es falsch war, aber ich habe mir eingeredet, Geschäft sei Geschäft und alles andere spiele keine Rolle. Tja, es war ein Geschäft, aber es war mir nicht gleichgültig. Ich habe bis auf die Knochen gespürt, welches Unrecht es war. Wie ... wie eine Krankheit hat es sich angefühlt. Es hat mir zu schaffen gemacht. Und es hat mir zu schaffen gemacht, dass es ihm anscheinend überhaupt nicht weiter zugesetzt hat.« Er zeigt mit dem Finger auf Boyd. »Vielleicht fand ich, dass wir beide dafür bestraft werden sollten. Ich weiß es auch nicht. Aber ich habe ihn all die Jahre nicht vergessen können. Dieser Mord hat uns irgendwie miteinander verbunden. Wir steckten gemeinsam dahinter, er und ich.«

Clare sitzt stumm da und versucht zu denken. Ihr Geist arbeitet langsam, träge, alles scheint so unwirklich, wie unter Wasser. Sie ist in einem ihr fremden Element, vollkommen überfordert. Sie denkt zurück, ruft Erinnerungen ab, versucht sie mit dieser Wirklichkeit in Übereinstimmung zu bringen und stellt erstaunt fest, dass es ihr gelingt.

»Es hat ihm zugesetzt. Er hatte Angst. Er hatte immerzu Angst«, sagt sie hölzern. »Nachdem du ihn vor sieben Jahren in New York aufgespürt hast … nach deinem Besuch hat er versucht … versucht, sich das Leben zu nehmen.«

»Ach ja?« Leandro nickt. »Tja, Angst ist eine Art Krankheit, glaube ich. Sie kann einen Menschen in den Wahnsinn treiben. Ich hätte es ja dabei belassen, wenn er dich nicht so bezeichnet hätte. *Ein reiner Engel.* Wenn er diese Worte nicht ausgesprochen hätte, wäre ich nie auf die Idee gekommen, etwas zu unternehmen.«

»Warum hast du überhaupt wieder Verbindung zu ihm aufgenommen? Warum soll er die Fassade für dich entwerfen?«

»Um ehrlich zu sein, weiß ich das selbst nicht so genau. Solche Augenblicke im Leben – wenn Dinge plötzlich eine ungeahnte Wendung nehmen, wenn man den geplanten Weg verlässt und einen ganz neuen einschlägt –, das sind bedeutende Augenblicke. Und er war bei dem vielleicht bedeutendsten Moment in meinem Leben anwesend. Er hatte ihn herbeigeführt, und ich habe ihn deswegen nie ganz vergessen. Nach all dieser Zeit wollte ich … ich wollte ihn wiedersehen. Ich wollte sehen, wie diese Sache, die uns verband, sich auf ihn auswirkte. *Ob* sie sich überhaupt noch auf ihn auswirkte, so wie auf mich.« Er zuckt mit den Schultern. »Es hat mich einfach gedrängt, ihn ausfindig zu machen. Dann hat er über dich genauso gesprochen wie damals über sie, und … das konnte ich einfach nicht ignorieren. Ich musste sehen, wie er mit dir umgeht, einen Eindruck von euch beiden zusammen bekommen. Ich musste herausfinden, ob er sich verändert hat oder die Vergangenheit sich zu wiederholen drohte.«

»Und du dachtest, du könntest mir helfen? Wie denn?«

Clare ist immer noch wie vor den Kopf geschlagen und hat Mühe, ihm zu folgen.

»Auch das kann ich nicht sagen. Ich nehme an, ich wollte dich warnen. Oder Boyd klarmachen, dass es Konsequenzen haben würde, falls dir etwas zustoßen sollte – ihm genug Angst einjagen, um es zu verhindern. Oder ihn überreden, sich von dir zu trennen, wenn es nötig gewesen wäre. Und was tust du, kaum dass du hier bist? Betrügst ihn! Verliebst dich in Ettore und gibst ihm erst recht einen verdammten Grund, dich umzubringen! Ha!« Er nimmt noch einen weiteren Schluck Cognac und leckt sich die Lippen. »Dieser blauäugige Bastard hatte irgendetwas, keine Frage. Meine Frau hat sich auch in ihn verliebt, als er im vergangenen Winter hier war. Allerdings hat der Junge sich nicht mit ihr eingelassen, soweit ich weiß. Zumindest so viel Respekt hat er mir dann doch erwiesen.« Er wirft Marcie einen finsteren Blick zu. »Der viele Englischunterricht, all das Getue um ihn, und ständig sollte ich dafür sorgen, dass er noch länger bleibt.«

Marcie hört nun endlich auf zu weinen und blickt ängstlich auf. »Du wusstest es?«, fragt sie.

»Schätzchen, ich liebe dich, aber eines muss ich dir sagen – du bist eine schlechte Schauspielerin. Wirklich erbärmlich.« Leandro fährt sich mit der Hand übers Haar und dann von der Stirn abwärts übers Gesicht, als wollte er etwas abwischen. »Leider ist nicht alles so gelaufen, wie ich es geplant hatte«, murmelt er vor sich hin.

Nach ein paar Sekunden zückt Marcie ein Taschentuch und wischt sich das Gesicht ab, als hätte der Schock sie daran erinnert, was sich gehört. Sie richtet sich auf dem Sofa auf, streicht sich das Haar glatt, und Pip neben ihr beobachtet jede ihrer Bewegungen, als suchte er nach Hinweisen, was er tun sollte. Tränen stehen ihm in den Augen, und wenig später rollen sie seine Wangen hinab.

»Pip«, sagt Clare. Plötzlich sieht sie noch einmal das Bild vor sich, wie Pip zitternd dasteht, auf Ettore zielt und schießt. Sie schließt die Augen. »Pip, komm und setz dich zu mir«, sagt sie und streckt die Hand aus. Doch Pip tut so, als hätte er sie gar nicht gehört. Langsam dreht er sich nach Boyd um.

»Vater ... er lügt, nicht wahr? Sag ihnen, dass das nicht wahr ist. Meine Mutter ist krank geworden und gestorben. Sag es ihnen doch!« Pips Stimme wird schrill. Boyd bewegt sich ein klein wenig, als strömte etwas durch seinen Körper und schlüge kleine Wellen. Doch er blickt nicht auf, und er antwortet nicht.

»Das sind keine Lügen, Filippo. Es tut mir sehr leid, und ich bedaure, dass du es so erfährst, aber du musst es wissen. Deine Mutter hatte nicht verdient, was ihr geschehen ist. Es ist kein Verbrechen, sich zu verlieben. Ein Mann wird zornig, wenn man ihm Hörner aufsetzt, ja.« Leandro wirft Boyd einen Blick zu, doch der rührt sich nicht. »Zornig, ja. Dann lässt man sich von ihr scheiden oder verstößt sie, aber man findet sich damit ab. So ist das Leben. So ist das menschliche Herz. Solche Dinge geschehen, und wir können nichts daran ändern – ich wüsste nicht, warum man von Frauen erwarten sollte, so machtvollen Gefühlen zu widerstehen, wenn Männer es auch nicht können.« Er wirft seiner Frau einen harten Blick zu. »Aber einen Jungen zu verführen, beinahe noch ein Kind, aus purer Bosheit? Kaltherzig und mit der Absicht, *mich* zu verletzen?« Er hat die Stimme erhoben. Marcie zuckt zusammen. »Das ist erbärmlich.«

»Ich wollte dich nicht verletzen, Leandro, ich schwöre dir, ich ...« Sie verstummt, und ihr Blick huscht zu Clare hinüber.

»Du wolltest Clare damit treffen? Warum? Ach so ... ich verstehe. Weil Ettore sich in sie verliebt hat und nicht in dich.« Leandro nickt. »Das ist trotzdem abscheulich, Marcie. Einfach abscheulich.«

»Du hast Pip dazu gebracht, dir von Ettore und mir zu erzählen?«, fragt Clare.

Marcie funkelt sie an. »Ich wusste es schon seit Wochen, du dummes Ding. Ich habe euch zusammen gesehen – ich habe gesehen, wie du dich nachts in sein Zimmer geschlichen hast, im Nachthemd. So schnell konnte er nicht einmal die Fensterläden schließen! Ich wusste es schon die ganze Zeit.«

»Du hast mich durch sein Fenster gesehen? Aber ... dein Zimmer liegt zur anderen Seite hin.«

»Ich war nicht in meinem Zimmer, ich ...« Marcie unterbricht sich erneut und schließt hastig den Mund.

»Du hast sein Zimmer von irgendwo anders aus beobachtet?«, sagt Leandro leise. Marcie errötet. »Wie ein Teenager seinen heimlichen Schwarm?« Er schüttelt wehmütig den Kopf. »Es gab einmal eine Zeit, da hast du mich so geliebt, Marcie. Kannst du dich überhaupt noch daran erinnern?«

»Du hast mich hierhergeschleppt und mich verrotten lassen«, sagt sie mit brüchiger Stimme.

»Ich habe dich hierhergeschleppt, damit du mich liebst und mich unterstützt. Damit du meine *Frau* bist!«, brüllt er. »Marcie, du brichst mir das Herz.« Mit einem erstickten Laut verbirgt Marcie die Augen hinter einer Hand. Ihre Lippen sind aufeinandergepresst, ein entschlossener, schmaler Strich, und sie weint nicht mehr. Clare erinnert sich an Marcies Rat: *Wenn es ihm zu schaffen macht, soll er einfach nicht hinschauen.* Am liebsten würde sie Marcie die Hand vom Gesicht ziehen und ihr die Augen öffnen, aber sie bringt nicht genug Willenskraft auf, um sich zu bewegen.

Leandro steht auf, geht mit der Cognacflasche herum und schenkt allen nach. Nur Boyd will nicht. »Trinkt. Alle. Wir müssen dringend wieder zu Sinnen kommen.«

»Sie … Sie haben meine Mutter ermordet?«, fragt Pip. Seine Lippen sind noch immer aschfahl, die Haut darum beinahe bläulich.

»Trink deinen Cognac, Philip. Du siehst aus, als könntest du vor Angst gleich tot umfallen«, erwidert Leandro. »Ja, ich habe sie ermordet. Ein sauberer Schuss in den Kopf, als sie eines Nachts zu Fuß von ihrem Liebhaber nach Hause gegangen ist. Und ihren Freund habe ich auch erledigt, gleich danach. Dafür hat dein Vater mich bezahlt. Wenn ich der Revolver war, der deine Mutter erschossen hat, dann hat dein Vater auf sie angelegt und meinen Abzug betätigt.«

»Leandro, das reicht«, sagt Clare. Pip atmet viel zu schnell. Sie kann sich gar nicht ausmalen, was er gerade empfinden muss. Sie versucht nicht einmal, ihre eigenen Gefühle wahrzunehmen. Sie weiß nur eines: Wenn sie wieder irgendetwas empfinden kann, wird sie auf der Stelle wünschen, sie könnte es nicht. Sie blickt zu ihrem zusammengekrümmten Mann hinüber und begreift, dass dieses nagende Gefühl sie die ganze Zeit über nicht getrogen hat. Sie kennt ihn tatsächlich nicht.

»Nun ist die Katze schon aus dem Sack.« Leandro zuckt mit den Schultern. »Und da meine Frau den letzten Monat damit verbracht hat, den Jungen zum Mann zu machen, ist er wohl erwachsen genug, um die ganze Wahrheit zu hören.« Doch das stimmt nicht, da ist Clare sicher. Pip weint wie ein Kind. Er kann das unmöglich alles verkraften, es ist viel zu viel. Es ist auch zu viel für Clare.

Zwei junge Männer in den dunklen Uniformen und spitzen Hüten der *carabinieri* kommen herein. Unsicher blicken sie von einem Anwesenden zum nächsten. »Sie haben alle zusammengetrieben?«, fragt Leandro auf Italienisch.

»Ja, Mr. Cardetta.«

»Wie viele Tote?«

»Sieben und einundzwanzig Verletzte.«

»Und meine Nichte?«

»Wir haben sie. Sie ist unverletzt. Sollen wir sie mit den anderen unterbringen?«

»Nein. Meine Männer sollen sie hier irgendwo einschließen und sie gut bewachen.«

»Paola?«, fragt Clare. Ein Gedanke versucht ihre Aufmerksamkeit zu erregen. »Nein ... ihr Baby. Sie müssen sie gehen lassen, sie muss zu ihrem Baby.«

»Bald«, sagt Leandro in einem Ton, der keinen Widerspruch duldet. »Ich will erst mit ihr sprechen. Aber nehmen Sie den da mit.« Er deutet auf Boyd. Die *carabinieri* wechseln einen Blick. »Ja, ja – nehmen Sie ihn fest! Er hat meinen Neffen Ettore Tarano erschossen, kaltblütig, aus Rache. Wir haben es alle gesehen. Er muss in Haft genommen und in Bari vor Gericht gestellt werden.«

»Ja, Mr. Cardetta.«

»Bitte – kannst du nicht wenigstens jemanden schicken, der Paolas Kind herholt? Er kann doch nicht ganz allein bleiben, er ist noch viel zu klein«, sagt Clare.

»Daran hätte sie vielleicht denken sollen, ehe sie hierherkam, um mich zu berauben!« Leandros plötzliches Gebrüll klingt erschreckend, doch da ist ein verräterisches Funkeln in seinen Augen. Er starrt Clare finster an, doch sie lässt sich nicht einschüchtern. Ettore ist tot. Sie hat nichts mehr zu befürchten. Schließlich gibt Leandro nach. »Also schön. Schicken Sie jemanden in die Vico Iovia. Die Taranos haben dort eine Wohnung, in der Sackgasse. Lassen Sie ihr Baby abholen und hierherbringen.« Die *carabinieri* nicken. »Möchtest du deinem Mann noch etwas sagen, bevor sie ihn mitnehmen?«, fragt er Clare.

Die beiden Gendarmen hieven Boyd auf die Füße, und er schaut zu Clare herüber. Sein schlaffes Gesicht glänzt und ist farblos wie Molke, der lange Körper ohne jede Spannung. Als er sie ansieht, sind seine Augen leer.

»Du warst rein«, sagt er in einem schweren, ruhigen Tonfall, den sie nicht einordnen kann. »Du warst rein und perfekt. Kein Mann hatte dich berührt, bis … bis du dich von diesem … *Bauern* …« Er schluckt krampfhaft, als würde ihm von dem bloßen Gedanken übel. Nun erkennt sie die Emotion in seiner Stimme: Abscheu. Sogar Ekel. »Kein Mann hatte dich je berührt. Du warst makellos.« Boyd schüttelt den Kopf, und Clare versteht, was er meint. Sie hat sich oft gefragt, ob sie überhaupt je richtig miteinander geschlafen haben, da er immer auf dieser Barriere zwischen ihnen bestanden hat. Nein, haben sie nicht, das ist ihr jetzt klar, und genau das war auch seine Absicht – er wollte sie rein erhalten. *Dieses Miststück,* so hat er die kleine Christina Havers nach ihrer Affäre bezeichnet. *Diese Hure.*

»Du wagst es, mich angewidert anzusehen?«, fragt sie leise. »Ettore war so viel mehr Mann als du. Hundertmal mehr!« Ihre Stimme wird lauter. Sie will, dass ihre Worte Narben hinterlassen. »Ich habe ihn mehr geliebt, als ich dich jemals geliebt habe! Und ich habe es genossen, mit ihm zu schlafen!«

»Halt den Mund! Halt den Mund, du Hure!«, brüllt Boyd.

»Genug jetzt! Führen Sie ihn ab«, sagt Leandro. Schweigend nehmen die *carabinieri* Boyd in die Mitte und marschieren mit ihm hinaus. Clare wird bewusst, dass sie in der Vergangenheitsform von Ettore gesprochen hat, zweimal sogar. Ein seltsames, wildes, klagendes Heulen steigt ihre Kehle empor, und sie kann es nicht zurückhalten. Sie schlägt die Hände vor den Mund, doch der Laut schlüpft zwischen ihren Fingern hindurch, und sie riecht Blut – Ettores Blut klebt an ihren Händen.

Über der Masseria dell'Arco geht die Sonne auf, als sei der neue Tag ein Tag wie jeder andere. Clare erwacht von lautem Platschen und energischem Fegen, und jeder Muskel tut ihr weh. Die Dienstboten schrubben mit großen Bürsten und eimerweise Wasser das Blut vom Pflaster des Hofs. Als Erstes sieht sie nach Pip, der tief und fest schläft. Dann geht sie hinaus auf die Terrasse, barfuß und im Nachthemd, und beobachtet eine Weile die Aufräumarbeiten. Noch immer kann sie nicht alles begreifen, was sie gesehen, gehört und erfahren hat. Dass Marcie Pip verführt hat und er sich einbildet, sie seien ein Liebespaar. Dass Marcie in Ettore verliebt war. Dass Boyd Emma hat ermorden lassen, weil sie nicht so makellos war, wie er sie haben wollte. Dass Boyd Ettore ermordet und dann die Waffe auf Clare gerichtet und abgedrückt hat. Beim Gedanken daran, dass die Trommel leer war, empfindet sie nichts. Sie kann nicht sagen, ob das Glück oder Pech war, und es ist ihr egal. Ettore ist tot. Keines der jüngsten Ereignisse, nichts von alledem, was sie erfahren hat, lässt sich in ihrem Kopf in eine sinnvolle Ordnung bringen, die sie durchgehen und begreifen könnte. In ihrem Geist herrscht ein einziges Durcheinander, und jedem Anflug von

Befriedigung beim Gedanken daran, dass sie Boyd nie wiedersehen muss, dass sie vor ihm sicher ist, folgt sogleich der unerträglich schmerzhafte Gedanke, dass auch Ettore fort ist. Es ist ermüdend. Der Versuch, all das zu überdenken, erschöpft sie.

Sie geht zurück in Pips Zimmer und betrachtet ihn eine Weile, während er schläft. Der Raum ist mit seinem weichen Duft erfüllt – Haut und Haar und Atem. Er schläft seinen Schock aus, sein gebrochenes Herz, das Trauma, seinen Vater verloren zu haben, seine eigene Geschichte neu schreiben zu müssen, und die Anstrengung, die Wahrheit aus all den Lügen herauszufiltern. Clare hat den Eindruck, als hätte er sich verpuppt – als sei dieser Tiefschlaf eine Art Metamorphose. Sie kann nur abwarten, in welcher Gestalt er daraus hervorkommen wird. Wenn sie daran denkt, wie Marcie ihn benutzt hat, kocht Wut in ihr hoch, also versucht sie, jeden Gedanken daran zu vermeiden. Marcie ist noch nicht wieder aus ihrem und Leandros Zimmer heruntergekommen, seit sie sich irgendwann in der Nacht dorthin zurückgezogen hat. Clare will jetzt nur noch fort von hier und keinen von ihnen je wiedersehen. Sie will Pip bei der Hand nehmen und gehen. Sie denkt an die vielen Stunden, die er mit Marcie im Fledermauszimmer verbracht hat, wo sie Musik gehört und angeblich für ein Stück geprobt haben, das nie jemand zu sehen bekommen wird. Sie denkt an das staubige alte Sofa, das sie dort hineingeschleppt haben, damit Clare darauf Platz nehmen und ihnen zusehen kann. Ursprünglich. Vielleicht war das alles tatsächlich nur Theater, nur ein Spiel für Marcie, aber Pip hat es für wirklich gehalten. *Ich habe dich beschützt*, hat er gesagt, nachdem er auf Ettore geschossen hatte. *Das hatte ich dir doch versprochen.* Sie stellt sich vor, wie Marcie ihm die hilflose, verängstigte Frau vorgespielt hat, sodass Pip sich wie ein richtiger Mann vorkam. Das fällt ihr nur allzu leicht. Und sie weiß jetzt, wie Leandro rechtzeitig von dem geplanten Überfall erfahren hat, um Vorkehrungen zu treffen. Von Marcie, die es Pip entlockt hat, der Clare geschworen hatte, niemandem etwas zu verraten. Aber sie kann Pip keine Schuld geben, nur sich selbst. Sie hat ihn alleingelassen, um mit Ettore zusammen zu sein. Sie hat ihn einsam und verunsichert sich selbst überlassen – und ihn damit Marcie praktisch ausgeliefert.

Clare kann nichts essen. Selbst als ihr vor Hunger die Hände zittern und schwarze Pünktchen vor ihren Augen tanzen, wenn sie sich zu hastig bewegt, bringt sie nichts herunter. Carlo hält wieder Wache am Tor, als sei nichts geschehen. Seine Nase ist dick geschwollen, auf der Nasenwurzel prangt eine Platzwunde, und seine Augen sind blutunterlaufen. Als Clare sich bei ihm entschuldigt, wendet er sich ab und antwortet nicht. Er bemüht sich um eine steinerne Miene, doch er ist einfach zu jung und zu freundlich und sieht eher aus, als würde er jeden Moment in Tränen ausbrechen. Clare fragt ihn, wo Paola Tarano ist, und er weist mit dem Daumen auf die Treppe hinter ihm, ohne sie eines Blickes zu würdigen. Schweigend geht sie hinauf.

Paola ist in einem kleinen Zimmer hoch oben über dem Tor der *masseria* untergebracht. Ein winziges Fenster blickt auf den Hof hinaus, doch Paola hat ihm den Rücken zugewandt. Sie liegt auf der Seite auf dem schmalen Bett, um Iacopo geschmiegt, der an ihrem Bauch schläft. Das hier ist der Dienstbotentrakt, und das Zimmer sieht aus, als sei es schon seit einer Weile nicht mehr benutzt worden. Eine dicke Staubschicht bedeckt den Nachttisch und einen wackeligen

Stuhl an der Wand – das gesamte Mobiliar. Jemand hat ihr einen Krug Wasser und einen Teller Brot und Käse gebracht, der unberührt auf dem Stuhl steht. Paola bewegt nur die Augen, als Clare leise an die offene Tür klopft und eintritt. Im ersten Moment erkennt sie Paola kaum, weil sie das Haar offen trägt, ohne das gewohnte Kopftuch. Es reicht ihr bis zu den Ellbogen, schwarz und sanft gewellt. Sie sieht jünger und hübscher aus, aber ihre Augen wirken uralt vor Trauer. Eine Zeit lang steht Clare einfach nur schweigend da, und ihre geteilte Trauer hängt zwischen ihnen in der Luft. Da ist noch eine Art Schwingung, die sie beide spüren – Clare braucht einen Moment, um sie deutlich zu erkennen. Sie fühlt sich mitschuldig an Ettores Tod. Diese Schuld gärt in ihr, und sie hat erwartet, dass Paola ihr Vorwürfe machen und wütend auf sie sein würde. Aber Paola macht sich selbst Vorwürfe, ertrinkt beinahe in Schuldgefühlen.

Vorsichtig, um das Baby nicht zu stören, lässt Clare sich auf der Bettkante nieder. Sie nimmt Paolas Hand, und obwohl ein argwöhnischer Ausdruck in deren schwarzen Augen erscheint, entzieht sie Clare ihre Hand nicht. Clare bleibt eine ganze Weile so sitzen. Sie kann Paola nichts erklären, könnte sie nicht trösten, selbst wenn sie sich dieser jungen Frau mit dem harten Gesicht auf Italienisch verständlich machen könnte. Schließlich zieht sie Paolas Hand zu sich heran und drückt sie flach auf ihren Bauch. Paola blickt verwirrt zu ihr auf.

»Ettore«, sagt Clare. Paola versteht sie nicht, also deutet Clare auf Iacopo und tippt dann Paolas Hand auf ihrem Bauch an. »Ettores Baby. *Bambino*«, sagt sie. Nun tritt ein Ausdruck von Begreifen auf Paolas Gesicht, und Clare kommen die Tränen. Sie kann sie nicht aufhalten, also senkt sie den Kopf und lässt ihnen freien Lauf. »Ich hatte keine Chance mehr, es ihm zu sagen«, flüstert sie. »Er wird es nie erfahren.« Paola hält schweigend ihre Hand fest.

Clare bleibt noch eine gute Stunde in dem Zimmer. Sie will nicht gehen, weil sie sicher ist, dass sie Paola nie wiedersehen wird. Die enge Verwandtschaft der jungen Mutter zu Ettore ist jetzt ein kostbares Gut, das einen Anklang von ihm enthält und ein klein wenig Trost spendet. Als sie schließlich aufsteht, beugt sie sich über das Bett und küsst Paola auf die Stirn, ehe diese sich abwenden kann. Paola starrt ihr mit einer sonderbaren Mischung aus Ärger und Verletzlichkeit nach. Clare sieht ganz deutlich, dass Paola keine Fürsorge für ihre Person leiden kann, kein Mitgefühl will und freundlicher Zuwendung misstraut. Sie besitzt eine innere Stärke, die Clare niemals erlangen wird. Aber wenn Paola sich nicht beugen will, wird sie irgendwann zerbrechen.

Rastlos wie ein suchender Geist streift Clare durch die Zimmer und Flure der *masseria*. Sie würde gern hinausgehen, aber allein die Vorstellung, all die Orte zu sehen, an denen sie sich mit Ettore getroffen hat, ist unerträglich. Und wenn sie die *masseria* verließe, müsste sie irgendwann auch wieder hineingehen, und davor graut ihr genauso. Vielleicht würde sie auch nicht zurückkehren – womöglich würde sie einfach immer weiterlaufen … Nein, sie muss doch hier sein, wenn Pip aus seinem Kokon schlüpft. Ohne ihn kann sie nicht gehen, aber in ihr lauert die Angst, dass das Band zwischen ihnen nach seiner Wiedergeburt nicht mehr vorhanden sein könnte. Dass Marcie und Ettore ihre Verbundenheit irgendwie ausgelöscht haben könnten, denn dieses Band beruht nicht auf Mutterschaft und könnte sich spurlos wieder auflösen. Er hätte schließlich durchaus Grund dazu, ihr die Schuld an allem zu geben. Sogar dafür, dass sein Vater festgenommen wurde. Er könnte sich weigern abzureisen, solange Boyd noch in Italien ist – vielleicht will er in seiner Nähe bleiben. Clare bleibt unwillkürlich stehen. Könnte das wirklich geschehen? Könnte sie gezwungen sein, sich zu entscheiden? Pip verlieren oder für immer an einem Ort bleiben, der sich inzwischen anfühlt wie ein riesiges Gefängnis? Möglich wäre es. Bei diesem Gedanken überkommt sie das Gefühl, als wollte die leere Luft sie erdrücken.

Als Clare an der Tür zu Ettores ehemaligem Zimmer vorbeigeht, macht sie einen Bogen darum und bleibt nicht stehen. Von einem der oberen Fenster aus sieht sie Leandro auf dem Dach. Er steht an derselben Stelle wie Tage zuvor und starrt in derselben Haltung in die Landschaft. Eine Sekunde lang scheint sich ihr Geist zu spalten, und sie bildet sich beinahe ein, es sei vorgestern – ihr wird schwindelig bei der Überlegung, was sie anders machen würde, wenn sie die Chance bekäme, tatsächlich in die Vergangenheit zu reisen. Sie stellt sich vor, wie sie Leandro zwingen würde, sie hinauszulassen, damit sie Ettore vor den verstärkten Wachen auf dem Gut warnen kann. Wie sie die Treppe hinuntereilen würde, sobald sie Pip und Marcie unten sah, um Pip den Revolver zu entreißen. Oder die Waffe an sich nehmen würde, nachdem Pip Ettore in die Schulter geschossen hat, statt das Boyd zu überlassen. Wie sie sich weigern würde, den Plünderern die Tür zu öffnen, damit sie ihren Plan vielleicht ganz aufgaben. Sie quält sich mit all diesen Gedanken daran, was hätte sein können, wenn sie anders gehandelt hätte, wenn dies und jenes nicht so gekommen wäre. Sie reibt Salz in ihre Wunden, bis sie es nicht mehr erträgt. Dann geht sie hinaus aufs Dach und bleibt neben Leandro stehen.

Er wendet sich ihr nur kurz zu, und seine Miene bleibt unverändert. Älter sieht er aus und müde. Er starrt in die Ferne, als könnte er dort die Zukunft sehen, also folgt Clare seinem Blick und versucht es auch. Die Landschaft hat sich nicht verändert, und das allein erscheint ihr unwirklich, hat sie doch das Gefühl, dass gewaltige Erdbeben ihr Leben in Trümmer gelegt haben. Sie erwartet, rauchende Ruinen zu sehen, gewaltige Risse im Boden. Doch vor ihr liegt das flache, weite Land mit seinem braunen Gras und den verkohlten Stoppelfeldern, denselben knorrigen Olivenbäumen, die schon Generationen von Menschenleben haben erlöschen sehen wie die Sterne im Morgengrauen. Sie sieht dieselben Trockenmauern und die staubige Straße, die bis zum Wahnsinn gelangweilten Hunde auf der *aia* und den *trullo* am Tor, wo Ettore sie zum ersten Mal geküsst hat, wo sie sich zum ersten Mal geliebt haben. Eine sanfte Brise rollt von Norden heran. Sie gleitet leise stöhnend über die Brustwehr des Guts und die niedrigen Feldmauern, streicht durch Clares Haar, lässt ihre Bluse an ihren Rippen flattern und erfüllt ihre Ohren mit zartem Rauschen. Unmöglich, dass all das noch existieren soll, da Ettore nicht mehr ist. Clare fragt sich, ob sie selbst vielleicht auch nicht wirklich existiert. Sie fühlt sich wie Distelflaum, leicht wie die Luft, als könnte sie jeden Augenblick davongeweht werden, sich im Wind zerstreuen und verschwinden.

Sie hört Leandros ernste Stimme.

»Du möchtest abreisen, nicht wahr? Du musst. Willst du Boyd noch einmal wiedersehen, ehe du gehst? Das ließe sich arrangieren.«

»Nein«, sagt Clare. »Nein. Nie wieder. Aber ... Pip vielleicht.« Sie hört sich offenbar besorgt an, denn Leandro wendet sich ihr mit fragendem Blick zu.

»Du glaubst doch nicht etwa, dass er hierbleiben will, bei seinem Vater?«

»Ich weiß es nicht. Er ... er war sehr wütend auf mich. Wegen Ettore.«

»Höchstens eifersüchtig, weil er deine Zuneigung teilen musste.« Leandro zuckt mit den Schultern. »Er wird bei dir bleiben wollen. Er liebt seinen Vater nicht so, wie er dich liebt. Das ist mir von Anfang an aufgefallen. Und jetzt, da er weiß, wie seine Mutter gestorben ist ...«

»Hoffentlich hast du recht.« Clare zögert. »Du ... du hast uns zuvor nicht erlaubt abzureisen, weil du irgendetwas von Boyd erfahren wolltest. Das hat Ettore mir erzählt. Was war das? Ob er mir etwas antun könnte oder nicht?«

»Genau das.« Leandro nickt. »Der Mord an diesem Mädchen hat mich verändert. Emma Kingsley. Es fällt dir vielleicht schwer, das zu glauben, aber sie war die einzige Frau, der ich je ein Haar gekrümmt habe, und bei allen Heiligen, wie hat mich das verfolgt. Und ich habe mich verändert, bin ein Geschäftsmann geworden. Ich will nicht behaupten, dass ich von da an stets auf dem Pfad der bürgerlichen Tugend gewandelt bin, aber ... aber ich bin nie wieder so tief gesunken wie in jener Nacht. Das war die schmutzigste Nacht in meinem Leben, als ich sie und ihren Liebhaber erschossen habe. Und ich wollte sehen, ob Boyd sich ebenfalls verändert hat.«

»Aber hast du denn nicht sofort gemerkt, dass er immer noch derselbe ist?«

»Ich war nicht sicher, und selbst als mein Verdacht sich erhärtet hat, wusste ich nicht recht, was ich unternehmen sollte. Wie ich etwas daran ändern könnte. Er ... es war so feige, verstehst du? Es war feige, sie ermorden zu lassen, statt sie mit ihrer Affäre zu konfrontieren oder sie einfach zu verlassen. Es war feige, sie nicht selbst umzubringen, wenn ihm schon nichts anderes genügt hätte. Aber warum sie ermorden, wo sie doch ein Kind hatte, das sie brauchte? Das hätte nicht sein müssen. Er ist nicht ganz richtig im Kopf – er denkt nicht so, wie ich denke, das steht jedenfalls fest.«

»Nein, das tut er nicht. Ich war für ihn ein Ding – ein Ideal, keine Person. Ich glaube, das habe ich schon immer gespürt, obwohl ich dieses Gefühl nicht richtig zu fassen bekam. Du hast ihn als Heuchler bezeichnet, und damit hast du völlig recht, mehr als du ahnst. Er war mir untreu – mit einer Frau, von der ich weiß, vielleicht waren es auch mehrere. Und ja, er ist ein Feigling. Was ich für tiefe Trauer gehalten habe, waren Schuldgefühle. Ich dachte, er wolle mich nicht zu deutlich spüren lassen, wie sehr er Emma geliebt hat, aber in Wahrheit hatte er nur Angst davor, dass ich herausfinden könnte, was er getan hat – dass irgendwer es herausfinden könnte. Ich habe ihn für verletzlich gehalten und gütig. Aber seine Verletzlichkeit war nur ... Schwäche, und seine Güte eine Maske. Ich habe mich bemüht, ihn zu lieben, aber ... ich konnte einfach nicht.«

»Wer könnte einen solchen Mann lieben? Du bist um des Jungen willen geblieben? Wegen Pip?«

»Ja. Wegen Pip. Und weil ich keine Ahnung hatte, dass es etwas anderes geben könnte. Ich bin nie auf den Gedanken gekommen, Alternativen zu suchen.«

»Ich wollte dich um Marcies willen hier haben – das war nicht gelogen. Ich habe gespürt, dass ich im Begriff war, sie zu verlieren, und ich wollte, dass sie glücklich ist. Aber nachdem Boyd das über dich gesagt hatte, musste ich dich auch kennenlernen. Ich musste ... es sehen.«

»Und dafür bin ich dir sehr dankbar. Du hast mir das Leben gerettet.«

»Nein. Ich habe dein Leben aufs Spiel gesetzt«, erwidert Leandro.

»Aber jetzt bin ich frei, frei von Boyd, und das verdanke ich dir.«

Eine Zeit lang stehen die beiden da, beobachten die Welt und warten. Sie haben keine Eile. Clare atmet ein, atmet aus und fühlt sich ruhiger mit Leandro an ihrer Seite und in dem Wissen, dass auch er wartet. Sie warten darauf, dass Gedanken kommen und gehen, auf den nächsten Augenblick und das, was er bringen wird. »Würdest du mir schreiben und ... mich auf dem Laufenden halten, was Boyd betrifft? Wo er ist und was mit ihm geschieht?«, fragt sie schließlich.

»Ja. Wenn du es möchtest.«

»Nicht für mich, sondern für Pip. Und es tut mir leid, Leandro. Es tut mir so leid, dass ich dich verraten und dich nicht vor dem Überfall gewarnt habe«, sagt sie. Leandro lächelt schwach.

»Ettore hat dir kaum eine Wahl gelassen. Das verstehe ich. Außerdem bin ich zu wütend auf meine Nichte und auf Marcie, um auch noch wütend auf dich zu sein. Wenn ich das versuche, bekomme ich am Ende noch einen Herzinfarkt.«

»Du bist wütend auf Paola?«

»Aber natürlich. Sie war schon immer der Hitzkopf, die Anstifterin. Ettore allein hätte Flugblätter und Propaganda, Demonstrationen und Streiks als Waffen in diesem Kampf gewählt. Er hätte mit *Verstand* gekämpft, verstehst du? Aber Paola ist eine kleine Wildkatze. Sie hat mir schon gestanden, dass der Überfall ihre Idee war – und sie ist auch noch stolz darauf. Ihre eigene Familie anzugreifen ...«

»Was ... was hast du mit ihr vor?«

»Was ich mit ihr vorhabe? Ach, nicht viel, denke ich.« Er atmet tief ein und dann langsam wieder aus. »Ich will nur, dass sie zu kämpfen aufhört. Es ist vorbei. Sie darf nicht mehr Soldatin spielen, sie muss diesem Kind endlich eine Mutter sein.«

»Wirst du für sie sorgen? Sie hat sonst niemanden mehr, und Valerio ist zu krank, um zu arbeiten.«

»Ja, ja. Ich werde für sie sorgen. Sie wird in mein Haus in Gioia einziehen und für mich arbeiten, ob es ihr passt oder nicht. Entweder das, oder sie kommt mit dem Rest ihrer Räuberbande vor Gericht. Das wird ihr gar nicht gefallen«, sagt er und grinst schief. »Aber auf diese Weise kann ich sie bestrafen und gleichzeitig für sie sorgen.«

»Was ist mit Marcie? Was werdet ... was werdet ihr tun?«

»Was wir tun werden?« Er zuckt mit den Schultern. »Wenn sie mich verlassen will, kann sie natürlich gehen, aber mit leeren Händen. Ich bleibe hier. Das war nicht das erste Mal, dass sie mich absichtlich verletzt hat, seit wir hier sind. Ich weiß, dass sie diese Gegend hasst, und ein Teil von ihr hasst mich dafür, dass ich sie hierhergebracht habe. Aber ich liebe sie – was soll ich tun? Wie soll ich sie für das bestrafen, was sie getan hat?«

»Ich weiß es nicht«, sagt Clare. »Pip ist erst fünfzehn Jahre alt. Sie hat ihn benutzt ... und ihm das Herz gebrochen.« Sie kann ihren Zorn nicht verhehlen.

»Keiner von uns kommt unversehrt aus dieser Sache heraus, Chiarina. Pip wird sich schon fangen, und er hat eine wertvolle Lektion über diese Welt und ihre Menschen gelernt. Irgendwann wird er kaum mehr einen Gedanken daran verschwenden – so ist das, wenn man jung ist. Du und ich werden viel länger brauchen, um unsere Wunden zu heilen, denke ich.«

»Ich habe das Gefühl, dass … dass ich nicht weiterleben sollte«, sagt Clare. Frische Tränen schnüren ihr brennend die Kehle zu, aber sie hat genug von ihnen und drängt sie entschlossen zurück. »Dieser Sommer war … die schönste und die schlimmste Zeit meines Lebens. Die schönste und absolut schrecklichste Zeit.«

»Aber du wirst weiterleben, schließlich musst du auch an meinen Großneffen denken. Oder meine Großnichte. Marcie hat es mir erzählt.« Leandro legt ihr eine Hand auf die Schulter und drückt sie sacht. »Wenn genug Zeit vergangen und all das nicht mehr so frisch ist … Wirst du mir eines Tages erlauben, dich und das Kind zu besuchen? Oder hierherkommen und uns besuchen? Mir ist so wenig Familie geblieben.«

»Ich werde nie wieder hierherkommen.«

»Niemals? Und wenn Pip seinen Vater im Gefängnis besuchen möchte? Und Boyd wird im Gefängnis landen, dafür sorge ich. Würdest du ihn dann zwingen, ganz allein zu reisen?«

»Nein.« Clare lässt den Kopf hängen. »Nein, das würde ich sicher nicht.«

»Das Leben ist ein ganzer Katalog von Dingen, die wir für jene tun müssen, die wir lieben, ob wir wollen oder nicht. Das kann man nur vermeiden, indem man niemals liebt, und was hätte das Leben dann für einen Sinn?«

Sie schweigen wieder eine Weile. Der Wind tanzt um sie herum, die heiße Sonne sticht ihnen in die Augen, und Clare hat das Gefühl, als könnten sie langsam versteinern, wenn sie nur lange genug hier stehen bleiben. Zu einem Teil von

Apuliens Knochen werden. Erst jetzt kann Clare die harte Schönheit dieses Landes erkennen, ihre karge Pracht. Sie erinnert sie an Paola und macht ihr klar, dass man ein so hartes, starkes Herz wie sie braucht, um hier leben zu können. »Dieser Krieg ist beinahe vorüber«, bemerkt Leandro. »Du hast mich einmal gefragt, wie er je enden soll, und das ist die Antwort – damit, dass die Reichen die Armen mit eiserner Faust zerquetschen. Die *braccianti* haben schon verloren. In ein paar Wochen werden sie es eingestehen müssen, auch vor sich selbst. Die Grundbesitzer haben gewonnen. *Wir* Grundbesitzer, sollte ich wohl sagen. Jedes Mal, wenn die Arbeiter sich erheben, werden sie niedergeschlagen.« In diesem Moment reitet Ludo Manzo auf seinem neuen braunen Pferd am Tor vorbei. Staub wirbelt unter den Hufen auf. Er reitet lässig zurückgelehnt, die Zügel locker in der Hand. »Heute nennen sie sich Faschisten, aber solcher Männer hat man sich schon immer bedient, um die Arbeiter kleinzuhalten, und es wird sie immer geben.« Mit einem Nicken weist Leandro auf seinen Oberaufseher. »Die Manzos. Wenigstens haben wir jetzt nur noch einen.«

»Ettore hat gesagt, Ludo habe ein eigentümliches Geschick darin, am Leben zu bleiben.«

»Das hat er allerdings. Bedauerlicherweise. Sein Sohn hat Ettores Verlobte getötet. Wusstest du das?«

»Federico? Nein ... das wusste ich nicht.« Sogar in ihrem unwirklich entrückten Zustand ist Clare noch schockiert.

»Abscheulich. Mein Neffe hatte ganz sicher etwas damit zu tun, dass Federico in diesem Feuer umgekommen ist. Er und die Brüder des Mädchens. Und das kann ich ihnen nicht verdenken – er hatte es verdient. Der andere Mann, der in jener Nacht ums Leben kam, war Ettores bester Freund. Der

Kerl, der aussah wie ein Filmstar – Pino hieß er, glaube ich. Deshalb bin ich sicher, dass Ettore da war.«

»O nein, nicht auch Pino.« Clare denkt an Pinos gütiges Gesicht, seine junge Frau, die so vorsichtig hinter ihm hervorlugte und von der er sich mit einem Kuss verabschiedete, ehe sie gingen. Sie denkt daran, dass er sie vor Federico gerettet hat und wie er nach dem richtigen Wort gesucht hat, als wollte er ihr etwas mitgeben. *Coraggio.* Aus irgendeinem Grund erscheint sein Tod ihr als die größte Ungerechtigkeit von allen. »Dieses Land ist grässlich. Es ist *grausam!*«, stößt sie bitter hervor. »Wie kannst du es lieben?«

»Es lieben? Nein, ich liebe es nicht. Aber ich gehöre ihm.« Leandro wendet sich ihr zu und lächelt traurig. »Wann immer du so weit bist, werde ich dich und den Jungen zum Bahnhof fahren.«

Clare packt ihre Sachen. Boyds Kleidung lässt sie im Schrank hängen, sein Rasierpinsel und die Seife bleiben auf dem Waschtisch zurück, das Präservativ in seinem Schächtelchen in der Nachttischschublade. Sie weiß nicht, was mit diesen Dingen geschehen wird, und es ist ihr gleich. Sie geht hinauf zu Marcies und Leandros Zimmer. Die Tür ist verschlossen, der Flur davor schattig. Sie bleibt lange vor der Tür stehen, während Gänsehaut an ihren Armen kribbelt. Ein Knäuel so wirrer Emotionen hat sie im Griff, dass sie sie kaum einzeln benennen kann. *Du hast Pip beinahe zum Mörder gemacht,* will sie sagen. *Den freundlichen, gutmütigen Pip. Du hast ihm aus schierer Bosheit das Herz gebrochen. Oder war dir einfach langweilig?* Und dann will sie sagen: *Ich weiß, dass du unglücklich bist. Du findest es schrecklich hier, aber du kannst nicht weg. Und du wolltest nicht, dass Ettore stirbt.*

»Marcie?«, ruft sie. Das Wort hallt vom Holz der Tür zurück. Vielleicht bildet sie sich das nur ein, aber die Stille dahinter scheint auf einmal zu lauschen. Sie ist sicher, dass Marcie sie hören kann. Sie klopft an die Tür. »Marcie? Darf ich reinkommen?« Ein kaum wahrnehmbares Geräusch, das hastige Bewegung verrät, das Rascheln von Stoff auf Haut. Das ist alles. Clare wartet lange, aber die Tür geht nicht auf, und sie klopft nicht noch einmal an. »Wir reisen bald ab. Dann brauchst du keinen von uns je wiederzusehen«, sagt sie. Und obwohl sie noch so viel mehr sagen wollte, tut sie es nicht, denn sie kann sich nicht entschuldigen und auch keine Schuld zuweisen. Sie kann keine Erklärung verlangen, und das Feuer ihrer Wut ist schon am Verglühen. Also kehrt sie der Tür den Rücken und lässt Marcie sich weiter in ihrem Schweigen verstecken. Und dann wird ihr bewusst, dass es bei Marcie keinen stärkeren Ausdruck der Reue geben könnte, kein klareres Zeichen der Trauer als Schweigen.

Clare geht in Pips Zimmer, und ihr Herz macht einen Satz, als sie sein Bett leer vorfindet. Die Tür ist nur angelehnt, die Fenster stehen offen, und der muffige Geruch von langem Schlaf weht hinaus. Sie holt tief Luft und hält sich am Bettpfosten fest, bis der Schwindel nachlässt. Dann sammelt sie seine Sachen ein, packt sie in seinen Schrankkoffer und schleift ihn zur Tür. Das dauert nur fünf Minuten. *Wir gehen fort, und alles hier wird ohne uns weitergehen. Wie auch wir weitermachen werden. Als wären wir nie hier gewesen.* Als wollte ihr Körper das bestreiten, zwingt eine Woge plötzlicher Übelkeit sie dazu, sich auf den Deckel des Koffers zu setzen. Kalter Schweiß tritt ihr auf die Stirn, ihr Mund füllt sich mit Speichel. Sie wischt sich das Gesicht und legt dann beide Hände auf ihren Unterleib. »Ich habe dich nicht vergessen, keine Sorge«, flüstert sie dem Baby leise zu und hätte beinahe gelächelt. In diesem Moment ist sie sicher, dass dieses Kind irgendwann so etwas wie Freude in ihr Leben zurückbringen wird. Und obwohl sie den Rest der Welt glauben lassen muss, es sei von Boyd, wird sie ihm eines Tages von seinem richtigen Vater erzählen – von seinen wilden blauen Augen, seiner Kraft und seinem sanftmütigen Herzen. Dass sie das Gefühl hatte, ihn schon immer gekannt zu haben, und dass sie ihn vom ersten Augenblick an geliebt hat.

Die Zeit verstreicht, und sie bleibt auf Pips Überseekoffer sitzen und versucht sich vorzustellen, wie es sein wird, wieder in Hampstead anzukommen, in dem Haus, das Boyds Haus war, als sie ihn noch gar nicht kannte. Sie stellt sich das langsame Ticken der Uhr im leeren Hausflur vor und die Stille, die sich ausbreiten wird, wenn Pip wieder zur Schule muss. Und in diesem Augenblick weiß sie, dass sie dort nicht bleiben kann. Nicht länger als absolut notwendig. Sie wird sich Arbeit suchen müssen, eine Mietwohnung irgendwo, und sie weiß nicht, was sie tun und wohin sie gehen soll. Aber dann steigt ein Bild des Meeres an einem strahlenden Sommertag vor ihrem inneren Auge auf – dieses tiefe, tiefe Blau, gespiegelt vom Himmel darüber. Sie sehnt sich danach, genau dieses Blau in ihrem Leben zu haben, diesen satten Farbton.

Der Gedanke, in einer Stadt voller Fremder ganz neu anzufangen, schreckt sie nicht. Stattdessen wundert sie sich darüber, warum so banale Dinge ihr früher solche Angst gemacht haben. Vor Apulien, vor der Masseria dell'Arco, vor Ettore. Ihr wird bewusst, dass sie viel gewonnen hat, als sie hierherkam. Dass sie ab jetzt eine bessere, lebendigere Clare sein wird. Es fühlt sich an, als hätte sich mit seinem ungeborenen Kind auch ein wenig von Ettores Kraft in ihr eingenistet. Und wenn genug Zeit verstrichen ist, dass sie sich von Boyd scheiden lassen kann, wird sie sich von ihm lossagen. Das wird für Klatsch und Tratsch sorgen, aber es ist ihr gleich, was die Leute sagen könnten. An die Küste will sie, nach Kent oder Sussex – in eine kleine Stadt am Meer, wo Ettores Kind aufwachsen, Pip in den Ferien zu Besuch kommen und sein Hündchen herumtollen kann. Boyds Haus in Hampstead soll doch auf ihn warten, bis er eines Tages zurückkehrt – oder auch nicht. Clare wird nicht warten. Sie wird ihren eigenen Weg gehen.

Schließlich findet sie Pip im Fledermauszimmer auf dem alten Sofa. Sein Haar ist wirr und fettig, er trägt noch seinen Schlafanzug. Peggy liegt auf seinem Schoß, und als Clare hereinkommt, setzt sich der Welpe auf und spitzt die Ohren. Pip sieht die kleine Hündin stirnrunzelnd an, als hätte sie etwas Ungehöriges getan. Clare geht zu den beiden hinüber und hält unwillkürlich den Atem an. Ihre Schritte hallen vom Gebälk wider, und sie versucht, nicht an all das zu denken, was dieses Zimmer im Lauf des Sommers gesehen haben muss. Direkt vor dem Sofa bleibt sie stehen, und Pip will immer noch nicht zu ihr aufblicken. Ihre Handflächen sind feucht vor Angst. Jetzt wird sie erfahren, ob sie ihn verloren hat. Dies ist der Augenblick, in dem sie herausfinden wird, ob ihr Band stark genug ist.

»Alles klar, Pip?«, fragt sie und kann ihre Stimme nicht ruhig halten. Sein Gesicht verzerrt sich, und seine Wangen bekommen rote Flecken. Sie wartet noch einen Moment ab, falls er doch noch etwas sagt. Aber er schweigt, also wendet sie sich leicht in Richtung Tür. »Es wird Zeit, dass wir gehen, finde ich. Was meinst du?« Sie bemüht sich, all die Schwere aus ihrer Stimme herauszuhalten – er soll diese Last nicht spüren oder sie gar teilen müssen.

»Nach Hause?«, fragt er heiser.

»Nach Hause«, sagt sie. Sie streckt ihm die Hand hin, und sie sehen beide, dass diese Hand zittert. Pip wendet den Blick ab, öffnet den Mund, wagt aber anscheinend nicht zu sprechen.

»Ich wollte …« Er kneift die Augenbrauen zusammen. »Ich wollte ihn nicht erschießen.«

»Das weiß ich doch«, sagt Clare, ohne zu zögern. Sie wartet wieder eine Weile, aber Pip bleibt stumm. »Kommst du mit?«, fragt sie schließlich. Wieder hält sie den Atem an, bis ihre Lunge brennt und ihr Herz protestierend zu pochen beginnt. Dann nimmt Pip Peggy auf den Arm und ergreift Clares Hand.

»Alles klar, Clare«, sagt er.

Anmerkung der Autorin

Italienische Nächte ist eine erfundene Geschichte. Den Ort Gioia del Colle gibt es natürlich, und die historischen Details entsprechen der Wirklichkeit, so gut ich sie abbilden konnte, aber manche Ereignisse habe ich ausgelassen, verändert oder hinzugedichtet, damit sie in die Geschichte passen. Dennoch hoffe ich, dass ich den sozialen und politischen Gegebenheiten jener Ära gerecht geworden bin. Diejenigen, die es besser wissen, werden mir diese künstlerischen Freiheiten hoffentlich zugestehen. Die politischen Schlüsselfiguren wie Di Vittorio, Di Vagno, Capozzi und De Bellis waren historische Persönlichkeiten, doch alle Charaktere, die in meiner Geschichte eine entscheidende Rolle spielen, sind frei erfunden, darunter auch Francesco Molino, der auf der Piazza Plebiscito vor Clares Augen von einem faschistischen Mob verprügelt wird.

Im September 1921 fiel der bedeutende Sozialist Giuseppe di Vagno bei einer Ansprache in Mola di Bari einem Anschlag zum Opfer – angeblich, so hieß es, obwohl das nie bewiesen wurde, im Auftrag der Großgrundbesitzer von Gioia del Colle. Bis zum Frühjahr 1922 waren die Fortschritte, die Arbeitergewerkschaften und die sozialistische Regionalregierung mühsam errungen hatten, schon beinahe wieder zunichtegemacht, denn die Faschisten gewannen an Einfluss und bedienten sich äußerster Brutalität, um ihre politischen Gegner einzuschüchtern und zu schwächen. Diese Umtriebe gipfelten schließlich im Marsch der Faschisten auf Rom und den Beginn von Benito Mussolinis Diktatur im Oktober 1922. Die sechs Tagelöhner, die beim Überfall auf das Gut von Girardi Natale am 1. Juli 1920 ums Leben kamen, waren Pasquale Capotorto, Rocco Orfino, Rocco Montenegro, Vincenzo Milano, Vito Falcone und Vito Antonio Resta. Paolas Liebsten Davide habe ich um meiner Geschichte willen unter ihnen eingereiht. Wer sich ausführlicher mit diesem Vorfall beschäftigen möchte, dem empfehle ich *L'Eccidio di Marzagaglia*, einen Artikel von Ermando Ottani, der online zu finden ist. Historische Werke über diese Ära der apulischen Geschichte sind auf Englisch dünn gesät. *Violence and Great Estates in the South of Italy* von Frank M. Snowden (Cambridge 1986) war mir bei der Recherche sehr nützlich. Wenn man Italienisch lesen kann, empfiehlt sich *La Memoria che Resta*, herausgegeben von Giovanni Rinaldi und Paola Sobrero (Provincia di Foggia, 1981), eine bewegende Sammlung zeitgenössischer Berichte über das Leben der Feldarbeiter zu jener Zeit.